中國古典小說新刊

紅樓夢（上册）

清・曹雪芹著／高鶚續著

聯經出版事業公司 校印

出版說明

《紅樓夢》是我國古典小說的傑出作品，自作者、版本、書旨，以至書中人物、風俗，都是引人入勝的研究題材；因此近百年來研究這部小說的學者、論文與專著卷帙浩繁，已經形成一門顯學，號稱「紅學」。每有新資料或新論點出現，莫不造成學界的熱烈討論，所受重視，超乎任何古典小說之上。

作者曹雪芹的生平，多年來學界一直爭論不斷，自祖籍、生父、生卒年以至字號，都無法確定。他的祖籍，有河北豐潤和遼陽兩種說法。他的父親，也有曹顒和曹頫兩說。生年，一說是康熙五十四年（一七一五），一說是雍正二年（一七二四）。卒年，更有三種說法：乾隆二十七年（一七六三）除夕、二十八年（一七六四）除夕、二十九年歲首（一七六四初春）。至於字號，一說姓曹名霑，字夢阮，號芹溪居士；一說字芹圃，號雪芹。

綜合各種資料，曹雪芹的生平略如下述：他的高祖曹振彥是附清漢人，歸入滿洲正白旗，在入關前、後戰役中立過功，做了官。他的曾祖母孫氏（曹璽妻）是康熙的保母，因此終康熙之世，曹家都受特別眷顧：自康熙二年曹璽首任江寧織造起，至雍正五年末曹頫被抄家止，曹寅（璽子）、曹顒（寅子）、曹頫（寅侄）一再襲任，祖孫三代在江南共歷六十餘年。曹雪芹是在南京出生的，過了一段富貴繁華的童年，直到雍正六年才全家遷回北京，從此家道敗落。曹家回北京後的情況，文獻絕少記載，因此他住哪裡，青年時期是怎麼度過的，都不能確指，只知他後來落魄住到西郊，並在西郊山村裡寫成了《石頭記》，最後在窮愁困頓中，於一七六三年或一七六四年去世。

《石頭記》的前八十回，早在曹雪芹去世前十年就已經傳抄問世；書的後半，據說基本上也已完成，只是未能公諸於世，後來終於失傳。現存《紅樓夢》後四十回，是程偉元和高鶚在乾隆五十六（一七九一）年和五十七年（一七九二）先後用木活字排印行世的，底本舊說是高鶚所作，不過近年來高鶚續著的說法也有爭論，尚待研究。

續書作者高鶚是清漢軍鑲黃旗人，字蘭墅，乾隆五十三年（一七八八）中舉人，六十年（一七九五）中進士，工詩，官翰林院侍讀。

現存《紅樓夢》抄本有十幾種，其中甲戌本（清乾隆甲戌〔十九年，一七五四〕脂硯齋重評本）、己卯本（乾隆己卯〔二十四年，一七五九〕冬月脂硯齋四閱評本）、庚辰本（脂硯齋重評石頭記庚辰（乾隆二十五年，一七六〇）秋月定本）是比較早期的抄本，而庚辰本又是抄得較早而且比較完整的一種，雖稍有殘缺，卻保存了原稿面貌，因此本書便以庚辰本為主，參校其他各種抄本、刻本及程印本；其中十七、十八兩回庚辰原本未分回，則依甲辰本、程印本分回。

《紅樓夢》除了是學術研究的明星，更是人們休閒的佳品，從問世以來，它那瑰麗奇采的文字和情節，繁複宏展的格局，攫取了多少讀者的心，跟著書中人物同喜同悲、同歌同歎。聯經公司在出版了多種《紅樓夢》系列專書之後，再精選《紅樓夢》版本，將書中典故、俗語、專名、難詞詳加注解，仔細校印，以精排細校的清新面貌，與讀者共同遨遊作者以無盡辛酸血淚所營造的有情世界。

目次

聯經出版事業公司校印

目次

聯經出版事業公司　校印

中冊

聯經出版事業公司校印

聯經出版事業公司 校印

聯經出版事業公司校印

下冊

聯經出版事業公司 校印

聯經出版事業公司校印

第一回　甄士隱夢幻識通靈　賈雨村風塵懷閨秀

此開卷第一回也。作者自云：因曾歷過一番夢幻之後，故將真事隱去，而借「通靈」之說，撰此《石頭記》一書也。故曰「甄士隱」云云。但書中所記何事何人？自又云：「今風塵碌碌①，一事無成，忽念及當日所有之女子，一一細考較去，覺其行止見識，皆出於我之上。何我堂堂鬚眉，誠不若彼裙釵哉？實愧則有餘，悔又無益之大無可如何之日也！當此，則自欲將已往所賴天恩祖德，錦衣紈袴之時，飫甘饜肥之日②，背父兄教育之恩，負師友規談之德，以至今日一技無成、半生潦倒之罪，編述一集，以告天下人：我之罪固不免，然閨閣中本自歷歷有人，萬不可因我之不肖，自

①風塵碌碌——風塵，指在外奔波；碌碌，平凡、沒有成就。這是指政治上（仕途）的不得意。

②錦衣紈袴、飫甘饜肥——錦緞做的上衣和綢絹做的褲子，指服飾華麗。飫，吃飽；饜，吃膩；甘、肥，指香甜精美的食物。這是指出身富貴，生活優裕。

聯經出版事業公司　校印

護己短，一併使其泯滅也。雖今日之茅椽蓬牖，瓦灶繩床③，其晨夕風露，階柳庭花，亦未有妨我之襟懷筆墨者。雖我未學，下筆無文，又何妨用假語村言④，敷演⑤出一段故事來，亦可使閨閣昭傳，復可悅世之目，破人愁悶，不亦宜乎？」故曰「賈雨村」云云。

此回中凡用「夢」用「幻」等字，是提醒閱者眼目，亦是此書立意本旨。

列位看官：你道此書從何而來？說起根由雖近荒唐，細按則深有趣味。待在下將此來歷注明，方使閱者了然不惑。

原來女媧氏煉石補天⑥之時，於大荒山無稽崖⑦煉成高經十二丈、方經二十四丈頑石三萬六千五百

---

③茅椽蓬牖、瓦灶繩床——茅、蓬都是野草；椽，承接屋瓦的圓木；牖，窗戶。繩床，用草繩編製的坐具；瓦灶，泥瓦做的鍋灶。簡陋的草屋和生活用具，形容生活的貧困。

④假語村言——假語，假借、譬喻的話；村言，粗俗、通俗的話。

⑤敷演——敘述某件事並將故事發揮推展。

⑥女媧氏煉石補天——女媧氏，傳說中上古三皇之一，風姓，又稱「蝸皇」。古代神話傳說：天原來不整齊，女媧氏煉五色石把天修補起來，見《淮南子·攬冥》及《列子·湯問》。

⑦大荒山無稽崖——《山海經·大荒西經》：「大荒之中，有山名曰大荒之山。」這裡寓「荒唐」、「無稽」之意。

本書人名、地名常用諧音寓意，如：青埂（情根）、甄士隱（真事隱）、賈雨村（假語村言）、甄英蓮（真應憐）、賈化（假話）、霍啟（禍起）、封肅（風俗）、嬌杏（僥倖）、馮淵（逢冤）、元迎探惜（原應嘆息）等。

零一塊。媧皇氏只用了三萬六千五百塊，只單單剩了一塊未用，便棄在此山青埂峰下。誰知此石自經煅煉之後，靈性已通，因見眾石俱得補天，獨自己無材不堪入選，遂自怨自嘆，日夜悲號慚愧。

一日，正當嗟悼之際，俄見一僧一道遠遠而來，生得骨格不凡，丰神迥異，說說笑笑來至峰下，坐於石邊高談快論。先是說些雲山霧海神仙玄幻之事，後便說到紅塵中榮華富貴。此石聽了，不覺打動凡心，也想要到人間去享一享這榮華富貴；但自恨粗蠢，不得已，便口吐人言，向那僧道說道：「大師，弟子蠢物，不能見禮了。適聞二位談那人世間榮耀繁華，心切慕之。弟子質雖粗蠢，性卻稍通；況見二師仙形道體，定非凡品，必有補天濟世之材，利物濟人之德。如蒙發一點慈心，攜帶弟子得入紅塵，在那富貴場中、溫柔鄉裡受享幾年，自當永佩洪恩，萬劫⑧不忘也。」二仙師聽畢，齊憨笑道：「善哉，善哉！那紅塵中有卻有些樂事，但不能永遠依恃；況又有『美中不足，好事多磨』八個字緊相連屬，瞬息間則又樂極悲生，人非物換，究竟是到頭一夢，萬境歸空，倒不如不去的好。」這石凡心已熾，那裡聽得進這話去，乃復苦求再四。二仙知不可強制，乃嘆道：「此亦靜極思動，無中生有之數也。既如此，我們便攜你去受享受享，只是到不得意時，切莫後悔。」石道：「自然，自然。」那僧又道：「若說你性靈，卻又如此質蠢，並更無奇貴之處。如此也只好踮腳而已。也罷，我如今大施佛法助你助，待劫終

⑧萬劫——形容時間長久荒遠。劫，佛家語，「遠大時節」的意思。佛家認為宇宙生滅循環不止，每幾萬年生滅一次的周期叫做一「劫」。每「劫」中還包括「成、住、壞、空」四個階段，到「壞劫」時有水、火、風三災出現，世界就會毀滅，所以「劫」又引申作「災難」解釋，如後文的「劫終之日」、「生關死劫」。

之日，復還本質，以了此案。你道好否？」石頭聽了，感謝不盡。那僧便念咒書符，大展幻術，將一塊大石登時變成一塊鮮明瑩潔的美玉，且又縮成扇墜大小的可佩可拿。那僧托於掌上，笑道：「形體倒也是個寶物了！還只沒有實在的好處，須得再鐫上數字，使人一見便知是奇物方妙。然後攜你到那昌明隆盛之邦，詩禮簪纓之族⑨，花柳繁華地，溫柔富貴鄉去安身樂業。」石頭聽了，喜不能禁，乃問：「不知賜了弟子那幾件奇處，又不知攜了弟子到何地方？望乞明示，使弟子不惑。」那僧笑道：「你且莫問，日後自然明白的。」說著，便袖了這石，同那道人飄然而去，竟不知投奔何方。

後來，又不知過了幾世幾劫，因有個空空道人訪道求仙，忽從這大荒山無稽崖青埂峰下經過，忽見一大塊石上字跡分明，編述歷歷。空空道人乃從頭一看，原來就是無材補天，幻形入世，蒙茫茫大士、渺渺真人⑩攜入紅塵，歷盡離合悲歡炎涼世態的一段故事。後面又有一首偈⑪云：

無材可去補蒼天，枉入紅塵若許年。此係身前身後事，倩誰記去作奇傳⑫？

詩後便是此石墜落之鄉，投胎之處，親自經歷的一段陳跡故事。其中家庭閨閣瑣事，以及閑情詩詞倒還全備，或可適趣解悶；然朝代年紀，地輿邦國卻反失落無考。

---

⑨詩禮簪纓之族——書香門第、官宦家族。詩禮，指讀書講禮；簪纓，古時貴族的冠飾，這裡指當官。

⑩茫茫大士、渺渺真人——佛教稱佛和菩薩為「大士」，指德行高超的人；道教稱修行得道的人為「真人」，意思和仙人相近。這一僧一道是書中太虛幻境的使者，來往於天上人間，超渡眾生。茫茫渺渺，意指世事的虛幻縹緲。

⑪偈——佛家語，原意是「頌」。一般是四句的韵文，用來歌頌佛的功德，或引申佛教哲理、預示未來。

⑫「倩誰」句——倩，請人代辦某事；奇，奇聞。本句是說：請誰替我抄去做奇聞而廣為流傳。

空空道人遂向石頭說道：「石兄，你這一段故事，據你自己說有些趣味，故編寫在此，意欲問世傳奇。據我看來，第一件，無朝代年紀可考；第二件，並無大賢大忠、理朝廷、治風俗的善政，其中只不過幾個異樣女子，或情或癡，或小才微善，亦無班姑、蔡女之德能⑬。我縱抄去，恐世人不愛看呢。」

石頭笑答道：「我師何太癡耶！若云無朝代可考，今我師竟假借漢唐等年紀添綴，又有何難？但我想，歷來野史⑭，皆蹈一轍，莫如我這不借此套者，反倒新奇別致，不過只取其事體情理罷了，又何必拘拘於朝代年紀哉！再者，市井俗人喜看理治之書⑮者甚少，愛適趣閑文者特多。歷來野史，或訕謗君相，或貶人妻女，奸淫凶惡，不可勝數。更有一種風月筆墨⑯，其淫穢汙臭，屠毒筆墨，壞人子弟，又不可勝數。至若佳人才子等書，則又千部共出一套，且其中終不能不涉於淫濫，以致滿紙潘安、子建、西子、文君⑰，不過作者要寫出自己的那兩首情詩豔賦來，故假擬出男女二人名姓，又必旁出一小人其

⑬班姑、蔡女——班昭和蔡琰。班昭，東漢史學家班固的妹妹，博學多識，曾參與續《漢書》的工作，和帝時擔任宮廷教師，編有《女誡》七篇，號稱「大家（姑）」，見《後漢書・曹世叔妻傳》。蔡琰，東漢末文學家蔡邕的女兒，博學多才又精通音律，是歷史上著名的才女，生平見《後漢書・董祀妻傳》。

⑭野史——原指與官方編纂的正史相對而言的私家編撰的史書，這裡指小說、戲曲之類的文學作品。

⑮理治之書——泛指古時治理國事民生的書籍，也就是所謂「經時濟世」的「正經文章」。

⑯風月筆墨——原指描寫風花雪月、兒女私情的文字，這裡指特意渲染色情的小說。

⑰潘安、子建、西子、文君——泛指才子佳人。潘安，晉代文人潘安仁，是著名的美男子；子建，三國時代文學家曹植的字，曹植以才高八斗、七步成詩著稱。西子，春秋越國美女西施；文君，漢代富商卓王孫的女兒，有文才，新寡時和文學家司馬相如私奔而結為夫婦。

間撥亂，亦如劇中之小丑然。且鬟婢開口即『者也之乎』，非文即理。故逐一看去，悉皆自相矛盾、大不近情理之話，竟不如我半世親睹親聞的這幾個女子，雖不敢說強似前代書中所有之人，但事跡原委，亦可以消愁破悶；也有幾首歪詩熟話⑱，可以噴飯供酒⑲。至若離合悲歡，興衰際遇，則又追蹤躡跡，不敢稍加穿鑿，徒為供人之目而反失其真傳者。今之人，貧者日為衣食所累，富者又懷不足之心，縱然一時稍閑，又有貪淫戀色、好貨尋愁之事，那裡去有工夫看那理治之書？所以我這一段故事，也不願世人稱奇道妙，也不定要世人喜悅檢讀，只願他們當那醉餘飽臥之時，或避世去愁之際，把此一玩，豈不省了些壽命筋力？就比那謀虛逐妄⑳，卻也省了口舌是非之害、腿腳奔忙之苦。再者，亦令世人換新眼目，不比那些胡牽亂扯、忽離忽遇，滿紙才人淑女、子建文君紅娘小玉㉑等通共熟套之舊稿。我師意為何如？」

空空道人聽如此說，思忖半晌，將《石頭記》再檢閱一遍，因見上面雖有些指奸責佞、貶惡誅邪之

⑱熟話——人們口頭上常說的話，常被引用而爛熟的成語。

⑲噴飯供酒——噴飯，吃飯時因聽到可笑的話而不覺失笑，噴出飯來；供酒，指在宴會時可以助興的歪詩歪詞。這是作者對書中詩文的謙詞。

⑳謀虛逐妄——謀求、追逐虛幻的功名富貴。

㉑紅娘、小玉——紅娘，唐代元稹《會真記》（元王實甫衍作成雜劇《西廂記》）中女主角崔鶯鶯的貼身婢女；小玉，唐傳奇《霍小玉傳》（蔣防撰）中的女主角。

聯經出版事業公司　校印

語，亦非傷時罵世之旨；及至君仁臣良、父慈子孝，凡倫常所關之處，皆是稱功頌德，眷眷無窮，實非別書之可比。雖其中大旨談情，亦不過實錄其事，又非假擬妄稱，一味淫邀豔約、私訂偷盟之可比。因毫不干涉時世，方從頭至尾抄錄回來，問世傳奇。從此空空道人因空見色，由色生情，傳情入色，自色悟空㉒，遂易名為情僧，改《石頭記》為《情僧錄》。東魯孔梅溪則題曰《風月寶鑑》。後因曹雪芹於悼紅軒中披閱十載，增刪五次，纂成目錄，分出章回，則題曰《金陵十二釵》，並題一絕云：

滿紙荒唐言，一把辛酸淚！都云作者癡，誰解其中味？

出則既明，且看石上是何故事。按那石上書云：

當日地陷東南㉓，這東南一隅有處曰姑蘇，有城曰閶門㉔者，最是紅塵中一二等富貴風流之地。這閶門外有個十里街，街內有個仁清巷㉕，巷內有個古廟，因地方窄狹，人皆呼作葫蘆廟。廟旁住著一家

㉒空、色、情——都是佛家用語。佛教認為天地萬物都是空虛的，所以「空」是宇宙的本體；客觀世界的萬事萬物叫「色」，是「空」瞬息生滅的假象；「情」是人對「色」這個假象所產生的各種愛、憎、喜、惡的感情反映。

㉓地陷東南——古代神話說共工和顓頊爭帝位失敗，一怒之下撞倒了天柱不周山，使得西北天空傾塌，東南的大地陷落。見《淮南子・天文》及《列子・湯問》。

㉔姑蘇、閶門——姑蘇，今江蘇蘇州，因城西南有姑蘇山而得名，這裡指舊時蘇州府轄境。閶門，蘇州城的西北門，又叫「破楚門」。

㉕十里街、仁清巷——據脂硯齋批語，這是「勢利」街、「人情」巷的諧音。

鄉宦㉖，姓甄，名費，字士隱。嫡妻封氏，情性賢淑，深明禮義。家中雖不甚富貴，然本地便也推他為望族了。因這甄士隱禀性恬淡，不以功名為念，每日只以觀花修竹、酌酒吟詩為樂，倒是神仙一流人品。只是一件不足：如今年已半百，膝下無兒，只有一女，乳名喚作英蓮，年方三歲。

一日，炎夏永晝，士隱於書房閑坐，手倦拋書，伏几少憩，不覺朦朧睡去。夢至一處，不辨是何地方，忽見那廂㉗來了一僧一道，且行且談。只聽道人問道：「你攜了這蠢物，意欲何往？」那僧笑道：「你放心，如今現有一段風流公案正該了結，這一干風流冤家㉘，尚未投胎入世。趁此機會，就將此蠢物夾帶於中，使他去經歷經歷。」那道人道：「原來近日風流冤孽又將造劫歷世㉙去不成？但不知落於何方何處？」那僧笑道：「此事說來好笑，竟是千古未聞的罕事。只因西方靈河岸上三生石㉚畔，有絳珠草一株，時有赤瑕宮神瑛侍者日以甘露㉛灌溉，這絳珠草始得久延歲月。後來既受天地精華，復得雨露滋養，遂得脫卻草胎木質，得換人形，僅修成個女體，終日游於離恨天外，飢則食蜜青果為膳，渴則飲灌愁海水為湯㉜。只因尚未酬報灌溉之德，故其五內㉝便鬱結著一段纏綿不盡之意。恰近日這神瑛侍

㉖鄉宦——鄉里中曾當過官的家族。
㉗那廂——那邊。廂，是「壁廂」的簡詞。
㉘風流冤家——非常相愛的男女。冤家，原是佛家語，後來大都作「仇人」、「對頭」解釋；也用作對所愛之人的暱稱，這是愛極的反語。又，佛教認為男女愛情是前生的罪孽造成的，所以稱這種男女為「冤家」，認為他們的前世都是「孽鬼」。
㉙造劫歷世——佛家語，指到人世間經歷一番苦難生活。

聯經出版事業公司　校印

者凡心偶熾，乘此昌明太平朝世，意欲下凡造歷幻緣㉞，已在警幻仙子案前掛了號。警幻亦曾問及，灌溉之情未償，趁此倒可了結的。那絳珠仙子道：『他是甘露之惠，我並無此水可還。他既下世㉟為人，我也去下世為人，但把我一生所有的眼淚還他，也償還得過他了。』因此一事，就勾出多少風流冤家來，陪他們去了結此案。」那道人道：「果是罕聞。實未聞有『還淚』之說。想來這一段故事，比歷來風月事故更加瑣碎細膩了。」那僧道：「歷來幾個風流人物，不過傳其大概以及詩詞篇章而已；至家庭閨閣中一飲一食，總未述記。再者，大半風月故事，不過偷香竊玉、暗約私奔而已，並不曾將兒女之真情發

㉚靈河、三生石——靈河，原指「恆河」，現代印度人仍認為它是「聖水」，這裡是指西方淨土、神仙世界。三生，指前生、今生和來生，是佛教轉世投胎的說法。三生石，據唐代袁郊《甘澤謠》說：唐代和尚圓觀和好友李源同遊三峽，遇見一位婦人在打水。圓觀指著這婦人說，那就是我將來托生的地方，並約定十二年後中秋夜在杭州天竺寺外相見。當天圓觀就死了。後來李源如期赴約，遇見一個牧童唱著山歌：「三生石上舊精魂，賞月吟風不要論；慚愧情人遠相訪，此身雖異性常存。」這牧童就是圓觀的後身。後來就用「三生石」比喻因緣前定。

㉛甘露——又叫「天酒」。舊時傳說甘露是神靈之精，甘露降則天下太平，飲甘露可以長生不老。

㉜離恨天、蜜青果、灌愁海——離恨天，比喻悲傷愁恨堆積之高，俗傳：「三十三天，離恨天最高；四百四病，相思病最苦。」蜜青，「秘情」的諧音。灌愁海，比喻愁思之深。三者都是比喻男女之情及其中的怨恨愁苦。

㉝五內——心、肝、脾、肺、腎等五臟，這裡指內心深處。

㉞造歷幻緣——經歷夢一般的因緣。佛家說一切事物都是因緣和合而生，而人生也像夢幻一樣，都是虛空的。

㉟下世——佛教稱人誕生為「下世」或「落塵」。後文的「下世光景」，則是「死亡」的意思。

聯經出版事業公司　校印

泄一二。想這一干人入世，其情癡色鬼、賢愚不肖者，悉與前人傳述不同矣。」那道人道：「趁此何不你我也去下世度脫㊱幾個，豈不是一場功德？」那僧道：「正合吾意。你且同我到警幻仙子宮中，將蠢物交割清楚，待這一干風流孽鬼下世已完，你我再去。如今雖已有一半落塵，然猶未全集。」道人道：「既如此，便隨你去來。」

卻說甄士隱俱聽得明白，但不知所云「蠢物」係何東西。遂不禁上前施禮，笑問道：「二仙師請了。」那僧道也忙答禮相問。士隱因說道：「適聞仙師所談因果，實人世罕聞者。但弟子愚濁，不能洞悉明白，若蒙大開癡頑，備細一聞，弟子則洗耳諦聽，稍能警省，亦可免沉淪㊲之苦。」二仙笑道：「此乃玄機㊳不可預泄者。到那時不要忘我二人，便可跳出火坑㊴矣。」士隱聽了，不便再問。因笑道：「玄機不可預泄，但適云『蠢物』，不知為何，或可一見否？」那僧道：「若問此物，倒有一面之緣。」說著，取出遞與士隱。士隱接了看時，原來是塊鮮明美玉，上面字跡分明，鐫著「通靈寶玉」四字，後面還有幾行小字。正欲細看時，那僧便說已到幻境，便強從手中奪了去，與道人竟過一大石牌坊，上書四個大

㊱度脫——佛家語，即超度、解脫。佛教經義說：佛陀可以使他的信徒脫離塵世纏擾，超出生老病死輪迴之苦。

㊲警醒、沉淪——均佛家語。警醒，警覺醒悟。沉淪，佛家說：植惡因，得惡果，要遭到由神仙降為人，由人降成惡鬼等愈來愈糟的苦難，或在生死輪迴中永遠不得解脫。

㊳玄機——道家語，即「天機」，指玄奧微妙的道理。

㊴火坑——佛家語，即「俗世」、「紅塵」。

字，乃是「太虛幻境」。兩邊又有一副對聯，道是：

假作真時真亦假，無為有處有還無。

士隱意欲也跟了過去，方舉步時，忽聽一聲霹靂，有若山崩地陷。士隱大叫一聲，定睛一看，只見烈日炎炎，芭蕉冉冉，所夢之事便忘了大半。又見奶母正抱了英蓮走來。士隱見女兒越發生得粉妝玉琢，乖覺可喜，便伸手接來，抱在懷內，逗他頑耍一回，又帶至街前，看那過會㊵的熱鬧。方欲進來時，只見從那邊來了一僧一道：那僧則癩頭跣腳㊶，那道則跛足蓬頭，瘋瘋癲癲，揮霍㊷談笑而至。及至到了他門前，看見士隱抱著英蓮，那僧便大哭起來，又向士隱道：「施主，你把這有命無運㊸、累及爹娘之物，抱在懷內作甚？」士隱聽了，知是瘋話，也不去睬他。那僧還說：「捨我罷，捨我罷！」士隱不耐煩，便抱女兒撤身要進去，那僧乃指著他大笑，口內念了四句言詞道：

慣養嬌生笑你癡，菱花空對雪澌澌㊹。好防佳節元宵後，便是烟消火滅時。

㊵過會——舊時鄉鎮每逢一定節日，各地商販及表演雜藝的人都集中在一起，形成一個臨時市集，這樣的慶會，叫「過會」。這裡泛指來往的人潮。

㊶癩頭跣足——癩頭，因長癬或疥瘡而使毛髮脫落；跣足，赤腳。

㊷揮霍——揮，搖手；霍，反手；原指動作輕捷，這裡是瀟脫、無拘束的意思，和一般作「浪費」解釋不同。

㊸有命無運——命，指一個人的生命，也就是一生的境遇；運，指時運，運氣，也就是某段時間的遭遇。有命無運，是指平生運氣乖逆，際遇堪悲。

聯經出版事業公司 校印

士隱聽得明白，心下猶豫，意欲問他們來歷。只聽道人說道：「你我不必同行，就此分手，各幹營生㊺去罷。三劫後，我在北邙山㊻等你，會齊了同往太虛幻境銷號。」那僧道：「最妙，最妙！」說畢，二人一去，再不見個踪影了。士隱心中此時自忖：這兩個人必有來歷，該試一問，如今悔卻晚也。

這士隱正癡想，忽見隔壁葫蘆廟內寄居的一個窮儒——姓賈名化、表字時飛、別號雨村者走了出來。這賈雨村原係胡州㊼人氏，也是詩書仕宦之族，因他生於末世，父母祖宗根基㊽已盡，人口衰喪，只剩得他一身一口，在家鄉無益，因進京求取功名，再整基業。自前歲來此，又淹蹇㊾住了，暫寄廟中安身，每日賣字作文為生，故士隱常與他交接。當下雨村見了士隱，忙施禮陪笑道：「老先生倚門佇望，敢是街市上有甚新聞否？」士隱笑道：「非也。適因小女啼哭，引他出來作耍，正是無聊之甚，兄來得正妙，請入小齋一談，彼此皆可消此永晝。」說著，便令人送女兒進去，自與雨村攜手來至書房中。小童獻茶。

㊹菱花空對雪澌澌——隱喻英蓮被薛蟠強占作妾的不幸遭遇。菱花，指英蓮後來改名香菱、秋菱；雪，諧「薛」，指薛蟠；澌澌，下雪的聲音。菱在夏日開花而竟遇到冰雪，比喻英蓮受盡薛蟠的折磨摧殘。

㊺營生——事情。

㊻北邙山——在今河南洛陽市北郊，東漢及北魏的王公貴族多葬在這裡，後來常用來泛指墓地。

㊼胡州——地名，一作「湖州」。湖州原是州治名，在今浙江吳興縣；這裡是「胡謅」的諧音。

㊽根基——祖產、家產，祖先留下的事業。

㊾淹蹇——即「偃蹇」。原指行動不順利，境遇困頓、不如意；這裡是耽擱、停留的意思。

聯經出版事業公司 校印

方談得三五句話，忽家人飛報：「嚴老爺來拜。」士隱慌的忙起身謝罪道：「恕誑駕(50)之罪，略坐，弟即來陪。」雨村忙起身亦讓道：「老先生請便。晚生乃常造之客，稍候何妨。」說著，士隱已出前廳去了。

這裡雨村且翻弄書籍解悶。忽聽得窗外有女子嗽聲，雨村遂起身往窗外一看，原來是一個丫鬟在那裡擷花，生得儀容不俗，眉目清明，雖無十分姿色，卻亦有動人之處。雨村不覺看的呆了。那甄家丫鬟擷了花，方欲走時，猛抬頭見窗內有人：敝巾舊服，雖是貧窘，然生得腰圓背厚，面闊口方，更兼劍眉星眼，直鼻權腮(51)。這丫鬟忙轉身迴避，心下乃想：「這人生的這麼雄壯，卻又這樣襤褸，想他定是我家主人常說的什麼賈雨村了，每有意幫助周濟，只是沒甚機會。我家並無這樣貧窘親友，想定是此人無疑了。怪道(52)又說他必非久困之人。」如此想來，不免又回頭兩次。雨村見他回了頭，便自為這女子心中有意於他，便狂喜不盡，自為此女子必是個巨眼英雄(53)，風塵中之知己也。一時小童進來，雨村打聽得前面留飯，不可久待，遂從夾道(54)中自便出門去了。士隱待客既散，知雨村自便，也不去再邀。

---

(50)誑駕——誑，欺騙；駕，對客人的尊稱。這是邀來客人，卻有事不能陪伴，而向客人道歉的客套話，猶言「失陪」。

(51)直鼻權腮——鼻子很挺，顴骨長得很高，古人認為顴骨高是貴相。

(52)怪道——怪不得，難怪。

(53)巨眼英雄——有遠見或有眼力，能識鑒人才的人。

(54)夾道——小巷弄。

一日，早又中秋佳節。士隱家宴已畢，乃又另具一席於書房，卻自己步月至廟中來邀雨村。

原來雨村自那日見了甄家之婢曾回顧他兩次，自為是個知己，便時刻放在心上。今又正值中秋，不免對月有懷，因而口占(55)五言一律云：

未卜三生願，頻添一段愁。悶來時斂額，行去幾回頭。自顧風前影，誰堪月下儔？蟾光如有意，先上玉人樓。(56)

雨村吟罷，因又思及平生抱負，苦未逢時，乃又搔首對天長嘆，復高吟一聯曰：

玉在匵中求善價，釵於奩內待時飛。(57)

恰值士隱走來聽見，笑道：「雨村兄真抱負不淺也！」雨村忙笑道：「不過偶吟前人之句，何敢狂誕至此。」因問：「老先生何興至此？」士隱笑道：「今夜中秋，俗謂『團圓之節』，想尊兄旅寄僧房，不無寂寥之感，故特具小酌，邀兄到敝齋一飲，不知可納芹意(58)否？」雨村聽了，並不推辭，便笑道：「既

---

(55)口占——又作「口號」。不打草稿，隨口吟成的意思。

(56)「未卜」一律——這是賈雨村希望能科舉及第、與嬌杏結姻緣的心聲。未卜，不能預知；斂額，皺眉頭；堪，能夠、配得上；儔，伴侶；蟾光，月光；玉人樓，美人（指嬌杏）居住的妝樓。

(57)「玉在」一聯——這是賈雨村自比為玉和釵，希望能得到賞識而求飛黃騰達。匣中盛著美玉，等待好價錢才賣，是孔子對有「才能的人」、「等待好機會」的比喻；神女留下玉釵，後來化成燕子飛去，也是比喻等待機會好做官發達的意思。

蒙厚愛，何敢拂此盛情。」說著，便同士隱復過這邊書院中來。

須臾茶畢，早已設下杯盤，那美酒佳肴自不必說。二人歸坐，先是款斟漫飲，次漸談至興濃，不覺飛觥限斝[59]起來。當時街坊上家家簫管，戶戶弦歌，當頭一輪明月，飛彩凝輝，二人愈添豪興，酒到杯乾。雨村此時已有七八分酒意，狂興不禁，乃對月寓懷，口號一絕云：

時逢三五便團圓，滿把晴光護玉欄。天上一輪才捧出，人間萬姓仰頭看。[60]

士隱聽了，大叫：「妙哉！吾每謂兄必非久居人下者，今所吟之句，飛騰之兆已見，不日可接履于雲霓之上[61]矣。可賀，可賀！」乃親斟一斗為賀。雨村因乾過，嘆道：「非晚生酒後狂言，若論時尚之學[62]，晚生也或可去充數沽名，只是目今行囊路費一概無措，神京[63]路遠，非賴賣字撰文即能到者。」士隱不

---

58 芹意——《列子・楊朱》篇說，古時有人吃芹菜，覺得味道很好，就鄭重的拿芹菜送人，別人卻覺得難吃。後人就用「獻芹」、「芹意」等作為送禮或請客的謙詞。

59 飛觥限斝——觥、斝（音ㄐㄧㄚˇ）都是古代的酒器。這是形容賓主間舉杯碰盞、酒酣耳熱。

60 「時逢」一絕——這是賈雨村自負才學，不甘屈居人下的寫照。時逢，每逢；三五，指陰曆十五；滿把，滿握；晴光，形容月光皎潔；護玉欄，玉石欄杆沉浸在明月清輝中。「天上」二句形容明月當空，千家萬戶都仰頭觀看，頗有傲視群豪的氣概，所以甄士隱說他「飛騰之兆已見」。

61 接履於雲霓之上——猶言「平步青雲」，也就是登上朝廷做高官。接履，一步緊接一步；雲霓，比喻朝廷、高位。

62 時尚之學——指明清科舉考試所用的八股文和試帖詩（起源於唐代，大都是五言六韵或八韵的排律，以古人詩句或成語為題，並限定韵腳）等。

63 神京——國都，舊時對帝王所居的京城的尊稱。

聯經出版事業公司 校印

待說完，便道：「兄何不早言。愚每有此心，但每遇兄時，兄並未談及，愚故未敢唐突。今既及此，愚雖不才，『義利』二字卻還識得。且喜明歲正當大比[64]，兄宜作速入都，春闈一戰，方不負兄之所學也。其盤費餘事，弟自代為處置，亦不枉兄之謬識矣！」當下即命小童進去，速封五十兩白銀，並兩套冬衣。又云：「十九日乃黃道[65]之期，兄可即買舟西上，待雄飛高舉，明冬再晤，豈非大快之事耶！」雨村收了銀、衣，不過略謝一語，並不介意，仍是吃酒談笑。那天已交了三更，二人方散。

士隱送雨村去後，回房一覺，直至紅日三竿方醒。因思昨夜之事，意欲再寫兩封薦書與雨村帶至神都，使雨村投謁個仕宦之家為寄足之地。因使人過去請時，那家人回來說：「和尚說，賈爺今日五鼓[66]已進京去了。也曾留下話與和尚轉達老爺，說：『讀書人不在黃道黑道，總以事理為要，不及面辭了。』」士隱聽了，也只得罷了。

---

[64] 大比──明清科舉考試分成三級：第一級是院試，考府縣童生，考取的稱為「生員」（秀才）；第二級是鄉試，每三年在省裡舉行一次，考全省的生員，考中的叫「舉人」；第三級是會試，每次鄉試後在京城舉行，考全國舉人，考取的叫「貢士」，貢士再經殿試，就是「進士」。鄉試在秋天舉行，稱「秋闈」；會試在第二年春天，稱「春闈」。會試是全國性的評選比較，所以稱「大比」；考場要關防嚴密，故稱「鎖闈」，簡稱「闈」。

[65] 黃道──原是天文學名詞，指太陽所行的軌道（月球的軌道叫「黑道」，在黃道北面）。後來星占迷信者將每日的干支陰陽分為「黃道」，和「黑道」，黃道主吉，做各種事都順利，黑道主凶，凡事不利。

[66] 五鼓──五更，黎明時分。從前將一夜分為五更，每更約兩小時，每到一更擊鼓一下，五鼓就代表五更，天快亮了。

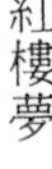

真是閑處光陰易過，倏忽又是元宵佳節矣。士隱命家人霍啟抱了英蓮去看社火花燈[67]，半夜中，霍啟因要小解，便將英蓮放在一家門檻上坐著。待他小解完了來抱時，那有英蓮的踪影？急得霍啟直尋了半夜，至天明不見，那霍啟也就不敢回來見主人，便逃往他鄉去了。那士隱夫婦見女兒一夜不歸，便知有些不妥，再使幾人去尋找，回來皆云連影響皆無[68]。夫妻二人，半世只生此女，一旦失落，豈不思想，因此晝夜啼哭，幾乎不曾尋死。看看[69]的一月，士隱先就得了一病；當時封氏孺人[70]也因思女構疾，日日請醫療治。

不想這日三月十五，葫蘆廟中炸供[71]，那些和尚不加小心，致使油鍋火逸，便燒著窗紙。此方人家多用竹籬木壁者，大抵也因劫數，於是接二連三，牽五掛四，將一條街燒得如火焰山一般。彼時雖有軍民來救，那火已成了勢，如何救得下？直燒了一夜，方漸漸的熄去，也不知燒了幾家。只可憐甄家在隔壁，早已燒成一片瓦礫場了。只有他夫婦並幾個家人的性命不曾傷了。急得士隱惟跌足長嘆而已。只得

[67] 社火花燈——指元宵節燈火。社，社日，舊時祭祀土神的日子，分春秋兩祭，在立春及立秋後第五個戊日舉行；社日扮演的各種雜戲就叫「社火」。花燈，正月十五元宵節民間大都有放花燈的習俗。

[68] 影響皆無——一點消息也沒有。影響，影子和聲音，也就是「消息」、「音訊」。

[69] 看看——漸漸、將要，又作「堪堪」（第二回）。

[70] 孺人——明清時七品官的母親或妻子的封號，舊時一般也當作對婦人的尊稱。

[71] 炸供——用油煎炸供奉神明用的食品。供，供品。

聯經出版事業公司　校印

與妻子商議，且到田莊上去安身。偏值近年水旱不收，鼠盜蜂起，無非搶田奪地，鼠竊狗偷，民不安生，因此官兵剿捕，難以安身。士隱只得將田莊都折變[72]了，便攜了妻子與兩個丫鬟投他岳丈家去。

他岳丈名喚封肅，本貫大如州人氏，雖是務農，家中都還殷實。今見女婿這等狼狽而來，心中便有些不樂。幸而士隱還有折變田地的銀子未曾用完，拿出來托他隨分就價薄置些須[73]房地，為後日衣食之計。那封肅便半哄半賺，些須與他些薄田朽屋。士隱乃讀書之人，不慣生理稼穡[74]等事，勉強支持了一二年，越覺窮了下去。封肅每見面時，便說些現成話，且人前人後又怨他們不善過活，只一味好吃懶作等語。士隱知投人不著，心中未免悔恨，再兼上年驚唬，急忿怨痛，已有積傷，暮年之人，貧病交攻，竟漸漸的露出那下世的光景來。

可巧這日拄了拐杖掙挫到街前散散心時，忽見那邊來了一個跛足道人，瘋癲落脫[75]，麻屣鶉衣[76]，口內念著幾句言詞，道是：

世人都曉神仙好，惟有功名忘不了！古今將相在何方？荒塚一堆草沒了。世人都曉神仙好，只有

---

[72] 折變——低價賣出東西來換取現錢，好應付緊急需要或還債。

[73] 些須——少許、一點點。

[74] 生理稼穡——泛指日常生計。生理，經營、管理；稼穡，種田及收穫，總指農事。

[75] 落脫——即「落拓」，行為狂放、不受拘束的意思。

[76] 麻屣鶉衣——腳穿粗麻鞋，身穿補了又補的破爛衣服。鶉，鵪鶉，鳥名，尾巴又短又禿，好像衣服到處打補釘，所以稱破爛衣服為「鶉衣」。

金銀忘不了！終朝只恨聚無多，及到多時眼閉了。世人都曉神仙好，只有姣妻忘不了！君生日日說恩情，君死又隨人去了。世人都曉神仙好，只有兒孫忘不了！癡心父母古來多，孝順兒孫誰見了？

士隱聽了，便迎上來道：「你滿口說些什麼？只聽見些『好』『了』『好』『了』。」那道人笑道：「你若果聽見『好』『了』二字，還算你明白。可知世上萬般，好便是了，了便是好。若不了，便不好；若要好，須是了。我這歌兒，便名『好了歌』。」士隱本是有宿慧[77]的，一聞此言，心中早已徹悟。因笑道：「且住！待我將你這『好了歌』解注出來，如何？」道人笑道：「你解，你解。」士隱乃說道：

陋室空堂，當年笏滿床[78]；衰草枯楊，曾為歌舞場。蛛絲兒結滿雕梁，綠紗今又糊在蓬窗上。說什麼脂正濃、粉正香，如何兩鬢又成霜？昨日黃土隴頭送白骨，今宵紅綃帳底臥鴛鴦[79]。金滿箱，銀滿箱，展眼乞丐人皆謗[80]。正嘆他人命不長，那知自己歸來喪！訓有方，保不定日後作強梁[81]。

---

(77) 宿慧——佛家語，指超越常人的智慧，而這種智慧是先天、前世帶來的。

(78) 笏滿床——笏，從前臣子上朝時手中所拿狹長板子，用象牙或竹、木製成，用來記事備忘，所以又叫「手板」。《舊唐書・崔義玄傳》說：開元中，崔神慶的兒子都當了大官，每逢歲時家宴，笏板放滿一床；這是形容家裡當官的人很多。

(79) 「昨日」二句——這是說人生情愛無常。黃土隴頭，黃土丘，指墳地；綃，薄紗；鴛鴦，水鳥名，常成對棲息水上，所以常用來形容夫婦。

(80) 展眼乞丐人皆謗——展眼，轉眼，形容時間短暫；謗，誹謗，說壞話。這是說貧富無常，錢財不足依恃。

(81) 「訓有方」二句——即使教育子女得法，保不住他們以後會變成強盜。強梁，強橫凶暴。

擇膏粱，誰承望流落在烟花巷(82)！因嫌紗帽小，致使鎖枷扛；昨憐破襖寒，今嫌紫蟒長：亂烘烘你方唱罷我登場，反認他鄉是故鄉(83)。甚荒唐，到頭來都是為他人作嫁衣裳(84)！

那瘋跛道人聽了，拍掌笑道：「解得切，解得切！」士隱便說一聲「走罷！」將道人肩上褡褳(85)搶了過來背著，竟不回家，同了瘋道人飄飄而去。

當下烘動街坊，眾人當作一件新聞傳說。封氏聞得此信，哭個死去活來，只得與父親商議，遣人各處訪尋，那討音信？無奈何，少不得依靠著他父母度日。幸而身邊還有兩個舊日的丫鬟伏侍，主僕三人，日夜作些針線發賣，幫著父親用度。那封肅雖然日日抱怨，也無可奈何了。

---

(82)「擇膏粱」二句——為女兒選個富有的婆家，誰知她卻流落到妓院。膏，肥肉；粱，精米；這是「膏粱子弟」的簡稱，指飽食終日，遊手好閒的有錢子弟。承望，料想；烟花，妓女的代稱；烟花巷，妓院聚集的地方。這四句是說為子女操心打算，結果只是白費心機。

(83)「因嫌」數句——這是說富貴功名原是空，可惜世人都掙脫不了世俗名利的束縛。紗帽，古代皇帝和官吏都戴紗帽，依官階大小，顏色和質料都不同，這裡是「官吏」的代稱。憐，即「嫌」。紫蟒，繡有蟒、龍圖像的紫色官服，在清代，這是三品以上的官服。他鄉，指功名利祿、嬌妻美妾、兒孫等塵世生活；故鄉，指超脫塵世的虛無境界。

(84)為他人做嫁衣裳——比喻執著塵世的人，只是白白替人奔忙，死後一切都是空虛的。唐秦韜玉〈貧女〉詩：「苦恨年年壓金線，為他人做嫁衣裳。」後來就用「為人作嫁」形容空為別人忙碌。

(85)褡褳——一種長形布袋，中間開口，兩頭可以裝錢或雜物，大的可以搭在肩上，小的可以掛在腰帶上，是舊時人們出門常攜帶的裝備。

這日，那甄家大丫鬟在門前買線，忽聽街上喝道[86]之聲，眾人都說新太爺到任。丫鬟於是隱在門內看時，只見軍牢快手[87]，一對一對的過去，俄而大轎抬著一個烏帽猩袍[88]的官府過去。丫鬟倒發了個怔，自思這官好面善，倒像在那裡見過的。於是進入房中，也就丟過不在心上。至晚間，正待歇息之時，忽聽一片聲打的門響，許多人亂嚷，說：「本府太爺差人來傳人問話。」封肅聽了，唬得目瞪口呆，不知有何禍事。

[86] 喝道——舊時官吏出行，衙役要在隊伍前面大聲吆喝，叫人讓路，叫做「喝道」，又作「喝導」。

[87] 軍牢快手——管緝捕、防衛和行刑的隸卒，官吏出巡時，常由他們前呼後擁，以示威勢。

[88] 猩袍——紅袍。猩，像猩猩的血一樣鮮豔的紅色。舊時官服，三品以上是紫色，五品以上是紅色。

聯經出版事業公司校印

第二回 賈夫人仙逝揚州城 冷子興演說榮國府

此回亦非正文。本旨只在冷子興一人，即俗語所謂冷中出熱，無中生有也。其演說榮府一篇者，蓋因族大人多，若從作者筆下一一敘出，二二回不能說明，成何文字。故借用冷子興一人略出其文，好使閱者心中已有一榮府隱隱在心。然後用黛玉、寶釵等兩三次皴染①，必耀然於心中眼中矣。此即畫家三染法也。未寫榮府正人，先寫外戚，是由遠及近、由小及大也。若使先敘出榮府，然後一一敘及外戚，又一一至朋友，至奴僕，其死板拮据之筆，豈作十二釵人手中之物也。今先寫外戚者，正是寫榮國一府也。故又怕閑文贅瘰，開筆即寫賈夫人已死，是特使黛玉入榮府之速也。通靈寶玉於士隱夢中一出，今又於子興口中一出，閱者已洞然矣。然後於黛玉、寶釵二人目中極精極細一描，則是文章關鎖處，蓋不肯一筆直下，有若放閘之水，然信之爆，使其精華一泄而無餘也。究竟此玉

①皴染——國畫技法，用細筆堆疊描畫，以顯明山石紋理及陰陽向背。這裡是「鋪陳烘托」的意思。

原應出自釵、黛目中，方有照應。今預從子興口中說出，實雖寫而卻未寫。觀其後文，可知此一回則是虛敲傍擊之文，筆則是反逆隱曲之筆。

詩云：

一局輸贏料不真，香銷茶盡尚逡巡。欲知目下興衰兆，須問旁觀冷眼人。②

卻說封肅因聽見公差傳喚，忙出來陪笑啟問。那些人只嚷：「快請出甄爺來！」封肅忙陪笑道：「小人姓封，並不姓甄。只有當日小婿姓甄，今已出家一二年了，不知可是問他？」那些公人道：「我們也不知什麼『真』『假』，因奉太爺之命來問，他既是你女婿，便帶了你去親見太爺面稟，省得亂跑。」說著，不容封肅多言，大家推擁他去了。封家人個個都驚慌，不知何兆。

那天約二更時，只見封肅方回來，歡天喜地。眾人忙問端的③。他乃說道：「原來本府新升的太爺姓賈名化，本貫胡州人氏，曾與女婿舊日相交。方才在咱門前過去，因見嬌杏那丫頭買線，所以他只當

②「一局輸贏」一詩——此詩概括本回冷子興演說榮國府的內容：首句以下棋比喻賈府興衰一時難料；次句用香銷茶盡、棋局已殘比喻賈府已瀕臨衰亡末世；逡巡，原是「徘徊不進」的意思，這裡比喻賈府「死而不僵」；後兩句是說冷子興已從賈府表面的繁華中看出它即將沒落的預兆。

③端的——詳情、究竟。

聯經出版事業公司校印

女婿移住於此。我一一將原故回明，那太爺倒傷感嘆息了一回；又問外孫女兒，我說看燈丟了。太爺說：『不妨，我自使番役④務必探訪回來。』說了一回話，臨走倒送了我二兩銀子。」甄家娘子聽了，不免心中傷感。一宿無話。

至次日，早有雨村遣人送了兩封銀子、四匹錦緞，答謝甄家娘子；又寄一封密書與封肅，轉托問甄家娘子要那嬌杏作二房⑤。封肅喜的屁滾尿流，巴不得去奉承，便在女兒前一力攛掇⑥成了，乘夜只用一乘小轎，便把嬌杏送進去了。雨村歡喜，自不必說，乃封百金贈封肅，外謝甄家娘子許多物事，令其好生養贍，以待尋訪女兒下落。封肅回家無話。

卻說嬌杏這丫鬟，便是那年回顧雨村者。因偶然一顧，便弄出這段事來，亦是自己意料不到之奇緣。誰想他命運兩濟，不承望⑦自到雨村身邊，只一年便生了一子；又半載，雨村嫡妻忽染疾下世，雨村便將他扶作正室夫人了。正是：

偶因一著錯，便為人上人。

---

④番役——明清時負責緝捕盜賊、訪拿逃亡及娼賭凶棍的差役，又稱「番子」。

⑤二房——妾、小老婆。

⑥攛掇——慫恿、促成。

⑦不承望——不料、沒想到。

聯經出版事業公司　校印

原來，雨村因那年士隱贈銀之後，他於十六日便起身入都，至大比之期，不料他十分得意，已會了進士，選入外班⑧，今已升了本府知府。雖才幹優長，未免有些貪酷之弊；且又恃才侮上，那些官員皆側目而視。不上一年，便被上司尋了個空隙⑨，作成一本，參⑩他「生情狡猾，擅纂禮儀⑪，且沽清正之名，而暗結虎狼之屬，致使地方多事，民命不堪」等語。龍顏大怒，即批革職。該部文書⑫一到，本府官員無不喜悅。那雨村心中雖十分慚恨，卻面上全無一點怨色，仍是嘻笑自若；交代過公事，將歷年做官積的些資本並家小人屬送至原籍，安排妥協，卻是自己擔風袖月，遊覽天下勝迹。

那日，偶又遊至維揚⑬地面，因聞得今歲鹺政⑭點⑮的是林如海。這林如海姓林名海，表字如海，

---

⑧外班——科舉時代進士分成三甲，除一甲三名外，其餘進士要再經過「朝考」，錄取的稱「庶吉士」，沒錄取的則經過候選的程序，分發到各部或外省聽候委用，外放到地方做官的，就叫做「外班」。「班」指官員補缺的班次。

⑨空隙——裂縫、差錯。

⑩參——對失職官吏向皇帝提出檢舉、彈劾，請求懲辦。

⑪擅纂禮儀——舊時禮制儀式由禮部掌管，官員擅自纂集是有罪的，要受處罰。

⑫該部文書——吏部所下的免職令。舊時官吏的考核、升降是由吏部負責。

⑬維揚——揚州，今江蘇江都縣。

⑭鹺政——即巡鹽御史，清代稱「鹽運使」，由皇帝欽派，是地方上管理鹽務的長官。

⑮點——點名封官。如果是皇帝親自點名封官，稱做「欽點」。

聯經出版事業公司 校印

乃是前科的探花⑯，今已升至蘭臺寺大夫⑰，本貫姑蘇人氏，今欽點出為巡鹽御史，到任方一月有餘。原來這林如海之祖，曾襲過列侯，今到如海，業經五世。起初時，只封襲三世，因當今⑱隆恩盛德，遠邁前代，額外加恩，至如海之父，又襲了一代；至如海，便從科第出身。雖係鐘鼎之家⑲，卻亦是書香之族。只可惜這林家支庶不盛，子孫有限，雖有幾門，卻與如海俱是堂族而已，沒甚親支嫡派的。今如海年已四十，只有一個三歲之子，偏又於去歲死了。雖有幾房姬妾，奈他命中無子，亦無可如何之事。今只有嫡妻賈氏生得一女，乳名黛玉，年方五歲。夫妻無子，故愛如珍寶，且又見他聰明清秀，便也欲使他讀書識得幾個字，不過假充養子之意，聊解膝下荒涼⑳之嘆。

雨村正值偶感風寒，病在旅店，將一月光景方漸癒。一因身體勞倦，二因盤費不繼，也正欲尋個合式之處，暫且歇下。幸有兩個舊友，亦在此境居住，因聞得鹺政欲聘一西賓㉑，雨村便相托友力，謀了

---

⑯探花——科舉制度，殿試由皇帝主考，成績最好的一甲共三名：第一名狀元，第二名榜眼，第三名探花。

⑰蘭臺寺大夫——蘭臺原是漢朝宮內藏書處，由御史中丞主管，兼任糾察。後來就稱主管彈劾、監察的御史臺為「蘭臺」，御史府也叫「蘭臺寺」。

⑱當今——舊時稱當代皇帝為「當今」或「今上」。

⑲鐘鼎之家——「鐘鳴鼎食之家」的簡稱。鐘，樂器；鼎，食器，金屬製，大都是三足兩耳。舊時貴族宴客或祭祀時要鳴鐘列鼎，所以後來就用「鐘鼎之家」作為貴族豪門的代稱。

⑳膝下荒涼——指沒有子嗣。膝下，原指幼兒環繞在父母膝下，後來成為「子女」的代稱。

㉑西賓——家庭教師。古代以西為尊，賓客或教師的座位都居西面東，所以家庭教師或幕客（官吏的私人祕書）都稱「西賓」或「西席」，主人則稱「東家」。

聯經出版事業公司校印

進去，且作安身之計。妙在只一個女學生，並兩個伴讀丫鬟，這女學生年又小，身體又極怯弱，工課不限多寡，故十分省力。

堪堪又是一載的光陰，誰知女學生之母賈氏夫人一疾而終。女學生侍湯奉藥，守喪盡哀，遂又將辭館別圖。林如海意欲令女守制㉒讀書，故又將他留下。近因女學生哀痛過傷，本自怯弱多病的，觸犯舊症，遂連日不曾上學。雨村閑居無聊，每當風日晴和，飯後便出來閑步。

這日，偶至郭外，意欲賞鑒那村野風光。忽信步至一山環水旋、茂林深竹之處，隱隱的有座廟宇，門巷傾頹，牆垣朽敗，門前有額，題著「智通寺」三字，門旁又有一副舊破的對聯，曰：

　　身後有餘忘縮手，眼前無路想回頭。㉓

雨村看了，因想到：「這兩句話，文雖淺近，其意則深。我也曾遊過些名山大剎，倒不曾見過這話頭，其中想必有個翻過筋斗來的㉔亦未可知，何不進去試試？」想著走入，只有一個龍鍾老僧在那裡煮粥。雨村見了，便不在意。及至問他兩句話，那老僧既聾且昏，齒落舌鈍，所答非所問。

雨村不耐煩，便仍出來，意欲到那村肆㉕中沽飲三杯，以助野趣，於是款步行來。將入肆門，只見

㉒守制——舊時父母或祖父母死後，嫡長子或承重孫（長房嫡長孫）要守孝三年，謝絕世務，稱為「守制」。

㉓「身後」一聯——身後，死後；回頭，即佛教所說：「苦海無邊，回頭是岸。」這副對聯是說：貪得無厭的人即使已擁有花不完的錢財還是不肯停止貪求，直到碰壁走投無路時才想回頭。

㉔翻過觔斗來的——原是佛教禪宗對「覺悟得道」者的一種比喻，這裡指飽經世事風波或遭受重大挫折後看破世情的人。

㉕村肆——鄉村酒店。肆，從前賣茶、賣酒、賣雜貨等商店的通稱。

座上吃酒之客有一人起身大笑，接了出來，口內說：「奇遇，奇遇！」雨村忙看時，此人是都中在骨董行中貿易的號冷子興者，舊日在都相識。雨村最贊這冷子興是個有作為、大本領的人，這子興又借雨村斯文之名，故二人說話投機，最相契合。雨村忙笑問道：「老兄何日到此？弟竟不知。今日偶遇，真奇緣也。」子興道：「去年歲底到家，今因還要入都，從此順路找個敝友說一句話，承他之情，留我多住兩日。我也無緊事，且盤桓兩日，待月半時也就起身了。今日敝友有事，我因閑步至此，且歇歇腳，不期這樣巧遇！」一面說，一面讓雨村同席坐了，另整上酒肴來。二人閑談漫飲，敘些別後之事。

雨村因問：「近日都中可有新聞沒有？」子興道：「倒沒有什麼新聞，倒是老先生你貴同宗家，出了一件小小的異事。」雨村笑道：「弟族中無人在都，何談及此？」子興笑道：「你們同姓，豈非同宗一族？」雨村問是誰家。子興道：「榮國府賈府中，可也玷辱了先生的門楣麼？」雨村笑道：「原來是他家。若論起來，寒族人丁卻不少，自東漢賈復㉖以來，支派繁盛，各省皆有，誰逐細考查得來？若論榮國一支，卻是同譜。但他那等榮耀，我們不便去攀扯，至今故越發生疏難認了。」子興嘆道：「老先生休如此說。如今的這寧、榮兩門，也都蕭疏了，不比先時的光景。」雨村道：「當日寧、榮兩宅的人口也極多，如何就蕭疏了？」冷子興道：「正是，說來也話長。」雨村道：「去歲我到金陵地界，因欲遊覽六朝遺迹，那日進了石頭城㉗，從他老宅門前經過。街東是寧國府，街西是榮國府，二宅相連，竟

㉖賈復——東漢人，字君文，曾任執金吾、左將軍，光武帝時封膠東侯，見《後漢書，賈復傳》。

㉗石頭城——故址在今南京市，三國時孫權所建，後來常代指金陵或南京。自東吳在金陵建都後，東晉、宋、齊、梁、陳五朝也建都金陵，通稱「六朝」。

將大半條街占了。大門前雖冷落無人，隔著圍牆一望，裡面廳殿樓閣，也還都崢嶸軒峻；就是後一帶花園子裡面樹木山石，也還都有蓊蔚洇潤㉘之氣，那裡像個衰敗之家？」冷子興笑道：「虧你是進士出身，原來不通！古人有云：『百足之蟲，死而不僵。』㉙如今雖說不及先年那樣興盛，較之平常仕宦之家，到底氣象不同。如今生齒㉚日繁，事務日盛，主僕上下，安富尊榮者盡多，運籌謀畫者無一；其日用排場費用，又不能將就省儉，如今外面的架子雖未甚倒，內囊卻也盡上來了。這還是小事。更有一件大事：誰知這樣鐘鳴鼎食之家，翰墨詩書之族，如今的兒孫，竟一代不如一代了！」雨村聽說，也納罕道：「這樣詩禮之家，豈有不善教育之理？別門不知，只說這寧、榮二宅，是最教子有方的。」

子興嘆道：「正說的是這兩門呢。待我告訴你：當日寧國公與榮國公是一母同胞弟兄兩個。寧公居長，生了四個兒子。寧公死後，賈代化襲了官，也養了兩個兒子：長名賈敷，至八九歲上便死了，只剩了次子賈敬襲了官，如今一味好道，只愛燒丹煉汞㉛，餘者一概不在心上。幸而早年留下一子，名喚賈珍，因他父親一心想作神仙，把官倒讓他襲了。他父親又不肯回原籍來，只在都中城外和道士們胡羼㉜。

㉘蓊蔚洇潤——茂盛潤澤的樣子。蓊、蔚，都是草木茂盛的樣子；洇，水流動的樣子。

㉙百足之蟲，死而不僵——百足之蟲，指馬陸、蜈蚣一類的節肢動物；僵，仆倒。這裡比喻貴族官宦世家即使已經衰敗，表面上仍能維持某種繁榮的假象。

㉚生齒——古時小孩長到七、八個月大，長了牙齒以後，才登記戶籍。這裡指戶籍的人口。

㉛燒丹煉汞——道教的迷信，認為用朱砂、水銀等燒煉，可製成「金丹」，吃後可長生不老，飛升成仙。

這位珍爺倒生了一個兒子，今年才十六歲，名叫賈蓉。如今敬老爹一概不管。這珍爺那裡肯讀書，只一味高樂㉝不了，把寧國府竟翻了過來，也沒有人敢來管他。再說榮府你聽，方才所說異事，就出在這裡。自榮公死後，長子賈代善襲了官，娶的也是金陵世勛史侯家的小姐為妻，生了兩個兒子：長子賈赦，次子賈政。如今代善早已去世，太夫人尚在，長子賈赦襲著官；次子賈政，自幼酷喜讀書，祖父最疼，原欲以科甲出身的，不料代善臨終時遺本㉞一上，皇上因恤先臣，即時令長子襲官外，問還有幾子，立刻引見，遂額外賜了這政老爹一個主事㉟之銜，令其入部習學㊱，如今現已升了員外郎了。這政老爹的夫人王氏，頭胎生的公子，名喚賈珠，十四歲進學㊲，不到二十歲就娶了妻生了子，一病死了。第二胎生了一位小姐，生在大年初一，這就奇了；不想後來又生一位公子，說來更奇，一落胎胞，嘴裡便銜下一塊五彩晶瑩的玉來，上面還有許多字迹，就取名叫作寶玉。你道是新奇異事不是？」

㉜胡羼——胡鬧、瞎攪和。

㉝高樂——恣意尋歡作樂。

㉞遺本——官員死前留下的上奏文書。

㉟主事——官名。清代在六部之下設司，主管官稱「郎中」，副主管為「員外郎」，再下一級，就是「主事」。

㊱入部習學——清代殿試沒考中庶吉士的進士，可以做「額外主事」，但不是實任官，要在所分發的部司裡學習三年期滿，才有實任資格。這類官有時也由皇帝賞賜，即所謂「恩賜」。部，這裡指工部，主管建築、水利等事。

㊲進學——科舉制度：考入京都的太學或府、州、縣學，做了生員，叫做「進學」，也就是「中了秀才」。

聯經出版事業公司　校印

雨村笑道：「果然奇異。只怕這人來歷不小。」子興冷笑道：「萬人皆如此說，因而乃祖母便先愛如珍寶。那年周歲時，政老爹便要試他將來的志向，便將那世上所有之物擺了無數，與他抓取㊳。誰知他一概不取，伸手只把些脂粉、釵環抓來。政老爹便大怒了，說：『將來酒色之徒耳！』因此便大不喜悅。獨那史老太君㊴還是命根一樣。說來又奇，如今長了七八歲，雖然淘氣異常，但其聰明乖覺處，百個不及他一個。說起孩子話來也奇怪，他說：『女兒是水作的骨肉，男人是泥作的骨肉。我見了女兒，我便清爽；見了男子，便覺濁臭逼人。』你道好笑不好笑？將來色鬼無疑了！」雨村罕然厲色忙止道：「非也！可惜你們不知道這人來歷。大約政老前輩㊵也錯以淫魔色鬼看待了。若非多讀書識事，加以致知格物之功、悟道參玄㊶之力，不能知也。」

子興見他說得這樣重大，忙請教其端。雨村道：「天地生人，除大仁大惡兩種，餘者皆無大異。若

㊳抓取——即「抓周」。古時風俗，小孩周歲時，家人陳列各種物品、用具任他抓取，來預測他的興趣、志向和前途，見《顏氏家訓・風操》。

㊴太君——原是對官員母親的封號，後來也用作對他人母親的尊稱。

㊵老前輩——清代翰林稱比自己早三科入翰林院的為「前輩」，早五科的為「老前輩」。賈政雖不是科甲出身，因當官的資歷比賈雨村早，所以雨村尊稱他為「老前輩」。

㊶致知格物、悟道參玄——致，發揮；格、參，推究；道、玄，都指宗教中玄妙的道理。前句語出《大學》，意思是：接觸事物並推究其中道理，就能發揮人們內心固有的知識。後句是宗教用語，意思是：領會並推究宗教中玄妙的道理。

大仁者，則應運而生，大惡者，則應劫而生㊷。運生世治，劫生世危。堯、舜、禹、湯、文、武、周、召、孔、孟、董、韓、周、程、張、朱㊸，皆應運而生者。蚩尤、共工、桀、紂、始皇、王莽、曹操、桓溫、安祿山、秦檜等，皆應劫而生者。大仁者，修治天下；大惡者，擾亂天下。清明靈秀，天地之正氣，仁者之所秉也；殘忍乖僻，天地之邪氣，惡者之所秉也。今當運隆祚永㊹之朝，太平無為之世，清明靈秀之氣所秉者，上至朝廷，下及草野，比比皆是。所餘之秀氣，漫無所歸，遂為甘露、為和風，洽然溉及四海㊺。彼殘忍乖僻之邪氣，不能蕩溢於光天化日之中，遂凝結充塞於深溝大壑之內，偶因風蕩，或被雲摧，略有搖動感發之意，一絲半縷誤而泄出者，偶值靈秀之氣適過，正不容邪，邪復妒正，兩不相下，亦如風水雷電，地中既遇，既不能消，又不能讓，必至搏擊掀發後始盡。故其氣亦必賦人，發泄一盡始散。使男女偶秉此氣而生者，在上則不能成仁人君子，下亦不能為大兇大惡。置之於萬萬人中，其聰俊靈秀之氣，則在萬萬人之上；其乖僻邪謬不近人情之態，又在萬萬人之下。若生於公侯富貴之家，

㊷應運、應劫——運，氣數，吉祥和順的時代氣運；劫，時代的災難、厄運。象數家說：大聖大賢是適應祥和的時代氣運而生，大邪大惡則順應災難的時代氣運而生。

㊸董、韓、周、程、張、朱——董仲舒，西漢儒家的主要代表人物。韓愈，唐代文學家，唐宋八大家之一。周敦頤，北宋理學家，程朱理學的奠基者。程顥、程頤，人稱「二程」，北宋理學家。張載，北宋思想家。朱熹，南宋理學家、教育家，他的學說在明清兩代高居「儒學正宗」的地位。

㊹運隆祚永——運，國運；祚，皇權、帝位。這是說：國運興隆，皇位傳世久遠。

㊺洽然溉及四海——洽然，和協滋潤的樣子；四海，天下。這句是說：清明靈秀之氣普及天下。

則為情癡情種；若生於詩書清貧之族，則為逸士高人；縱再偶生於薄祚寒門，斷不能為走卒健僕，甘遭庸人驅制駕馭，必為奇優㊻名倡。如前代之許由、陶潛、阮籍、嵇康、劉伶、王謝二族、顧虎頭、陳後主、唐明皇、宋徽宗、劉庭芝、溫飛卿、米南宮、石曼卿、柳耆卿、秦少游，近日之倪雲林、唐伯虎、祝枝山，再如李龜年、黃幡綽、敬新磨、卓文君、紅拂、薛濤、崔鶯、朝雲㊼之流，此皆易地則同之人也。」

子興道：「依你說，『成則王侯敗則賊』了？」雨村道：「正是這意。你還不知，我自革職以來，這兩年遍遊各省，也曾遇見兩個異樣孩子。所以，方才你一說這寶玉，我就猜著了八九亦是這一派人物。不用遠說，只金陵城內，欽差金陵省體仁院總裁㊽甄家，你可知麼？」子興道：「誰人不知！這甄府和賈府就是老親，又係世交。兩家來往，極其親熱的。便在下也和他家來往非止一日了。」

雨村笑道：「去歲我在金陵，也曾有人薦我到甄府處館㊾。我進去看其光景，誰知他家那等顯貴，

㊻奇優——有名的藝人。舊時從事音樂、舞蹈、戲劇、雜技等表演工作的藝人，統稱為「優人」。

㊼劉庭芝、黃旛綽、敬新磨、崔鶯、朝雲——劉庭芝，唐代詩人劉希夷，有〈代白頭吟〉等詩。黃旛綽，唐玄宗時藝人，很滑稽，說話幽默風趣，很受玄宗寵愛。敬新磨，五代後唐莊宗的宮廷藝人，擅長詼諧諷刺。崔鶯，元雜劇《西廂記》中女主角崔鶯鶯。朝雲，北宋錢塘名妓，姓王，會楷書，能作詩，後為蘇軾侍妾。

㊽欽差金陵省體仁院總裁——欽差，明清時由皇帝指派出外辦理重大事件的官員；「欽差大臣」則是由皇帝特命並授予關防，權力更大。體仁院，作者根據清代體仁閣虛擬的官署名。總裁，官名，宋代始設，總管編修歷史和主考進士，這裡指體仁院的長官。

㊾處館——當家庭教師或幕客。

卻是個富而好禮之家，倒是個難得之館。但這一個學生，雖是啟蒙，卻比一個舉業㊿的還勞神。說起來更可笑，他說：『必得兩個女兒伴著我讀書，我方能認得字，心裡也明白；不然我自己心裡糊塗。』又常對跟他的小廝們說：『這女兒兩個字，極尊貴、極清淨的，比那阿彌陀佛、元始天尊(51)的這兩個寶號還更尊榮無對的呢！你們這濁口臭舌，萬不可唐突了這兩個字，要緊。但凡要說時，必須先用清水香茶漱了口才可；設若失錯，便要鑿牙穿腮等事。』其暴虐浮躁，頑劣憨癡，種種異常。只一放了學，進去見了那些女兒們，其溫厚和平，聰敏文雅，竟又變了一個。因此，他令尊也曾下死笞楚(52)過幾次，無奈竟不能改。每打的吃疼不過時，他便『姊姊』『妹妹』亂叫起來。後來聽得裡面女兒們拿他取笑：『因何打急了只管叫姊妹做甚？莫不是求姊妹去說情討饒？你豈不愧些！』他回答的最妙。他說：『急疼之時，只叫「姊姊」「妹妹」字樣，或可解疼也未可知，因叫了一聲，便果覺不疼了，遂得了祕法：每疼痛之極，便連叫姊妹起來了。』你說可笑不可笑？也因祖母溺愛不明，每因孫辱師責子，因此我就辭了

㊿啟蒙、舉業——啟蒙，啟發蒙昧，使初學者得到基本的入門知識；這裡指兒童開始上學讀書，從前的教材有《三字經》、《百家姓》等。舉業，準備科舉考試的學業，包括讀四書五經，寫八股文、試帖詩等。

(51)阿彌陀佛、元始天尊——阿彌陀佛，習稱「彌陀」，意譯為「無量壽」、「無量光」，是極樂世界的教主。元始天尊，道教尊神，住在天界最高的「玉清」仙境，是「三清」之首。

(52)下死笞楚——下死，用大力氣，狠狠的。笞楚，鞭打。笞，竹板；楚，荊條；兩種都是從前塾師或家長用來體罰學生或子弟的工具，這裡當動詞用。

館出來。如今在這巡鹽御史林家做館了。你看，這等子弟，必不能守祖父之根基，從師長之規諫的。只可惜他家幾個姊妹都是少有的。」

子興道：「便是賈府中，現有的三個也不錯。政老爹的長女，名元春，現因賢孝才德，選入宮中作女史[53]去了。二小姐乃赦老爹之妾所出，名迎春；三小姐乃政老爹之庶出，名探春；四小姐乃寧府珍爺之胞妹，名喚惜春。因史老夫人極愛孫女，都跟在祖母這邊一處讀書，聽得個個不錯。」雨村道：「更妙在甄家的風俗，女兒之名，亦皆從男子之名命字，不似別家另外用這些『春』『紅』『香』『玉』等豔字的。何得賈府亦樂此俗套？」子興道：「不然。只因現今大小姐是正月初一日所生，故名元春，餘者方從了『春』字。上一輩的，卻也是從弟兄而來的。現有對證：目今你貴東家林公之夫人，即榮府中赦、政二公之胞妹，在家時名喚賈敏。不信時，你回去細訪可知。」雨村拍案笑道：「怪道這女學生讀至凡書中有『敏』字，皆念作『密』[54]字，每每如是；寫字遇著『敏』字，又減一二筆，我心中就有些疑惑。今聽你說的，是為此無疑矣。怪道我這女學生言語舉止另是一樣，不與近日女子相同，度其母必不凡，方得其女，今知為榮府之孫，又不足罕矣，可傷上月竟亡故了。」子興嘆道：「老姊妹四個，這一個是極小的，又沒了。長一輩的姊妹，一個也沒了。只看這小一輩的，將來之東床[55]如何呢？」

---

[53] 女史——古代宮中掌管王后禮儀及書寫記事的女官，後來成為尊貴、文雅女子的泛稱。

[54] 「敏」念作「密」——舊時遇到皇帝或直系尊親的名字時，不能直接讀出或寫出，要用相近的音，同義字代替，或少寫一兩筆，叫做「避諱」。

雨村道：「正是。方才說這政公，已有銜玉之兒，又有長子所遺一個弱孫。這赦老竟無一個不成？」子興道：「政公既有玉兒之後，其妾又生了一個，倒不知其好歹。只眼前現有二子一孫，卻不知將來如何。若問那赦公，也有二子，長名賈璉，今已二十來往了，親上作親，娶的就是政老爹夫人王氏之內侄女，今已娶了二年。這位璉爺身上現捐的是個同知㊻，也是不肯讀書，於世路上好機變，言談去的，所以如今只在乃叔政老爺家住著，幫著料理家務。誰知自娶了他令夫人之後，倒上下無一人不稱頌他夫人的，璉爺倒退了一射之地㊼：說模樣又極標緻，言談又爽利，心機又極深細，竟是個男人萬不及一的。」雨村聽了，笑道：「可知我前言不謬。你我方才所說的這幾個人，都只怕是那正邪兩賦而來一路之人，未可知也。」子興道：「邪也罷，正也罷，只顧算別人家的帳，你也吃一杯酒才好。」雨村道：「正是，只顧說話，竟多吃了幾杯。」子興笑道：「說著別人家的閑話，正好下酒，即多吃幾杯何妨。」雨村向窗外看道：「天也晚了，仔細關了城。我們慢慢的進城再談，未為不可。」於是，二人起身，算還酒帳。方欲走時，又聽得後面有人叫道：「雨村兄，恭喜了！特來報個喜信的。」雨村忙回頭看時——

㊺東床——女婿的代稱。《世說新語．雅量》說：晉代太尉郗鑒要在丞相王導的子弟中選女婿，派門生去王家探看，候選者都很矜持的迎接貴賓，只有王羲之不在意，坦腹躺在東床上吃東西，郗鑒欣賞他，便選中他。

㊻捐的是個同知——捐，捐納，也就是向政府繳納錢糧買官；始於秦，至清代，用錢買官已成當時重要的入仕途徑。同知，在清朝是知府的副手。

㊼退了一射之地——比喻對人讓步，不敢和他爭先。一射，一枝箭所能射到的地方，大約是一百二十到一百五十步的距離。

第三回　賈雨村夤緣復舊職　林黛玉抛父進京都

卻說雨村忙回頭看時，不是別人，乃是當日同僚一案參革的號張如圭者。他本係此地人，革後家居，今打聽得都中奏准起復①舊員之信，他便四下裡尋情找門路，忽遇見雨村，故忙道喜。二人見了禮，張如圭便將此信告訴雨村，雨村自是歡喜，忙忙的敘了兩句，遂作別各自回家。冷子興聽得此言，便忙獻計，令雨村央煩林如海，轉向都中去央煩賈政。雨村領其意，作別回至館中，忙尋邸報②看真確了。

次日，面謀之如海。如海道：「天緣湊巧，因賤荊③去世，都中家岳母念及小女無人依傍教育，前已遣了男女④、船隻來接，因小女未曾大痊，故未及行。此刻正思向蒙訓教之恩未經酬報，遇此機會，

①起復——舊時官吏無論因事、因病、因父母之喪離職以及降職或革職的，在恢復原官、原銜時，都叫做「起復」。

②邸報——又名「邸鈔」、「宮門鈔」，政府官報，內容包括傳鈔的詔令、奏章和其他新聞記事等。

③賤荊——舊時謙稱自己的妻子，又作「拙荊」、「山荊」等。荊，指「荊釵布裙」，語出《列女傳》。

④男女——元明以來對平民的賤稱，這裡泛指僕人。

聯經出版事業公司校印

豈有不盡心圖報之理。但請放心。弟已預為籌畫至此，已修下薦書一封，轉托內兄務為周全協佐，方可稍盡弟之鄙誠，即有所費用之例，弟於內兄信中已注明白，亦不勞尊兄多慮矣。」雨村一面打恭⑤，謝不釋口，一面又問：「不知令親大人現居何職？只怕晚生草率，不敢驟然入都干瀆⑥。」如海笑道：「若論舍親，與尊兄猶係同譜，乃榮公之孫：大內兄現襲一等將軍⑦，名赦，字恩侯；二內兄名政，字存周，現任工部員外郎，其為人謙恭厚道，大有祖父遺風，非膏粱輕薄仕宦之流，故弟方致書煩托。否則不但有汙尊兄之清操，即弟亦不屑為矣。」雨村聽了，心下方信了昨日子興之言，於是又謝了林如海。如海乃說：「已擇了出月初二日小女入都，尊兄即同路而往，豈不兩便？」雨村唯唯聽命，心中十分得意。如海遂打點禮物並餞行之事，雨村一一領了。

那女學生黛玉，身體方癒，原不忍棄父而往；無奈他外祖母致意務去，且兼如海說：「汝父年將半百，再無續室之意；且汝多病，年又極小，上無親母教養，下無姊妹兄弟扶持，今依傍外祖母及舅氏姊妹去，正好減我顧盼之憂，何反云不往？」黛玉聽了，方洒淚拜別，隨了奶娘及榮府幾個老婦人登舟而去。雨村另有一隻船，帶兩個小童，依附黛玉而行。

有日到了都中，進入神京，雨村先整了衣冠，帶了小童，拿著宗侄的名帖⑧，至榮府的門前投了。

⑤打恭——鞠躬。

⑥干瀆——冒犯，又作「干黷」。

⑦將軍——清代宗室貴族的封爵分十四級，「將軍」是較低的爵位，分一、二、三等。

彼時賈政已看了妹丈之書，即忙請入相會。見雨村相貌魁偉，言語不俗，且這賈政最喜讀書人，禮賢下士，濟弱扶危，大有祖風；況又係妹丈致意，因此優待雨村，更又不同，便竭力內中協助，題奏⑨之日，輕輕謀了一個復職候缺，不上兩個月，金陵應天府⑩缺出，便謀補了候缺，拜辭了賈政，擇日上任去了。不在話下。

且說黛玉自那日棄舟登岸時，便有榮國府打發了轎子並拉行李的車輛久候了。這林黛玉常聽得母親說過，他外祖母家與別家不同。他近日所見的這幾個三等僕婦，吃穿用度，已是不凡了，何況今至其家。因此步步留心，時時在意，不肯輕易多說一句話，多行一步路，惟恐被人恥笑了他去。自上了轎，進入城中，從紗窗向外瞧了一瞧，其街市之繁華，人烟之阜盛，自與別處不同。又行了半日，忽見街北蹲著兩個大石獅子，三間獸頭大門，門前列坐著十來個華冠麗服之人。正門卻不開，只有東西兩角門有人出入。正門之上有一匾，匾上大書「敕造⑪寧國府」五個大字。黛玉想道：這必是外祖之長房了。想著，

---

⑧名帖——明清時官場拜謁，用紅紙書寫官銜、名字，稱為「名帖」。相當於現代的「名片」。

⑨題奏——泛指奏摺。明清時臣子呈給皇帝的奏摺，關於公事的，用印，叫「題本」；「奏本」是關於私事，不用印。

⑩金陵應天府——金陵，今南京市及江寧縣地。清代沿襲明朝，在這裡設應天府。應天府尹（府的首長）在清代是正三品。

⑪敕造——奉皇帝的命令而建造。敕，皇帝發布的文書或命令。

又往西行，不多遠，照樣也是三間大門，方是榮國府了。卻不進正門，只進了西邊角門。那轎夫抬進去，走了一射之地，將轉彎時，便歇下退出去了。後面的婆子們已都下了轎，趕上前來。另換了三四個衣帽周全十七八歲的小廝⑫上來，復抬起轎子。眾婆子步下圍隨至一垂花門⑬前落下。眾小廝退出，眾婆子上來打起轎簾，扶黛玉下轎。林黛玉扶著婆子的手，進了垂花門，兩邊是抄手遊廊⑭，當中是穿堂⑮，當地放著一個紫檀架子大理石的大插屏⑯。轉過插屏，小小的三間廳，廳後就是後面的正房大院。正面五間上房，皆雕梁畫棟，兩邊穿山遊廊廂房，掛著各色鸚鵡、畫眉等鳥雀，臺磯之上，坐著幾個穿紅著綠的丫頭，一見他們來了，便忙都笑迎上來，說：「剛才老太太還念呢，可巧就來了。」於是三四人爭著打起簾櫳，一面聽得人回話：「林姑娘到了。」

黛玉方進入房時，只見兩個人攙著一位鬢髮如銀的老母迎上來，黛玉便知是他外祖母。方欲拜見時，

---

⑫小廝——從前對年輕男僕的稱呼，也叫「小么兒」、「小子」。廝，舊稱養馬、打柴等賤職工人，也用作男子的賤稱。

⑬垂花門——舊時富家宅院進入大門後，內院院門通常有雕刻的垂花，倒懸在門額兩側，門上邊蓋有宮殿式小屋頂，稱「垂花門」。

⑭抄手遊廊——院門內兩側環抱的走廊，一般自「二門」起。又，東西房和南北房連接轉角的地方叫「鹿頂」；正院或正房的角門叫「耳門」；從房子山牆（房子兩側的牆，形狀如山，故名）上開門接起的走廊叫「穿山（或鑽山）遊廊」。

⑮穿堂——舊時富家宅院中坐落在前後院落間可以穿過行走的廳堂。

⑯大插屏——放在穿堂中的大屏風，除裝飾外，還可以遮蔽視線，以免一進入穿堂就直見正房。

早被他外祖母一把摟入懷中，「心肝兒肉」叫著大哭起來。當下地下侍立之人，無不掩面涕泣，黛玉也哭個不住。一時眾人慢慢解勸住了，黛玉方拜見了外祖母。——此即冷子興所云之史氏太君，賈赦、賈政之母也。當下賈母一一指與黛玉：「這是你大舅母；這是你二舅母；這是你先珠大哥的媳婦珠大嫂子。」黛玉一一拜見過。賈母又說：「請姑娘們來。今日遠客才來，可以不必上學去了。」眾人答應了一聲，便去了兩個。

不一時，只見三個奶嬤嬤⑰並五六個丫鬟，簇擁著三個姊妹來了。第一個肌膚微豐，合中身材，腮凝新荔，鼻膩鵝脂⑱，溫柔沈默，觀之可親。第二個削肩細腰，長挑身材，鴨蛋臉面，俊眼修眉，顧盼神飛⑲，文彩精華，見之忘俗。第三個身量未足，形容尚小。其釵環裙襖，三人皆是一樣的妝飾。黛玉忙起身迎上來見禮，互相廝認過，大家歸了坐。丫鬟們斟上茶來。不過說些黛玉之母如何得病，如何請醫服藥，如何送死發喪。不免賈母又傷感起來，因說：「我這些兒女，所疼者獨有你母，今日一旦先捨我而去，連面也不能一見，今見了你，我怎不傷心！」說著，摟了黛玉在懷，又嗚咽起來。眾人忙都寬慰解釋，方略略止住。

眾人見黛玉年貌雖小，其舉止言談不俗，身體面龐雖怯弱不勝，卻有一段自然的風流態度，便知他

⑰奶嬤嬤——奶媽。俗稱母親為「嬤嬤」，引申作為對老婦人的稱呼。
⑱腮凝新荔，鼻膩鵝脂——兩頰像剛上市的新鮮荔枝一般嫣紅，鼻子像鵝油皂一樣光滑。
⑲顧盼神飛——顧、盼，都是「看」，引申為「眉眼」。這是說探春眉眼間神采飛揚。

有不足之症[20]。因問：「常服何藥，如何不急為療治？」黛玉道：「我自來是如此，從會吃飲食時便吃藥，到今日未斷，請了多少名醫修方配藥，皆不見效。那一年我三歲時，聽得說來了一個癩頭和尚，說要化我去出家，我父母固是不從。他又說：『既捨不得他，只怕他的病一生也不能好的了。若要好時，除非從此以後總不許見哭聲；除父母之外，凡有外姓親友之人，一概不見，方可平安了此一世。』瘋瘋癲癲，說了這些不經之談[21]，也沒人理他。如今還是吃人參養榮丸。」賈母道：「正好，我這裡正配丸藥呢。叫他們多配一料就是了。」

一語未了，只聽後院中有人笑聲，說：「我來遲了，不曾迎接遠客！」黛玉納罕[22]道：「這些人個個皆斂聲屏氣，恭肅嚴整如此，這來者係誰，這樣放誕無禮？」心下想時，只見一群媳婦[23]、丫鬟圍擁著一個人從後房門進來。這個人打扮與眾姑娘不同，彩繡輝煌，恍若神妃仙子：頭上戴著金絲八寶攢珠髻[24]，綰著朝陽五鳳掛珠釵[25]；項上帶著赤金盤螭瓔珞圈[26]；裙邊繫著豆綠宮縧，雙衡比目玫瑰佩[27]；

---

[20] 不足之症——中醫病名，由身體虛弱引起，如脾胃虛弱，叫中氣不足；氣血虛弱，叫正氣不足。

[21] 不經之談——荒唐、不合理、沒根據的話。

[22] 納罕——覺得奇怪，事出意料之外。

[23] 媳婦——女僕。夫婦同在一家做奴僕，妻子便被稱為某人媳婦或某家的；和通常稱子、侄的妻子為「媳婦」意思不同。

[24] 金絲八寶攢珠髻——用金絲穿繞珍珠和鑲嵌八寶（瑪瑙、碧玉之類）製成的珠花髮髻。攢，湊聚。用金絲或銀絲把珍珠穿扭成各種花樣，叫做「攢珠花」。

[25] 朝陽五鳳掛珠釵——一種長釵，釵上分出五股，每股一隻鳳凰，口銜一串珍珠。

身上穿著縷金百蝶穿花大紅洋緞窄褃襖㉘，外罩五彩刻絲石青銀鼠褂㉙；下著翡翠撒花洋縐裙㉚。一雙丹鳳三角眼，兩彎柳葉吊梢眉㉛，身量苗條，體格風騷，粉面含春威不露，丹脣未啟笑先聞。黛玉連忙起身接見。賈母笑道：「你不認得他，他是我們這裡有名的一個潑皮破落戶兒㉜，南省俗稱作『辣子』㉝，你只叫他『鳳辣子』就是了。」黛玉正不知以何稱呼，只見眾姊妹都忙告訴他道：「這是璉嫂子。」

㉖赤金盤螭瓔珞圈——螭，古代傳說中的無角龍；瓔珞，聯綴起來的珠玉；圈，項圈。裝飾著盤螭和瓔珞的項圈，這和上面的珠髻、珠釵都是華貴的首飾。

㉗雙衡比目玫瑰佩——玫瑰色雙魚形，上部有兩條小橫槓的玉佩。衡，一作「珩」，佩玉上部的小橫槓，用來繫飾物。比目，魚名，傳說這種魚成雙而行。佩，玉佩，古時貴族佩帶的玉器，常雕琢成各種形狀。

㉘縷金百蝶穿花大紅洋緞窄褃襖——縷金，用金線在布料上繡花。窄褃襖，緊身襖，可以顯出身材纖細。褃，音ㄎㄣˋ，衣服前後兩幅合縫的部分，在腰部叫「腰褃」，腋窩叫「抬褃」。

㉙五彩刻絲石青銀鼠褂——淡灰青色的衣面上有各種彩色刻絲，銀鼠皮裡的外套。刻絲，在絲織品上用絲平織成的圖案，和凸出的繡花不同；石青，淡灰青色。

㉚翡翠撒花洋縐裙——翠綠色碎花縐綢裙子。翡翠，鮮綠色；撒花，散碎小花點組成的花樣或圖案；洋縐，極薄而軟的平紋春綢，微帶自然皺紋。

㉛丹鳳三角眼、柳葉吊梢眉——眼角向上微翹，眉梢斜飛入鬢。

㉜潑皮破落戶——原指沒有正當生活來源的無賴，這裡是戲謔的形容鳳姐潑辣。潑皮，無賴；破落戶，家道衰落的無賴子弟。

黛玉雖不識，也曾聽見母親說過，大舅賈赦之子賈璉，娶的就是二舅母王氏之內侄女，自幼假充男兒教養的，學名王熙鳳。黛玉忙陪笑見禮，以「嫂」呼之。這熙鳳攜著黛玉的手，上下細細打諒㉞了一回，仍送至賈母身邊坐下，因笑道：「天下真有這樣標緻的人物，我今兒才算見了！況且這通身的氣派，竟不像老祖宗的外孫女兒，竟是個嫡親的孫女，怨不得老祖宗天天口頭心頭一時不忘。只可憐我這妹妹這樣命苦，怎麼姑媽偏就去世了！」說著，便用帕拭淚。賈母笑道：「我才好了，你倒來招我。你妹妹遠路才來，身子又弱，也才勸住了，快再休提前話。」這熙鳳聽了，忙轉悲為喜道：「正是呢！我一見了妹妹，一心都在他身上了，又是喜歡，又是傷心，竟忘記了老祖宗。該打，該打！」又忙攜黛玉之手，問：「妹妹幾歲了？可也上過學？現吃什麼藥？在這裡不要想家，想要什麼吃的、什麼玩的，只管告訴我；丫頭、老婆們不好了，也只管告訴我。」一面又問婆子們：「林姑娘的行李東西可搬進來了？帶了幾個人來？你們趕早打掃兩間下房，讓他們去歇歇。」

說話時，已擺了茶果上來。熙鳳親為捧茶捧果。又見二舅母問他：「月錢㉟放過了不曾？」熙鳳道：「月錢已放完了。才剛帶著人到後樓上找緞子，找了這半日，也並沒有見昨日太太說的那樣的，想是太太記錯了？」王夫人道：「有沒有，什麼要緊。」因又說道：「該隨手拿出兩個來給你這妹妹去裁衣裳

㉝辣子——本意是「狠毒」，這裡作「能幹、厲害」解釋，是賈母對王熙鳳的謔稱。

㉞打諒——即「打量」，注意觀察。

㉟月錢——舊時富戶大家每月按等級發給家中人的零用錢。

的，等晚上想著叫人再去拿罷，可別忘了。」熙鳳道：「這倒是我先料著了，知道妹妹不過這兩日到的，我已預備下了，等太太回去過了目，好送來。」王夫人一笑，點頭不語。

當下茶果已撤，賈母命兩個老嬤嬤帶了黛玉去見兩個母舅。時賈赦之妻邢氏忙亦起身，笑回道：「我帶了外甥女過去，倒也便宜㊱。」賈母笑道：「正是呢，你也去罷，不必過來了。」邢夫人答應了一聲「是」字，遂帶了黛玉與王夫人作辭，大家送至穿堂前。出了垂花門，早有眾小廝們拉過一輛翠幄青紬車㊲，邢夫人攜了黛玉，坐在上面，眾婆子們放下車簾，方命小廝們抬起，拉至寬處，方駕上馴騾，亦出了西角門，往東過榮府正門；便入一黑油大門中，至儀門㊳前方下來。眾小廝退出，方打起車簾，邢夫人攙著黛玉的手，進入院中。黛玉度其房屋院宇，必是榮府中花園隔斷過來的。進入三層儀門，果見正房廂廡遊廊，悉皆小巧別緻，不似方才那邊軒峻壯麗；且院中隨處之樹木山石皆在。一時進入正室，早有許多盛妝麗服之姬妾、丫鬟迎著。邢夫人讓黛玉坐了，一面命人到外面書房去請賈赦。一時人來回話說：「老爺說了：『連日身上不好，見了姑娘彼此倒傷心，暫且不忍相見。勸姑娘不要傷心想家，跟著老太太和舅母，即同家裡一樣。姊妹們雖拙，大家一處伴著，亦可以解些煩悶。或有委屈之處，只管說得，不要外道㊴才是。』」黛玉忙站起來，一一聽了。再坐一刻，便告辭。邢夫人苦留吃過晚飯去，

㊱便宜——這裡作「方便」解釋。

㊲翠幄青紬車——翠幄，用粗厚的綠綢做的車帳子；青紬，青色綢做的車簾。幄，音ㄨㄛˋ，方形帳子；紬，即「綢」。

㊳儀門——舊時官衙、府第大門之內的門，取「有象可儀」之意，又有裝飾作用。一說，旁門也可稱儀門。

㊴外道——見外，客氣，生疏。佛家指佛理之外的為「外道」，引申有「以為外人」的意思。

黛玉笑回道：「舅母愛惜賜飯，原不應辭，只是還要過去拜見二舅舅，恐領了賜去不恭，異日再領，未為不可。望舅母容諒。」邢夫人聽說，笑道：「這倒是了。」遂令兩三個嬤嬤：「用方才的車，好生送了姑娘過去。」於是黛玉告辭。邢夫人送至儀門前，又囑咐了眾人幾句，眼看著車去了方回來。

一時黛玉進了榮府，下了車。眾嬤嬤引著，便往東轉彎，穿過一個東西的穿堂，向南大廳之後，儀門內大院落，上面五間大正房，兩邊廂房鹿頂耳房㊵鑽山，四通八達，軒昂壯麗，比賈母處不同。黛玉便知這方是正經正內室，一條大甬路㊶，直接出大門的。進入堂屋中，抬頭迎面先看見一個赤金九龍青地大匾，匾上寫著斗大的三個大字，是「榮禧堂」，後有一行小字：「某年月日，書賜榮國公賈源」，又有「萬幾宸翰之寶」㊷。大紫檀雕螭案上，設著三尺來高青綠古銅鼎，懸著待漏隨朝墨龍大畫㊸，一邊是金蜼彝㊹，一邊是玻璃盒㊺。地下兩溜㊻十六張楠木交椅，又有一副對聯，乃烏木聯牌，鑲著鏨銀

㊵耳房——連接在正房兩側的小房子，好像人的兩耳，叫「耳房」。

㊶甬路——院子裡堂前居中的路。

㊷萬幾宸翰之寶——皇帝印章上的文字。幾，同「機」；萬機，形容皇帝政務繁多。宸，北極星；皇帝坐北面南，所以用「北宸」代指皇帝。翰，墨跡、書法；宸翰，皇帝的筆跡。寶，皇帝的印璽。

㊸待漏隨朝墨龍大畫——漏，指「銅壺滴漏」，古代計時器，代指時間；待漏，古時大臣要在五更前到朝房裡等待上朝時刻。隨朝，按照大臣的班列朝見皇帝。墨龍大畫，巨龍在雲霧海潮中忽隱忽現的大幅水墨畫。

㊹金蜼彝——雕有蜼形圖案的青銅祭器。蜼，音ㄨㄟˋ，一種長尾猿；彝，古代青銅禮器的通稱。

㊺玻璃盒——盒，音ㄏㄞˇ，盛酒的器具。明清時玻璃器皿多半來自外國，價值昂貴，是珍貴的擺設品。

㊼的字迹，道是：

座上珠璣昭日月，堂前黼黻煥烟霞。㊽

下面一行小字，道是「同鄉世教弟勛襲東安郡王穆蒔拜手書」。

原來王夫人時常居坐宴息，亦不在這正室，只在這正室東邊的三間耳房內。於是老嬤嬤引黛玉進東房門來。臨窗大炕上鋪著猩紅洋罽㊾，正面設著大紅金錢蟒靠背，石青金錢蟒引枕，秋香色金錢蟒大條褥㊿。兩邊設一對梅花式洋漆小几。左邊几上文王鼎匙箸香盒(51)；右邊几上汝窰美人觚(52)——觚內插著

㊻兩溜——兩排，兩行。

㊼鏨銀——用銀雕刻、鑲嵌的工藝。鏨，音ㄗㄢˋ，雕刻。

㊽「座上」一聯——此聯以座中人和堂上客服飾的華貴表現賈府的顯赫。珠璣，珍珠；古代貴族常佩帶珍珠美玉當裝飾；昭日月，像日月般光彩照人。黼黻，古代官吏貴族禮服上繡的花紋，黼是黑白相間的斧形圖案，黻是黑青相間，兩己相背的「亞」形圖案；煥烟霞，像彩霞般絢麗。

㊾罽——音ㄐㄧˋ，毛織的毯子。

㊿石青金錢蟒引枕，秋香色金錢蟒大條褥——金錢蟒，織有小團龍紋的錦緞；引枕，圓墩形倚枕，坐時用來搭扶胳膊；秋香色，淡黃綠色。

(51)文王鼎匙箸香盒——文王鼎，周代的傳國國鼎，這裡指小形的仿古香爐；匙箸，撥弄香灰的用具；香盒，盛香料的盒子。

(52)汝窯美人觚——宋代河南汝州窯燒製的一種仿古瓷器。汝窯是宋代著名的瓷窯；觚，古代酒器，長腰細身，形如美人，所以稱「美人觚」。

聯經出版事業公司 校印

時鮮花卉，並茗碗、痰盒等物。地下面西一溜四張椅上，都搭著銀紅撒花椅搭(53)，底下四副腳踏(54)。椅之兩邊，也有一對高几，几上茗碗、瓶花俱備。其餘陳設，自不必細說。老嬤嬤們讓黛玉炕上坐，炕沿上卻有兩個錦褥對設，黛玉度其位次，便不上炕，只向東邊椅子上坐了。本房內的丫鬟忙捧上茶來。黛玉一面吃茶，一面打諒這些丫鬟們，妝飾衣裙，舉止行動，果亦與別家不同。

茶未吃了，只見一個穿紅綾襖青緞掐牙(55)背心的丫鬟走來笑說道：「太太說，請林姑娘到那邊坐罷。」老嬤嬤聽了，於是又引黛玉出來，到了東廊三間小正房內。正房炕上橫設一張炕桌，桌上磊著(56)書籍、茶具，靠東壁面西設著半舊的青緞靠背引枕。王夫人卻坐在西邊下首，亦是半舊的青緞靠背坐褥。見黛玉來了，便往東讓。黛玉心中料定這是賈政之位。因見挨炕一溜三張椅子上，也搭著半舊的彈墨椅袱(57)，黛玉便向椅上坐了。王夫人再四攜他上炕，他方挨王夫人坐了。王夫人因說：「你舅舅今日齋戒(58)去了，

(53)椅搭——又稱「椅披」，用長條錦緞製成，披在椅座和椅背上的鋪墊飾物。
(54)腳踏——一種常放在炕前或椅前的長方形墊腳小矮凳。
(55)掐牙——即「滾邊」，把錦緞雙疊成細條，嵌在衣服或背心的夾邊上，又稱「牙子」。第四十回「桌牙子」是指木器邊緣附加的裝飾木片。
(56)磊——層疊的放著。
(57)彈墨椅袱——用紙剪鏤空圖案覆在織物上，用墨色或其他顏色彈或噴成各種圖案花樣，叫做「彈墨」；椅袱，用錦緞等做成的椅套。
(58)齋戒——古人在祭祀或舉行隆重儀式前，要沐浴、吃素、戒酒、靜養一到三日，摒除雜念，以示誠敬，叫「齋戒」。

聯經出版事業公司　校印

再見罷。只是有一句話囑咐你：你三個姊妹倒都極好，以後一處念書、認字、學針線，或是偶一頑笑，都有儘讓的。但我不放心的最是一件：我有一個孽根禍胎，是家裡的『混世魔王』，今日因廟裡還願去了，尚未回來，晚間你看見便知了。你只以後不要睬他，你這些姊妹都不敢沾惹他的。」

黛玉亦常聽得母親說過，二舅母生的有個表兄，乃銜玉而誕，頑劣異常，極惡讀書，最喜在內幃[59]廝混；外祖母又極溺愛，無人敢管。今見王夫人如此說，便知說的是這表兄了。因陪笑道：「舅母說的，可是銜玉所生的這位哥哥？在家時亦曾聽見母親常說，這位哥哥比我大一歲，小名就喚寶玉，雖極憨頑，說在姊妹情中極好的。況我來了，自然只和姊妹同處，兄弟們自是別院另室的，豈得去沾惹之理？」王夫人笑道：「你不知道原故：他與別人不同，自幼因老太太疼愛，原係同姊妹們一處嬌養慣了的。若姊妹們有日不理他，他倒還安靜些，縱然他沒趣，不過出了二門，背地裡拿著他兩個小么兒出氣，咕唧[60]一會子就完了。若這一日姊妹們和他多說一句話，他心裡一樂，便生出多少事來。所以囑咐你別睬他。他嘴裡一時甜言蜜語，一時有天無日[61]，一時又瘋瘋傻傻，只休信他。」

黛玉一一的都答應著。只見一個丫鬟來回：「老太太那裡傳晚飯了。」王夫人忙攜黛玉從後房門由後廊往西，出了角門，是一條南北寬夾道。南邊是倒座三間小小的抱廈廳[62]，北邊立著一個粉油大影壁

---

[59]內幃——內室，女子的住處。幃，帳子，舊時講究男女有別，婦女住處有帳子圍擋。

[60]咕唧——拌嘴，低聲埋怨。低聲說話也叫「咕唧」（第七回）。

[61]有天無日——無法無天、毫無畏懼和顧忌。又作「沒天日」（第七回）。

[63]，後有一半大門，小小一所房室。王夫人笑指向黛玉道：「這是你鳳姐姐的屋子，回來你好往這裡找他來，少什麼東西，你只管和他說就是了。」這院門上也有四五個才總角[64]的小廝，都垂手侍立。王夫人遂攜黛玉穿過一個東西穿堂，便是賈母的後院了。於是，進入後房門，已有多人在此伺候，見王夫人來了，方安設桌椅。賈珠之妻李氏捧飯，熙鳳安箸，王夫人進羹。賈母正面榻上獨坐，兩邊四張空椅，熙鳳忙拉了黛玉在左邊第一張椅上坐了，黛玉十分推讓。賈母笑道：「你舅母、你嫂子們不在這裡吃飯。你是客，原應如此坐的。」黛玉方告了座，坐了。賈母命王夫人坐了。迎春姊妹三個告了座，方上來。迎春便坐右手第一，探春左邊第二，惜春右邊第二。旁邊丫鬟執著拂塵[65]、漱盂、巾帕。李、鳳二人立於案旁佈讓[66]。外間伺候之媳婦、丫鬟雖多，卻連一聲咳嗽不聞。寂然飯畢，各有丫鬟用小茶盤捧上茶來。當日林如海教女以惜福養身，云飯後務待飯粒咽盡，過一時再吃茶，方不傷脾胃。今黛玉見了這裡

---

[62] 倒座、抱廈廳——正房通常座北朝南，和正房相對，座南朝北的房子就叫「倒座」；迴繞堂屋後面的側室叫「抱廈廳」。

[63] 影壁——俗稱「照牆」，在門內或門外當作屏障或裝飾。

[64] 總角——古時小孩子頭髮剛剛長夠長度，可以總梳成髮髻，稱為「總角」，也代指兒童時代。

[65] 拂塵——用獸類鬃、尾或棕線束在長柄的一端，形狀像馬尾，可用來揮拂塵土、驅趕蚊蠅，又稱「蠅刷」。古時多用麈獸尾製成，稱為「麈尾」。

[66] 佈讓——宴客時用匙箸替客人挾菜，叫做「佈菜」；讓，勸客人加餐。

許多事情不合家中之式，不得不隨的，少不得一一改過來，因而接了茶。早見人又捧過漱盂來，黛玉也照樣漱了口。盥手畢，又捧上茶來，這方是吃的茶。賈母便說：「你們去罷，讓我們自在說話兒。」王夫人聽了，忙起身，又說了兩句閑話，方引鳳、李二人去了。賈母因問黛玉念何書。黛玉道：「只剛念了《四書》⑰。」黛玉又問姊妹們讀何書。賈母道：「讀的是什麼書，不過是認得兩字，不是睜眼的瞎子罷了！」

一語未了，只聽外面一陣腳步響，丫鬟進來笑道：「寶玉來了！」黛玉心中正疑惑著：「這個寶玉，不知是怎生個憊懶⑱人物，懵懂頑童？」——倒不見那蠢物也罷了。心中想著，忽見丫鬟話未報完，已進來了一位年輕的公子：頭上戴著束髮嵌寶紫金冠，齊眉勒著二龍搶珠金抹額⑲；穿一件二色金百蝶穿花大紅箭袖⑳，束著五彩絲攢花結長穗宮絛㉑，外罩石青起花八團倭緞排穗褂㉒；登著青緞粉底小朝靴

---

⑰四書——宋代朱熹把《大學》、《中庸》《論語》《孟子》合編在一起，作成《四書章句集注》，是元、明、清三代科舉考試必讀的書。

⑱憊懶——頑劣、不講理、耍賴。

⑲二龍搶珠金抹額——抹額，圍紮在額前，用來壓髮、束額。二龍搶珠，抹額上裝飾的圖案。

⑳箭袖——為便於射箭穿的窄袖袍服。二色金，指衣服上的花蝶圖案是用深淺兩色金線繡成的。

㉑五彩絲攢花結長穗宮絛——腰帶上用五彩絲線攢聚成花朵的結子，尾端垂著長穗子。結，又稱「結子」，是絛帶上一種裝飾性的結扣。

㉒石青起花八團倭緞排穗褂——團，圓形花樣；八團，八朵團花；倭緞，東洋緞；排穗，排綴在衣服下緣的彩穗。

⑬。面若中秋之月，色如春曉之花，鬢若刀裁，眉如墨畫，面如桃瓣，目若秋波。雖怒時而若笑，即瞋視而有情。項上金螭瓔珞，又有一根五色絲絛，繫著一塊美玉。黛玉一見，便吃一大驚，心下想道：「好生奇怪，倒像在那裡見過一般，何等眼熟到如此！」只見這寶玉向賈母請了安⑭，賈母便命：「去見你娘來。」寶玉即轉身去了。一時回來，再看，已換了冠帶：頭上周圍一轉的短髮，都結成小辮，紅絲結束，共攢至頂中胎髮，總編一根大辮，黑亮如漆，從頂至梢，一串四顆大珠，用金八寶墜角⑮；身上穿著銀紅撒花半舊大襖，仍舊帶著項圈、寶玉、寄名鎖、護身符⑯等物；下面半露松花撒花綾褲腿，錦邊彈墨襪，厚底大紅鞋。越顯得面如敷粉，唇若施脂；轉盼多情，語言常笑。天然一段風騷，全在眉梢；平生萬種情思，悉堆眼角。看其外貌最是極好，卻難知其底細。後人有〈西江月〉二詞，批寶玉極恰，其詞曰：

無故尋愁覓恨，有時似傻如狂。縱然生得好皮囊，腹內原來草莽。　潦倒不通世務，愚頑怕讀文

---

⑬青緞粉底朝靴——青緞，黑色緞子；朝靴，古代官吏穿的「烏皮履」。這裡指黑緞面，白色厚底，半高筒的靴子。

⑭請安——本是問安、問好的通稱。清代的請安禮節是：口裡說「請某人安」，伴著的動作是：男子屈右膝半跪，較隆重時雙膝跪下；女子雙手扶左膝，右腿微屈，往下蹲身。

⑮墜角——朝珠、床帳等下端起下垂作用的小飾品，這裡指辮稍所繫的裝飾。金飾上嵌鑲各色寶石，泛稱「八寶」。

⑯寄名鎖、護身符——舊時怕幼兒夭亡，給寺院或道觀一些財物，讓小孩在神或僧道前寄名當弟子，並在幼兒頸上繫一小金鎖，表示借神的命令鎖住，稱「寄名鎖」；護身符，是道士所畫的一種符錄，帶在身上，避禍免災。

聯經出版事業公司　校印

章。行為偏僻性乖張，那管世人誹謗！

富貴不知樂業，貧窮難耐淒涼。可憐辜負好韶光，於國於家無望。　天下無能第一，古今不肖無雙。寄言紈袴與膏粱：莫效此兒形狀！⑦⑦

賈母因笑道：「外客未見，就脫了衣裳，還不去見你妹妹！」寶玉早已看見多了一個姊妹，便料定是林姑媽之女，忙來作揖。廝見畢歸坐，細看形容，與眾各別：兩彎似蹙非蹙罥烟眉⑦⑧，一雙似喜非喜含情目。態生兩靨之愁，嬌襲一身之病⑦⑨。淚光點點，嬌喘微微。閑靜時如姣花照水，行動處似弱柳扶風。心較比干多一竅，病如西子勝三分⑧⓪。寶玉看罷，因笑道：「這個妹妹我曾見過的。」賈母笑道：

---

⑦⑦〈西江月〉二詞——皮囊，指人的軀殼；草莽，雜草，比喻不學無術、草包；庶務，各種事務、雜務；愚頑，無知頑劣；文章，指四書五經及八股文；偏僻，不端正，和世俗要求背道而馳；乖張，不馴服，指個性不合傳統要求。樂業，滿意，安於富貴；「於國」句，指賈家希望寶玉能齊家治國，卻都落空；不肖，不像自己的祖先，指寶玉思想行為都不符合賈政的期望；寄言，贈言，告訴；紈袴、膏粱，都泛指富家子弟。

⑦⑧似蹙非蹙罥烟眉——形容眉毛像一抹輕烟，微帶愁容。蹙，皺，這裡作皺眉愁容解釋；罥，音ㄐㄩㄢˋ，掛的意思。

⑦⑨態生兩靨之愁，嬌襲一身之病——形容黛玉嫵媚的風韻生於含愁的面容，嬌怯的情態出於孱弱的病體。態，情態風韻；靨，音ㄧㄝˋ，本指酒窩，這裡代指面頰；襲，承繼，因……而來。

⑧⓪心較比干多一竅，病如西子勝三分——上句是說黛玉非常聰明，下句形容黛玉病弱嬌美勝過西施。比干，商紂的叔父，傳說他的心有七竅；竅，孔，即心眼，俗謂心眼越多人越聰明；多一竅，是說較比干心眼還多，比喻黛玉極聰明。西子，春秋越國美女西施，相傳西施有病時常捧心皺眉，更加嫵媚。

「可又是胡說，你又何曾見過他？」寶玉笑道：「雖然未曾見過他，然我看著面善，心裡就算是舊相識，今日只作遠別重逢，亦未為不可。」賈母笑道：「更好，更好，若如此，更相和睦了。」

寶玉便走近黛玉身邊坐下，又細細打量一番，因問：「妹妹可曾讀書？」黛玉道：「不曾讀，只上了一年學，些須認得幾個字。」寶玉又道：「妹妹尊名是那兩個字？」黛玉便說了名。寶玉又問表字。黛玉道：「無字。」寶玉笑道：「我送妹妹一妙字，莫若『顰顰』二字極妙。」探春便問何出。寶玉道：「《古今人物通考》[81]上說：『西方有石名黛，可代畫眉之墨。』況這林妹妹眉尖若蹙，用取這兩個字，豈不兩妙！」探春笑道：「只恐又是你的杜撰。」寶玉笑道：「除《四書》外，杜撰的太多，偏只我是杜撰不成？」又問黛玉：「可也有玉沒有？」眾人不解其語，黛玉便忖度著：「因他有玉，故問我有也無。」因答道：「我沒有那個。想來那玉是一件罕物，豈能人人有的？」寶玉聽了，登時發作起癡狂病來，摘下那玉，就狠命摔去，罵道：「什麼罕物，連人之高低不擇，還說『通靈』不『通靈』呢！我也不要這勞什子[82]了！」嚇的眾人一擁爭去拾玉。賈母急的摟了寶玉道：「孽障！你生氣，要打罵人容易，何苦摔那命根子！」寶玉滿面淚痕泣道：「家裡姊姊妹妹都沒有，單我有，我說沒趣；如今來了這們一個神仙似的妹妹也沒有，可知這不是個好東西。」賈母忙哄他道：「你這妹妹原有這個來的，因你姑媽去世時，捨不得你妹妹，無法處，遂將他的玉帶了去了：一則全殉葬之禮，盡你妹妹之孝心；二則你姑

㊁《古今人物通考》——這應是寶玉杜撰的，用來諷刺古書的虛假。

㊂勞什子——如同說「東西」、「玩意兒」，含有厭惡的情緒。

媽之靈，亦可權作見了女兒之意。因此他只說沒有這個，不便自己誇張之意。你如今怎比得他？還不好生慎重帶上，仔細你娘知道了。」說著，便向丫鬟手中接來，親與他帶上。寶玉聽如此說，想一想，大有情理，也就不生別論了。

當下，奶娘來請問黛玉之房舍。賈母說：「今將寶玉挪出來，同我在套間暖閣兒[83]裡，把你林姑娘暫安置碧紗櫥[84]裡。等過了殘冬，春天再與他們收拾房屋，另作一番安置罷。」寶玉道：「好祖宗，我就在碧紗櫥外的床上很妥當，何必又出來鬧的老祖宗不得安靜？」賈母想了一想，說：「也罷了。」每人一個奶娘並一個丫頭照管，餘者在外間上夜聽喚。一面早有熙鳳命人送了一頂藕合色花帳，並幾件錦被、緞褥之類。

黛玉只帶了兩個人來：一個是自幼奶娘王嬤嬤，一個是十歲的小丫頭，亦是自幼隨身的，名喚作雪雁。賈母見雪雁甚小，一團孩氣，王嬤嬤又極老，料黛玉皆不遂心省力的，便將自己身邊的一個二等丫頭，名喚鸚哥者與了黛玉。外亦如迎春等例，每人除自幼乳母外，另有四個教引嬤嬤[85]。除貼身掌管釵

---

[83] 套間、暖閣——與正房相連的兩側房間，叫做「套間」。暖閣，在套間內再隔出小房間，內設炕褥，前面兩旁有槅扇，上有橫楣，形成床帳的樣子。

[84] 碧紗櫥——幃帳一類的東西，用木頭做架子，頂上和四周蒙上紗帳，可以折疊，也可以隔斷房間，中間兩扇可以開關。這裡的「碧紗櫥裡」，指用碧紗櫥隔斷的裡間。

[85] 教引嬤嬤——清代皇子一出生，就有保母、乳母各八人；斷乳後，增「諳達」，「凡飲食、言語、行步、禮節皆教之。」見《清稗類鈔》。貴族家庭的「教引嬤嬤」，職務應類似皇宮中的「諳達」。

釧、盥沐兩個丫鬟外，另有五六個洒掃房屋來往使役的小丫鬟。當下，王嬤嬤與鸚哥陪侍黛玉在碧紗櫥內。寶玉之乳母李嬤嬤，並大丫鬟名喚襲人者，陪侍在外面大床上。

原來這襲人亦是賈母之婢，本名珍珠。賈母因溺愛寶玉，生恐寶玉之婢無竭力盡忠之人，素喜襲人心地純良，克盡職任，遂與了寶玉。寶玉因知他本姓花，又曾見舊人詩句上有「花氣襲人」之句⑧⑥，遂回明賈母，更名襲人。這襲人亦有些癡處：伏侍賈母時，心中眼中只有一個賈母；如今伏侍寶玉，心中眼中又只有一個寶玉。只因寶玉性情乖僻，每每規諫寶玉，心中著實憂鬱。

是晚，寶玉、李嬤嬤已睡了，他見裡面黛玉和鸚哥猶未安息，他自卸了妝，悄悄進來，笑問：「姑娘怎麼還不安息？」黛玉忙讓：「姊姊請坐。」襲人在床沿上坐了。鸚哥笑道：「林姑娘正在這裡傷心。自己淌眼抹淚的說：『今兒才來，就惹出你家哥兒的狂病，倘或摔壞了那玉，豈不是因我之過！』因此便傷心，我好容易勸好了。」襲人道：「姑娘快休如此！將來只怕比這個更奇怪的笑話兒還有呢！若為他這種行止，你多心傷感，只怕你傷感不了呢。快別多心！」黛玉道：「姊姊們說的，我記著就是了。究竟那玉不知是怎麼個來歷？上面還有字迹？」襲人道：「連一家子也不知來歷，上頭還有現成的眼兒⑧⑦，聽得說，落草⑧⑧時是從他口裡掏出來的。等我拿來你看便知。」黛玉忙止道：「罷了，此刻夜深，

⑧⑥「花氣襲人」之句——全句是「花氣襲人知驟暖」，見宋陸游〈春居書喜〉詩。是說天氣暖了，更覺花香撲人。後文二十三回和二十八回「驟」均作「晝」。

⑧⑦現成眼兒——原來就有的孔洞。眼，器物上的孔洞，可以穿繩子。

明日再看也不遲。」大家又敘了一回，方才安歇。

次日起來，省[89]過賈母，因往王夫人處來，正值王夫人與熙鳳在一處拆金陵來的書信看，又有王夫人之兄嫂處遣了兩個媳婦來說話的。黛玉雖不知原委，探春等卻都曉得是議論金陵城中所居的薛家姨母之子姨表兄薛蟠，倚財仗勢，打死人命，現在應天府案下審理。如今母舅王子騰得了信息，故遣他家內的人來告訴這邊，意欲喚取進京之意。

---

[88] 落草——婦人分娩叫「坐草」，由此引申，小兒初生就叫「落草」，和淪落草莽，當強盜的「落草為寇」不同。

[89] 省——音ㄒㄧㄥˇ。《禮記．曲禮上》：「凡為人子之禮，冬溫而夏凊，昏定而晨省。」子女對父母早上問安叫「省」，晚上服侍就寢叫「定」；這裡泛指早晚的問安。

聯經出版事業公司校印

第四回　薄命女偏逢薄命郎　葫蘆僧亂判葫蘆案①

卻說黛玉同姊妹們至王夫人處，見王夫人與兄嫂處的來使計議家務，又說姨母家遭人命官司等語。因見王夫人事情冗雜，姊妹們遂出來，至寡嫂李氏房中來了。

原來這李氏即賈珠之妻。珠雖夭亡，幸存一子，取名賈蘭，今方五歲，已入學攻書。這李氏亦係金陵名宦之女，父名李守中，曾為國子監祭酒②，族中男女無有不誦詩讀書者。至李守中承繼以來，便說「女子無才便是德」，故生了李氏時，便不十分令其讀書，只不過將些《女四書》、《列女傳》、《賢媛集》③等三四種書，使他認得幾個字，記得前朝這幾個賢女便罷了，卻只以紡績井臼④為要，因取名

---

①葫蘆——「糊塗」的諧音。宋元民間俗語有有「葫蘆提」一詞，是糊裡糊塗、不明不白的意思。

②國子監祭酒——我國古代最高的學官。國子監，簡稱「國子」或「國學」，是古代最高學府；祭酒，古代舉行盛大宴會時，要先推舉一位賓客中的長者先舉酒以祭，叫祭酒，後來成為學官名，是國子監的主管官。

為李紈，字宮裁。因此這李紈雖青春喪偶，居家處膏粱錦繡之中，竟如槁木死灰⑤一般，一概無見無聞，惟知侍親養子，外則陪侍小姑等針黹⑥、誦讀而已。今黛玉雖客寄於斯，日有這般姊妹相伴，除老父外，餘者也都無庸慮及了。

如今且說雨村，因補授了應天府，一下馬就有一件人命官司詳至案下⑦，乃是兩家爭買一婢，各不相讓，以至毆傷人命。彼時雨村即傳原告之人來審。那原告道：「被毆死者乃小人之主人。因那日買了一個丫頭，不想是拐子拐來賣的。這拐子先已得了我家的銀子，我家小爺原說第三日方是好日子，再接入門。這拐子便又悄悄的賣與薛家，被我們知道了，去找拿賣主，奪取丫頭。無奈薛家原係金陵一霸，倚財仗勢，眾豪奴將我小主人竟打死了。兇身⑧主僕已皆逃走，無影無踪，只剩了幾個局外之人。小人

③《女四書》、《列女傳》、《賢媛集》——這些書記載了古代婦女的言行，是閨閣的教材。《女四書》，明末清初王相仿朱熹編《四書》的辦法，把東漢班昭的《女誡》，唐代宋若莘、宋若昭的《女論語》，明成祖后徐氏的《內訓》，和王相母劉氏的《女範捷錄》編成一書，並加注解，總稱《女四書》。《列女傳》，西漢劉向編，表彰歷代的賢女、烈女。《賢媛集》，未詳出處。

④井臼——打水、舂米等工作，泛指家事。

⑤槁木死灰——比喻情性欲望已歸寂滅，見《莊子・齊物論》，郭象注：「槁木死灰，取其寂寞無情耳。」

⑥針黹——舊時婦女紡織、刺繡等工作的統稱，也叫「女紅」。黹，音ㄓˇ，縫紉，刺繡。

⑦詳至案下——把公文送到衙門。詳，舊時下屬向上司呈報請示的一種公文。案下，指衙門。

⑧兇身——兇犯、兇手。

告了一年的狀，竟無人作主。望大老爺拘拿兇犯，剪惡除兇，以救孤寡，死者感戴天恩不盡！」

雨村聽了大怒，道：「豈有這樣放屁的事！打死人命就白白的走了，再拿不來的！」因發簽⑨差公人立刻將兇犯族中人拿來拷問，令他們實供藏在何處；一面再動海捕文書⑩。正要發簽時，只見案邊立的一個門子⑪使眼色兒，——不令他發簽之意。雨村心下甚為疑怪，只得停了手，即時退堂，至密室，侍從皆退去，只留門子伏侍。這門子忙上來請安，笑問：「老爺一向加官進祿，八九年來就忘了我了？」雨村道：「卻十分面善得緊，只是一時想不起來。」那門子笑道：「老爺真是貴人多忘事，把出身之地竟忘了，不記當年葫蘆廟裡之事？」雨村聽了，如雷震一驚，方想起往事。原來這門子本是葫蘆廟內一個小沙彌⑫，因被火之後，無處安身，欲投別廟去修行，又耐不得清涼景況，因想這件生意倒還輕省熱鬧，遂趁年紀蓄了髮，充了門子。雨村那裡料得是他，便忙攜手笑道：「原來是故人。」又讓坐了好談。這門子不敢坐。雨村笑道：「貧賤之交不可忘。你我故人也；二則此係私室，既欲長談，豈有不坐之理？」這門子聽說，方告了座，斜簽著坐⑬了。

⑨發簽——簽，舊時官府派遣差役出外辦事的憑證，一般為木製，長條形，插在公案簽筒中，要用時取出，叫「發簽」。
⑩海捕文書——古代官府通令各地捕捉逃犯的公文，也就是「通緝令」。
⑪門子——舊時官衙中從事看門、傳達、站班等雜務的差役。
⑫沙彌——梵語，意思是「息惡」、「行慈」。原是男子初出家受十戒者的通稱，一般多用來指剛削髮出家的小和尚。
⑬斜簽著坐——側身直腰坐在凳子邊沿，表示謙恭。

雨村因問方才何故有不令發簽之意。這門子道：「老爺既榮任到這一省，難道就沒抄一張本省『護官符』來不成？」雨村忙問：「何為『護官符』？我竟不知。」門子道：「這還了得！連這個不知，怎能作得長遠！如今凡作地方官者，皆有一個私單，上面寫的是本省最有權有勢、極富極貴的大鄉紳名姓，各省皆然；倘若不知，一時觸犯了這樣的人家，不但官爵，只怕連性命還保不成呢！所以綽號叫作『護官符』。方才所說的這薛家，老爺如何惹得他！他這件官司並無難斷之處，皆因都礙著情分面上，所以如此。」一面說，一面從順袋⑭中取出一張抄寫的「護官符」來，遞與雨村，看時，上面皆是本地大族名宦之家的諺俗口碑⑮。其口碑排寫得明白，下面所注的皆是自始祖官爵並房次。石頭亦曾抄寫了一張，今據石上所抄云：

賈不假，白玉為堂金作馬⑯。寧國、榮國二公之後，共二十房分，除寧、榮親派八房在都外，現原籍住者十二房。

阿房宮，三百里，住不下金陵一個史⑰。保齡侯尚書令史公之後，房分共十八，都中現住者十房，原籍現

---

⑭順袋——一種掛在腰帶邊的小袋子，用來放隨身小物件。

⑮口碑——人們口頭上所傳誦的話。

⑯「賈不假」句及注——形容賈府的尊貴豪富。不假，名不虛傳。白玉為堂，白玉砌成的廳堂，指豪貴的宅第；金作馬，即「金馬」，漢宮門名，本句不僅寫賈家豪華富貴，也表現賈家的官高爵顯。房分，家族的一支叫「一房」。

⑰「阿房宮」句及注——形容史府門第顯赫。阿房宮、秦宮殿名，在咸陽，規模極大。史，指史家，是賈母的娘家。尚書令，秦代始置，權限歷代不同，魏晉時是事實上的宰相，明清時廢。

居八房。

東海缺少白玉床，龍王來請金陵王⑱。都太尉統制縣伯王公之後，共十二房，都中二房，餘在籍。

豐年好大雪，珍珠如土金如鐵⑲。紫薇舍人薛公之後，現領內府帑銀行商，共八房分。

雨村猶未看完，忽聽傳點⑳，人報：「王老爺來拜。」雨村聽說，忙具衣冠出去迎接。有頓飯工夫，方回來細問。這門子道：「這四家皆連絡有親，一損皆損，一榮皆榮，扶持遮飾，俱有照應的。今告打死人之薛，就係豐年大雪之『雪』也。也不單靠這三家，他的世交親友在都在外者，本亦不少。老爺如今拿誰去？」雨村聽如此說，便笑問門子道：「如你這樣說來，卻怎麼了結此案？你大約也深知這兇犯躲的方向了？」

門子笑道：「不瞞老爺說，不但這兇犯躲的方向我知道，一併這拐賣之人我也知道，死鬼買主也深

---

⑱「東海」句及注——形容王家多奇珍異寶。傳說四海龍王極富有，尤其以東海龍王為最。金陵王，王夫人、薛姨媽和王熙鳳的娘家，王家祖上專管各國進貢朝賀事，凡有外國人來，都是王家招待，所以多奇珍異寶，豪富無比。太尉，古官名，秦漢時總領全國軍事，三公之一，後來變成空銜，無實權，元以後廢。統制，北宋官名，可節制兵馬，南宋以後成為禁軍將官的職銜。

⑲「豐年」句及注——形容薛家錢財之多。薛家是皇商，是專為朝廷購置用品的商人。紫微舍人，即「中書舍人」，是撰擬誥敕的專任官，由有文學資望的人擔任。帑銀，國庫所藏的錢財。

⑳傳點——古代衙門或大官住宅裡，二門上常設有一種金屬的響器叫「點」，向內院報事或集合家人時，打「點」做信號，叫「傳點」。「點」多鑄成雲頭形，所以又叫「雲板」（第十三回）。

知道。待我細說與老爺聽：這個被打之死鬼，乃是本地一個小鄉紳之子，名喚馮淵，自幼父母早亡，又無兄弟，只他一個人守著些薄產過日子。長到十八九歲上，酷愛男風[21]，最厭女子。這也是前生寃孽，可巧遇見這拐子賣丫頭，他便一眼看上了這丫頭，立意買來作妾，立誓再不交結男子，也不再娶第二個了，所以三日後方過門。誰曉這拐子又偷賣與薛家，他意欲捲了兩家的銀子，再逃往他省。誰知又不曾走脫，兩家拿住，打了個臭死，都不肯收銀，只要領人。那薛家公子豈是讓人的，便喝著手下人一打，將馮公子打了個稀爛，抬回家去三日死了。這薛公子原是早已擇定日子上京去的，頭起身兩日前，就偶然遇見這丫頭，意欲買了就進京的，誰知鬧出這事來。既打了馮公子，奪了丫頭，他便沒事人一般，只管帶了家眷走他的路。他這裡自有弟兄、奴僕在此料理，也並非為此些些小事值得他一逃走的。這且別說，老爺你當被賣之丫頭是誰？」雨村道：「我如何得知？」門子冷笑道：「這人算來還是老爺的大恩人呢！他就是葫蘆廟旁住的甄老爺的小姐，名喚英蓮的。」雨村罕然道：「原來就是他！聞得養至五歲被人拐去，怎麼如今才來賣呢？」

門子道：「這一種拐子單管偷拐五六歲的兒女，養在一個僻靜之處，到十一二歲，度其容貌，帶至他鄉轉賣。當日這英蓮，我們天天哄他頑耍；雖隔了七八年，如今十二三歲的光景，其模樣雖然出脫[22]得齊整好些，然大概相貌，自是不改，熟人易認。況且他眉心中原有米粒大小的一點胭脂𤶚[23]，從胎裡

㉑男風——男色，也叫男寵，男性同性戀。

㉒出脫——一作「出落」、「出挑」，大多指少女身體、容貌向美的方向發育、變化。

㉓胭脂𤶚——紅色的胎記。𤶚，皮膚上天生的色斑；胭脂，形容色斑是紅色的。

帶來的，所以我卻認得。偏生這拐子又租了我的房舍居住，那日拐子不在家，我也曾問他。他是被拐子打怕了的，萬不敢說，只說拐子係他親爹，因無錢償債，故賣他。我又哄之再四，他又哭了，只說：『我不記得小時之事！』這可無疑了。那日馮公子相看了，兌了銀子，拐子醉了，他自嘆道：『我今日罪孽可滿了！』後又聽見馮公子令三日之後過門，他又轉有憂愁之態。我又不忍其形景，等拐子出去，又命內人去解勸他：『這馮公子必待好日期來接，可知必不以丫鬟相看。況他是個絕風流人品，家裡頗過得，素習又最厭惡堂客㉔，今竟破價買你，後事不言可知。只耐得三兩日，何必憂悶！』他聽如此說，方才略解憂悶，自為從此得所。誰料天下竟有這等不如意事，第二日，他偏又賣與薛家。若賣與第二個人還好，這薛公子的混名人稱『呆霸王』，最是天下第一個弄性尚氣㉕的人，而且使錢如土，遂打了個落花流水㉖，生拖死拽，把個英蓮拖去，如今也不知死活。這馮公子空喜一場，一念未遂，反花了錢，送了命，豈不可嘆！」

雨村聽了，亦嘆道：「這也是他們的孽障㉗遭遇，亦非偶然。不然這馮淵如何偏只看准了這英蓮？這英蓮受了拐子這幾年折磨，才得了個頭路㉘，且又是個多情的，若能聚合了，倒是件美事，偏又生出

㉔堂客——舊時稱婦女為「堂客」，就是「女眷」的意思。男子便稱為「官客」。

㉕弄性尚氣——任性，愛發脾氣。

㉖落花流水——比喻零亂不堪、亂七八糟的樣子。

㉗孽障——又稱「業障」，佛家指妨礙修行的罪惡。佛教認為因果報應，前生做的惡事，會造成今世的障礙。

這段事來。這薛家縱比馮家富貴，想其為人，自然姬妾眾多，淫佚無度，未必及馮淵定情於一人者。這正是夢幻情緣，恰遇一對薄命兒女。且不要議論他，只目今這官司，如何剖斷才好？」門子笑道：「老爺當年何其明決，今日何反成了個沒主意的人了！小的聞得老爺補升此任，亦係賈府、王府之力；此薛蟠即賈府之親，老爺何不順水行舟，作個整人情，將此案了結，日後也好去見賈府、王府。」雨村道：「你說的何嘗不是。但事關人命，蒙皇上隆恩，起復委用，實是重生再造，正當殫心竭力圖報之時，豈可因私而廢法？是我實不能忍為者。」門子聽了，冷笑道：「老爺說的何嘗不是大道理，但只是如今世上是行不去的。豈不聞古人有云：『大丈夫相時而動』㉙，又曰：『趨吉避凶者為君子』。依老爺這一說，不但不能報效朝廷，亦且自身不保，還要三思為妥。」

雨村低了半日頭，方說道：「依你怎麼樣？」門子道：「小人已想了一個極好的主意在此：老爺明日坐堂㉚，只管虛張聲勢，動文書發簽拿人。原兇自然是拿不來的，原告固是定要將薛家族中及奴僕人等拿幾個來拷問。小的在暗中調停，令他們報個暴病身亡，令族中及地方上共遞一張保呈㉛，老爺只說善能扶鸞㉜請仙，堂上設下乩壇，令軍民人等只管來看。老爺就說：『乩仙批了，死者馮淵與薛蟠原因

㉘頭路——投靠的人，主人。

㉙大丈夫相時而動——相，察看；時，時機、情勢。相時而動，看形勢來行動。

㉚坐堂——舊時官吏坐在官署的廳堂問事判案，也就是辦公、審案。

㉛保呈——類似保證書的呈文。

夙孽相逢，今狹路既遇，原應了結。薛蟠今已得了無名之病，被馮魂追索已死。其禍皆因拐子某人而起，拐之人原係某鄉某姓人氏，按法處治，餘不略及』等語。小人暗中囑托拐子，令其實招。眾人見乩仙批語與拐子相符，餘者自然也都不虛了。薛家有的是錢，老爺斷一千也可，五百也可，與馮家作燒埋之費㉝。那馮家也無甚要緊的人，不過為的是錢，見有了這個銀子，想來也就無話了。老爺細想此計如何？」雨村笑道：「不妥，不妥。等我再斟酌斟酌，或可壓服口聲㉞。」二人計議，天色已晚，別無話說。

至次日坐堂，勾取一應有名人犯㉟，雨村詳加審問，果見馮家人口稀疏，不過賴此欲多得些燒埋之費；薛家仗勢倚情，偏不相讓，故致顛倒未決。雨村便徇情枉法，胡亂判斷了此案。馮家得了許多燒埋銀子，也就無甚話說了。雨村斷了此案，急忙作書信二封，與賈政並京營節度使㊱王子騰，不過說「令甥之事已完，不必過慮」等語。此事皆由葫蘆廟內之沙彌新門子所出，雨村又恐他對人說出當日貧賤時

㉜扶鸞——即扶乩，又作「扶箕」。大多用木製的丁字架設在沙盤上，中間架縛木筆，由兩人扶持橫木兩端，在沙盤上寫字，號稱神仙駕臨，催動兩人所寫，來回答所問吉凶禍福，是一種迷信的騙術。

㉝燒埋之費——喪葬費用。燒，燒紙；埋，埋葬。

㉞口聲——眾人的議論，社會輿論。

㉟勾取一應有名人犯——提取與訴訟有關係的全部人員。

㊱京營節度使——在京城掌管軍事的大官。節度使，官名，唐景雲二年始設，晚唐成為割據獨立的軍閥，宋代則為有虛名無實權的名譽職位，元以後廢除，清代無此官，這是作者虛擬的官名。

的事來，因此心中大不樂業，後來到底尋了個不是，遠遠的充發㊲了他才罷。

當下言不著雨村。且說那買了英蓮打死馮淵的薛公子，亦係金陵人氏，本是書香繼世之家。只是如今這薛公子幼年喪父，寡母又憐他是個獨根孤種，未免溺愛縱容，遂至老大無成；且家中有百萬之富，現領著內帑㊳錢糧，採辦雜料。這薛公子學名薛蟠，表字文龍，五歲上就性情奢侈，言語傲慢。雖也上過學，不過略識幾字，終日惟有鬥雞走馬㊴，遊山玩水而已。雖是皇商㊵，一應經濟世事，全然不知，不過賴祖父之舊情分，戶部掛虛名，支領錢糧，其餘事體，自有夥計、老家人等措辦。寡母王氏乃現任京營節度使王子騰之妹，與榮國府賈政的夫人王氏，是一母所生的姊妹，今年方四十上下年紀，只有薛蟠一子。還有一女，比薛蟠小兩歲，乳名寶釵，生得肌骨瑩潤，舉止嫻雅。當日有他父親在日，酷愛此女，令其讀書識字，較之乃兄竟高過十倍。自父親死後，見哥哥不能依貼母懷，他便不以書字為事，只留心針黹家計等事，好為母親分憂解勞。近因今上崇詩尚禮，徵採才能，降不世出之隆恩㊶，除聘選妃

㊲充發——充軍發配，把罪犯押解到邊遠地方去服役。

㊳內帑——專門收藏皇帝錢財的皇宮府庫，庫中錢財也叫「內帑」。

㊴鬥雞走馬——形容富貴貴子弟不務正業，游蕩享樂的生活。鬥雞，用雞相搏鬥賭輸贏的遊戲；走馬，馳馬遊獵。

㊵皇商——專門承辦政府或宮廷購置用物的商人。

㊶不世出之隆恩——特別大的恩典。不世出，不常出現。

聯經出版事業公司 校印

嬪㊷外，凡仕宦名家之女，皆親名達部，以備選為公主、郡主㊸入學陪侍，充為才人、贊善㊹之職。二則自薛蟠父親死後，各省中所有的買賣承局㊺、總管、夥計人等，見薛蟠年輕不諳世事，便趁時拐騙起來，京都中幾處生意，漸亦消耗。薛蟠素聞得都中乃第一繁華之地，正思一遊，便趁此機會，一為送妹待選，二為望親，三因親自入部銷算舊帳，再計新支，——其實則為遊覽上國㊻風光之意。因此早已打點下行裝細軟，以及餽送親友各色土物、人情㊼等類，正擇日一定起身，不想偏遇見了拐子重賣英蓮。薛蟠見英蓮生得不俗，立意買他，又遇馮家來奪人，因恃強喝令手下豪奴將馮淵打死。他便將家中事務一一的囑托了族中人並幾個老家人，他便帶了母妹竟自起身長行㊽去了。人命官司一事，他竟視為兒戲，自為花上幾個臭錢，沒有不了的。

㊷妃嬪——妃，皇帝的妾，太子和王侯的妻；嬪，宮廷中的女官。

㊸公主、郡主——公主，皇帝的女兒；郡主，太子或親王的女兒。

㊹才人、贊善——宮廷中的女官。才人的地位低於妃嬪，魏晉時初設，清代宮中並沒有「才人」這名稱。贊善，本是太子宮中官名，掌侍從、講授，唐代始設左右贊善大夫，元、明、清因之，只稱「贊善」。

㊺承局——原是宋代殿前司屬下低級將校，見《宋史，職官志》，這裡指當鋪裡承辦買賣的人。

㊻上國——漢代諸侯稱帝室為「上國」，後來多指國都京城。

㊼土物人情——土產禮物。土物，一作「土宜」或「土儀」，本地出產的東西；人情，禮物，《風俗編》：「以禮物相遺曰送人情。」

㊽長行——出遠門，做長途旅行。

在路不記其日。那日已將入都時，卻又聞得母舅王子騰升了九省統制[49]，奉旨出都查邊。薛蟠心中暗喜道：「我正愁進京去有個嫡親的母舅管轄著，不能任意揮霍揮霍；偏如今又升出去了，可知天從人願。」因和母親商議道：「咱們京中雖有幾處房舍，只是這十來年沒人進京居住，那看守的人未免偷著租賃與人，須得先著幾個人去打掃收拾才好。」他母親道：「何必如此招搖！咱們這一進京，原該先拜望親友，或是在你舅舅家，或是你姨爹家。他兩家的房舍極是便宜的，咱們先能著[50]住下，再慢慢的著人去收拾，豈不消停[51]些。」薛蟠道：「如今舅舅正升了外省去，家裡自然忙亂起身，咱們這工夫一窩一拖[52]的奔了去，豈不沒眼色[53]。」他母親道：「你舅舅家雖升了去，還有你姨爹家。況這幾年來，你舅舅、姨娘兩處，每每帶信捎書，接咱們來。如今既來了，你舅舅雖忙著起身，你賈家姨娘未必不苦留我們。咱們且忙忙收拾房屋，豈不使人見怪？你的意思我卻知道，守著舅舅、姨爹住著，未免拘緊了你，不如你各自住著，好任意施為。你既如此，你自去挑所宅子去住，我和你姨娘姊妹們別了這幾年，卻要

[49]九省統制——九省，指九個邊遠的省份。統制，官名，宋代在邊遠地區設都統制，是屯駐外地的禁軍將官；清代無此官。

[50]能著——將就、忍耐的意思。能，即「奈」或「耐」，忍耐。

[51]消停——舒緩悠閑，從容不迫的意思。

[52]一窩一拖——一家人，一家大小。

[53]沒眼色——不知趣，不會看情勢。

廝守幾日，我帶了你妹子投你姨娘家去，你道好不好？」薛蟠見母親如此說，情知扭不過的，只得吩咐人夫一路奔榮國府來。

那時王夫人已知薛蟠官司一事，虧賈雨村維持了結，才放了心。又見哥哥升了邊缺，正愁又少了娘家的親戚來往，略加寂寞。過了幾日，忽家人傳報：「姨太太帶了哥兒、姊兒，合家進京，正在門外下車。」喜的王夫人忙帶了女、媳人等，接出大廳，將薛姨媽等接了進去。姊妹們暮年相會，自不必說悲喜交集，泣笑敘闊㊹一番。忙又引了拜見賈母，將人情、土物各種酬獻了。合家俱廝見過，忙又治席接風。

薛蟠已拜見過賈政，賈璉又引著拜見了賈赦、賈珍等。賈政便使人上來對王夫人說：「姨太太已有了春秋㊺，外甥年輕不知世路，在外住著恐有人生事。咱們東北角上梨香院一所十來間房，白空閑著，打掃了，請姨太太和姊兒、哥兒住了甚好。」王夫人未及留，賈母也就遣人來說「請姨太太就在這裡住下，大家親密些」等語。薛姨媽正要同居一處，方可拘緊些兒子；若另住在外，又恐他縱性惹禍，遂忙道謝應允。又私與王夫人說明：「一應日費供給一概免卻，方是處常之法。」王夫人知他家不難於此，遂亦從其願。從此後薛家母子就在梨香院住了。

原來這梨香院即當日榮公暮年養靜之所，小小巧巧，約有十餘間房屋，前廳後舍俱全。另有一門通街，薛蟠家人就走此門出入。西南有一角門，通一夾道，出夾道便是王夫人正房的東邊了。每日或飯後，

㊹敘闊——敘述久別的情意。闊，長久別離。

㊺春秋——對別人年歲的敬稱。

或晚間，薛姨媽便過來，或與賈母閑談，或與王夫人相敘，寶釵日與黛玉、迎春姊妹等一處，或看書下棋，或作針黹，倒也十分樂業。只是薛蟠起初之心，原不欲在賈宅居住者，但恐姨父管約拘禁，料必不自在的；無奈母親執意在此，且宅中又十分殷勤苦留，只得暫且住下，一面使人打掃出自己的房屋，再移居過去的。誰知自從在此住了不止一月的光景，賈宅族中凡有的子侄，俱已認熟了一半，凡是那些紈袴氣習者，莫不喜與他來往，今日會酒，明日觀花，甚至聚賭嫖娼，漸漸無所不至，引誘的薛蟠比當日更壞了十倍。雖然賈政訓子有方，治家有法，一則族大人多，照管不到這些；二則現任族長乃是賈珍，彼乃寧府長孫，又現襲職，凡族中事，自有他掌管；三則公私冗雜，且素性瀟洒，不以俗務為要，每公暇之時，不過看書著棋而已，餘事多不介意。況且這梨香院相隔兩層宅舍，又有街門另開，任意可以出入，所以這些子弟們竟可以放意暢懷的，因此遂將移居之念漸漸打滅了。

第五回　遊幻境指迷十二釵　飲仙醪曲演紅樓夢

第四回中既將薛家母子在榮府內寄居等事略已表明，此回則暫不能寫矣。

如今且說林黛玉自在榮府以來，賈母萬般憐愛，寢食起居，一如寶玉，迎春、探春、惜春三個親孫女倒且靠後；便是寶玉和黛玉二人之親密友愛處，亦自較別個不同，日則同行同坐，夜則同息同止，真是言和意順，略無參商①。不想如今忽然來了一個薛寶釵，年歲雖大不多，然品格端方，容貌豐美，人多謂黛玉所不及。而且寶釵行為豁達，隨分從時②，不比黛玉孤高自許，目無下塵，故比黛玉大得下人

①參商——星宿名。傳說高辛氏的兩個兒子閼伯、實沈不和，常相鬥，於是閼伯被派去商丘管商星，實沈去大夏管參星，所以後人就用「參商」代指彼此不睦。而參星居西方，商星居東方，出沒不相見，所以也代表人互不相遇。略無參商，是說兩人感情和睦，沒有一點隔閡。

②隨分從時——行動符合禮教的名分，又能隨機應變。

之心。便是那些小丫頭子們，亦多喜與寶釵去頑。因此黛玉心中便有些悒鬱不忿之意，寶釵卻渾然不覺。那寶玉亦在孩提③之間，況自天性所稟來的一片愚拙偏僻，視姊妹弟兄皆出一意，並無親疏遠近之別。其中因與黛玉同隨賈母一處坐臥，故略比別個姊妹熟慣些。既熟慣，則更覺親密；既親密，則不免一時有求全之毀，不虞之隙④。這日不知為何，他二人言語有些不合起來，黛玉又氣的獨在房中垂淚，寶玉又自悔言語冒撞，前去俯就，那黛玉方漸漸的回轉來。

因東邊寧府中花園內梅花盛開，賈珍之妻尤氏乃治酒，請賈母、邢夫人、王夫人等賞花。是日先攜了賈蓉之妻，二人來面請。賈母等於早飯後過來，就在會芳園遊頑，先茶後酒，不過皆是寧、榮二府女眷家宴小集，並無別樣新文趣事可記。

一時寶玉倦怠，欲睡中覺，賈母命人好生哄著，歇一回再來。賈蓉之妻秦氏便忙笑回道：「我們這裡有給寶叔收拾下的屋子，老祖宗放心，只管交與我就是了。」又向寶玉的奶娘、丫鬟等道：「嬤嬤、姊姊們，請寶叔隨我這裡來。」賈母素知秦氏是個極妥當的人，生的裊娜纖巧，行事又溫柔和平，乃重孫媳中第一個得意之人，見他去安置寶玉，自是安穩的。

---

③孩提——幼兒不太會走路，需要人牽著、抱著，所以用「孩提」代指幼兒時期。

④求全之毀，不虞之隙——因要求完全而常有責難，因相處親密而產生料想不到的衝突。毀，責難；不虞，不料，意外；隙，嫌隙，裂痕。

當下秦氏引了一簇人來至上房內間。寶玉抬頭看見一幅畫貼在上面，畫的人物固好，其故事乃是「燃藜圖」⑤，也不看係何人所畫，心中便有些不快。又有一副對聯，寫的是：

世事洞明皆學問，人情練達即文章。

及看了這兩句，縱然室宇精美，鋪陳華麗，亦斷斷不肯在這裡了，忙說：「快出去！快出去！」秦氏聽了笑道：「這裡不好，可往那裡去呢？不然往我屋裡去吧。」寶玉點頭微笑。有一個嬤嬤說道：「那裡有個叔叔往侄兒房裡睡覺的理？」秦氏笑道：「噯喲喲，不怕他惱。他能多大呢，就忌諱這些個？上月你沒看見我那個兄弟來了，雖然與寶叔同年，兩個人若站在一處，只怕那個還高些呢！」寶玉道：「我怎麼沒見過？你帶他來我瞧瞧。」眾人笑道：「隔著二三十里，往那裡帶去，見的日子有呢。」說著，大家來至秦氏房中。剛至房門，便有一股細細的甜香襲人而來。寶玉覺得眼餳⑥骨軟，連說：「好香！」入房向壁上看時，有唐伯虎畫的「海棠春睡圖」⑦，兩邊有宋學士秦太虛寫的一副對聯⑧，其聯云：

⑤燃藜圖——勸人勤學苦讀的圖畫。傳說漢代劉向黑夜獨坐讀書，有仙人吹青藜杖頭出火照明，教給他許多古書。藜，一年生草本植物，莖高數尺，老莖可當拐杖，耐燃，可以當燭火。

⑥眼餳——眼睛黏澀、矇矓。餳，糖漿。

⑦海棠春睡圖——《明皇雜錄》記載，唐玄宗曾把楊貴妃醉態比作海棠春睡未醒，所以這應是一幅香豔的人物畫。

⑧秦太虛寫的對聯——秦太虛，北宋詞家秦觀，字少游，一字太虛，是蘇軾門下四學士之一，詞風婉約媚麗，這副對聯不見於他的作品集《淮海集》中。嫩寒，形容春天的微寒。這副對聯和畫及下文提到的古代故事中的器物，都是作者用來渲染秦氏臥房的香豔華麗。

嫩寒鎖夢因春冷，芳氣籠人是酒香。

案上設著武則天當日鏡室中設的寶鏡，一邊擺著飛燕立著舞過的金盤，盤內盛著安祿山擲過傷了太真乳的木瓜。上面設著壽昌公主於含章殿下臥的榻⑨，懸的是同昌公主製的聯珠帳⑩。寶玉含笑連說：「這裡好！」秦氏笑道：「我這屋子大約神仙也可以住得了。」說著親自展開了西子浣過的紗衾，移了紅娘抱過的鴛枕。於是眾奶母伏侍寶玉臥好，款款散了，只留襲人、媚人、晴雯、麝月四個丫鬟為伴。秦氏便吩咐小丫鬟們，好生⑪在廊檐下看著貓兒、狗兒打架。

那寶玉剛合上眼，便惚惚的睡去，猶似秦氏在前，遂悠悠蕩蕩，隨了秦氏，至一所在。但見朱欄白石，綠樹清溪，真是人迹稀逢，飛塵不到。寶玉在夢中歡喜，想道：「這個去處有趣，我就在這裡過一生，縱然失了家也願意，強如天天被父母、師傅打呢。」正胡思之間，忽聽山後有人作歌曰：

春夢隨雲散，飛花逐水流；寄言眾兒女，何必覓閑愁。

寶玉聽了是女子的聲音。歌音未息，早見那邊走出一個人來，蹁躚裊娜⑫，端的與人不同。有賦⑬為證：

---

⑨壽昌公主——唐代宗的女兒。這裡應是「壽陽公主」之誤。《太平御覽》記載，南朝宋武帝的女兒壽陽公主，在正月初七臥於含章殿檐下，梅花飄落額上，成五出之花，拂之不去，宮女倣效她這種化妝，稱「梅花妝」。

⑩同昌公主——唐懿宗的女兒，她出嫁時，堂中陳設著用珍珠織成的帳子。

⑪好生——小心、仔細。

⑫蹁躚裊娜——形容舞姿輕快，體態柔美。蹁躚，旋行，跳舞的姿態。

⑬賦——文體名，起於戰國，盛於兩漢，通常是四六對偶的駢體形式，也有句形不整的散體賦。

聯經出版事業公司 校印

方離柳塢[14]，乍出花房。但行處，鳥驚庭樹[15]；將到時，影度迴廊。仙袂乍飄兮，聞麝蘭之馥郁；荷衣欲動兮，聽環佩之鏗鏘。靨笑春桃兮，雲堆翠髻；唇綻櫻顆兮，榴齒含香[16]。纖腰之楚楚兮，迴風舞雪；珠翠之輝輝兮，滿額鵝黃[17]。出沒花間兮，宜嗔宜喜；徘徊池上兮，若飛若揚。蛾眉顰笑兮，將言而未語；蓮步乍移兮，待止而欲行。羨彼之良質兮，冰清玉潤；慕彼之華服兮，閃灼文章[18]。愛彼之貌容兮，香培玉琢[19]；美彼之態度兮，鳳翥龍翔[20]。其素若何，春梅綻雪。其潔若何，秋菊被霜。其靜若何，松生空谷。其豔若何，霞映澄塘。其文若何，龍游曲沼。其神若何，月射寒江。應慚西子，實愧王嬙。奇矣哉，生於孰地，來自何方；信矣乎，瑤池不二，紫府[21]無雙。果何人哉？如斯之美也！

---

⑭柳塢——柳樹做的屏障。塢，作屏障用的土堡。

⑮鳥驚庭樹——形容仙姑容貌美麗，鳥兒見了也會驚動高飛，和「沉魚落雁」同義。

⑯櫻顆、榴齒——形容雙唇像剛熟的櫻桃一般鮮紅飽滿，牙齒像石榴子一樣整齊光亮。

⑰滿額鵝黃——古代婦女在額頭上塗嫩黃色做裝飾，有人說從漢代就有，有人說起於六朝。

⑱閃灼文章——花紋燦爛。灼，光亮閃動；文章，花紋、顏色錯雜。

⑲香培玉琢——用香料造就，美玉雕刻而成。

⑳鳳翥龍翔——龍飛鳳舞，形容仙子體態風度飄逸。翥，鳥向上飛。

㉑瑤池、紫府——古代傳說中的仙境。瑤池在崑崙山上，是西王母的住處；紫府在青丘鳳山，天仙真女曾遊此地。

寶玉見是一個仙姑，喜的忙來作揖問道：「神仙姊姊不知從那裡來，如今要往那裡去？也不知這是何處，望乞攜帶攜帶。」那仙姑笑道：「吾居離恨天之上，灌愁海之中，乃放春山遣香洞太虛幻境警幻仙姑是也：司人間之風情月債，掌塵世之女怨男癡。因近來風流冤孽，纏綿於此處，是以前來訪察機會，布散相思。今忽與爾相逢，亦非偶然。此離吾境不遠，別無他物，僅有自採仙茗一盞，親釀美酒一甕，素練魔舞㉒歌姬數人，新填《紅樓夢》仙曲十二支，試隨吾一遊否？」寶玉聽說，便忘了秦氏在何處，竟隨了仙姑，至一所在，有石牌橫建，上書「太虛幻境」四個大字，兩邊一副對聯，乃是：

假作真時真亦假，無為有處有還無。

轉過牌坊，便是一座宮門，上面橫書四個大字，道是：「孽海情天」。又有一副對聯，大書云：

厚地高天，堪嘆古今情不盡；癡男怨女，可憐風月債難償。

寶玉看了，心下自思道：「原來如此。但不知何為『古今之情』，何為『風月之債』？從今倒要領略領略。」寶玉只顧如此一想，不料早把些邪魔招入膏肓㉓了。當下隨了仙姑進入二層門內，至兩邊配殿，皆有匾額對聯，一時看不盡許多，惟見有幾處寫的是：「癡情司」、「結怨司」、「朝啼司」、「夜怨司」、「春感司」、「秋悲司」。看了，因向仙姑道：「敢煩仙姑引我到那各司中遊玩遊玩，不知可

㉒魔舞——天魔舞，是唐代的宮廷舞樂。

㉓膏肓——古代中醫稱心臟與橫膈膜間的部位為膏肓，是醫藥效力達不到的地方，所以後來把病重垂危，無法救治叫「病入膏肓」。

使得？」仙姑道：「此各司中皆貯的是普天之下所有的女子過去未來的簿冊，爾凡眼塵軀，未便先知的。」寶玉聽了，那裡肯依，復央之再四。仙姑無奈，說：「也罷，就在此司內略隨喜隨喜㉔罷了。」寶玉喜不自勝，抬頭看這司的匾上，乃是「薄命司」三字，兩邊對聯寫的是：

春恨秋悲皆自惹，花容月貌為誰妍。

寶玉看了，便知感嘆。進入門來，只見有十數個大櫥，皆用封條封著。看那封條上，皆是各省的地名。寶玉一心只揀自己的家鄉封條看，遂無心看別省的了。只見那邊櫥上封條上大書七字云：「金陵十二釵正冊」。寶玉問道：「何為『金陵十二釵正冊』？」警幻道：「即貴省中十二冠首女子之冊，故為『正冊』。」寶玉道：「常聽人說，金陵極大，怎麼只十二個女子？如今單我家裡，上上下下，就有幾百女孩子呢。」警幻冷笑道：「貴省女子固多，不過擇其緊要者錄之。下邊二櫥則又次之。餘者庸常之輩，則無冊可錄矣。」寶玉聽說，再看下首二櫥上，果然寫著「金陵十二釵副冊」，又一個寫著「金陵十二釵又副冊」。寶玉便伸手先將「又副冊」櫥開了，拿出一本冊來，揭開一看，只見這首頁上畫著一幅畫，又非人物，也無山水，不過是水墨滃染㉕的滿紙烏雲濁霧而已。後有幾行字迹，寫的是：

霽月難逢，彩雲易散。心比天高，身為下賤。風流靈巧招人怨。壽夭多因毀謗生，多情公子空牽念。㉖

㉔隨喜——佛家語，原指隨人做善事，引申到廟裡參拜遊覽，也叫「隨喜」。
㉕滃染——國畫技法之一，用墨水或淡彩潤刷畫面，不露筆痕或少露筆痕。
㉖「霽月」一首——晴雯的判詞。霽，雨後新晴。雨後月出，點出「晴」字；彩雲，點出「雯」字。

聯經出版事業公司 校印

寶玉看了，又見後面畫著一簇鮮花，一床破席，也有幾句言詞，寫道是：

枉自溫柔和順，空云似桂如蘭；堪羨優伶有福，誰知公子無緣。㉗

寶玉看了不解。遂擲下這個，又去開了副冊櫥門，拿起一本冊來，揭開看時，只見畫著一株桂花，下面有一池沼，其中水涸泥乾，蓮枯藕敗，後面書云：

根並荷花一莖香，平生遭際實堪傷。自從兩地生孤木，致使香魂返故鄉。㉘

寶玉看了仍不解。便又擲了，再去取「正冊」看，只見頭一頁上便畫著兩株枯木，木上懸著一圍玉帶；又有一堆雪，雪下一股金簪。也有四句言詞，道是：

可嘆停機德，堪憐咏絮才。玉帶林中掛，金簪雪裡埋。㉙

寶玉看了仍不解。待要問時，情知他必不肯泄漏；待要丟下，又不捨。遂又往後看時，只見畫著一張弓，弓上掛著香橼。也有一首歌詞云：

㉗「枉自」一首——襲人的判詞。優伶，指蔣玉函，襲人後來嫁給他；公子，指賈寶玉。

㉘「根並荷花」一首——香菱判詞。根並荷花，菱根挨著蓮花，隱寓香菱就是英蓮；兩地生孤木，拆字法，兩個「土」（地）加一個「木」就是「桂」，暗指夏金桂。

㉙「可嘆停機德」一首——寶釵和黛玉的判詞。停機德，東漢樂羊子妻以停下織機割斷經線來勸丈夫不可中斷學業，以求取功名，暗喻寶釵；咏絮才，晉謝道韞聰明有才辯，曾以「未若柳絮因風起」形容下雪景況而得到叔父謝安的贊賞，暗指黛玉。玉帶林中掛，指寶玉對黛玉的牽掛；金簪，暗喻寶釵；雪裡埋，暗寓寶釵結局冷落淒苦。

聯經出版事業公司 校印

二十年來辨是非，榴花開處照宮闈。三春爭及初春景，虎兕相逢大夢歸。㉚

後面又畫著兩人放風箏，一片大海，一只大船，船中有一女子掩面泣涕之狀。也有四句寫云：

才自精明志自高，生於末世運偏消。清明涕送江邊望，千里東風一夢遙。㉛

後面又畫幾縷飛雲，一灣逝水。其詞曰：

富貴又何為，襁褓之間父母違。展眼弔斜暉，湘江水逝楚雲飛。㉜

後面又畫著一塊美玉，落在泥垢之中。其斷語云：

欲潔何曾潔，云空未必空。可憐金玉質，終陷淖泥中。㉝

後面忽見畫著個惡狼，追撲一美女，欲啖之意。其書云：

子係中山狼，得志便猖狂。金閨花柳質，一載赴黃粱。㉞

㉚「二十年來」一首——元春判詞。二十，約舉元春自初選入宮到死去的年數；三春，春天的三個月，暗指迎、探、惜姊妹；爭及，怎及；初春，指元春；虎兕相逢，虎年和兔年相交的時候；大夢歸，死亡。

㉛「才自精明」一首——探春判詞。自，縱然，即使；消，消退，不濟；江邊望，寓探春遠嫁海疆，思親望鄉。

㉜「富貴」一首——史湘雲的判詞。襁褓，包嬰兒的被服，指嬰兒時期；違，離開，死去。全首暗喻湘雲自幼父母雙亡，婚後不久丈夫又患病死去。

㉝「欲潔」一首——妙玉的判詞。潔，指妙玉出家修行；空，指超脫一切塵緣；金玉質，指妙玉出身高貴，是書宦世家小姐；淖泥，爛泥，寓妙玉以被劫結局。

後面便是一所古廟，裡面有一美人在內看經獨坐。其判云：

勘破三春景不長，緇衣頓改昔年妝。可憐繡戶侯門女，獨臥青燈古佛旁。㉟

後面便是一片冰山，上面有一隻雌鳳。其判曰：

凡鳥偏從末世來，都知愛慕此生才。一從二令三人木，哭向金陵事更哀。㊱

後面又是一座荒村野店，有一美人在那裡紡績。其判云：

勢敗休云貴，家亡莫論親。偶因濟劉氏，巧得遇恩人。㊲

後面又畫著一盆茂蘭，旁有一位鳳冠霞帔的美人。也有判云：

㉞「子係中山狼」一首——迎春判詞。子係，合成「孫」字，指迎春的丈夫孫紹祖；中山狼，古代寓言，戰國時趙簡子在中山打獵，一隻狼被趕得走投無路，東郭先生把狼藏在袋中救了它，趙簡子一走，狼反要吃掉東郭先生，以後就用「中山狼」比喻忘恩負義的小人。赴黃粱，喻死亡；唐沈既濟《枕中記》說：窮儒盧生睡在道士呂翁所給的神奇枕頭上，夢中享盡榮華富貴，夢醒，還不到燒熟黃粱米飯的時間，後來用以比喻人生如夢。

㉟「勘破」一首——惜春判詞，暗示惜春出家為尼。勘破，看破；緇衣，黑衣，指僧尼的服裝；青燈，佛前供奉的長明燈。

㊱「凡鳥」一首——王熙鳳的判詞。凡鳥，合成「鳳」字；一從二令三人木，概括熙鳳在賈府的遭際，「人木」合成「休」字，原著熙鳳應是被休棄，和高鶚續書結局不同；金陵，熙鳳娘家在金陵，指熙鳳被休後哭著回金陵去，和續書熙鳳死後魂歸金陵也不一樣。

㊲「勢敗」一首——巧姐的判詞。家亡莫論親，指賈家敗落後，巧姐差點被母舅、族兄賣掉。

桃李春風結子完，到頭誰似一盆蘭。如冰水好空相妒，枉與他人作笑談。㊳

後面又畫著高樓大廈，有一美人懸梁自縊。其判云：

情天情海幻情身，情既相逢必主淫。漫言不肖皆榮出，造釁開端實在寧。㊴

寶玉還欲看時，那仙姑知他天分高明，性情穎慧，恐把仙機泄漏，遂掩了卷冊，笑向寶玉道：「且隨我去遊玩奇景，何必在此打這悶葫蘆㊵！」

寶玉恍恍惚惚，不覺棄了卷冊，又隨了警幻來至後面。但見珠簾繡幕，畫棟雕檐，說不盡那光搖朱戶金鋪地，雪照瓊窗玉作宮。更見仙花馥郁，異草芬芳，真好個所在。又聽警幻笑道：「你們快出來迎接貴客！」一語未了，只見房中又走出幾個仙子來，皆是荷袂蹁躚，羽衣飄舞，嬌若春花，媚如秋月。一見了寶玉，都怨謗警幻道：「我們不知係何『貴客』，忙的接了出來！姊姊曾說今日今時必有絳珠妹子的生魂前來遊玩，故我等久待。何故反引這濁物來汙染這清淨女兒之境？」

寶玉聽如此說，便唬得欲退不能退，果覺自形汙穢不堪。警幻忙攜住寶玉的手，向眾姊妹道：「你等不知原委：今日原欲往榮府去接絳珠，適從寧府所過，偶遇寧、榮二公之靈，囑吾云：『吾家自國朝

㊳「桃李春風」一首——李紈的判詞，暗示李紈晚年母因子貴，誥命加身。如冰水好，以冰之冷，水之潔形容李紈遵守禮教，過著清心寡欲的生活。

㊴「情天」一首——秦可卿判詞。情，諧「秦」音。造釁（音ㄒㄧㄣˋ），造成禍患。末句指賈珍等傷風敗俗的穢行。

㊵打悶葫蘆——猜測不明白的事。

定鼎㊶以來，功名奕世㊷，富貴傳流，雖歷百年，奈運終數盡，不可挽回者。故遺之子孫雖多，竟無可以繼業。其中惟嫡孫寶玉一人，稟性乖張，生情怪譎，雖聰明靈慧，略可望成，無奈吾家運數合終，恐無人規引入正。幸仙姑偶來，萬望先以情欲聲色等事警其癡頑，或能使彼跳出迷人圈子，然後入於正路，亦吾兄弟之幸矣。』如此囑吾，故發慈心，引彼至此。先以彼家上、中、下三等女子之終身冊籍，令彼熟玩，尚未覺悟；故引彼再至此處，令其再歷飲饌聲色之幻，或冀將來一悟，亦未可知也。」

說畢，攜了寶玉入室。但聞一縷幽香，竟不知其所焚何物。寶玉遂不禁相問。警幻冷笑道：「此香塵世中既無，爾何能知！此香乃係諸名山勝境內初生異卉之精，合各種寶林珠樹之油所製，名『群芳髓』。」寶玉聽了，自是羨慕而已。大家入座，小丫鬟捧上茶來。寶玉自覺清香異味，純美非常，因又問何名。警幻道：「此茶出在放春山遣香洞，又以仙花靈葉上所帶之宿露而烹，此茶名曰『千紅一窟』。」寶玉聽了，點頭稱賞。因看房內，瑤琴、寶鼎、古畫、新詩，無所不有；更喜窗下亦有唾絨㊸，奩間時漬粉汙。壁上也見懸著一副對聯，書云：

幽微靈秀地，無可奈何天。

㊶國朝、定鼎——國朝，當代人對本朝的稱呼。定鼎，舊指建立王朝或定都；相傳大禹鑄九鼎，歷朝傳為國寶，後代就用「鼎」當作皇權的象徵。

㊷奕世——世代綿延，一代接一代。奕，次序、連續。

㊸唾絨——古代婦女刺繡，換線停針時，用齒咬斷繡線，隨口將沾留的繡線吐出，俗稱「唾絨」。

聯經出版事業公司　校印

寶玉看畢，無不羨慕。因又請問眾仙姑姓名：一名癡夢仙姑，一名鍾情大士，一名引愁金女，一名度恨菩提，各各道號不一。少刻，有小丫鬟來調桌安椅，設擺酒饌。真是：瓊漿滿泛玻璃盞，玉液濃斟琥珀杯。更不用再說那肴饌之盛。寶玉因聞得此酒清香甘冽，異乎尋常，又不禁相問。警幻道：「此酒乃以百花之蕊，萬木之汁，加以麟髓之醅、鳳乳之麯㊹釀成，因名為『萬豔同杯』。」寶玉稱賞不迭。

飲酒間，又有十二個舞女上來，請問演何詞曲。警幻道：「就將新製《紅樓夢》十二支演上來。」舞女們答應了，便輕敲檀板，款按銀箏㊺，聽他歌道是：

開闢鴻蒙㊻……

方歌了一句，警幻便說道：「此曲不比塵世中所填傳奇㊼之曲，必有生旦淨末之則，又有南北九宮之限㊽。此或咏嘆一人，或感懷一事，偶成一曲，即可譜入管弦。若非個中人㊾，不知其中之妙。料爾

㊹醅、麯——醅，音ㄆㄟ，還沒過濾的酒；麯，音ㄑㄩ，釀酒用的醱酵物，大都用大麥麩皮等製成。

㊺輕敲檀板、款按銀箏——檀板，樂器名，亦名牙板，因用檀木製成，故名檀板，演奏時打拍子用。款，緩，動作緩慢、舒徐；按，彈箏的動作。

㊻開闢鴻蒙——開天闢地以來。鴻蒙，宇宙形成以前的原始渾沌狀態。

㊼傳奇——指傳奇劇本，傳奇是明代以唱南曲為主的戲曲形式，分「齣」或「折」。

㊽生旦淨末之則，南北九宮之限——生旦淨末是傳統戲曲的角色類型，生是男性角色，旦是女性角色，淨是性格剛烈的男角，末，相當於老生，是中年以上的男性角色。南北九宮，古代戲曲的調式：南，南曲，傳奇；北，北曲，雜劇；九宮，九個宮調，戲劇曲牌受宮調限制，要按曲譜規定，不能亂用。

聯經出版事業公司　校印

亦未必深明此調。若不先閱其稿，後聽其歌，翻成嚼蠟矣。」說畢，回頭命小丫鬟取了《紅樓夢》原稿來，遞與寶玉。寶玉接來，一面目視其文，一面耳聆其歌曰：

〈紅樓夢引子〉　開闢鴻蒙，誰為情種？都只為風月情濃。趁著這奈何天，傷懷日，寂寥時，試遣愚衷。因此上，演出這懷金悼玉的《紅樓夢》。

〈終身誤〉　都道是金玉良緣，俺只念木石前盟。空對著，山中高士晶瑩雪；終不忘，世外仙姝寂寞林。嘆人間，美中不足今方信。縱然是齊眉舉案，到底意難平。

〈枉凝眉〉　一個是閬苑仙葩㊿，一個是美玉無瑕。若說沒奇緣，今生偏又遇著他；若說有奇緣，如何心事終虛化？一個枉自嗟呀，一個空勞牽掛。一個是水中月，一個是鏡中花。想眼中能有多少淚珠兒，怎經得秋流到冬盡，春流到夏！

寶玉聽了此曲，散漫無稽，不見得好處；但其聲韵淒惋，竟能銷魂醉魄。因此也不察其原委，問其來歷，就暫以此釋悶而已。因又看下道：

〈恨無常〉　喜榮華正好，恨無常又到。眼睜睜，把萬事全拋。蕩悠悠，把芳魂消耗。望家鄉，路遠山高。故向爹娘夢裡相尋告：兒命已入黃泉，天倫呵，須要退步抽身早！

〈分骨肉〉　一帆風雨路三千，把骨肉家園齊來拋閃。恐哭損殘年，告爹娘，休把兒懸念。自古

㊾個中人——處在局中，了解內情的人，指「行家」。

㊿閬苑仙葩——指黛玉。閬苑，神仙的園林；仙葩，仙花。

聯經出版事業公司　校印

窮通皆有定，離合豈無緣？從今分兩地，各自保平安。奴去也，莫牽連。

〈樂中悲〉襁褓中，父母嘆雙亡。縱居那綺羅叢，誰知嬌養？幸生來，英豪闊大寬宏量，從未將兒女私情略縈心上。好一似，霽月光風耀玉堂。廝配得才貌仙郎，博得個地久天長，準折得幼年時坎坷形狀。終久是雲散高唐(51)，水涸湘江。這是塵寰中消長數應當，何必枉悲傷！

〈世難容〉氣質美如蘭，才華阜比仙。天生成孤癖人皆罕。你道是啖肉食腥膻，視綺羅俗厭；卻不知太高人愈妒，過潔世同嫌。可嘆這，青燈古殿人將老；辜負了，紅粉朱樓春色闌。到頭來，依舊是風塵骯髒違心願。好一似，無瑕白玉遭泥陷；又何須，王孫公子嘆無緣。

〈喜冤家〉中山狼，無情獸，全不念當日根由。一味的驕奢淫蕩貪還構。覷著那，侯門艷質同蒲柳；作踐的，公府千金似下流。嘆芳魂艷魄，一載蕩悠悠。

〈虛花悟〉將那三春看破，桃紅柳綠待如何？把這韶華打滅，覓那清淡天和。說什麼，天上夭桃盛，雲中杏蕊多(52)。到頭來，誰把秋捱過？則看那，白楊村裡人嗚咽，青楓林下鬼吟哦。更兼著，連天衰草遮墳墓。這的是，昨貧今富人勞碌，春榮秋謝花折磨。似這般，生關死劫誰能躲？

---

(51) 雲散高唐——指湘雲丈夫早死。高唐，戰國時楚國台觀名，在雲夢澤中，楚襄王遊高唐，夢中與神女相會，神女說她：「旦為朝雲，暮為行雨，朝朝暮暮，陽台之下。」後世以巫山雲雨、高唐雲雨喻男女夫妻之情。

(52) 天上夭桃、雲中杏蕊——比喻榮華富貴。唐代高蟾詩：「天上碧桃和露種，日邊紅杏倚雲栽。」天、日比喻皇帝，雨露喻君恩，天上的桃杏，比喻在朝的顯貴。

聞說道，西方寶樹喚婆娑，上結著長生果。

〈聰明累〉　機關算盡太聰明，反算了卿卿性命。生前心已碎，死後性空靈。家富人寧，終有個家亡人散各奔騰。枉費了，意懸懸半世心；好一似，蕩悠悠三更夢。忽喇喇似大廈傾，昏慘慘似燈將盡。呀！一場歡喜忽悲辛。嘆人世，終難定！

〈留餘慶〉　留餘慶，留餘慶，忽遇恩人；幸娘親，幸娘親，積得陰功。勸人生，濟困扶窮，休似俺那愛銀錢忘骨肉的狠舅奸兄！正是乘除加減(53)，上有蒼穹。

〈晚韶華〉　鏡裡恩情，更那堪夢裡功名！那美韶華去之何迅！再休提繡帳鴛衾。只這帶珠冠，披鳳襖，也抵不了無常性命。雖說是，人生莫受老來貧，也須要陰隲積兒孫。氣昂昂，頭戴簪纓；光燦燦，胸懸金印；威赫赫，爵祿高登；昏慘慘，黃泉路近。問古來將相可還存？也只是虛名兒與後人欽敬。

〈好事終〉　畫梁春盡落香塵。擅風情，秉月貌，便是敗家的根本。箕裘(54)頹墮皆從敬，家事消亡首罪寧。宿孽總因情。

〈收尾．飛鳥各投林〉　為官的，家業凋零；富貴的，金銀散盡；有恩的，死裡逃生；無情的，

(53)乘除加減——消長、增損，指人的命運由天安排，榮枯盛衰都有定數。

(54)箕裘——比喻祖先的事業。《禮記．學記》：「良冶之子，必學為裘；良弓之子，必學為箕。」這是說：要繼承冶煉的祖業，子孫先得學會製皮袍；製弓人家的子弟，要先學會編造簸箕之類的技術。

分明報應。欠命的，命已還；欠淚的，淚已盡。冤冤相報實非輕，分離聚合皆前定。欲知命短問前生，老來富貴也真僥倖。看破的，遁入空門；癡迷的，枉送了性命。好一似食盡鳥投林，落了片白茫茫大地真乾淨！

歌畢，還要歌副曲。警幻見寶玉甚無趣味，因嘆：「癡兒竟尚未悟！」那寶玉忙止歌姬不必再唱，自覺朦朧恍惚，告醉求臥。警幻便命撤去殘席，送寶玉至一香閨繡閣之中，其間鋪陳之盛，乃素所未見之物。更可駭者，早有一位女子在內，其鮮艷嫵媚，有似乎寶釵，風流裊娜，則又如黛玉。正不知何意，忽警幻道：「塵世中多少富貴之家，那些綠窗風月，繡閣烟霞，皆被淫汙紈袴與那些流蕩女子悉皆玷辱。更可恨者，自古來多少輕薄浪子，皆以『好色不淫』為飾，又以『情而不淫』[55]作案，此皆飾非掩醜之語也。好色即淫，知情更淫。是以巫山之會，雲雨之歡，皆由既悅其色、復戀其情所致也。吾所愛汝者，乃天下古今第一淫人也。」

寶玉聽了，唬的忙答道：「仙姑差了。我因懶於讀書，家父母尚每垂訓飭，豈敢再冒『淫』字。況且年紀尚小，不知『淫』字為何物。」警幻道：「非也。淫雖一理，意則有別。如世之好淫者，不過悅容貌，喜歌舞，調笑無厭，雲雨無時，恨不能盡天下之美女供我片時之趣興，此皆皮膚淫濫之蠢物耳。如爾則天分中生成一段癡情，吾輩推之為『意淫』。『意淫』二字，惟心會而不可口傳，可神通而不可語達。汝今獨得此二字，在閨閣中，固可為良友，然於世道中未免迂闊怪詭，百口嘲謗，萬目睚眦[56]。

---

[55]情而不淫——感情志趣相投，卻不流於淫亂。

今既遇令祖寧、榮二公剖腹深囑，吾不忍君獨為我閨閣增光，見棄於世道，是以特引前來，醉以靈酒，沁以仙茗，警以妙曲，再將吾妹一人，乳名兼美字可卿者，許配於汝。今夕良時，即可成姻。不過令汝領略此仙閨幻境之風光尚如此，何況塵境之情景哉？而今後萬萬解釋(57)，改悟前情，留意於孔孟之間，委身於經濟之道(58)。」說畢，便祕授以雲雨之事，推寶玉入房，將門掩上自去。

那寶玉恍恍惚惚，依警幻所囑之言，未免有兒女之事，難以盡述。至次日，便柔情繾綣(59)，軟語溫存，與可卿難解難分。因二人攜手出去遊頑之時，忽至一個所在，但見荊榛遍地，狼虎同群，迎面一道黑溪阻路，並無橋梁可通。正在猶豫之間，忽見警幻後面追來，告道：「快休前進，作速回頭要緊！」寶玉忙止步問道：「此係何處？」警幻道：「此即迷津(60)也。深有萬丈，遙亘千里，中無舟楫可通，只有一個木筏，乃木居士(61)掌舵，灰侍者撐篙，不受金銀之謝，但遇有緣者渡之。爾今偶遊至此，假如墮落其中，則深負我從前諄諄警戒之語矣。」話猶未了，只聽迷津內水響如雷，竟有許多夜叉(62)海鬼將寶

(56)睚眦——音 ㄧㄚˊ ㄗˋ，發怒瞪眼，也引申作「很小的怨隙」解釋。
(57)解釋——領悟，不受困惑。解、釋，都指拋開迷惑。
(58)經濟之道——治國理民、經邦濟世的道理，指辦理國計民生的大事。
(59)繾綣——纏綿。本是牢固相結的意思，後來多用來形容情投意合、愛戀難捨的樣子。
(60)迷津——佛家語，迷妄的境界，佛家說世界上所有的聲色貨利，都能使人迷失本性。
(61)居士——佛教稱在家信佛的人為「居士」。
(62)夜叉——梵語音譯，原指行動迅速的惡鬼，後來多用來形容相貌醜陋，性情凶惡的人。

玉拖將下去。唬得寶玉汗下如雨，一面失聲喊叫：「可卿救我！」唬得襲人輩眾丫鬟忙上來摟住，叫：「寶玉別怕，我們在這裡！」

卻說秦氏正在房外囑咐小丫頭們好生看著貓兒、狗兒打架，忽聽寶玉在夢中喚他的小名，因納悶道：「我的小名這裡從沒人知道的，他如何知道，在夢裡叫出來？」正是：

一場幽夢同誰近，千古情人獨我癡。

第六回　賈寶玉初試雲雨情　劉姥姥一進榮國府

卻說秦氏因聽見寶玉從夢中喚他的乳名，心中自是納悶，又不好細問。彼時寶玉迷迷惑惑，若有所失。眾人忙端上桂圓湯來，呷了兩口，遂起身整衣。襲人伸手與他繫褲帶時，不覺伸手至大腿處，只覺冰涼一片沾濕，唬的忙退出手來，問：「是怎麼了？」寶玉紅漲了臉，把他的手一捻。襲人本是個聰明女子，年紀本又比寶玉大兩歲，近來也漸通人事，今見寶玉如此光景，心中便覺察一半了，不覺也羞的紅漲了臉面，不敢再問。仍舊理好衣裳，遂至賈母處來，胡亂吃畢了晚飯，過這邊來。

襲人忙趁眾奶娘、丫鬟不在旁時，另取出一件中衣①來與寶玉換上。寶玉含羞央告道：「好姊姊，千萬別告訴人。」襲人亦含羞笑問道：「你夢見什麼故事了？是那裡流出來的那些髒東西？」寶玉道：「一言難盡。」說著便把夢中之事細說與襲人聽了。然後說至警幻所授雲雨之情，羞的襲人掩面伏身而

①中衣——貼身的衣褲，這裡指襯褲。

聯經出版事業公司　校印

笑。寶玉亦素喜襲人柔媚嬌俏，遂強襲人同領警幻所訓雲雨之事。襲人素知賈母已將自己與了寶玉的，今便如此，亦不為越禮，遂和寶玉偷試一番，幸得無人撞見。自此寶玉視襲人更比別個不同，襲人待寶玉更為盡心。暫且別無話說。

按榮府中一宅人合算起來，人口雖不多，從上至下也有三四百丁；雖事不多，一天也有一二十件，竟如亂麻一般，並無個頭緒可作綱領。正尋思從那一件事自那一個人寫起方妙，恰好忽從千里之外，芥荳之微②，小小一個人家，因與榮府略有些瓜葛③，這日正往榮府中來，因此便就此一家說來，倒還是頭緒。你道這一家姓甚名誰，又與榮府有甚瓜葛？且聽細講。

方才所說的這小小之家，乃本地人氏，姓王，祖上曾作過小小的一個京官，昔年與鳳姐之祖王夫人之父認識。因貪王家的勢利，便連了宗④認作侄兒。那時只有王夫人之大兄鳳姐之父與王夫人隨在京中的，知有此一門連宗之族，餘者皆不認識。目今其祖已故，只有一個兒子，名喚王成，因家業蕭條，仍搬出城外原鄉中住去了。王成新近亦因病故，只有其子，小名狗兒。狗兒亦生一子，小名板兒，嫡妻劉氏，又生一女，名喚青兒。一家四口，仍以務農為業。因狗兒白日間又作些生計，劉氏又操井臼等事，青、板姊弟兩個無人看管，狗兒遂將岳母劉姥姥⑤接來一處過活。這劉姥姥乃是個積年⑥的老寡婦，膝

②芥荳之微——比喻人家境貧寒，地位低下。芥豆，芥子和豆粒，都是體積很小的東西。

③瓜葛——疏遠的親戚。

④連宗——不是同一族的人，因同姓而認了本家，又作「聯宗」。

聯經出版事業公司　校印

下又無兒女，只靠兩畝薄田度日。今者女婿接來養活，豈不願意，遂一心一計，幫趁著女兒、女婿過活起來。

因這年秋盡冬初，天氣冷將上來，家中冬事未辦，狗兒未免心中煩慮，吃了幾杯悶酒，在家閑尋氣惱，劉氏也不敢頂撞。因此劉姥姥看不過，乃勸道：「姑爺，你別嗔著我多嘴。咱們村莊人，那一個不是老老誠誠的，守多大碗兒吃多大的飯⑦。你皆因年小的時候，托著你那老家之福，吃喝慣了，如今所以把持不住。有了錢就顧頭不顧尾，沒了錢就瞎生氣，成個什麼男子漢大丈夫呢！如今咱們雖離城住著，終是天子腳下。這長安城⑧中，遍地都是錢，只可惜沒人會去拿去罷了。在家跳蹋⑨會子也不中用。」狗兒聽說，便急道：「你老只會坑頭兒上混說，難道叫我打劫偷去不成？」劉姥姥道：「誰叫你偷去呢？也到底想法兒大家裁度，不然那銀子錢自己跑到咱家來不成？」狗兒冷笑道：「有法兒還等到這會子呢！我又沒有收稅的親戚、作官的朋友，有什麼法子可想的？便有，也只怕他們未必來理我們呢！」

劉姥姥道：「這倒不然。『謀事在人，成事在天。』咱們謀到了，看菩薩的保佑，有些機會，也未

⑤姥姥——北方習慣，外孫稱外祖母為「姥姥」，稱外祖父為「老爺」（見第六十四回），又常跟隨子女輩稱謂來稱呼親戚，所以王、賈兩家都用板兒對他外祖母的稱呼來稱呼劉氏。

⑥積年——老資格，老經驗的人。

⑦守多大碗兒吃多大的飯——有多少吃多少，「量入為出」的意思。

⑧長安城——在今陝西西安市西北，漢、唐都建都長安；這裡借指京城。

⑨跳蹋——頓足、跳腳，形容著急、發怒；又作「跳躂」。

可知。我倒替你們想出一個機會來。當日你們原是和金陵王家連過宗的。二十年前，他們看承⑩你們還好；如今自然是你們拉硬屎⑪，不肯去親近他，故疏遠起來。想當初我和女兒還去過一遭。他們家的二小姐著實爽快，會待人，倒不拿大⑫。如今現是榮國府賈二老爺的夫人。聽得說，如今上了年紀，越發憐貧恤老，最愛齋僧敬道，捨米捨錢的。如今王府雖升了邊任⑬，只怕這二姑太太還認得咱們。你何不去走動走動，或者他念舊，有些好處，也未可知。要是他發一點好心，拔一根寒毛比咱們的腰還粗呢！」劉氏一旁接口道：「你老雖說的是，但只你我這樣個嘴臉，怎麼好到他門上去的？先不先⑭，他們那些門上的人也未必肯去通信。沒的去打嘴現世⑮！」

誰知狗兒利名心最重，聽如此一說，心下便有些活動起來。又聽他妻子這話，便笑接道：「姥姥既如此說，況且當年你又見過這姑太太一次，何不你老人家明日就走一趟，先試試風頭再說。」劉姥姥道：

⑩看承——對待、照顧。
⑪拉硬屎——強裝有理，不認錯，這裡有「自恃清高」的意思。
⑫拿大——擺架子，自大，看不起人。
⑬邊任——防守邊疆的重任，指王子騰升任九省統制。
⑭先不先——首先，第一，頭一件。
⑮沒的去打嘴現世——沒由來的去當場出醜。沒的，無端、無緣無故；打嘴，由自打嘴巴引申有「自取其辱」的意思。現世，出醜、丟臉。

「噯喲喲！可是說的，『侯門深似海』⑯，我是個什麼東西，他家人又不認得我，我去了也是白去的。」狗兒笑道：「不妨，我教你老人家一個法子：你竟帶了外孫子板兒，先去找陪房⑰周瑞，若見了他，就有些意思了。這周瑞先時曾和我父親交過一件事，我們極好的。」劉姥姥道：「我也知道他的。只是許多時不走動，知道他如今是怎樣？這也說不得了！你又是個男人，又這樣個嘴臉，自然去不得；我們姑娘年輕媳婦子，也難賣頭賣腳⑱的，倒還是捨著我這副老臉去碰一碰。果然有些好處，大家都有益；便是沒銀子來，我也到那公府侯門見一見世面，也不枉我一生。」說畢，大家笑了一回，當晚計議已定。

次日天未明，劉姥姥便起來梳洗了，又將板兒教訓了幾句。那板兒才五六歲的孩子，一無所知，聽見帶他進城逛去，便喜的無不應承。於是劉姥姥帶他進城，找至寧榮街。來至榮府大門石獅子前，只見簇簇轎馬，劉姥姥便不敢過去，且撣了撣衣服，又教了板兒幾句話，然後蹭⑲到角門前。只見幾個挺胸疊肚、指手畫腳的人，坐在大板凳上說東談西呢。劉姥姥只得蹭上來問：「太爺們納福⑳。」眾人打量了他一會，便問：「那裡來的？」劉姥姥陪笑道：「我找太太的陪房周大爺的，煩那位太爺替我請他

⑯侯門深似海——形容官吏貴族家深宅大院、門禁森嚴，一般人很難進去。

⑰陪房——舊時富貴人家女子出嫁時，娘家常指派僕人讓新娘帶去夫家，這種隨嫁僕人叫「陪房」。

⑱賣頭賣腳——拋頭露面。舊時婦女出外和人見面是不合禮法的。

⑲蹭——音ㄘㄥˋ，行動緩慢、欲行又止的樣子。

⑳納福——接受祝福，舊時見面或通信時常用的客套話。

聯經出版事業公司 校印

老出來。」那些人聽了，都不瞅睬㉑，半日方說道：「你遠遠的在那牆角下等著，一會子他們家有人就出來的。」內中有一老年人說道：「不要誤他的事，何苦耍他？」因向劉姥姥道：「那周大爺已往南邊去了。他在後一帶住著，他娘子卻在家。你要找時，從這邊繞到後街上後門上去問就是了。」

劉姥姥聽了謝過，遂攜了板兒，繞到後門上。只見門前歇著些生意擔子，也有賣吃的，也有賣頑耍物件的，鬧吵吵三二十個小孩子在那裡廝鬧。劉姥姥便拉住一個道：「我問哥兒一聲：有個周大娘可在家麼？」孩子們道：「那個周大娘？我們這裡周大娘有三個呢，還有兩個周奶奶，不知是那一行當㉒的？」劉姥姥道：「是太太的陪房周瑞。」孩子道：「這個容易，你跟我來。」說著，跳躥躥的引著劉姥姥進了後門，至一院牆邊，指與劉姥姥道：「這就是他家。」又叫道：「周大娘，有個老奶奶來找你呢，我帶了來了。」

周瑞家的在內聽說，忙迎了出來，問：「是那位？」劉姥姥忙迎上來問道：「好呀？周嫂子！」周瑞家的認了半日，方笑道：「劉姥姥，你好呀？你說說，能幾年，我就忘了。請家裡來坐罷。」劉姥姥一壁裡㉓走著，一壁笑說道：「你老是貴人多忘事，那裡還記得我們呢？」說著，來至房中。周瑞家的命雇的小丫頭倒上茶來吃著。周瑞家的又問板兒道：「你都長這們大了！」又問些別後閑話。又問劉姥

㉑瞅睬——理睬。瞅，音ㄔㄡˇ，看，比「瞧」稍輕率些。

㉒行當——行，音ㄏㄤˊ。本是指戲曲中角色的分類，這裡指職務的類別。

㉓一壁裡——一面，一邊。

聯經出版事業公司　校印

姥：「今日還是路過，還是特來的？」劉姥姥便說：「原是特來瞧瞧嫂子你，二則也請請姑太太的安。若可以領我見一見更好，若不能，便借重嫂子轉致意罷了。」

周瑞家的聽了，便已猜著幾分來意。只因昔年他丈夫周瑞爭買田地一事，其中多得狗兒之力，今見劉姥姥如此而來，心中難卻其意；二則也要顯弄自己的體面。聽如此說，便笑說道：「姥姥你放心，大遠的誠心誠意來了，豈有個不教你見個真佛㉔去的呢。論理，人來客至回話，卻不與我相干。我們這裡都是各占一樣兒：我們男的只管春秋兩季地租子，閑時只帶著小爺們出門子就完了；我只管跟太太、奶奶們出門的事。皆因你原是太太的親戚，又拿我當個人，投奔了我來，我就破個例，給你通個信去。但只一件，姥姥有所不知，我們這裡又不比五年前了，如今太太竟不大管事，都是璉二奶奶管家了。你道這璉二奶奶是誰？就是太太的內侄女，當日大舅老爺的女兒，小名鳳哥的。」劉姥姥聽了，罕問道：「原來是他！怪道呢，我當日就說他不錯呢。這等說來，我今兒還得見他了？」周瑞家的道：「這自然的。如今太太事多心煩，有客來了，略可推得去的就推過去了，都是鳳姑娘周旋迎待。今兒寧可不會太太，倒要見他一面，才不枉這裡來一遭。」劉姥姥道：「阿彌陀佛！全仗嫂子方便了。」周瑞家的道：「說那裡話？俗語說的：『與人方便，自己方便。』不過用我說一句話罷了，害著我什麼。」說著，便叫小丫頭到倒廳㉕上悄悄的打聽打聽，老太太屋裡擺了飯了沒有。小丫頭去了。這裡二人又說些閑話。

㉔真佛——佛家語。佛教徒說佛有報、應、化三身，真佛即指「報身佛」，借喻難以見到的人物，這裡指王熙鳳。

㉕倒廳——舊式建築大廳大都坐北向南，那些坐南向北的廳房和前層大廳後面向後院開門的附屬部分，都叫「倒廳」。

劉姥姥因說：「這鳳姑娘今年大還不過二十歲罷了，就這等有本事，當這樣的家，可是難得的。」周瑞家的聽了道：「我的姥姥，告訴不得你呢！這位鳳姑娘年紀雖小，行事卻比世人都大呢。如今出挑的美人一樣的模樣兒，少說些有一萬個心眼子，再要賭口齒，十個會說話的男人也說他不過。回來你見了就信了。——就只一件，待下人未免太嚴些個。」說著，只見小丫頭回來說：「老太太屋裡已擺完了飯了，二奶奶在太太屋裡呢。」周瑞家的聽了，連忙起身，催著劉姥姥說：「快走，快走。這一下來他吃飯是個空子，咱們先趕著去。若遲一步，回事的人也多了，難說話。再歇了中覺，越發沒了時候了。」說著，一齊下了炕，打掃㉖打掃衣服，又教了板兒幾句話，隨著周瑞家的，逶迤往賈璉的住處來。

先到了倒廳，周瑞家的將劉姥姥安插在那裡略等一等。自己先過了影壁，進了院門，知鳳姐未下來，先找著鳳姐的一個心腹通房㉗大丫頭名喚平兒的。周瑞家的先將劉姥姥起初來歷說明，又說：「今日大遠的特來請安。當日太太是常會的，今日不可不見，所以我帶了他進來了。等奶奶下來，我細細回明，奶奶想也不責備我莽撞的。」平兒聽了，便作了主意：「叫他們進來，先在這裡坐著就是了。」周瑞家的聽了，方出去引他兩個進入院來。上了正房臺磯，小丫頭打起猩紅氈簾，才入堂屋，只聞一陣香撲了臉來，竟不辨是何氣味，身子如在雲端裡一般。滿屋中之物都耀眼爭光的，使人頭暈目眩。劉姥姥此時惟點頭咂嘴念佛而已。於是來至東邊這間屋內，乃是賈璉的女兒大姐兒睡覺之所。平兒站在炕沿邊，打

㉖打掃衣服——整理衣服，指把衣服拉一拉，撣一撣，端正儀容的舉動。

㉗通房——把貼身侍婢收納為妾，稱「通房丫頭」，地位比姨娘低；又稱「收房」。

聯經出版事業公司校印

量了劉姥姥兩眼，只得問個好，讓坐。劉姥姥見平兒遍身綾羅，插金帶銀，花容玉貌的，便當是鳳姐兒了。才要稱「姑奶奶」，忽見周瑞家的稱他是「平姑娘」，又見平兒趕著周瑞家的稱「周大娘」，方知不過是個有些體面的丫頭了。於是讓劉姥姥和板兒上了炕，平兒和周瑞家的對面坐在炕沿上，小丫頭子斟了茶來吃茶。

劉姥姥只聽見「咯當、咯當」的響聲，大有似乎打籮櫃篩麵㉘的一般，不免東瞧西望的。忽見堂屋中柱子上掛著一個匣子，底下又墜著一個秤砣般一物，卻不住的亂晃。劉姥姥心中想著：「這是什麼愛物兒㉙？有甚用呢？」正呆時，只聽得「當」的一聲，又若金鐘銅磬一般，不防倒唬的一展眼。接著又是一連八九下。方欲問時，只見小丫頭子們齊亂跑，說：「奶奶下來了。」周瑞家的與平兒忙起身，命劉姥姥：「只管等著，是時候我們來請你。」說著，都迎出去了。

劉姥姥屏聲側耳默候。只聽遠遠有人笑聲，約有一二十婦人，衣裙窸窣㉚，漸入堂屋，往那邊屋內去了。又見兩三個婦人都捧著大漆捧盒，進這邊來等候。聽得那邊說了聲「擺飯」，漸漸的人才散出，只有伺候端菜的幾個人。半日鴉雀不聞之後，忽見二人抬了一張炕桌來，放在這邊炕上，桌上碗盤森列，仍是滿滿的魚肉在內，不過略動了幾樣。板兒一見了，便吵著要肉吃，劉姥姥一巴掌打了他去。忽見周

㉘打籮櫃篩麵——籮櫃，裝有篩籮的木櫃；篩麵時用腳不斷踩踏機關，會發出「咯當咯當」的聲音。

㉙愛物兒——玩意兒、東西、傢伙，含輕蔑的口氣；又作「阿物兒」（第十九回）、「愛巴物兒」（第七十三回）。

㉚窸窣——音ㄒㄧ　ㄙㄨˋ，綢緞衣服因走動磨擦而發出的聲音。

瑞家的笑嘻嘻走過來，招手兒叫他。劉姥姥會意，於是帶了板兒下炕，至堂屋中，周瑞家的又和他唧咕了一會，方過這邊屋裡來。

只見門外鏨銅鈎上懸著大紅撒花軟簾，南窗下是炕，炕上大紅毡條，靠東邊板壁立著一個鎖子錦㉛靠背與一個引枕，鋪著金心綠閃緞大坐褥，旁邊有雕漆痰盒。那鳳姐兒家常帶著秋板貂鼠昭君套㉜，圍著攢珠勒子㉝，穿著桃紅撒花襖，石青刻絲灰鼠披風㉞，大紅洋縐銀鼠皮裙，粉光脂豔，端端正正坐在那裡，手內拿著小銅火箸兒撥手爐內的灰。平兒站在炕沿邊，捧著小小的一個填漆㉟茶盤，盤內一個小蓋鐘。鳳姐也不接茶，也不抬頭，只管撥手爐內的灰，慢慢的問道：「怎麼還不請進來？」一面說，一面抬身要茶時，只見周瑞家的已帶了兩個人在地下站著呢。這才忙欲起身；猶未起身時，滿面春風的問好，又嗔著周瑞家的怎麼不早說。劉姥姥在地下已是拜了數拜，問姑奶奶安。鳳姐忙說：「周姊姊，快攙起來，別拜罷，請坐。我年輕，不大認得，可也不知是什麼輩數，不敢稱呼。」周瑞家的忙回道：「這就是我才回的那姥姥了。」鳳姐點頭。劉姥姥已在炕沿上坐了。板兒便躲在背後，百般的哄他出來作揖，

㉛鎖子錦——用金線織成鎖鏈形圖案的錦緞。

㉜秋板貂鼠昭君套——秋板貂，秋季絨毛尚未長全的貂鼠皮，比「正冬皮」差。昭君套，沒有頂的女用皮帽罩，因形狀像戲曲、繪畫中昭君出塞時戴的帽罩，故名。

㉝勒子——珠玉穿成的帽絆或錦緞做的帽箍，都叫「勒子」。

㉞披風——斗篷，一種寬大無袖的禦寒外套，也叫「一口鐘」、「一裹圓」。清朝婦女禮服外套也叫「披風」。

㉟填漆——漆器製作手法之一，把漆器刻成花紋、圖案，用各種彩色填入溝紋，再磨平，形成各種彩色花紋圖案。

聯經出版事業公司　校印

他死也不肯。

鳳姐兒笑道：「親戚們不大走動，都疏遠了。知道的呢，說你們棄厭我們，不肯常來；不知道的那起小人，還只當我們眼裡沒人似的。」劉姥姥忙念佛道：「我們家道艱難，走不起，來了這裡，沒的給姑奶奶打嘴，就是管家爺們看著也不像。」鳳姐兒笑道：「這話沒的叫人噁心。不過借賴著祖父虛名，作了窮官兒，誰家有什麼？不過是個舊日的空架子。俗語說，『朝廷還有三門子窮親戚』呢，何況你我。」說著，又問周瑞家的：「回了太太了沒有？」周瑞家的道：「如今等奶奶的示下。」鳳姐道：「你去瞧瞧，要是有人有事就罷；得閑兒呢，就回，看怎麼說。」周瑞家的答應著去了。

這裡鳳姐叫人抓些果子與板兒吃，剛問些閑話時，就有家下許多媳婦、管事的來回話。平兒回了，鳳姐道：「我這裡陪客呢，晚上再來回。若有很要緊的，你就帶進來現辦。」平兒出去了，一會進來說：「我都問了，沒什麼緊事，我就叫他們散了。」鳳姐點頭。只見周瑞家的回來，向鳳姐道：「太太說了：今日不得閑，二奶奶陪著便是一樣。多謝費心想著。白來逛逛呢便罷；若有甚說的，只管告訴二奶奶，都是一樣。」劉姥姥道：「也沒甚說的，不過是來瞧瞧姑太太、姑奶奶，也是親戚們的情分。」周瑞家的道：「沒甚說的便罷；若有話，只管回二奶奶，是和太太一樣的。」一面說，一面遞眼色與劉姥姥。劉姥姥會意，未語先飛紅的臉，欲待不說，今日又所為何來？只得忍恥說道：「論理今兒初次見姑奶奶，卻不該說，只是大遠的奔了你老這裡來，也少不的說了。」剛說到這裡，只聽二門上小廝們回說：「東府裡的小大爺進來了。」鳳姐忙止劉姥姥：「不必說了。」一面便問：「你蓉大爺在那裡呢？」只聽一路靴子腳響，進來了一個十七八歲的少年，面目清秀，身材俊俏，輕裘寶帶，美服華冠。劉姥姥此時坐

聯經出版事業公司　校印

不是，立不是，藏沒處藏。鳳姐笑道：「你只管坐著，這是我侄兒。」劉姥姥方扭扭捏捏在炕沿上坐了。

賈蓉笑道：「我父親打發我來求嬸子，說上回老舅太太給嬸子的那架玻璃炕屏㊱，明日請一個要緊的客，借了略擺一擺就送過來。」鳳姐道：「說遲了一日，昨兒已經給了人了。」賈蓉聽著，嘻嘻的笑著，在炕沿上半跪道：「嬸子若不借，又說我不會說話了，又挨一頓好打呢。嬸子只當可憐侄兒罷。」鳳姐笑道：「也沒見你們，王家的東西都是好的不成？你們那裡放著那些好東西，只是看不見，偏我的就是好的。」賈蓉笑道：「那裡有這個好呢！只求開恩罷。」鳳姐道：「若碰一點兒，你可仔細你的皮！」因命平兒拿了樓房的鑰匙，傳幾個妥當人抬去。賈蓉喜的眉開眼笑，說：「我親自帶了人拿去，別由他們亂碰。」說著，便起身出去了。

這裡鳳姐忽又想起一事來，便向窗外叫：「蓉哥回來。」外面幾個人接聲說：「蓉大爺快回來。」賈蓉忙復身轉來，垂手侍立，聽何指示。那鳳姐只管慢慢的吃茶，出了半日的神，又笑道：「罷了，你且去罷。晚飯後你來再說罷。這會子有人，我也沒精神了。」賈蓉應了一聲，方慢慢的退去。

這裡劉姥姥心神方定，才又說道：「今日我帶了你侄兒來，也不為別的，只因他老子、娘在家裡，連吃的都沒有。如今天又冷了，越想沒個派頭兒㊲，只得帶了你侄兒奔了你老來。」說著，又推板兒道：「你那爹在家怎麼教你來？打發咱們作煞㊳事來？只顧吃果子咧。」鳳姐早已明白了，聽他不會說話，

㊱炕屏——陳設在炕上的屏風，作裝飾用。一般炕上陳設的用具都比較小，所以炕上的屏風，几、桌名上都加「炕」字。
㊲派頭兒——盼頭兒，主意，辦法。
㊳作煞——作什麼。煞，「啥」的音轉。

因笑止道：「不必說了，我知道了。」因問周瑞家的：「這姥姥不知可用了早飯沒有？」劉姥姥忙說道：「一早就往這裡趕咧，那裡還有吃飯的工夫咧？」鳳姐聽說，忙命：「快傳飯來。」一時周瑞家的傳了一桌客飯來，擺在東邊屋內，過來帶了劉姥姥和板兒過去吃飯。鳳姐說道：「周姊姊，好生讓著些兒，我不能陪了。」於是過東邊房裡來。又叫過周瑞家的去，問他：「方才回了太太，說了些什麼？」周瑞家的道：「太太說：他們家原不是一家子，不過因出一姓，當年又與太老爺在一處作官，偶然連了宗的。這幾年來也不大走動。當時他們來一遭，卻也沒空了他們。今兒既來了瞧瞧我們，是他的好意思，也不可簡慢了他。便是有什麼說的，叫奶奶裁度著就是了。」鳳姐聽了，說道：「我說呢，既是一家子，我如何連影兒也不知道。」

說話時，劉姥姥已吃畢了飯，拉了板兒過來，䑛舌咂嘴㊴的道謝。鳳姐笑道：「且請坐下，聽我告訴你老人家。方才的意思，我已知道了。若論親戚之間，原該不等上門來就該有照應才是。但如今家內雜事太煩，太太漸上了年紀，一時想不到也是有的。況是我近來接著管些事，都不知道這些親戚們。二則外頭看著雖是烈烈轟轟的，殊不知大有大的艱難去處，說與人也未必信罷。今兒你既老遠的來了，又是頭一次見我張口，怎好叫你空回去呢？可巧昨兒太太給我的丫頭們做衣裳的二十兩銀子，我還沒動呢，你若不嫌少，就暫且先拿了去罷。」

那劉姥姥先聽見告艱難，只當是沒有，心裡便突突的；後來聽見給他二十兩，喜的又渾身發癢起來，

㊴䑛舌咂嘴——用舌頭舔嘴唇，吃得很有味道的樣子。䑛，音ㄊㄧㄢˇ，吐舌。

說道：「噯，我也是知道艱難的。但俗語說的：『瘦死的駱駝比馬大』㊵，憑他怎樣，你老拔根寒毛比我們的腰還粗呢！」周瑞家的見他說的粗鄙，只管使眼色止他。鳳姐看見，笑而不睬，只命平兒把昨兒那包銀子拿來，再拿一吊錢來，都送到劉姥姥的跟前。鳳姐乃道：「這是二十兩銀子，暫且給這孩子做件冬衣罷。若不拿著，就真是怪我了。這錢雇車坐罷。改日無事，只管來逛逛，方是親戚們的意思。天也晚了，也不虛留你們了，到家裡該問好的問個好兒罷。」一面說，一面就站了起來。

劉姥姥只管千恩萬謝的，拿了銀子錢，隨了周瑞家的來至外面。周瑞家的道：「我的娘啊！你見了他，怎麼倒不會說了？開口就是『你侄兒』。我說句不怕你惱的話，便是親侄兒，也要說和軟些。蓉大爺才是他的正經侄兒呢，他怎麼又跑出這麼一個侄兒來了！」劉姥姥笑道：「我的嫂子！我見了他，心眼兒裡愛還愛不過來，那裡還說的上話來呢？」二人說著，又到周瑞家坐了片時，劉姥姥便要留下一塊銀子與周瑞家孩子們買果子吃，周瑞家的如何放在眼裡，執意不肯。劉姥姥感謝不盡，仍從後門去了。正是：

得意濃時始接濟，受恩深處勝親朋。

㊵瘦死的駱駝比馬大——比喻富人即使窮了，還是比本來就窮的人有錢。

第七回　送宮花賈璉戲熙鳳　宴寧府寶玉會秦鐘

話說周瑞家的送了劉姥姥去後，便上來回王夫人話。誰知王夫人不在上房，問丫鬟們時，方知往薛姨媽那邊閑話去了。周瑞家的聽說，便轉出東角門至東院，往梨香院來。剛至院門前，只見王夫人的丫鬟名金釧兒者，和一個才留了頭①的小女孩兒站在臺階兒上頑。見周家瑞的來了，便知有話回，因向內努嘴兒。

周瑞家的輕輕掀簾進去，只見王夫人和薛姨媽長篇大套的說些家務人情等語。周瑞家的不敢驚動，遂進裡間來。只見薛寶釵穿著家常衣服，頭上只散挽著𩯭兒②，坐在炕裡邊，伏在小炕桌上同丫鬟鶯兒正描花樣子呢。見他進來，寶釵才放下筆，轉過身來，滿面堆笑讓：「周姊姊坐。」周瑞家的也忙陪笑

①留頭——舊時女孩子幼年剃髮，年齡漸長，先留頂心頭髮，再留全部頭髮，叫做「留頭」，或「留滿頭」。

②𩯭兒——又作「纂兒」，婦女的髮髻，𩯭，音ㄗㄨㄢˇ。

聯經出版事業公司 校印

問：「姑娘好？」一面炕沿上坐了，因說：「這有兩三天也沒見姑娘到那邊逛逛去，只怕是你寶兄弟沖撞了你不成？」寶釵笑道：「那裡的話。只因我那種病又發了，所以這兩天沒出屋子。」周瑞家的道：「正是呢！姑娘到底有什麼病根兒，也該趁早兒請個大夫來，好生開個方子，認真吃幾劑，一勢兒除了根才是。小小的年紀倒作下個病根兒，也不是頑的。」寶釵聽了，便笑道：「再不要提吃藥。為這病請大夫吃藥，也不知白花了多少銀子錢呢。憑你什麼名醫仙藥，從不見一點兒效。後來還虧了一個禿頭和尚，說專治無名之症，因請他看了。他說我這是從胎裡帶來的一股熱毒，幸而先天壯，還不相干；若吃尋常藥，是不中用的。他就說了一個海上方③，又給了一包藥末子作引子④，異香異氣的，不知是那裡弄了來的。他說發了時吃一丸就好。倒也奇怪，吃他的藥倒效驗些。」

周瑞家的因問：「不知是個什麼海上方兒？姑娘說了，我們也記著，說與人知道，倘遇見這樣病，也是行好的事。」寶釵見問，乃笑道：「不用這方兒還好，若用了這方兒，真真把人瑣碎死。東西藥料一概都有限，只難得『可巧』二字：要春天開的白牡丹花蕊十二兩，夏天開的白荷花蕊十二兩，秋天的白芙蓉蕊十二兩，冬天的白梅花蕊十二兩。將這四樣花蕊，於次年春分這日晒乾，和在藥末子一處，一齊研好。又要雨水這日的雨水十二錢，……」周瑞家的忙道：「噯喲！這麼說來，這就得三年的工夫。

③海上方——傳說東海中蓬萊、方丈、瀛洲三神山上有不死藥，因此稱民間驗方、祕方為「海上方」，指從東海神仙處求來的靈驗藥方。

④引子——藥引，處方中能引導藥力到達病變部位的藥物，是中醫藥劑中「君、臣、佐、使」中「使」的俗稱。

倘或雨水這日竟不下雨，這卻怎處呢？」寶釵笑道：「所以說那裡有這樣可巧的雨，便沒雨也只好再等罷了。白露這日的露水十二錢，霜降這日的霜十二錢，小雪這日的雪十二錢。把這四樣水調勻；和了藥，再加十二錢蜂蜜，十二錢白糖，丸了龍眼大的丸子，盛在舊磁罈內，埋在花根底下。若發了病時，拿出來吃一丸，用十二分黃柏⑤煎湯送下。」

周瑞家的聽了，笑道：「阿彌陀佛，真坑死人的事兒！等十年便必都這樣巧的呢！」寶釵道：「竟好，自他說了去後，一二年間可巧都得了，好容易配成一料。如今從南帶至北，現在就埋在梨花樹底下呢。」周瑞家的又問道：「這藥可有名字沒有呢？」寶釵道：「有。這也是那癩頭和尚說下的，叫作『冷香丸』。」周瑞家的聽了點頭兒，因又說：「這病發了時到底覺怎麼著？」寶釵道：「也不覺甚怎麼著，只不過喘嗽些，吃一丸下去也就好些了。」

周瑞家的還欲說話時，忽聽王夫人問：「誰在房裡呢？」周瑞家的忙出去答應了，趁便回了劉姥姥之事。略待半刻，見王夫人無語，方欲退出，薛姨媽忽又笑道：「你且站住。我有一宗東西，你帶了去罷。」說著便叫：「香菱。」只聽簾櫳響處，方才和金釧頑的那個小丫頭進來了，問：「奶奶叫我作什麼？」薛姨媽道：「把匣子裡的花兒拿來。」香菱答應了，向那邊捧了個小錦匣來。薛姨媽道：「這是宮裡頭的新鮮樣法，拿紗堆的花兒十二支。昨兒我想起來，白放著可惜了兒的，何不給他們姊妹們戴去。昨兒要送去，偏又忘了。你今兒來的巧，就帶了去罷。你家的三位姑娘，每人一對，剩下的六枝，送林

⑤黃柏——黃檗，中藥名，性寒味苦。

姑娘兩枝，那四枝給了鳳哥罷。」王夫人道：「留著給寶丫頭戴罷，又想著他們作什麼。」薛姨媽道：「姨娘不知道，寶丫頭古怪著呢，他從來不愛這些花兒、粉兒的。」

說著，周瑞家的拿了匣子，走出房門，見金釧仍在那裡晒日陽兒。周瑞家的因問他道：「那香菱小丫頭子，可就是常說臨上京時買的、為他打人命官司的那個小丫頭子麼？」金釧道：「可不就是他。」正說著，只見香菱笑嘻嘻的走來。周瑞家的便拉了他的手，細細的看了一會，因向金釧兒笑道：「倒好個模樣兒，竟有些像咱們東府裡蓉大奶奶的品格兒。」金釧兒笑道：「我也是這們說呢。」周瑞家的又問香菱：「你幾歲投身⑥到這裡？」又問：「你父母今在何處？今年十幾歲了？本處是那裡人？」香菱聽問，都搖頭說：「不記得了。」周瑞家的和金釧兒聽了，倒反為嘆息傷感一回。

一時間周瑞家的攜花至王夫人正房後頭來。原來近日賈母說孫女兒們太多了，一處擠著倒不方便，只留寶玉、黛玉二人這邊解悶，卻將迎、探、惜三人移到王夫人這邊房後三間小抱廈內居住，令李紈陪伴照管。如今周瑞家的故順路先往這裡來，只見幾個小丫頭子都在抱廈內聽呼喚呢。迎春的丫鬟司棋與探春的丫鬟侍書二人正掀簾子出來，手裡都捧著茶鍾，周瑞家的便知他們姊妹在一處坐著呢，遂進入內房，只見迎春探春二人正在窗下圍棋。周瑞家的將花送上，說明原故。二人忙住了棋，都欠身道謝，命丫鬟們收了。

周瑞家的答應了，因說：「四姑娘不在房裡，只怕在老太太那邊呢？」丫鬟們道：「那屋裡不是四

⑥投身——賣身。

姑娘？」周瑞家的聽了，便往這邊屋裡來。只見惜春正同水月庵的小姑子智能兒一處頑耍呢，見周瑞家的進來，惜春便問他何事。周瑞家的便將花匣打開，說明原故。惜春笑道：「我這裡正和智能兒說，我明兒也剃了頭同他作姑子去呢，可巧又送了花兒來；若剃了頭，可把這花兒戴在那裡呢？」說著，大家取笑一回，惜春命丫鬟入畫來收了。

周瑞家的因問智能兒：「你是什麼時候來的？你師父那禿歪剌⑦往那裡去了？」智能兒道：「我們一早就來了。我師父見了太太，就往于老爺府內去了，只我在這裡等他呢。」周瑞家的又道：「十五的月例香供銀子可曾得了沒有？」智能兒搖頭兒說：「我不知道。」惜春聽了，便問周瑞家的：「如今各廟月例銀子是誰管著？」周瑞家的道：「是余信管著。」惜春聽了笑道：「這就是了。他師父一來，余信家的就趕上來，和他師父咕唧了半日，想是就為這事了。」

那周瑞家的又和智能兒嘮叨了一會，便往鳳姐兒處來。穿夾道從李紈後窗下過，隔著玻璃窗戶，見李紈在炕上歪著睡覺呢，遂越過西花牆，出西角門進入鳳姐院中。走至堂屋，只見小丫頭豐兒坐在鳳姐房中門檻上，見周瑞家的來了，連忙擺手兒叫他往東屋裡去。周瑞家的會意，忙躡手躡足往東邊房裡來，只見奶子正拍著大姐兒睡覺呢。周瑞家的悄問奶子道：「姐兒睡中覺呢？也該清醒了。」奶子搖頭兒。正說著，只聽那邊一陣笑聲，卻有賈璉的聲音。接著房門響處，平兒拿著大銅盆出來，叫豐兒舀水進去。平兒便到這邊來，一見了周瑞家的，便問：「你老人家又跑了來作什麼？」周瑞家的忙起身，拿匣子與

⑦禿歪剌——罵尼姑的話。禿，指光頭；歪剌，不正當的女人，是對女子的賤稱，又作歪辣、歪剌骨、歪剌貨。

他，說送花兒一事。平兒聽了，便打開匣子，拿了四枝，轉身去了。半刻工夫，手裡拿出兩枝來，先叫彩明來，吩咐道：「送到那邊府裡給小蓉大奶奶戴去。」次後方命周瑞家的回去道謝。

周瑞家的這才往賈母這邊來。穿過了穿堂，抬頭忽見他女兒打扮著才從他婆家來。周瑞家的忙問：「你這會跑來作什麼？」他女兒笑道：「媽一向身上好？我在家裡等了這半日，媽竟不出去，什麼事情這樣忙的不回家？我等煩了，自己先到了老太太跟前請了安了，這會子請太太的安去。媽還有什麼不了的差事，手裡是什麼東西？」周瑞家的笑道：「噯！今兒偏偏的來了個劉姥姥，我自己多事，為他跑了半日；這會子又被姨太太看見了，送這幾枝花兒與姑娘、奶奶們。這會子還沒送清楚呢。你這會子跑了來，一定有什麼事。」他女兒笑道：「你老人家倒會猜。實對你老人家說，你女婿前兒因多吃了兩杯酒，和人分爭，不知怎的被人放了一把邪火⑧，說他來歷不明，告到衙門裡，要遞解⑨還鄉。所以我來和你老人家商議商議，這個情分，求那一個可了事呢？」周瑞家的聽了道：「我就知道呢。這有什麼大不了的事！你且家去等我，我給林姑娘送了花兒去就回家去。此時太太、二奶奶都不得閑兒，你回去等我。這有什麼，忙的如此。」女兒聽說，便回去了，又說：「媽，好歹⑩快來。」周瑞家的道：「是了。小人兒家沒經過什麼事，就急得你這樣了。」說著，便到黛玉房中去了。

⑧放邪火——造謠中傷；從旁挑撥，使人發怒。

⑨遞解——舊時押解到遠地的犯人，由沿途各地方官衙派人輪流押送，叫「遞解」。

⑩好歹——無論如何，一定要。

誰知此時黛玉不在自己房中，卻在寶玉房中大家解九連環⑪頑呢。周瑞家的進來，笑道：「林姑娘，姨太太著我送花兒與姑娘帶來了。」寶玉聽說，便先問：「什麼花兒？拿來給我。」一面早伸手接過來了。開匣看時，原來是宮製堆紗新巧的假花兒。黛玉只就寶玉手中看了一看，便問道：「還是單送我一人的，還是別的姑娘們都有呢？」周瑞家的道：「各位都有了，這兩枝是姑娘的了。」黛玉冷笑道：「我就知道，別人不挑剩下的也不給我。」周瑞家的聽了，一聲兒不言語。寶玉便問道：「周姊姊，你作什麼到那邊去了？」周瑞家的因說：「太太在那裡，因回話去了，姨太太就順便叫我帶來了。」寶玉道：「寶姊姊在家作什麼呢？怎麼這幾日也不過這邊來？」周瑞家的道：「身上不大好呢。」寶玉聽了，便和丫頭說：「誰去瞧瞧？只說我與林姑娘打發了來請姨太太、姊姊安，問姊姊是什麼病，現吃什麼藥？論理我該親自來的，就說才從學裡來，也著了些涼，異日再親自來看罷。」說著，茜雪便答應去了。周瑞家的自去，無話。

原來這周瑞家的女婿，便是雨村的好友冷子興，近因賣骨董和人打官司，故教女人來討情分。周瑞家的仗著主子的勢力，把這些事也不放在心上，晚間只求求鳳姐兒便完了。

至掌燈時分，鳳姐已卸了妝，來見王夫人回話：「今兒甄家送了來的東西，我已收了。咱們送他的，

---

⑪九連環——一種玩具，用金屬線製成一個狹長方圈，上面套九個圓環，可以解下套上，雖有口訣，但手續繁複，極需耐心，是中國傳統玩具。

聯經出版事業公司 校印

趁著他家有年下進鮮⑫的船回去，一併都交給他們帶了去罷？」王夫人點頭。鳳姐又道：「臨安伯老太太生日的禮已經打點了，派誰送去呢？」王夫人道：「你瞧誰閑著，就叫他們去四個女人就是了，又來當什麼正經事問我！」鳳姐又笑道：「今日珍大嫂子來，請我明日過去逛逛，明日倒沒有什麼事情。」王夫人道：「有事沒事都害不著什麼。每常他來請，有我們，你自然不便意；他既不請我們，單請你，可知是他誠心叫你散淡散淡⑬，別辜負了他的心，便有事也該過去才是。」鳳姐答應了。當下李紈、迎、探等姊妹們亦來定省畢，各自歸房無話。

次日鳳姐梳洗了，先回王夫人畢，方來辭賈母。寶玉聽了，也要跟了逛去。鳳姐只得答應，立等著換了衣服，姊兒兩個坐了車，一時進入寧府。早有賈珍之妻尤氏與賈蓉之妻秦氏婆媳兩個，引了多少姬妾、丫鬟、媳婦等接出儀門。那尤氏一見了鳳姐，必先笑嘲一陣，一手攜了寶玉同入上房來歸坐。秦氏獻茶畢，鳳姐因說：「你們請我來作什麼？有什麼好東西孝敬我，就快獻上來，我還有事呢。」尤氏、秦氏未及答話，地下幾個姬妾先就笑說：「二奶奶今兒不來就罷，既來了就依不得二奶奶了。」正說著，只見賈蓉進來請安。寶玉因問：「大哥哥今日不在家麼？」尤氏道：「出城與老爺請安去了。可是你怪悶的，坐在這裡作什麼？何不也去逛逛？」

秦氏笑道：「今兒巧，上回寶叔立刻要見的我那兄弟，他今兒也在這裡，想在書房裡呢，寶叔何不

⑫進鮮——古代官吏貴族向皇帝進獻有季節性的新鮮物品，如應時的水果、魚蝦等。
⑬散淡——逍遙，自由自在的活動，又作「散誕」（第八十回）。

去瞧一瞧？」寶玉聽了，即便下炕要走。尤氏、鳳姐都忙說：「好生著，忙什麼？」一面便吩咐好生小心跟著，別委屈著他，倒比不得跟了老太太過來就罷了。鳳姐說道：「既這麼著，何不請進這秦小爺來，我也瞧一瞧。難道我見不得他不成？」尤氏笑道：「罷，罷！可以不必見他，比不得咱們家的孩子們，胡打海摔⑭的慣了。人家的孩子都是斯斯文文的慣了，乍見了你這破落戶，還被人笑話死了呢！」鳳姐笑道：「普天下的人，我不笑話就罷了，竟叫這小孩子笑話我不成？」賈蓉笑道：「不是這話。他生的靦腆⑮，沒見過大陣仗兒，嬸子見了，沒的生氣。」鳳姐道：「憑他什麼樣兒的，我也要見一見！別放你娘的屁了。再不帶我看看，給你一頓好嘴巴。」賈蓉笑嘻嘻的說：「我不敢扭著，就帶他來。」

說著，果然出去帶進一個小後生⑯來，較寶玉略瘦些，眉清目秀，粉面朱唇，身材俊俏，舉止風流，似在寶玉之上，只是怯怯羞羞，有女兒之態，靦腆含糊，慢向鳳姐作揖問好。鳳姐喜的先推寶玉，笑道：「比下去了！」便探身一把攜了這孩子的手，就命他身傍坐了，慢慢的問他：幾歲了，讀什麼書，弟兄幾個，學名喚什麼。秦鐘一一答應了。早有鳳姐的丫鬟、媳婦們見鳳姐初會秦鐘，並未備得表禮⑰來，遂忙過那邊去告訴平兒。平兒知道鳳姐與秦氏厚密，雖是小後生家，亦不可太儉，遂自作主意，拿了一

⑭胡打海摔——耐得住碰撞，不嬌貴。
⑮靦腆——害羞，不敢見陌生人。
⑯後生——年輕人，少年人。
⑰表禮——舊時贈送或賞人的禮物；又作「表裡」，表是「面子」，裡是「裡子」，指做禮物用的衣料，也稱「尺頭」。

四尺頭，兩個「狀元及第」的小金錁子⑱，交付與來人送過去。鳳姐猶笑說太簡薄等語。秦氏等謝畢。一時吃過飯，尤氏、鳳姐、秦氏等抹骨牌⑲，不在話下。

那寶玉自見了秦鐘的人品出眾，心中似有所失，癡了半日，自己心中又起了呆意，乃自思道：「天下竟有這等人物！如今看來，我竟成了泥豬癩狗了。可恨我為什麼生在這侯門公府之家，若也生在寒門薄宦之家，早得與他交結，也不枉生了一世。我雖如此比他尊貴，可知錦繡紗羅，也不過裹了我這根死木頭；美酒羊羔，也不過填了我這糞窟泥溝。『富貴』二字，不料遭我荼毒了！」秦鐘自見了寶玉形容出眾，舉止不凡，更兼金冠繡服，驕婢侈童，秦鐘心中亦自思道：「果然這寶玉怨不得人溺愛他。可恨我偏生於清寒之家，不能與他耳鬢交接，可知『貧窶』二字限人，亦世間之大不快事。」二人一樣的胡思亂想。忽然寶玉問他讀什麼書。秦鐘見問，因而答以實話。二人你言我語，十來句後，越覺親密起來。

一時擺上茶果，寶玉便說：「我兩個又不吃酒，把果子擺在裡間小炕上，我們那裡坐去，省得鬧你們。」於是二人進裡間來吃茶。秦氏一面張羅與鳳姐擺酒果，一面忙進來囑寶玉道：「寶叔，你侄兒倘

⑱「狀元及第」的小金錁子——錁子，金銀鑄成的小錠。狀元及第，金錠上的吉祥圖案，這類吉祥圖案還有雲彩和蝙蝠組成的「流雲百蝠」（第十七回），雙柿構成的「事事如意」，谷穗、瓶子、鵪鶉構成的「歲歲平安」（第二十九回），筆、銀錠、如意組成的「必定如意」（四十二回）等，多半是諧音的祝頌話。

⑲抹骨牌——用骨牌遊戲或賭博。骨牌，又名牙牌或牌九，用獸骨或竹、木、象牙製成，用「骰子點」從「么」到「六」錯綜配合，每兩組「點」配成一張牌，共成三十二張。

或言語不防頭[20]，你千萬看著我，不要理他。他雖靦腆，卻性子左強[21]，不大隨和。」寶玉笑道：「你去罷，我知道了。」秦氏又囑了他兄弟一回，方去陪鳳姐。

一時鳳姐、尤氏又打發人來問寶玉：「要吃什麼，外面有，只管要去。」寶玉只答應著，也無心在飲食上，只問秦鐘近日家務等事。秦鐘因說：「業師[22]於去年病故，家父又年紀老邁，殘疾在身，公務繁冗，因此尚未議及再延師一事，目下不過在家溫習舊課而已。再讀書一事，必須有一二知己為伴，時常大家討論，才能進益。」寶玉不待說完，便答道：「正是呢！我們卻有個家塾，合族中有不能延師的，便可入塾讀書，子弟們中亦有親戚在內可以附讀。我因業師上年回家去了，也現荒廢著呢。家父之意，亦欲暫送我去溫習舊書，待明年業師上來，再各自在家裡讀。家祖母因說：一則家學裡之子弟太多，生恐大家淘氣，反不好；二則也因我病了幾天，遂暫且耽擱著。如此說來，尊翁如今也為此事懸心。今日回去，何不稟明，就往我們敝塾中來，我亦相伴，彼此有益，豈不是好事？」秦鐘笑道：「家父前日在家提起延師一事，也曾提起這裡的義學[23]倒好，原要來和這裡的親翁商議引薦。因這裡又事忙，不便為這點小事來聒絮[24]的。寶叔果然度小侄或可磨墨滌硯，何不速速的作成，又彼此不致荒廢，又可以常相

⑳不防頭——冒失、粗心沒顧忌。

㉑左強——個性彆扭倔強。

㉒業師——舊時稱自己的老師為「業師」。

㉓義學——也叫「義塾」，古代的一種免費私塾，有宗族辦的，也有私人集資或用地方公費辦的。

談聚，又可以慰父母之心，又可以得朋友之樂，豈不是美事？」寶玉道：「放心，放心。咱們回來告訴你姊夫、姊姊和璉二嫂子。你今日回家就稟明令尊，我回去再稟明祖母，再無不速成之理。」二人計議已定。那天氣已是掌燈時候，出來又看他們頑了一回牌。算帳時，卻又是秦氏、尤氏二人輸了戲酒的東道，言定後日吃這東道。一面就叫送飯。

吃畢晚飯，因天黑了，尤氏說：「先派兩個小子送了這秦相公家去。」媳婦們傳出去半日，秦鐘告辭起身。尤氏問：「派了誰送去？」媳婦們回說：「外頭派了焦大，誰知焦大醉了，又罵呢。」尤氏、秦氏都說道：「偏又派他作什麼！放著這些小子們，那一個派不得？偏要惹他去。」鳳姐道：「我成日家說你太軟弱了，縱的家裡人這樣還了得了。」尤氏嘆道：「你難道不知這焦大的？連老爺都不理他的，你珍大哥哥也不理他。只因他從小兒跟著太爺們出過三四回兵㉕，從死人堆裡把太爺揹了出來，得了命；自己挨著餓，卻偷了東西來給主子吃；兩日沒得水，得了半碗水給主子喝，他自己喝馬溺。不過仗著這些功勞情分，有祖宗時都另眼相待，如今誰肯難為他去。他自己又老了，又不顧體面，一味吃酒，吃醉了，無人不罵。我常說給管事的，不要派他差事，全當一個死的就完了。今兒又派了他。」鳳姐道：「我何曾不知這焦大。倒是你們沒主意，有這樣的，何不打發他遠遠的莊子上去就完了。」說著，因問：「我們的車可齊備了？」地下眾人都應道：「伺候齊了。」

㉔聒絮——嘮嘮叨叨，這裡指用話來打擾、麻煩人。
㉕出兵——本是「出動軍隊」的意思，後來當兵也叫「出兵」。

鳳姐起身告辭，和寶玉攜手同行。尤氏等送至大廳，只見燈燭輝煌，眾小廝都在丹墀㉖侍立。那焦大又恃賈珍不在家，即在家亦不好怎樣他，更可以任意洒落洒落㉗。因趁著酒興，先罵大總管賴二，說他不公道，欺軟怕硬，「有了好差事就派別人，像這等黑更半夜送人的事，就派我。沒良心的王八羔子！瞎充管家！你也不想想，焦大太爺蹺蹺腳，比你的頭還高呢！二十年頭裡㉘的焦大太爺眼裡有誰？別說你們這一起雜種王八羔子們！」

正罵的興頭上，賈蓉送鳳姐的車出去，眾人喝他不聽，賈蓉忍不得，便罵了他兩句，使人捆起來，「等明日酒醒了，問他還尋死不尋死了！」那焦大那裡把賈蓉放在眼裡，反大叫起來，趕著賈蓉叫：「蓉哥兒，你別在焦大跟前使主子性兒。別說你這樣兒的，就是你爹、你爺爺，也不敢和焦大挺腰子㉙！不是焦大一個人，你們就做官兒享榮華、受富貴？你祖宗九死一生掙下這家業，到如今了，不報我的恩，反和我充起主子來了。不和我說別的還可，若再說別的，咱們紅刀子進去白刀子出來！」鳳姐在車上說與賈蓉道：「以後還不早打發了這個沒王法的東西！留在這裡豈不是禍害？倘或親友知道了，豈不笑話

㉖丹墀——墀，音ㄔˊ，臺階、階面都叫「墀」。古代宮殿臺階的地面塗成紅色，叫「丹墀」；高官貴族家正廳的臺階也沿用這稱呼，這裡泛指臺階。

㉗洒落——數說別人的不是來發洩自己的憤怒。

㉘二十年頭裡——二十年以前；頭裡，從前的意思。

㉙挺腰子——擺架子。

咱們這樣的人家，連個王法規矩都沒有？」賈蓉答應「是」。

眾小廝見他太撒野了，只得上來幾個，揪翻捆倒，拖往馬圈裡去。焦大越發連賈珍都說出來，亂嚷亂叫說：「我要往祠堂裡哭太爺去！那裡承望到如今生下這些畜牲來！每日家偷狗戲雞，爬灰㉚的爬灰，養小叔子的養小叔子，我什麼不知道？咱們『胳膊折了往袖子裡藏』㉛！」眾小廝聽他說出這些沒天日的話來，唬的魂飛魄散，也不顧別的了，便把他捆起來，用土和馬糞滿滿的填了他一嘴。

鳳姐和賈蓉等也遙遙的聞得，便都裝作沒聽見。寶玉在車上見這般醉鬧，倒也有趣，因問鳳姐道：「姊姊，你聽他說『爬灰的爬灰』，什麼是『爬灰』？」鳳姐聽了，連忙立眉嗔目斷喝道：「少胡說！那是醉漢嘴裡混吣㉜，你是什麼樣的人，不說沒聽見，還倒細問！等我回去回了太太，仔細捶你不捶你！」唬的寶玉忙央告道：「好姊姊，我再不敢了。」鳳姐道：「這才是呢。等到了家，咱們回了老太太，打發你同你秦家侄兒學裡念書去要緊。」說著，卻自回往榮府而來。正是：

不因俊俏難為友，正為風流始讀書。

㉚爬灰——公公和媳婦私通。因「爬灰」會弄髒膝蓋——汙膝，諧音「汙媳」。

㉛胳膊折了往袖子裡藏——把壞事、醜事遮掩起來，「家醜不可外揚」的意思。

㉜混吣——吣，音ㄑㄧㄣˋ，又作「唚」，這是罵人的話，把別人說話比作牲畜嘔吐，比罵人「胡說」更重。

第八回　比通靈金鶯微露意　探寶釵黛玉半含酸

話說鳳姐和寶玉回家，見過眾人。寶玉先便回明賈母秦鐘要上家塾之事，自己也有了個伴讀的朋友，正好發奮；又著實的稱讚秦鐘的人品行事，最使人憐愛。鳳姐又在一旁幫著說「過日他還來拜老祖宗」等語，說的賈母喜歡起來。鳳姐又趁勢請賈母後日過去看戲。賈母雖年老，卻極有興頭。至後日，又有尤氏來請，遂攜了王夫人、黛玉、寶玉等過去看戲。至晌午，賈母便回來歇息了。王夫人本是好清淨的，見賈母回來也就回來了。然後鳳姐坐了首席，盡歡至晚無話。

卻說寶玉因送賈母回來，待賈母歇了中覺，意欲還去看戲取樂，又恐擾的秦氏等人不便，因想起近日薛寶釵在家養病，未去親候，意欲去望他一望。若從上房後角門過去，又恐遇見別事纏繞，再或可巧遇見他父親，更為不妥，寧可繞遠路罷了。當下眾嬤嬤、丫鬟伺候他換衣服，見他不換，仍出二門去了，眾嬤嬤、丫鬟只得跟隨出來，還只當他去那府中看戲。誰知到穿堂，便向東北邊繞過廳後而去。偏頂頭

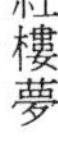

聯經出版事業公司校印

頂頭①遇見了門下清客相公②詹光、單聘仁二人走來，一見了寶玉，便都笑著趕上來，一個抱住腰，一個攜著手，都道：「我的菩薩哥兒！我說作了好夢呢，好容易得遇見了你！」說著，請了安，又問好，嘮叨半日，方才走開。老嬤嬤叫住，因問：「二位爺是從老爺跟前來的不是？」二人點頭道：「老爺在夢坡齋小書房裡歇中覺呢，不妨事的。」一面說，一面走了。說的寶玉也笑了。於是轉彎向北奔梨香院來。可巧銀庫房的總領名喚吳新登與倉上的頭目名戴良，還有幾個管事的頭目，共有七個人，從帳房裡出來，一見了寶玉，趕來都一齊垂手站住。獨有一個買辦名喚錢華，因他多日未見寶玉，忙上來打千兒③請安，寶玉忙含笑攜他起來。眾人都笑說：「前兒在一處看見二爺寫的斗方兒④，字法越發好了，多早晚兒⑤賞我們幾張貼貼。」寶玉笑道：「在那裡看見了？」眾人道：「好幾處都有，都稱讚的了不得，還和我們尋呢。」寶玉笑道：「不值什麼，你們說與我的小么兒們就是了。」一面說，一面前走，眾人待他過去，方都各自散了。

---

①頂頭——正對面，迎面。

②清客相公——清客，舊時依附於官吏富貴人家，陪著主人談文論藝，湊趣玩樂的文人；相公，對讀書人的通稱，近似「先生」、「老爺」一類。

③打千兒——清代滿族男子向人請安的通行禮節：上身前傾，左膝前屈，右腿後彎；右手下垂，行半跪禮。

④斗方兒——門屏槅扇上貼的四方形紙塊，一般寫些吉祥話，叫「斗方」，也泛指一般四方形詩箋、畫頁。

⑤多早晚——什麼時候。

閑言少述，且說寶玉來至梨香院中，先入薛姨媽室中來，正見薛姨媽打點針黹與丫鬟們呢。寶玉忙請了安，薛姨媽忙一把拉了他，抱入懷內，笑說：「這們冷天，我的兒！難為你想著來。快上炕來坐著罷。」命人倒滾滾的茶來。寶玉因問：「哥哥不在家？」薛姨媽嘆道：「他是沒籠頭的馬，天天忙不了，那裡肯在家一日？」寶玉道：「姊姊可大安了？」薛姨媽道：「可是呢！你前兒又想著打發人來瞧他。他在裡間不是，你去瞧他，裡間比這裡暖和，那裡坐著，我收拾收拾就進去和你說話兒。」寶玉聽說，忙下了炕，來至裡間門前，只見吊著半舊的紅紬軟簾。寶玉掀簾一邁步進去，先就看見薛寶釵坐在炕上作針線，頭上挽著漆黑油光的鬢兒，蜜合色棉襖，玫瑰紫二色金銀鼠比肩褂，葱黃綾棉裙，一色半新不舊，看去不覺奢華。唇不點而紅，眉不畫而翠，臉若銀盆，眼如水杏。罕言寡語，人謂藏愚；安分隨時，自云守拙⑥。寶玉一面看，一面問：「姊姊可大愈了？」寶釵抬頭只見寶玉進來，連忙起身含笑答說：「已經大好了，倒多謝記掛著。」說著，讓他在炕沿上坐了，即命鶯兒斟茶來。一面又問老太太、姨娘安，別的姊妹們都好。一面看寶玉頭上戴著纍絲嵌寶紫金冠，額上勒著二龍搶珠金抹額，身上穿著秋香色立蟒白狐腋⑦箭袖，繫著五色蝴蝶鸞絛，項上掛著長命鎖、記名符，另外有一塊落草時銜下來的寶玉。寶釵因笑說道：「成日家⑧說你的這玉，究竟未曾細細的賞鑒，我今兒倒要瞧瞧。」說著，便挪近前來。

---

⑥藏愚、守拙——藏愚，不顯露自己的識見和本領；守拙，不願應酬世務，安於自己的樸拙。

⑦狐腋——狐狸腋窩部位的皮毛，皮質輕軟、毛色純白，做成皮裘，又輕又暖，是一種名貴的皮毛。

⑧成日家——又作「成日價」，整天的。

寶玉亦湊了上去，從項上摘了下來，遞在寶釵手內。寶釵托於掌上，只見大如雀卵，燦若明霞，瑩潤如酥，五色花紋纏護。這就是大荒山中青埂峰下的那塊頑石的幻相。後人曾有詩嘲云：

女媧煉石已荒唐，又向荒唐演大荒。失去幽靈真境界，幻來親就臭皮囊。好知運敗金無彩，堪嘆時乖玉不光。白骨如山忘姓氏，無非公子與紅妝。⑨

那頑石亦曾記下他這幻相並癩僧所鐫的篆文，今亦按圖畫於後。但其真體最小，方能從胎中小兒口內銜下。今若按其體畫，恐字迹過於微細，使觀者大廢眼光，亦非暢事。故今只按其形式，無非略展些規矩⑩，使觀者便於燈下醉中可閱。今注明此故，方無胎中之兒口有多大，怎得銜此狼犺⑪蠢大之物等語之謗。

通靈寶玉正面圖式

通靈寶玉

莫失莫忘　仙壽恒昌

註云　莫失莫忘　仙壽恒昌

通靈寶玉反面圖式

一除邪祟　二療冤疾　三知禍福

註云　一除邪祟　二療冤疾　三知禍福

寶釵看畢，又從新翻過正面來細看，口內念道：「莫失莫忘，仙壽恆昌。」念了兩遍，乃回頭向鶯兒笑道：「你不去倒茶，也在這裡發呆作什麼？」鶯兒嘻嘻笑道：「我聽這兩句話，倒像和姑娘的項圈上的兩句話是一對兒。」寶玉聽了，忙笑道：「原來姊姊那項圈上也有八個字，我也賞鑒賞鑒。」寶釵道：「你別聽他的話，沒有什麼字。」寶玉笑央：「好姊姊，你怎麼瞧我的了呢。」寶釵被纏不過，因說道：「也是個人給了兩句吉利話兒，所以鏨上了，叫天天帶著；不然，沉甸甸的有什麼趣兒。」一面說，一面解了排扣，從裡面大紅襖上將那珠寶晶瑩黃金燦爛的瓔珞⑫掏將出來。寶玉忙托了鎖看時，果然一面有四個篆字，兩面八字，共成兩句吉讖⑬。亦曾按式畫下形相：

---

⑨「女媧」一詩——荒唐，指人世間；演大荒，演述大荒山頑石的故事。幽靈，指太虛幻境；真境界，佛家認為宇宙有一種神祕的精神本位，是永恆真實的，叫「真如」。幻來，指頑石幻化成通靈寶玉；臭皮囊，佛教認為人的軀體是汙臭髒濁的，這裡指賈寶玉。好知，應當知道；金無彩，暗示寶釵淒涼暗淡的結局；金，指金鎖。時乖，運氣不好；玉不光，指賈家敗落時賈寶玉的生活也是暗淡無光。

⑩展些規矩——放大些尺寸。規，畫圓的工具；矩，畫方的工具；引申作「比例」、「尺寸」解釋。

⑪狼犺——笨重。犺，音ㄎㄤˋ。

⑫瓔珞——一種用玉石穿成串，戴在頸上的裝飾品。

⑬吉讖——以後要應驗的吉祥預言。讖，音ㄔㄣˋ，預言。

音註云　不離不棄

音註云　芳齡永繼

寶玉看了，也念了兩遍，又念自己的兩遍，因笑問：「姊姊這八個字倒真與我的是一對。」鶯兒笑道：「是個癩頭和尚送的，他說必須鏨在金器上——」寶釵不待說完，便嗔他不去倒茶，一面又問寶玉從那裡來。

寶玉此時與寶釵就近，只聞一陣陣涼森森甜絲絲的幽香，竟不知係何香氣，遂問：「姊姊熏的是什麼香？我竟從未聞見過這味兒。」寶釵笑道：「我最怕熏香，好好的衣服，熏的烟燎火氣的。」寶玉道：「既如此，這是什麼香？」寶釵想了一想，笑道：「是了，是我早起吃了丸藥的香氣。」寶玉笑道：「什麼丸藥這麼好聞？好姊姊，給我一丸嘗嘗。」寶釵笑道：「又混鬧了，一個藥也是混吃的？」

一語未了，忽聽外面人說：「林姑娘來了。」話猶未了，林黛玉已搖搖的走了進來，一見了寶玉便笑道：「噯喲，我來的不巧了！」寶玉等忙起身笑讓坐，寶釵因笑道：「這話怎麼說？」黛玉笑道：「早知他來，我就不來了。」寶釵道：「我更不解這意。」黛玉笑道：「要來一群都來，要不來一個也不來；

今兒他來了，明兒我再來，如此間錯開了來著，豈不天天有人來了？也不至於太冷落，也不至於太熱鬧了。姊姊如何反不解這意思？」

寶玉因見他外面罩著大紅羽緞⑭對衿褂子，因問：「下雪了麼？」地下婆娘們道：「下了這半日雪珠兒了。」寶玉道：「取了我的斗篷來不曾？」黛玉便道：「是不是，我來了他就該去了。」寶玉笑道：「我多早晚兒說要去了？不過拿來預備著。」寶玉的奶母李嬤嬤因說道：「天又下雪，也好早晚的了，就在這裡同姊姊妹妹一處頑頑罷。姨媽那裡擺茶果子呢。我叫丫頭去取了斗篷來，說給小么兒們散了罷？」寶玉應允。李嬤嬤出去，命小廝們都各散去不提。

這裡薛姨媽已擺了幾樣細茶果來留他們吃茶。寶玉因誇前日在那府裡珍大嫂子的好鵝掌鴨信⑮。薛姨媽聽了，忙也把自己糟的取了些來與他嘗。寶玉笑道：「這個須得就酒才好。」薛姨媽便令人去灌了最上等的酒來。李嬤嬤便上來道：「姨太太，酒倒罷了。」寶玉央道：「媽媽，我只喝一鍾。」李嬤嬤道：「不中用⑯！當著老太太、太太，那怕你吃一罈呢。想那日我眼錯不見⑰一會，不知是那一個沒調教的，只圖討你的好兒，不管別人死活，給了你一口酒吃，葬送⑱的我挨了兩日罵！——姨太太不知道，

⑭羽緞——一種毛製的衣料，不怕水，做成褂子或斗篷，可防雨雪。

⑮鴨信——鴨舌頭。信，舌頭。

⑯不中用——不行，不可以；這裡是禁止人做某種事，和人生病醫不好，或事情行不通的意思不同。

⑰眼錯不見——一眨眼的時間沒注意到，剎那間沒注意。

⑱葬送——陷害。

他性子又可惡，吃了酒更弄性。有一日老太太高興了，又盡著他吃；什麼日子又不許他吃。何苦我白賠在裡面？」薛姨媽笑道：「老貨！你只放心吃你的去！我也不許他吃多了。便是老太太問，有我呢。」一面令小丫鬟：「來，讓你奶奶們去，也吃杯搪搪⑲雪氣。」那李嬤嬤聽如此說，只得和眾人去吃些酒水。

這裡寶玉又說：「不必溫暖了，我只愛吃冷的。」薛姨媽忙道：「這可使不得：吃了冷酒，寫字手打颭兒⑳。」寶釵笑道：「寶兄弟，虧你每日家雜學旁收㉑的，難道就不知道酒性最熱，若熱吃下去，發散的就快；若冷吃下去，便凝結在內，以五臟去暖他，豈不受害？從此還不快不要吃那冷的了。」寶玉聽這話有情理，便放下冷酒，令人暖來方飲。

黛玉磕著瓜子兒，只抿著嘴笑。可巧黛玉的小丫鬟雪雁走來與黛玉送小手爐，黛玉因含笑問他：「誰叫你送來的？難為他費心，那裡就冷死了我！」雪雁道：「紫鵑姊姊怕姑娘冷，使我送來的。」黛玉一面接了，抱在懷中，笑道：「也虧你倒聽他的話。我平日和你說的，全當耳旁風；怎麼他說了你就依，比聖旨還快些！」寶玉聽這話，知是黛玉借此奚落他，也無回覆之詞，只嘻嘻的笑兩陣罷了。寶釵素知黛玉是如此慣了的，也不去睬他。薛姨媽因道：「你素日身子弱，禁不得冷的，他們記掛著你倒不好？」黛玉笑道：「姨媽不知道。幸虧是姨媽這裡，倘或在別人家，人家豈不惱？好說㉒就看的人家連個手爐

⑲搪——抵擋。
⑳打颭兒——發抖，打顫。
㉑雜學旁收——指不讀四書五經等正統儒家經典而愛好詩詞小說等其他類別的學問。
㉒好說——難道，又作「好道」。

也沒有，巴巴的從家裡送個來。不說丫鬟們太小心過餘，還只當我素日是這等輕狂慣了呢。」薛姨媽道：「你這個多心的，有這樣想，我就沒這樣心。」

說話時，寶玉已是三杯過去。李嬤嬤又上來攔阻。寶玉正在心甜意洽之時，和寶黛姊妹說說笑笑的，那肯不吃。寶玉只得屈意央告：「好媽媽，我再吃兩鍾就不吃了。」李嬤嬤道：「你可仔細老爺今兒在家，提防問你的書！」寶玉聽了這話，便心中大不自在，慢慢的放下酒，垂了頭。黛玉先忙的說：「別掃大家的興！舅舅若叫你，只說姨媽留著呢。這個媽媽，他吃了酒，又拿我們來醒脾㉓了！」一面悄推寶玉，使他賭氣；一面悄悄的咕噥㉔說：「別理那老貨，咱們只管樂咱們的。」那李嬤嬤不知黛玉的意思，因說道：「林姐兒，你不要助著他了。你倒勸勸他，只怕他還聽些。」黛玉冷笑道：「我為什麼助他？我也不犯著勸他。你這媽媽太小心了，往常老太太又給他酒吃，如今在姨媽這裡多吃一口，料也不妨事。必定姨媽這裡是外人，不當在這裡的也未可定。」李嬤嬤聽了，又是急，又是笑，說道：「真真這林姐兒，說出一句話來，比刀子還尖。你這算了什麼。」寶釵也忍不住笑著，把黛玉腮上一擰，說道：「真真這個顰丫頭的一張嘴，叫人恨又不是，喜歡又不是。」薛姨媽一面又說：「別怕，別怕，我的兒！來這裡沒好的你吃，別把這點子東西唬的存在心裡，倒叫我不安。只管放心吃，都有我呢。越發吃了晚飯去，便醉了，就跟著我睡罷。」因命：「再燙熱酒來！姨媽陪你吃兩杯，可就吃飯罷。」寶玉聽了，

㉓醒脾——開胃，引申作「開心」解釋。

㉔咕噥——噘著嘴含混的自言自語，低聲說悄悄話也叫「咕噥」。

方又鼓起興來。

李嬤嬤因吩咐小丫頭子們：「你們在這裡小心著，我家裡換了衣服就來，悄悄的回姨太太，別由著他，多給他吃。」說著便家去了。這裡雖還有三兩個婆子，都是不關痛癢的，見李嬤嬤走了，也都悄悄去尋方便去了。只剩了兩個小丫頭子，樂得討寶玉的歡喜。幸而薛姨媽千哄萬哄的，只容他吃了幾杯，就忙收過了。作酸筍雞皮湯，寶玉痛喝了兩碗，吃了半碗碧粳粥。一時薛、林二人也吃完了飯，又釅釅㉕的沏上茶來大家吃了。薛姨媽方放了心。雪雁等三四個丫頭已吃了飯，進來伺候。黛玉因問寶玉道：「你走不走？」寶玉乜斜㉖倦眼道：「你要走，我和你一同走。」黛玉聽說，遂起身道：「咱們來了這一日，也該回去了。還不知那邊怎麼找咱們呢。」說著，二人便告辭。

小丫頭忙捧過斗笠來，寶玉便把頭略低一低，命他戴上。那丫頭便將著大紅猩毡斗笠一抖，才往寶玉頭上一合，寶玉便說：「罷，罷！好蠢東西，你也輕些兒！難道沒見過別人戴過的？讓我自己戴罷。」黛玉站在炕沿上道：「囉嗦什麼？過來！我瞧瞧罷。」寶玉忙就近前來。黛玉用手整理，輕輕籠住束髮冠，將笠沿掖在抹額之上，將那一顆核桃大的絳絨簪纓扶起，顫巍巍露於笠外。整理已畢，端相㉗了端相，說道：「好了，披上斗篷罷。」寶玉聽了，方接了斗篷披上。薛姨媽忙道：「跟你們的媽媽都還沒

㉕釅——濃，這裡指濃茶。
㉖乜斜——瞇著眼，斜眼看人。
㉗端相——仔細地察看。

來呢，且略等等不遲。」寶玉道：「我們倒去等他們！有丫頭們跟著也夠了。」薛姨媽不放心，到底命兩個婦女跟隨他兄妹方罷。他二人道了擾，一逕回至賈母房中。

賈母尚未用晚飯，知是薛姨媽處來，更加歡喜。因見寶玉吃了酒，遂命他自回房去歇著，不許再出來了。因命人好生看侍著。忽想起跟寶玉的人來，遂問眾人：「李奶子怎麼不見？」眾人不敢直說家去了，只說：「才進來的，想有事才去了。」寶玉踉蹌回頭道：「他比老太太還受用呢，問他作什麼！沒有他只怕我還多活兩日。」一面說，一面來至自己的臥室。只見筆墨在案，晴雯先接出來，笑說道：「好，好！要我研了那些墨，早起高興，只寫了三個字，丟下筆就走了，哄的我們等了一日。快來與我寫完這些墨才罷！」寶玉忽然想起早起的事來，因笑道：「我寫的那三個字在那裡呢？」晴雯笑道：「這個人可醉了。你頭裡㉘過那府裡去，囑咐貼在這門斗上，這會子又這麼問。我生怕別人貼壞了，我親自爬高上梯的貼上，這會子還凍的手僵冷的呢！」寶玉聽了，笑道：「我忘了。你的手冷，我替你渥㉙著。」說著，便伸手攜了晴雯的手，同仰首看門斗上新書的三個字。

一時黛玉來了，寶玉笑道：「好妹妹，你別撒謊，你看這三個字那一個好？」黛玉仰頭看裡間門斗上，新貼了三個字，寫著「絳芸軒」。黛玉笑道：「個個都好。怎麼寫的這們好了？明兒也與我寫一個匾。」寶玉嘻嘻的笑道：「又哄我呢。」說著又問：「襲人姊姊呢？」晴雯向裡間炕上努嘴。寶玉一看，

㉘頭裡——起初、前頭，指較短的時間或距離而言。

㉙渥——音ㄨㄛˋ，把某物覆蓋包藏起來，借以保暖或使其變暖。

只見襲人和衣睡在那裡。寶玉笑道：「好，太渥早了些。」因又問晴雯道：「今兒我在那府吃早飯，有一碟子豆腐皮的包子，我想著你愛吃，和珍大奶奶說了，只說我留著晚上吃，叫人送過來的，你可吃了？」晴雯道：「快別提。一送了來，我知道是我的，偏我才吃了飯，就放在那裡。後來李奶奶來了看見，說：『寶玉未必吃了，拿了給我孫子吃去罷。』他就叫人拿了家去了。」接著，茜雪捧上茶來。寶玉因讓：「林妹妹吃茶。」眾人笑說：「林妹妹早走了，還讓呢！」

寶玉吃了半碗茶，忽又想起早起的茶來，因問茜雪道：「早起沏了一碗楓露茶，我說過，那茶是三四次後才出色的，這會子怎麼又沏了這個來？」茜雪道：「我原是留著的，那會子李奶奶來了，他要嘗嘗，就給他吃了。」寶玉聽了，將手中的茶杯只順手往地下一擲，「豁啷」一聲，打了個粉碎，潑了茜雪一裙子的茶。又跳起來問著茜雪道：「他是你那一門子的『奶奶』，你們這麼孝敬他？不過是仗著我小時候吃過他幾日奶罷了。如今逞的他比祖宗還大了。如今我又吃不著奶了，白白的養著祖宗作什麼！攆了出去，大家乾淨！」說著便要去立刻回賈母，攆他乳母。

原來襲人實未睡著，不過故意裝睡，引寶玉來慪㉚他頑耍。先聞得說字、問包子等事，也還可不必起來；後來摔了茶鍾，動了氣，遂連忙起來解釋勸阻。早有賈母遣人來問：「是怎麼了？」襲人忙道：「我才倒茶來，被雪滑倒了，失手砸了鍾子。」一面又安慰寶玉道：「你立意要攆他也好，我們也都願

㉚慪——音ㄡˋ，又寫作「嘔」，撩撥逗弄，故意引逗人，如惹人發笑叫「慪人笑」，而互相吵嘴、鬧意見、鬥氣叫「慪氣」。

意出去，不如趁勢連我們一齊攆了，你也不愁沒有好的來伏侍你。」寶玉聽了這話，方無了言語，被襲人等扶至炕上，脫換了衣服。不知寶玉口內還說些什麼，只覺口齒纏綿㉛，眼眉愈加餳澀，忙伏侍他睡下。襲人伸手從他項上摘下那通靈玉來，用自己的手帕包好，塞在褥下，次日帶時便冰不著脖子。那寶玉就枕便睡著了。彼時李嬤嬤等已進來了，聽見醉了，不敢前來再加觸犯，只悄悄的打聽睡了，方放心散去。

次日醒來，就有人回：「那邊小蓉大爺帶了秦相公來拜。」寶玉忙接了出去，領了拜見賈母。賈母見秦鐘形容標致，舉止溫柔，堪陪寶玉讀書，心中十分歡喜，便留茶留飯，又命人帶去見王夫人等。眾人因素愛秦氏，今見了秦鐘是這般人品，也都歡喜，臨去時都有表禮。賈母又與了一個荷包並一個金魁星㉜，取「文星和合」㉝之意。又囑咐他道：「你家住的遠，或有一時寒熱飢飽不便，只管住在這裡，不必限定了。只和你寶叔在一處，別跟著那些不長進的東西們學。」秦鐘一一的答應，回去稟知。

他父親秦業現任營繕郎㉞，年近七十，夫人早亡。因當年無兒女，便向養生堂㉟抱了一個兒子並一

㉛口齒纏綿——語言不大清楚，這是醉了或想睡的形態。

㉜荷包、金魁星——荷包，二寸餘扁圓形的抽口繡花小袋，常用來裝藥品、香料等細小物件。金魁星，黃金鑄的魁星像；魁星，披髮短衣、左手持斗、右手持筆，是北斗第一星，也是主管科舉文運的神，佩帶金魁星，有祝福科舉功名順利的意思。

㉝文星和合——文星，文曲星，舊時說法，有文才的人是文曲星下凡變的；和合，相應和、結合。這是祝福秦鐘將來可和文曲星一樣有文才。

㉞營繕郎——官名。營繕司是工部屬下機構之一，掌管京都的修建工程，設郎中、員外郎等職。

聯經出版事業公司 校印

個女兒。誰知兒子又死了，只剩女兒，小名喚可兒，長大時，生的形容嬝娜，性格風流。因素與賈家有些瓜葛，故結了親，許與賈蓉為妻。那秦業至五旬之上方得了秦鐘。因去歲業師亡故，未暇延請高明之士，只得暫時在家溫習舊課。正思要和親家去商議送往他家塾中，暫且不致荒廢，可巧遇見了寶玉這個機會。又知賈家塾中現今司塾的是賈代儒，乃當今之老儒，秦鐘此去，學業料必進益，成名可望，因此十分喜悅。只是宦囊羞澀㊱，那賈家上上下下都是一雙富貴眼睛，容易㊲拿不出來，為兒子的終身大事，說不得東拼西湊的恭恭敬敬封了二十四兩贄見禮㊳，親自帶了秦鐘，來代儒家拜見了。然後聽寶玉上學之日，好一同入塾。正是：

早知日後閑爭氣，豈肯今朝錯讀書。

㉟養生堂——收養棄嬰的慈善機構，又叫育嬰堂。

㊱宦囊羞澀——官吏謙稱自己的錢財不多，手頭拮据。

㊲容易——隨便、輕易——，指錢數不多而言。

㊳贄見禮——見面禮。古代下對上、晚輩對長輩，初次求見時都要送上見面禮；贄，音ㄓˋ。

第九回　戀風流情友入家塾　起嫌疑頑童鬧學堂

話說秦業父子專候賈家的人來送上學擇日之信。原來寶玉急於要和秦鐘相遇，卻顧不得別的，遂擇了後日一定上學。「後日一早請秦相公到我這裡，會齊了，一同前去。」——打發了人送了信。

至是日一早，寶玉起來時，襲人早已把書筆文物包好，收拾的停停妥妥，坐在床沿上發悶。見寶玉醒來，只得伏侍他梳洗。寶玉見他悶悶的，因笑問道：「好姊姊，你怎麼又不自在了？難道怪我上學去，丟的你們冷清了不成？」襲人笑道：「這是那裡話。讀書是極好的事，不然就潦倒一輩子，終久怎麼樣呢？但只一件：只是念書的時節想著書，不念的時節想著家些。別和他們一處頑鬧，碰見老爺不是頑的。雖說是奮志要強，那工課寧可少些，一則貪多嚼不爛，二則身子也要保重。這就是我的意思，你可要體諒。」襲人說一句，寶玉應一句。襲人又道：「大毛衣服①我也包好了，交出給小子們去了。學裡冷，

①大毛衣服——一般指白狐皮襖，也泛指其他狐、貂、猞猁等貴重皮毛中長毛可禦嚴寒的直毛皮箭子做成的皮襖。

好歹想著添換，比不得家裡有人照顧。腳爐、手爐的炭也交出去了，你可著他們添。那一起懶賊，你不說，他們樂得不動，白凍壞了你。」寶玉道：「你放心，出外頭我自己都會調停②的。你們也別悶死在這屋裡，常和林妹妹一處去頑笑著才好。」說著，俱已穿戴齊備，襲人催他去見賈母、賈政、王夫人等。寶玉又去囑咐了晴雯、麝月等幾句，方出來見賈母。賈母也未免有幾句囑咐的話。然後去見王夫人，又出來書房中見賈政。

偏生這日賈政回家早些，正在書房中與相公清客們閑談。忽見寶玉進來請安，回說上學裡去，賈政冷笑道：「你如果再提『上學』兩個字，連我也羞死了。依我的話，你竟頑你的去是正理。仔細站髒了我這地，靠髒了我的門！」眾清客相公們都早起身笑道：「老世翁何必又如此。今日世兄③一去，三二年就可顯身成名的了，斷不似往年仍作小兒之態了。天也將飯時，世兄竟快請罷。」說著，便有兩個年老的攜了寶玉出去。

賈政因問：「跟寶玉的是誰？」只聽外面答應了兩聲，早進來三四個大漢，打千兒請安。賈政看時，認得是寶玉的奶母之子，名喚李貴。因向他道：「你們成日家跟他上學，他到底念了些什麼書！倒念了些流言混語在肚子裡，學了些精緻的淘氣。等我閑一閑，先揭了你的皮，再和那不長進的算帳！」唬得

②調停——處理、安排。

③世翁、世兄——舊時稱有世代交誼的長輩為「世翁」，如同現代稱呼人「老伯」、「伯父」；世代有交誼的平輩就稱「世兄」。

李貴忙雙膝跪下，摘了帽子，碰頭有聲，連連答應「是」，又回說：「哥兒已念到第三本《詩經》，什麼『呦呦鹿鳴，荷葉浮萍』④，小的不敢撒謊。」說的滿座哄然大笑起來。賈政也撐不住笑了。因說道：「那怕再念三十本《詩經》，也都是掩耳偷鈴⑤，哄人而已。你去請學裡太爺的安，就說我說了：什麼《詩經》、古文⑥，一概不用虛應故事⑦，只是先把《四書》一氣講明背熟，是最要緊的。」李貴忙答應「是」，見賈政無話，方退出去。

此時寶玉獨站在院外屏聲靜候，待他們出來，便忙忙的走了。李貴等一面撣衣服，一面說道：「哥兒聽見了不曾？可先要揭我們的皮呢！人家的奴才跟主子賺些好體面，我們這等奴才白陪著挨打受罵的。從此後也可憐見些才好。」寶玉笑道：「好哥哥，你別委屈，我明兒請你。」李貴道：「小祖宗，誰敢望你請，只求聽一句半句話就有了。」說著，又至賈母這邊，秦鐘早來候著了，賈母正和他說話兒呢。於是二人見過，辭了賈母。寶玉忽想起未辭黛玉，因又忙至黛玉房中來作辭。彼時黛玉才在窗下對鏡理

---

④「呦呦鹿鳴」二句——《詩經．小雅．鹿鳴》：「呦呦鹿鳴，食野之苹。」「荷葉浮萍」是李貴因不懂《詩經》，誤聽原文，學舌鬧出的笑話。

⑤掩耳偷鈴——比喻「自欺欺人」。

⑥古文——通常指先秦、兩漢及唐宋八大家的散文。

⑦虛應故事——照例應付，敷衍了事。故事，成例、舊例。清代設科取士，以四書做最高經典，因此賈政把四書以外的書籍都看成「虛應故事」。

妝，聽寶玉說上學去，因笑道：「好，這一去，可定是要『蟾宮折桂』⑧去了。我不能送你了。」寶玉道：「好妹妹，等我下了學再吃飯。和胭脂膏子也等我來再製。」嘮叨了半日，方撤身去了。黛玉忙又叫住問道：「你怎麼不去辭辭你寶姊姊呢？」寶玉笑而不答，一逕同秦鐘上學去了。

原來這賈家義學，離此也不甚遠，不過一里之遙，原係始祖所立，恐族中子弟有貧窮不能請師者，即入此中肄業。凡族中有官爵之人，皆供給銀兩，按俸之多寡幫助，為學中之費。特共舉年高有德之人為塾掌⑨，專為訓課子弟。如今寶、秦二人來了，一一的都互相拜見過，讀起書來。自此以後，他二人同來同往，同坐同起，愈加親密。又兼賈母愛惜，也時常的留下秦鐘，住上三天五日，與自己的重孫一般疼愛。因見秦鐘不甚寬裕，更又助他些衣履等物。不上一月工夫，秦鐘在榮府便熟了。寶玉終是不安本分之人，竟一味的隨心所欲，因此又發了癖性，又特向秦鐘悄說道：「咱們倆個人一樣的年紀，況又是同窗，以後不必論叔侄，只論弟兄朋友就是了。」先是秦鐘不肯，當不得寶玉不依，只叫他「兄弟」，或叫他的表字「鯨卿」，秦鐘也只得混著亂叫起來。

⑧蟾宮折桂——這是黛玉嘲諷寶玉去上學。《晉書．郤詵傳》說，郤詵因長於答對策問當上了官，他認為自己「舉賢良對策，為天下第一，猶桂林之一枝，昆山之片玉。」後來就以「折桂」比喻科舉及第。蟾宮，月宮，傳說月宮中有蟾蜍、桂樹，所以又把折桂和蟾宮聯繫起來。

⑨塾掌——私塾的主管者。塾，舊時民間辦的學校。

原來這學中雖都是本族人丁與些親戚的子弟，俗語說的好：「一龍生九種，種種各別。」⑩未免人多了，就有龍蛇混雜，下流人物在內。自寶、秦二人來了，都生的花朵兒一般的模樣，又見秦鐘靦腆溫柔，未語面先紅，怯怯羞羞，有女兒之風；寶玉又是天生成慣能作小服低，賠身下氣，情性體貼，話語綿纏，因此二人更加親厚，也怨不得那起同窗人起了疑，背地裡你言我語，詬誶謠諑⑪，布滿書房內外。

原來薛蟠自來王夫人處住後，便知有一家學，學中廣有青年子弟，不免偶動了龍陽之興⑫，因此也假來上學讀書，不過是三日打魚，兩日晒網，白送些束脩⑬禮物與賈代儒，卻不曾有一些兒進益，只圖結交些契弟⑭。誰想這學內就有好幾個小學生，圖了薛蟠的銀錢吃穿，被他哄上手的，也不消多記。更又有兩個多情的小學生，亦不知是那一房的親眷，亦未考真名姓，只因生得嫵媚風流，滿學中都送了他兩個外號，一號「香憐」，一號「玉愛」。雖都有竊慕之意，將不利於孺子之心⑮，只是都懼薛蟠的威

---

⑩一龍生九種，種種各別——比喻賈府族大人多，好壞不一。俗傳龍生九子不成龍，各有所好，如贔屓好負重，螭吻好遠望，饕餮好飲食等。

⑪詬誶謠諑——辱罵嘲笑，造謠誹謗。詬誶，音ㄍㄡˋ ㄙㄨㄟˋ，辱罵、斥責；謠，謠言；諑，音ㄓㄨㄛˊ，毀謗。

⑫龍陽之興——喜好男色。龍陽君，戰國魏王的寵臣，是「以男色事人」，後代就以「龍陽」代指「男色」。

⑬束脩——束，捆；脩，乾肉；是古代見面禮中最薄、最不值錢的。《論語．述而》：「自行束脩以上，吾未嘗無誨焉。」原指弟子向孔子獻上見面禮，後來用作「學費」或「給老師的薪金」解釋。

⑭契弟——原指因意氣相投而結拜的兄弟，這裡指含有男色等不正當關係的朋友。

勢，不敢來沾惹。如今寶、秦二人一來，見了他兩個，也不免綣繾羨慕，亦因知係薛蟠相知⑯，故未敢輕舉妄動。香、玉二人心中，也一般的留情與寶、秦。因此四人心中雖有情意，只未發迹。每日一入學中，四處各坐，卻八目勾留，或設言托意，或詠桑寓柳⑰，遙以心照，卻外面自為避人眼目。不意偏又有幾個滑賊看出形景來，都背後擠眉弄眼，或咳嗽揚聲，這也非止一日。

可巧這日代儒有事，早已回家去了，只留下一句七言對聯，命學生對了，明日再來上書⑱；將學中之事，又命賈瑞暫且管理。妙在薛蟠如今不大來學中應卯⑲了，因此秦鐘趁此和香憐擠眉弄眼，遞暗號兒，二人假裝出小恭，走至後院說梯己話⑳。秦鐘先問他：「家裡的大人可管你交朋友不管？」一語未了，只聽背後咳嗽了一聲。二人唬的忙回頭看時，原來是窗友名金榮者。香憐有些性急，羞怒相激，問

---

⑮將不利於孺子之心——語出《尚書．金縢》，原是管、蔡、霍三叔散佈流言，說周公要篡奪成王的王位，這裡是說有人想打香憐、玉愛兩人的主意。孺子，小孩子。

⑯相知——情誼深厚的朋友。

⑰詠桑寓柳——比喻表面稱讚某一事物，實際寄託著對另一件事物的真實感情。

⑱上書——增讀新課文。上，指「增讀」；書，指「課文」。

⑲應卯——古代軍營、官府都在卯時（上午五時到七時）點名，所以稱點名為「點卯」；到班應名，就叫「應卯」，也常引申指按例到場，敷衍一下就走。

⑳梯己話——私下說的知心話。梯己，是「自己」、「私人」的意思，所以自己的積蓄、私房錢，也叫「梯己」，又作「體己」。

他道：「你咳嗽什麼？難道不許我兩個說話不成？」金榮笑道：「許你們說話，難道不許我咳嗽不成？我只問你們：有話不明說，許你們這樣鬼鬼祟祟的幹什麼故事？我可也拿住了，還賴什麼！先得讓我抽個頭㉑兒，咱們一聲兒不言語，不然大家就奮起來㉒。」秦、香二人急的飛紅的臉，便問道：「你拿住什麼了？」金榮笑道：「我現拿住了是真的。」說著，又拍著手笑嚷著：「貼的好燒餅！你們都不買一個吃去？」秦鐘、香憐二人又氣又急，忙進去向賈瑞前告金榮，說金榮無故欺負他兩個。

原來這賈瑞最是個圖便宜、沒行止㉓的人，每在學中以公報私，勒索子弟們請他；後又附助著薛蟠圖些銀錢酒肉，一任薛蟠橫行霸道，他不但不去管約，反助紂為虐㉔討好兒。偏那薛蟠本是浮萍心性，今日愛東，明日愛西，近來又有了新朋友，把香、玉二人又丟開一邊。就連金榮亦是當日的好朋友，自有了香、玉二人，便棄了金榮。近日連香、玉亦已見棄。故賈瑞也無了提攜幫襯之人，不說薛蟠得新棄舊，只怨香、玉二人不在薛蟠前提攜幫補他，因此賈瑞、金榮等一干人，也正在醋妒他兩個。今見秦、香二人來告金榮，賈瑞心中便更不自在起來，雖不好呵叱秦鐘，卻拿著香憐作法㉕，反說他多事，著實

㉑抽頭——原指在聚賭時從中抽取利益，這裡指在動作上佔別人便宜。
㉒奮起來——聲張開來。
㉓沒行止——品行不端正、沒品行。
㉔助紂為虐——紂是商代的暴君，這是指幫壞人做壞事。
㉕作法——故意找岔子處罰某人，用來警告其他人，又叫「扎筏子」、「作筏子」。

搶白了幾句。香憐反討了沒趣，連秦鐘也訕訕的各歸坐位去了。金榮越發得了意，搖頭咂嘴的，口內還說許多閑話，玉愛偏又聽了不忿㉖，兩個人隔座咕咕唧唧的角起口來。金榮只一口咬定說：「方才明明的撞見他兩個在後院子裡親嘴摸屁股，一對一肏，撅草根兒抽長短，誰長誰先幹。」金榮只顧得意亂說，卻不防還有別人。誰知早又觸怒了一個。你道這個是誰？

原來這一個名喚賈薔，亦係寧府中之正派玄孫，父母早亡，從小兒跟著賈珍過活，如今長了十六歲，比賈蓉生的還風流俊俏。他弟兄二人最相親厚，常相共處。寧府人多口雜，那些不得志的奴僕們，專能造言誹謗主人，因此不知又有什麼小人詬誶謠諑之詞。賈珍想亦風聞得些口聲不大好，自己也要避些嫌疑，如今竟分與房舍，命賈薔搬出寧府，自去立門戶過活去了。這賈薔外相既美，內性又聰明，雖然應名來上學，亦不過虛掩眼目而已；仍是鬥雞走狗，賞花玩柳。總恃上有賈珍溺愛，下有賈蓉匡助，因此族人誰敢來觸逆於他。他既和賈蓉最好，今見有人欺負秦鐘，如何肯依？如今自己要挺身出來抱不平，心中卻忖度一番，想道：「金榮、賈瑞一干人，都是薛大叔的相知，向日我又與薛大叔相好，倘或我一出頭，他們告訴了老薛，我們豈不傷和氣？待要不管，如此謠言，說的大家沒趣。如今何不用計制伏，又止息口聲，又傷不了臉面。」想畢，也裝作出小恭，走至外面，悄悄的把跟寶玉的書童名喚茗烟者喚到身邊，如此這般，調撥㉗他幾句。

㉖不忿——不服氣、不高興。

㉗調撥——挑撥、用話激刺。

這茗烟乃是寶玉第一個得用的，且又年輕不諳世事，如今聽賈薔說金榮如此欺負秦鐘，連他爺寶玉都干連在內，不給他個利害，下次越發狂縱難制了。這茗烟無故就要欺壓人的，如今得了這個信，又有賈薔助著，便一頭進來找金榮，也不叫「金相公」了，只說：「姓金的，你是什麼東西！」賈薔遂跺一跺靴子，故意整整衣服，看看日影兒說：「是時候了。」遂先向賈瑞說有事要早走一步。賈瑞不敢強他，只得隨他去了。這裡茗烟先一把揪住金榮，問道：「我們肏屁股不肏屁股，管你𣬛𣭼相干？橫豎沒肏你爹去罷了！你是好小子，出來動一動你茗大爺！」唬的滿屋中子弟都怔怔的癡望。賈瑞忙吆喝：「茗烟不得撒野！」金榮氣黃了臉，說：「反了！奴才小子都敢如此，我只和你主子說。」便奪手要去抓打寶玉、秦鐘。尚未去時，從腦後颼的一聲，早見一方硯瓦飛來，並不知係何人打來的，幸未打著，卻又打在旁人的座上，這座上乃是賈蘭、賈菌。

這賈菌亦係榮國府近派的重孫，其母亦少寡，獨守著賈菌。這賈菌與賈蘭最好，所以二人同桌而坐。誰知賈菌年紀雖小，志氣最大，極是淘氣不怕人的。他在座上冷眼看見金榮的朋友暗助金榮，飛硯來打茗烟，偏沒打著茗烟，便落在他桌上，正打在面前，將一個磁硯水壺打了個粉碎，濺了一書黑水。賈菌如何依得，便罵：「好囚攮㉘的們，這不都動了手了麼！」罵著，也便抓起硯磚來要打回去。賈蘭是個省事的，忙按住硯，極口勸道：「好兄弟，不與咱們相干。」賈菌如何忍得住，便兩手抱起書匣子來，照那邊掄了去。終是身小力薄，卻掄不到那裡，剛到寶玉、秦鐘桌案上就落了下來。只聽「嘩啷啷」一

㉘囚攮的——罵人的話，是「囚徒的兒子」的意思。

聲，砸在桌上，書本、紙片等至於筆硯之物撒了一桌，又把寶玉的一碗茶也砸得碗碎茶流。賈菌便跳出來，要揪打那一個飛硯的。金榮此時隨手抓了一根毛竹大板在手，地狹人多，那裡經得舞動長板。茗烟早吃了一下，亂嚷：「你們還不來動手！」寶玉還有三個小廝：一名鋤藥，一名掃紅，一名墨雨。這三個豈有不淘氣的，一齊亂嚷：「小婦㉙養的！動了兵器了！」墨雨遂掇起一根門閂，掃紅、鋤藥手中都是馬鞭子，蜂擁而上。賈瑞急的攔一回這個，勸一回那個，誰聽他的話？肆行大鬧。眾頑童也有趁勢幫著打太平拳㉚助樂的，也有膽小藏在一邊的，也有直立在桌上拍著手兒亂笑，喝著聲兒叫打的。登時間鼎沸起來。

外邊李貴等幾個大僕人聽見裡邊作起反來，忙都進來一齊喝住。問是何原故，眾聲不一，這一個如此說，那一個又如彼說。李貴且喝罵了茗烟四個一頓，攆了出去。秦鐘的頭早撞在金榮的板上，打起一層油皮，寶玉正拿褂襟子替他揉呢，見喝住了眾人，便命：「李貴，收書！拉馬來，我去回太爺去！我們被人欺負了，不敢說別的，守禮來告訴瑞大爺，瑞大爺反倒派我們的不是，聽著人家罵我們，還調唆他們打我們茗烟，連秦鐘的頭也打破。還在這裡念什麼書！茗烟他也是為有人欺侮我的。不如散了罷。」李貴勸道：「哥兒不要性急。太爺既有事回家去了，這會子為這點子事去聒噪㉛他老人家，倒顯的咱們

㉙小婦——小老婆、妾。

㉚打太平拳——別人打架時，在旁趁機打幾下冷拳，因為很安全，不容易被發現，所以叫「打太平拳」。

㉛聒噪——聲音吵鬧，這裡是「麻煩」、「打擾」的意思。

聯經出版事業公司 校印

沒理。依我的主意，那裡的事那裡了結好，何必去驚動他老人家。——這都是瑞大爺的不是，太爺不在這裡，你老人家就是這學裡的頭腦[32]了，眾人看著你行事。眾人有了不是，該打的打，該罰的罰，如何等鬧到這步田地還不管？」賈瑞道：「我吆喝著都不聽。」李貴笑道：「不怕你老人家惱我，素日你老人家到底有些不正經，所以這些兄弟才不聽。就鬧到太爺跟前去，連你老人家也是脫不過的。還不快作主意撕羅[33]開了罷。」寶玉道：「撕羅什麼？我必是回去的！」秦鐘哭道：「有金榮，我是不在這裡念書的。」寶玉道：「這是為什麼？難道有人家來的，咱們倒來不得？我必回明白眾人，攆了金榮去。」又問李貴：「金榮是那一房的親戚？」李貴想了一想，道：「也不用問了。若問起那一房的親戚，更傷了兄弟們的和氣。」

茗烟在窗外道：「他是東胡同子裡璜大奶奶的侄兒。那是什麼硬正仗腰子的[34]，也來唬我們。璜大奶奶是他姑娘。你那姑媽只會打旋磨子[35]，給我們璉二奶奶跪著借當頭[36]。我眼裡就看不起他那樣的主

---

[32] 頭腦——首腦、首領。
[33] 撕羅——又作「撕擄」（第十二回）。扯開、調停、解決。因為是交手的行動，有時也指「糾纏」。
[34] 硬正仗腰子的——有勢力的撐腰人，硬後臺。仗腰子的，指可做依仗的靠山。
[35] 打旋磨子——圍著人打轉，看機會有所求，包含「獻殷勤」的意思。
[36] 借當頭——舊時拿東西到當鋪借錢叫「當」或「典當」，用作抵押的東西，叫「當頭」。借別人的東西去當鋪典當，叫「借當頭」。

聯經出版事業公司 校印

子奶奶！」李貴忙斷喝不止，說：「偏你這小狗肏的知道，有這些蛆嚼㊲！」寶玉冷笑道：「我只當是誰的親戚，原來是璜嫂子的侄兒，我就去問問他來！」說著便要走。叫茗烟進來包書。茗烟包著書，又得意道：「爺也不用自己去見，等我到他家，就說老太太有說的話問他呢，雇上一輛車拉進去，當著老太太問他，豈不省事。」李貴忙喝道：「你要死啊！仔細回去我好不好㊳先捶了你，然後再回老爺、太太，就說寶玉全是你調唆的。我這裡好容易勸哄好了一半了，你又來生個新法子。你鬧了學堂，不說變法兒壓息了才是，倒要往大裡鬧！」茗烟方不敢作聲兒了。

此時賈瑞也怕鬧大了，自己也不乾淨，只得委屈著來央告秦鐘，又央告寶玉。先是他二人不肯。後來寶玉說：「不回去也罷了，只叫金榮賠不是便罷。」金榮先是不肯，後來禁不得賈瑞也來逼他去賠不是，李貴等只得好勸金榮說：「原是你起的端，你不這樣，怎得了局？」金榮強不得，只得與秦鐘作了揖。寶玉還不依，偏定要磕頭。賈瑞只要暫息此事，又悄悄的勸金榮說：「俗語說的好：『殺人不過頭點地。』你既惹出事來，少不得下點氣兒，磕個頭就完事了。」金榮無奈，只得進前來與秦鐘磕頭。且聽下回分解。

㊲蛆嚼——又作「嚼蛆」，罵人語言不清、胡說八道、妄言多嘴。
㊳好不好——不管好壞，索性，不管三七二十一。

聯經出版事業公司　校印

第十回　金寡婦貪利權受辱　張太醫論病細窮源

話說金榮因人多勢眾，又兼賈瑞勒令，賠了不是，給秦鐘磕了頭，寶玉方才不吵鬧了。大家散了學，金榮回到家中，越想越氣，說：「秦鐘不過是賈蓉的小舅子，又不是賈家的子孫，附學讀書，也不過和我一樣。他因仗著寶玉和他好，他就目中無人。他既是這樣，就該行些正經事，人也沒的說。他素日又和寶玉鬼鬼祟祟的，只當人都是瞎子，看不見。今日他又去勾搭人，偏偏的撞在我眼睛裡。就是鬧出事來，我還怕什麼不成？」

他母親胡氏聽見他咕咕嘟嘟的說，因問道：「你又要爭什麼閑氣？好容易我和你姑媽說了，你姑媽千方百計的才向他們西府裡的璉二奶奶跟前說了，你才得了這個念書的地方。若不是仗著人家，咱們家裡還有力量請的起先生？況且人家學裡，茶也是現成的，飯也是現成的。你這二年在那裡念書，家裡也省好大的嚼用①呢。省出來的，你又愛穿件鮮明衣服。再者，不是因你在那裡念書，你就認得什麼薛大

①嚼用——生活費用。

聯經出版事業公司　校印

爺了?那薛大爺這二年也幫了咱們有七八十兩銀子。你如今要鬧出了這個學房,再要找這麼個地方,我告訴你說罷,比登天還難呢!你給我老老實實的頑一會子,睡你的覺去,好多著呢。」於是金榮忍氣吞聲,不多一時,他自去睡了。次日仍舊上學去了。不在話下。

且說他姑娘,原聘給的是賈家玉字輩的嫡派,名喚賈璜。但其族人那裡皆能像寧、榮二府的富勢?原不用細說。這賈璜夫妻守著些小的產業,又時常到寧、榮二府裡去請請安,又會奉承鳳姐兒並尤氏,所以鳳姐兒、尤氏也時常資助資助他,方能如此度日。今日正遇天氣晴明,又值家中無事,遂帶了一個婆子,坐上車,來家裡走走,瞧瞧寡嫂並侄兒。

閑話之間,金榮的母親偏提起昨天賈家學房裡的那事,從頭至尾,一五一十都向他小姑子說了。這璜大奶奶不聽則已,聽了,一時怒從心上起,說道:「這秦鐘小崽子是賈門的親戚,難道榮兒不是賈門的親戚?人都別忒②勢利了,況且都作的是什麼有臉的好事!就是寶玉,也犯不上向著他到這個樣。等我去到東府瞧瞧我們珍大奶奶,再向秦鐘他姊姊說說,叫他評評這個理。」金榮的母親聽了這話,急的了不得,忙說道:「這都是我的嘴快,告訴了姑奶奶,求姑奶奶別去,別管他們誰是誰非。倘或鬧起來,怎麼在那裡站得住?若是站不住,家裡不但不能請先生,反倒在他身上添出許多嚼用來呢。」璜大奶奶聽了,說道:「那裡管得許多,你等我說了,看是怎麼樣!」也不容他嫂子勸,一面叫老婆子瞧了車,就坐上往寧府裡來。

②忒——即「特」,太,過分。

聯經出版事業公司校印

到了寧府，進了車門，到了東邊小角門前下了車，進去見了賈珍之妻尤氏。也未敢氣高，殷殷勤勤敘過寒溫，說了些閑話，方問道：「今日怎麼沒見蓉大奶奶？」尤氏說道：「他這些日子不知怎麼著，經期有兩個多月沒來。叫大夫瞧了，又說並不是喜③。那兩日，到了下半天就懶待動，話也懶待說，眼神也發眩。我說他：『你且不必拘禮，早晚不必照例上來，你就好生養養罷。就是有親戚一家兒來，有我呢。就有長輩們怪妳，等我替你告訴。』連蓉哥我都囑咐了，我說：『你不許累掯④他，不許招他生氣，叫他靜靜的養養就好了。他要想什麼吃，只管到我這裡取來。倘或我這裡沒有，只管望你璉二嬸子那裡要去。倘或他有個好和歹，你再要娶這麼一個媳婦，這麼個模樣兒，這麼個性情的人兒，打著燈籠也沒地方找去。』他這為人行事，那個親戚，那個長輩不喜歡他？所以我這兩日好不煩心，焦的我了不得。偏偏今日早晨他兄弟來瞧他，誰知那小孩子家不知好歹，看見他姊姊身上不大爽快，就有事也不當告訴他，別說是這麼一點子小事，就是你受了一萬分的委屈，也不該向他說才是。誰知他們昨兒學房裡打架，不知是那裡附學來的一個人欺侮了他了。裡頭還有些不乾不淨的話，都告訴了他姊姊。嬸子，你是知道那媳婦的：雖則見了人有說有笑，會行事兒，他可心細，心又重，不拘聽見個什麼話兒，都要度量個三日五夜才罷。這病就是打這個秉性上頭思慮出來的。今兒聽見有人欺負了他兄弟，又是惱，又是氣。惱的是那群混帳狐朋狗友的扯是搬非、調三惑四⑤的那些人；氣的是他兄弟不學好，不上心⑥念書，

③喜——婦人懷孕。

④累掯——麻煩人，也作「勒掯」（第二十二回），也作強制、逼勒解釋。

聯經出版事業公司 校印

以致如此學裡吵鬧。他聽了這事，今日索性連早飯也沒吃。我聽見了，我方到他那邊安慰了他一會子，又勸解了他兄弟一會子。我叫他兄弟到那邊府裡找寶玉去了，我才看著他吃了半盞燕窩湯，我才過來了。嬸子，你說我心焦不心焦？況且如今又沒個好大夫，我想到他這病上，我心裡倒像針扎似的。你們知道有什麼好大夫沒有？」

金氏聽了這半日話，把方才在他嫂子家的那一團要向秦氏理論的盛氣，早嚇的都丟在爪洼國⑦去了。聽見尤氏問他有知道好大夫的話，連忙答道：「我們這麼聽著，實在也沒見人說有個好大夫。如今聽起大奶奶這個病來，定不得還是喜呢。嫂子倒別教人混治。倘或認錯了，這可是了不得的。」尤氏道：「可不是呢。」正是說話間，賈珍從外進來，見了金氏，便向尤氏問道：「這不是璜大奶奶麼？」金氏向前給賈珍請了安。賈珍向尤氏說道：「讓這大妹妹吃了飯去。」賈珍說著話，就過那屋裡去了。金氏此來，原要向秦氏說說秦鐘欺負了他侄兒的事，聽見秦氏有病，不但不能說，亦且不敢提了。況且賈珍、尤氏又待的很好，反轉怒為喜，又說了一會子話兒，方家去了。

---

⑤調三惑四——挑撥、教唆。
⑥上心——專心，努力。
⑦爪洼國——古代南洋國名，今屬印尼；明清時代，常用來代表極遙遠的地方。

聯經出版事業公司 校印

金氏去後，賈珍方過來坐下，問尤氏道：「今日他來，有什麼說的事情麼？」尤氏答道：「倒沒說什麼。一進來的時候，臉上倒像有些著了惱的氣色似的，及說了半天話，又提起媳婦這病，他倒漸漸的氣色平定了。你又叫讓他吃飯，他聽見媳婦這麼病，也不好意思只管坐著，又說了幾句閑話兒就去了，倒沒求什麼事。如今且說媳婦這病，你到那裡尋一個好大夫來與他瞧瞧要緊，可別耽誤了。現今咱們家走的這群大夫，那裡要得，一個個都是聽著人的口氣兒，人怎麼說，他也添幾句文話兒說一遍。可倒殷勤的很，三四個人一日輪流著倒有四五遍來看脈。他們大家商量著立個方子，吃了也不見效，倒弄得一日換四五遍衣裳，坐起來見大夫，其實於病人無益。」賈珍說道：「可是。這孩子也糊塗，何必脫脫換換的？倘再著了涼，更添一層病，那還了得。衣裳任憑是什麼好的，可又值什麼？孩子的身子要緊，就是一天穿一套新的，也不值什麼。我正進來要告訴你：方才馮紫英來看我，他見我有些抑鬱之色，問我是怎麼了。我才告訴他說，媳婦忽然身子有好大的不爽快，因為不得個好太醫，斷不透是喜是病，又不知有妨礙無妨礙，所以我這兩日心裡著實著急。馮紫英因說起他有一個幼時從學的先生，姓張名友士，學問最淵博的，更兼醫理極深，且能斷人的生死。今年是上京給他兒子來捐官，現在他家住著呢。這麼看來，竟是合該媳婦的病在他手裡除災亦未可知。我即刻差人拿我的名帖請去了。今日倘或天晚了不能來，明日想必一定來。況且馮紫英又即刻回家親自去求他，務必叫他來瞧瞧。等這個張先生來瞧了再說罷。」

尤氏聽了，心中甚喜，因說道：「後日是太爺的壽日，到底怎麼辦？」賈珍說道：「我方才到了太爺那裡去請安，兼請太爺來家受一受一家子的禮。太爺因說道：『我是清淨慣了的，我不願意往你們那是非場中去鬧去。你們必定說是我的生日，要叫我去受眾人些頭，莫過你把我從前注的《陰騭文》⑧給我令人好好的寫出來刻了，比叫我無故受眾人的頭還強百倍呢。倘或明日後日這兩日一家子要來，你就在家裡好好的款待他們就是了。也不必給我送什麼東西來，連你後日也不必來；你要心中不安，你今日就給我磕了頭去。倘或後日你要來，又跟隨多少人來鬧我，我必和你不依。』如此說了又說，後日我是再不敢去的了。且叫來升來，吩咐他預備兩日的筵席。」尤氏因叫人叫了賈蓉來：「吩咐來升照舊例預備兩日的筵席，要豐豐富富的。你再親自到西府裡去請老太太、大太太、二太太和你璉二嬸子來逛逛。你父親今日又聽見一個好大夫，業已打發人請去了，想明日必來。你可將他這些日子的病症細細的告訴他。」

賈蓉一一的答應出去了。正遇著方才去馮紫英家請那先生的小子回來了，因回道：「奴才方才到了馮大爺家，拿了老爺的名帖請那先生去。那先生說道：『方才這裡大爺也向我說了。但是今日拜了一天的客，才回到家，此時精神實在不能支持，就是去到府上也不能看脈。』他說等調息一夜，明日務必到府。他又說：『醫學淺薄，本不敢當此重薦，因我們馮大爺和府上的大人既已如此說了，又不得不去，你先替我回明大人就是了。大人的名帖實不敢當。』仍叫奴才拿回來了。哥兒替奴才回一聲兒罷。」賈蓉轉身復進去，回了賈珍、尤氏的話，方出來叫了來升來，吩咐他預備兩日的筵席的話。來升聽畢，自去照例料理。不在話下。

且說次日午間，人回道：「請的那張先生來了。」賈珍遂延入大廳坐下。茶畢，方開言道：「昨承

---

⑧《陰隲文》——相傳文昌帝君所作，是一篇宣揚因果報應的勸善文字。文昌帝君，道家傳說主宰功名祿位的神。

馮大爺示知老先生人品學問，又兼深通醫學，小弟不勝欽仰。」張先生道：「晚生粗鄙下士，本知見淺陋，昨因馮大爺示知，大人家第謙恭下士，又承呼喚，敢不奉命。但毫無實學，倍增汗顏⑨。」賈珍道：「先生何必過謙。就請先生進去看看兒婦，仰仗高明，以釋下懷。」

於是，賈蓉同了進去。到了賈蓉居室，見了秦氏，向賈蓉說道：「這就是尊夫人了？」賈蓉道：「正是。請先生坐下，讓我把賤內的病說一說再看脈如何？」那先生道：「依小弟的意思，竟先看過脈再說的為是。我是初造尊府的，本也不曉得什麼，但是我們馮大爺務必叫小弟過來看看，小弟所以不得不來。如今看了脈息，看小弟說的是不是，再將這些日子的病勢講一講，大家斟酌一個方兒，可用不可用，那時大爺再定奪。」賈蓉道：「先生實在高明，如今恨相見之晚。就請先生看一看脈息，可治不可治，以便使家父母放心。」於是家下媳婦們捧過大迎枕⑩來，一面給秦氏拉著袖口，露出脈來。先生方伸手按在右手脈上，調息了至數⑪，寧神細診了有半刻的工夫，方換過左手，亦復如是。診畢脈息，說道：「我們外邊坐罷。」

賈蓉於是同先生到外間房裡炕上坐下，一個婆子端了茶來。賈蓉道：「先生請茶。」於是陪先生吃

---

⑨汗顏——受到恭維而羞愧得臉上出汗，猶言「慚愧」。

⑩迎枕——中醫診脈時，墊在病人手臂下的小枕頭，也作「迎手」（第八十三回）。

⑪調息了至數——中醫診脈，先穩定自己的呼吸，叫做「調息」，這裡作「診視」解釋；至數，病人脈搏在常人一呼吸間跳動的次數。

聯經出版事業公司 校印

了茶，遂問道：「先生看這脈息，還治得治不得？」先生道：「看得尊夫人這脈息：左寸沉數，左關沉伏；右寸細而無力，右關需而無神。其左寸沉數者，乃心氣虛而生火；左關沉伏者，乃肝家氣滯血虧，右寸細而無力者，乃肺經氣分太虛；右關需而無神者，乃脾土被肝木克制⑫。心氣虛而生火者，應現經期不調，夜間不寐。肝家血虧氣滯者，必然肋下疼脹，月信過期，心中發熱。肺經氣分太虛者，頭目不時眩暈，寅卯間⑬必然自汗，如坐舟中。脾土被肝木克制者，必然不思飲食，精神倦怠，四肢酸軟。——據我看這脈息，應當有這些症候才對。或以這個脈為喜脈，則小弟不敢從其教也。」旁邊一個貼身伏侍的婆子道：「何嘗不是這樣呢。真正先生說的如神，倒不用我們告訴了。如今我們家裡現有好幾位太醫老爺瞧著呢，都不能的當真切的這麼說。有一位說是喜，有一位說是病，這位說不相干，那位說怕冬至，總沒有個准話兒。求老爺明白指示指示。」

那先生笑道：「大奶奶這個症候，可是那眾位耽擱了。要在初次行經的日期就用藥治起來，不但斷無今日之患，而且此時已全愈了。如今既是把病耽誤到這個地位，也是應有此災。依我看來，這病尚有

⑫張太醫診脈論病一段——病人的脈搏，快的叫「數」，慢的叫「遲」，浮、虛、沉、伏、細，指脈搏浮動或低沉情況。醫者用三指診脈，靠近病人手的大指部分叫「寸」，中指部分叫「關」，末指部分叫「尺」。又以五臟與五行相配合，彼此相生相剋：心為火、脾為土，肺為金，腎為水，肝為木，又稱五臟為「經」或「家」。

⑬寅卯間——凌晨五時左右。古人以十二地支代表十二時辰，每時辰兩小時，夜間十一時到凌晨一時是子時，以此類推，寅時是三至五時，卯時為五至七時。

三分治得。吃了我的藥看，若是夜裡睡的著覺，那時又添了二分拿手⑭了。據我看這脈息：大奶奶是個心性高強聰明不過的人；聰明忒過，則不如意事常有；不如意事常有，則思慮太過。此病是憂慮傷脾，肝木忒旺，經血所以不能按時而至。大奶奶從前行經的日子問一問，斷不是常縮，必是常長的。是不是？」這婆子答道：「可不是，從沒有縮過，或是長兩日三日，以至十日都長過。」先生聽了道：「妙啊！這就是病源了。從前若能夠以養心調經之藥服之，何至於此？這如今明顯出一個水虧木旺的症候來。——待用藥看看。」於是寫了方子，遞與賈蓉，上寫的是：

益氣養榮⑮補脾和肝湯

人　參二錢　白　朮二錢土炒　雲　苓三錢　熟　地四錢　歸　身二錢酒洗

白　芍二錢炒　川　芎錢半　黃　芪三錢　香附米二錢製　醋柴胡八分

懷山藥二錢炒　真阿膠二錢蛤粉炒　延胡索錢半酒炒　炙甘草八分

引用建蓮子七粒去心　紅棗二枚

賈蓉看了，說：「高明的很。還要請教先生，這病與性命終久有妨無妨？」先生笑道：「大爺是最高明的人。人病到這個地位，非一朝一夕的症候，吃了這藥，也要看醫緣了。依小弟看來，今年一冬是不相干的。總是過了春分，就可望全愈了。」賈蓉也是個聰明人，也不往下細問了。

⑭拿手——把握。

⑮養榮——補血。養，補養；榮，指血。

於是賈蓉送了先生去了，方將這藥方子並脈案都給賈珍看了，說的話也都回了賈珍並尤氏了。尤氏向賈珍說道：「從來大夫不像他說的這麼痛快，想必用的藥也不錯。」賈珍道：「人家原不是混飯吃久慣行醫的人。因為馮紫英我們相好，他好容易求了他來了。既有這個人，媳婦的病或者就能好了。他那方子上有人參，就用前日買的那一斤好的罷。」賈蓉聽畢話，方出來叫人打藥去煎給秦氏吃。不知秦氏服了此藥病勢如何，下回分解。

第十一回　慶壽辰寧府排家宴　見熙鳳賈瑞起淫心

話說是日賈敬的壽辰，賈珍先將上等可吃的東西、稀奇些的果品，裝了十六大捧盒，著賈蓉帶領家下人等與賈敬送去，向賈蓉說道：「你留神看太爺喜歡不喜歡，你就行了禮來。你說：『我父親遵太爺的話未敢來，在家裡率領合家都朝上行了禮了。』」賈蓉聽罷，即率領家人去了。

這裡漸漸的就有人來了。先是賈璉、賈薔到來，先看了各處的座位，並問：「有什麼頑意兒沒有？」家人答道：「我們爺原算計請太爺今日來家來，所以並未敢預備頑意兒。前日聽見太爺又不來了，現叫奴才們找了一班小戲兒並一檔子打十番的①，都在園子裡戲臺上預備著呢。」

次後邢夫人、王夫人、鳳姐兒、寶玉都來了，賈珍並尤氏接了進去。尤氏的母親已先在這裡呢。大家見過了，彼此讓了坐。賈珍、尤氏二人親自遞了茶，因說道：「老太太原是老祖宗，我父親又是侄兒，

①一檔子打十番的——一班演奏十番的藝人。十番，又稱十番鑼鼓，一種用樂器合奏的套曲。

聯經出版事業公司校印

這樣日子，原不敢請他老人家；但是這個時候，天氣正涼爽，滿園的菊花又盛開，請老祖宗過來散散悶，看著眾兒孫熱鬧熱鬧，是這個意思。誰知老祖宗又不肯賞臉。」鳳姐兒未等王夫人開口，先說道：「老太太昨日還說要來著呢，因為晚上看著寶兄弟他們吃桃兒，老人家又嘴饞，吃了有大半個，五更天的時候就一連起來了兩次，今日早晨略覺身子倦些。因叫我回大爺，今日斷不能來了，說有好吃的要幾樣，還要很爛的。」賈珍聽了笑道：「我說老祖宗是愛熱鬧的，今日不來，必定有個原故，若是這麼著就是了。」

王夫人道：「前日聽見你大妹妹說，蓉哥兒媳婦兒身上有些不大好，到底是怎麼樣？」尤氏道：「他這個病得的也奇。上月中秋還跟著老太太、太太們頑了半夜，回家來好好的。到了二十後，一日比一日覺懶，也懶待吃東西，這將近有半個多月了。經期又有兩個月沒來。」邢夫人接著說道：「別是喜罷？」

正說著，外頭人回道：「大老爺、二老爺並一家子的爺們都來了，在廳上呢。」賈珍連忙出去了。這裡尤氏方說道：「從前大夫也有說是喜的。昨日馮紫英薦了他從學過的一個先生，醫道很好，瞧了說不是喜，竟是很大的一個症候。昨日開了方子，吃了一劑藥，今日頭眩的略好些，別的仍不見怎麼樣大見效。」鳳姐兒道：「我說他不是十分支持不住，今日這樣的日子，再也不肯不扎掙著上來。」尤氏道：「你是初三日在這裡見他的，他強扎掙了半天，也是因你們娘兒兩個好的上頭，他才戀戀的捨不得去。」鳳姐兒聽了，眼圈兒紅了半天，半日方說道：「真是『天有不測風雲，人有旦夕禍福』。這個年紀，倘或就因這個病上怎麼樣了，人還活著有甚麼趣兒！」

正說話間，賈蓉進來，給邢夫人、王夫人、鳳姐兒前都請了安，方回尤氏道：「方才我去給太爺送吃食去，並回說我父親在家中伺候老爺們，款待一家子的爺們，遵太爺的話並未敢來。太爺聽了甚喜歡，

聯經出版事業公司　校印

說：『這才是。』叫告訴父親、母親好生伺候太爺、太太們，叫我好生伺候叔叔、嬸子們並哥哥們。還說那《陰騭文》，叫急急的刻出來，印一萬張散人。我將此話都回了我父親了。我這會子得快出去打發太爺們並合家爺們吃飯。」鳳姐兒說：「蓉哥兒，你且站住。你媳婦今日到底是怎麼著？」賈蓉皺皺眉說道：「不好麼！嬸子回來②瞧瞧去就知道了。」於是賈蓉出去了。

這裡尤氏向邢夫人、王夫人道：「太太們在這裡吃飯，還是在園子裡吃去好？小戲兒現預備在園子裡呢。」王夫人向邢夫人道：「我們索性吃了飯再過去罷，也省好些事。」邢夫人道：「很好。」於是尤氏就吩咐媳婦婆子們：「快送飯來。」門外一齊答應了一聲，都各人端各人的去了。不多一時，擺上了飯。尤氏讓邢夫人、王夫人並他母親都上了坐，他與鳳姐兒、寶玉側席坐了。邢夫人、王夫人道：「我們來原為給大老爺拜壽，這不竟是我們來過生日③來了麼？」鳳姐兒說道：「大老爺原是好養靜的，已經修煉成了，也算得是神仙了。太太們這麼一說，這就叫作『心到神知』了。」一句話說得滿屋裡的人都笑起來了。

於是，尤氏的母親並邢夫人、王夫人、鳳姐兒都吃畢飯，漱了口，淨了手，才說要往園子裡去，賈蓉進來向尤氏說道：「老爺們並眾位叔叔、哥哥兄弟們也都吃了飯了。大老爺說家裡有事，二老爺是不愛聽戲又怕人鬧得慌，都才去了。別的一家子爺們都被璉二叔並薔兄弟讓過去聽戲去了。方才南安郡王、

②回來——等一會兒。

③過生日——一般人過生日會準備較豐盛的酒席，王夫人是客氣地說：原是來拜壽，反倒成了來享受筵席了。

東平郡王、西寧郡王、北靜郡王四家王爺，並鎮國公牛府等六家，忠靖侯史府等八家，都差人持了名帖送壽禮來，俱回了我父親，先收在帳房裡了，禮單都上檔子④了。老爺的領謝的名帖都交給各來人了，各來人也都照舊例賞了，眾來人都讓吃了飯才去了。母親該請二位太太、老娘、嬸子都過園子裡坐著去罷。」尤氏道：「也是才吃完了飯，就要過去了。」

鳳姐兒說：「我回太太：我先瞧瞧蓉哥兒媳婦，我再過去。」王夫人道：「很是。我們都要去瞧瞧他，倒怕他嫌鬧的慌，說我們問他好罷。」尤氏道：「好妹妹，媳婦聽你的話，你去開導開導他，我也放心。你就快些過園子裡來。」寶玉也要跟了鳳姐兒去瞧秦氏去，王夫人道：「你看看就過來罷，那是侄兒媳婦呢。」於是尤氏請了邢夫人、王夫人並他母親都過會芳園去了。

鳳姐兒、寶玉方和賈蓉到秦氏這邊來了。進了房門，悄悄的走到裡間房門口，秦氏見了，就要站起來，鳳姐兒說：「快別起來，看起猛了頭暈。」於是鳳姐兒就緊走了兩步，拉住秦氏的手，說道：「我的奶奶！怎麼幾日不見，就瘦的這麼著了！」於是就坐在秦氏坐的褥子上。寶玉也問了好，坐在對面椅子上。賈蓉叫：「快倒茶來，嬸子和二叔在上房還未喝茶呢。」

秦氏拉著鳳姐兒的手，強笑道：「這都是我沒福。這樣人家，公公婆婆當自己的女孩兒似的待。嬸娘的侄兒雖說年輕，卻也是他敬我，我敬他，從來沒有紅過臉⑤兒。就是一家子的長輩同輩之中，除了

---

④上檔子——檔子，分門別類登記的簿冊；上檔子，就是記在簿冊上。

⑤紅臉——吵嘴，鬧彆扭。

聯經出版事業公司　校印

嬸子不用說了，別人也從無不疼我的，也無不和我好的。這如今得了這個病，把我那要強的心一分也沒了。公婆跟前未得孝順一天；就是嬸娘這樣疼我，我就有十分孝順的心，如今也不能夠了。我自想著，未必熬的過年去呢。」

寶玉正眼瞅著那「海棠春睡圖」並那秦太虛寫的「嫩寒鎖夢因春冷，芳氣籠人是酒香」的對聯，不覺想起在這裡睡晌覺夢到「太虛幻境」的事來。正自出神，聽得秦氏說了這些話，如萬箭攢心，那眼淚不知不覺就流下來了。鳳姐兒心中雖十分難過，但恐怕病人見了眾人這個樣兒反添心酸，倒不是來開導勸解的意思了。見寶玉這個樣子，因說道：「寶兄弟，你忒婆婆媽媽的了。他病人不過是這麼說，那裡就到得這個田地了？況且能多大年紀的人，略病一病兒就這麼想那麼想的，這不是自己倒給自己添病了麼？」賈蓉道：「他這病也不用別的，只是吃得些飲食就不怕了。」鳳姐兒道：「寶兄弟，太太叫你快過去呢。你別在這裡只管這麼著，倒招得媳婦也心裡不好。太太那裡又惦著你。」因向賈蓉說道：「你先同你寶叔叔過去罷，我還略坐一坐兒。」賈蓉聽說，即同寶玉過會芳園來了。

這裡鳳姐兒又勸解了秦氏一番，又低低的說了許多衷腸話兒。尤氏打發人請了兩三遍，鳳姐兒才向秦氏說道：「你好生養著罷，我再來看你。合該你這病要好，所以前日就有人薦了這個好大夫來，再也是不怕的了。」秦氏笑道：「任憑神仙也罷，治得病治不得命。嬸子，我知道我這病不過是挨日子。」鳳姐兒說道：「你只管這麼想著，病那裡能好呢？總要想開了才是。況且聽得大夫說，若是不治，怕的是春天不好呢。如今才九月半，還有四五個月的工夫，什麼病治不好呢？咱們若是不能吃人參的人家，這也難說了，你公公、婆婆聽見治得好你，別說一日二錢人參，就是二斤也能夠吃得起。好生養著罷，

聯經出版事業公司校印

我過園子裡去了。」秦氏又道：「嬸子，恕我不能跟過去了。閑了時候還求嬸子常過來瞧瞧我，咱們娘兒們坐坐，多說幾遭話兒。」鳳姐兒聽了，不覺得又眼圈兒一紅，遂說道：「我得了閑兒必常來看你。」

於是鳳姐兒帶領跟來的婆子、丫頭並寧府的媳婦、婆子們，從裡頭繞進園子的便門來。但只見：

黃花滿地，白柳⑥橫坡。小橋通若耶之溪，曲徑接天臺之路⑦。石中清流激湍，籬落飄香；樹頭紅葉翩翩，疏林如畫。西風乍緊，初罷鶯啼；暖日當暄⑧，又添蛩語⑨。遙望東南，建幾處依山之榭；縱觀西北，結三間臨水之軒⑩。笙簧⑪盈耳，別有幽情；羅綺⑫穿林，倍添韵致。

鳳姐兒正自看園中的景致，一步步行來讚賞，猛然從假山石後走過一個人來，向前對鳳姐兒說道：「請嫂子安。」鳳姐兒猛然見了，將身子望後一退，說道：「這是瑞大爺不是？」賈瑞說道：「嫂子連我也不認得了？不是我是誰！」鳳姐兒道：「不是不認得，猛然一見，不想到是大爺到這裡來。」賈瑞道：

⑥黃花、白柳——黃花，菊花；白柳，秋天柳樹經霜後，顏色淺白，所以稱「白柳」。

⑦若耶之溪、天臺之路——若耶溪，在浙江紹興縣南，傳說春秋時越國的美女西施曾在這裡浣紗；天臺路，傳說漢代劉晨、阮肇入天臺山採藥，遇到兩個仙女留住半年。這裡是形容園中溪水、路徑幽美別致，不同一般。

⑧暖日當暄——溫和的日光晒得正暖。當，正當；暄，暖和。

⑨蛩語——蟋蟀的鳴聲。蛩，蟋蟀。

⑩榭、軒——榭，高台上建築的房屋；軒，敞亮別致的小屋或小室。

⑪笙簧——笙，樂器，用瓠製成，有十三個管筒；簧，指笙管底部安裝的發聲器。這裡是形容流水聲悠揚悅耳。

⑫羅綺——都是絲織品，這裡代指服飾華麗的人們。

聯經出版事業公司　校印

「也是合該我與嫂子有緣。我方才偷出了席，在這個清淨地方略散一散，不想就遇見嫂子也從這裡來。這不是有緣麼？」一面說著，一面拿眼睛不住的覷著鳳姐兒。

鳳姐兒是個聰明人，見他這個光景，如何不猜透八九分呢，因向賈瑞假意含笑道：「怨不得你哥哥時常提你，說你很好。今日見了，聽你說這幾句話兒，就知道你是個聰明和氣的人了。這會子我要到太太們那裡去，不得和你說話兒，等閑了，咱們再說話兒罷。」賈瑞道：「我要到嫂子家裡去請安，又恐怕嫂子年輕，不肯輕易見人。」鳳姐兒假意笑道：「一家子骨肉，說什麼年輕不年輕的話。」賈瑞聽了這話，再不想到今日得這個奇遇，那神情光景亦發難堪了。鳳姐兒說道：「你快入席去罷，仔細他們拿住罰你酒。」賈瑞聽了，身上已木了半邊，慢慢的一面走著，一面回過頭來看。鳳姐兒故意的把腳步放遲了些兒，見他去遠了，心裡暗忖道：「這才是『知人知面不知心』呢，那裡有這樣禽獸的人呢。他如果如此，幾時叫他死在我的手裡，他才知道我的手段！」

於是鳳姐兒方移步前來。將轉過了一重山坡，見兩三個婆子慌慌張張的走來，見了鳳姐兒，笑說道：「我們奶奶見二奶奶只是不來，急的了不得，叫奴才們又來請奶奶來了。」鳳姐兒說道：「你們奶奶就是這麼急腳鬼似的。」鳳姐兒慢慢的走著，問：「戲唱了幾齣了？」那婆子回道：「有八九齣了。」說話之間，已來到了天香樓的後門，見寶玉和一群丫頭們在那裡玩呢。鳳姐兒說道：「寶兄弟，別忒淘氣了。」有一個丫頭說道：「太太們都在樓上坐著呢，請奶奶就從這邊上去罷。」

鳳姐兒聽了，款步提衣上了樓，見尤氏已在樓梯口等著呢。尤氏笑說道：「你們娘兒兩個忒好了，見了面，總捨不得來了。你明日搬來和他住著罷。你坐下，我先敬你一鍾。」於是鳳姐兒在邢、王二夫

聯經出版事業公司　校印

人前告了坐，又在尤氏的母親前周旋了一遍，仍同尤氏坐在一桌上吃酒聽戲。尤氏叫拿戲單來，讓鳳姐兒點戲，鳳姐兒說道：「親家太太和太太們在這裡，我如何敢點。」邢夫人、王夫人說道：「我們和親家太太都點了好幾齣了，你點兩齣好的我們聽。」鳳姐兒立起身來答應了一聲，方接過戲單，從頭一看，點了一齣〈還魂〉⑬，一齣〈彈詞〉⑭，遞過戲單去說：「現在唱的這《雙官誥》⑮，唱完了，再唱這兩齣，也就是時候了。」王夫人道：「可不是呢，也該趁早叫你哥哥、嫂子歇歇，他們又心裡不靜。」尤氏說道：「太太們又不常過來，娘兒們多坐一會子去，才有趣兒，天還早呢。」鳳姐兒立起身來望樓下一看，說：「爺們都往那裡去了？」旁邊一個婆子道：「爺們才到凝曦軒，帶了打十番的那裡吃酒去了。」鳳姐兒說道：「在這裡不便宜，背地裡又不知幹什麼去了！」尤氏笑道：「那裡都像你這麼正經人呢。」

於是說說笑笑，點的戲都唱完了，方才撤了酒席，擺上飯來。吃畢，大家才出園子來，到上房坐下，

⑬〈還魂〉——明代湯顯祖著《牡丹亭》的第三十五齣。《牡丹亭》寫柳夢梅和杜麗娘的愛情故事。〈還魂〉一齣寫杜麗娘死而復生和柳夢梅結為夫婦。

⑭〈彈詞〉——清初洪昇著《長生殿》的第三十八齣。《長生殿》寫唐玄宗、楊貴妃故事。〈彈詞〉一齣寫唐玄宗的樂工李龜年經安史之亂，流落江南，賣藝為生，彈琵琶敘述玄宗和楊貴妃的悲歡離合、盛衰榮枯。

⑮《雙官誥》——清代陳二白著《雙官誥》傳奇，寫馮琳如的婢妾碧蓮守節教子，後來得了丈夫、兒子雙份官誥的故事，地方戲中的《三娘教子》即由此而來。誥，即誥命，朝廷以皇帝的名義頒賜品爵的詔令。

吃了茶，方才叫預備車，向尤氏的母親告了辭。尤氏率同眾姬妾並家下婆子、媳婦們送出來，賈珍率領眾子侄都在車旁侍立，等候著呢，見了邢夫人、王夫人道：「二位嬸子明日還過來逛逛。」王夫人道：「罷了，我們今日整坐了一日，也乏了，明日歇歇罷。」於是都上車去了。賈瑞猶不時拿眼睛覷著鳳姐兒。賈珍等進去後，李貴才拉過馬來，寶玉騎上，隨了王夫人去了。這裡賈珍同一家子的弟兄子侄吃過了晚飯，方大家散了。

次日，仍是眾族人等鬧了一日，不必細說。此後鳳姐兒不時親自來看秦氏。秦氏也有幾日好些，也有幾日仍是那樣。賈珍、尤氏、賈蓉好不焦心。

且說賈瑞到榮府來了幾次，偏都遇見鳳姐兒往寧府那邊去了。這年正是十一月三十日冬至。到交節的那幾日，賈母、王夫人、鳳姐兒日日差人去看秦氏，回來的人都說：「這幾日也沒見添病，也不見甚好。」王夫人向賈母說：「這個症候，遇著這樣大節不添病，就有好大的指望了。」賈母說：「可是呢，好個孩子，要是有些原故，可不叫人疼死。」說著，一陣心酸，叫鳳姐兒說道：「你們娘兒兩個也好了一場，明日大初一，過了明日，你後日再去看一看他去。你細細的瞧瞧他那光景，倘或好些兒，你回來告訴我，我也喜歡喜歡。那孩子素日愛吃的，你也常叫人做些給他送過去。」鳳姐兒一一的答應了。

到了初二日，吃了早飯，來到寧府，看見秦氏的光景，雖未甚添病，但是那臉上、身上的肉全瘦乾了。於是和秦氏坐了半日，說了些閑話兒，又將這病無妨的話開導了一遍。秦氏說道：「好不好，春天就知道了。如今現過了冬至，又沒怎麼樣，或者好的了也未可知。嬸子回老太太、太太放心罷。昨日老太太賞的那棗泥餡的山藥糕，我吃了兩塊，倒像克化⑯的動似的。」鳳姐兒說道：「明日再給你送來。我到你婆婆那裡瞧瞧，就要趕著回去回老太太的話去。」秦氏道：「嬸子替我請老太太、太太安罷。」

鳳姐兒答應著就出來了，到了尤氏上房坐下。尤氏道：「你冷眼瞧媳婦是怎麼樣？」鳳姐兒低了半日頭，說道：「這實在沒法兒了。你也該將一應的後事用的東西給他料理料理，沖⑰一沖也好。」尤氏道：「我也叫人暗暗的預備了。就是那件東西不得好木頭，暫且慢慢的辦罷。」於是鳳姐兒吃了茶，說了一會子話兒，說道：「我要快回去回老太太的話去呢。」尤氏道：「你可緩緩的說，別嚇著老太太。」鳳姐兒道：「我知道。」

於是鳳姐兒就回來了。到了家中，見了賈母，說：「蓉哥兒媳婦請老太太安，給老太太磕頭，說他好些了，求老祖宗放心罷。他再略好些，還要給老祖宗磕頭請安來呢。」賈母道：「你看他是怎麼樣？」鳳姐兒說：「暫且無妨，精神還好呢。」賈母聽了，沉吟了半日，因向鳳姐兒說：「你換換衣服歇歇去罷。」

鳳姐兒答應著出來，見過了王夫人，到了家中，平兒將烘的家常的衣服給鳳姐兒換了。鳳姐兒方坐下，問道：「家裡沒有什麼事麼？」平兒方端了茶來，遞了過去，說道：「沒有什麼事。就是那三百銀子的利銀，旺兒媳婦送進來，我收了。再有瑞大爺使人來打聽奶奶在家沒有，他要來請安說話。」鳳姐兒聽了，「哼」了一聲，說道：「這畜生合該作死⑱，看他來了怎麼樣！」平兒因問道：「這瑞大爺是

⑯克化——消化。
⑰沖——一種迷信習俗，有沖散噩運之意。如為重病人預先準備喪事或提前舉行婚禮等等，認為可以沖掉病災。

因什麼只管來？」鳳姐兒遂將九月裡寧府園子裡遇見他的光景，他說的話，都告訴了平兒。平兒說道：「癩蛤蟆想天鵝肉吃，沒人倫的混帳東西！起這個念頭，叫他不得好死！」鳳姐兒道：「等他來了，我自有道理。」不知賈瑞來時作何光景，且聽下回分解。

⑱作死——找死。

第十二回　王熙鳳毒設相思局①　賈天祥正照風月鑑

話說鳳姐正與平兒說話，只見有人回說：「瑞大爺來了。」鳳姐急命：「快請進來。」賈瑞見往裡讓，心中喜出望外，急忙進來，見了鳳姐，滿面陪笑，連連問好。鳳姐兒也假意殷勤，讓茶讓坐。

賈瑞見鳳姐如此打扮，亦發酥倒，因餳了眼問道：「二哥哥怎麼還不回來？」鳳姐道：「不知什麼原故。」賈瑞笑道：「別是路上有人絆住了腳了，捨不得回來也未可知？」鳳姐道：「也未可知。男人家見一個愛一個也是有的。」賈瑞笑道：「嫂子這話說錯了，我就不這樣。」鳳姐笑道：「像你這樣的人能有幾個呢，十個裡也挑不出一個來。」賈瑞聽了，喜的抓耳撓腮，又道：「嫂子天天也悶的很。」鳳姐道：「正是呢，只盼個人來說話解解悶兒。」賈瑞笑道：「我倒天天閑著，天天過來替嫂子解解閑悶可好不好？」鳳姐笑道：「你哄我呢！你那裡肯往我這裡來？」賈瑞道：「我在嫂子跟前，若有一點

①局——圈套。

謊話，天打雷劈！只因素日聞得人說，嫂子是個利害人，在你跟前一點也錯不得，所以唬住了我。如今見嫂子最是個有說有笑極疼人的，我怎麼不來，——死了也願意！」鳳姐笑道：「果然你是個明白人，比蓉兒兄弟兩個強遠了。我看他那樣清秀，只當他們心裡明白，誰知竟是兩個糊塗蟲，一點不知人心。」

賈瑞聽了這話，越發撞在心坎兒上，由不得又往前湊了一湊，覷著眼②看鳳姐帶的荷包，然後又問帶著什麼戒指。鳳姐悄悄道：「放尊重著，別叫丫頭們看了笑話。」賈瑞如聽綸音佛語③一般，忙往後退。鳳姐笑道：「你該走了。」賈瑞說：「我再坐一坐兒。——好狠心的嫂子。」鳳姐又悄悄的道：「大天白日，人來人往，你就在這裡也不方便。你且去，等著晚上起了更你來，悄悄的在西邊穿堂兒等我。」賈瑞聽了，如得珍寶，忙問道：「你別哄我。但只那裡人過的多，怎麼好躲的？」鳳姐道：「你只放心。我把上夜④的小廝們都放了假，兩邊門一關，再沒別人了。」賈瑞聽了，喜之不盡，忙忙的告辭而去，心內以為得手。

盼到晚上，果然黑地裡摸入榮府，趁掩門時，鑽入穿堂。果見漆黑無一人，往賈母那邊去的門戶已鎖倒，只有向東的門未關。賈瑞側耳聽著，半日不見人來，忽聽咯噔一聲，東邊的門也倒關了。賈瑞急的也不敢則聲，只得悄悄的出來，將門撼了撼，關的鐵桶一般。此時要求出去亦不能夠，南北皆是大房

②覷著眼——把眼眯縫著偷看。

③綸音佛語——綸音，皇帝的命令，聖旨；佛語，佛說的話。形容言聽計從，不敢違抗。

④上夜——值夜。

牆，要跳亦無攀援。這屋內又是過堂風⑤，空落落；現是臘月天氣，夜又長，朔風凜凜，侵肌裂骨，一夜幾乎不曾凍死。好容易盼到早晨，只見一個老婆子先將東門開了，進去叫西門。賈瑞瞅他背著臉，一溜烟抱著肩跑了出來，幸而天氣尚早，人都未起，從後門一逕跑回家去。

原來賈瑞父母早亡，只有他祖父代儒教養。那代儒素日教訓最嚴，不許賈瑞多走一步，生怕他在外吃酒賭錢，有誤學業。今忽見他一夜不歸，只料定他在外非飲即賭，嫖娼宿妓，那裡想到這段公案⑥，因此氣了一夜。賈瑞也捻著一把汗，少不得回來撒謊，只說：「往舅舅家去了，天黑了，留我住了一夜。」代儒道：「自來出門，非稟我不敢擅出，如何昨日私自去了？據此亦該打，何況是撒謊！」因此，發狠到底打了三四十板，不許吃飯，令他跪在院內讀文章，定要補出十天的功課來方罷。賈瑞直凍了一夜，今又遭了苦打，且餓著肚子，跪著在風地裡讀文章，其苦萬狀。

此時賈瑞前心猶是未改，再想不到是鳳姐捉弄他。過後兩日，得了空，便仍來找鳳姐。鳳姐故意抱怨他失信，賈瑞急的賭身發誓。鳳姐因見他自投羅網，少不得再尋別計令他知改，故又約他道：「今日晚上，你別在那裡了。你在我這房後小過道子裡那間空屋裡等我，可別冒撞了。」賈瑞道：「果真？」鳳姐道：「誰可哄你？你不信就別來。」賈瑞道：「來，來，來！死也要來！」鳳姐道：「這會子你先

⑤過堂風——舊式房舍的穿堂因為兩頭洞開，所以風比較強，穿過穿堂的風，叫「過堂風」；後來凡是從屋子或走道一頭吹進來，又從另一頭出去的風，也叫「過堂風」。

⑥公案——古代官吏審理案件的桌子，後來引申為案件、事件。

去罷。」賈瑞料定晚間必妥，此時先去了。鳳姐在這裡便點兵派將，設下圈套。

那賈瑞只盼不到晚上，偏生家裡親戚又來了，直等吃了晚飯才去，那天已有掌燈時候。又等他祖父安歇了，方溜進榮府，直往那夾道中屋子裡來等著，熱鍋上的螞蟻一般，只是乾轉。左等不見人影，右聽也沒聲響，心下自思：「別是又不來了，又凍我一夜不成？」正自胡猜，只見黑魆魆⑦的來了一個人，賈瑞便意定是鳳姐，不管皂白，餓虎一般，等那人剛至門前，便如貓捕鼠的一般，抱住叫道：「親嫂子，等死我了。」說著，抱到屋裡炕上就親嘴扯褲子，滿口裡「親娘」「親爹」的亂叫起來。那人只不作聲。賈瑞拉了自己褲子，硬幫幫的就想頂入。忽見燈光一閃，只見賈薔舉著個捻子⑧照道：「誰在屋裡？」只見炕上那人笑道：「瑞大叔要臊我呢。」賈瑞一見，卻是賈蓉，真臊的無地可入，不知要怎麼樣才好，回身就要跑，被賈薔一把揪住道：「別走！如今璉二嬸已經告到太太跟前，說你無故調戲他。他暫用了個脫身計，哄你在這邊等著，太太氣死過去，因此叫我來拿你。剛才你又攔住他，沒的說，跟我去見太太！」

賈瑞聽了，魂不附體，只說：「好侄兒，只說沒有見我，明日我重重的謝你。」賈薔道：「你若謝我，放你不值什麼，只不知你謝我多少？況且口說無憑，寫一文契來。」賈瑞道：「這如何落紙呢？」賈薔道：「這也不妨，寫一個賭錢輸了外人帳目，借頭家銀若干兩便罷。」賈瑞道：「這也容易，只是此時無紙筆。」賈薔道：「這也容易。」說罷，翻身出來，紙筆現成，拿來命賈瑞寫。他兩作好作歹⑨，

⑦黑魆魆——黑漆漆；魆，音ㄒㄩ。
⑧捻子——這裡指引火用的紙捲兒。

只寫了五十兩，然後畫了押，賈薔收起來。然後撕邏賈蓉。賈蓉先咬定牙不依，只說：「明日告訴族中的人評評理。」賈瑞急的至於叩頭。賈薔作好作歹的，也寫了一張五十兩欠契才罷。賈薔又道：「如今要放你，我就擔著不是。老太太那邊的門早已關了。老爺正在廳上看南京的東西，那一條路定難過去。如今只好走後門。若這一走，倘或遇見了人，連我也完了。等我們先去哨探哨探，再來領你。這屋你還藏不得，少時就來堆東西。等我尋個地方。」說畢，拉著賈瑞，仍熄了燈，出至院外，摸著大臺磯底下，說道：「這窩兒裡好，你只蹲著，別哼一聲，等我們來再動。」說畢，二人去了。

賈瑞此時身不由己，只得蹲在那裡。心下正盤算，只聽頭頂上一聲響，嘩拉拉一淨桶尿糞從上面直潑下來，可巧澆了他一身一頭。賈瑞掌不住「噯喲」了一聲，忙又掩住口，不敢聲張，滿頭滿臉渾身皆是尿屎，冰冷打戰。只見賈薔跑來叫：「快走，快走！」賈瑞如得了命，三步兩步從後門跑到家裡，天已三更，只得叫門。開門人見他這般景況，問是怎的。少不得扯謊說：「黑了，失腳掉在茅廁裡了。」一面到了自己房中更衣洗濯，心下方想到是鳳姐頑他，因此發一回恨；再想想鳳姐的模樣兒，又恨不得一時摟在懷內，一夜竟不曾合眼。

自此滿心想鳳姐，只不敢往榮府去了。賈蓉兩個又常常的來索銀子，他又怕祖父知道，正是相思尚且難禁，更又添了債務；日間工課又緊，他二十來歲人，尚未娶親，邇來想著鳳姐，未免有那指頭告了消乏⑩等事；更兼兩回凍惱奔波，因此三五下裡夾攻，不覺就得了一病：心內發膨脹，口中無滋味，腳

---

⑨做好做歹——這樣說那樣說，有「討價還價」的意思。

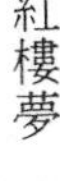

下如綿，眼中似醋，黑夜作燒，白晝常倦，下溺連精，嗽痰帶血。諸如此症，不上一年都添全了。於是不能支持，一頭睡倒，合上眼還只夢魂顛倒，滿口亂說胡話，驚怖異常。百般請醫療治，諸如肉桂、附子、鱉甲、麥冬、玉竹等藥，吃了有幾十斤下去，也不見個動靜。

倏又臘盡春回，這病更又沉重。代儒也著了忙，各處請醫療治，皆不見效。因後來吃「獨參湯」⑪，代儒如何有這力量，只得往榮府來尋。王夫人命鳳姐秤二兩給他，鳳姐回說：「前兒新近都替老太太配了藥，那整的太太又說留著送楊提督⑫的太太配藥，偏生昨兒我已送了去了。」王夫人道：「就是咱們這邊沒了，你打發個人往你婆婆那邊問問，或是你珍大哥哥那府裡再尋些來，湊著給人家。吃好了，救人一命，也是你的好處。」鳳姐聽了，也不遣人去尋，只得將些渣末泡鬚湊了幾錢，命人送去，只說：「太太送來的，再也沒了。」然後回王夫人，只說：「都尋了來，共湊了有二兩送去。」

那賈瑞此時要命心甚切，無藥不吃，只是白花錢，不見效。忽然這日有個跛足道人來化齋，口稱專治冤業之症⑬。賈瑞偏生在內就聽見了，直著聲叫喊說：「快請進那位菩薩來救我！」一面叫，一面在枕上叩首。眾人只得帶了那道士進來。賈瑞一把拉住，連叫：「菩薩救我！」那道士嘆道：「你這病非

---

⑩指頭告了消乏——手淫。

⑪獨參湯——中醫方劑名，獨用人參一味，重或一、二兩，取其功專而力大，治元氣大虧、陽氣暴脫的危症。

⑫提督——官名，清朝設提督軍務總兵官，簡稱提督，是地方上的高級武官。

⑬冤業之症——迷信說法，由於「結冤造孽」而得的病症。業，同「孽」，罪過、邪惡的意思。

藥可醫。我有個寶貝與你，你天天看時，此命可保矣。」說畢，從褡褳中取出一面鏡子來——兩面皆可照人，鏡把上面鏨著「風月寶鑑」四字——遞與賈瑞道：「這物出自太虛幻境空靈殿上，警幻仙子所製，專治邪思妄動之症，有濟世保生之功。所以帶他到世上，單與那些聰明傑俊、風雅王孫等看照。千萬不可照正面，只照他的背面，要緊，要緊！三日後吾來收取，管叫你好了。」說畢，佯常而去⑭，眾人苦留不住。

賈瑞收了鏡子，想道：「這道士倒有意思，我何不照一照試試。」想畢，拿起「風月鑑」來，向反面一照，只見一個骷髏立在裡面，唬得賈瑞連忙掩了，罵：「道士混帳，如何嚇我！——我倒再照照正面是什麼。」想著，又將正面一照，只見鳳姐站在裡面招手叫他。賈瑞心中一喜，蕩悠悠的覺得進了鏡子，與鳳姐雲雨一番，鳳姐仍送他出來。到了床上，「噯喲」了一聲，一睜眼，鏡子從手裡掉過來，仍是反面立著一個骷髏。賈瑞自覺汗津津的，底下已遺了一攤精。心中到底不足，又翻過正面來，只見鳳姐還招手叫他，他又進去。如此三四次。到了這次，剛要出鏡子來，只見兩個人走來，拿鐵鎖把他套住，拉了就走。賈瑞叫道：「讓我拿了鏡子再走。」——只說了這句，就再不能說話了。

旁邊伏侍賈瑞的眾人，只見他先還拿著鏡子照，落下來，仍睜開眼拾在手內，末後鏡子落下來便不動了。眾人上來看看，又沒了氣，身子底下冰涼漬濕一大灘精，這才忙著穿衣抬床。代儒夫婦哭的死去活來，大罵道士：「是何妖鏡！若不早毀此物，遺害於世不小。」遂命架火來燒，只聽鏡內哭道：「誰

---

⑭佯常而去——大模大樣地離去；佯常，同「揚長」。

叫你們瞧正面了！你們自己以假為真，何苦來燒我？」正哭著，只見那跛足道人從外面跑來，喊道：「誰毀『風月鑑』，吾來救也！」說著，直入中堂，搶入手內，飄然去了。

當下，代儒料理喪事，各處去報喪。三日起經⑮，七日發引⑯，寄靈於鐵檻寺，日後帶回原籍。當下賈家眾人齊來弔問，榮國府賈赦贈銀二十兩，賈政亦是二十兩，寧國府賈珍亦有二十兩，別者族中貧富不等，或三兩五兩，不可勝數。另有各同窗家分資，也湊了二三十兩。代儒家道雖然淡薄，倒也豐豐富富完了此事。

誰知這年冬底，林如海的書信寄來，卻為身染重疾，寫書特來接黛玉回去。賈母聽了，未免又加憂悶，只得忙忙的打點黛玉起身。寶玉大不自在，爭奈父女之情，也不好攔勸。於是賈母定要賈璉送他去，仍叫帶回來。一應土儀盤纏⑰，不消煩說，自然要妥貼。作速擇了日期。賈璉與林黛玉辭別了賈母等，帶領僕從，登舟往揚州去了。要知端的，且聽下回分解。

---

⑮起經——舊俗，人死後第三天，開始請和尚道士唸經，叫起經。

⑯發引——出殯時，送喪人牽著引索作前導，把靈柩從停放的地方運出，叫發引。引，也叫「紼」，牽引靈柩的索子。

⑰土儀盤纏——用土產作為贈人的禮物叫土儀。儀，禮物；盤纏，即盤川、旅費。

第十三回　秦可卿死封龍禁尉①　王熙鳳協理寧國府

話說鳳姐兒自賈璉送黛玉往揚州去後，心中實在無趣，每到晚間，不過和平兒說笑一回，就胡亂睡了。

這日夜間，正和平兒燈下擁爐倦繡，早命濃薰繡被，二人睡下，屈指算行程該到何處，不知不覺已交三鼓。平兒已睡熟了。鳳姐方覺星眼微朦，恍惚只見秦氏從外走來，含笑說道：「嬸子好睡！我今日回去，你也不送我一程。因娘兒們素日相好，我捨不得嬸子，故來別你一別。還有一件心願未了，非告訴嬸子，別人未必中用。」

鳳姐聽了，恍惚問道：「有何心願？你只管托我就是了。」秦氏道：「嬸嬸，你是個脂粉隊裡的英雄，連那些束帶頂冠的男子也不能過你，你如何連兩句俗語也不曉得？常言『月滿則虧，水滿則溢』；又道是『登高必跌重』。如今我們家赫赫揚揚，已將百載，一日倘或樂極悲生，若應了那句『樹倒猢猻

①龍禁尉——作者虛擬的官名，是皇帝的侍從武官。

散』②的俗語，豈不虛稱了一世的詩書舊族了！」鳳姐聽了此話，心胸大快，十分敬畏，忙問道：「這話慮的極是，但有何法可以永保無虞？」秦氏冷笑道：「嬸子好癡也。否極泰來③，榮辱自古周而復始，豈人力能可保常的？但如今能於榮時籌畫下將來衰時的世業，亦可謂常保永全了。即如今日諸事都妥，只有兩件未妥，若把此事如此一行，則後日可保永全了。」

鳳姐便問何事。秦氏道：「目今祖塋雖四時祭祀，只是無一定的錢糧；第二，家塾雖立，無一定的供給。依我想來，如今盛時固不缺祭祀供給，但將來敗落之時，此二項有何出處？莫若依我定見，趁今日富貴，將祖塋附近多置田莊、房舍、地畝，以備祭祀供給之費皆出自此處，將家塾亦設於此。合同族中長幼，大家定了則例，日後按房掌管這一年的地畝、錢糧、祭祀、供給之事。如此周流，又無爭競，亦不有典賣諸弊。便是有了罪，凡物可入官④，這祭祀產業⑤連官也不入的。便敗落下來，子孫回家讀書務農，也有個退步，祭祀又可永繼。若目今以為榮華不絕，不思後日，終非長策。眼見不日又有一件非常喜事，真是『烈火烹油、鮮花著錦』之盛。要知道，也不過是瞬息的繁華，一時的歡樂，萬不可忘

②樹倒猢猻散——猢猻，猴子。本句比喻所依靠的人或勢力一旦垮臺，跟隨的人就一哄而散。

③否極泰來——情況壞到極點，就會往好的方面轉化。否、泰，《周易》中的兩個卦名；「否」表示滯塞、壞運氣、凶險；「泰」表示亨通、好運氣、吉利。

④入官——沒收歸入公家，充公。

⑤祭祀產業——官員家、地主家「祭田」之類的產業，租稅或利息專做祭祀之用。

了那『盛筵必散』的俗語。此時若不早為後慮，臨期只恐後悔無益了。」鳳姐忙問：「有何喜事？」秦氏道：「天機不可洩漏。只是我與嬸子好了一場，臨別贈你兩句話，須要記著。」因念道：

三春去後諸芳盡，各自須尋各自門。

鳳姐還欲問時，只聽二門上傳事雲板連叩四下⑥，將鳳姐驚醒。人回：「東府蓉大奶奶沒了。」鳳姐聞聽，嚇了一身冷汗，出了一回神，只得忙忙的穿衣，往王夫人處來。

彼時合家皆知，無不納罕，都有些疑心。那長一輩的想他素日孝順，平一輩的想他素日和睦親密，下一輩的想他素日慈愛，以及家中僕從老小想他素日憐貧惜賤、慈老愛幼之恩，莫不悲嚎痛哭。閑言少敘，卻說寶玉因近日林黛玉回去，剩得自己孤悽，也不和人頑耍，每到晚間便索然睡了。如今從夢中聽見說秦氏死了，連忙翻身爬起來，只覺心中似戳了一刀的，不覺「哇」的一聲，直奔出一口血來。襲人等慌慌忙忙上來攙扶，問是怎麼樣，又要回賈母來請大夫。寶玉笑道：「不用忙，不相干，這是急火攻心，血不歸經⑦。」說著，便爬起來，要衣服換了，來見賈母，即時要過去。襲人見他如此，心中雖放不下，又不敢攔，只是由他罷了。賈母見他要去，因說：「才嚥氣的人，那裡不乾淨；二則夜

⑥雲板連叩四下——報凶喪大事的訊號。舊俗吉事常用三數，凶事常用四數，有「神三鬼四」之說。雲板，參見第四回註⑳。

⑦急火攻心，血不歸經——中醫病症名。中醫認為人的情緒受到突如其來的刺激，可以引起情志之火內發，而使心火肝火亢盛，干擾正常的血液循環，就會出現吐血、出鼻血等症狀。

裡風大，等明早再去不遲。」寶玉那裡肯依。賈母命人備車，多派跟隨人役，擁護前來。

一直到了寧國府前，只見府門洞開，兩邊燈籠照如白晝，亂烘烘人來人往，裡面哭聲搖山振岳。寶玉下了車，忙忙奔至停靈之室，痛哭一番。然後見過尤氏。誰知尤氏正犯了胃疼舊疾，睡在床上。然後又出來見賈珍。彼時賈代儒、賈代修、賈敕、賈效、賈敦、賈赦、賈政、賈琮、賈㻞、賈珩、賈珖、賈琛、賈瓊、賈璘、賈薔、賈菖、賈菱、賈芸、賈芹、賈蓁、賈萍、賈藻、賈蘅、賈芬、賈芳、賈蘭、賈菌、賈芝等都來了。賈珍哭得淚人一般，正和賈代儒等說道：「合家大小，遠近親友，誰不知我這媳婦比兒子還強十倍。如今伸腿去了，可見這長房內絕滅無人了。」說著，又哭起來，眾人忙勸：「人已辭世，哭也無益，且商議如何料理要緊。」賈珍拍手道：「如何料理，不過盡我所有罷了！」

正說著，只見秦業、秦鐘並尤氏的幾個眷屬尤氏姊妹也都來了。賈珍便命賈瓊、賈琛、賈璘、賈薔四個人去陪客，一面吩咐去請欽天監陰陽司⑧來擇日，擇準停靈七七四十九日，三日後開喪送訃聞。這四十九日，單請一百單八眾⑨禪僧在大廳上拜大悲懺⑩，超度前亡後化諸魂，以免亡者之罪；另設一壇

⑧欽天監陰陽司——欽天監，明、清時代的官署名，主管觀天文、定歷數、卜吉凶、辨禁忌等事。陰陽司，主管陰陽宅（墳墓和住家）的測度，即「看風水」的部門。

⑨眾——人、個。

⑩拜大悲懺——拜懺，請僧眾唸經拜佛，代人消災或超度亡魂的一種宗教活動。拜大悲懺，是在拜懺時唸「大悲咒」。大悲咒是《大悲經》中的咒語。

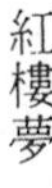

於天香樓上，是九十九位全真道士⑪，打四十九日解冤洗業醮⑫。然後停靈於會芳園中，靈前另外五十眾高僧、五十眾高道，對壇按七作好事⑬。那賈敬聞得長孫媳死了，因自為早晚就要飛昇⑭，如何肯又回家染了紅塵，將前功盡棄呢？因此並不在意，只憑賈珍料理。

賈珍見父親不管，亦發恣意奢華。看板時，幾副杉木板皆不中用。可巧薛蟠來弔問，因見賈珍尋好板，便說道：「我們木店裡有一副板，叫作什麼檣木，出在潢海鐵網山上，作了棺材，萬年不壞。這還是當年先父帶來，原係義忠親王老千歲要的，因他壞了事⑮，就不曾拿去。現在還封在店內，也沒有人出價敢買。你若要，就抬來使罷。」賈珍聽說，喜之不盡，即命人抬來。大家看時，只見幫底皆厚八寸，紋若檳榔，味若檀麝，以手扣之，玎璫如金玉。大家都奇異稱讚。賈珍笑問：「價值幾何？」薛蟠笑道：「拿一千兩銀子來，只怕也沒處買去。什麼價不價，賞他們幾兩工錢就是了。」賈珍聽說，忙謝不盡，

⑪全真道士——本指道士中信奉全真教派的人，後來也作為各派道士的通稱。

⑫打醮——舊時請僧道設壇唸經，祈福消災、超度亡魂的一種宗教儀式。

⑬按七作好事——舊時迷信，認為人死後還會轉生。從剛死之日算起，每七天為一期，期滿後即再降生；若一期屆滿未得生緣，須再等一期；最多到第七期，必定降生。由於從已死到再生之間禍福未定，所以死者的親屬每隔七天要設奠一次，請僧道替死者誦經修福，直到七七四十九日為止。

⑭飛昇——道家說法，人若修煉得道，可以飛行上升到天庭當神仙，所以稱「得道成仙」為「飛昇」。

⑮壞了事——這裡指因獲罪而被革去官爵。

聯經出版事業公司　校印

即命解鋸糊漆。賈政因勸道：「此物恐非常人可享者，殮以上等杉木也就是了。」此時賈珍恨不能代秦氏之死，這話如何肯聽？

忽又聽得秦氏之丫鬟名喚瑞珠者，見秦氏死了，他也觸柱而亡。此事可罕，合族人也都稱嘆。賈珍遂以孫女之禮殮殯，一併停靈於會芳園中之登仙閣。小丫鬟名寶珠者，因見秦氏身無所出，乃甘心願為義女，誓任摔喪駕靈⑯之任。賈珍喜之不盡，即時傳下，從此皆呼寶珠為小姐。那寶珠按未嫁女之喪，在靈前哀哀欲絕。於是，合族人丁並家下諸人，都各遵舊制行事，自不得紊亂。

賈珍因想著賈蓉不過是個黌門監生⑰，靈幡經榜上寫時不好看，便是執事⑱也不多，因此心下甚不自在。可巧這日正是首七第四日，早有大明宮掌宮內相⑲戴權，先備了祭禮遣人來，次後坐了大轎，打傘鳴鑼，親來上祭。賈珍忙接著，讓至逗蜂軒獻茶。賈珍心中打定了主意，因而趁便就說要與賈蓉捐個前程的話。戴權會意，因笑道：「想是為喪禮上風光些？」賈珍忙笑道：「老內相所見不差。」戴權道：

⑯摔喪駕靈——舊日出殯，將起動棺材時，先由主喪孝子在靈前摔碎瓦盆一只，叫做「摔喪」，也稱「摔盆」。主喪孝子親自抬扶靈柩或牽引靈車叫做「駕靈」。後來，主喪孝子只在靈柩前領路，也稱「駕靈」。

⑰黌門監生——本指在明清時代最高學府國子監讀書的學生，後來也可以捐錢買得，不一定要在國子監裡讀書。黌，音（ㄏㄨㄥˊ），古代學校名。

⑱執事——這裡指儀仗，有時也指差事或當差的人。

⑲內相——本為翰林的別稱，這裡是對太監的尊稱。

「事倒湊巧，正有個美缺。如今三百員龍禁尉短了兩員，昨兒襄陽侯的兄弟老三來求我，現拿了一千五百兩銀子，送到我家裡。你知道，咱們都是老相與，不拘怎麼樣，看著他爺爺的分上，胡亂應了。還剩了一個缺，誰知永興節度使馮胖子來求，要與他孩子捐，我就沒工夫應他。既是咱們的孩子要捐，快寫個履歷來。」賈珍聽說，忙吩咐：「快命書房裡人恭敬寫了大爺的履歷來。」小廝不敢怠慢，去了一刻，便拿了一張紅紙來與賈珍。賈珍看了，忙送與戴權。看時，上面寫道：

江南江寧府江寧縣監生賈蓉，年二十歲。曾祖，原任京營節度使世襲一等神威將軍賈代化；祖，乙卯科進士賈敬；父，世襲三品爵威烈將軍賈珍。

戴權看了，回手便遞與一個貼身的小廝收了，說道：「回來送與戶部堂官⑳老趙，說我拜上他，起一張五品龍禁尉的票，再給個執照，就把這履歷填上，明兒我來兌銀子送去。」小廝答應了，戴權也就告辭了。賈珍十分款留不住，只得送出府門。臨上轎，賈珍因問：「銀子還是我到部兌，還是一併送入老內相府中？」戴權道：「若到部裡，你又吃虧了。不如平准㉑一千二百銀子，送到我家就完了。」賈珍感謝不盡，只說：「待服滿㉒後，親帶小犬到府叩謝。」於是作別。

接著，便又聽喝道之聲，原來是忠靖侯史鼎的夫人來了。王夫人、邢夫人、鳳姐等剛迎入上房，又

---

⑳堂官——明、清時代稱各衙署的長官叫堂官。

㉑平准——原意是平均賦率，這裡是「兌准」、「秤好」的意思。

㉒服滿——指服喪期滿。據《清朝通典・禮・凶二》載，父母對嫡長子之妻服喪，為期一年。

見錦鄉侯、川寧侯、壽山伯三家祭禮擺在靈前。少時，三人下轎，賈政等忙接上大廳。如此親朋你來我去，也不能勝數。只這四十九日，寧國府街上一條白漫漫人來人往，花簇簇官去官來。

賈珍命賈蓉次日換了吉服，領憑回來。靈前供用執事等物，俱按五品職例。靈牌疏上皆寫「天朝誥授賈門秦氏宜人㉓之靈位」。會芳園臨街大門洞開，旋在兩邊起了鼓樂廳，兩班青衣按時奏樂，一對對執事擺的刀斬斧齊。更有兩面朱紅銷金大字牌對豎在門外，上面大書：「防護內廷紫禁道御前侍衛龍禁尉」。對面高起著宣壇㉔，僧道對壇榜文，榜上大書：「世襲寧國公冢孫㉕婦、防護內廷御前侍衛龍禁尉賈門秦氏宜人之喪。四大部洲至中之地㉖、奉天承運太平之國，總理虛無寂靜教門僧錄司正堂萬虛、總理元始三一教門道錄司㉗正堂葉生等，敬謹修齋，朝天叩佛」，以及「恭請諸伽藍、揭諦、功曹㉘等

㉓宜人——古代婦女根據丈夫或子孫的官職品級受封贈。明、清時四品官的妻子叫「恭人」，五品官的妻子叫「宜人」。

㉔宣壇——僧道講經作法時所設置的臺子。

㉕冢孫——嫡長孫。冢，大，引申為嫡長之意。

㉖四大部洲至中之地——佛教認為人類所居的世界分為四大部洲：南贍部洲、東勝身洲、西牛貨洲、北拘盧洲，四大部洲的中心之地是佛所居住的須彌山。

㉗僧錄司、道錄司——明、清時代掌管全國僧道事務的最高官衙。

㉘伽藍、揭諦、功曹——伽藍，原指僧眾居住的園林、寺院，這裡指衛護園林、寺院的伽藍神；揭諦，佛教傳說中的護法猛神；功曹，也稱「四值功曹」，道教傳說他們是值年、月、日、時的神，掌管傳遞人間呈文給玉皇大帝。

聯經出版事業公司 校印

神，聖恩普錫，神威遠鎮，四十九日消災洗業平安水陸道場㉙」等語，亦不消煩記。

只是賈珍雖然此時心意滿足，但裡面尤氏又犯了舊疾，不能料理事務，惟恐各誥命㉚來往，虧了禮數，怕人笑話，因此心中不自在。當下正憂慮時，因寶玉在側問道：「事事都算安貼了，大哥哥還愁什麼？」賈珍見問，便將裡面無人的話說了出來。寶玉聽說，笑道：「這有何難？我薦一個人與你權理這一個月的事，管必妥當。」賈珍忙問：「是誰？」寶玉見座間還有許多親友，不便明言，走至賈珍耳邊說了兩句。賈珍聽了喜不自禁，連忙起身笑道：「果然安貼，如今就去。」說著，拉了寶玉，辭了眾人，便往上房裡來。

可巧這日非正經日期㉛，親友來的少，裡面不過幾位近親堂客，邢夫人、王夫人、鳳姐並合族中的內眷陪坐。聞人報：「大爺進來了。」唬的眾婆娘「唿」的一聲，往後藏之不迭；獨鳳姐款款站了起來。賈珍此時也有些病症在身，二則過於悲痛了，因拄著拐踱了進來。邢夫人等因說道：「你身上不好，又連日事多，該歇歇才是，又進來做什麼？」賈珍一面扶拐，扎掙著要蹲身跪下請安道乏。邢夫人等忙叫

㉙水陸道場——又叫水陸齋，簡稱水陸，是一種用誦經拜佛、施捨齋食來超度水陸二界鬼眾的佛教活動，創始於梁武帝蕭衍。

㉚誥命——本指皇帝的命令，也用來指受過皇帝封贈的官家夫人，也稱「命婦」。

㉛正經日期——喪禮誦經期間弔祭死者的正日子。經，指誦經。

寶玉攙住，命人挪椅子來與他坐。賈珍斷不肯坐，因勉強陪笑道：「侄兒進來有一件事要求二位嬸子並大妹妹。」邢夫人等忙問：「什麼事？」賈珍忙笑道：「嬸子自然知道，如今孫子媳婦沒了，侄兒媳婦偏又病倒，我看裡頭著實不成個體統。怎麼屈尊大妹妹一個月，在這裡料理料理，我就放心了。」邢夫人笑道：「原來為這個。你大妹妹現在你二嬸子家，只和你二嬸子說就是了。」王夫人忙道：「他一個小孩子家，何曾經過這樣事，倘或料理不清，反叫人笑話，倒是再煩別人好。」賈珍笑道：「嬸子的意思侄兒猜著了，是怕大妹妹勞苦了。若說料理不開，我包管必料理的開，便是錯一點兒，別人看著還是不錯的。從小兒大妹妹頑笑著就有殺伐決斷，如今出了閣，又在那府裡辦事，越發歷練老成了。我想了這幾日，除了大妹妹再無人了。嬸子不看侄兒、侄兒媳婦的分上，只看死了的分上罷！」說著，滾下淚來。

王夫人心中怕的是鳳姐兒未經過喪事，怕他料理不清，惹人恥笑。今見賈珍苦苦的說到這步田地，心中已活了幾分，卻又眼看著鳳姐出神。那鳳姐素日最喜攬事辦，好賣弄才幹，雖然當家妥當，也因未辦過婚喪大事，恐人還不伏，巴不得遇見這事。今見賈珍如此一來，他心中早已歡喜。先見王夫人不允，後見賈珍說的情真，王夫人有活動之意，便向王夫人道：「大哥哥說的這麼懇切，太太就依了罷。」王夫人悄悄的道：「你可能麼？」鳳姐道：「有什麼不能的。外面的大事已經大哥哥料理清了，不過是裡頭照管照管，便是我有不知道的，問問太太就是了。」王夫人見說的有理，便不作聲。賈珍見鳳姐允了，又陪笑道：「也管不得許多了，橫豎要求大妹妹辛苦辛苦。我這裡先與妹妹行禮，等事完了，我再到那府裡去謝。」說著，就作揖下去，鳳姐兒還禮不迭。

賈珍便忙向袖中取了寧國府對牌[32]出來，命寶玉送與鳳姐，又說：「妹妹愛怎樣就怎樣，要什麼只管拿這個取去，也不必問我。只求別存心替我省錢，只要好看為上；二則也要同那府裡一樣待人才好，不要存心怕人抱怨。只這兩件外，我再沒不放心的了。」鳳姐不敢就接牌，只看著王夫人。王夫人道：「你哥哥既這麼說，你就照看照看罷了。只是別自作主意，有了事，打發人問你哥哥、嫂子要緊。」寶玉早向賈珍手裡接過對牌來，強遞與鳳姐了。賈珍又問：「妹妹還是住在這裡，還是天天來呢？若是天天來，越發辛苦了。不如我這裡趕著收拾出一個院落來，妹妹住過這幾日，倒安穩。」鳳姐笑道：「不用。那邊也離不得我，倒是天天來的好。」賈珍聽說，只得罷了。然後又說了一回閑話，方才出去。

一時女眷散後，王夫人因問鳳姐：「你今兒怎麼樣？」鳳姐兒道：「太太只管請回去，我須得先理出一個頭緒來，才回得去呢。」王夫人聽說，便先同邢夫人等回去，不在話下。

這裡鳳姐兒來至三間一所抱廈內坐了，因想：頭一件是人口混雜，遺失東西；第二件，事無專執，臨期推委；第三件，需用過費，濫支冒領；第四件，任無大小，苦樂不均；第五件，家人豪縱，有臉者不服鈐束㉝，無臉者不能上進。此五件實是寧國府中風俗，不知鳳姐如何處治，且聽下回分解。正是：

金紫萬千誰治國，裙釵一二可齊家。

㉜對牌——用木、竹製成的支領財物的憑證，上有標記，從中劈作兩半。支領財物時，以兩半標記相合為憑。

㉝鈐束——約束、管制的意思。鈐：音ㄑㄧㄢˊ，鎖。

聯經出版事業公司 校印

第十四回　林如海捐館①揚州城　賈寶玉路謁北靜王

話說寧國府中都總管來升聞得裡面委請了鳳姐，因傳齊同事人等說道：「如今請了西府裡璉二奶奶管理內事，倘或他來支取東西，或是說話，我們須要比往日小心些。每日大家早來晚散，寧可辛苦這一個月，過後再歇著，不要把老臉丟了。那是個有名的烈貨，臉酸心硬，一時惱了，不認人的。」眾人說道：「有理。」又有一個笑道：「論理，我們裡面也須得他來整治整治，都忒不像了。」正說著，只見來旺媳婦拿了對牌來領取呈文京榜紙札②，票上批著數目。眾人連忙讓坐倒茶，一面命人按數取紙來抱著，同來旺媳婦一路來至儀門口，方交與來旺媳婦自己抱進去了。

①捐館——又稱「捐舍」、「捐館舍」，死亡的諱稱。捐，棄；館，房舍。

②呈文、京榜、紙札——呈文紙是一種質地較結實、價錢較便宜的紙，舊時書寫呈文及商店簿記多用之。京榜是一種比較高級的榜紙，因其規格適宜於向京城銷售，故稱京榜。紙札，即紙張，也作「紙扎」、「紙劄」。

聯經出版事業公司 校印

鳳姐即命彩明釘造簿冊。即時傳來升媳婦，兼要家口花名冊③來查看，又限於明日一早傳齊家人、媳婦進來聽差等語。大概點了一點數目單冊，問了來升媳婦幾句話，便坐車回家。一宿無話。

至次日，卯正二刻便過來了。那寧國府中婆娘媳婦早已到齊，只見鳳姐正與來升媳婦分派，眾人不敢擅入，只在窗外聽覷。只聽鳳姐與來升媳婦道：「既托了我，我就說不得要討你們嫌了。我可比不得你們奶奶好性兒，由著你們去。再不要說你們『這府裡原是這樣』的話，如今可要依著我行，錯我半點兒，管不得誰是有臉的，誰是沒臉的，一例清白處治。」說著，便吩咐彩明念花名冊，按名一個一個的喚進來看視。

一時看完，便又吩咐道：「這二十個分作兩班，一班十個，每日在裡頭單管人客來往倒茶，別的事不用他們管。這二十個也分作兩班，每日單管本家親戚茶飯，別的事也不用他們管。這四十個人也分作兩班，單在靈前上香、添油，掛幔、守靈，供飯、供茶，隨起舉哀④，別的事也不與他們相干。這四個人單在內茶房收管杯碟茶器，若少一件，便叫他四個描賠⑤。這四個人單管酒飯器皿，少一件，也是他四個描賠。這八個單管監收祭禮。這八個單管各處燈油、蠟燭、紙札，我總支了來，交與你八個，然後

---

③家口花名冊——家中所有僕人的名單；花名，即姓名。

④隨起舉哀——這裡指分派奴僕隨同死者親眷一起號哭。舉哀本是孝眷的事，但舊時有錢人家為了裝門面，也令奴僕或專門雇人來一同哭喪，以示悲痛。

⑤描賠——照原樣賠償；描，照底樣描摹。

按我的定數再往各處去分派。這三十個每日輪流各處上夜，照管門戶，監察火燭，打掃地方。這下剩的按著房屋分開，某人守某處，某處所有桌椅古董起，至於痰盒撣帚，一草一苗，或丟或壞，就和守這處的人算帳描賠。來升家的每日攬總查看，或有偷懶的，賭錢吃酒的，打架拌嘴的，立刻來回我。你有徇情，經我查出，三四輩子的老臉就顧不成了。如今都有定規，以後那一行亂了，只和那一行說話。素日跟我的人，隨身自有鐘表，不論大小事，我是皆有一定的時辰。橫豎你們上房裡也有時辰鐘。卯正二刻我來點卯，巳正吃早飯，凡有領牌回事的，只在午刻初。戌初燒過黃昏紙⑥，我親到各處查一遍，回來上夜的交明鑰匙。第二日仍是卯正二刻過來。說不得咱們大家辛苦這幾日罷，事完了，你們家大爺自然賞你們。」

說罷，又吩咐按數發與茶葉、油燭、雞毛撣子、笤帚等物。一面又搬取傢伙：桌圍、椅搭、坐褥、氈席、痰盒、腳踏之類。一面交發，一面提筆登記，某人管某處，某人領某物，開得十分清楚。眾人領了去，也都有了投奔，不似先時只揀便宜的做，剩下的苦差沒個招攬。各房中也不能趁亂失迷東西。便是人來客往，也都安靜了，不比先前一個正擺茶，又去端飯，正陪舉哀，又顧接客。如這些無頭緒、荒亂、推托、偷閑、竊取等弊，次日一概都蠲⑦了。

鳳姐兒見自己威重令行，心中十分得意。因見尤氏犯病，賈珍又過於悲哀，不大進飲食，自己每日

⑥黃昏紙——舊時有喪人家，每天按一定時間在靈前燒紙錢。日落黃昏時燒的那一次，叫「黃昏紙」。

⑦蠲——音ㄐㄩㄢ，減去，免除。

從那府中煎了各樣細粥，精緻小菜，命人送來勸食。賈珍也另外吩咐每日送上等菜到抱廈內，單與鳳姐。那鳳姐不畏勤勞，天天於卯正二刻就過來點卯理事，獨在抱廈內起坐，不與眾妯娌合群，便有堂客來往，也不迎會。

這日乃五七正五日上，那應佛僧⑧正開方破獄⑨，傳燈照亡⑩，參閻君，拘都鬼，筵請地藏王⑪，開金橋，引幢幡⑫；那道士們正伏章申表⑬，朝三清，叩玉帝⑭；禪僧們行香，放焰口，拜水懺⑮；又

---

⑧應佛僧——也叫「應付僧」、「應赴僧」，專門支應佛事的和尚，值班的和尚。

⑨開方破獄——民間習俗在人死亡後邀僧尼、道士大作超度亡靈的活動之一，意思是打開地獄之門，把冤魂從地獄中拯救出來。

⑩傳燈照亡——舊時迷信，認為人死後走向冥途，黑暗無邊，而佛法能破除黑暗，猶如明燈。因此人將死時在腳後燃燈以照亡靈，做法事時和尚也要傳遞燈光，照亮亡魂。

⑪閻君、都鬼、地藏王——閻君，即「閻羅王」，傳說中主管地獄的神。都鬼，傳說中閻君所在的酆都城裡的鬼卒。地藏王，菩薩名，據佛教傳說，他於釋迦既滅之後，彌勒未生之前，在「人天地獄」之中救苦救難。

⑫開金橋、引幢幡——迷信傳說，「善人」死後鬼魂所走的是金橋，為死者開金橋，使他來世能托生於福祿之地。幢、幡，都是旗子一類的東西，這裡指招引靈魂的旗子。

⑬伏章申表——道士齋醮時俯首屈身恭讀表章，「章」與「表」都是向上帝奏告的文書。

⑭三清、玉帝——道教合稱該教的最高境界「玉清、上清、太清」為「三清」；也稱居住在其中的「玉清元始天尊、上清靈寶天尊、太清太上老君」三位尊神為「三清」。玉帝，即玉皇大帝，是道教所尊奉的最高天神。

有十三眾尼僧，搭繡衣，靸紅鞋，在靈前默誦接引諸咒⑯，十分熱鬧。那鳳姐知道今日人客不少，在家中歇宿一夜，至寅正，平兒便請起來梳洗。及收拾完備，更衣盥手，吃了兩口奶子糖粳米粥，漱口已畢，已是卯正二刻了。來旺媳婦率領諸人伺候已久。鳳姐出至廳前，上了車，前面打了一對明角燈⑰，大書「榮國府」三個大字，款款來至寧府。大門上門燈朗掛，兩邊一色戳燈⑱，照如白晝，白汪汪穿孝僕從兩邊侍立。請車至正門上，小廝等退去，眾媳婦上來揭起車簾。鳳姐下了車，一手扶著豐兒，兩個媳婦執著手把燈罩，簇擁著鳳姐進來。寧府諸媳婦迎來請安接待。鳳姐緩緩走入會芳園中登仙閣靈前，一見了棺材，那眼淚恰似斷線之珠，滾將下來。院中許多小廝垂手伺候燒紙。鳳姐吩咐得一聲：「供茶燒紙。」只聽一棒鑼鳴，諸樂齊奏，早有人端過一張大圈椅來，放在靈前，鳳姐坐了，放聲大哭。於是裡外男女上下，見鳳姐出聲，都忙忙接聲嚎哭。

一時賈珍、尤氏遣人來勸，鳳姐方才止住。來旺媳婦獻茶漱口畢，鳳姐方起身，別過族中諸人，自

⑮行香、放焰口、拜水懺——行香，佛教祭禮儀式，即行道燒香。放焰口，和尚替喪事人家唸「焰口經」及施捨飲食於眾鬼神，以超度餓鬼，為死者祈福；焰口，佛教傳說地獄中的餓鬼。拜水懺，和尚唸「水懺經」來為死者祈求免除冤孽災禍。

⑯接引咒——接引死者至「極樂世界」的咒語。

⑰明角燈——又叫羊角燈，燈罩用羊角膠製成，半透明，能防風雨。

⑱戳燈——又名高燈，是一種豎在地上的燈籠，有長柄，可插在底座上，也可扛著行走；戳，又作綽、矗。

入抱廈內來。按名查點，各項人數都已到齊，只有迎送親客上的一人未到。即命傳到，那人已張惶愧懼。鳳姐冷笑道：「我說是誰誤了，原來是你！你原比他們有體面，所以才不聽我的話。」那人道：「小的天天都來的早，只有今兒，醒了覺得早些，因又睡迷了，來遲了一步，求奶奶饒過這次。」正說著，只見榮國府中的王興媳婦來了，在前探頭。

鳳姐且不發放這人，卻先問：「王興媳婦作什麼？」王興媳婦巴不得先問他完了事，連忙進去說：「領牌取線，打車轎網絡⑲。」說著，將個帖兒遞上去。鳳姐命彩明念道：「大轎兩頂，小轎四頂，車四輛，共用大小絡子若干根，用珠兒線若干斤。」鳳姐聽了，數目相合，便命彩明登記，取榮國府對牌擲下。王興家的去了。

鳳姐方欲說話時，見榮國府的四個執事人進來，都是要支取東西領牌來的。鳳姐命彩明要了帖念過，聽了一共四件，指兩件說道：「這兩件開銷錯了，再算清了來取。」說著擲下帖子來。那二人掃興而去。

鳳姐因見張材家的在旁，因問：「你有什麼事？」張材家的忙取帖兒回說：「就是方才車轎圍子作成，領取裁縫工銀若干兩。」鳳姐聽了，便收了帖子，命彩明登記。待王興家的交過牌，得了買辦的回押相符，然後方與張材家的去領。一面又命念那一件，是為寶玉外書房完竣，支買紙料糊裱。鳳姐聽了，即命收帖兒登記，待張材家的繳清，又發與這人去了。

鳳姐便說道：「明兒他也睡迷了，後兒我也睡迷了，將來都沒了人了。本來要饒你，只是我頭一次

⑲車轎網絡——車轎上用絲線編織成的網狀裝飾品。

寬了，下次人就難管，不如現開發[20]的好。」登時放下臉來，喝命：「帶出去，打二十板子！」一面又擲下寧國府對牌：「出去說與來升，革他一月銀米！」眾人聽說，又見鳳姐眉立，知是惱了，不敢怠慢，拖人的出去拖人，執牌傳諭的忙去傳諭。那人身不由己，已拖出去挨了二十大板，還要進來叩謝。鳳姐道：「明日再有誤的，打四十，後日的六十，有要挨打的，只管誤！」說著，吩咐：「散了罷。」窗外眾人聽說，方各自執事去了。彼時寧國、榮國兩處執事領牌交牌的，人來人往不絕，那抱愧被打之人含羞去了，這才知道鳳姐利害。眾人不敢偷閑，自此兢兢業業，執事保全。不在話下。

如今且說寶玉因見今日人眾，恐秦鐘受了委屈，因默與他商議，要同他往鳳姐處來坐。秦鐘道：「他的事多，況且不喜人去，咱們去了，他豈不煩膩？」寶玉道：「他怎好膩我們，不相干，只管跟我來。」說著，便拉了秦鐘，直至抱廈。鳳姐才吃飯，見他們來了，便笑道：「好長腿子，快上來罷。」寶玉道：「我們偏了[21]。」鳳姐道：「在這邊外頭吃的，還是那邊吃的？」寶玉道：「這邊同那些渾人吃什麼！原是那邊，我們兩個同老太太吃了來的。」一面歸坐。

鳳姐吃畢飯，就有寧國府中的一個媳婦來領牌，為支取香燈事。鳳姐笑道：「我算著你們今兒該來支取，總不見來，想是忘了。這會子到底來取，要忘了，自然是你們包出來，都便宜了我。」那媳婦笑

[20] 開發——處理、發落。
[21] 偏了——意為占先，這裡是表示自己已經吃過了的客氣話。

道：「何嘗不是忘了？方才想起來，再遲一步，也領不成了。」說罷，領牌而去。

一時登記交牌。秦鐘因笑道：「你們兩府裡都是這牌，倘或別人私弄一個，支了銀子跑了，怎樣？」鳳姐笑道：「依你說，都沒王法了。」寶玉因道：「怎麼咱們家沒人領牌子做東西？」鳳姐道：「人家來領的時候，你還做夢呢。我且問你，你們這夜書多早晚才念呢？」寶玉道：「巴不得這如今就念才好，他們只是不快收拾出書房來，這也無法。」鳳姐笑道：「你請我一請，包管就快了。」寶玉道：「你要快也不中用，他們該作到那裡的，自然就有了。」鳳姐笑道：「便是他們作，也得要東西，擱不住我不給對牌，是難的。」寶玉聽說，便猴㉒向鳳姐身上立刻要牌，說：「好姊姊，給出牌子來，叫他們要東西去。」鳳姐道：「我乏的身子上生疼，還擱的住揉搓？你放心罷，今兒才領了紙裱糊去了，他們該要的還等叫去呢，可不傻了？」寶玉不信，鳳姐便叫彩明查冊子與寶玉看了。

正鬧著，人回：「蘇州去的昭兒來了。」鳳姐急命喚進來。昭兒打千兒請安。鳳姐便問：「回來做什麼的？」昭兒道：「二爺打發回來的。林姑老爺是九月初三日巳時沒的。二爺帶了林姑娘同送林姑老爺靈到蘇州，大約趕年底就回來。二爺打發小的來報個信請安，討老太太示下，還瞧瞧奶奶家裡好，叫把大毛衣服帶幾件去。」鳳姐道：「你見過別人了沒有？」昭兒道：「都見過了。」說畢，連忙退去。鳳姐向寶玉笑道：「你林妹妹可在咱們家住長了。」寶玉道：「了不得，想來這幾日他不知哭的怎樣呢。」說著，蹙眉長嘆。

㉒猴——這裡作動詞用，形容像猴子一樣屈身攀抱、糾纏。

聯經出版事業公司　校印

鳳姐見昭兒回來，因當著人未及細問賈璉，心中自是記掛，待要回去，爭奈事情繁雜，一時去了，恐有延遲失誤，惹人笑話。少不得耐到晚上回來，復令昭兒進來，細問一路平安信息。連夜打點大毛衣服，和平兒親自檢點包裹，再細細追想所需何物，一併包藏交付昭兒。又細細吩咐昭兒：「在外好生小心伏侍，不要惹你二爺生氣；時時勸他少吃酒，別勾引他認得混帳老婆，——我知道了，回來打折你的腿」等語。趕亂完了，天已四更將盡，總睡下又走了困㉓，不覺天明雞唱，忙梳洗過寧府中來。

那賈珍因見發引日近，親自坐車，帶了陰陽司吏，往鐵檻寺來踏看寄靈所在。又一一囑咐住持㉔色空，好生預備新鮮陳設，多請名僧，以備接靈使用。色空忙看晚齋。賈珍也無心茶飯，因天晚不得進城，就在淨室㉕胡亂歇了一夜。次日早，便進城來料理出殯之事，一面又派人先往鐵檻寺，連夜另外修飾停靈之處，並廚茶等項接靈人口坐落。

裡面鳳姐見日期有限，也預先逐細分派料理，一面又派榮府中車轎人從跟王夫人送殯，又顧自己送殯去占下處㉖。目今正值繕國公誥命亡故，王、邢二夫人又去打祭送殯；西安郡王妃華誕，送壽禮；鎮國公誥命生了長男，預備賀禮；又有胞兄王仁連家眷回南，一面寫家信稟叩父母並帶往之物；又有迎春

㉓走困——失眠；困，通「睏」。

㉔住持——主持寺廟事務的和尚，取常住護持的意思，也稱「方丈」、「長老」。

㉕淨室——一名「淨住舍」，意思是清靜安住之所，見《法苑珠林》；後用來稱和尚的住室。

㉖下處——休息或住宿的地方。

染病；每日請醫服藥，看醫生啟帖㉗、症源、藥案等事，亦難盡述。又兼發引在邇，因此忙的鳳姐茶飯也沒工夫吃得，坐臥不能清淨。剛到了寧府，榮府的人又跟到寧府；既回到榮府，寧府的人又找到榮府。鳳姐見如此，心中倒十分歡喜，並不偷安推托，恐落人褒貶，因此日夜不暇，籌畫得十分的整肅。於是合族上下無不稱嘆者。

這日伴宿㉘之夕，裡面兩班小戲並耍百戲㉙的與親朋堂客伴宿，尤氏猶臥於內室，一應張羅款待，獨是鳳姐一人周全承應。合族中雖有許多妯娌，但或有羞口的，或有羞腳㉚的，或有不慣見人的，或有懼貴怯官的，種種之類，俱不及鳳姐舉止舒徐，言語慷慨，珍貴寬大；因此也不把眾人放在眼裡，揮霍指示，任其所為，目若無人。一夜中燈明火彩，客送官迎，那百般熱鬧，自不用說的。至天明，吉時已到，一般六十四名青衣請靈，前面銘旌㉛上大書：「奉天洪建兆年不易之朝誥封一等寧國公家孫婦防護內廷紫禁道御前侍衛龍禁尉享強壽㉜賈門秦氏恭人之靈柩」。一應執事陳設，皆係現趕著新做出來的，

㉗啟帖——陳述事情的帖子。

㉘伴宿——喪家在出殯的前一夜全家整夜守靈不睡，叫「伴宿」，又稱「坐夜」。

㉙百戲——古代樂舞雜技表演的總稱，這裡專指「雜技」。

㉚羞口羞腳——怕說話、怕見人，畏縮羞怯、不大方的意思。

㉛銘旌——明旌，也叫「旌銘」，又簡稱「銘」；舊時喪儀用具，一種長條旛，上寫死者官銜、姓名，用竹竿挑起，豎在靈前右方。

㉜強壽——原指國家強盛永久，說秦氏「享強壽」，意同「強死」，暗含譏貶，指被殺或自縊之類。

聯經出版事業公司　校印

一色光豔奪目。寶珠自行未嫁女之禮外，摔喪駕靈，十分哀苦。

那時官客送殯的，有鎮國公牛清之孫現襲一等伯牛繼宗，理國公柳彪之孫現襲一等子柳芳，齊國公陳翼之孫世襲三品威鎮將軍陳瑞文，治國公馬魁之孫世襲三品威遠將軍馬尚，修國公侯曉明之孫世襲一等子侯孝康；繕國公誥命亡故，故其孫石光珠守孝不曾來得。這六家與寧、榮二家，當日所稱「八公」的便是。餘者更有南安郡王之孫，西寧郡王之孫，忠靖侯史鼎，平原侯之孫世襲二等男蔣子寧，定城侯之孫世襲二等男兼京營游擊㉝謝鯨，襄陽侯之孫世襲二等男戚建輝，景田侯之孫五城兵馬司㉞裘良。餘者錦鄉伯公子韓奇，神武將軍公子馮紫英，陳也俊、衛若蘭等諸王孫公子，不可枚數。堂客算來亦有十來頂大轎，三四十小轎，連家下大小轎車輛，不下百餘十乘。連前面各色執事、陳設、百耍，浩浩蕩蕩，一帶擺三四里遠。

走不多時，路旁彩棚高搭，設席張筵，和音奏樂，俱是各家路祭㉟：第一座是東平王府祭棚，第二座是南安郡王祭棚，第三座是西寧郡王，第四座是北靜郡王的。原來這四王，當日惟北靜王功高，及今子孫猶襲王爵。現今北靜王水溶年未弱冠㊱，生得形容秀美，情性謙和。近聞寧國公冢孫婦告殂，因想

㉝游擊——官名，游擊將軍的簡稱，清代綠營兵設游擊，是軍營長官，地位次於參將。

㉞五城兵馬司——明、清時代，在京都設五城兵馬司，掌管中、東、西、南、北五城巡緝盜賊，平治街道，稽查囚犯及防火等事，是維護京城治安的軍事機構。

㉟路祭——舊日出殯時，親友在靈柩經過的路上設供致祭，叫「路祭」。

當日彼此祖父相與之情，同難同榮，未以異姓相視，因此不以王位自居，上日也曾探喪上祭，如今又設路奠，命麾下㊲各官在此伺候。自己五更入朝，公事一畢，便換了素服，坐大轎鳴鑼張傘而來，至棚前落轎。手下各官兩旁擁侍，軍民人眾不得往還。

一時只見寧府大殯浩浩蕩蕩、壓地銀山一般從北而至。早有寧府開路傳事人看見，連忙回去報與賈珍。賈珍急命前面駐紮，同賈赦、賈政三人連忙迎來，以國禮相見。水溶在轎內欠身含笑答禮，仍以世交稱呼接待，並不妄自尊大。賈珍道：「犬婦之喪，累蒙郡駕下臨，蔭生㊳輩何以克當。」水溶笑道：「世交之誼，何出此言。」遂回頭命長府官㊴主祭代奠。賈赦等一旁還禮畢，復身又來謝恩。

水溶十分謙遜，因問賈政道：「那一位是銜寶而誕者？幾次要見一見，都為雜冗所阻，想今日是來的，何不請來一會。」賈政聽說，忙回去，急命寶玉脫去孝服，領他前來。那寶玉素日就曾聽得父兄親友人等說閑話時，讚水溶是個賢王，且生得才貌雙全，風流瀟灑，每不以官俗國體㊵所縛。每思相會，

㊱弱冠——古時男子二十歲行加冠禮，表示已經成人，但還未到壯年，故稱「弱冠」；後來泛指男子二十歲左右的年齡。

㊲麾下——部下；麾，音ㄏㄨㄟ，古代指揮軍隊用的旗幟。

㊳蔭生——明、清時代依靠祖先餘蔭而取得監生資格的人叫「蔭生」；蔭，受先人恩惠庇護的意思。

㊴長府官——這裡是指王府的「長史」，始設於漢代，清代親王、世子、郡王府中各置長史一人，統帥府屬官員，總管全府事務。

㊵官俗國體——官場的世俗禮節，朝廷的禮儀規定。

只是父親拘束嚴密，無由得會，今見反來叫他，自是歡喜。一面走，一面早瞥見那水溶坐在轎內，好個儀表人材。不知近看時又是怎樣，且聽下回分解。

聯經出版事業公司校印

第十五回　王鳳姐弄權鐵檻寺　秦鯨卿得趣饅頭庵

話說寶玉舉目見北靜王水溶頭上戴著潔白簪纓銀翅王帽，穿著江牙海水①五爪坐龍白蟒袍，繫著碧玉紅鞓帶②，面如美玉，目似明星，真好秀麗人物。寶玉忙搶上來參見，水溶連忙從轎內伸出手來挽住。見寶玉戴著束髮銀冠，勒著雙龍出海抹額，穿著白蟒箭袖，圍著攢珠銀帶，面若春花，目如點漆。水溶笑道：「名不虛傳，果然如『寶』似『玉』。」因問：「銜的那寶貝在那裡？」寶玉見問，連忙從衣內取了遞與過去。水溶細細的看了，又念了那上頭的字，因問：「果靈驗否？」賈政忙道：「雖如此說，只是未曾試過。」水溶一面極口稱奇道異，一面理好彩縧，親自與寶玉帶上，又攜手問寶玉幾歲，讀何書。寶玉一一的答應。

①江牙海水——袍子下襬所繡波濤和人字形五色花紋圖案。
②鞓帶——皮革製成的帶子；鞓，音ㄊㄧㄥ。

水溶見他語言清楚，談吐有致，一面又向賈政笑道：「令郎真乃龍駒鳳雛，非小王在世翁前唐突，將來『雛鳳清於老鳳聲』③，未可量也。」賈政忙陪笑道：「犬子豈敢謬承金獎④。賴藩郡餘禎⑤，果如是言，亦蔭生輩之幸矣。」水溶又道：「只是一件，令郎如是資質，想老太夫人、夫人輩自然鍾愛極矣；但吾輩後生，甚不宜鍾溺，鍾溺則未免荒失學業。昔小王曾蹈此轍，想令郎亦未必不如是也。若令郎在家難以用功，不妨常到寒第。小王雖不才，卻多蒙海上眾名士凡至都者，未有不另垂青目⑥，是以寒第高人頗聚。令郎常去談會談會，則學問可以日進矣。」賈政忙躬身答應。

水溶又將腕上一串念珠卸了下來，遞與寶玉道：「今日初會，倉促竟無敬賀之物，此係前日聖上親賜鶺鴒香念珠一串，權為賀敬之禮。」寶玉連忙接了，回身奉與賈政。賈政與寶玉一齊謝過。於是賈赦、賈珍等一齊上來請回輿，水溶道：「逝者已登仙界，非碌碌你我塵寰中之人也。小王雖上叨天恩，虛邀郡襲，豈可越仙輀⑦而進也？」賈赦等見執意不從，只得告辭謝恩回來，命手下掩樂停音，滔滔然將殯過完，方讓水溶回輿去了。不在話下。

③雛鳳清於老鳳聲——比喻兒子將勝過父親，唐代李商隱〈韓冬郎即席為詩相送……〉中的詩句。

④謬承金獎——錯誤地承受過高的誇獎。金獎，對別人的贊賞的客氣說法。

⑤賴藩郡餘禎——猶言「托郡王的福」。藩郡，這裡指受封的郡王；禎，吉祥。

⑥垂青目——也作「垂青」，意思是用青眼（即正眼）看人，表示尊重、看得起。典見《晉書・阮籍傳》。

⑦仙輀——指秦氏靈車。輀，音ㄦˊ，古時載運靈柩的車子；仙，這裡是尊稱。

且說寧府送殯，一路熱鬧非常。剛至城門前，又有賈赦、賈政、賈珍等諸同僚屬下各家祭棚接祭，一一的謝過，然後出城，竟奔鐵檻寺大路行來。彼時賈珍帶賈蓉來到諸長輩前，讓坐轎上馬，因而賈赦一輩的各自上了車轎，賈珍一輩的也將要上馬。鳳姐兒因記掛著寶玉，怕他在郊外縱性逞強，不服家人的話，賈政管不著這些小事，惟恐有個失閃，難見賈母，因此便命小廝來喚他。寶玉只得來到他車前。鳳姐笑道：「好兄弟，你是個尊貴人，女孩兒一樣的人品，別學他們猴在馬上。下來，咱們姐兒兩個坐車，豈不好？」寶玉聽說，忙下了馬，爬入鳳姐車上，二人說笑前來。

不一時，只見從那邊兩騎馬壓地飛來，離鳳姐車不遠，一齊躥下來，扶車回說：「這裡有下處，奶奶請歇更衣⑧。」鳳姐急命請邢夫人、王夫人的示下，那人回來說：「太太們說不用歇了，叫奶奶自便罷。」鳳姐聽了，便命歇了再走。眾小廝聽了，一帶轅馬，岔出人群，往北飛走。寶玉在車內急命請秦相公。那時秦鐘正騎馬隨著他父親的轎，忽見寶玉的小廝跑來，請他去打尖⑨。秦鐘看時，只見鳳姐兒的車往北而去，後面拉著寶玉的馬，搭著鞍籠，便知寶玉同鳳姐坐車，自己也便帶馬趕上來，同入一莊門內。早有家人將眾莊漢攆盡。那莊農人家無多房舍，婆娘們無處迴避，只得由他們去了。那些村姑莊婦見了鳳姐、寶玉、秦鐘的人品衣服，禮數款段⑩，豈有不愛看的？

---

⑧更衣——對大小便的雅稱。
⑨打尖——在旅途或勞作中間休息、飲食，俗稱「打尖」。
⑩款段——形容儀態舉止從容舒緩的樣子。

一時鳳姐進入茅堂，因命寶玉等先出去頑頑。寶玉等會意，因同秦鐘出來，帶著小廝們各處遊頑。凡莊農動用之物，皆不曾見過。寶玉一見了鍬、钁、鋤、犁等物，皆以為奇，不知何名何用。小廝中有知道的，一一的告訴了名色，說明原委。寶玉聽了，因點頭嘆道：「怪道古人詩上說：『誰知盤中餐，粒粒皆辛苦。』[11]正為此也。」一面說，一面又至一間房前，只見炕上有個紡車，寶玉又問小廝們：「這又是什麼？」小廝們又告訴他原委。寶玉聽說，便上來擰轉作耍，自為有趣。只見一個約有十七八歲的村莊丫頭跑了來亂嚷：「別動壞了！」眾小廝忙斷喝攔阻。寶玉忙丟開手，陪笑說道：「我因為沒見過這個，所以試他一試。」那丫頭道：「你們那裡會弄這個，站開了，我紡與你瞧。」秦鐘暗拉寶玉笑道：「此卿大有意趣。」寶玉一把推開，笑道：「該死的！再胡說，我就打了。」說著，只見那個丫頭紡起線來。寶玉正要說話時，只聽那邊老婆子叫道：「二丫頭，快過來！」那丫頭聽見，丟下紡車，一逕去了。

寶玉悵然無趣。只見鳳姐兒打發人來叫他兩個進去。鳳姐洗了手，換衣服，抖灰，問他們換不換。寶玉不換，只得罷了。家下僕婦們將帶著行路的茶壺茶杯、十錦屜盒、各樣小食端來，鳳姐等吃過茶，待他們收拾完備，便起身上車。外面旺兒預備下賞封，賞了本村主人。莊婦等來叩賞。鳳姐並不在意，寶玉卻留心看時，內中並無二丫頭。一時上了車，出來走不多遠，只見迎頭二丫頭懷裡抱著他小兄弟，同著幾個小女孩子說笑而來。寶玉恨不得下車跟了他去，料是眾人不依的，少不得以目相送，爭奈車輕馬快，一時展眼無踪。

---

[11]「誰知」二句——唐代李紳〈憫農二首〉之二中的詩句。

聯經出版事業公司校印

走不多時，仍又跟上大殯了。早有前面法鼓金鐃，幢幡寶蓋：鐵檻寺接靈眾僧齊至。少時到了寺中，另演佛事，重設香壇。安靈於內殿偏室之中，寶珠安於裡寢室相伴。外面賈珍款待一應親友，也有擾飯的，也有不吃飯而辭的，一應謝過乏⑫，從公、侯、伯、子、男⑬一起一起的散去，至未末時分方才散盡了。裡面的堂客皆是鳳姐張羅接待，先從顯官誥命散起，也到晌午大錯⑭時方散盡了。只有幾個親戚是至近的，等做過三日安靈道場方去。那時邢、王二夫人知鳳姐必不能來家，也便就要進城。王夫人要帶寶玉去，寶玉乍到郊外，那裡肯回去，只要跟鳳姐住著。王夫人無法，只得交與鳳姐，便回來了。

原來這鐵檻寺原是寧、榮二公當日修造，現今還是有香火地畝布施⑮，以備京中老了⑯人口，在此便宜寄放。其中陰陽兩宅⑰俱已預備妥貼，好為送靈人口寄居。不想如今後輩人口繁盛，其中貧富不一，或性情參商⑱：有那家業艱難安分的，便住在這裡了；有那尚排場有錢勢的，只說這裡不方便，一定另

---

⑫謝乏——對客人答謝勞乏，這裡指答謝親友來送葬。

⑬公、侯、伯、子、男——古代的五種爵位，到清代這些都是有爵無職的空銜。

⑭晌午大錯——正午已過去很久的意思；晌午，正午。

⑮香火地畝布施——施捨地畝給寺廟，其收入作為香火之費。

⑯老了——即「死了」；舊俗諱說「死」字，故用「老」字代替。

⑰陰陽兩宅——迷信說法，埋葬死人的墓地或寄放靈柩之處叫「陰宅」，活人居住的地方叫「陽宅」。

⑱性情參商——性情各有不同，合不來的意思。參商，見第五回註①。

外或村莊或尼庵尋個下處，為事畢宴退之所。即今秦氏之喪，族中諸人皆權在鐵檻寺下榻，獨有鳳姐嫌不方便，因而早遣人來和饅頭庵⑲的姑子淨虛說了，騰出兩間房子來作下處。原來這饅頭庵就是水月庵，因他廟裡做的饅頭好，就起了這個渾號，離鐵檻寺不遠。

當下和尚功課已完，奠過晚茶，賈珍便命賈蓉請鳳姐歇息。鳳姐見還有幾個妯娌陪著女親，自己便辭了眾人，帶了寶玉、秦鐘往水月庵來。原來秦業年邁多病，不能在此，只命秦鐘等待安靈罷了。那秦鐘便只跟著鳳姐、寶玉。一時到了水月庵，淨虛帶領智善、智能兩個徒弟出來迎接，大家見過。鳳姐等來至淨室更衣淨手畢，因見智能兒越發長高了，模樣兒越發出息⑳了，因說道：「你們師徒怎麼這些日子也不往我們那裡去？」淨虛道：「可是這幾天都沒工夫，因胡老爺府裡產了公子，太太送了十兩銀子來這裡，叫請幾位師父念三日《血盆經》㉑，忙的沒個空兒，就沒來請奶奶的安。」

不言老尼陪著鳳姐。且說秦鐘、寶玉二人正在殿上頑耍，因見智能過來，寶玉笑道：「能兒來了。」秦鐘道：「理那東西作什麼？」寶玉笑道：「你別弄鬼，那一日在老太太屋裡，一個人沒有，你摟著他作什麼？這會子還哄我。」秦鐘笑道：「這可是沒有的話。」寶玉笑道：「有沒有也不管你，你只叫住

---

⑲鐵檻寺、饅頭庵——檻，門檻，比喻生死界限；饅頭，喻墳墓；宋代范成大〈重九日行營壽藏之地〉詩：「縱有千年鐵門限，終須一個土饅頭。」鐵檻寺和饅頭庵之名或由此而來。

⑳出息——這裡作形容詞用，是長得漂亮的意思。

㉑血盆經——佛經名，即《女人血盆經》，舊時認為婦女產後出血不吉利，要請僧眾唸血盆經祈福消災。

他倒碗茶來我吃，就丟開手。」秦鐘笑道：「這又奇了，你叫他倒去，還怕他不倒？何必要我說呢。」寶玉道：「我叫他倒的是無情意的，不及你叫他倒的是有情意的。」秦鐘只得說道：「能兒，倒碗茶來給我。」那智能兒自幼在榮府走動，無人不識，因常與寶玉、秦鐘頑笑。他如今大了，漸知風月，便看上了秦鐘人物風流，那秦鐘也極愛他妍媚，二人雖未上手，卻已情投意合了。今智能見了秦鐘，心眼俱開，走去倒了茶來。秦鐘笑說：「給我。」寶玉叫：「給我！」智能兒抿嘴笑道：「一碗茶也爭，我難道手裡有蜜！」寶玉先搶得了，吃著，方要問話，只見智善來叫智能去擺茶碟子，一時來請他兩個去吃茶果點心。他兩個那裡吃這些東西，坐一坐，仍出來頑耍。

鳳姐也略坐片刻，便回至淨室歇息，老尼相送。此時眾婆娘、媳婦見無事，都陸續散了，自去歇息，眼前不過幾個心腹常侍小婢，老尼便趁機說道：「我正有一事，要到府裡求太太，先請奶奶一個示下。」鳳姐因問何事。老尼道：「阿彌陀佛！只因當日我先在長安縣善才庵內出家的時節，那時有個施主姓張，是大財主。他有個女兒小名金哥，那年都往我廟裡來進香，不想遇見了長安府太爺的小舅子李衙內㉒。那李衙內一心看上，要娶金哥，打發人來求親，不想金哥已受了原任長安守備㉓的公子的聘定。張家若退親，又怕守備不依，因此說已有了人家。誰知李公子執意不依，定要娶他女兒，張家正無計策，兩處

㉒衙內——唐代藩鎮的節度使治所稱「牙城」，由牙內指揮使統帥親兵保衛牙城，五代及宋初，藩鎮多用自己的子弟充當牙內指揮使，以後就稱貴官的子弟為「衙內」。衙，同「牙」。

㉓守備——明、清所置官名，掌管分守城堡或營務糧餉等事。

為難。不想守備家聽了此信，也不管青紅皂白，便來作踐辱罵，說一個女兒許幾家，偏不許退定禮，就打官司告狀起來。那張家急了，只得著人上京來尋門路，賭氣偏要退定禮。我想如今長安節度雲老爺與府上最契，可以求太太與老爺說聲，打發一封書去，求雲老爺和那守備說一聲，不怕那守備不依。若是肯行，張家連傾家孝順也都情願。」

鳳姐聽了笑道：「這事倒不大，只是太太再不管這樣的事。」老尼道：「太太不管，奶奶也可以主張了。」鳳姐聽說，笑道：「我也不等銀子使，也不做這樣的事。」淨虛聽了，打去妄想，半晌嘆道：「雖如此說，張家已知我來求府裡，如今不管這事，張家不知道沒工夫管這事，不希罕他的謝禮，倒像府裡連這點子手段也沒有的一般。」

鳳姐聽了這話，便發了興頭，說道：「你是素日知道我的，從來不信什麼是陰司地獄報應的，憑是什麼事，我說要行就行。你叫他拿三千銀子來，我就替他出這口氣。」老尼聽說，喜不自禁，忙說：「有，有！這個不難。」鳳姐又道：「我比不得他們扯篷拉縴㉔的圖銀子。這三千銀子，不過是給打發說去的小廝做盤纏，使他賺幾個辛苦錢，我一個錢也不要他的。便是三萬兩，我此刻也拿的出來。」老尼連忙答應，又說道：「既如此，奶奶明日就開恩也罷了。」鳳姐道：「你瞧瞧我忙的，那一處少了我？既應了你，自然快快的了結。」老尼道：「這點子事，在別人的跟前就忙的不知怎麼樣；若是奶奶的跟前，再添上些，也不夠奶奶一發揮的。只是俗語說的：『能者多勞』。太太因大小事見奶奶妥貼，越性㉕都

㉔扯篷拉縴——指一般不正當的介紹撮合，以至關說謀利的行為。

推給奶奶了，——奶奶也要保重金體才是。」一路話奉承的鳳姐越發受用，也不顧勞乏，更攀談起來。

誰想秦鐘趁黑無人，來尋智能。剛至後面房中，只見智能獨在房中洗茶碗，秦鐘跑來便摟著親嘴。智能急的跺腳說：「這算什麼！再這麼，我就叫喚。」秦鐘求道：「好人，我已急死了。你今兒再不依，我就死在這裡。」智能道：「你想怎樣？除非等我出了這牢坑，離了這些人，才依你。」秦鐘道：「這也容易，只是『遠水救不得近渴』——」說著，一口吹了燈，滿屋漆黑，將智能抱到炕上，就雲雨起來。那智能百般的掙挫不起，又不好叫的，少不得依他了。正在得趣，只見一人進來，將他二人按住，也不則聲。二人不知是誰，唬的不敢動一動。只聽那人「嗤」的一聲，掌不住笑了，二人聽聲方知是寶玉。秦鐘連忙起來，抱怨道：「這算什麼？」寶玉笑道：「你倒不依，咱們就叫喊起來。」羞的智能趁黑地跑了。寶玉拉了秦鐘出來，道：「你可還和我強？」秦鐘笑道：「好人，你只別嚷的眾人知道，你要怎樣，我都依你。」寶玉笑道：「這會子也不用說，等一會睡下，再細細的算帳。」一時寬衣安歇的時節，鳳姐在裡間，秦鐘、寶玉在外間，滿地下皆是家下婆子，打鋪㉖坐更。鳳姐因怕通靈玉失落，便等寶玉睡下，命人拿來摟在自己枕邊。寶玉不知與秦鐘算何帳目，未見真切，未曾記得，此係疑案，不敢纂創。

一宿無話。至次日一早，便有賈母、王夫人打發了人來看寶玉，又命多穿兩件衣服，無事寧可回去。寶玉那裡肯回去，又有秦鐘戀著智能，調唆寶玉求鳳姐再住一天。鳳姐想了一想：凡喪儀大事雖妥，還

㉕越性——索性，乾脆。
㉖打鋪——把臥具鋪設在臨時睡覺的地方，或在臨時鋪設的地方睡覺。

聯經出版事業公司　校印

有一半點小事未曾安插，可以指此再住一日，豈不又在賈珍跟前送了滿情；二則又可以完淨虛那事；三則順了寶玉的心，賈母聽見，豈不歡喜？因有此三益，便向寶玉道：「我的事都完了，你要在這裡逛，少不得越性辛苦一日罷了，明兒可是定要走的了。」寶玉聽說，千「姊姊」萬「姊姊」的央求：「只住一日，明兒必回去的。」於是又住了一夜。

鳳姐便命悄悄將昨日老尼之事，說與來旺兒。來旺兒心中俱已明白，急忙進城，找著主文的相公㉗，假托賈璉所屬，修書一封，連夜往長安縣來，不過百里路程，兩日工夫俱已妥協。那節度使名喚雲光，久見賈府之情，這點小事，豈有不允之理，給了回書，旺兒回來。且不在話下。

卻說鳳姐等又過一日，次日方別了老尼，著他三日後往府裡去討信。那秦鐘與智能百般不忍分離，背地裡多少幽期密約，俱不用細述，只得含恨而別。鳳姐又到鐵檻寺中照望一番。寶珠執意不肯回家，賈珍只得派婦女相伴。後事如何，且聽下回分解。

㉗主文相公——管文書的幕賓，同第十七回的「書啟相公」。

第十六回　賈元春才選鳳藻宮　秦鯨卿夭逝黃泉路

話說寶玉見收拾了外書房，約定與秦鐘讀夜書。偏那秦鐘秉賦最弱，因在郊外受了些風霜，又與智能兒偷期綣繾，未免失於調養，回來時便咳嗽傷風，懶進飲食，大有不勝之態①，遂不敢出門，只在家中養息。寶玉便掃了興頭，只得付於無可奈何，且自靜候大愈時再約。

那鳳姐兒已是得了雲光的回信，俱已妥協。老尼達知張家，果然那守備忍氣吞聲的受了前聘之物。誰知那張家父母如此愛勢貪財，卻養了一個知義多情的女兒，聞得父母退了前夫，他便一條麻繩悄悄的自縊了。那守備之子聞得金哥自縊，他也是個極多情的，遂也投河而死，不負妻義。張、李兩家沒趣，真是人財兩空。這裡鳳姐卻坐享了三千兩，王夫人等連一點消息也不知道。自此鳳姐膽識愈壯，以後有了這樣的事，便恣意的作為起來，也不消多記。

---

①不勝之態——指身體柔弱，不堪負荷。不勝，受不了，不能擔任。

一日正是賈政的生辰，寧、榮二處人丁都齊集慶賀，鬧熱非常。忽有門吏忙忙進來，至席前報說：「有六宮都太監②夏老爺來降旨。」唬的賈赦、賈政等一干人不知是何事，忙止了戲文，撤去酒席，擺了香案，啟中門跪接。只見六宮都太監夏守忠乘馬而至，前後左右又有許多內監跟從。那夏守忠也並不曾負詔捧敕，至檐前下馬，滿面笑容，走至廳上，南面而立，口內說：「奉特旨：立刻宣賈政入朝，在臨敬殿陛見③。」說畢，也不及吃茶，便乘馬去了。

賈赦等不知是何兆頭。只得急忙更衣入朝。賈母等合家人等心中皆惶惶不定，不住的使人飛馬來往報信。有兩個時辰工夫，忽見賴大等三四個管家喘吁吁跑進儀門報喜，又說「奉老爺命，速請老太太帶領太太等進朝謝恩」等語。那時賈母正心神不定，在大堂廊下佇立，那邢夫人、王夫人、尤氏、李紈、鳳姐、迎春姊妹以及薛姨媽等皆在一處，聽如此信至，賈母便喚進賴大來細問端的。賴大稟道：「小的們只在臨敬門外伺候，裡頭的信息一概不能得知。後來還是夏太監出來道喜，說咱們家大小姐晉封為鳳藻宮尚書④，加封賢德妃。後來老爺出來亦如此吩咐小的。如今老爺又往東宮去了，速請老太太領著太太們去謝恩。」賈母等聽了方心神安定，不免又都洋洋喜氣盈腮。於是都按品大妝起來。賈母帶領邢夫人、王夫人、尤氏，一共四乘大轎入朝。賈赦、賈珍亦換了朝服，帶領賈蓉、賈薔奉侍賈母大轎前往。

②六宮都太監——六宮，皇后與妃嬪所居之處；都，總管；都太監，太監的總管，作者虛擬的官名。

③陛見——臣下謁見皇帝；陛，宮殿的臺階。

④鳳藻宮尚書——鳳藻宮，作者虛擬的宮名；尚書，官名，三國時魏國曾設女尚書之職，清代無此例。

於是寧、榮兩處上下裡外，莫不欣然踴躍，個個面上皆有得意之狀，言笑鼎沸不絕。

誰知近日水月庵的智能私逃進城，找至秦鐘家下看視秦鐘，不意被秦業知覺，將智能逐出，將秦鐘打了一頓，自己氣的老病發作，三五日光景嗚呼死了。秦鐘本自怯弱，又帶病未愈，受了笞杖，今見老父氣死，此時悔痛無及，更又添了許多症候，因此寶玉心中悵然如有所失。雖聞得元春晉封之事，亦未解得愁悶。賈母等如何謝恩，如何回家，親朋如何來慶賀，寧、榮兩處近日如何熱鬧，眾人如何得意，獨他一個皆視有如無，毫不曾介意。因此眾人嘲他越發呆了。

且喜賈璉與黛玉回來，先遣人來報信，明日就可到家，寶玉聽了，方略有些喜意。細問原由，方知賈雨村亦進京陛見，——皆由王子騰累上保本⑤，此來候補京缺，——與賈璉是同宗弟兄，又與黛玉有師徒之誼，故同路作伴而來。林如海已葬入祖墳了，諸事停妥，賈璉方進京的。本該出月⑥到家，因聞得元春喜信，遂晝夜兼程而進，一路俱各平安。寶玉只問得黛玉「平安」二字，餘者也就不在意了。

好容易盼至明日午錯，果報：「璉二爺和林姑娘進府了。」見面時彼此悲喜交集，未免又大哭一陣，後又致喜慶之詞。寶玉心中品度黛玉，越發出落的超逸了。黛玉又帶了許多書籍來，忙著打掃臥室，安插器具，又將些紙筆等物分送寶釵、迎春、寶玉等人。寶玉又將北靜王所贈鶺鴒香串珍重取出來，轉贈黛玉。黛玉說：「什麼臭男人拿過的！我不要他。」遂擲而不取。寶玉只得收回，暫且無話。

⑤保本——古代官吏向皇帝保薦人材的奏本。

⑥出月——下個月。

聯經出版事業公司校印

且說賈璉自回家見過眾人，回至房中。正值鳳姐近日多事之時，無片刻閑暇之工，見賈璉遠路歸來，少不得撥冗⑦接待。房內無外人，便笑道：「國舅老爺大喜！國舅老爺一路風塵辛苦。小的聽見昨日的頭起報馬⑧來報，說今日大駕歸府，略預備了一杯水酒撣塵，不知賜光謬領否？」賈璉笑道：「豈敢，豈敢！多承，多承！」一面平兒與眾丫鬟參拜畢，獻茶。賈璉遂問別後家中的諸事，又謝鳳姐的操持勞碌。鳳姐道：「我那裡照管得這些事來！見識又淺，口角又笨，心腸又直率，人家給個棒槌，我就認作『針』⑨。臉又軟，擱不住人給兩句好話，心裡就慈悲了。況且又沒經歷過大事，膽子又小，太太略有些不自在，就嚇的我連覺也睡不著了。我苦辭了幾回，太太又不容辭，倒反說我圖受用，不肯習學了。殊不知我是捻著一把汗兒呢。一句也不敢多說，一步也不敢多走。你是知道的，咱們家所有的這些管家奶奶們，那一位是好纏的？錯一點兒他們就笑話打趣，偏一點兒他們就指桑說槐的抱怨。『坐山觀虎鬥』，『借劍殺人』，『引風吹火』⑩，『站乾岸兒』⑪，『推倒油瓶不扶』⑫，都是全掛子的武藝⑬。況且

⑦撥冗——拋開煩雜的事務。
⑧報馬——報告消息的人。
⑨人家給個棒槌我就認作針——認針，是「認真」的諧音，比喻老實人容易受騙。
⑩引風吹火——從中煽動，挑撥是非。
⑪站乾岸兒——站在一邊看別人的笑話，也就是「隔山觀虎鬥」。
⑫推倒油瓶不扶——比喻挑起是非後，站在一旁看熱鬧。
⑬全掛子的武藝——全副、全套的本領。

我年紀輕，頭等不壓眾，怨不得不放我在眼裡。更可笑那府裡忽然蓉兒媳婦死了，珍大哥又再三再四的在太太跟前跪著討情，只要請我幫他幾日；我是再四推辭，太太斷不依，只得從命。依舊被我鬧了個馬仰人翻，更不成個體統，至今珍大哥哥還抱怨後悔呢。你這一來了，明兒你見了他，好歹描補描補⑭，就說我年紀小，原沒見過世面，誰叫大爺錯委他的。」

正說著，只聽外間有人說話，鳳姐便問：「是誰？」平兒進來回道：「姨太太打發香菱妹子來問我一句話，我已經說了，打發他回去了。」賈璉笑道：「正是呢！方才我見姨媽去，不防和一個年輕的小媳婦子撞了個對面，生的好齊整模樣。我疑惑咱家並無此人，說話時因問姨媽，誰知就是上京來買的那小丫頭，名叫香菱的，竟與薛大傻子作了房裡人⑮，開了臉⑯，越發出挑的標致了。那薛大傻子真玷辱了他。」鳳姐道：「噯！往蘇杭走了一趟回來，也該見些世面了，還是這麼眼饞肚飽的。你要愛他，不值什麼，我拿平兒換了他來如何？那薛老大也是『吃著碗裡看著鍋裡』的，這一年來的光景，他為要香菱不能到手，和姨媽打了多少饑荒⑰。也因姨媽看著香菱模樣兒好還是末則，其為人行事，卻又比別的女孩子不同，溫柔安靜，差不多的主子姑娘也跟他不上呢，故此擺酒請客的費事，明堂正道⑱的與他作

⑭描補——說話辦事有不周到處，事後加以解釋彌補。
⑮房裡人——指被收房的丫頭。
⑯開臉——舊俗女子出嫁時用線絞淨臉上的汗毛，修齊鬢角，叫作「開臉」。
⑰打饑荒——這裡指為達到某種目的而不停地糾纏、吵鬧或爭吵。第三十九回的「饑荒」則作「困難」、「禍患」解釋。

了妾。過了沒半月，也看的馬棚風[19]一般了，我倒心裡可惜了的。」一語未了，二門上小廝傳報：「老爺在大書房等二爺呢。」賈璉聽了，忙忙整衣出去。

這裡鳳姐乃問平兒：「方才姨媽有什麼事，巴巴打發了香菱來？」平兒笑道：「那裡來的香菱！是我借他暫撒個謊。奶奶瞧，旺兒嫂子越發連個承算也沒了！」說著，又走至鳳姐身邊，悄悄的說道：「奶奶的那利錢銀子，遲不送來，早不送來，這會子二爺在家，他且送這個來了。幸虧我在堂屋裡撞見，不然他走了來回奶奶，二爺倘或問奶奶是什麼利錢，奶奶自然不肯瞞二爺的，少不得照實告訴二爺。我們二爺那脾氣，油鍋裡的錢還要找出來花呢，聽見奶奶有了這個梯己，他還不放心的花了呢。所以我趕著接了過來，叫我說了他兩句，誰知奶奶偏聽見了問，我就撒謊說香菱來了。」鳳姐聽了，笑道：「我說呢，姨媽知道你二爺來了，忽喇巴[20]的反打發個房裡人來了！原來你這蹄子肏鬼。」

說話時賈璉已進來，鳳姐便命擺上酒饌來，夫妻對坐。鳳姐雖善飲，卻不敢任興，只陪侍著賈璉。一時賈璉的乳母趙嬤嬤走來，賈璉、鳳姐忙讓吃酒，令其上炕去。趙嬤嬤執意不肯。平兒等早於炕沿下設下一杌，又有一小腳踏，趙嬤嬤在腳踏上坐了。賈璉向桌上揀兩盤肴饌與他放在杌上自吃。鳳姐又道：「媽媽很嚼不動那個，倒沒的矼了他的牙[21]。」因向平兒道：「早起我說那一碗火腿燉肘子很爛，

---

⑱明堂正道——堂堂皇皇，光明正大。
⑲馬棚風——比喻習以為常，不當一回事。
⑳忽喇巴——忽然、憑空。

正好給媽媽吃，你怎麼不拿了去趕著叫他們熱來？」又道：「媽媽，你嘗一嘗你兒子帶來的惠泉酒㉒。」趙嬤嬤道：「我喝呢！奶奶也喝一鍾。怕什麼？只不要過多了就是了。我這會子跑了來，倒也不為飲酒，倒有一件正經事，奶奶好歹記在心裡，疼顧我些罷。我們這爺，只是嘴裡說的好，到了跟前就忘了我們。幸虧我從小兒奶了你這麼大。我也老了，有的是那兩個兒子，你就另眼照看他們些，別人也不敢呲牙兒㉓的。我還再四的求了你幾遍，你答應的倒好，到如今還是燥屎㉖。這如今又從天上跑出這一件大喜事來，那裡用不著人？所以倒是來和奶奶說是正經，靠著我們爺，只怕我還餓死了呢！」

鳳姐笑道：「媽媽你放心，兩個奶哥哥都交給我。你從小兒奶的兒子，你還有什麼不知他那脾氣的？拿著皮肉倒往那不相干的外人身上貼㉕。可是現放著奶哥哥，那一個不比人強？你疼顧照看他們，誰敢說個『不』字兒？沒的白便宜了外人。——我這話也說錯了，我們看著是『外人』，你卻看著是『內人』一樣呢！」說的滿屋裡人都笑了。趙嬤嬤也笑個不住，又念佛道：「可是屋子裡跑出青天來了。若說『內人』『外人』這些混帳原故，我們爺是沒有的，不過是臉軟心慈，擱不住人求兩句罷了。」鳳姐笑道：

㉑砢牙——又作「硌牙」，牙齒嚼到硬東西而感到難受；砢，音ㄎㄜˋ。

㉒惠泉酒——惠泉水所釀的酒。惠泉在江蘇無錫惠山第一峰下，號稱「天下第二泉」。

㉓呲牙兒——掀唇露齒，這裡引申為議論譏誚別人。

㉔燥屎——歇後語：「燥屎——乾擱著」。這裡指對受托之事漫不經心，擱置未辦。

㉕拿皮肉往外人身上貼——把自己的利益往別人家裡送。

「可不是呢，有『內人』的他才慈軟呢，他在咱們娘兒們跟前才是剛硬呢！」趙嬤嬤笑道：「奶奶說的太盡情了，我也樂了，再吃一杯好酒。從此我們奶奶作了主，我就沒的愁了。」

賈璉此時沒好意思，只是訕笑吃酒，說「胡說」二字，——「快盛飯來吃，還要往珍大爺那邊去商議事呢。」鳳姐忙問道：「可是別誤了正事。才剛老爺叫你作什麼？」賈璉道：「就為省親㉖。」鳳姐道：「省親的事竟准了不成？」賈璉笑道：「雖不十分准，也有八分准了。」鳳姐笑道：「可見當今的隆恩。歷來聽書看戲，古時從未有的。」趙嬤嬤又接口道：「可是呢，我也老糊塗了。我聽見上上下下吵嚷了這些日子，什麼省親不省親，我也不理論㉗他去；如今又說省親，到底是怎麼個原故？」賈璉道：「如今當今貼體萬人之心，世上至大莫如『孝』字，想來父母兒女之性，皆是一理，不是貴賤上分別的。當今自為日夜侍奉太上皇、皇太后，尚不能略盡孝意，因見宮裡嬪妃、才人等皆是入宮多年，拋離父母音容，豈有不思想之理？在兒女思想父母，是分所應當。想父母在家，若只管思念兒女，竟不能見，倘因此成疾致病，甚至死亡，皆由朕躬禁錮，不能使其遂天倫之願，亦大傷天和之事。故啟奏太上皇、皇太后，每月逢二六日期，准其椒房㉘眷屬入宮請候看視。於是太上皇、皇太后大喜，深贊當今至孝純仁，

㉖省親——探望父母等長輩尊親；省，探望問安。

㉗理論——注意。

㉘椒房——漢代后妃住的宮室用花椒和泥塗壁，取其溫暖有香氣；又因花椒結實多，兼有希求多子之意，後來就以椒房代指后妃居處或后妃。

體天格物㉙，因此二位老聖人又下旨意，說椒房眷屬入宮，未免有國體儀制，母女尚不能愜懷。竟大開方便之恩，特降諭諸椒房貴戚，除二六日入宮之恩外，凡有重宇別院之家，可以駐蹕關防㉚之處，不妨啟請內廷鑾輿㉛入其私第，庶可略盡骨肉私情、天倫中之至性。此旨一下，誰不踴躍感戴？現今周貴人的父親已在家裡動了工，修蓋省親別院呢。又有吳貴妃的父親吳天祐家，也往城外踏看地方去了。這豈不有八九分了？」

趙嬤嬤道：「阿彌陀佛！原來如此。這樣說，咱們家也要預備接咱們大小姐了？」賈璉道：「這何用說呢！不然，這會子忙的是什麼？」鳳姐笑道：「若果如此，我可也見個大世面了。可恨我小幾歲年紀，若早生二三十年，如今這些老人家也不薄㉜我沒見世面了。說起當年太祖皇帝仿舜巡㉝的故事，比一部書還熱鬧，我偏沒造化趕上。」趙嬤嬤道：「嗳喲喲，那可是千載希逢的！那時候我才記事兒，咱們賈府正在姑蘇、揚州一帶監造海舫，修理海塘，只預備接駕一次，把銀子都花的淌海水似的！說起來……」鳳姐忙接道：「我們王府也預備過一次。那時我爺爺單管各國進貢朝賀的事，凡有外國人來，都是我們

㉙體天格物——體會天意，深察人情。
㉚駐蹕關防——蹕，帝王出行戒嚴清道；駐蹕，指帝王后妃在宮外的停留駐紮；關防，這裡是防衛的意思。
㉛鑾輿——皇帝、后妃所乘的宮車；鑾，車上的鑾鈴。
㉜薄——鄙視，看輕。
㉝舜巡——古時天子巡行四方，祭山川，施教化，稱作「巡狩」；相傳帝舜曾南巡至蒼梧之野，所以這裡稱皇帝的巡行叫「舜巡」。

家養活㉞。粵、閩、滇、浙所有的洋船貨物都是我們家的。」

趙嬤嬤道：「那是誰不知道的？如今還有個口號兒呢，說『東海少了白玉床，龍王來請江南王』，這說的就是奶奶府上了。還有如今現在江南的甄家，噯喲喲，好勢派！獨他家接駕四次，若不是我們親眼看見，告訴誰誰也不信的。別講銀子成了土泥，憑是世上所有的，沒有不是堆山塞海的，『罪過可惜』四個字竟顧不得了！」鳳姐道：「常聽見我們太爺們也這樣說，豈有不信的。只納罕他家怎麼就這麼富貴呢？」趙嬤嬤道：「告訴奶奶一句話：也不過是拿著皇帝家的銀子往皇帝身上使罷了！誰家有那些錢買這個虛熱鬧去？」

正說的熱鬧，王夫人又打發人來瞧鳳姐吃了飯不曾。鳳姐便知有事等他，忙忙的吃了半碗飯，漱口要走，又有二門上小廝們回：「東府裡蓉、薔二位哥兒來了。」賈璉才漱了口，平兒捧著盆盥手，見他二人來了，便問：「什麼話？快說。」鳳姐且止步稍候，聽他二人回些什麼。賈蓉先回說：「我父親打發我來回叔叔：老爺們已經議定了，從東邊一帶，借著東府裡花園起，轉至北邊，一共丈量準了，三里半大，可以蓋造省親別院了。已經傳人畫圖樣去了，明日就得。叔叔才回家，未免勞乏，不用過我們那邊去，有話明日一早再請過去面議。」賈璉笑著忙說：「多謝大爺費心體諒，我就不過去了。正經是這個主意才省事，蓋造也容易；若採置別處地方去，那更費事，且倒不成體統。你回去說：這樣很好，若老爺們再要改時，全仗大爺諫阻，萬不可另尋地方。明日一早，我給大爺請安去，再議細話。」賈蓉忙

㉞養活——款待，照顧。

應幾個「是」。

賈薔又近前回說：「下姑蘇聘請教習，採買女孩子，置辦樂器行頭㉟等事，大爺派了侄兒，帶領著來管家兩個兒子，還有單聘仁、卜固修兩個清客相公，一同前往，所以命我來見叔叔。」賈璉聽了，將賈薔打諒了打諒，笑道：「你能在這一行㊱麼？這個事雖不算甚大，裡頭大有藏掖㊲的。」賈薔笑道：「只好學習著辦罷了。」

賈蓉在身旁燈影下悄拉鳳姐的衣襟，鳳姐會意，因笑道：「你也太操心了，難道大爺比咱們還不會用人？偏你又怕他不在行了。誰都是在行的？孩子們已長的這麼大了，『沒吃過豬肉，也看見過豬跑』。大爺派他去，原不過是個坐纛旗兒㊳，難道認真的叫他去講價錢會經紀㊴去呢！依我說就很好。」賈璉道：「自然是這樣。並不是我駁回，少不得替他算計算計。」因問：「這一項銀子動那一處的？」賈薔道：「剛才也議到這裡。賴爺爺說，不用從京裡帶下去，江南甄家還收著我們五萬銀子。明日寫一封書信會票㊵我們帶去，先支三萬，下剩二萬存著，等置辦花燭、彩燈並各色簾櫳、帳幔的使費。」賈璉點

㉟行頭——演戲所用的服裝、道具等。
㊱在……行——對某件事有經驗，內行。
㊲藏掖——隱匿，這裡指營私舞弊的機會。
㊳坐纛旗兒——纛，古代軍中大旗；坐纛旗兒，即主帥，這裡借指主事的人。
㊴經紀——買賣，商人也稱「經紀人」；這裡指舊時為買賣雙方撮合交易從中賺取佣金的人。

头道：「這個主意好。」

鳳姐忙向賈薔道：「既這樣，我有兩個在行妥當人，你就帶他們去辦，這個便宜了你呢。」賈薔忙陪笑說：「正要和嬸嬸討兩個人呢，這可巧了。」因問名字。鳳姐便問趙嬤嬤。彼時趙嬤嬤已聽呆了話，平兒忙笑推他，他才醒悟過來，忙說：「一個叫趙天樑，一個叫趙天棟。」鳳姐道：「可別忘了，我可幹我的去了。」說著，便出去了。賈蓉忙送出來，又悄悄的向鳳姐道：「嬸子要什麼東西，吩咐我開個帳給薔兄弟帶了去，叫他按帳置辦了來。」鳳姐笑道：「別放你娘的屁！我的東西還沒處撂呢，希罕你們鬼鬼祟祟的！」說著，一逕去了。

這裡賈薔也悄問賈璉：「要什麼東西？順便織來孝敬。」賈璉笑道：「你別興頭㊶。才學著辦事，倒先學會了這把戲。我短了什麼，少不得寫信來告訴你，且不要論到這裡。」說畢，打發他二人去了。接著回事的人來，不止三四次，賈璉害乏，便傳與二門上，一應不許傳報，俱等明日料理。鳳姐至三更時分方下來安歇，一宿無話。

次早賈璉起來，見過賈赦、賈政，便往寧府中來，合同老管事的人等，並幾位世交門下清客相公，審察兩府地方，繕畫省親殿宇，一面察度辦理人丁。自此後，各行匠役齊集，金銀銅錫以及土木磚瓦之

㊵會票——明清時代商人發行的一種信用貨幣，原是在一地付款領票到另一地兌現的匯票，後來也漸在市上流通以代替現款。

㊶興頭——得意洋洋。

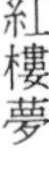

聯經出版事業公司　校印

物，搬運移送不歇。先令匠人拆寧府會芳園牆垣樓閣，直接入榮府東大院中。榮府東邊所有下人一帶群房盡已拆去。當日寧、榮二宅，雖有一小巷界斷不通，然這小巷亦係私地，並非官道，故可以連屬。會芳園本是從北拐角牆下引來一股活水，今亦無煩再引。其山石樹木雖不敷用，賈赦住的乃是榮府舊園，其中竹、樹、山石以及亭榭、欄杆等物，皆可挪就前來。如此兩處又甚近，湊來一處，省得許多財力，縱亦不敷，所添亦有限。全虧一個老明公㊷號山子野者，一一籌畫起造。

賈政不慣於俗務，只憑賈赦、賈珍、賈璉、賴大、來升、林之孝、吳新登、詹光、程日興等幾人安插擺布。凡堆山鑿池，起樓豎閣，種竹栽花，一應點景等事，又有山子野制度㊸。下朝閑暇，不過各處看望看望，最要緊處和賈赦等商議商議便罷了。賈赦只在家高臥，有芥豆之事，賈珍等或自去回明，或寫略節㊹；或有話說，便傳呼賈璉、賴大等領命。賈蓉單管打造金銀器皿。賈薔已起身往姑蘇去了。賈珍、賴大等又點人丁，開冊籍，監工等事，一筆不能寫到，不過是喧闐熱鬧非常而已。暫且無話。

且說寶玉近因家中有這等大事，賈政不來問他的書，心中是件暢事；無奈秦鐘之病日重一日，也著實懸心，不能樂業。這日一早起來，才梳洗完畢，意欲回了賈母去望候秦鐘，忽見茗烟在二門照壁前探

㊷明公——原是用來稱呼有學識有地位的人，後來通用作對人的尊稱，如同「先生」。

㊸制度——這裡作動詞用，規劃調度的意思。

㊹略節——又作「節略」，簡要的記述事情梗概，向上呈報。

頭縮腦，寶玉忙出來問他：「作什麼？」茗烟道：「秦相公不中用了！」寶玉聽說，嚇了一跳，忙問道：「我昨兒才瞧了他來，還明明白白，怎麼就不中用了？」茗烟道：「我也不知道，才剛是他家的老頭子來特告訴我的。」寶玉聽了，忙轉身回明賈母。賈母吩咐：「好生派妥當人跟去，到那裡盡一盡同窗之情就回來，不許多耽擱了。」寶玉聽了，忙忙的更衣出來，車猶未備，急的滿廳亂轉。一時催促的車到，忙上了車，李貴、茗烟等跟隨。來至秦鐘門首，悄無一人，遂蜂擁至內室，唬的秦鐘的兩個遠房嬸母並幾個姐妹都藏之不迭。

此時秦鐘已發過兩三次昏了，移床易簀㊺多時矣。寶玉一見，便不禁失聲。李貴忙勸道：「不可不可，秦相公是弱症，未免炕上挺扛的骨頭不受用，所以暫且挪下來鬆散些。哥兒如此，豈不反添了他的病？」寶玉聽了，方忍住近前，見秦鐘面如白蠟，合目呼吸於枕上。寶玉忙叫道：「鯨兄！寶玉來了。」連叫兩三聲，秦鐘不睬。寶玉又道：「寶玉來了。」

那秦鐘早已魂魄離身，只剩得一口悠悠餘氣在胸，正見許多鬼判持牌提索來捉他。那秦鐘魂魄那裡肯就去，又記念著家中無人掌管家務，又記掛著父親還有留積下的三四千兩銀子，又記掛著智能尚無下落，因此百般求告鬼判。無奈這些鬼判都不肯徇私，反叱咤秦鐘道：「虧你還是讀過書的人，豈不知俗語說的：『閻王叫你三更死，誰敢留人到五更。』我們陰間上下都是鐵面無私的，不比你們陽間瞻情顧意，有許多的關礙處。」

㊺易簀——易，更換；簀，音ㄗㄜˊ，竹席。古人病重將死時，要換掉原來鋪的席子，所以稱人之將死為「易簀」。

正鬧著，那秦鐘魂魄忽聽見「寶玉來了」四字，便忙又央求道：「列位神差，略發慈悲，讓我回去，和我這一個好朋友說一句話就來的。」眾鬼道：「又是什麼好朋友？」秦鐘道：「不瞞列位，就是榮國公的孫子，小名寶玉。」都判官聽了，先就唬慌起來，忙喝罵鬼使道：「我說你們放了他回去走走罷，你們斷不依我的話，如今只等他請出個運旺時盛的人來才罷。」眾鬼見都判如此，也都忙了手腳，一面又報怨道：「你老人家先是那等雷霆電雹㊻，原來見不得『寶玉』二字。依我們愚見，他是陽，我們是陰，怕他也無益於我們。」都判道：「放屁！俗語說得好，『天下官管天下事』，自古人鬼之道卻是一般，陰陽並無二理。別管他陰也罷，陽也罷，還是把他放回沒有錯了的。」眾鬼聽說，只得將秦魂放回，哼了一聲，微開雙目，見寶玉在側，乃勉強嘆道：「怎麼不肯早來？再遲一步也不能見了。」寶玉忙攜手垂淚道：「有什麼話留下兩句。」秦鐘道：「並無別話。以前你我見識自為高過世人，我今日才知自誤了。以後還該立志功名，以榮耀顯達為是。」說畢，便長嘆一聲，蕭然長逝了。

㊻雷霆電雹——比喻威勢逼人。

第十七回　大觀園試才題對額　榮國府歸省慶元宵

話說秦鐘既死，寶玉痛哭不已，李貴等好容易勸解半日方住，歸時猶是淒惻哀痛。賈母幫了幾十兩銀子，外又另備奠儀，寶玉去弔紙①。七日後便送殯掩埋了，別無述記。只有寶玉日日思慕感悼，然亦無可如何了。

又不知歷幾何時，這日賈珍等來回賈政：「園內工程俱已告竣，大老爺已瞧過了，只等老爺瞧了，或有不妥之處，再行改造，好題匾額對聯。」賈政聽了，沉思一回，說道：「這匾額對聯倒是一件難事。論理該請貴妃賜題才是，然貴妃若不親睹其景，大約亦必不肯妄擬；若直待貴妃遊幸②過再請題，偌大

①弔紙——指在死者靈前燒紙弔祭。

②遊幸——舊稱帝王、后妃行動所至為「幸」，如到某地稱「幸某地」，遊賞稱「遊幸」。

③景致，若干亭榭，無字標題，也覺寥落無趣，任有花柳山水，也斷不能生色。」眾清客在旁笑答道：「老世翁所見極是。如今我們有個愚見：各處匾額對聯斷不可少，亦斷不可定名。如今且按其景致，或兩字、三字、四字，虛合其意，擬了出來，暫且做燈匾聯懸了。待貴妃遊幸時，再請定名，豈不兩全？」賈政等聽了，都道：「所見不差。我們今日且看看去，只管題了，若妥當便用；不妥時，然後將雨村請來，令他再擬。」眾人笑道：「老爺今日一擬定佳，何必又待雨村。」賈政笑道：「你們不知，我自幼於花鳥山水題咏上就平平；如今上了年紀，且案牘勞煩④，於這怡情悅性文章⑤上更生疏了。縱擬了出來，不免迂腐古板，反不能使花柳園亭生色，似不妥協，反沒意思。」眾清客笑道：「這也無妨。我們大家看了公擬，各舉其長，優則存之，劣則刪之，未為不可。」賈政道：「此論極是。且喜今日天氣和暖，大家去逛逛。」說著起身，引眾人前往。

賈珍先去園中知會眾人。可巧近日寶玉因思念秦鐘，憂戚不盡，賈母常命人帶他到園中來戲耍。此時亦才進去，忽見賈珍走來，向他笑道：「你還不出去，老爺就來了。」寶玉聽了，帶著奶娘、小廝們，一溜烟就出園來。方轉過彎，頂頭賈政引眾客來了，躲之不及，只得一邊站了。賈政近因聞得塾掌稱贊

③偌大——這麼大；偌，如此，這樣。

④案牘勞煩——公務繁忙。案牘，官府的公文案件。

⑤怡情悅性文章——指作詩填詞；怡、悅，都是愉快的意思，從前人認為研讀經書、八股文等才是正經學問，作詩題詞只是一種娛樂。

寶玉專能對對聯，雖不喜讀書，偏倒有些歪才情似的，今日偶然撞見這機會，便命他跟來。寶玉只得隨往，尚不知何意。

賈政剛至園門前，只見賈珍帶領許多執事人來，一旁侍立。賈政道：「你且把園門都關上，我們先瞧了外面再進去。」賈珍聽說，命人將門關了。賈政先秉正⑥看門。只見正門五間，上面桶瓦泥鰍脊⑦；那門欄窗槅，皆是細雕新鮮花樣，並無朱粉塗飾；一色水磨群牆⑧，下面白石臺磯，鑿成西番草花樣⑨。左右一望，皆雪白粉牆，下面虎皮石，隨勢砌去，果然不落富麗俗套，自是歡喜。遂命開門，只見迎面一帶翠嶂⑩擋在前面。眾清客都道：「好山，好山！」賈政道：「非此一山，一進來園中所有之景悉入目中，則有何趣？」眾人道：「極是。非胸中大有邱壑⑪，焉想及此。」說畢，往前一望，見白石崚嶒⑫，或如鬼怪，或如猛獸，縱橫拱立，上面苔蘚成斑，藤蘿掩映，其中微露羊腸小徑。賈政道：「我們

---

⑥秉正——這裡是擺正了姿勢、選正了位置的意思。秉，執、把握。

⑦桶瓦泥鰍脊——桶瓦，半圓筒形的瓦；泥鰍脊，屋面兩坡桶瓦瓦壠過脊時呈捲棚式，狀如泥鰍。這是一種需具備某種等級地位的貴族才能使用的建築形式。

⑧水磨群牆——用水磨磚砌成的一帶圍牆；水磨磚，加水精磨而成的磚，工藝較細，光滑精緻。

⑨西番草花樣——一種連續不斷的西番草圖案；西番草即西蓮，常綠纏繞植物，夏季開花，也叫纏枝蓮。

⑩翠嶂——形容山峰青綠，像屏障一樣。

⑪胸中大有邱壑——比喻人胸有才識、意致深遠；典見《世說新語·巧藝》。

⑫崚嶒——形容山的高峻。

聯經出版事業公司校印

就從此小徑遊去，回來由那一邊出去，方可遍覽。」

說畢，命賈珍在前引導，自己扶了寶玉，逶迤進入山口。抬頭忽見山上有鏡面白石一塊，正是迎面留題處。賈政回頭笑道：「諸公請看，此處題以何名方妙？」眾人聽說，也有說該題「疊翠」二字，也有說該題「錦嶂」的，又有說「賽香爐」的，又有說「小終南」⑬的，種種名色，不止幾十個。原來眾客心中早知賈政要試寶玉的功業進益如何，只將些俗套來敷衍。寶玉亦料定此意。賈政聽了，便回頭命寶玉擬來。寶玉道：「嘗聞古人有云：『編新不如述舊，刻古終勝雕今。』況此處並非主山正景，原無可題之處，不過是探景一進步耳。莫若直書『曲徑通幽處』這句舊詩在上，倒還大方氣派。」眾人聽了，都贊道：「是極！二世兄天分高，才情遠，不似我們讀腐了書的。」賈政笑道：「不可謬獎。他年小，不過以一知充十用，取笑罷了。再俟選擬。」

說著，進入石洞來。只見佳木蘢葱，奇花熌灼，一帶清流，從花木深處曲折瀉於石隙之下。再進數步，漸向北邊，平坦寬豁，兩邊飛樓插空，雕甍繡檻⑭，隱於山坳樹杪之間。俯而視之，則清溪瀉雪，石磴穿雲，白石為欄，環抱池沿，石橋三港，獸面銜吐⑮。橋上有亭。賈政與諸人上了亭子，倚欄坐了，

⑬香爐、終南——香爐，指江西廬山香爐峰，山形圓聳，氣靄若煙，峰下有瀑布，是著名的山峰；終南山，橫亙陝西南部，主峰在西安市南，山勢高峻奇幻。

⑭飛樓插空，雕甍繡檻——高樓如凌空架起，有浮雕裝飾的屋瓦和彩畫的欄杆；甍，屋脊。

⑮石橋三港，獸面銜吐——港，橋下涵洞；獸面，古時大宅門上銅環，多鑄獸頭銜之，稱為獸環。這是說三孔的石橋，橋欄有獸面形石雕，或啣或吐，姿態不同。

因問：「諸公以何題此？」諸人都道：「當日歐陽公〈醉翁亭記〉⑯有云：『有亭翼然』，就名『翼然』。」賈政笑道：「『翼然』雖佳，但此亭壓水而成，還須偏於水題方稱。依我拙裁，歐陽公之『瀉出於兩峰之間』，竟用他這一個『瀉』字。」有一客道：「是極，是極。竟是『瀉玉』二字妙。」賈政拈髯尋思，因抬頭見寶玉侍側，便笑命他也擬一個來。寶玉聽說，連忙回道：「老爺方才所議已是。但是如今追究了去，似乎當日歐陽公題釀泉用一『瀉』字則妥，今日此泉若亦用『瀉』字，則覺不妥。況此處雖云省親駐蹕別墅，亦當入於應制⑰之例，用此等字眼，亦覺粗陋不雅。求再擬較此蘊藉⑱含蓄者。」賈政笑道：「諸公聽此論若何？方才眾人編新，你又說不如述古；如今我們述古，你又說粗陋不妥。你且說你的來我聽。」寶玉道：「用『瀉玉』二字，則莫若『沁芳』二字，豈不新雅？」賈政拈髯點頭不語。眾人都忙迎合，贊寶玉才情不凡。賈政道：「匾上二字容易。再作一副七言對聯來。」寶玉聽說，立於亭上，四顧一望，機上心來，乃念道：

繞堤柳借三篙翠，隔岸花分一脈香。

賈政聽了，點頭微笑。眾人又稱贊不已。

於是出亭過池，一山一石，一花一木，莫不著意觀覽。忽抬頭看見前面一帶粉垣，裡面數楹⑲修舍，

⑯歐陽公〈醉翁亭記〉——宋代歐陽修的一篇著名遊記。醉翁亭在安徽滁縣西南；醉翁，歐陽修的自號。

⑰應制——這裡指奉帝王詔命而作的詩文，大多是歌功頌德的作品。

⑱蘊藉——含蓄不露，耐人尋味。

有千百竿翠竹遮映。眾人都道：「好個所在！」於是大家進入，只見入門便是曲折遊廊，階下石子漫成甬路。上面小小兩三間房舍，一明兩暗，裡面都是合著地步⑳打就的床几椅案。從裡間房內又得一小門，出去則是後院，有大株梨花兼著芭蕉。又有兩間小小退步㉑。後院牆下忽開一隙，得泉一派，開溝僅尺許，灌入牆內，繞階緣屋至前院，盤旋竹下而出。

賈政笑道：「這一處還罷了。若能月夜坐此窗下讀書，不枉虛生一世。」說畢，看著寶玉，唬的寶玉忙垂了頭。眾客忙用話開釋，又說道：「此處的匾該題四個字。」賈政笑問：「那四字？」一個道是「淇水遺風」㉒。賈政道：「俗。」又一個是「睢園雅迹」㉓。賈政道：「也俗。」賈珍笑道：「還是寶兄弟擬一個來。」賈政道：「他未曾作，先要議論人家的好歹，可見就是個輕薄人。」眾客道：「議論的極是，其奈他何。」賈政忙道：「休如此縱了他。」因命他道：「今日任你狂為亂道，先設議論來，

⑲楹——堂前柱子，房屋一間也叫一楹。
⑳合著地步——這裡指根據房間的大小、方位等具體情況來配製家具。
㉑退步——這裡指套間一類可作臨時休息的附屬建築。
㉒淇水遺風——淇水在河南省北部。《詩．衛風．淇奧》：「瞻波淇奧，綠竹猗猗。有匪君子，如切如磋，如琢如磨。……」《詩序》認為此詩是頌揚衛武公刻苦好學，後來常用「淇水遺風」比喻環境多竹或人的勤奮好學。
㉓睢園雅迹——睢園，漢梁孝王在睢陽（今河南商邱）所造的花園，即梁園，又名修竹園。梁孝王好賓客，常邀集文人在此吟詩作賦，後人便把睢園看成「文采風流」的地方。這裡題「睢園雅迹」是從景物多竹及人物風雅想來。

然後方許你作。方才眾人說的，可有使得的？」寶玉見問，答道：「都似不妥。」賈政冷笑道：「怎麼不妥？」寶玉道：「這是第一處行幸之處，必須頌聖方可。若用四字的匾，又有古人現成的，何必再作。」賈政道：「難道『淇水』、『睢園』不是古人的？」寶玉道：「這太板腐了。莫若『有鳳來儀』㉔四字。」眾人都哄然叫妙。賈政點頭道：「畜生，畜生！可謂『管窺蠡測』㉕矣。」因命：「再題一聯來。」寶玉便念道：

寶鼎茶閑烟尚綠，幽窗棋罷指猶涼。

賈政搖頭說道：「以未見長。」說畢，引眾人出來。

方欲走時，忽又想起一事來，因問賈珍道：「這些院落、房宇並几案、桌椅都算有了，還有那些帳幔、簾子並陳設玩器、古董，可也都是一處一處合式配就的？」賈珍回道：「那陳設的東西早已添了許多，自然臨期合式陳設。帳幔、簾子，昨日聽見璉兄弟說，還不全。那原是一起工程之時就畫了各處的圖樣，量准尺寸，就打發人辦去的。想必昨日得了一半。」賈政聽了，便知此事不是賈珍的首尾㉖，便

㉔有鳳來儀——《尚書．益稷》：「簫韶九成，鳳凰來儀。」簫韶，舜所製的音樂；樂一終為一成。意思是簫韶的樂曲演奏了九章，鳳凰都鳴叫著配合樂聲起舞。鳳凰是傳說中祥瑞的靈鳥，又是后妃的象徵，在此指元春歸省，好比鳳凰降臨。

㉕管窺蠡測——從管子裡看天，用瓢量海水；比喻見識短淺。蠡，瓠瓢。

㉖首尾——事情的始末，這裡是「經辦」的意思。

命人去喚賈璉。

一時，賈璉趕來，賈政問他共有幾種，現今得了幾種，尚欠幾種。賈璉見問，忙向靴桶取靴掖㉗內裝的一個紙折略節來，看了一看，回道：「妝蟒繡堆㉘、刻絲彈墨並各色綢綾大小幔子一百二十架，昨日得了八十架，下欠四十架。簾子二百掛，昨日俱得了。外有猩猩毡簾二百掛，金絲藤紅漆竹簾二百掛，墨漆竹簾二百掛，五彩線絡盤花簾二百掛，每樣得了一半，也不過秋天都全了。椅搭、桌圍、床裙、桌套，每分一千二百件，也有了。」

一面走，一面說，倏爾青山斜阻。轉過山懷中，隱隱露出一帶黃泥築就矮牆，牆頭皆用稻莖掩護。有幾百株杏花，如噴火蒸霞一般。裡面數楹茅屋。外面卻是桑、榆、槿、柘，各色樹稚新條，隨其曲折，編就兩溜青籬。籬外山坡之下，有一土井，旁有桔槔轆轤㉙之屬。下面分畦列畝，佳蔬菜花，漫然無際。

賈政笑道：「倒是此處有些道理。固然係人力穿鑿，此時一見，未免勾引起我歸農之意。我們且進去歇息歇息。」說畢，方欲進籬門去，忽見路旁有一石碣，亦為留題之備。眾人笑道：「更妙，更妙！此處若懸匾待題，則田舍家風一洗盡矣。立此一碣，又覺生色許多，非范石湖田家之咏㉚不足以盡其妙。」

㉗靴掖——塞掖在靴筒內的小夾子，用皮革或綢緞製成，可裝名帖、錢票等物。

㉘妝蟒繡堆——妝蟒指妝緞和蟒緞，織有普通圖案的叫妝緞，織有蟒形花紋的叫蟒緞；繡堆指用繡花和堆花這兩種不同的工藝方法製作的花繡織品。

㉙桔槔轆轤——桔槔，利用槓桿的井上汲水工具；轆轤，用滑輪的井上汲水工具。

賈政道：「諸公請題。」眾人道：「方才世兄有云：『編新不如述舊』，此處古人已道盡矣，莫若直書『杏花村』妙極。」賈政聽了，笑向賈珍道：「正虧提醒了我。此處都妙極，只是還少一個酒幌㉛。明日竟作一個，不必華麗，就依外面村莊的式樣作來，用竹竿挑在樹梢。」賈珍答應了，又回道：「此處竟還不可養別的雀鳥，只是買些鵝、鴨、雞類，才都相稱了。」賈政與眾人都道：「更妙。」賈政又向眾人道：「『杏花村』固佳，只是犯了正名㉜，村名直待請名方可。」眾客都道：「是呀。如今虛的，便是什麼字樣好？」

大家想著，寶玉卻等不得了，也不等賈政的話，便說道：「舊詩有云：『紅杏梢頭掛酒旗』。如今莫若『杏帘在望』四字。」眾人都道：「好個『在望』！又暗合『杏花村』意思。」寶玉冷笑道：「村名若用『杏花』二字，則俗陋不堪了。又有古人詩云：『柴門臨水稻花香』，何不就用『稻香村』的妙？」眾人聽了，亦發哄聲拍手道：「妙！」賈政一聲斷喝：「無知的業障！你能知道幾個古人，能記得幾首熟詩，也敢在老先生前賣弄！你方才那些胡說的，不過是試你的清濁，取笑而已，你就認真了！」

㉚范石湖田家之咏——范石湖即宋代詩人范成大，自號石湖居士，有《石湖詩集》。他晚年所作的《四時田園雜興》描寫田家生活、景物，最被人們傳誦。

㉛酒幌——也作酒帘、酒旗；酒家的招牌，以竹竿挑布帘，掛在門首。

㉜犯了正名——指園中景物題名不應直用前人已有的「杏花村」之名（唐杜牧〈清明〉詩：「借問酒家何處有，牧童遙指杏花村。」）否則即與之相犯，失之淺俗。犯，與應避忌的法則相牴觸的意思。

說著，引眾人步入茆堂㉝，裡面紙窗木榻，富貴氣象一洗皆盡。賈政心中自是歡喜，卻瞅寶玉道：「此處如何？」眾人見問，都忙悄悄的推寶玉，教他說好。寶玉不聽人言，便應聲道：「不及『有鳳來儀』多矣。」賈政聽了道：「無知的蠢物！你只知朱樓畫棟、惡賴㉞富麗為佳，那裡知道這清幽氣象。終是不讀書之過！」寶玉忙答道：「老爺教訓的固是，但古人常云『天然』二字，不知何意？」

眾人見寶玉牛心㉟，都怪他呆癡不改。今見問「天然」二字，眾人忙道：「別的都明白，為何連『天然』不知？『天然』者，天之自然而有，非人力之所成也。」寶玉道：「卻又來！此處置一田莊，分明見得人力穿鑿扭捏而成。遠無鄰村，近不負郭㊺，背山山無脈，臨水水無源，高無隱寺之塔，下無通市之橋，峭然孤出，似非大觀。爭㊲似先處有自然之理，得自然之氣，雖種竹引泉，亦不傷於穿鑿。古人云『天然圖畫』四字，正畏非其地而強為地，非其山而強為山，雖百般精而終不相宜……」未及說完，賈政氣的喝命：「叉出去！」剛出去，又喝命：「回來！」命再題一聯：「若不通，一併打嘴！」寶玉只得念道：

㉝茆堂——即茅堂、草堂。「茆」同「茅」。
㉞惡賴——庸俗鄙劣。
㉟牛心——倔強、死心眼兒。
㊱負郭——靠近城郭；負，這裡是背倚的意思。
㊲爭——怎。

聯經出版事業公司　校印

新漲綠添浣葛處，好雲香護采芹人。㊳

賈政聽了，搖頭說：「更不好。」一面引人出來，轉過山坡，穿花度柳，撫石依泉，過了荼蘼架，再入木香棚，越牡丹亭，度芍藥圃，入薔薇院，出芭蕉塢，盤旋曲折。忽聞水聲潺湲，瀉出石洞，上則蘿薜倒垂，下則落花浮蕩。眾人都道：「好景，好景！」賈政道：「諸公題以何名？」眾人道：「再不必擬了，恰恰乎是『武陵源』三個字。」賈政笑道：「又落實了，而且陳舊。」眾人笑道：「不然就用『秦人舊舍』㊴四字也罷了。」寶玉道：「這越發過露了。『秦人舊舍』說避亂之意，如何使得？莫若『蓼汀花漵』㊵四字。」賈政聽了，更批胡說。

於是要進港洞時，又想起有船無船。賈珍道：「採蓮船共四隻，座船一隻，如今尚未造成。」賈政笑道：「可惜不得入了。」賈珍道：「從山上盤道亦可以進去。」說畢，在前導引，大家攀藤撫樹過去。只見水上落花愈多，其水愈清，溶溶蕩蕩，曲折縈迂。池邊兩行垂柳，雜著桃杏，遮天蔽日，真無一些

㊳「新漲」一聯——新漲，新漲的春水；浣，洗滌；葛，一種蔓生植物，纖維可以織布；浣葛，化用《詩・周南・葛覃》「薄浣我衣」，這裡借以稱頌婦德。好雲，祥雲，隱寓盛德；采芹人，科舉時代稱考中秀才入學宮做生員為「采芹」，這裡指賈府的讀書人。

㊴武陵源、秦人舊舍——武陵源即桃花源。晉陶淵明〈桃花源記〉敘武陵捕魚者無意中走入桃花源，見其中居民往來耕作怡然自樂，自稱「先世避秦時亂」來到這個與世隔絕的地方。所謂「『秦人舊舍』說避亂之意」即指此。

㊵蓼汀花漵——蓼，音ㄌㄧㄠˇ，生在水邊的草；汀，汀洲，水邊平沙；漵，水邊。

塵土。忽見柳陰中又露出一個折帶朱欄板橋來，度過橋去，諸路可通，便見一所清涼瓦舍，一色水磨磚牆，清瓦花堵。那大主山所分之山脈，皆穿牆而過。

賈政道：「此處這所房子，無味的很。」因而步入門時，忽迎面突出插天的大玲瓏山石來，四面群繞各式石塊，竟把裡面所有房屋悉皆遮住，而且一株花木也無。只見許多異草：或有牽藤的，或有引蔓的，或垂山巔，或穿石隙，甚至垂檐繞柱，縈砌盤階，或如翠帶飄颻，或如金繩盤屈，或實若丹砂，或花如金桂，味芬氣馥，非花香之可比。賈政不禁笑道：「有趣！只是不大認識。」有的說：「是薜荔藤蘿。」賈政道：「薜荔藤蘿不得如此異香。」寶玉道：「果然不是。這些之中也有藤蘿薜荔。那香的是杜若蘅蕪，那一種大約是茝蘭，這一種大約是清葛，那一種是金蕿草，這一種是玉蕗藤，紅的自然是紫芸，綠的定是青芷。想來《離騷》、《文選》㊶等書上所有的那些異草，也有叫作什麼藿蒳薑蕁的，也有叫作什麼綸組紫絳的，還有石帆、水松、扶留等樣，又有叫什麼綠荑的，還有什麼丹椒、蘼蕪、風連。如今年深歲改，人不能識，故皆象形奪名，漸漸的喚差了，也是有的。……」未及說完，賈政喝道：「誰問你來！」唬的寶玉倒退，不敢再說。

賈政因見兩邊俱是超手遊廊，便順著遊廊步入。只見上面五間清廈連著捲棚，四面出廊，綠窗油壁，更比前幾處清雅不同。賈政嘆道：「此軒中煮茶操琴，亦不必再焚名香矣。此造卻出意外，諸公必有佳

㊶《離騷》、《文選》——《離騷》，戰國時代楚國詩人屈原的代表作，其中寫了許多香草，象徵作者所追求的理想和美德。《文選》，即《昭明文選》，南朝梁昭明太子蕭統選編，為現存最早的一部詩文選集。

作新題以顏其額㊷，方不負此。」眾人笑道：「再莫若『蘭風蕙露』貼切了。」賈政道：「也只好用這四字。其聯若何？」一人道：「我倒想了一對，大家批削改正。」念道是：

麝蘭芳靄斜陽院，杜若香飄明月洲。

眾人道：「妙則妙矣，只是『斜陽』二字不妥。」那人道：「古人詩云『蘼蕪滿院泣斜暉』。」眾人道：「頹喪，頹喪。」又一人道：「我也有一聯，諸公評閱評閱。」因念道：

三徑㊸香風飄玉蕙，一庭明月照金蘭。

賈政拈髯沉吟，意欲也題一聯。忽抬頭見寶玉在旁不敢則聲，因喝道：「怎麼你應說話時又不說了？還要等人請教你不成！」寶玉聽說，便回道：「此處並沒有什麼『蘭麝』、『明月』、『洲渚』之類，若要這樣著迹說起來，就題二百聯也不能完。」賈政道：「誰按著你的頭，叫你必定說這些字樣呢？」寶玉道：「如此說，匾上則莫若『蘅芷清芬』四字。對聯則是：

吟成荳蔻才猶豔，睡足酴醾夢也香。」

賈政笑道：「這是套的『書成蕉葉文猶綠』，不足為奇。」眾客道：「李太白『鳳凰臺』之作，全套『黃鶴樓』㊹，只要套得妙。如今細評起來，方才這一聯，竟比『書成蕉葉』猶覺幽嫻活潑。視『書成』之

㊷以顏其額——在匾額上題字。顏，這裡用作動詞，即題字其上；額，匾。

㊸三徑——漢代蔣詡歸里隱居，荊棘塞門，於舍中竹下開三徑，只與求仲、羊仲二人交往；後人常以「三徑」泛指庭園間小路。

句，竟似套此而來。」賈政笑道：「豈有此理！」

說著，大家出來。行不多遠，則見崇閣巍峨，層樓高起，面面琳宮㊺合抱，迢迢複道縈紆㊻，青松拂檐，玉欄繞砌，金輝獸面，彩煥螭頭㊼。賈政道：「這是正殿了，只是太富麗了些。」眾人都道：「要如此方是。雖然貴妃崇節尚儉，天性惡繁悅樸，然今日之尊，禮儀如此，不為過也。」一面說，一面走，只見正面現出一座玉石牌坊來，上面龍蟠螭護，玲瓏鑿就。賈政道：「此處書以何文？」眾人道：「必是『蓬萊仙境』方妙。」賈政搖頭不語。寶玉見了這個所在，心中忽有所動，尋思起來，倒像那裡曾見過的一般，卻一時想不起那年月日的事了。賈政又命他作題，寶玉只顧細思前景，全無心於此了。眾人不知其意，只當他受了這半日的折磨，精神耗散，才盡詞窮了；再要考難逼迫，著了急，或生出事來，倒不便。遂忙都勸賈政：「罷，罷，明日再題罷了。」賈政心中也怕賈母不放心，遂冷笑道：「你這畜生，也竟有不能之時了。也罷，限你一日，明日若再不能，我定不饒。這是第一要緊處所，更要好生作來！」

㊹李太白「鳳凰臺」之作，全套「黃鶴樓」——李白〈登金陵鳳凰臺〉一詩，在遣詞造句方面套用了崔顥的〈黃鶴樓〉詩。〈黃鶴樓〉曾被譽為唐人七律之冠，但李白詩仍能自出新意，寄托深遠，所以這裡說「套得妙」。

㊺琳宮——神仙居住的地方，這裡是說宮室瑰麗猶如仙境。

㊻複道縈迂——樓閣之間架空連接的通道，曲折回旋。

㊼螭頭——古代建築中一種龍頭形的屋頂裝飾；螭，傳說中龍所生九子之一，喜好望遠，所以常用在宮殿式建築的屋脊當裝飾。

說著，引人出來，再一觀望，原來自進門起，所行至此，才遊了十之五六。又值人來回，有雨村處遣人回話。賈政笑道：「此數處不能遊了。雖如此，到底從那一邊出去，縱不能細觀，也可稍覽。」說著，引客行來，至一大橋前，見水如晶簾一般奔入。原來這橋便是通外河之閘，引泉而入者。賈政因問：「此閘何名？」寶玉道：「此乃沁芳泉之正源，就名『沁芳閘』。」賈政道：「胡說，偏不用『沁芳』二字。」

於是一路行來，或清堂茅舍，或堆石為垣，或編花為牖，或山下得幽尼佛寺，或林中藏女道丹房㊽，或長廊曲洞，或方廈圓亭，賈政皆不及進去。因說半日未嘗歇息，腿酸腳軟，忽又見前面露出一所院落來，賈政笑道：「到此可要進去歇息歇息了。」說著，一逕引人繞著碧桃花，穿過一層竹籬花障編就的月洞門，俄見粉牆環護，綠柳周垂。賈政與眾人進去，一入門，兩邊都是遊廊相接。院中點襯幾塊山石，一邊種著數本芭蕉；那一邊乃是一棵西府海棠㊾，其勢若傘，絲垂翠縷，葩吐丹砂。眾人贊道：「好花，好花！從來也見過許多海棠，那裡有這樣妙的。」賈政道：「這叫作『女兒棠』，乃是外國之種。俗傳係出『女兒國』中，云彼國此種最盛，亦荒唐不經之說罷了。」眾人笑道：「然雖不經，如何此名傳久了？」寶玉道：「大約騷人咏士以此花之色紅暈若施脂，輕弱似扶病，大近乎閨閣風度，所以以『女

㊽丹房——道士煉丹的處所。丹，指丹砂；煉丹是道教法術之一，指把朱砂放在爐中燒煉。

㊾西府海棠——海棠名貴品種之一，枝梗略堅，花色梢紅，「西府」中名「紫綿」者色重瓣多，尤為上品。見《群芳譜》。

兒』命名。想因被世間俗惡聽了，他便以野史纂入為證，以俗傳俗，以訛傳訛，都認真了。」眾人都搖身贊妙。

一面說話，一面都在廊外抱廈下打就的榻上坐了。賈政因問：「想幾個什麼新鮮字來題此？」一客道：「『蕉鶴』二字最妙。」又一個道：「『崇光泛彩』㊿方妙。」賈政與眾人都道：「好個『崇光泛彩』！」寶玉也道：「妙極。」又嘆：「只是可惜了。」眾人問：「如何可惜？」寶玉道：「此處蕉棠兩植，其意暗蓄『紅』『綠』二字在內。若只說蕉，則棠無著落；若只說棠，蕉亦無著落。固有蕉無棠不可，有棠無蕉更不可。」賈政道：「依你如何？」寶玉道：「依我，題『紅香綠玉』四字，方兩全其妙。」賈政搖頭道：「不好，不好！」

說著，引人進入房內。只見這幾間房內收拾的與別處不同，竟分不出間隔來。原來四面皆是雕空玲瓏木板，或「流雲百蝠」[51]，或「歲寒三友」，或山水人物，或翎毛花卉，或集錦，或博古[52]，或卍畐卍壽各種花樣，皆是名手雕鏤，五彩銷金嵌寶的。一槅一槅，或有貯書處，或有設鼎處，或安置筆硯處，或供花設瓶、安放盆景處。其槅各式各樣，或天圓地方，或葵花蕉葉，或連環半璧。真是花團錦簇，剔透玲瓏。倏爾五色紗糊就，竟係小窗；倏爾彩綾輕覆，竟係幽戶。且滿牆滿壁，皆係隨依骨董玩器之形

㊿崇光泛彩——蘇軾〈海棠〉詩有「東風渺渺泛崇光」之句，寫月光籠罩下的海棠。

[51]流雲百蝠——雲朵、蝙蝠組成的圖案，「蝠」與「福」諧音，取吉祥多福之意。

[52]集錦博古——集錦，這裡指集合了各種花樣的圖案；博古，這裡指以古器物的圖形裝飾成的工藝品，如博古屏。

摳成的槽子。諸如琴、劍、懸瓶、桌屏之類，雖懸於壁，卻都是與壁相平的。眾人都贊：「好精緻想頭！難為怎麼想來！」

原來賈政等走了進來，未進兩層，便都迷了舊路，左瞧也有門可通，右瞧又有窗暫隔，及到了跟前，又被一架書擋住。回頭再走，又有窗紗明透門徑可行；及至門前，忽見迎面也進來了一群人，都與自己形相一樣，——卻是一架玻璃大鏡相照。又轉過鏡去，益發見門子多了。賈珍笑道：「老爺隨我來。從這門出去，便是後院，從後院出去，倒比先近了。」說著，又轉了兩層紗櫥錦槅，果得一門出去，院中滿架薔薇、寶相。轉過花障，則見青溪前阻。眾人咤異：「這股水又是從何而來？」賈珍遙指道：「原從那閘起流至那洞口，從東北山坳裡引到那村莊裡，又開一道岔口，引到西南上，共總流到這裡，仍舊合在一處，從那牆下出去。」眾人聽了，都道：「神妙之極！」說著，忽見大山阻路。眾人都道：「迷了路了。」賈珍笑道：「隨我來。」仍在前導引，眾人隨他，直由山腳邊忽一轉，便是平坦寬闊大路，豁然大門前見。眾人都道：「有趣，有趣，真搜神奪巧之至！」於是大家出來。

那寶玉一心只記掛著裡邊，又不見賈政吩咐，少不得跟到書房。賈政忽想起他來，方喝道：「你還不去？難道還逛不足！也不想逛了這半日，老太太必懸掛著。快進去，疼你也白疼了。」寶玉聽說，方退了出來。至院外，就有跟賈政的幾個小廝上來攔腰抱住，都說：「今兒虧我們，老爺才喜歡，老太太打發人出來問了幾遍，都虧我們回說喜歡；不然，若老太太叫你進去，就不得展才了。人人都說，你才那些詩比世人的都強。今兒得了這樣的彩頭53，該賞我們了。」寶玉笑道：「每人一吊錢。」眾人道：

「誰沒見那一吊錢！把這荷包賞了罷。」說著，一個上來解荷包，那一個就解扇囊，不容分說，將寶玉所佩之物盡行解去。又道：「好生送上去罷。」一個抱了起來，幾個圍繞，送至賈母二門前。那時賈母已命人看了幾次。眾奶娘、丫鬟跟上來，見過賈母，知不曾難為著他，心中自是歡喜。

少時襲人倒了茶來，見身邊佩物一件無存，因笑道：「帶的東西又是那起沒臉的東西們解了去了。」林黛玉聽說，走來瞧瞧，果然一件無存，因向寶玉道：「我給的那個荷包也給他們了？你明兒再想我的東西，可不能夠了！」說畢，賭氣回房，將前日寶玉所煩他作的那個香袋兒——才做了一半——賭氣拿過來就鉸。寶玉見他生氣，便知不妥，忙趕過來，早剪破了。寶玉已見過這香囊，雖尚未完，卻十分精巧，費了許多工夫。今見無故剪了，卻也可氣。因忙把衣領解了，從裡面紅襖襟上將黛玉所給的那荷包解了下來，遞與黛玉瞧道：「你瞧瞧，這是什麼！我那一回把你的東西給人了？」林黛玉見他如此珍重，帶在裡面，可知是怕人拿去之意，因此又自悔莽撞，未見皂白，就剪了香袋。因此又愧又氣！低頭一言不發。寶玉道：「你也不用剪，我知道你是懶待給我東西。我連這荷包奉還，何如？」說著，擲向他懷中便走。黛玉見如此，越發氣起來，聲咽氣堵，又汪汪的滾下淚來，拿起荷包來又剪。寶玉見他如此，忙回身搶住，笑道：「好妹妹，饒了他罷！」黛玉將剪子一摔，拭淚說道：「你不用同我好一陣歹一陣的，要惱，就撂開手。這當了什麼！」說著，賭氣上床，面向裡倒下拭淚。禁不住寶玉上來「妹妹」長「妹妹」短賠不是。

㊸彩頭——好運氣；也指獲得的奬品、賞物。

前面賈母一片聲找寶玉。眾奶娘、丫鬟們忙回說：「在林姑娘房裡呢。」賈母聽說道：「好，好，好！讓他姊妹們一處頑頑罷。才他老子拘了他這半天，讓他開心一會子罷。只別叫他們拌嘴，不許牛㊹了他。」眾人答應著。黛玉被寶玉纏不過，只得起來道：「你的意思不叫我安生㊺，我就離了你。」說著往外就走。寶玉笑道：「你到那裡，我跟到那裡。」一面仍拿起荷包來帶上。黛玉伸手搶道：「你說不要了，這會子又帶上，我也替你怪臊的！」說著，「嗤」的一聲又笑了。寶玉道：「好妹妹，明兒另替我作個香袋兒罷。」黛玉道：「那也只瞧我高興罷了。」一面說，一面二人出房，到王夫人上房中去了，可巧寶釵亦在那裡。

此時王夫人那邊熱鬧非常。原來賈薔已從姑蘇採買了十二個女孩子——並聘了教習——以及行頭等事來了。那時薛姨媽另遷於東北上一所幽靜房舍居住，將梨香院早已騰挪出來，另行修理了，就令教習在此教演女戲。又另派家中舊有曾演學過歌唱的女人們——如今皆已皤然㊻老嫗了，著他們帶領管理。就令賈薔總理其日用出入銀錢等事，以及諸凡大小所需之物料帳目。

又有林之孝家的來回：「採訪聘買得十個小尼姑、小道姑都有了，連新作的二十分道袍也有了。外有一個帶髮修行的，本是蘇州人氏，祖上也是讀書仕宦之家。因自小多病，買了許多替身兒㊼皆不中用，

㊹牛——扭，勉強他人做不願做的事。
㊺安生——平安，這裡作「安閑平順」解釋。
㊻皤然——頭髮銀白的樣子。皤，音ㄆㄛˊ，白。

到底這位姑娘親自入了空門，方才好了，所以帶髮修行，今年才十八歲，法名妙玉。如今父母俱已亡故，身邊只有兩個老嬷嬷、一個小丫頭伏侍。文墨也極通，經文也不用學了，模樣兒又極好。因聽見『長安』都中有觀音遺迹並貝葉遺文(58)，去歲隨了師父上來，現在西門外牟尼院住著。他師父極精演先天神數(59)，於去冬圓寂(60)了。妙玉本欲扶靈回鄉的，他師父臨寂遺言，說他『衣食起居不宜回鄉，在此靜居，後來自然有你的結果』。所以他竟未回鄉。」王夫人不等回完，便說：「既這樣，我們何不接了他來？」林之孝家的回道：「請他，他說：『侯門公府，必以貴勢壓人，我再不去的。』」王夫人笑道：「他既是官宦小姐，自然驕傲些，就下個帖子請他何妨。」林之孝家的答應了出去，命書啟相公寫請帖去請妙玉。次日遣人備車轎去接等後話，暫且擱過，此時不能表白。

(57)替身兒——迷信習俗以為命中有災難的人，可以用捨身出家做僧尼的辦法來消災，富貴人家往往買窮人家子女代替出家，叫做「替身」。

(58)貝葉遺文——古代寫在貝葉上的佛經。貝葉，貝多羅樹的葉子，可當紙用，古時印度僧人多用來寫佛教經文，因此佛經也叫「貝葉經」。

(59)先天神數——北宋理學家邵雍，根據《易傳》關於八卦形成的解釋，參雜道教思想，虛構了一個世界構造的圖式，叫「先天八卦圖」，用以推測宇宙和人事的變化；據說這種圖式和所據的「象數」原理，在沒有天地以前，就已存在，故其學稱「先天學」，「先天神數」是根據先天八卦來推算吉凶的一種算命方式。

(60)圓寂——佛教用語，一作「滅度」，梵文「涅槃」的意譯。原意是佛教所說的煩惱寂滅、功德圓滿的最高境界，後用來稱佛或僧侶的逝世。

第十八回　皇恩重元妃省父母　天倫樂寶玉呈才藻

當下又有人回，工程上等著糊東西的紗綾，請鳳姐去開樓揀紗綾；又有人來回，請鳳姐開庫，收金銀器皿。連王夫人並上房丫鬟等眾，皆一時不得閑的。寶釵又說：「咱們別在這裡礙手礙腳，找探丫頭去。」說著，同寶玉、黛玉往迎春等房中來閑頑，無話。

王夫人等日日忙亂，直到十月將盡，幸皆全備：各處監管都交清帳目；各處古董文玩，皆已陳設齊備；採辦鳥雀的，自仙鶴、孔雀以及鹿、兔、雞、鵝等類，悉已買全，交於園中各處像景飼養；賈薔那邊也演出二十齣雜戲來；小尼姑、道姑也都學會了念幾卷經咒。賈政方略心意寬暢，又請賈母等進園，色色斟酌，點綴妥當，再無一些遺漏不當之處了。於是賈政方擇日題本。本上之日，奉朱批准奏：次年正月十五上元之日，恩准賈妃省親。賈府領了此恩旨，益發晝夜不閑，年也不曾好生過的。

展眼元宵在邇，自正月初八日，就有太監出來先看方向：何處更衣，何處燕坐①，何處受禮，何處

①燕坐——閑坐；燕，安閑。

聯經出版事業公司校印

開宴，何處退息。又有巡察地方總理關防太監等，帶了許多小太監出來，各處關防，擋圍幙；指示賈宅人員何處退，何處跪，何處進膳，何處啟事，種種儀注②不一。外面又有工部官員並五城兵備道打掃街道，攆逐閑人。賈赦等督率匠人紮花燈、烟火之類，至十四日，俱已停妥。這一夜，上下通不曾睡。

至十五日五鼓，自賈母等有爵者，皆按品服大妝。園內各處，帳舞蟠龍，簾飛彩鳳，金銀煥彩，珠寶爭輝，鼎焚百合之香，瓶插長春之蕊，靜悄無人咳嗽。賈赦等在西街門外，賈母等在榮府大門外。街頭巷口，俱係圍幙擋嚴。正等的不耐煩，忽一太監坐大馬而來，賈母忙接入，問其消息。太監道：「早多著呢！未初刻用過晚膳，未正二刻還到寶靈宮拜佛，酉初刻進大明宮領宴看燈方請旨，只怕戌初才起身呢。」鳳姐聽了道：「既這麼著，老太太、太太且請回房，等是時候再來也不遲。」於是賈母等暫且自便，園中悉賴鳳姐照理。又命執事人帶領太監們去吃酒飯。

一時傳人一擔一擔的挑進蠟燭來，各處點燈。方點完時，忽聽外邊馬跑之聲。一時，有十來個太監都喘吁吁跑來拍手兒。這些太監會意，都知道是來了，各按方向站住。賈赦領合族子侄在西街門外，賈母領合族女眷在大門外迎接。半日靜悄悄的。忽見一對紅衣太監騎馬緩緩的走來，至西街門下了馬，將馬趕出圍幙之外，便垂手面西站住。半日又是一對，亦是如此。少時便來了十來對，方聞得隱隱細樂③之聲。一對對龍旌鳳翣，雉羽夔頭④，又有銷金提爐焚著御香；然後一把曲柄七鳳黃金傘過來，便是冠

②儀注——傳統禮節。
③細樂——以管絃為主的音樂。

袍帶履。又有值事太監捧著香珠、繡帕、漱盂、拂塵等類。一隊隊過完，後面方是八個太監抬著一頂金頂金黃繡鳳版輿，緩緩行來。賈母等連忙路旁跪下。早飛跑過幾個太監來，扶起賈母、邢夫人、王夫人來。那版輿抬進大門，入儀門往東去，到一所院落門前，有執拂太監跪請下輿更衣。於是抬輿入門，太監等散去，只有昭容、彩嬪⑤等引領元春下輿。只見院內各色花燈爛灼，皆係紗綾紮成，精緻非常。上面有一匾燈，寫著「體仁沐德」四字。元春入室，更衣畢復出，上輿進園。只見園中香烟繚繞，花彩繽紛，處處燈光相映，時時細樂聲喧，說不盡這太平氣象，富貴風流。——此時自己回想當初在大荒山中，青埂峰下，那等淒涼寂寞；若不虧癩僧、跛道二人攜來到此，又安能得見這般世面。本欲作一篇〈燈月賦〉、〈省親頌〉，以誌今日之事，但又恐入了別書的俗套。按此時之景，即作一賦一贊，也不能形容得盡其妙；即不作賦贊，其豪華富麗，觀者諸公亦可想而知矣。所以倒是省了這工夫紙墨，且說正經的為是。

且說賈妃在轎內看此園內外如此豪華，因默默嘆息奢華過費。忽又見執拂太監跪請登舟，賈妃乃下輿。只見清流一帶，勢如游龍，兩邊石欄上，皆係水晶玻璃各色風燈，點的如銀花雪浪；上面柳杏諸樹雖無花葉，然皆用通草⑥綢綾紙絹依勢作成，粘於枝上的，每一株懸燈數盞；更兼池中荷荇、鳧鷺⑦之

④龍旌鳳翣，雉羽夔頭——帝后的儀仗用物。翣，音ㄕㄚˋ，用野雞或孔雀羽毛編成的大掌扇；雉，野雞；夔，古代傳說中靈異動物。

⑤昭容、彩嬪——舊時宮廷中女官名。

⑥通草——即通脫木，五加科小喬木。莖含大量白髓，採髓作薄片，可製通草花或其他飾品。也可入藥。

聯經出版事業公司校印

屬，亦皆係螺蚌、羽毛之類作就的。諸燈上下爭輝，真係玻璃世界，珠寶乾坤。船上亦係各種精緻盆景，珠簾繡幙，桂楫蘭橈⑧，自不必說。已而入一石港，港上一面匾燈，明現著「蓼汀花漵」四字。按此四字並「有鳳來儀」等處，皆係上回賈政偶然一試寶玉之課藝才情耳，何今日認真用此匾聯？況賈政世代詩書，來往諸客屏侍座陪者，悉皆才技之流，豈無一名手題撰，竟用小兒一戲之辭苟且搪塞？真似暴發新榮之家，濫使銀錢，一味抹油塗朱，畢則大書「前門綠柳垂金鎖，後戶青山列錦屏」之類，則以為大雅可觀，豈《石頭記》中通部所表之寧榮賈府所為哉！據此論之，竟大相矛盾了。諸公不知，待蠢物將原委說明，大家方知。

當日這賈妃未入宮時，自幼亦係賈母教養。後來添了寶玉，賈妃乃長姊，寶玉為弱弟，賈妃之心上念母年將邁，始得此弟，是以憐愛寶玉，與諸弟待之不同。且同隨祖母，刻未暫離。那寶玉未入學堂之先，三四歲時，已得賈妃手引口傳，教授了幾本書、數千字在腹內了。其名分雖係姊弟，其情狀有如母子。自入宮後，時時帶信出來與父母說：「千萬好生扶養，不嚴不能成器，過嚴恐生不虞，且致祖母之憂。」眷念切愛之心，刻未能忘。前日賈政聞塾師背後贊寶玉偏才盡有，賈政未信，適巧遇園已落成，令其題撰，聊一試其情思之清濁。其所擬之匾聯雖非妙句，在幼童為之，亦或可取。即另使名公大筆為之，固不費難，然想來倒不如這本家風味有趣。更使賈妃見之，知係其愛弟所為，亦或不負其素日切望

---

⑦荷荇鳧鷺——野鴨水鳥在荷花水草中游樂。荇，水草；鳧，野鴨；鷺，水鳥。

⑧桂楫蘭橈——指華美的船隻。楫、橈都是船槳，桂、蘭都是香木。

之意。因有這段原委，故此竟用了寶玉所題之聯額。那日雖未曾題完，後來亦曾補擬。

閑文少述，且說賈妃看了四字，笑道：「『花漵』二字便妥，何必『蓼汀』？」侍座太監聽了，忙下小舟登岸，飛傳與賈政。賈政聽了，即忙移換。一時，舟臨內岸，復棄舟上輿，便見琳宮綽約，桂殿巍峨。石牌坊上明顯「天仙寶境」四字，賈妃忙命換「省親別墅」四字。於是進入行宮⑨。但見庭燎⑩燒空，香屑布地，火樹琪花⑪，金窗玉檻；說不盡簾捲蝦鬚，毯鋪魚獺⑫，鼎飄麝腦之香，屏列雉尾之扇。真是：

金門玉戶神仙府，桂殿蘭宮妃子家。

賈妃乃問：「此殿何無匾額？」隨侍太監跪啟曰：「此係正殿，外臣未敢擅擬。」賈妃點頭不語。禮儀太監跪請升座受禮，兩陛樂起。禮儀太監二人引賈赦、賈政等於月臺⑬下排班，殿上昭容傳諭曰：「免。」太監引賈赦等退出。又有太監引榮國太君及女眷等自東階升月臺上排班，昭容再諭曰：「免。」於是引退。

茶已三獻，賈妃降座，樂止。退入側殿更衣，方備省親車駕出園。至賈母正室，欲行家禮，賈母等

---

⑨行宮——古代皇帝后妃外出，臨時下榻之處。

⑩庭燎——古代貴族庭院中用以照明的大燭，用松、竹、葦等捆紮成束，灌以油脂。

⑪火樹琪花——形容燈火之盛。語出蘇味道〈觀燈詩〉：「火樹銀花合，星橋鐵鎖開。」琪，美玉。

⑫簾捲蝦鬚，毯鋪魚獺——蝦鬚簾，用細竹絲編製的簾子；魚獺毯，用水獺皮做的毯子。魚獺，即水獺，皮毛珍貴。

⑬月臺——古代建築正殿前的露天平臺，三面有臺階可上。

聯經出版事業公司　校印

俱跪止不迭。賈妃滿眼垂淚，方彼此上前廝見，一手攙賈母，一手攙王夫人，三個人滿心裡皆有許多話，只是俱說不出，只管嗚咽對泣。邢夫人、李紈、王熙鳳、迎、探、惜三姊妹等，俱在旁圍繞，垂淚無言。半日，賈妃方忍悲強笑，安慰賈母、王夫人道：「當日既送我到那不得見人的去處，好容易今日回家娘兒們一會，不說說笑笑，反倒哭起來。一會子我去了，又不知多早晚才來！」說到這句，不禁又哽咽起來。邢夫人等忙上來解勸。賈母等讓賈妃歸座，又逐次一一見過，又不免哭泣一番。然後東西兩府掌家執事人丁在廳外行禮，及兩府掌家執事媳婦領丫鬟等行禮畢。賈妃因問：「薛姨媽、寶釵、黛玉因何不見？」王夫人啟曰：「外眷無職，未敢擅入。」賈妃聽了，忙命快請。一時，薛姨媽等進來，欲行國禮，亦命免過，上前各敘闊別寒溫。又有賈妃原帶進宮去的丫鬟抱琴等上來叩見，賈母等連忙扶起，命人別室款待。執事太監及彩嬪、昭容各侍從人等，寧國府及賈赦那宅兩處自有人款待，只留三四個小太監答應。母女姊妹深敘些離別情景，及家務私情。

又有賈政至簾外問安，賈妃垂簾行參等事。又隔簾含淚謂其父曰：「田舍之家，雖虀鹽布帛⑭，終能聚天倫之樂；今雖富貴已極，骨肉各方，終無意趣！」賈政亦含淚啟道：「臣，草莽寒門，鳩群鴉屬之中，豈意得徵鳳鸞之瑞⑮。今貴人上錫天恩，下昭祖德，此皆山川日月之精奇、祖宗之遠德鍾於一人，幸及政夫婦。且今上體天地生物之大德，垂古今未有之曠恩，雖肝腦塗地，臣子豈能得報於萬一！惟朝

⑭虀鹽布帛——形容生活清苦。虀，切碎的醃菜；虀鹽，泛指粗茶淡飯；布帛，棉織品和絲織品，泛指普通衣服。

⑮徵鳳鸞之瑞——出現了能呈祥瑞的鸞鳳。徵，迹象、證驗；鳳鸞，喻指元春。

乾夕惕，忠於厥職⑯外，願我君萬壽千秋，乃天下蒼生之同幸也。貴妃切勿以政夫婦殘年為念，懣憤金懷⑰，更祈自加珍愛，惟業業兢兢，勤慎恭肅以侍上，庶不負上體貼眷愛如此之隆恩也。」賈妃亦囑「只以國事為重，暇時保養，切勿記念」等語。

賈政又啟：「園中所有亭臺軒館，皆係寶玉所題；如果有一二稍可寓目者，請即賜名為幸。」元妃聽了寶玉能題，便含笑說：「果進益了。」賈政退出。賈妃見寶、林二人亦發比別姊妹不同，真是姣花軟玉一般。因問：「寶玉為何不進見？」賈母乃啟：「無諭，外男不敢擅入。」元妃命快引進來。小太監出去引寶玉進來，先行國禮畢，元妃命他進前，攜手攬於懷內，又撫其頭頸笑道：「比先竟長了好些……」一語未終，淚如雨下。

尤氏、鳳姐等上來啟道：「筵宴齊備，請貴妃遊幸。」元妃起身，命寶玉導引，遂同諸人步至園門前。早見燈光火樹之中，諸般羅列非常。進園來先從「有鳳來儀」、「紅香綠玉」、「杏帘在望」、「蘅芷清芬」等處，登樓步閣，涉水緣山，百般眺覽徘徊。一處處鋪陳不一，一樁樁點綴新奇。賈妃極加獎贊，又勸：「以後不可太奢，此皆過分之極。」已而至正殿，諭免禮歸座，大開筵宴。賈母等在下相陪，

⑯朝乾夕惕，忠於厥職——從早到晚兢兢業業、不敢稍有懈怠的盡忠於自己的職守。乾，「乾乾」的簡省，自強不息的意思；惕，小心謹慎；厥，其，相當於「他的」、「那個」。

⑰懣憤金懷——心裡煩悶鬱積的意思。懣，煩悶；金，表示尊重的修飾詞。

聯經出版事業公司 校印

尤氏、李紈、鳳姐等親捧羹把盞。

元妃乃命傳筆硯伺候，親搦湘管，擇其幾處最喜者賜名。按其書云：

「顧恩思義」匾額

天地啟宏慈，赤子蒼頭同感戴；古今垂曠典，九州萬國被恩榮。⑱ 此一匾一聯書於正殿

「大觀園」園之名

「有鳳來儀」賜名曰「瀟湘館」

「紅香綠玉」改作「怡紅快綠」即名曰「怡紅院」

「蘅芷清芬」賜名曰「蘅蕪苑」

「杏帘在望」賜名曰「浣葛山莊」

正樓曰「大觀樓」，東面飛樓曰「綴錦閣」，西面斜樓曰「含芳閣」；更有「蓼風軒」、「藕香榭」、「紫菱洲」、「荇葉渚」等名；又有四字的匾額十數個，諸如「梨花春雨」、「桐剪秋風」、「荻蘆夜雪」等名，此時悉難全記。又命舊有匾聯俱不必摘去。於是先題一絕云：

銜山抱水建來精，多少工夫築始成。天上人間諸景備，芳園應錫大觀名。⑲

---

⑱「天地」一聯——赤子蒼頭，泛指老百姓。赤子，指初生的嬰兒，蒼頭，原指老年的奴僕，這裡指老年人。曠典，空前的大恩典。

⑲「銜山」一絕——銜山，含山；芳園，景色美好的林園；錫，賜。

寫畢，向諸姊妹笑道：「我素乏捷才，且不長於吟咏，妹輩素所深知。今夜聊以塞責，不負斯景而已。異日少暇，必補撰〈大觀園記〉並〈省親頌〉等文，以記今日之事。妹輩亦各題一匾一詩，隨才之長短，亦暫吟成，不可因我微才所縛。且喜寶玉竟知題咏，是我意外之想。此中『瀟湘館』、『蘅蕪苑』二處，我所極愛，次之『怡紅院』、『浣葛山莊』，此四大處，必得別有章句題咏方妙。前所題之聯雖佳，如今再各賦五言律一首，使我當面試過，方不負我自幼教授之苦心。」寶玉只得答應了，下來自去構思。

迎、探、惜三人之中，要算探春又出於姊妹之上，然自忖亦難與薛、林爭衡，只得勉強隨眾塞責而已。李紈也勉強湊成一絕。賈妃先挨次看姊妹們的，寫道是：

曠性怡情 匾額　　迎 春

園成景備特精奇，奉命羞題額曠怡。誰信世間有此境，游來寧不暢神思？

萬象爭輝 匾額　　探 春

名園築出勢巍巍，奉命何慚學淺微。精妙一時言不出，果然萬物生光輝。

文章造化⑳ 匾額　　惜 春

山水横拖千里外，樓臺高起五雲中。園修日月光輝裡，景奪文章造化功。

文采風流 匾額　　李 紈

秀水明山抱復回，風流文采勝蓬萊。綠裁歌扇迷芳草，紅襯湘裙舞落梅。珠玉自應傳盛世，神仙

---

⑳文章造化——指大觀園的精巧華美巧奪天工。文章，文采、花紋；造化，創造化育萬物的自然界。

何幸下瑤臺！名園一自邀遊賞，未許凡人到此來。㉑

凝暉鍾瑞㉒　匾額　　薛寶釵

芳園築向帝城西，華日祥雲籠罩奇。高柳喜遷鶯出谷，修篁時待鳳來儀。文風已著宸游夕，孝化應隆歸省時。睿藻仙才盈彩筆，自慚何敢再為辭。㉓

世外仙源　匾額　　林黛玉

名園築何處，仙境別紅塵。借得山川秀，添來景物新。香融金谷酒，花媚玉堂人。何幸邀恩寵，宮車過往頻。㉔

賈妃看畢，稱賞一番，又笑道：「終是薛、林二妹之作與眾不同，非愚姊妹可同列者。」原來林黛玉安心今夜大展奇才，將眾人壓倒，不想賈妃只命一匾一咏，倒不好違諭多作，只胡亂作一首五言律應景罷了。彼時寶玉尚未作完，只剛作了「瀟湘館」與「蘅蕪苑」二首，正作「怡紅院」一首，起草內有「綠

㉑「秀水」一律——蓬萊，仙山名；歌扇，古時女子唱歌常以扇子遮面，所以稱「歌扇」；珠玉，比喻精采的詩文；神仙，喻元春；瑤臺，神仙居所，這裡代指皇宮；邀，蒙受。

㉒凝暉鍾瑞——陽光瑞氣凝集會聚。暉，日光，喻皇恩；鍾，聚。

㉓「芳園」一律——遷鶯出谷，黃鶯由深谷中遷到高樹上，比喻元春加封賢德妃；修篁，長長的竹林；文風，指朝廷的禮樂文章教化；宸遊，皇帝的巡遊，指元春歸省；睿藻，明智的文辭，指元春題大觀園詩。

㉔「名園」一律——別，區別，此處指仙境和人間完全不同；金谷酒，晉代石崇有金谷園，常與賓客遊宴其中，命各賦詩，「不能者，罰酒三斗」；玉堂人，指元春；玉堂，泛指妃嬪居處。

聯經出版事業公司　校印

玉春猶捲」一句。寶釵轉眼瞥見，便趁眾人不理論，急忙回身悄推他道：「他因不喜『紅香綠玉』四字，改了『怡紅快綠』；你這會子偏用『綠玉』二字，豈不是有意和他爭馳了？況且蕉葉之說也頗多，再想一個字改了罷。」寶玉見寶釵如此說，便拭汗道：「我這會子總想不起什麼典故出處來。」寶釵笑道：「你只把『綠玉』的『玉』字改作『蠟』字就是了。」寶玉道：「『綠蠟』可有出處？」寶釵見問，悄悄的咂嘴點頭笑道：「虧你今夜不過如此，將來金殿對策㉕，你大約連『趙錢孫李』㉖都忘了呢！唐錢珝咏芭蕉詩㉗頭一句：『冷燭無烟綠蠟乾』，你都忘了不成？」寶玉聽了，不覺洞開心臆，笑道：「該死，該死！現成眼前之物偏倒想不起來了，真可謂『一字師』㉘了。從此後我只叫你師父，再不叫姐姐了。」寶釵亦悄悄的笑道：「還不快作上去，只管姐姐妹妹的。誰是你姐姐？那上頭穿黃袍的才是你姐姐，你又認我這姐姐來了！」一面說笑，因說笑又怕他耽延工夫，遂抽身走開了。寶玉只得續成，共有了三首。

此時林黛玉未得展其抱負，自是不快。因見寶玉獨作四律，大費神思，何不代他作兩首，也省他些

㉕金殿對策——金殿，即金鑾殿，皇帝受朝見的殿堂；對策，原指漢代被薦舉的人對答皇帝有關政治、經義的策問，清代科舉制度，會試後還要參加由皇帝主持的殿試，殿試的題目為策問。

㉖趙錢孫李——《百家姓》的頭一句，《百家姓》是北宋時編的集姓氏為四言韻語的書，舊時流行的啟蒙課本之一。

㉗錢珝咏芭蕉詩——唐代詩人錢珝〈未展芭蕉〉詩：「冷燭無烟綠蠟乾，芳心猶捲怯春寒」。寶玉「綠蠟春猶捲」句，便是從這兩句剪裁變化而成。

㉘一字師——唐代詩僧齊己〈早梅〉詩：「前村深雪裡，昨夜開數枝。」鄭谷看了後，改「數枝」為「一枝」，齊己欽服下拜，時人稱鄭谷為「一字師」。

精神不到之處。想著，便也走至寶玉案旁，悄問：「可都有了？」寶玉道：「才有了三首，只少『杏帘在望』一首了。」黛玉道：「既如此，你只抄錄前三首罷。趕你寫完那三首，我也替你作出這首了。」說畢，低頭一想，早已吟成一律，便寫在紙條上，搓成個團子，擲在他跟前。寶玉打開一看，只覺此首比自己所作的三首高過十倍，真是喜出望外，遂忙恭楷呈上。賈妃看道：

有鳳來儀　　臣　寶玉謹題

秀玉初成實，堪宜待鳳凰。竿竿青欲滴，个个綠生涼。迸砌妨階水，穿簾礙鼎香。莫搖清碎影，好夢晝初長。㉙

蘅芷清芬

蘅蕪滿淨苑，蘿薜助芬芳。軟襯三春草，柔拖一縷香。輕烟迷曲徑，冷翠滴迴廊。誰謂池塘曲，謝家幽夢長。㉚

怡紅快綠

㉙「秀玉」一律——秀玉，喻竹，竹子別稱綠玉；个个，竹葉簇聚，形狀像許多「个」字；砌，石階的邊沿；「迸砌」一聯寫竹子長得茂密，既擋住了階下泉水不使濺上階沿，又留住了鼎爐香烟不使穿簾散去。

㉚「蘅蕪」一律——蘅蕪蘿薜，都是植物名，泛指大觀園中的香草植物；「軟襯」一聯，寫滿苑異草，牽藤引蔓，柔軟如春日嫩草，吐露出一縷芳香；輕烟，藤蔓纖柔，夾纏縈繞，猶如輕烟；冷翠，草上露珠，清冷碧翠；「誰謂」一聯，南朝詩人謝靈運〈登池上樓〉詩有「池塘生春草」之句，相傳為夢中所得，這聯意謂：誰說只有謝家才有能觸發靈感獲得佳句的好夢呢。

深庭長日靜，兩兩出嬋娟。綠蠟春猶捲，紅妝夜未眠。憑欄垂絳袖，倚石護青烟。對立東風裡，
主人應解憐。㉛

杏帘在望

杏帘招客飲，在望有山莊。菱荇鵝兒水，桑榆燕子樑。一畦春韭綠，十里稻花香。盛世無飢餒，
何須耕織忙。㉜

賈妃看畢，喜之不盡，說：「果然進益了！」又指「杏帘」一首為前三首之冠，遂將「浣葛山莊」改為「稻香村」。又命探春另以彩箋謄錄出方才一共十數首詩，出令太監傳與外廂。賈政等看了，都稱頌不已。賈政又進〈歸省頌〉。元春又命以瓊酥金膾㉝等物，賜與寶玉並賈蘭。此時賈蘭極幼，未達諸事，只不過隨母依叔行禮，故無別傳。賈環從年內染病未痊，自有閑處調養，故亦無傳。

那時賈薔帶領十二個女戲，在樓下正等的不耐煩，只見一太監飛跑來說：「作完了詩，快拿戲目來！」賈薔急將錦冊呈上，並十二個花名單子。少時，太監出來，只點了四齣戲：第一齣，〈豪宴〉；第二齣，

㉛「深庭」一律——兩兩，指芭蕉與海棠；嬋娟，姿態美好；綠蠟，指蕉葉，春天蕉葉捲而未舒，猶如翠燭；紅妝，指海棠，海棠入夜猶開，像少女未眠；絳袖，深紅衣袖，這句說檻外海棠，紅花如憑欄美人垂下的大紅衫袖；解憐，懂得愛惜。

㉜「杏帘」一律——菱荇，菱角、荇菜，都是水生植物；本句說鵝兒在長著菱荇的水面上嬉戲，下句是燕子飛越桑榆之間，忙忙碌碌地在樑上築巢；畦，土埂圍住的小田塊；餒，飢餓。

㉝瓊酥金膾——精美的食品。膾，細切的肉。

聯經出版事業公司 校印

〈乞巧〉；第三齣，〈仙緣〉；第四齣，〈離魂〉㉞。賈薔忙張羅扮演起來。一個個歌欺裂石之音，舞有天魔之態㉟。雖是妝演的形容，卻作盡悲歡情狀。

剛演完了，一太監執一金盤糕點之屬進來，問：「誰是齡官？」賈薔便知是賜齡官之物，喜的忙接了，命齡官叩頭。太監又道：「貴妃有諭，說：『齡官極好，再作兩齣戲，不拘那兩齣就是了。』」賈薔忙答應了，因命齡官作〈遊園〉、〈驚夢〉二齣。齡官自為此二齣原非本角之戲，執意不作，定要作〈相約〉、〈相罵〉二齣。賈薔扭他不過，只得依他作了。賈妃甚喜，命：「不可難為了這女孩子，好生教習。」額外賞了兩疋宮緞、兩個荷包並金銀錁子、食物之類。然後撤筵，將未到之處復又遊頑。忽見山環佛寺，忙另盥手進去焚香拜佛，又題一匾云：「苦海慈航」㊱。又額外加恩與一班幽尼女道。

少時，太監跪啟：「賜物俱齊，請驗等例。」乃呈上略節。賈妃從頭看了，俱甚妥協，即命照此遵

㉞〈豪宴〉等劇目——〈豪宴〉是清初李玉《一捧雪》傳奇中的一齣，演明代莫懷古因玉杯「一捧雪」，被奸邪害得家破人亡的故事；〈乞巧〉是清初洪昇《長生殿》傳奇中的一齣，演唐玄宗與楊貴妃的悲劇故事；〈仙緣〉是明代湯顯祖《邯鄲記》中〈合仙〉一齣，演呂洞賓下凡度盧生上天，代替何仙姑天門掃花的故事；〈離魂〉及下文〈遊園〉、〈驚夢〉都是湯顯祖《牡丹亭》的劇目；〈相約〉、〈相罵〉是明代月榭主人《釵釧記》傳奇中的兩齣，〈相約〉演皇甫吟與史碧桃約為婚姻事，〈相罵〉演丫鬟雲香與老夫人張氏拌嘴相罵事。

㉟歌欺裂石之音，舞有天魔之態——欺，超過；裂石之音，比喻聲音的激越，清脆響亮。天魔，唐代舞樂，這裡是形容舞姿美妙。

㊱苦海慈航——佛教認為現實世界如同苦海，勸人出家是菩薩的慈悲行為，就像用船救人渡過苦海。

行。太監聽了，下來一一發放。原來賈母的是金、玉如意各一柄，沉香拐拄一根，伽楠念珠一串，「富貴長春」宮緞四匹，「福壽綿長」宮綢四匹，紫金「筆錠如意」錁十錠，「吉慶有魚」㊲銀錁十錠。邢夫人、王夫人二分，只減了如意、拐、珠四樣。賈敬、賈赦、賈政等，每分御製新書二部，寶墨二匣，金、銀爵㊳各二只，表禮按前。寶釵、黛玉諸姊妹等，每人新書一部，寶硯一方，新樣格式金銀錁二對。寶玉亦同此。賈蘭則是金銀項圈二個，金銀錁二對。尤氏、李紈、鳳姐等，皆金銀錁四錠，表禮四端。外表禮二十四端，清錢一百串，是賜與賈母、王夫人及諸姊妹房中奶娘、眾丫鬟的。賈珍、賈璉、賈環、賈蓉等，皆是表禮一分，金錁一雙。其餘彩緞百端，金銀千兩，御酒華筵，是賜東西兩府凡園中管理工程、陳設、答應㊴及司戲、掌燈諸人的。外有清錢五百串，是賜廚役、優伶、百戲、雜行人丁的。

眾人謝恩已畢，執事太監啟道：「時已丑正三刻，請駕回鑾。」賈妃聽了，不由的滿眼又滾下淚來。卻又勉強堆笑，拉住賈母、王夫人的手，緊緊的不忍釋放，再四叮嚀：「不須掛念，好生自養。如今天恩浩蕩，一月許進內省視一次，見面是盡有的，何必傷慘。倘明歲天恩仍許歸省，萬不可如此奢華靡費了！」賈母等已哭的哽噎難言了。賈妃雖不忍別，怎奈皇家規範，違錯不得，只得忍心上輿去了。這裡諸人好容易將賈母、王夫人安慰解勸，攙扶出園去了。正是——

㊲筆錠如意、吉慶有餘——筆錠如意，金錠子上的字樣，以「筆錠」諧音「必定」，意謂一定吉祥、事事如意；吉慶有魚，銀錠上的字樣，以「魚」諧音「餘」。

㊳爵——古代的三腳酒器。

㊴答應——這裡作「伺候」解，也可以指僕人。

第十九回　情切切良宵花解語①　意綿綿靜日玉生香

話說賈妃回宮，次日見駕謝恩，並回奏歸省之事，龍顏甚悅。又發內帑彩緞、金銀等物，以賜賈政及各椒房等員，不必細說。

且說榮、寧二府中因連日用盡心力，真是人人力倦，各各神疲，又將園中一應陳設動用之物收拾了兩三天方完。第一個鳳姐事多任重，別人或可偷安躲靜，獨他是不能脫得的；二則本性要強，不肯落人褒貶，只扎掙著與無事的人一樣。第一個寶玉是極無事最閑暇的。偏這日一早，襲人的母親又親來回過賈母，接襲人家去吃年茶，晚間才得回來。因此，寶玉只和眾丫頭們擲骰子、趕圍棋作戲。正在房內頑的沒興頭，忽見丫頭們來回說：「東府珍大爺來請過去看戲、放花燈。」寶玉聽了，便命換衣裳。才要

①花解語——從「解語花」一詞來。解語花，善解人意的、會說話的花；這裡比喻花襲人能說會道，口齒伶俐。

去時，忽又有賈妃賜出糖蒸酥酪來；寶玉想上次襲人喜吃此物，便命留與襲人了。自己回過賈母，過去看戲。

誰想賈珍這邊唱的是《丁郎認父》、《黃伯央大擺陰魂陣》，更有「孫行者大鬧天宮」、「姜子牙斬將封神」等類的戲文②，倏爾神鬼亂出，忽又妖魔畢露，甚至於揚幡過會，號佛行香③，鑼鼓喊叫之聲遠聞巷外。滿街之人個個都讚：「好熱鬧戲，別人家斷不能有的。」寶玉見繁華熱鬧到如此不堪的田地，只略坐了一坐，便走開各處閑耍。先是進內去和尤氏和丫鬟、姬妾說笑了一回，便出二門來。尤氏等仍料他出來看戲，遂也不曾照管。賈珍、賈璉、薛蟠等只顧猜枚行令④，百般作樂，也不理論，縱一時不見他在座，只道在裡邊去了，故也不問。至於跟寶玉的小廝們，那年紀大些的，知寶玉這一來了，必是晚間才散，因此偷空也有去會賭的，也有往親友家去吃年茶的，更有或嫖或飲的，都私散了，待晚間再來；那小些的，都鑽進戲房裡瞧熱鬧去了。

寶玉見一個人沒有，因想：「這裡素日有個小書房，內曾掛著一軸美人，極畫的得神。今日這般熱

---

②《丁郎認父》等戲——《丁郎認父》演明代杜文學（一說高文舉）被嚴嵩迫害流落湖廣，入贅胡丞相府中，他與前妻所生之子丁郎在街上相遇不敢相認，後入府說明原委才得父子相認。《黃伯央大擺陰魂陣》又名《黃伯央怒擺陰兵陣》，講燕將樂毅的師父黃伯楊下山佈迷魂陣圍困齊將孫臏的事，劇情十分熱鬧。「孫行者大鬧天宮」、「姜子牙斬將封神」分別敷演《西遊記》和《封神演義》的故事。

③號佛行香——號佛，口宣佛號，即大聲唸佛；行香，燒香拜佛的儀式。

④猜枚行令——猜枚，酒席間的遊戲，把小東西握在雙拳裡，然後出拳讓人猜雙單數、枚數及顏色；行令，行酒令。

鬧，想那裡自然無人，那美人也自然是寂寞的，須得我去望慰他一回。」想著，便往書房裡來。剛到窗前，聞得房內有呻吟之韵。寶玉倒唬了一跳：敢是美人活了不成？乃乍著膽子⑤，舔破窗紙，向內一看——那軸美人卻不曾活，卻是茗烟按著一個女孩子，也幹那警幻所訓之事。寶玉禁不住大叫：「了不得！」一腳踹進門去，將那兩個唬開了，抖衣而顫。

茗烟見是寶玉，忙跪求不迭。寶玉道：「青天白日，這是怎麼說！珍大爺知道，你是死是活？」一面看那丫頭，雖不標緻，倒還白淨，些微亦有動人處，羞的臉紅耳赤，低首無言。寶玉跺腳道：「還不快跑！」一語提醒了那丫頭，飛也似去了。寶玉又趕出去，叫道：「你別怕，我是不告訴人的。」急的茗烟在後叫：「祖宗，這是分明告訴人了！」寶玉因問：「那丫頭十幾歲了？」茗烟道：「大不過十六七歲了。」寶玉道：「連他的歲數也不問問，別的自然越發不知了。可見他白認得你了。可憐，可憐！」又問：「名字叫什麼？」茗烟笑道：「若說出名字來話長，真真新鮮奇文，竟是寫不出來的。據他說，他母親養他的時節做了個夢，夢見得了一匹錦，上面是五色富貴不斷頭卍字的花樣，所以他的名字叫作萬兒。」寶玉聽了笑道：「真也新奇，想必他將來有些造化。」說著，沉思一會。

茗烟因問：「二爺為何不看這樣的好戲？」寶玉道：「看了半日，怪煩的，出來逛逛，就遇見你們了。——這會子作什麼呢？」茗烟欪欪⑥笑道：「這會子沒人知道，我悄悄的引二爺往城外逛逛去，一

⑤乍著膽子——放大膽子，乍，借作「炸」。

⑥欪——音ㄒㄧ，通「嘻」，欪欪，戲笑聲。

會子再往這裡來，他們就不知道了。」寶玉道：「不好，仔細花子⑦拐了去。況且他們知道了，又鬧大了，不如往熟近些的地方去，還可就來。」茗烟道：「熟近地方，誰家可去？這卻難了。」寶玉笑道：「依我的主意，咱們竟找你花大姐姐去，瞧他在家作什麼呢。」茗烟笑道：「好，好！倒忘了他家。」又道：「若他們知道了，說我引著二爺胡走，要打我呢？」寶玉道：「有我呢。」茗烟聽說，拉了馬。二人從後門就走了。

幸而襲人家不遠，不過一半里路程，展眼已到門前。茗烟先進去叫襲人之兄花自芳。彼時襲人之母接了襲人與幾個外甥女兒、幾個侄女兒來家，正吃果茶。聽見外面有人叫「花大哥」，花自芳忙出去看時，見是他主僕兩個，唬的驚疑不止，連忙抱下寶玉來，在院內嚷道：「寶二爺來了！」別人聽見還可，襲人聽了，也不知為何，忙跑出來迎著寶玉，一把拉著問：「你怎麼來了？」寶玉笑道：「我怪悶的，來瞧瞧你作什麼呢。」襲人聽了，才放下心來，「嗐」了一聲，笑道：「你也忒胡鬧了，可作什麼來呢！」一面又問茗烟：「還有誰跟來？」茗烟笑道：「別人都不知，就只我們兩個。」襲人聽了，復又驚慌，說道：「這還了得！倘或碰見了人，或是遇見了老爺，街上人擠車碰，馬轎紛紛的，若有個閃失，也是頑得的？你們的膽子比斗還大！——都是茗烟調唆的，回去我定告訴嬤嬤們打你。」茗烟撅了嘴，道：「二爺罵著、打著，叫我引了來，這會子推到我身上。我說別來罷，——不然我們還去罷。」花自芳忙勸：「罷了，已是來了，也不用多說了。只是茅檐草舍，又窄又髒，爺怎麼坐呢？」

⑦花子——即叫花子、乞丐；這裡指誆騙小孩的拐子。

襲人之母也早迎了出來。襲人拉了寶玉進去。寶玉見房中三五個女孩兒，見他進來，都低了頭，羞慚慚的。花自芳母子兩個百般怕寶玉冷，又讓他上炕，又忙另擺果桌，又忙倒好茶。襲人笑道：「你們不用白忙，我自然知道。果子也不用擺，也不敢亂給東西吃。」一面說，一面將自己的坐褥拿了鋪在一個炕上，寶玉坐了；用自己的腳爐墊了腳；向荷包內取出兩個梅花香餅兒來，又將自己的手爐掀開焚上，仍蓋好，放與寶玉懷內；然後將自己的茶杯斟了茶，送與寶玉。彼時他母兄已是忙另齊齊整整擺上一桌子果品來。襲人見總無可吃之物，因笑道：「既來了，沒有空去之理，好歹嘗一點兒，也是來我家一趟。」說著，便拈了幾個松子瓤，吹去細皮，用手帕托著送與寶玉。

寶玉看見襲人兩眼微紅，粉光融滑，因悄問襲人：「好好的哭什麼？」襲人笑道：「何嘗哭？才迷了眼揉的。」因此便遮掩過了。當下寶玉穿著大紅金蟒狐腋箭袖，外罩石青貂裘排穗褂。襲人道：「你特為往這裡來又換新服，他們就不問你往那去的？」寶玉笑道：「珍大爺那裡去看戲換的。」襲人點頭，又道：「坐一坐就回去罷，這個地方不是你來的。」寶玉笑道：「你就家去才好呢，我還替你留著好東西呢。」襲人悄笑道：「悄悄的，叫他們聽著什麼意思。」一面又伸手從寶玉項上將通靈玉摘了下來，向他姊妹們笑道：「你們見識見識。時常說起來都當希罕，恨不能一見，今兒可盡力瞧了。再瞧什麼希罕物兒，也不過是這麼個東西。」說畢，遞與他們傳看了一遍，仍與寶玉掛好。又命他哥哥去或僱一乘小轎，或僱一輛小車，送寶玉回去。花自芳道：「有我送去，騎馬也不妨了。」襲人道：「不為不妨，為的是碰見人。」

花自芳忙去僱了一頂小轎來，眾人也不敢相留，只得送寶玉出去。襲人又抓果子與茗烟，又把些錢與他買花炮放，教他：「不可告訴人，連你也有不是。」一直送寶玉至門前，看著上轎，放下轎簾。花、茗二人牽馬跟隨。來至寧府街，茗烟命住轎，向花自芳道：「須等我同二爺還到東府裡混一混，才好過去的，不然人家就疑惑了。」花自芳聽說有理，忙將寶玉抱出轎來，送上馬去。寶玉笑說：「倒難為你了。」於是仍進後門來。俱不在話下。

卻說寶玉自出了門，他房中這些丫鬟們都越性恣意的頑笑，也有趕圍棋的，也有擲骰抹牌的，磕了一地瓜子皮。偏奶母李嬤嬤拄拐進來請安，瞧瞧寶玉；見寶玉不在家，丫頭們只顧頑鬧，十分看不過。因嘆道：「只從我出去了，不大進來，你們越發沒個樣兒了，別的媽媽們越不敢說你們了。那寶玉是個丈八的燈臺——照見人家，照不見自家的。只知嫌人家髒，這是他的屋子，由著你們糟塌，越不成體統了。」這些丫頭們明知寶玉不講究這些，二則李嬤嬤已是告老解事出去的了，如今管他們不著，因此只顧頑，並不理他。那李嬤嬤還只管問「寶玉如今一頓吃多少飯」、「什麼時辰睡覺」等語。丫頭們總胡亂答應，有的說：「好一個討厭的老貨！」

李嬤嬤又問道：「這蓋碗裡是酥酪，怎不送與我去？我就吃了罷。」說畢，拿匙就吃。一個丫頭道：「快別動！那是說了給襲人留著的，回來又惹氣了。你老人家自己承認，別帶累我們受氣。」李嬤嬤聽了，又氣又愧，便說道：「我不信他這樣壞了。別說我吃了一碗牛奶，就是再比這個值錢的，也是應該的。難道待襲人比我還重？難道他不想想怎麼長大了？我的血變的奶，吃的長這麼大，如今我吃他一碗牛奶，他就生氣了？我偏吃了，看怎麼樣！你們看襲人不知怎樣，那是我手裡調理出來的毛丫頭，什麼

聯經出版事業公司 校印

阿物兒！」一面說，一面賭氣將酥酪吃盡。又一個丫頭笑道：「他們不會說話，怨不得你老人家生氣。寶玉還時常送東西孝敬你老去，豈有為這個不自在的？」李嬤嬤道：「你們也不必妝狐媚子⑧哄我，打量上次為茶攆茜雪的事我不知道呢！明兒有了不是，我再來領！」說著，賭氣去了。

少時，寶玉回來，命人去接襲人。只見晴雯躺在床上不動，寶玉因問：「敢是病了？再不然輸了？」秋紋道：「他倒是贏的；誰知李老太太來了，混輸了，他氣的睡去了。」寶玉笑道：「你別和他一般見識，由他去就是了。」說著，襲人已來，彼此相見。襲人又問寶玉：「何處吃飯？多早晚回來？」又代母妹問諸同伴姊妹好。一時換衣卸妝。寶玉命取酥酪來，丫鬟們回說：「李奶奶吃了。」寶玉才要說話，襲人便忙笑道：「原來是留的這個，多謝費心。前兒我吃的時候好吃，吃過了，好肚子疼，足鬧的吐了才好。他吃了倒好，擱在這裡倒白糟塌了。我只想風乾栗子吃，你替我剝栗子，我去鋪床。」

寶玉聽了信以為真，方把酥酪丟開，取栗子來，自向燈前檢剝。一面見眾人不在房中，乃笑問襲人道：「今兒那個穿紅的是你什麼人？」襲人道：「那是我兩姨妹子。」寶玉聽了，贊嘆了兩聲。襲人道：「嘆什麼？我知道你心裡的緣故，想是說：他那裡配穿紅的？」寶玉笑道：「不是，不是。那樣的人不配穿紅的，誰還敢穿？我因為見他實在好的很，怎麼也得他在咱們家就好了。」襲人冷笑道：「我一個人是奴才命罷了，難道連我的親戚都是奴才命不成？定還要揀實在好的丫頭才往你家來。」寶玉聽了，忙笑道：「你又多心了。我說往咱們家來，必定是奴才不成？說親戚就使不得？」襲人道：「那也搬配

⑧妝狐媚子——用狐狸精善迷人來比喻獻媚討好。

⑨不上。」寶玉便不肯再說，只是剝栗子。襲人笑道：「怎麼不言語了？想是我才冒撞沖犯了你，明兒賭氣花幾兩銀子買他們進來就是了。」寶玉笑道：「你說的話，怎麼叫我答言呢？我不過是贊他好，正配生在這深堂大院裡，沒的我們這種濁物倒生在這裡。」襲人道：「他雖沒這造化，倒也是嬌生慣養的呢，我姨爹姨娘的寶貝。如今十七歲，各樣的嫁妝都齊備了，明年就出嫁。」

寶玉聽了「出嫁」二字，不禁又「嗐」了兩聲。正是不自在，又聽襲人嘆道：「只從我來這幾年，姊妹們都不得在一處。如今我要回去了，他們又都去了。」寶玉聽這話內有文章，不覺吃一驚，忙丟下栗子，問道：「怎麼，你如今要回去了？」襲人道：「我今兒聽見我媽和哥哥商議，教我再耐煩一年，明年他們上來，就贖我出去的呢。」寶玉聽了這話，越發怔了，因問：「為什麼要贖你？」襲人道：「這話奇了！我又比不得是你這裡的家生子兒⑩，一家子都在別處，獨我一個人在這裡，怎麼是個了局？」寶玉道：「我不叫你去也難。」襲人道：「從來沒這道理。便是朝廷宮裡，也有個定例，或幾年一選，幾年一放，也沒有個長遠留下人的理，別說你了！」

寶玉想一想，果然有理。又道：「老太太不放你也難。」襲人道：「為什麼不放？我果然是個最難得的，或者感動了老太太，老太太必不放我出去的，設或多給我們家幾兩銀子，留下我，然或有之；其實我也不過是個平常的人，比我強的多而且多。自我從小兒來了，跟著老太太，先伏侍了史大姑娘幾年，

⑨搬配——配合，指身份、地位、才貌等方面而言。
⑩家生子兒——指家奴的子女。清代法律，家奴的子女世代為奴，永遠服役。

如今又伏侍了你幾年。如今我們家來贖，正是該叫去的，——只怕連身價也不要，就開恩叫我去呢。若說為伏侍的你好，不叫我去，斷然沒有的事。那伏侍的好，是分內應當的，不是什麼奇功；我去了，仍舊有好的來了，不是沒了我就不成事。」寶玉聽了這些話，竟是有去的理，無留的理，心內越發急了，因又道：「雖然如此說，我只一心留下你，不怕老太太不和你母親說。多多給你母親些銀子，他也不好意思接你了。」襲人道：「我媽自然不敢強。且慢說和他好說，又多給銀子；就便不好和他說，一個錢也不給，安心要強留下我，他也不敢不依。但只是咱們家從沒幹過這倚勢仗貴霸道的事。這比不得別的東西，因為你喜歡，加十倍利弄了來給你，那賣的人不吃虧，可以行得。如今無故平空留下我，於你又無益，反叫我們骨肉分離，這件事，老太太、太太斷不肯行的。」寶玉聽了，思忖半晌，乃說道：「依你說，你是去定了？」襲人道：「去定了。」寶玉聽了，自思道：「誰知這樣一個人，這樣薄情無義！」乃嘆道：「早知道都是要去的，我就不該弄了來，臨了剩我一個孤鬼兒！」說著，便賭氣上床睡去了。

原來襲人在家，聽見他母兄要贖他回去，他就說至死也不回去的。又說：「當日原是你們沒飯吃，就剩我還值幾兩銀子，若不叫你們賣，沒有個看著老子娘餓死的理。如今幸而賣到這個地方，吃穿和主子一樣，又不朝打暮罵。況且如今爹雖沒了，你們卻又整理的家成業就，復了元氣。若果然還艱難，把我贖出來，再多掏摸⑪幾個錢，也還罷了，其實又不難了。——這會子又贖我作什麼？權當我死了，再不必起贖我的念頭！」因此哭鬧了一陣。

⑪掏摸——用不正當的手段取得錢財，如：偷、騙、訛詐等。

他母兄見他這般堅執，自然必不出來的了。況且原是賣倒的死契⑫，明仗著賈宅是慈善寬厚之家，不過求一求，只怕連身價銀一併賞了還是有的事呢。二則賈府中從不曾作踐下人，只有恩多威少的，且凡老少房中所有親侍的女孩子們，更比待家下眾人不同，平常寒薄人家的小姐，也不能那樣尊重的：因此，他母子兩個也就死心不贖了。次後忽然寶玉去了，他二人又是那般景況，他母子二人心下更明白了，越發石頭落了地，而且是意外之想，彼此放心，再無贖念了。

如今且說襲人自幼見寶玉性格異常，其淘氣憨頑自是出於眾小兒之外，更有幾件千奇百怪口不能言的毛病兒。近來仗著祖母溺愛，父母亦不能十分嚴緊拘管，更覺放蕩弛縱，任性恣情，最不喜務正。每欲勸時，料不能聽，今日可巧有贖身之論，故先用騙詞，以探其情，以壓其氣，然後好下箴規⑬。今見他默默睡去了，知其情有不忍，氣已餒墮。自己原不想栗子吃的，只因怕為酥酪又生事故，亦如茜雪之茶等事，是以假以栗子為由，混過寶玉不提就完了。於是命小丫頭子們將栗子拿去吃了，自己來推寶玉。只見寶玉淚痕滿面，襲人便笑道：「這有什麼傷心的？你果然留我，我自然不出去了。」寶玉見這話有文章，便說道：「你倒說說，我還要怎麼留你？我自己也難說了。」襲人笑道：「咱們素日好處，再不用說。但今日你安心留我，不在這上頭。我另說出兩三件事來，你果然依了我，就是你真心留我了，刀

⑫賣倒的死契——舊時買賣人口所立的一種字據，載明永遠不能贖取者叫「死契」。「賣倒」即賣定、賣死、不可變更的意思。

⑬箴規——規勸，告誡。

擱在脖子上，我也是不出去的了。」

寶玉忙笑道：「你說，那幾件？我都依你。好姐姐，好親姐姐，別說兩三件，就是兩三百件，我也依。只求你們同看著我，守著我，等我有一日化成了飛灰，——飛灰還不好，灰還有形有跡，還有知識。——等我化成一股輕烟，風一吹便散了的時候，你們也管不得我，我也顧不得你們了。那時憑我去，我也憑你們愛那裡去就去了。」話未說完，急的襲人忙握他的嘴，說：「好好的，正為勸你這些，倒更說的狠了。」寶玉忙說道：「再不說這話了。」襲人道：「這是頭一件要改的。」寶玉道：「改了，再要說，你就擰嘴。還有什麼？」

襲人道：「第二件，你真喜讀書也罷，假喜也罷，只是在老爺跟前或在別人跟前，你別只管批駁誚謗，只作出個喜讀書的樣子來，也教老爺少生些氣，在人前也好說嘴⑭。他心裡想著：我家代代讀書，只從有了你，不承望你不喜讀書，已經他心裡又氣又愧了；——而且背前背後亂說那些混話，凡讀書上進的人，你就起個名字叫作『祿蠹』⑮；又說只除『明明德』⑯外無書，都是前人自己不能解聖人之書，便另出己意，混編纂出來的。——這些話，怎麼怨得老爺不氣，不時時打你？叫別人怎麼想你？」寶玉

⑭說嘴——誇口。
⑮祿蠹——諷刺那些熱中功名利祿的人。祿，古代官吏的俸祿；蠹，蛀蟲。
⑯明明德——語出《大學》。前一個「明」字作動詞，彰明、發揚的意思；後一個「明」是形容詞；明德，至德、完美的德行。

笑道：「再不說了。那原是我小時不知天高地厚，信口胡說，如今再不敢說了。還有什麼？」

襲人道：「再不可毀僧謗道，調脂弄粉。還有更要緊的一件，再不許吃人嘴上擦的胭脂了，與那愛紅的毛病兒。」寶玉道：「都改，都改！再有什麼，快說。」襲人笑道：「再也沒有了。只是百事檢點些，不任意任情的就是了。你若果都依了，便拿八人轎也抬不出我去了⑰。」寶玉笑道：「你在這裡長遠了，不怕沒八人轎你坐。」襲人冷笑道：「這我可不希罕的。有那個福氣，沒有那個道理，縱坐了，也沒甚趣。」

二人正說著，只見秋紋走進來，說：「快三更了，該睡了。方才老太太打發嬤嬤來問，我答應睡了。」寶玉命取表來看時，果然針已指到亥正，方從新盥漱，寬衣安歇，不在話下。

至次日清晨，襲人起來，便覺身體發重，頭疼目脹，四肢火熱。先時還扎掙的住，次後捱不住，只要睡著，因而和衣躺在炕上。寶玉忙回了賈母，傳醫診視，說道：「不過偶感風寒，吃一兩劑藥疏散疏散就好了。」開方去後，令人取藥來煎好。剛服下去，命他蓋上被渥汗⑱，寶玉自去黛玉房中來看視。

彼時黛玉自在床上歇午，丫鬟們皆出去自便，滿屋內靜悄悄的。寶玉揭起繡線軟簾，進入裡間，只見黛玉睡在那裡，忙走上來推他道：「好妹妹，才吃了飯，又睡覺！」將黛玉喚醒。黛玉見是寶玉，因

⑰「八人轎」句——明媒正娶的意思。從前八人轎是高官或正式結婚時乘坐的。
⑱渥汗——人受了風寒，吃過藥後蓋上被子，悶出一身大汗。

聯經出版事業公司校印

說道：「你且出去逛逛。我前兒鬧了一夜，今兒還沒有歇過來，渾身酸疼。」寶玉道：「酸疼事小，睡出來的病大。我替你解悶兒，混過困去就好了。」黛玉只合著眼，說道：「我不困，只略歇歇兒，你且別處去鬧會子再來。」寶玉推他道：「我往那去呢，見了別人就怪膩的。」

黛玉聽了，「嗤」的一聲笑道：「你既要在這裡，那邊去老老實實的坐著，咱們說話兒。」寶玉道：「我也歪著。」黛玉道：「你就歪著。」寶玉道：「沒有枕頭，咱們在一個枕頭上罷。」黛玉道：「放屁！外頭不是枕頭？拿一個來枕著。」寶玉出至外間，看了一看，回來笑道：「那個我不要，也不知是那個髒婆子的。」黛玉聽了，睜開眼，起身笑道：「真真你就是我命中的『天魔星』⑲！請枕這一個。」說著，將自己枕的推與寶玉，又起身將自己的再拿了一個來，自己枕了，二人對面倒下。

黛玉因看見寶玉左邊腮上有鈕釦大小的一塊血漬，便欠身湊近前來，以手撫之細看，又道：「這又是誰的指甲刮破了？」寶玉側身，一面躲，一面笑道：「不是刮的，只怕是才剛替他們淘漉胭脂膏子，搢⑳上了一點兒。」說著，便找手帕子要揩拭。黛玉便用自己的帕子替他揩拭了，口內說道：「你又幹這些事了。幹也罷了，必定還要帶出幌子㉑來。便是舅舅看不見，別人看見了，又當奇事新鮮話兒去學舌討好兒，吹到舅舅耳朵裡，又該大家不乾淨惹氣。」

---

⑲天魔星——天魔，佛家語，為魔界之主，常率眾魔擾人身心、障礙佛法、破壞善事。這裡是纏人的「冤家」的意思。

⑳搢——音ㄗㄥˋ，同搢、蹭，摩擦；這裡是沾上的意思。

㉑帶幌子——帶招牌，帶出引人注目的東西。

寶玉總未聽見這些話，只聞得一股幽香，卻是從黛玉袖中發出，聞之令人醉魂酥骨。寶玉一把便將黛玉的袖子拉住，要瞧籠著何物。黛玉笑道：「這時候誰帶什麼香呢？」寶玉笑道：「既然如此，這香是那裡來的？」黛玉道：「連我也不知道。想必是櫃子裡頭的香氣，衣服上熏染的也未可知。」寶玉搖頭道：「未必。這香的氣味奇怪，不是那些香餅子、香毬子、香袋子的香。」黛玉冷笑道：「難道我也有什麼『羅漢』『真人』給我些香不成？便是得了奇香，也沒有親哥哥、親兄弟弄了花兒、朵兒、霜兒、雪兒替我炮製。我有的是那些俗香罷了。」

寶玉笑道：「凡我說一句，你就拉上這麼些，不給你個利害，也不知道，從今兒可不饒你了！」說著，翻身起來，將兩隻手呵了兩口，便伸手向黛玉膈肢窩內兩肋下亂撓。黛玉素性觸癢不禁，寶玉兩手伸來亂撓，便笑的喘不過氣來，口裡說：「寶玉！你再鬧，我就惱了。」寶玉方住了手，笑問道：「你還說這些不說了？」黛玉笑道：「再不敢了。」一面理鬢笑道：「我有奇香，你有『暖香』沒有？」

寶玉見問，一時解不來，因問：「什麼『暖香』？」黛玉點頭笑嘆道：「蠢才，蠢才！你有玉，人家就有金來配你；人家有『冷香』，你就沒有『暖香』去配？」寶玉方聽出來。寶玉笑道：「方才求饒，如今更說狠了。」說著，又去伸手。黛玉忙笑道：「好哥哥，我可不敢了。」寶玉笑道：「饒便饒你，只把袖子我聞一聞。」說著，便拉了袖子籠在面上，聞個不住。黛玉奪了手道：「這可該去了。」寶玉笑道：「去，不能。咱們斯斯文文的躺著說話兒。」說著，復又倒下。黛玉也倒下，用手帕子蓋上臉。

寶玉有一搭沒一搭的說些鬼話，黛玉只不理。寶玉問他幾歲上京，路上見何景致古蹟，揚州有何遺跡故事，土俗民風。黛玉只不答。寶玉只怕他睡出病來，便哄他道：「噯喲！你們揚州衙門裡有一件大故事，你可知道？」黛玉見他說的鄭重，且又正言厲色，只當是真事，因問：「什麼事？」寶玉見問，便忍著笑，順口謅道：「揚州有一座黛山，山上有個林子洞。……」黛玉笑道：「這就扯謊，自來也沒聽見這山。」寶玉道：「天下山水多著呢，你那裡都知道這些不成？等我說完了，你再批評。」黛玉道：「你且說。」寶玉又謅道：「林子洞裡原來有群耗子精。那一年臘月初七日，老耗子升座議事，因說：『明日乃是臘八，世上人都熬臘八粥。如今我們洞中果品短少，須得趁此打劫些來方妙。』乃拔令箭一枝，遣一能幹的小耗前去打聽。一時小耗回報：『各處察訪打聽已畢，惟有山下廟裡果米最多。』老耗問：『米有幾樣？果有幾品？』小耗道：『米豆成倉，不可勝記。果品有五種：一紅棗，二栗子，三落花生，四菱角，五香芋。』老耗聽了大喜，即時點耗前去。乃拔令箭問：『誰去偷米？』一耗便接令去偷米。又拔令箭問：『誰去偷豆？』又一耗接令去偷豆。然後一一的都各領令去了。只剩了香芋一種，因又拔令箭問：『誰去偷香芋？』只見一個極小極弱的小耗應道：『我願去偷香芋。』老耗並眾耗見他這樣，恐他不諳練，且怯懦無力，都不准他去。小耗道：『我雖年小身弱，卻是法術無邊，口齒伶俐，機謀深遠。此去管比他們偷的還巧呢！』眾耗忙問：『如何比他們巧呢？』小耗道：『我不學他們直偷，我只搖身一變，也變成個香芋，滾在香芋堆裡，使人看不出，聽不見，卻暗暗的用分身法搬運，漸漸的就搬運盡了。豈不比直偷硬取的巧些？』眾耗聽了，都道：『妙卻妙，只是不知怎麼個變法。你先變個我們瞧瞧。』小耗聽了，笑道：『這個不難，等我變來。』說畢，搖身說『變』，竟變了一個最標緻美貌的一位小姐。眾耗忙笑道：『變錯了，變錯了！原說變果子的，如何變出小姐來？』小耗現形笑道：『我說你們沒見世面，只認得這果子是香芋，卻不知鹽課林老爺的小姐才是真正的「香玉」呢。』」

黛玉聽了，翻身爬起來，按著寶玉笑道：「我把你爛了嘴的！我就知道你是編派[22]我呢。」說著，便擰的寶玉連連央告，說：「好妹妹，饒我罷，再不敢了！我因為聞你香，忽然想起這個故典來。」黛玉笑道：「饒罵了人，還說是故典呢！」

一語未了，只見寶釵走來，笑問：「誰說故典呢？我也聽聽。」黛玉忙讓坐，笑道：「你瞧瞧，有誰！他饒罵了人，還說是故典。」寶釵笑道：「原來是寶兄弟。怨不得他，他肚子裡的故典原多；——只是可惜一件，凡該用故典之時，他偏就忘了。有今日記得的，前兒夜裡的芭蕉詩就該記得。眼面前的倒想不起來，別人冷的那樣，你急的只出汗。這會子偏又有記性了。」黛玉聽了笑道：「阿彌陀佛！到底是我的好姐姐，你一般也遇見對子[23]了。可知一還一報，不爽不錯的。」剛說到這裡，只聽寶玉房中一片聲嚷，吵鬧起來。正是——

[22]編派——背地裡捏造、形容別人的行動或狀態來譏諷人。
[23]對子——對手。

聯經出版事業公司校印

第二十回　王熙鳳正言彈妒意　林黛玉俏語謔嬌音

話說寶玉在林黛玉房中說「耗子精」，寶釵撞來，諷刺寶玉元宵不知「綠蠟」之典，三人正在房中互相譏刺取笑。那寶玉正恐黛玉飯後貪眠，一時存了食，或夜間走了困，皆非保養身體之法；幸而寶釵走來，大家談笑，那林黛玉方不欲睡，自己才放了心。忽聽他房中嚷起來，大家側耳聽了一聽，林黛玉先笑道：「這是你媽媽和襲人叫嚷呢。那襲人也罷了，你媽媽再要認真排場①他，可見老背晦②了。」

寶玉忙要趕過去，寶釵忙一把拉住道：「你別和你媽媽吵才是，他老糊塗了，倒要讓他一步為是。」寶玉道：「我知道了。」說畢走來，只見李嬤嬤拄著拐棍，在當地罵襲人：「忘了本的小娼婦！我抬舉起你來，這會子我來了，你大模大樣的躺在炕上，見我來也不理一理。一心只想妝狐媚子哄寶玉，哄的

①排場——即「排揎」，數落、責難的意思。

②背晦——指老年人神志糊塗。

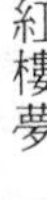

寶玉不理我，只聽你的話。你不過是幾兩銀子買來的毛丫頭，這屋裡你就作耗③，如何使得！好不好拉出去配一個小子，看你還妖精似的哄寶玉不哄！」襲人先只道李嬤嬤不過為他躺著生氣，少不得分辯說「病了，才出汗，蒙著頭，原沒看見你老人家」等語。後來只管聽他說「哄寶玉」、「妝狐媚」，又說「配小子」等，由不得又愧又委屈，禁不住哭起來。

寶玉雖聽了這些話，也不好怎樣，少不得替襲人分辯「病了，吃藥……」等話，又說：「你不信，只問別的丫頭們。」李嬤嬤聽了這話，益發氣起來了，說道：「你只護著那起狐狸，那裡認得我了？叫我問誰去？誰不幫著你呢？誰不是襲人拿下馬來④的！我都知道那些事。我只和你在老太太、太太跟前去講了：把你奶了這麼大，到如今吃不著奶了，把我丟在一旁，逞⑤著丫頭們要我的強。」一面說，一面也哭起來。彼時黛玉、寶釵等也走過來勸說：「媽媽，你老人家擔待他們一點子就完了。」李嬤嬤見他二人來了，便拉住訴委屈，將當日吃茶，茜雪出去，與昨日酥酪等事，嘮嘮叨叨說個不清。

可巧鳳姐正在上房算完輸贏帳，聽得後面聲嚷，便知是李嬤嬤老病發了，排揎寶玉的人。——正值他今兒輸了錢，遷怒於人。便連忙趕過來，拉了李嬤嬤，笑道：「好媽媽，別生氣。大節下，老太太才喜歡了一日，你是個老人家，別人高聲，你還要管他們呢；難道你反不知道規矩，在這裡嚷起來，叫老

---

③作耗——搗亂生事。

④拿下馬來——降伏、壓制。

⑤逞——放縱，指帶有鼓勵性質的放任。

太太生氣不成?你只說誰不好,我替你打他。我屋裡燒的滾熱的野雞,快來跟我吃酒去。」一面說,一面拉著走,又叫:「豐兒,替你李奶奶拿著拐棍子、擦眼淚的手帕子。」那李嬤嬤腳不沾地跟了鳳姐走了,一面還說:「我也不要這老命了,越性今兒沒有規矩,鬧一場子,討個沒臉,強如受那娼婦蹄子的氣!」後面寶釵、黛玉隨著,見鳳姐兒這般,都拍手笑道:「虧這一陣風來,把個老婆子撮了去了。」

寶玉點頭嘆道:「這又不知是那裡的帳,只揀軟的排揎。昨兒又不知是那個姑娘得罪了,上在他帳上。」一句未了,晴雯在旁笑道:「誰又不瘋了,得罪他作什麼?便得罪了他,就有本事承任,不犯帶累別人!」襲人一面哭,一面拉著寶玉道:「為我得罪了一個老奶奶,你這會子又為我得罪這些人,這還不夠我受的,還只是拉別人。」寶玉見他這般病勢,又添了這些煩惱,連忙忍氣吞聲,安慰他仍舊睡下出汗。又見他湯燒火熱,自己守著他,歪在旁邊,勸他:「只養著病,別想著些沒要緊的事生氣。」襲人冷笑道:「要為這些事生氣,這屋裡一刻還站不得了。但只是天長日久,只管這樣,可叫人怎麼樣才好呢?時常我勸你,別為我們得罪人,你只顧一時為我們那樣,他們都記在心裡,遇著坎兒⑥,說的好說不好聽,大家什麼意思?」一面說,一面禁不住流淚,又怕寶玉煩惱,只得又勉強忍著。

一時雜使的老婆子煎了二和藥⑦來。寶玉見他才有點汗意,不肯叫他起來,自己便端著就枕與他吃了,即命小丫頭子們鋪炕。襲人道:「你吃飯不吃飯,到底老太太、太太跟前坐一會子,和姑娘們頑一

---

⑥坎兒——路不平、凹凸處叫做「坎兒」,遇著坎兒,喻碰在當口上、遇到機會。

⑦二和藥——中藥普通一劑煎兩次,把煎過的藥加水再煮,濾出藥湯,這第二次煎的藥,叫「二和藥」。

會子再回來。我就靜靜的躺一躺也好。」寶玉聽說，只得替他去了簪環，看他躺下，自往上房來。同賈母吃畢飯，賈母猶欲同那幾個老管家嬤嬤鬥牌解悶，寶玉記著襲人，便回至房中，見襲人朦朧睡去。自己要睡，天氣尚早。彼時晴雯、綺霞、秋紋、碧痕都尋熱鬧，找鴛鴦、琥珀等耍戲去了，獨見麝月一個人在外間房裡燈下抹骨牌。寶玉笑問道：「你怎不同他們頑去？」麝月道：「沒有錢。」寶玉道：「床底下堆著那麼些，還不夠你輸的？」麝月道：「都頑去了，這屋裡交給誰呢？那一個又病了。滿屋裡上頭是燈，地下是火；那些老媽媽子們老天拔地⑧，伏侍一天，也該叫他們歇歇；小丫頭子們也是伏侍了一天，這會子還不叫他們頑頑去？所以讓他們都去罷，我在這裡看著。」

寶玉聽了這話，公然又是一個襲人。因笑道：「我在這裡坐著，你放心去罷。」麝月道：「你既在這裡，越發不用去了，咱們兩個說話頑笑豈不好？」寶玉笑道：「咱兩個作什麼呢？怪沒意思的。……也罷了，早上你說頭癢，這會子沒什麼事，我替你篦頭罷。」麝月聽了便道：「就是這樣。」說著，將文具⑨鏡匣搬來，卸去釵釧，打開頭髮，寶玉拿了篦子替他一一的梳篦。只篦了三五下，只見晴雯忙忙走進來取錢，一見了他兩個，便冷笑道：「哦，交杯盞還沒吃，倒上頭了⑩！」寶玉笑道：「你來，我

⑧老天拔地——老態龍鍾。

⑨文具——舊時女性的梳妝匣。

⑩交杯盞、上頭——舊時婚禮，用兩杯酒以彩線相連，新婚夫婦換杯飲酒，叫吃「交杯盞」；舊時女子出嫁始梳髮髻，叫做上頭，表示由姑娘變成了媳婦。下文的「通頭」，指梳通頭髮。

也替你篦一篦。」晴雯道：「我沒那麼大福。」說著，拿了錢，便摔簾子出去了。

寶玉在麝月身後，麝月對鏡，二人在鏡內相視。寶玉便向鏡內笑道：「滿屋裡就只是他磨牙⑪。」麝月聽說，忙向鏡中擺手。寶玉會意。忽聽「唿」一聲簾子響，晴雯又跑進來問道：「我怎麼磨牙了？咱們倒得說說！」麝月笑道：「你去你的罷，又來問人了。」晴雯笑道：「你又護著他了。你們那瞞神弄鬼的，我都知道。等我撈回本兒來再說話。」說著，一逕出去了。這裡寶玉通了頭，命麝月悄悄的伏侍他睡下，不肯驚動襲人。一宿無話。

至次日清晨起來，襲人已是夜間發了汗，覺得輕省了些，只吃些米湯靜養。寶玉放了心，因飯後走到薛姨媽這邊來閑逛。彼時正月內，學房中放年學，閨閣中忌針黹，卻都是閑時，賈環也過來頑，正遇見寶釵、香菱、鶯兒三個趕圍棋作耍，賈環見了也要頑。寶釵素習看他亦如寶玉，並沒他意；今兒聽他要頑，讓他上來坐了一處。一磊十個錢，頭一回自己贏了，心中十分歡喜。後來接連輸了幾盤，便有些著急，趕著這盤正該自己擲骰子，若擲個七點便贏，若擲個六點，下該鶯兒擲三點就贏了。因拿起骰子來，狠命一擲，一個作定了五，那一個亂轉。鶯兒拍著手只叫「么」，賈環便瞪著眼，「六——七——八」混叫。那骰子偏生轉出么來。賈環急了，伸手便抓起骰子來，然後就拿錢，說是個六點。鶯兒便說：「分明是個么！」寶釵見賈環急了，便瞅鶯兒說道：「越大越沒規矩，難道爺們還賴你？還不放下錢來

⑪磨牙——費口舌，難纏、囉嗦。

呢！」鶯兒滿心委屈，見寶釵說，不敢則聲，只得放下錢來，口內嘟囔說：「一個作爺的，還賴我們這幾個錢，——連我也不放在眼裡。前兒我和寶二爺頑，他輸了那些，也沒著急。下剩的錢，還是幾個小丫頭子們一搶，他一笑就罷了。」寶釵不等說完，連忙斷喝。賈環道：「我拿什麼比寶玉呢？你們怕他，都和他好，都欺負我不是太太養的！」說著，便哭了。寶釵忙勸他：「好兄弟，快別說這話，人家笑話你。」又罵鶯兒。

正值寶玉走來，見了這般形況，問：「是怎麼了？」賈環不敢則聲。寶釵素知他家規矩：凡作兄弟的，都怕哥哥。卻不知那寶玉是不要人怕他的。他想著：「弟兄們一併都有父母教訓，何必我多事，反生疏了。況且我是正出，他是庶出，饒這樣還有人背後談論，還禁得轄治他了？」更有個呆意思存在心裡。——你道是何呆意？因他自幼姊妹叢中長大，親姊妹有元春、探春，伯叔的有迎春、惜春，親戚中又有史湘雲、林黛玉、薛寶釵等諸人。他便料定，原來天生人為萬物之靈，凡山川日月之精秀，只鍾於女兒，鬚眉男子不過是些渣滓濁沫而已。因有這個呆念在心，把一切男子都看成混沌濁物，可有可無。只是父親、叔伯、兄弟中，因孔子是亙古第一人說下的，不可忤慢，只得要聽他這句話；所以，弟兄之間不過盡其大概的情理就罷了，並不想自己是丈夫，需要為子弟之表率。是以賈環等都不怕他，卻怕賈母，才讓他三分。如今寶釵恐怕寶玉教訓他，倒沒意思，便連忙替賈環掩飾。寶玉道：「大正月裡哭什麼？這裡不好，你別處頑去。你天天念書，倒念糊塗了。比如這件東西不好，橫豎那一件好，就棄了這件取那個。難道你守著這個東西哭一會子就好了不成？你原是來取樂頑的，既不能取樂，就往別處去再尋樂頑去。哭一會子，難道算取樂頑了不成？倒招自己煩惱，不如快去為是。」賈環聽了，只得回來。

趙姨娘見他這般，因問：「又是那裡墊了踹窩⑫來了？」一問不答，再問時，賈環便說：「同寶姐姐頑的，鶯兒欺負我，賴我的錢，寶玉哥哥攆我來了。」趙姨娘啐道：「誰叫你上高臺盤去了？下流沒臉的東西！那裡頑不得？誰叫你跑了去討沒意思！」

正說著，可巧鳳姐在窗外過，都聽在耳內，便隔窗說道：「大正月又怎麼了？環兄弟小孩子家，一半點兒錯了，你只教導他，說這些淡話作什麼！憑他怎麼去，還有太太、老爺管他呢，就大口啐他！他現是主子，不好了，橫豎有教導他的人，與你什麼相干？——環兄弟，出來！跟我頑去。」賈環素日怕鳳姐比怕王夫人更甚，聽見叫他，忙唯唯的出來，趙姨娘也不敢則聲。鳳姐向賈環道：「你也是個沒氣性的！時常說給你：要吃，要喝，要頑，要笑，你愛同那一個姐姐、妹妹、哥哥、嫂子頑，就同那個頑。你不聽我的話，反叫這些人教的歪心邪意，狐媚子霸道的。自己不尊重，要往下流走，安著壞心，還只管怨人家偏心。輸了幾個錢？就這麼個樣兒！」賈環見問，只得諾諾的回說：「輸了一二百。」鳳姐道：「虧你還是個爺，輸了一二百錢就這樣！」回頭叫豐兒：「去取一吊錢來，姑娘們都在後頭頑呢，把他送了頑去。——你明兒再這麼下流狐媚子，我先打了你，再打發人告訴學裡，皮不揭了你的！為你這個不尊重，恨的你哥哥牙根癢癢，不是我攔著，窩心腳⑬把你的腸子窩出來了！」喝命：「去罷！」賈環諾諾的跟了豐兒，得了錢，自己和迎春等頑去，不在話下。

---

⑫墊踹窩——墊平路面，引申為供人踐踏、代人受過；踹窩，路面上踐踏成的坑窩。

⑬窩心腳——當胸一腳。

且說寶玉正和寶釵頑笑，忽見人說：「史大姑娘來了。」寶玉聽了，抬身就走。寶釵笑道：「等著，咱們兩個一齊走，瞧瞧他去。」說著，下了炕，同寶玉一齊來至賈母這邊。只見史湘雲大笑大說的，見他兩個來，忙問好廝見。正值黛玉在旁，因問寶玉：「打那裡來？」寶玉便說：「打寶姐姐那裡來。」黛玉冷笑道：「我說呢！虧在那裡絆住，不然，早就飛了來了。」寶玉笑道：「只許同你頑，替你解悶兒。不過偶然去他那裡一趟，就說這話。」黛玉道：「好沒意思的話！去不去，管我什麼事？我又沒叫你替我解悶兒！──可許你從此不理我呢！」說著，便賭氣回房去了。

寶玉忙跟了來，問道：「好好的又生氣了？就是我說錯了，你到底也還坐在那裡，和別人說笑一會子。又來自己納悶。」林黛玉道：「你管我呢！」寶玉笑道：「我自然不敢管你，只沒有個看著你自己作踐了身子呢。」黛玉道：「我作踐壞了身子，我死，與你何干！」寶玉道：「何苦來？大正月裡，死了活了的。」黛玉道：「偏說『死』！我這會子就死！你怕死，你長命百歲的，如何？」寶玉笑道：「要像只管這樣鬧，我還怕死呢？倒不如死了乾淨。」黛玉忙道：「正是了，要是這樣鬧，不如死了乾淨！」寶玉道：「我說我自己死了乾淨，別聽錯了話賴人。」正說著，寶釵走來道：「史大妹妹等你呢。」說著，便推寶玉走了。這裡黛玉越發氣悶，只向窗前流淚。

沒兩盞茶的工夫，寶玉仍來了。黛玉見了，越發抽抽噎噎的哭個不住。寶玉見了這樣，知難挽回，打疊⑭起千百樣的款語溫言來勸慰。不料自己未張口，只見黛玉先說道：「你又來作什麼？橫豎如今有

⑭打疊──安排，準備。

聯經出版事業公司 校印

人和你頑，比我又會念，又會作，又會寫，又會說笑，——又怕你生氣，拉了你去。你又作什麼來？死活憑我去罷了！」寶玉聽了，忙上來悄悄的說道：「你這麼個明白人，難道連『親不間疏，先不僭後』⑮也不知道？我雖糊塗，卻明白這兩句話。頭一件，咱們是姑舅姊妹，寶姐姐是兩姨姊妹，論親戚，他比你疏。第二件，你先來，咱們兩個一桌吃，一床睡，長的這麼大了，他是才來的，豈有個為他疏你的？」黛玉啐道：「我難道叫你疏他？我成了個什麼人了呢？我為的是我的心。」寶玉道：「我也為的是我的心。難道你就知你的心，不知我的心不成？」黛玉聽了，低頭一語不發，半日說道：「你只怨人行動⑯嗔怪了你，你再不知道你自己慪人難受。就拿今日天氣比，分明今兒冷的這樣，你怎麼倒反把個青肷⑰披風脫了呢？」寶玉笑道：「何嘗不穿著？見你一惱，我一炮燥⑱，就脫了。」黛玉嘆道：「回來傷了風，又該訛著吵吃的了。」

二人正說著，只見湘雲走來，笑道：「愛哥哥，林姐姐，你們天天一處頑，我好容易來了，也不理我一理兒。」黛玉笑道：「偏是咬舌子愛說話，連個『二』哥哥也叫不出來，只是『愛』哥哥『愛』哥哥的。回來趕圍棋兒，又該你鬧『么愛三四五』了。」寶玉笑道：「你學慣了他，明兒連你還咬起來呢。」

⑮親不間疏，先不僭後——親密者不被疏遠者所離間，先到者不被後來者所超越。間，離間；僭，超越本分。
⑯行動——動不動。
⑰青肷——指青狐皮的腋部；肷，音ㄑㄧㄢˇ，牛肉。
⑱炮燥——由於心中煩躁而感到身上燥熱；炮，裹物而燒謂之炮。

聯經出版事業公司　校印

湘雲道：「他再不放人一點兒，專挑人的不好。你自己便比世人好，也不犯著見一個打趣一個。我指出一個人來，你敢挑他，我就伏你。」黛玉忙問是誰。湘雲道：「你敢挑寶姐姐的短處，就算你是好的。我算不如你，他怎麼不及你呢。」黛玉聽了，冷笑道：「我當是誰，原來是他！我那裡敢挑他呢。」寶玉不等說完，忙用話岔開。湘雲笑道：「這一輩子我自然比不上你。我只保佑著明兒得一個咬舌的林姐夫，時時刻刻你可聽『愛』呀『厄』的去！阿彌陀佛，那才現在我眼裡！」說的寶玉一笑，湘雲忙回身跑了。要知端詳，下回分解。

聯經出版事業公司校印

第二十一回　賢襲人嬌嗔箴寶玉　俏平兒軟語救賈璉

話說史湘雲跑了出來，怕林黛玉趕上，寶玉在後忙說：「仔細絆跌了！那裡就趕上了？」黛玉趕到門前，被寶玉叉手在門框上攔住，笑勸道：「饒他這一遭罷。」黛玉搬著手說道：「我若饒過雲兒，再不活著！」湘雲見寶玉攔住門，料黛玉不能出來，便立住腳，笑道：「好姐姐，饒我這一遭罷。」恰值寶釵來在湘雲身後，也笑道：「我勸你兩個看寶兄弟分上，都丟開手罷。」黛玉道：「我不依。你們是一氣的，都戲弄我不成！」寶玉勸道：「誰敢戲弄你？你不打趣他，他焉敢說你。」四人正難分解，有人來請吃飯，方往前邊來。那天早又掌燈時分，王夫人、李紈、鳳姐、迎、探、惜等都往賈母這邊來，大家閒話了一回，各自歸寢。湘雲仍往黛玉房中安歇。

寶玉送他二人到房，那天已二更多時，襲人來催了幾次，方回自己房中來睡。次日天明時，便披衣靸①鞋往黛玉房中來，不見紫鵑、翠縷二人，只見他姊妹兩個尚臥在衾內。那黛玉嚴嚴密密裹著一幅杏

①靸——原是古代一種深頭草鞋，這裡是「穿著」的意思；第二十五回的「靸拉」，是「拖著」的意思。

子紅綾被，安穩合目而睡。那湘雲卻一把青絲拖於枕畔，被只齊胸，一彎雪白的膀子撂於被外，又帶著兩個金鐲子。寶玉見了，嘆道：「睡覺還是不老實！回來風吹了，又嚷肩窩疼了。」一面說，一面輕輕的替他蓋上。黛玉早已醒了，覺得有人，就猜著定是寶玉，因翻身一看，果中其料。因說道：「這早晚就跑過來作什麼？」寶玉笑道：「這天還早呢！你起來瞧瞧。」黛玉道：「你先出去，讓我們起來。」寶玉聽了，轉身出至外邊。

　　黛玉起來叫醒湘雲，二人都穿了衣服。寶玉復又進來，坐在鏡臺旁邊。只見紫鵑、翠縷進來伏侍梳洗。湘雲洗了面，翠縷便拿殘水要潑，寶玉道：「站著，我趁勢洗了就完了，省得又過去費事。」說著，便走過來，彎腰洗了兩把。紫鵑遞過香皂去，寶玉道：「這盆裡的就不少，不用搓了。」再洗了兩把，便要手巾。翠縷道：「還是這個毛病兒，多早晚才改。」寶玉也不理，忙忙的要過青鹽擦了牙，漱了口，完畢，見湘雲已梳完了頭，便走過來，笑道：「好妹妹，替我梳上頭罷。」湘雲道：「這可不能了。」寶玉笑道：「好妹妹，你先時怎麼替我梳了呢？」湘雲道：「如今我忘了，怎麼梳呢？」寶玉道：「橫豎我不出門，又不帶冠子勒子，不過打幾根散辮子就完了。」說著，又千「妹妹」萬「妹妹」的央告。湘雲只得扶過他的頭來，一一梳篦。原來寶玉在家不戴冠，並不總角，只將四圍短髮編成小辮，往頂心髮上歸了總，編一根大辮，紅縧結住。自髮頂至辮梢，一路四顆珍珠，下面有金墜腳。湘雲一面編著，一面說道：「這珠子只三顆了，這一顆不是的。我記得是一樣的，怎麼少了一顆？」寶玉道：「丟了一顆。」湘雲道：「必定是外頭去掉下來，不防被人揀了去，倒便宜他。」黛玉一旁盥手，冷笑道：「也不知是真丟了，也不知是給了人鑲什麼戴去了！」寶玉不答，因鏡臺兩邊俱是妝奩等物，順手拿起來賞玩，不覺又順手拈了胭脂，意欲要往口邊送，因又怕史湘雲說，正猶豫間，湘雲果在身後看見，一手掠著辮子，便伸手來「拍」的一下，從手中將胭脂打落，說道：「這不長進的毛病兒，多早晚才改過！」

一語未了，只見襲人進來，看見這般光景，知是梳洗過了，只得回來自己梳洗。忽見寶釵走來，因問：「寶兄弟那去了？」襲人含笑道：「『寶兄弟』那裡還有在家裡的工夫！」寶釵聽說，心中明白。又聽襲人嘆道：「姊妹們和氣，也有個分寸禮節，也沒個黑家白日②鬧的！憑人怎麼勸，都是耳旁風。」寶釵聽了，心中暗忖道：「倒別看錯了這個丫頭，聽他說話，倒有些識見。」寶釵便在炕上坐了，慢慢的閑言中套問他年紀、家鄉等語，留神窺察，其言語志量深可敬愛。

一時寶玉來了，寶釵方出去。寶玉便問襲人道：「怎麼寶姐姐和你說的這麼熱鬧，見我進來就跑了？」問一聲不答，再問時，襲人方道：「你問我麼？我那裡知道你們的原故。」寶玉聽了這話，見他臉上氣色非往日可比，便笑道：「怎麼動了真氣？」襲人冷笑道：「我那裡敢動氣！只是從今以後別進這屋子了，橫豎有人伏侍你，再別來支使我。我仍舊還伏侍老太太去。」一面說，一面便在炕上合眼倒下。寶玉見了這般景況，深為駭異，禁不住趕來勸慰。那襲人只管合了眼不理。寶玉無了主意，因見麝月進來，便問道：「你姐姐怎麼了？」麝月道：「我知道麼？問你自己便明白了。」寶玉聽說，呆了一回，自覺無趣，便起身嘆道：「不理我罷，我也睡去。」說著，便起身下炕，到自己床上歪下。襲人聽他半日無動靜，微微的打鼾，料他睡著，便起身拿一領斗篷來替他剛壓上。只聽「忽」的一聲，寶玉便掀過去，

---

②黑家白日——不分白天晚上，一天到晚。

也仍合目裝睡。襲人明知其意，便點頭冷笑道：「你也不用生氣，從此後我只當啞子，再不說你一聲兒，如何？」寶玉禁不住起身問道：「我又怎麼了？你又勸我？你勸我也罷了，才剛又沒見你勸我，一進來你就不理我，賭氣睡了，我還摸不著是為什麼。這會子你又說我惱了！我何嘗聽見你勸我什麼話了？」襲人道：「你心裡還不明白，還等我說呢！」

正鬧著，賈母遣人來叫他吃飯，方往前邊來，胡亂吃了半碗，仍回自己房中。只見襲人睡在外頭炕上，麝月在旁邊抹骨牌。寶玉素知麝月與襲人親厚，一併連麝月也不理，揭起軟簾自往裡間來。麝月只得跟進來。寶玉便推他出去，說：「不敢驚動你們。」麝月只得笑著出來，喚了兩個小丫頭進去。

寶玉拿一本書，歪著看了半天，因要茶，抬頭只見兩個小丫頭在地下站著。一個大些兒的生得十分水秀，寶玉便問：「你叫什麼名字？」那丫頭便說：「叫蕙香。」寶玉便問：「是誰起的？」蕙香道：「我原叫芸香的，是花大姐姐改了蕙香。」寶玉道：「正經該叫『晦氣』罷了，什麼蕙香呢！」又問：「你姊妹幾個？」蕙香道：「四個。」寶玉道：「你第幾？」蕙香道：「第四。」寶玉道：「明兒就叫『四兒』，不必什麼『蕙香』『蘭氣』的。那一個配比這些花，沒的玷辱了好名好姓。」一面說，一面命他倒了茶來吃。襲人和麝月在外間聽了抿嘴而笑。

這一日，寶玉也不大出房，也不和姊妹、丫頭等廝鬧，自己悶悶的，只不過拿著書解悶，或弄筆墨；也不使喚眾人，只叫四兒答應。誰知四兒是個聰敏乖巧不過的丫頭，見寶玉用他，他就變盡方法籠絡寶玉。

至晚飯後，寶玉因吃了兩杯酒，眼餳耳熱之際，若往日則有襲人等大家嘻笑有興，今日卻冷清清的一人對燈，好沒興趣。待要趕了他們去，又怕他們得了意，以後越發來勸；若拿出做上的規矩來鎮唬，似乎無情太甚。說不得橫心只當他們死了，橫豎自家也要過的。便權當他們死了，毫無牽掛，反能怡然自悅。因命四兒剪燈烹茶，自己看了一回《南華經》。正看至〈外篇．胠篋〉③一則，其文曰：

故絕聖棄知④，大盜乃止；擿⑤玉毀珠，小盜不起；焚符破璽⑥，而民樸鄙；掊斗折衡⑦，而民不爭；殫殘天下之聖法，而民始可與論議。擢亂六律，鑠絕竽瑟⑧，塞瞽曠之耳，而天下始人含其聰矣⑨；滅文章，散五采，膠離朱⑩之目，而天下始人含其明矣；毀絕鉤繩而棄規矩⑪，攦

③《南華經》、〈外篇．胠篋〉——《南華經》即《莊子》，戰國莊周所作，現存三十三篇，分內篇、外篇和雜篇，〈胠篋〉屬於外篇。胠，從旁開啟；篋，藏物的小箱。

④絕聖棄知——拋棄聰明智巧的意思。語出《老子》第十九章：「絕聖棄知，民利百倍。」「聖」在這裡是睿智、於事無所不通的意思。

⑤擿——音ㄓˋ，同「擲」，扔掉。

⑥焚符破璽——燒毀信符，砸碎印璽。符，古時用竹、木、金、玉等製成，上刻文字，剖成兩半，以相契合做為憑證；璽，印章。

⑦掊斗折衡——把斗擊破，把秤折斷。掊，擊；斗，容量的單位及器具；衡，秤，量重量的工具。

⑧擢亂六律、鑠絕竽瑟——擢亂，攪亂；六律，泛指音律：我國古代律制將一個八度分為十二個音階，從低到高逢奇數的合稱「六律」，逢偶數的合稱「六呂」。鑠，銷熔；竽，笙類，古代簧管樂器；瑟，琴類；竽瑟，泛指樂器。

⑨「塞瞽曠」二句——瞽曠，即師曠，春秋時晉國樂師，目盲，相傳他善於審音辨律。瞽，瞎眼；先秦時以盲人為樂官，所以「瞽」又為樂官的代稱。聰，靈敏的聽覺。

⑩離朱——亦作「離婁」，古代傳說中視力最強的人，「能視於百步之外，見秋毫之末。」

聯經出版事業公司　校印

工倕之指⑫，而天下始人有其巧矣。看至此，意趣洋洋，趁著酒興，不禁提筆續曰：

焚花散麝，而閨閣始人含其勸矣⑬；戕寶釵之仙姿，灰黛玉之靈竅，喪滅情意，而閨閣之美惡始相類矣。彼含其勸，則無參商之虞矣；戕其仙姿，無戀愛之心矣；灰其靈竅，無才思之情矣。彼釵、玉、花、麝者，皆張其羅而穴其隧⑭，所以迷眩纏陷⑮天下者也。

續畢，擲筆就寢。頭剛著枕便忽睡去，一夜竟不知所之，直至天明方醒。翻身看時，只見襲人和衣睡在衾上。寶玉將昨日的事已付與度外，便推他說道：「起來好生睡，看凍著了。」

原來襲人見他無曉夜和姊妹們廝鬧，若直勸他，料不能改，故用柔情以警之，料他不過半日片刻，仍復好了。不想寶玉一日夜竟不回轉，自己反不得主意，直一夜沒好生睡得。今忽見寶玉如此，料他心意回轉，便越性不睬他。寶玉見他不應，便伸手替他解衣，剛解開了鈕子，被襲人將手推開，又自扣了。寶玉無法，只得拉他的手笑道：「你到底怎麼了？」連問幾聲，襲人睜眼說道：「我也不怎麼。你睡醒

⑪鈎繩規矩——鈎，定曲線的工具；繩，定直線的工具；規，畫圓形的工具；矩，畫方形的工具。

⑫攦工倕之指——攦，音ㄌㄧˋ，折斷；工倕，相傳為堯時巧匠。

⑬「焚花散麝」二句——花，指襲人；麝，指麝月；勸，勸勉、箴規，在這裡作名詞用。

⑭穴其隧——挖好了陷阱。穴，洞，此處用作動詞，義同「挖」；隧，地道，此處引申作陷阱。

⑮迷眩纏陷——迷眩，指用聲色迷惑人；纏陷，指用羅網陷阱捕捉人；眩，昏花惑亂。

了，你自過那邊房裡去梳洗，再遲了，就趕不上了。」寶玉道：「我過那裡去？」襲人冷笑道：「你問我，我知道？你愛往那裡去，就往那裡去。從今咱們兩個丟開手，省得雞聲鵝鬥⑯，叫別人笑話。橫豎那邊膩了過來，這邊又有個什麼『四兒』『五兒』伏侍。我們這起東西，可是白『玷辱了好名好姓』的！」寶玉笑道：「你今兒還記著呢！」襲人道：「一百年還記著呢！比不得你，拿著我的話當耳旁風，夜裡說了，早起就忘了。」寶玉見他嬌嗔滿面，情不可禁，便向枕邊拿起一根玉簪來，一跌兩段，說道：「我再不聽你說，就同這個一樣。」襲人忙的拾了簪子，說道：「大清早起，這是何苦來！聽不聽什麼要緊，也值得這種樣子。」寶玉道：「你那裡知道我心裡急！」襲人笑道：「你也知道著急麼？可知我心裡怎麼樣？——快起來洗臉去罷。」說著，二人方起來梳洗。

寶玉往上房去後，誰知黛玉走來，見寶玉不在房中，因翻弄案上書看，可巧翻出昨兒的《莊子》來。看至所續之處，不覺又氣又笑，不禁也提筆續書一絕云：

無端弄筆是何人？作踐南華《莊子因》⑱。不悔自己無見識，卻將醜語怪他人！

寫畢，也往上房來見賈母，後往王夫人處來。

誰知鳳姐之女大姐兒病了，正亂著請大夫來診脈。大夫便說：「替太太、奶奶們道喜：姐兒發熱是

---

⑯雞聲鵝鬥——指小的口角或爭執。

⑱《莊子因》——一部闡釋《莊子》的書，清代康熙時林雲銘著。

見喜⑲了，並非別病。」王夫人、鳳姐聽了，忙遣人問：「可好不好？」醫生回道：「病雖險，卻順，倒還不妨。預備桑蟲、豬尾要緊。」鳳姐聽了，登時忙將起來：一面打掃房屋供奉「痘疹娘娘」，一面傳與家人忌煎炒等物，一面命平兒打點鋪蓋、衣服與賈璉隔房，一面又拿大紅尺頭與奶子、丫頭親近人等裁衣。外面又打掃淨室，款留兩個醫生，輪流斟酌診脈下藥，十二日不放家去。賈璉只得搬出外書房來齋戒，鳳姐與平兒都隨著王夫人日日供奉「娘娘」。

那個賈璉，只離了鳳姐便要尋事，獨寢了兩夜，便十分難熬，便暫將小廝們內有清俊的選來出火。不想榮國府內有一個極不成器破爛酒頭⑳廚子，名喚多官，人見他懦弱無能，都喚他作「多渾蟲」。因他自小父母替他在外娶了一個媳婦，今年方二十來往年紀，生得有幾分人才，見者無不羨愛。他生性輕浮，最喜拈花惹草，多渾蟲又不理論，只是有酒有肉有錢，便諸事不管了，所以榮、寧二府之人都得入手。因這個媳婦妖調異常，輕浮無比，眾人都呼他作「多姑娘兒」。如今賈璉在外熬煎，往日也曾見過這媳婦，失過魂魄，只是內懼嬌妻，外懼孌寵㉑，不曾下得手。那多姑娘兒也曾有意於賈璉，只恨沒空兒。今聞賈璉挪在外書房來，他便沒事也要走兩趟去招惹。惹的賈璉似飢鼠一般，少不得和心腹的小廝

⑲見喜——舊時以小兒出痘疹（天花）為險症，忌諱直說，又因痘疹發出後可望平安，所以稱為「見喜」。下文「痘疹娘娘」是傳說中專管小兒痘疹的神。

⑳酒頭——愚蠢。

㉑孌寵——即男寵；孌，音ㄌㄨㄢˊ，俊美、漂亮。

們計議，合同遮掩謀求，多以金帛相許。小廝們焉有不允之理，況都和這媳婦是好友，一說便成。

是夜二鼓人定，多渾蟲醉昏在炕，賈璉便溜了來相會。進門一見其態，早已魄飛魂散，也不用情談款敘，便寬衣動作起來。誰知這媳婦有天生的奇趣：一經男子挨身，便覺遍身筋骨癱軟，使男子如臥綿上；更兼淫態浪言，壓倒娼妓，諸男子至此豈有惜命者哉。那賈璉恨不得連身子化在他身上。那媳婦故作浪語，在下說道：「你家女兒出花兒，供著『娘娘』，你也該忌兩日，倒為我髒了身子。快離了我這裡罷。」賈璉一面大動，一面喘吁吁答道：「你就是『娘娘』！我那裡管什麼『娘娘』！」那媳婦越浪，賈璉越醜態畢露。一時事畢，兩個又海誓山盟，難分難捨，此後遂成相契。

一日大姐毒盡瘢回，十二日後送了「娘娘」，合家祭天祀祖，還願焚香，慶賀放賞已畢，賈璉仍復搬進臥室。見了鳳姐，正是俗語云「新婚不如遠別」，更有無限恩愛，自不必煩絮。

次日早起，鳳姐往上屋去後，平兒收拾賈璉在外的衣服、鋪蓋，不承望枕套中抖出一綹青絲來。平兒會意，忙拽在袖內，便走至這邊房內來，拿出頭髮來，向賈璉笑道：「這是什麼？」賈璉看見著了忙，搶上來要奪。平兒便跑，被賈璉一把揪住，按在炕上，掰手要奪，口內笑道：「小蹄子，你不趁早拿出來，我把你膀子撅折了。」平兒笑道：「你就是沒良心的。我好意瞞著他來問，你倒賭狠！你只賭狠，等他回來，我告訴他，看你怎麼著。」賈璉聽說，忙陪笑央求道：「好人，賞我罷！我再不賭狠了。」

一語未了，只聽鳳姐聲音進來。賈璉聽見，鬆了手，平兒剛起身，鳳姐已走進來，命平兒：「快開匣子，替太太找樣子。」平兒忙答應了，找時，鳳姐見了賈璉，忽然想起來，便問平兒：「拿出去的東西都收進來了麼？」平兒道：「收進來了。」鳳姐道：「可少什麼沒有？」平兒道：「我也怕丟下一兩

件，細細的查了查，也不少。」鳳姐道：「不少就好，只是別多出來罷？」平兒笑道：「不丟萬幸，誰還添出來呢？」鳳姐冷笑道：「這半個月難保乾淨，或者有相厚的丟下的東西：戒指、汗巾㉒、香袋兒，再至於頭髮、指甲，都是東西。」一席話，說的賈璉臉都黃了。賈璉在鳳姐身後，只望著平兒殺雞抹脖㉓使眼色兒。平兒只裝著看不見，因笑道：「怎麼我的心就和奶奶的心一樣！我就怕有這些個，留神搜了一搜，竟一點破綻也沒有。奶奶不信時，那些東西我還沒收呢，奶奶親自翻尋一遍去。」鳳姐笑道：「傻丫頭，他便有這些東西，那裡就叫咱們翻著了？」說著，尋了樣子又出去了。

平兒指著鼻子，晃著頭笑道：「這件事怎麼回謝我呢？」喜的個賈璉身癢難撓，跑上來摟著，「心肝腸肉」亂叫亂謝。平兒仍拿了頭髮，笑道：「這是我一生的把柄了。好就好，不好就抖露出這事來。」賈璉笑道：「你只好生收著罷，千萬別叫他知道。」口裡說著，瞅他不防，便搶了過來，笑道：「你拿著終是禍患，不如我燒了他完事了。」一面說著，一面便塞於靴掖內。平兒咬牙道：「沒良心的東西，過了河就拆橋，明兒還想我替你撒謊！」賈璉見他嬌俏動情，便摟著求歡，被平兒奪手跑了，急的賈璉彎著腰恨道：「死促狹㉔小淫婦！一定浪上人的火來，他又跑了。」平兒在窗外笑道：「我浪我的，誰叫你動火了？難道圖你受用一回，叫他知道了，又不待見㉕我。」賈璉道：「你不用怕他！等我性子上

㉒汗巾——繫腰用的長巾。
㉓殺雞抹脖——伸長脖子，比喻情急哀求的樣子。
㉔促狹——刁鑽機靈，愛捉弄人。

來，把這醋罐打個稀爛，他才認得我呢！他防我像防賊的，只許他同男人說話，不許我和女人說話；我和女人略近些，他就疑惑，他不論小叔子、侄兒，大的、小的，說說笑笑，就不怕我吃醋了。以後我也不許他見人！」平兒道：「他醋你使得，你醋他使不得。他原行的正走得正；你行動便有個壞心，連我也不放心，別說他了。」賈璉道：「你兩個一口賊氣。都是你們行的是，我凡行動都存壞心。多早晚都死在我手裡！」

一句未了，鳳姐走進院來，因見平兒在窗外，就問道：「要說話，兩個人不在屋裡說，怎麼跑出一個來，隔著窗子，是什麼意思？」賈璉在窗內接口道：「你可問他，倒像屋裡有老虎吃他呢！」平兒道：「屋裡一個人沒有，我在他跟前作什麼？」鳳姐兒笑道：「正是沒人才好呢！」平兒聽說，便說道：「這話是說我呢？」鳳姐笑道：「不說你說誰？」平兒道：「別叫我說出好話來了！」說著，也不打簾子讓鳳姐，自己先摔簾子進來，往那邊去了。

鳳姐自掀簾子進來，說道：「平兒瘋魔了。這蹄子認真要降伏我，仔細你的皮要緊！」賈璉聽了，已絕倒㉖在炕上，拍手笑道：「我竟不知平兒這麼利害，從此倒伏他了。」鳳姐道：「都是你慣的他，我只和你說！」賈璉聽說，忙道：「你兩個不卯㉗，又拿我來作人㉘。我躲開你們。」鳳姐道：「我看

㉕不待見——不喜歡、討厭的意思，俗有「人嫌狗不待見」的話。
㉖絕倒——大笑不能自持。
㉗不卯——不投合的意思。卯，即卯眼，器物上安榫頭的孔眼。
㉘作人——這裡是作踐人、拿人出氣的意思。

你躲到那裡去！」賈璉道：「我自然有去處。我就來。」鳳姐道：「我有話和你商量。」不知商量何事，且聽下回分解。正是：

淑女從來多抱怨，嬌妻自古便含酸。

第二十二回　聽曲文寶玉悟禪機　製燈謎賈政悲讖語①

話說賈璉聽鳳姐兒說有話商量，因止步問是何話。鳳姐道：「二十一是薛妹妹的生日，你到底怎麼樣呢？」賈璉道：「我知道怎麼樣！你連多少大生日都料理過了，這會子倒沒了主意？」鳳姐道：「大生日料理，不過是有一定的則例在那裡。如今他這生日，大又不是，小又不是，所以和你商量。」賈璉聽了，低頭想了半日道：「你今兒胡塗了。現有比例，那林妹妹就是例。往年怎麼給林妹妹過的，如今也照依給薛妹妹過就是了。」鳳姐聽了，冷笑道：「我難道連這個也不知道？我原也這麼想定了。但昨兒聽見老太太說，問起大家的年紀生日來，聽見薛大妹妹今年十五歲，雖不是整生日，也算得將笄②之

①回目——曲文，戲曲唱詞；禪機，佛家語，禪宗認為悟道者的一言一行中都含有機要祕訣，學道者仔細思考，就可悟道，叫做「禪機」；讖語，將要應驗的預言。

②笄——音 ㄐㄧ，用金屬、玉石、骨角等製成的別頭髮用的簪子。古代女子十五歲才開始戴笄，表示成年，可以許嫁，所以後來稱女子到了成年為「及笄」或「將笄之年」。

年。老太太說要替他作生日。想來若果真替他作，自然比往年與林妹妹的不同了。」賈璉道：「既如此，比林妹妹的多增些。」鳳姐道：「我也這們想著，所以討你的口氣。我若私自添了東西，你又怪我不告訴明白你了。」賈璉笑道：「罷，罷，這空頭情我不領。你不盤察我就夠了，我還怪你！」說著，一逕去了，不在話下。

且說史湘雲住了兩日，因要回去。賈母因說：「等過了你寶姐姐的生日，看了戲再回去。」史湘雲聽了，只得住下。又一面遣人回去，將自己舊日作的兩色針線活計取來，為寶釵生辰之儀。

誰想賈母自見寶釵來了，喜他穩重和平，正值他才過第一個生辰，便自己蠲資③二十兩，喚了鳳姐來，交與他置酒戲。鳳姐湊趣，笑道：「一個老祖宗給孩子們作生日，不拘怎樣，誰還敢爭，又辦什麼酒戲？既高興要熱鬧，就說不得自己花上幾兩。巴巴的找出這霉爛的二十兩銀子來作東道，這意思還叫我賠上。果然拿不出來也罷了，金的、銀的、圓的、扁的，壓塌了箱子底，只是勒措我們！舉眼看看，誰不是兒女？難道將來只有寶兄弟頂了你老人家上五臺山④不成？那些梯己只留於他！我們如今雖不配使，也別苦了我們。——這個夠酒的？夠戲的？」說的滿屋裡都笑起來。賈母亦笑道：「你們聽聽這嘴！

③蠲資——出資；蠲，音ㄐㄩㄢ。

④頂了你老人家上五臺山——舊俗出殯，主喪的「孝子」在靈前頭頂銘旌，持幡領路，叫作「頂靈」；這裡的「頂」，即「頂靈」。五臺山，在山西省五臺縣，是我國古代佛教聖地之一，這裡因為不好直說死，就用「上五臺山」暗喻「死後登仙成佛」。

我也算會說的，怎麼說不過這猴兒？——你婆婆也不敢強嘴，你和我啣啊啣的⑤。」鳳姐笑道：「我婆婆也是一樣的疼寶玉，我也沒處去訴冤，倒說我強嘴。」說著，又引著賈母笑了一回，賈母十分喜悅。

到晚間，眾人都在賈母前，定省之餘，大家娘兒姊妹等說笑時，賈母因問寶釵愛聽何戲，愛吃何物等語。寶釵深知賈母年老人，喜熱鬧戲文，愛吃甜爛之食，便總依賈母往日素喜者說了出來。賈母更加歡悅。次日，便先送過衣服、玩物禮去，王夫人、鳳姐、黛玉等諸人皆有隨分不一，不須多記。

至二十一日，就賈母內院中搭了家常小巧戲臺，定了一班新出小戲，崑弋兩腔⑥皆有。就在賈母上房排了幾席家宴酒席，並無一個外客，只有薛姨媽、史湘雲、寶釵是客，餘者皆是自己人。

這日早起，寶玉因不見黛玉，便到他房中來尋，只見黛玉歪在炕上。寶玉笑道：「起來吃飯去。——就開戲了。你愛看那一齣？我好點。」黛玉冷笑道：「你既這樣說，你特叫一班戲來，揀我愛的唱給我看。這會子犯不上跐⑦著人借光兒問我。」寶玉笑道：「這有什麼難的？明兒就這樣行，也叫他們借咱們的光兒。」一面說，一面拉起他來，攜手出去。

吃了飯，點戲時，賈母一定先叫寶釵點。寶釵推讓一遍，無法，只得點了一折《西遊記》。賈母自

---

⑤啣啊啣的——打更的梆子，聲音響亮輕快，這裡是形容人能言善道，口齒伶俐。

⑥崑弋兩腔——兩種戲曲聲腔。崑腔即崑山腔，起源於江蘇崑山縣，經明人魏良輔等加工整理後，盛行於明代後期和清代，用崑腔唱的戲曲叫作崑曲；弋腔，即弋陽腔，起源於江西弋陽縣。

⑦跐——音ㄘˇ，原意是用腳蹬踩，這裡是靠著別人、沾光的意思。

是歡喜，然後便命鳳姐點。鳳姐亦知賈母喜熱鬧，更喜謔笑科諢⑧，便點了一齣〈劉二當衣〉⑨。賈母果真更又喜歡，然後便命黛玉點。黛玉因讓薛姨媽、王夫人等。賈母道：「今日原是我特帶著你們取笑，咱們只管咱們的，別理他們。我巴巴的唱戲擺酒，為他們不成？他們在這裡白聽白吃，已經便宜了，還讓他們點呢！」說著，大家都笑了。黛玉方點了一齣。然後寶玉、湘雲、迎、探、惜、李紈等俱各點了，按齣扮演。

至上酒席時，賈母又命寶釵點。寶釵點了一齣〈魯智深醉鬧五臺山〉⑩。寶玉道：「只好點這些戲。」寶釵道：「你白聽了這幾年的戲，那裡知道這齣戲的好處：排場又好，詞藻更妙。」寶玉道：「我從來怕這些熱鬧。」寶釵笑道：「要說這一齣熱鬧，你還算不知戲呢。你過來，我告訴你，這一齣戲熱鬧不熱鬧。——是一套北〈點絳唇〉⑪，鏗鏘頓挫，韻律不用說是好的了；只那詞藻中有一支〈寄生草〉⑫，

---

⑧科諢——「插科打諢」的簡稱，指穿插在戲曲中令人發笑的滑稽動作和對話。諢，戲曲中逗笑的臺詞。

⑨〈劉二當衣〉——即《劉二叩當》或《叩當》，屬弋陽腔，寫開當鋪的劉二見利忘義，愛財如命，用計扣下窮親戚的當物以抵押前帳，是一齣滑稽戲。

⑩〈魯智深醉鬧五臺山〉——又叫〈山門〉或〈醉打山門〉，是清初邱園所作《虎囊彈》傳奇中的一齣，演《水滸》中魯智深打死惡霸鄭屠後，在五臺山出家避難，因不守佛門清規，破戒醉酒，大鬧寺院山門，被他師父智真長老打發離山的故事。

⑪一套北〈點絳唇〉——〈點絳唇〉，曲牌名，由同名詞牌演變而來，有南曲、北曲兩種。〈山門〉的唱段用的是一套北曲，以仙呂〈點絳唇〉開頭，所以說「是一套北〈點絳唇〉」。

填的極妙，你何曾知道。」寶玉見說的這般好，便湊近來央告：「好姐姐，念與我聽聽。」寶釵便念道：

漫揾英雄淚，相離處士家。謝慈悲，剃度在蓮臺下。沒緣法，轉眼分離乍。赤條條，來去無牽掛。那裡討，烟蓑雨笠捲單行？一任俺，芒鞋破鉢隨緣化！⑬

寶玉聽了，喜的拍膝畫圈，稱賞不已，又讚寶釵無書不知。黛玉道：「安靜看戲罷，還沒唱〈山門〉，你倒〈妝瘋〉⑭了。」說的湘雲也笑了。於是大家看戲。

至晚散時，賈母深愛那作小旦的與一個作小丑的，因命人帶進來，細看時益發可憐見⑮。因問年紀，那小旦才十一歲，小丑才九歲，大家嘆息一回。賈母令人另拿些肉果與他兩個，又另外賞錢兩串。鳳姐笑道：「這個孩子扮上活像一個人，你們再看不出來。」寶釵心裡也知道，便只一笑不肯說。寶玉也猜著了，亦不敢說。湘雲接著笑道：「倒像林姐姐的模樣兒。」寶玉聽了，忙把湘雲瞅了一眼，使個眼色。

⑫〈寄生草〉——曲牌名，是〈點絳唇〉套曲中的一支曲子。在〈山門〉中為魯智深拜別師父時所唱。

⑬「漫揾」一曲——漫，隨意、不經意；揾，揩拭；處士，不做官的隱居之士。剃度，佛家語，指佛教徒剃去鬚髮，接受戒條，出家為僧的儀式。蓮臺，佛像所坐的蓮花狀臺座。緣法，緣分、機緣；乍，倉促。捲單行，即離寺而去：遊方僧入寺寄寓，需先將衣鉢（即「單」）袋掛在僧堂的鉤上，得到住持的許可，才能住下，這種手續叫「掛褡」，也叫「掛單」，離寺就叫「捲單」。隨緣化，即隨機緣而求人布施，這裡有隨遇而安的意思。

⑭〈妝瘋〉——元代無名氏雜劇《功臣宴敬德不伏老》第三折，演唐代尉遲敬德因不肯掛帥出征而假裝瘋病的故事。

⑮可憐見——即「可愛」，有因同情而生出愛惜之心的意思。

眾人卻都聽了這話，留神細看，都笑起來了，說：「果然不錯。」一時散了。

晚間，湘雲更衣時，便命翠縷把衣包打開收拾，都包了起來。翠縷道：「忙什麼？等去的日子再包不遲。」湘雲道：「明兒一早就走。在這裡作什麼？——看人家的鼻子眼睛，什麼意思！」寶玉聽了這話，忙趕近前拉他說道：「好妹妹，你錯怪了我。林妹妹是個多心的人。別人分明知道，不肯說出來，也皆因怕他惱。誰知你不防頭就說了出來，他豈不惱你。我是怕你得罪了他，所以才使眼色。你這會子惱我，不但辜負了我，而且反倒委屈了我。若是別人，那怕他得罪了十個人，與我何干呢？」湘雲摔手道：「你那花言巧語別哄我。我也原不如你林妹妹，別人說他，拿他取笑都使得，只我說了就有不是。我原不配說他。他是小姐主子，我是奴才丫頭，得罪了他，使不得！」寶玉急的說道：「我倒是為你，反為出不是來了。我要有外心，立刻就化成灰，叫萬人踐踹！」湘雲道：「大正月裡，少信嘴胡說！這些沒要緊的惡誓、散話、歪話，說給那些小性兒、行動愛惱的人、會轄治你的人聽去！別叫我啐你。」說著，一逕至賈母裡間，忿忿的躺著去了。

寶玉沒趣，只得又來尋黛玉。剛到門檻前，黛玉便推出來，將門關上。寶玉又不解何意，在窗外只是吞聲叫「好妹妹」。黛玉總不理他。寶玉悶悶的垂頭自審。襲人早知端的，當此時斷不能勸。那寶玉只是呆呆的站在那裡。黛玉只當他回房去了，便起來開門，只見寶玉還站在那裡。黛玉反不好意思，不好再關，只得抽身上床躺著。寶玉隨進來問道：「凡事都有個原故，說出來，人也不委屈。好好的就惱了。終是什麼原故起的？」黛玉冷笑道：「問的我倒好，我也不知為什麼原故。我原是給你們取笑的，——拿我比戲子取笑。」寶玉道：「我並沒有比你，我並沒笑，為什麼惱我呢？」黛玉道：「你還要比？你還要笑？你不比不笑，比人比了笑了的還利害呢！」寶玉聽說，無可分辯，不則一聲。

黛玉又道：「這一節還恕得。你為什麼又和雲兒使眼色？這安的是什麼心？莫不是他和我頑，他就自輕自賤了？他原是公侯的小姐，我原是貧民的丫頭，他和我頑，設若我回了口，豈不他自惹人輕賤呢。是這主意不是？這卻也是你的好心，只是那一個偏又不領你這好情，一般也惱了。你又拿我作情，倒說我『小性兒、行動肯惱』。你又怕他得罪了我，我惱他。——我惱他，與你何干？他得罪了我，又與你何干？」

寶玉見說，方才與湘雲私談，他也聽見了。細想自己原為他二人，怕生隙惱，方在中調和，不想並未調和成功，反已落了兩處的貶謗，正合著前日所看《南華經》上，有「巧者勞而智者憂，無能者無所求，飽食而遨遊，泛若不繫之舟」⑯；又曰「山木自寇，源泉自盜」⑰等語。因此越想越無趣。再細想來，目下不過這兩個人，尚未應酬妥協，將來猶欲為何？想到其間，也無庸分辯回答，自己轉身回房來。黛玉見他去了，便知回思無趣，賭氣去了，一言也不曾發，不禁自己越發添了氣，便說道：「這一去，

---

⑯「巧者勞而智者憂」幾句——語出《莊子・列禦寇》。意思是心靈手巧的人總是辛苦勞碌，聰明智慧的人總是多思多慮，而無掛無礙的人則什麼也不追求，吃飽了就任興漫遊，好像沒有纜繩拴住的小船，自由自在地隨水漂流。無能，在這裡是自忘其能、無所掛礙的意思。

⑰「山木自寇，源泉自盜」——山木自寇，語出《莊子・人間世》，意思是山中的樹木因成材而招人來砍伐；源泉自盜，源泉之水因甘美而惹人來盜飲。

聯經出版事業公司　校印

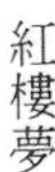
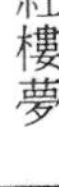

一輩子也別來，也別說話。」

寶玉不理，回房躺在床上，只是瞪瞪的。襲人深知原委，不敢就說，只得以他事來解釋，因說道：「今兒看了戲，又勾出幾天戲來。寶姑娘一定要還席的。」寶玉冷笑道：「他還不還，管誰什麼相干！」襲人見這話不是往日的口吻，因又笑道：「這是怎麼說？好好的大正月裡，娘兒們、姊妹們都喜喜歡歡的，你又怎麼這個形景了？」寶玉冷笑道：「他們娘兒們、姊妹們歡喜不歡喜，也與我無干。」襲人笑道：「他們既隨和，你也隨和，豈不大家彼此有趣。」寶玉道：「什麼是『大家彼此』！他們有『大家彼此』，我是『赤條條來去無牽掛』！」談及此句，不覺淚下。襲人見此光景，不敢再說。寶玉細想這句趣味，不禁大哭起來，翻身起來至案，遂提筆立占一偈云：

你證我證，心證意證。是無有證，斯可云證。無可云證，是立足境。⑱

寫畢，自雖解悟，又恐人看此不解，因此亦填一支〈寄生草〉，也寫在偈後。自己又念一遍，自覺無掛礙，中心自得，便上床睡了。

誰想黛玉見寶玉此番果斷而去，故以尋襲人為由，來視動靜。襲人笑回：「已經睡了。」黛玉聽說，便要回去。襲人笑道：「姑娘請站住，有一個字帖兒，瞧瞧是什麼話。」說著，便將方才那曲子與偈語

---

⑱「你證我證」一偈——證，印證、證驗，佛教用語中又作領悟解。大意是：彼此都想從對方得到感情的印證而頻添煩惱；看來只有到了滅絕情意，無須再證驗時，才談得上感情上的徹悟；到了萬境歸空，什麼都無可證驗之時，才是真正的立足之境。

悄悄拿來，遞與黛玉看。黛玉看了，知是寶玉一時感忿而作，不覺可笑可嘆，便向襲人道：「作的是個頑意兒，無甚關係。」說畢，便攜了回房去，與湘雲同看。次日又與寶釵看。寶釵看其詞曰：

無我原非你，從他不解伊。肆行無礙憑來去。茫茫著甚悲愁喜，紛紛說甚親疏密。從前碌碌卻因何，到如今回頭試想真無趣！⑲

看畢，又看那偈語，又笑道：「這個人悟了。都是我的不是，都是我昨兒一支曲子惹出來的。這些道書禪機⑳最能移性。明兒認真說起這些瘋話來，存了這個意思，都是從我這一支曲子上來，我成了個罪魁了。」說著，便撕了個粉碎，遞與丫頭們說：「快燒了罷。」黛玉笑道：「不該撕，等我問他。你們跟我來，包管叫他收了這個癡心邪話。」

三人果然都往寶玉屋裡來。一進來，黛玉便笑道：「寶玉，我問你：至貴者是『寶』，至堅者是『玉』。爾有何貴？爾有何堅？」寶玉竟不能答。三人拍手笑道：「這樣鈍愚，還參禪呢。」黛玉又道：「你那

---

⑲「無我原非你」一首——此曲為寶玉對「你證我證」一偈的解釋。無我原非你，沒有我也就沒有你，你我相互依存；從他不解伊，任憑他人不理解你好了；從，任憑；伊，你。肆行無礙憑來去，自己何妨隨心所欲地自由行動。

⑳道書、禪機、參禪、機鋒——道書，這裡指道家的書，或用道家思想寫的文字；禪機，佛門禪宗所宣揚的妙諦真理；參禪，也叫悟禪，通過靜心思慮、排除雜念的方法來參悟佛教的真理；機鋒，禪宗認為不能只用語言文字正面表述禪理，主張「以心傳心，不立文字」，因而多用比喻或隱語來試探，讓人猜度、印證，甚至一言不發，靠某些特定的動作來表達心意，這些統稱為「機鋒」。

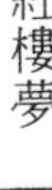
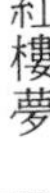

偈末云『無可云證，是立足境』，固然好了，只是據我看，還未盡善。我再續兩句在後。」因念云：「無立足境，是方乾淨。」寶釵道：「實在這方悟徹。當日南宗六祖惠能，初尋師至韶州㉑。聞五祖弘忍在黃梅，他便充役火頭僧。五祖欲求法嗣㉒，令徒弟諸僧各出一偈。上座神秀㉓說道：『身是菩提樹，心如明鏡臺，時時勤拂拭，莫使有塵埃。』彼時惠能在廚房碓米㉔，聽了這偈，說道：『美則美矣，了則未了。』因自念一偈曰：『菩提本非樹，明鏡亦非臺，本來無一物，何處染塵埃？』五祖便將衣鉢㉕傳他。今兒這偈語亦同此意了。只是方才這句機鋒，尚未完全了結，這便丟開手不成？」黛玉笑道：「彼時不能答，就算輸了，這會子答上了也不為出奇。只是以後再不許談禪了。連我們兩個所知所能的，你還不知不能呢，還去參禪呢。」寶玉自己以為覺悟，不想忽被黛玉一問，便不能答；寶釵又比出「語錄」㉖來，此皆素不見他們能者。自己想了一想：「原來他們比我的知覺在先，尚未解悟，我如今何必自尋

㉑南宗六祖惠能、韶州——唐代禪宗分成南北兩派，北宗神秀主「漸悟」說，南宗惠能主「頓悟」說。惠能，一作慧能，是中國佛教禪宗的實際創立者，禪宗第六代祖師。韶州，古代州名，轄地相當於現代的廣東曲江、樂昌等縣。

㉒法嗣——佛門宗派傳法的繼承人。

㉓上座神秀——神秀，少年出家，投禪宗五祖弘忍門下，是個博學的和尚。弘忍生前，是寺中的上座（僧職，地位僅次於住持）；弘忍死後，成為禪宗北派的創始人，史稱北宗六祖。

㉔碓米——舂米，用杵在石臼中搗米；碓，音ㄉㄨㄟˋ，舂米用具。

㉕衣鉢——佛家師徒間傳承授受的法器。衣，指袈裟；鉢，指僧人盛飯食器。

苦惱。」想畢，便笑道：「誰又參禪，不過一時頑話罷了。」說著，四人仍復如舊。

忽然人報：「娘娘差人送出一個燈謎兒，命你們大家去猜，猜著了，每人也作一個進去。」四人聽說，忙出去，至賈母上房。只見一個小太監，拿了一盞四角平頭白紗燈，專為燈謎而製，上面已有一個，眾人都爭看亂猜。小太監又下諭道：「眾小姐猜著了，不要說出來，每人只暗暗的寫在紙上，一齊封進宮去，娘娘自驗是否。」寶釵聽了，近前一看，是一首七言絕句，並無甚新奇，口中少不得稱讚，只說難猜，故意尋思，其實一見就猜著了。寶玉、黛玉、湘雲、探春四個人也都解了，各自暗暗的寫了。一併將賈環、賈蘭等傳來，一齊各揣機心都猜了，寫在紙上。然後各人拈一物作成一謎，恭楷寫了，掛在燈上。

太監去了，至晚出來傳諭：「前娘娘所製，俱已猜著，惟二小姐與三爺猜的不是。小姐們作的也都猜了，不知是否。」說著，也將寫的拿出來。也有猜著的，也有猜不著的，都胡亂說猜著了。太監又將頒賜之物送與猜著之人：每人一個宮製詩筒，一柄茶筅㉗，獨迎春、賈環二人未得。迎春自為頑笑小事，並不介意，賈環便覺得沒趣。且又聽太監說：「三爺說的這個不通，娘娘也沒猜，叫我帶回問三爺是個什麼。」眾人聽了，都來看他作的是什麼，——寫道是：

㉖語錄——古代一種語體文，唐代僧徒用當時通俗口語記載其師的傳授，叫「語錄」。宋代儒家，門生弟子仿照佛家語錄體將其師言論直錄成書，語錄體便流行一時。

㉗詩筒、茶筅——詩筒，裝詩歌草稿用的竹筒；茶筅，竹製洗滌茶具的刷帚。

聯經出版事業公司　校印

大哥有角只八個，二哥有角只兩根。大哥只在床上坐，二哥愛在房上蹲。

眾人看了，大發一笑。賈環只得告訴太監說：「一個枕頭，一個獸頭㉘。」太監記了，領茶而去。

賈母見元春這般有興，自己越發喜樂，便命速作一架小巧精緻圍屏燈來，設於堂屋，命他姊妹各自暗暗的作了，寫出來黏於屏上，然後預備下香茶細果以及各色玩物，為猜著之賀。賈政朝罷，見賈母高興，況在節間，晚上也來承歡取樂。設了酒果，備了玩物，上房懸了彩燈，請賈母賞燈取樂。上面賈母、賈政、寶玉一席，下面王夫人、寶釵、黛玉、湘雲又一席，迎、探、惜三個又一席。地下婆娘、丫鬟站滿。李宮裁、王熙鳳二人在裡間又一席。賈政因不見賈蘭，便問：「怎麼不見蘭哥？」地下婆娘忙進裡間問李氏，李氏起身笑著回道：「他說方才老爺並沒去叫他，他不肯來。」婆娘回覆了賈政。眾人都笑說：「天生的牛心古怪。」賈政忙遣賈環與兩個婆娘將賈蘭喚來。賈母命他在身旁坐了，抓果品與他吃。大家說笑取樂。

往常只有寶玉長談闊論，今日賈政在這裡，便惟有唯唯而已。餘者湘雲雖係閨閣弱女，卻素喜談論，今日賈政在席，也自緘口禁言；黛玉本性懶與人共，原不肯多語；寶釵原不妄言輕動，便此時亦是坦然自若：故此一席雖是家常取樂，反見拘束不樂。賈母亦知因賈政一人在此所致之故，酒過三巡，便攆賈政去歇息。賈政亦知賈母之意，攆了自己去後，好讓他們姊妹兄弟取樂的。賈政忙陪笑道：「今日原聽見老太太這裡大設春燈雅謎，故也備了彩禮酒席，特來入會。何疼孫子、孫女之心，便不略賜與兒子半

㉘獸頭——古代建築塑在屋檐角上的兩角怪獸，也就是俗傳龍生九子中的「螭吻」。

點？」賈母笑道：「你在這裡，他們都不敢說笑，沒的倒叫我悶。你要猜謎時，我便說一個你猜，猜不著是要罰的。」賈政忙笑道：「自然要罰。若猜著了，也是要領賞的。」賈母道：「這個自然。」說著便念道：

猴子身輕站樹梢。——打一果名。

賈政已知是荔枝，便故意亂猜別的，罰了許多東西；然後方猜著，也得了賈母的東西。然後也念一個與賈母猜，念道：

身自端方，體自堅硬。雖不能言，有言必應。——打一用物。

說畢，便悄悄的說與寶玉。寶玉意會，又悄悄的告訴了賈母。賈母想了想，果然不差，便說：「是硯臺。」賈政笑道：「到底是老太太，一猜就是。」回頭說：「快把賀彩送上來。」地下婦女答應一聲，大盤小盤一齊捧上。賈母逐件看去，都是燈節下所用所頑新巧之物，甚喜，遂命：「給你老爺斟酒。」寶玉執壺，迎春送酒。賈母因說：「你瞧瞧那屏上，都是他姊妹們做的，再猜一猜我聽。」

賈政答應，起身走至屏前，只見頭一個寫道是：

能使妖魔膽盡摧，身如束帛氣如雷。一聲震得人方恐，回首相看已化灰。

賈政道：「這是炮竹嗄。」寶玉答道：「是。」賈政又看道：

天運人功理不窮，有功無運也難逢。因何鎮日紛紛亂，只為陰陽數不同。

賈政道：「是算盤。」迎春笑道：「是。」又往下看是：

階下兒童仰面時，清明妝點最堪宜。游絲一斷渾無力，莫向東風怨別離。

賈政道：「這是風箏。」探春笑道：「是。」又看道是：

前身色相總無成，不聽菱歌聽佛經。莫道此生沉黑海，性中自有大光明。

賈政道：「這是佛前海燈嗄。」惜春笑答道：「是海燈。」

賈政心內沉思道：「娘娘所作爆竹，此乃一響而散之物。迎春所作算盤，是打動亂如麻。探春所作風箏，乃飄飄浮蕩之物。惜春所作海燈，一發清淨孤獨。今乃上元佳節，如何皆作此不祥之物為戲耶？」心內愈思愈悶，因在賈母之前，不敢形於色，只得仍勉強往下看去。只見後面寫著七言律詩一首，卻是寶釵所作，隨念道：

朝罷誰攜兩袖烟，琴邊衾裡總無緣。曉籌不用雞人報，五夜無煩侍女添。焦首朝朝還暮暮，煎心日日復年年。光陰荏苒須當惜，風雨陰晴任變遷。㉙

賈政看完，心內自忖道：「此物還倒有限。只是小小之人作此詞句，更覺不祥，皆非永遠福壽之輩。」想到此處，愈覺煩悶，大有悲戚之狀，因而將適才的精神減去十分之八九，只垂頭沉思。

賈母見賈政如此光景，想到或是他身體勞乏亦未可定，又兼之恐拘束了眾姊妹不得高興頑耍，即對

㉙寶釵燈謎——謎底是更香（古時為夜間打更製造的線香，每燃完一支恰好是一更）。「琴邊」句，是說更香與彈琴時的鼎爐之香和熏被褥之香均無關；曉籌，代指早晨的時刻；籌，指古代計時用的竹籌或銅籌；雞人，古代宮中頭戴紅布頭巾，象徵雄雞雞冠，專職司晨報曉的衛士；五夜，即五更；「焦首」二句，以香從頭上點燃和由外向內燃燒的情狀，比喻人苦惱憂煎的生活；荏苒，時間漸漸過去的樣子。

賈政云：「你竟不必猜了，去安歇罷。讓我們再坐一會，也好散了。」賈政一聞此言，連忙答應幾個「是」字，又勉強勸了賈母一回酒，方才退出去了。回至房中只是思索，翻來覆去竟難成寐，不由傷悲感慨，不在話下。

且說賈母見賈政去了，便道：「你們可自在樂一樂罷。」一言未了，早見寶玉跑至圍屏燈前，指手畫腳，滿口批評，這個這一句不好，那一個破㉚的不恰當，如同開了鎖的猴子一般。寶釵便道：「還像適才坐著，大家說說笑笑，豈不斯文些兒。」鳳姐自裡間忙出來插口道：「你這個人，就該老爺每日令你寸步不離方好。適才我忘了，為什麼不當著老爺，攛掇叫你也作詩謎兒。若果如此，怕不得這會子正出汗呢。」說的寶玉急了，扯著鳳姐兒，扭股兒糖似的只是廝纏。賈母又與李宮裁並眾姊妹說笑了一會，也覺有些困倦起來。聽了聽已是漏下四鼓，命將食物撤去，賞散與眾人，隨起身道：「我們安歇罷。明日還是節下，該當早起。明日晚間再玩罷。」且聽下回分解。

㉚破——破題；剖析題義，唐宋人詩賦及明清八股文的起首都叫「破題」。

第二十三回　西廂記妙詞通戲語　牡丹亭艷曲警芳心

話說賈元春自那日幸大觀園回宮去後，便命將那日所有的題咏，命探春依次抄錄妥協，自己編次，敘其優劣，又命在大觀園勒石①，為千古風流雅事。因此，賈政命人各處選拔精工名匠，在大觀園磨石鐫字，賈珍率領蓉、萍等監工。因賈薔又管理著文官等十二個女戲並行頭等事，不大得便，因此賈珍又將賈菖、賈菱喚來監工。一日，湯蠟釘朱②，動起手來。這也不在話下。

且說那個玉皇廟並達摩庵兩處，一班的十二個小沙彌並十二個小道士，如今挪出大觀園來，賈政正想發到各廟去分住。不想後街上住的賈芹之母周氏，正盤算著也要到賈政這邊謀一個大小事務與兒子管

①勒石——在石碑上刻字。

②湯蠟釘朱——刻碑時的兩道手續。將熔化了的白蠟塗在已經用朱色寫好文字的石碑面上，保護朱書，以免擦掉，叫做「湯蠟」，也作「盪蠟」。湯蠟後石工按朱書鐫刻，叫做「釘朱」。

聯經出版事業公司 校印

管，也好弄些銀錢使用，可巧聽見這件事出來，便坐轎子來求鳳姐。鳳姐因見他素日不大拿班作勢③的，便依允了。想了幾句話，便回王夫人說：「這些小和尚、道士萬不可打發到別處去，一時娘娘出來，就要承應。倘或散了，若再用時，可是又費事。依我的主意，不如將他們竟送到咱們家廟鐵檻寺去，月間不過派一個人拿幾兩銀子去買柴米就完了。說聲用，走去叫來，一點兒不費事呢。」王夫人聽了，便商之於賈政。賈政聽了笑道：「倒是提醒了我，就是這樣。」即時喚賈璉來。

當下賈璉正同鳳姐吃飯，一聞呼喚，不知何事，放下飯便走。鳳姐一把拉住，笑道：「你且站住，聽我說話。若是別的事我不管，若是為小和尚們的事，好歹依我這麼著。」如此這般，教了一套話。賈璉笑道：「我不知道，你有本事你說去。」鳳姐聽了，把頭一梗，把筷子一放，腮上似笑不笑的瞅著賈璉道：「你當真的，是玩話？」賈璉笑道：「西廊下④五嫂子的兒子芸兒來求了我兩三遭，要個事情管管。我依了，叫他等著。好容易出來這件事，你又奪了去。」鳳姐兒笑道：「你放心。園子東北角子上，娘娘說了，還叫多多的種松柏樹，樓底下還叫種些花草。等這件事出來，我管保叫芸兒管這件工程。」賈璉道：「果這樣也罷了。只是昨兒晚上，我不過是要改個樣兒，你就扭手扭腳的。」鳳姐兒聽了，「嗤」的一聲笑了，向賈璉啐了一口，低下頭便吃飯。

賈璉已經笑著去了。到了前面，見了賈政，果然是小和尚一事。賈璉便依了鳳姐主意，說道：「如

③拿班作勢——裝腔作勢，裝模作樣。

④廊下——建築術語，指正宅之外兩邊的群房，也稱「廊上」。西廊下，指賈府附近某處，下回「後廊上」意思同此。

今看來，芹兒倒大大的出息了，這件事竟交與他去管辦。橫豎照在裡頭的規例，每月叫芹兒支領就是了。」賈政原不大理論這些事，聽賈璉如此說，便如此依了。賈璉回到房中告訴鳳姐兒，鳳姐即命人去告訴了周氏。賈芹便來見賈璉夫妻兩個，感謝不盡。鳳姐又作情央賈璉先支三個月的費用，叫他寫了領字，賈璉批票畫了押，登時發了對牌出去。銀庫上按數發出三個月的供給來，——白花花二三百兩。賈芹隨手拈一塊撂與掌平的人，叫他們：「吃茶罷。」於是命小廝拿回家，與母親商議。登時僱了大腳驢⑤，自己騎上；又僱了幾輛車，至榮國府角門，喚出二十四個人來，坐上車，一逕往城外鐵檻寺去了。當下無話。

如今且說賈元春，因在宮中自編大觀園題咏之後，忽想起那大觀園中景致，自己幸過之後，賈政必定敬謹封鎖，不敢使人進去騷擾，豈不寥落？況家中現有幾個能詩會賦的姊妹，何不命他們進去居住，也不使佳人落魄，花柳無顏。卻又想到寶玉自幼在姊妹叢中長大，不比別的兄弟，若不命他進去，只怕他冷清了，一時不大暢快，未免賈母、王夫人愁慮，須得也命他進園居住方妙。想畢，遂命太監夏守忠到榮國府來下一道諭，命寶釵等只管在園中居住，不可禁約封錮，命寶玉仍隨進去讀書。

賈政、王夫人接了這諭，待夏守忠去後，便來回明賈母，遣人進去各處收拾打掃，安設簾幔床帳。別人聽了還自猶可，惟寶玉聽了這諭，喜的無可不可⑥。正和賈母盤算，要這個，弄那個，忽見丫鬟來

---

⑤腳驢——又作「叫驢」，出租的驢子。

⑥無可不可——形容人因高興而手足無措，不知該怎麼表達的樣子。

聯經出版事業公司　校印

說：「老爺叫寶玉。」寶玉聽了，好似打了個焦雷，登時掃去興頭，臉上轉了顏色，便拉著賈母，扭的好似扭股兒糖⑦，殺死⑧不敢去。賈母只得安慰他道：「好寶貝，你只管去，有我呢，他不敢委屈了你。況且你又作了那篇好文章，想是娘娘叫你進去住，他吩咐你幾句，不過不教你在裡頭淘氣。他說什麼，你只好生答應著就是了。」一面安慰，一面喚了兩個老嬤嬤來，吩咐：「好生帶了寶玉去，別叫他老子唬著他。」老嬤嬤答應了。

寶玉只得前去，一步挪不了三寸，蹭到這邊來。可巧賈政在王夫人房中商議事情，金釧兒、彩雲、彩霞、綉鸞、綉鳳等眾丫鬟都在廊檐底下站著呢，一見寶玉來，都抿著嘴笑。金釧一把拉住寶玉，悄悄的笑道：「我這嘴上是才擦的香浸胭脂，你這會子可吃不吃了？」彩雲一把推開金釧，笑道：「人家正心裡不自在，你還奚落他。——趁這會子喜歡，快進去罷。」寶玉只得挨進門去。原來賈政和王夫人都在裡間呢。趙姨娘打起簾子，寶玉躬身進去。只見賈政和王夫人對面坐在炕上說話，地下一溜椅子，迎春、探春、惜春、賈環四個人都坐在那裡。一見他進來，探春和惜春、賈環都站了起來。

賈政一舉目，見寶玉站在跟前，神彩飄逸，秀色奪人；又看看賈環，人物委瑣⑨，舉止荒疏；忽又想起賈珠來，再看看王夫人只有這一個親生的兒子，素愛如珍，自己的鬍鬚將已蒼白：因這幾件上，把

⑦扭股糖——小孩吃的一種糖，兩三股扭合在一起；這裡是比喻糾纏不開。
⑧殺死——死命的，拚命的。
⑨委瑣——容貌舉止鄙俗的樣子。

聯經出版事業公司 校印

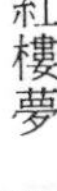

素日嫌惡處分寶玉之心不覺減了八九。半晌說道：「娘娘吩咐說，你日日外頭嬉遊，漸次疏懶，如今叫禁管同你姊妹在園裡讀書寫字。你可好生用心習學，再不守分安常，你可仔細！」寶玉連連的答應了幾個「是」。王夫人便拉他在身旁坐下。他姊弟三人依舊坐下。

王夫人摸挲著寶玉的脖項說道：「前兒的丸藥都吃完了？」寶玉答道：「還有一丸。」王夫人道：「明兒再取十丸來，天天臨睡的時候，叫襲人伏侍你吃了再睡。」寶玉道：「只從太太吩咐了，襲人天天晚上想著，打發我吃。」賈政問道：「襲人是何人？」王夫人道：「是個丫頭。」賈政道：「丫頭不管叫個什麼罷了，是誰這樣刁鑽，起這樣的名字？」王夫人見賈政不自在了，便替寶玉掩飾道：「是老太太起的。」賈政道：「老太太如何知道這話，一定是寶玉。」寶玉見瞞不過，只得起身回道：「因素日讀詩，曾記古人有一句詩云：『花氣襲人知晝暖』。因這個丫頭姓花，便隨口起了這個名字。」王夫人忙又道：「寶玉，你回去改了罷。老爺也不用為這小事動氣。」賈政道：「究竟也無礙，又何用改。只是可見寶玉不務正，專在這些濃詞豔賦上作工夫。」說畢，斷喝一聲：「作業的畜生，還不出去！」王夫人也忙道：「去罷，只怕老太太等你吃飯呢。」寶玉答應了，慢慢的退出去，向金釧兒笑著伸伸舌頭，帶著兩個嬤嬤一溜烟去了。

剛至穿堂門前，只見襲人倚門立在那裡，一見寶玉平安回來，堆下笑來問道：「叫你作什麼？」寶玉告訴他：「沒有什麼，不過怕我進園去淘氣，吩咐吩咐。」一面說，一面回至賈母跟前，回明原委。只見黛玉正在那裡，寶玉便問他：「你住那一處好？」黛玉正心裡盤算這事，忽見寶玉問他，便笑道：「我心裡想著瀟湘館好，愛那幾竿竹子隱著一道曲欄，比別處更覺幽靜。」寶玉聽了，拍手笑道：「正和我的主意一樣，我也要叫你住這裡呢。我就住怡紅院，咱們兩個又近，又都清幽。」

二人正計較，就有賈政遣人來回賈母說：「二月二十二日子好，哥兒姐兒們好搬進去的。這幾日內遣人進去分派收拾。」寶釵住了蘅蕪苑，黛玉住了瀟湘館，迎春住了綴錦樓，探春住了秋爽齋，惜春住了蓼風軒，李氏住了稻香村，寶玉住了怡紅院。每一處添兩個老嬤嬤，四個丫頭，除各人奶娘、親隨丫鬟不算外，另有專管收拾打掃的。至二十二日，一齊進去，登時園內花招繡帶，柳拂香風，不似前番那等寂寞了。

閑言少敘。且說寶玉自進花園以來，心滿意足，再無別項可生貪求之心。每日只和姊妹、丫頭們一處，或讀書，或寫字，或彈琴下棋，作畫吟詩，以至描鸞刺鳳，鬥草簪花⑩，低吟悄唱，拆字猜枚⑪，無所不至，倒也十分快樂。他曾有幾首即事詩⑫，雖不算好，卻倒是真情真景，略記幾首云：

---

⑩鬥草簪花——鬥草，又稱「鬥百草」，以花草相比賽的一種民俗遊戲；簪花，戴花，古代有慶典盛會時不分男女，頭上都要戴花。

⑪拆字猜枚——拆字，即「拆字令」，酒令的一種，在宴飲時把一個字分拆成一句話的遊戲，如拆「羅」字為「四維」，拆「朝」字為「十月十日」等。猜枚，即「猜單雙」，參見第十九回註④。

⑫即事詩——以眼前事物為題材的詩。

聯經出版事業公司　校印

春夜即事

霞綃雲幄任鋪陳，隔巷蟆更聽未真。枕上輕寒窗外雨，眼前春色夢中人。盈盈燭淚因誰泣，點點花愁為我嗔。自是小鬟嬌懶慣，擁衾不耐笑言頻。⑬

夏夜即事

倦繡佳人幽夢長，金籠鸚鵡喚茶湯。窗明麝月開宮鏡，室靄檀雲品御香。琥珀杯傾荷露滑，玻璃檻納柳風涼。水亭處處齊紈動，簾捲朱樓罷晚妝。⑭

秋夜即事

絳芸軒裡絕喧嘩，桂魄流光浸茜紗。苔鎖石紋容睡鶴，井飄桐露濕棲鴉。抱衾婢至舒金鳳，倚檻人歸落翠花。靜夜不眠因酒渴，沉烟重撥索烹茶。⑮

冬夜即事

梅魂竹夢已三更，錦罽鸘衾睡未成。松影一庭惟見鶴，梨花滿地不聞鶯。女兒翠袖詩懷冷，公子

---

⑬「霞綃」一詩——綃，輕軟的絲織品；幄，帳幕；霞綃雲幄，彩色絲被，輕紗帷帳；蟆更，即蝦蟆更，蟆更大作時天將破曉。

⑭「倦繡」一詩——麝月，月亮；檀香，香雲；品，鑒賞；琥珀，黃褐色透明松脂化石，可作器皿飾物；荷露，指酒；滑，酒味醇美；「麝月、檀雲、琥珀、玻璃」又指賈府的四個丫頭；齊紈，古代齊國出產的細絹。

⑮「絳芸」一詩——桂魄，月亮，傳說月中有桂；苔鎖石紋，紋痕上布滿青苔的岩石；舒，開展；金鳳，繡有金鳳圖案的被褥；翠花，飾有翡翠珠玉的簪花。

金貂酒力輕。卻喜侍兒知試茗，掃將新雪及時烹。⑯

因這幾首詩，當時有一等勢利人，見是榮國府十二三歲的公子作的，抄錄出來各處稱頌；再有一等輕浮子弟，愛上那風騷妖豔之句，也寫在扇頭壁上，不時吟哦賞讚。因此竟有人來尋詩覓字，倩畫求題的。寶玉亦發得了意，鎮日家作這些外務。

誰想靜中生煩惱，忽一日不自在起來，這也不好，那也不好，出來進去只是悶悶的。園中那些人多半是女孩兒，正在混沌世界，天真爛漫之時，坐臥不避，嬉笑無心，那裡知寶玉此時的心事。那寶玉心內不自在，便懶在園內，只在外頭鬼混，卻又癡癡的。茗烟見他這樣，因想與他開心，左思右想，皆是寶玉頑煩了的，不能開心，惟有這件，寶玉不曾看見過。想畢，便走去到書坊內，把那古今小說並那飛燕、合德⑰、武則天、楊貴妃的外傳⑱與那傳奇角本⑲買了許多來，引寶玉看。寶玉何曾見過這些書，一看見了便如得了珍寶。茗烟又囑咐他不可拿進園去，「若叫人知道了，我就吃不了兜著走呢。」寶玉那裡捨得不拿進去，踟躕再三，單把那文理細密的揀了幾套進去，放在床頂上，無人時自己密看。那粗

⑯「梅魂」一詩——錦罽，織有文彩的毛毯；鸘衾，繡有鸘鸘（水鳥名，雁的一種）圖案花紋的被子；梨花，喻雪；金貂，黃色貂皮，貂皮輕暖，十分珍貴。

⑰飛燕、合德——漢成帝的妃子，是一對姊妹。姊姊趙飛燕身輕如燕，是古代著名的瘦美人。

⑱外傳——人物在正史無記載而另寫傳記，或正史之外別有記載，都叫「外傳」。

⑲傳奇角本——戲劇劇本。傳奇是明代的戲劇形式；角本即「腳本」，劇本。

俗過露的，都藏在外面書房裡。

那一日正當三月中浣⑳，早飯後，寶玉攜了一套《會真記》㉑，走到沁芳閘橋邊桃花底下一塊石上坐著，展開《會真記》，從頭細玩。正看到「落紅成陣」，只見一陣風過，把樹頭上桃花吹下一大半來，落的滿身滿書滿地皆是。寶玉要抖將下來，恐怕腳步踐踏了，只得兜了那花瓣，來至池邊，抖在池內。那花瓣浮在水面，飄飄蕩蕩，竟流出沁芳閘去了。

回來只見地下還有許多，寶玉正踟躕間，只聽背後有人說道：「你在這裡作什麼？」寶玉一回頭，卻是黛玉來了，肩上擔著花鋤，鋤上掛著花囊，手內拿著花帚。寶玉笑道：「好，好，來把這個花掃起來，撂在那水裡。我才撂了好些在那裡呢。」黛玉道：「撂在水裡不好。你看這裡的水乾淨，只一流出去，有人家的地方髒的臭的混倒，仍舊把花糟塌了。那畸角上我有一個花冢，如今把他掃了，裝在這絹袋裡，拿土埋上，日久不過隨土化了，豈不乾淨。」

寶玉聽了喜不自禁，笑道：「待我放下書，幫你來收拾。」黛玉道：「什麼書？」寶玉見問，慌的藏之不迭，便說道：「不過是《中庸》《大學》。」黛玉笑道：「你又在我跟前弄鬼。趁早兒給我瞧，

---

⑳中浣——指每月的中旬。浣，音ㄏㄨㄢˋ，洗滌。古代一個月中每十日休假一天，用來沐浴、洗滌。一個月分為上浣、中浣、下浣，後借作上旬、中旬、下旬的別稱。

㉑《會真記》——即唐代元稹作的傳奇小說《鶯鶯傳》。因文中有「會真」詩三十韻，故又稱《會真記》，這裡是指元代王實甫的雜劇《西廂記》。

好多著呢。」寶玉道：「好妹妹，若論你，我是不怕的。你看了，好歹別告訴別人去。真真這是好書！你要看了，連飯也不想吃呢。」一面說，一面遞了過去。黛玉把花具且都放下，接書來瞧，從頭看去，越看越愛看，不到一頓飯工夫，將十六齣俱已看完，自覺詞藻警人，餘香滿口。雖看完了書，卻只管出神，心內還默默記誦。

寶玉笑道：「妹妹，你說好不好？」黛玉笑道：「果然有趣。」寶玉笑道：「我就是個『多愁多病身』，你就是那『傾國傾城貌』㉒。」黛玉聽了，不覺帶腮連耳通紅，登時直豎起兩道似蹙非蹙的眉，瞪了兩只似睜非睜的眼，微腮帶怒，薄面含嗔，指寶玉道：「你這該死的胡說！好好的把這淫詞豔曲弄了來，還學了這些混話來欺負我。我告訴舅舅、舅母去。」說到「欺負」兩個字上，早又把眼圈兒紅了，轉身就走。寶玉著了急，向前攔住說道：「好妹妹，千萬饒我這一遭，原是我說錯了。若有心欺負你，明兒我掉在池子裡，教個癩頭黿吞了去，變個大忘八㉓，等你明兒做了『一品夫人』病老歸西的時候，我往你墳上替你馱一輩子的碑去。」說的黛玉「嗤」的一聲笑了，揉著眼睛，一面笑道：「一般也唬的這個調兒，還只管胡說。『呸，原來是苗而不秀，是個銀樣鑞槍頭。』㉔」寶玉聽了，笑道：「你這個呢？我也告訴去。」黛玉笑道：「你說你會過目成誦，難道我就不能一目十行麼？」

㉒傾國傾城貌——《西廂記》第一本第四折，張生稱自己是「多愁多病身」，鶯鶯是「傾國傾城貌」。傾，傾覆；傾國傾城，形容女子的美貌。

㉓癩頭黿、大忘八——黿，大鼈；這裡的大忘八指俗傳中能馱碑的大烏龜。

寶玉一面收書，一面笑道：「正經快把花埋了罷，別提那個了。」二人便收拾落花，正才掩埋妥協，只見襲人走來，說道：「那裡沒找到，摸在這裡來。那邊大老爺身上不好，姑娘們都過去請安，老太太叫打發你去呢。快回去換衣裳去罷。」寶玉聽了，忙拿了書，別了黛玉，同襲人回房換衣不提。

這裡黛玉見寶玉去了，又聽見眾姊妹也不在房，自己悶悶的。正欲回房，剛走到梨香院牆角上，只聽牆內笛韻悠揚，歌聲婉轉。黛玉便知是那十二個女孩子演習戲文呢。只是黛玉素習不大喜看戲文，便不留心，只管往前走。偶然兩句吹到耳內，明明白白，一字不落，唱道是：「原來姹紫嫣紅開遍，似這般都付與斷井頹垣。……」黛玉聽了，倒也十分感慨纏綿，便止住步側耳細聽，又聽唱道是：「良辰美景奈何天，賞心樂事誰家院。」聽了這兩句，不覺點頭自嘆，心下自思道：「原來戲上也有好文章，可惜世人只知看戲，未必能領略這其中的趣味。」想畢，又後悔不該胡想，耽誤了聽曲子。又側耳時，只聽唱道：「則為你如花美眷，似水流年……」黛玉聽了這兩句，不覺心動神搖。又聽道：「你在幽閨自憐」等句㉕，亦發如醉如癡，站立不住，便一蹲身坐在一塊山子石上，細嚼「如花美眷，似水流年」八個字的滋味。

㉔「苗而不秀」兩句——即中看不中用的意思，語出《西廂記》第四本第二折。苗而不秀，原指莊稼苗長了，卻不結穗，比喻才質秀美而早夭，沒有什麼成就，也用以比喻虛有其表，其實無能。銀樣鑞槍頭，與此義近；鑞是一種鉛錫合金，色似銀，亮而軟。

㉕「原來姹紫嫣紅開遍……你在幽閨自憐」等句——見《牡丹亭・驚夢》。前四句是杜麗娘唱詞；後幾句是柳夢梅唱詞。姹紫嫣紅，指各色嬌艷的花朵；良辰美景，美好的時光和景物，這裡是指美好的春光、春景；賞心樂事，稱心如意的事，這裡是指嚮往愛情和美滿婚姻的心事。幽閨，深閨。

聯經出版事業公司 校印

個字的滋味。忽又想起前日見古人詩中有「水流花謝兩無情」之句，再又有詞中有「流水落花春去也，天上人間」之句，又兼方才所見《西廂記》中「花落水流紅，閑愁萬種」㉖之句，都一時想起來，湊聚在一處。仔細忖度，不覺心痛神癡，眼中落淚。正沒個開交㉗，忽覺背上擊了一下，及回頭看時，原來是……且聽下回分解。正是：

　　妝晨繡夜心無矣，對月臨風恨有之。

㉖「水流花謝兩無情……閑愁萬種」數句——水流花謝兩無情，見唐代崔塗〈旅懷〉詩，是對青春易逝的感慨；「流水」二句，見南唐李煜〈相見歡〉詞，原詞說好時光已如花落春去，相見之難猶如天上與人間之隔，是對年華易老的感慨；「花落」二句，《西廂記》第一本〈楔子〉中鶯鶯的唱詞。

㉗開交——解決，開銷。

第二十四回　醉金剛輕財尚義俠　癡女兒遺帕惹相思

話說林黛玉正自情思縈逗①、纏綿固結之時，忽有人從背後擊了一掌，說道：「你作什麼一個人在這裡？」黛玉倒唬了一跳，回頭看時，不是別人，卻是香菱。黛玉道：「你這個傻丫頭，唬我這麼一跳好的。你這會子打那裡來？」香菱嘻嘻的笑道：「我來尋我們姑娘的，找他總找不著。你們紫鵑也找你呢！說璉二奶奶送了什麼茶葉來給你的。走罷，回家去坐著。」一面說著，一面拉著黛玉的手回瀟湘館來了。果然鳳姐兒送了兩小瓶上用新茶來。黛玉和香菱坐了。況他們有甚正事談講，不過說些這一個繡的好，那一個刺的精，又下一回棋，看兩句書，香菱便走了。不在話下。

如今且說寶玉因被襲人找回房去，只見鴛鴦歪在床上看襲人的針線呢，見寶玉來了，便說道：「你

①縈逗——纏繞停留。

往那裡去了？老太太等著你呢，叫你過那邊請大老爺的安去。還不快換了衣服走呢！」襲人便進房去取衣服。寶玉坐在床沿上，褪了鞋等靴子穿的工夫，回頭見鴛鴦穿著水紅綾子襖兒，青緞子背心，束著白縐綢汗巾兒，臉向那邊低著頭看針線，脖子上戴著花領子。寶玉便把臉湊在他脖項上，聞那香油氣，不住用手摩挲，其白膩不在襲人之下。便猴上身去，涎皮②笑道：「好姐姐，把你嘴上的胭脂賞我吃了罷。」一面說著，一面扭股糖似的黏在身上。鴛鴦便叫道：「襲人，你出來瞧瞧！你跟他一輩子，也不勸勸，還是這麼著！」襲人抱了衣服出來，向寶玉道：「左勸也不改，右勸也不改，你到底是怎麼樣？你再這麼著，這個地方可就難住了。」一邊說，一邊催他穿了衣服，同鴛鴦往前面來見賈母。

見過賈母，出至外面，人馬俱已齊備。剛欲上馬，只見賈璉請安回來了，正下馬，二人對面，彼此問了兩句話。只見旁邊轉出一個人來，說：「請寶叔安。」寶玉看時，只見這人容長臉③，長挑身材，年紀只好十八九歲，生得著實斯文清秀，倒也十分面善，只是想不起是那一房的，叫什麼名字。賈璉笑道：「你怎麼發呆，連他也不認得？他是後廊上住的五嫂子的兒子芸兒。」寶玉笑道：「是了，是了，我怎麼就忘了。」因問他母親好，這會子什麼勾當。賈芸指賈璉道：「找二叔說句話。」寶玉笑道：「你倒比先越發出挑了，倒像我的兒子。」賈璉笑道：「好不害臊！人家比你大四五歲呢，就替你作兒子了？」寶玉笑道：「你今年十幾歲了？」賈芸道：「十八歲。」

---

②涎皮——即涎皮賴臉，惹人厭煩的無賴行為。

③容長臉——鵝蛋臉，美觀的長型臉。

原來這賈芸最伶俐乖覺，聽寶玉這樣說，便笑道：「俗語說的，『搖車裡的爺爺，拄拐的孫孫』④。雖然歲數大，山高高不過太陽⑤。只從我父親沒了，這幾年也無人照管教導。如若寶叔不嫌侄兒蠢笨，認作兒子，就是我的造化了。」賈璉笑道：「你聽見了？認兒子不是好開交的呢。」說著，就進去了。寶玉笑道：「明兒你閑了，只管來找我，別和他們鬼鬼祟祟的。這會子我不得閑兒。明兒你到書房裡來，和你說天話兒，我帶你園裡頑耍去。」說著，扳鞍上馬，眾小廝圍隨往賈赦這邊來。

見了賈赦，不過是偶感些風寒，先述了賈母問的話，然後自己請了安。賈赦先站起來回了賈母話，次後便喚人來：「帶哥兒進去太太屋裡坐著。」寶玉退出，來至後面，進入上房。邢夫人見了他來，先倒站了起來，請過賈母安，寶玉方請安。邢夫人拉他上炕坐了，方問別人好，又命人倒茶來。一鍾茶未吃完，只見那賈琮來問寶玉好。邢夫人道：「那裡找活猴兒去！你那奶媽子死絕了，也不收拾收拾你，弄的黑眉烏嘴的，那裡像大家子念書的孩子！」

正說著，只見賈環、賈蘭小叔侄兩個也來了，請過安，邢夫人便叫他兩個椅子上坐了。賈環見寶玉同邢夫人坐在一個坐褥上，邢夫人又百般摩挲撫弄他，早已心中不自在了，坐不多時，便和賈蘭使眼色兒要走。賈蘭只得依他，一同起身告辭。寶玉見他們要走，自己也就起身，要一同回去。邢夫人笑道：「你且坐著，我還和你說話呢。」寶玉只得坐了。邢夫人向他兩個道：「你們回去，各人替我問你們各

④搖車裡的爺爺，拄拐的孫孫——比喻年齡大小和輩份高低無關。搖車，搖籃。

⑤山高高不過太陽——比喻在下的無論多能幹，還是得遵從在上者的意見。

人母親好。你們姑娘、姐姐、妹妹都在這裡呢，鬧的我頭暈，今兒不留你們吃飯了。」賈環等答應著，便出來回家去了。

寶玉笑道：「可是姐姐們都過來了，怎麼不見？」邢夫人道：「他們坐了一會子，都往後頭不知那屋裡去了。」寶玉道：「大娘方才說『有話說』，不知是什麼話？」邢夫人笑道：「那裡有什麼話，不過是叫你等著，同你姊妹們吃了飯去。還有一個好玩的東西給你帶回去玩。」娘兒兩個說話，不覺早又晚飯時節。調開桌椅，羅列杯盤，母女姊妹們吃畢了飯。寶玉去辭賈赦，同姊妹們一同回家，見過賈母、王夫人等，各自回房安息。不在話下。

且說賈芸進去見了賈璉，因打聽可有什麼事情。賈璉告訴他：「前兒倒有一件事情出來，偏生你嬸子再三求了我，給了賈芹了。他許了我，說明兒園裡還有幾處要栽花木的地方，等這個工程出來，一定給你就是了。」賈芸聽了，半晌說道：「既是這樣，我就等著罷。叔叔也不必先在嬸子跟前提我今兒來打聽的話，到跟前再說也不遲。」賈璉道：「提他作什麼，我那裡有這些工夫說閑話兒呢。明兒一個五更，還要到興邑去走一趟，需得當日趕回來才好。你先去等著，後日起更以後你來討信兒，來早了，我不得閑。」說著，便回後面換衣服去了。

賈芸出了榮國府回家，一路思量，想出一個主意來，便一逕往他母舅卜世仁家來。原來卜世仁現開香料鋪，方才從鋪子裡回來，忽見賈芸進來，彼此見過了，因問他這早晚什麼事跑了來。賈芸道：「有件事求舅舅幫襯⑥幫襯。我有一件事，用些冰片、麝香使用，好歹舅舅每樣賒四兩給我，八月裡按數送了銀子來。」卜世仁冷笑道：「再休提賒欠一事。前兒也是我們鋪子裡一個伙計，替他的親戚賒了幾兩銀子的貨，至今總未還上。因此我們大家賠上，立了合同，再不許替親友賒欠，誰要賒欠，就要罰他二十兩銀子的東道。況且如今這個貨也短⑦，你就拿現銀子到我們這不三不四的鋪子裡來買，也還沒有這些，只好倒扁兒⑧去。這是一。二則你那裡有正經事，不過賒了去又是胡鬧。你只說舅舅見你一遭兒就派你一遭兒不是。你小人兒家很不知好歹，也到底立個主見，賺幾個錢，弄得穿是穿吃是吃的，我看著也喜歡。」

賈芸笑道：「舅舅說的倒乾淨。我父親沒的時候，我年紀又小，不知事。後來聽見我母親說：都還虧舅舅在我們家出主意，料理的喪事。難道舅舅就不知道的：還是有一畝地、兩間房子，如今在我手裡花了不成？巧媳婦做不出沒米的粥來，叫我怎麼樣呢？還虧是我呢，要是別個，死皮賴臉三日兩頭兒來纏著舅舅，要三升米二升豆子的，舅舅也就沒有法呢。」

卜世仁道：「我的兒，舅舅要有，還不是該的？我天天和你舅母說，只愁你沒算計兒。你但凡立的起來，到你大房裡，就是他們爺兒們見不著，便下個氣，和他們的管家或者管事的人們嬉和嬉和⑨，也

---

⑥幫襯——幫助、幫忙。
⑦短——缺少、缺貨。
⑧倒扁兒——這裡指無貨可賣，需到別家鋪子去套購貨物來應付門面；又，臨時借貸錢物也叫「倒扁兒」。
⑨嬉和——討好，有「巴結」的意思。

弄個事兒管管。前日我出城去，撞見了你們三房裡的老四，騎著大叫驢，帶著五輛車，有四五十和尚、道士，往家廟去了。他那不虧能幹，這事就到他了？」賈芸聽他韶刀⑩的不堪，便起身告辭。卜世仁道：「怎麼急的這樣，吃了飯再去罷——」一句未完，只見他娘子說道：「你又胡塗了。說著沒有米，這裡買了半斤麵來下給你吃，這會子還裝胖呢。留下外甥挨餓不成？」卜世仁說：「再買半斤來添上就是了。」他娘子便叫女孩兒：「銀姐，往對門王奶奶家去問，有錢借二三十個，明兒就送過來。」夫妻兩個說話，那賈芸早說了幾個「不用費事」，去的無影無踪了。

不言卜家夫婦，且說賈芸賭氣離了母舅家門，一逕回歸舊路，心下正自煩惱，一邊想，一邊低頭只管走，不想一頭就碰在一個醉漢身上，把賈芸唬了一跳。聽那醉漢罵道：「臊你娘的！瞎了眼睛，碰起我來了。」賈芸忙要躲身，早被那醉漢一把抓住，對面一看，不是別人，卻是緊鄰倪二。原來這倪二是個潑皮，專放重利債，在賭博場吃閑錢，專管打降⑪吃酒。如今正從欠錢人家索了利錢，吃醉回來，不想被賈芸碰了一頭，正沒好氣，掄拳就要打。只聽那人叫道：「老二住手！是我沖撞了你。」倪二聽見是熟人的語音，將醉眼睜開看時，見是賈芸，忙把手鬆了，趔趄⑫著笑道：「原來是賈二爺，我該死，我該死。這會子往那裡去？」賈芸道：「告訴不得你，平白的又討了個沒趣兒。」倪二道：「不妨不妨，

⑩韶刀——即「嘮叨」，說話囉嗦討人嫌、不著邊際。

⑪打降——打架。

⑫趔趄——即「踉蹌」，腳步歪斜不穩。

有什麼不平的事，告訴我，替你出氣。這三街六巷，憑他是誰，有人得罪了我醉金剛倪二的街坊，管叫他人離家散！」

賈芸道：「老二，你且別氣，聽我告訴你這原故。」說著，便把卜世仁一段事告訴了倪二。倪二聽了大怒，「要不是令舅，我便罵不出好話來，真真氣死我倪二。也罷，你也不用愁煩，我這裡現有幾兩銀子，你若用什麼，只管拿去買辦。但只一件，你我作了這些年的街坊，我在外頭有名放帳，你卻從沒有和我張過口。也不知你厭惡我是個潑皮，怕低了你的身分；也不知是你怕我難纏，利錢重？若說怕利錢重，這銀子我是不要利錢的，也不用寫文約；若說怕低了你的身分，我就不敢借給你了，各自走開。」一面說，一面果然從搭包⑬裡掏出一卷銀子來。

賈芸心下自思：「素日倪二雖然是潑皮無賴，卻因人而使，頗頗的有義俠之名。若今日不領他這情，怕他臊了，倒恐生事。不如借了他的，改日加倍還他也倒罷了。」想畢笑道：「老二，你果然是個好漢，我何曾不想著你，和你張口。但只是我見你所相與交結的，都是些有膽量的有作為的人，似我們這等無能無為的你倒不理。我若和你張口，你豈肯借給我。今日既蒙高情，我怎敢不領，回家按例寫了文約過來便是了。」倪二大笑道：「好會說話的人，我卻聽不上這話。既說『相與交結』四個字，如何放帳給他，使他的利錢！既把銀子借與他，圖他的利錢，便不是相與交結了。閑話也不必講。既肯青目，這是

⑬搭包——也作「搭膊」，有兩種：一種是長條形，兩端有口袋，搭在肩上，前後盛放錢物；一種是用長條布捆疊成腰帶狀，紮在腰間，也可裹繫錢物。

十五兩三錢有零的銀子，便拿去治買東西。你要寫什麼文契，趁早把銀子還我，讓我放給那些有指望的人使去。」賈芸聽了，一面接了銀子，一面笑道：「我便不寫罷了，有何著急的。」倪二笑道：「這不是話。天氣黑了，也不讓茶讓酒，我還到那邊有點事情去，你竟請回去。我還求你帶個信兒與舍下，叫他們早些關門睡罷，我不回家去了；倘或有要緊事兒，叫我們女兒明兒一早到馬販子王短腿家來找我。」一面說，一面趔趄著腳兒去了，不在話下。

且說賈芸偶然碰了這件事，心中也十分稀罕，想那倪二倒果然有些意思，只是還怕他一時醉中慷慨，到明日加倍的要起來，便怎處，心內猶豫不決。忽又想道：「不妨，等那件事成了，也可加倍還他。」想畢，一直走到個錢鋪裡，將那銀子稱一稱，十五兩三錢四分二厘。賈芸見倪二不撒謊，心下越發歡喜，收了銀子，來至家門，先到隔壁將倪二的信捎了與他娘子知道，方回家來。他母親自在炕上拈線，見他進來，便問：「那去了一日？」賈芸恐他母親生氣，便不說起卜世仁的事來，只說在西府裡等璉二叔的，問他母親吃了飯不曾。他母親已吃過了，說留的飯在那裡。小丫頭子拿過來與他吃。

那天已是掌燈時候，賈芸吃了飯收拾歇息，一宿無話。次日一早起來，洗了臉，便出南門，大香鋪裡買了冰麝，便往榮國府來。打聽賈璉出了門，賈芸便往後面來。到賈璉院門前，只見幾個小廝拿著大高笤帚在那裡掃院子呢。忽見周瑞家的從門裡出來叫小廝們：「先別掃，奶奶出來了。」賈芸忙上前笑問：「二嬸嬸那去？」周瑞家的道：「老太太叫，想必是裁什麼尺頭。」

正說著，只見一群人簇著鳳姐出來了。賈芸深知鳳姐是喜奉承尚排場的，忙把手逼著⑭，恭恭敬敬

⑭把手逼著——逼，讀ㄅㄧˋ，逼著，即並著；把兩臂下垂，兩手緊貼身體的兩側，表示敬畏的樣子。

搶上來請安。鳳姐連正眼也不看，仍往前走著，只問他母親好，「怎麼不來我們這裡逛逛？」賈芸道：「只是身上不大好，倒時常記掛著嬸子，要來瞧瞧，又不能來。」鳳姐笑道：「可是會撒謊，不是我提起他來，你就不說他想我了。」賈芸笑道：「侄兒不怕雷打了，就敢在長輩前撒謊？昨兒晚上還提起嬸子來，說嬸子身子生的單弱，事情又多，虧嬸子好大精神，竟料理的周周全全；要是差一點兒的，早累的不知怎麼樣呢。」

鳳姐聽了滿臉是笑，不由的便止了步，問道：「怎麼好好的，你娘兒們在背地裡嚼⑮起我來？」賈芸道：「有個原故。只因我有個朋友，家裡有幾個錢，現開香鋪。只因他身上捐著個通判⑯，前兒選了雲南不知那一處，連家眷一齊去，把這香鋪也不在這裡開了。便把帳物攢了一攢⑰，該給人的給人，該賤發⑱的賤發了，像這細貴的貨，都分著送與親朋。他就一共送了我些冰片、麝香。我就和我母親商量，若要轉賣，不但賣不出原價來，而且誰家拿這些銀子買這個作什麼，便是很有錢的大家子，也不過使個幾分幾錢就挺折腰⑲了；若說送人，也沒個人配使這些，倒叫他一文不值半文轉賣了。因此我就想起嬸

⑮嚼——即「嚼說」，說閑話，批評。

⑯通判——明、清時協助知府處理政務的官員，分管緝捕和儲備糧食等事務。

⑰攢了一攢——攢，湊聚；這裡指把現有的家財湊一湊。

⑱賤發——賤價賣出。發，脫手、賣掉。

⑲挺折腰——這裡是到頂的意思。

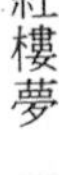

聯經出版事業公司　校印

子來。往年間我還見嬸子大包的銀子買這些東西呢，別說今年貴妃宮中，就是這個端陽節下，不用說這些香料自然是比往常加上十倍去的。因此想來想去，只孝順嬸子一個人才合式，方不算糟塌這東西。」一邊說，一邊將一個錦匣舉起來。

鳳姐正是要辦端陽的節禮，採買香料、藥餌的時節，忽見賈芸如此一來，聽這一篇話，心下又是得意又是歡喜，便命豐兒：「接過芸哥兒的來，送了家去，交給平兒。」因又說道：「看著你這樣知好歹，怪道你叔叔常提你，說你說話兒也明白，心裡有見識。」賈芸聽這話入了港，便打進一步來，故意問道：「原來叔叔也曾提我的？」鳳姐見問，才要告訴他與他管事情的那話，便忙又止住，心下想道：「我如今要告訴他那話，倒叫他看著我見不得東西似的，為得了這點子香料，就混許他管事了。今兒先別提起這事。」想畢，便把派他監種花木工程的事都隱瞞的一字不提，隨口說了兩句淡話，便往賈母那裡去了。賈芸也不好提的，只得回來。

因昨日見了寶玉，叫他到外書房等著，賈芸吃了飯便又進來，到賈母那邊儀門外綺霰齋書房裡來。只見茗烟改名焙茗的並鋤藥兩個小廝下象棋，為奪「車」正拌嘴；還有引泉、掃花、挑雲、伴鶴四五個，又在房檐上掏小雀兒玩。賈芸進入院內，把腳一跺，說道：「猴頭們淘氣，我來了。」眾小廝看見賈芸進來，都才散了。賈芸進入房內，便坐在椅子上問：「寶二爺沒下來？」焙茗道：「今兒總沒下來。二爺說什麼，我替你哨探哨探去。」說著，便出去了。

這裡賈芸便看字畫古玩，有一頓飯工夫還不見來，再看看別的小廝，都頑去了。正是煩悶，只聽門前嬌聲嫩語的叫了一聲「哥哥」。賈芸往外瞧時，看是一個十六七歲的丫頭，生的倒也細巧乾淨。那丫

聯經出版事業公司　校印

頭見了賈芸，便抽身躲了過去。恰值焙茗走來，見那丫頭在門前，便說道：「好，好，正抓不著個信兒。」賈芸見了焙茗，也就趕了出來，問：「怎麼樣？」焙茗道：「等了這一日，也沒個人兒過來。這就是寶二爺房裡的。好姑娘，你進去帶個信兒，就說廊上的二爺來了。」

那丫頭聽說，方知是本家的爺們，便不似先前那等回避，下死眼把賈芸釘了兩眼。聽那賈芸說道：「什麼是廊上廊下的，你只說是芸兒就是了。」半晌，那丫頭冷笑了一笑：「依我說，二爺竟請回家去，有什麼話明兒再來。今兒晚上得空兒我回了他。」焙茗道：「這是怎麼說？」那丫頭道：「他今兒也沒睡中覺，自然吃的晚飯早。晚上他又不下來。難道只是耍的二爺在這裡等著挨餓不成！不如家去，明兒來是正經。便是回來有人帶信，那都是不中用的。他不過口裡應著，他倒給帶呢！」賈芸聽這丫頭說話簡便俏麗，待要問他的名字，因是寶玉房裡的，又不便問，只得說道：「這話倒是，我明兒再來。」說著便往外走。焙茗道：「我倒茶去，二爺吃了茶再去。」賈芸一面走，一面回頭說：「不吃茶，我還有事呢。」口裡說話，眼睛瞧那丫頭還站在那裡呢。

那賈芸一逕回家。至次日來至大門前，可巧遇見鳳姐往那邊去請安，才上了車，見賈芸來，便命人喚住，隔窗子笑道：「芸兒，你竟有膽子在我的跟前弄鬼。怪道你送東西給我，原來你有事求我。昨兒你叔叔才告訴我說你求他。」賈芸笑道：「求叔叔這事，嬸子休提，我昨兒正後悔呢。早知這樣，我竟一起頭求嬸子，這會子也早完了。誰承望叔叔竟不能的。」鳳姐笑道：「怪道你那裡沒成兒⑳，昨兒又

⑳沒成兒——「沒成兒想」，沒指望。

來尋我。」賈芸道：「嬸子辜負了我的孝心，我並沒有這個意思。若有這個意思，昨兒還不求嬸子？如今嬸子既知道了，我倒要把叔叔丟下，少不得求嬸子好歹疼我一點兒。」

鳳姐冷笑道：「你們要揀遠路兒走，叫我也難說。早告訴我一聲兒，有什麼不成的？多大點子事，耽誤到這會子。那園子裡還要種花，我只想不出一個人來，你早來不早完了？」賈芸笑道：「既這樣，嬸子明兒就派我罷。」鳳姐半晌道：「這個我看著不大好。等明年正月裡烟火燈燭那個大宗兒下來，再派你罷。」賈芸道：「好嬸子，先把這個派了我罷。果然這個辦的好，再派我那個。」鳳姐笑道：「你倒會拉長線兒。——罷了，要不是你叔叔說，我不管你的事。我也不過吃了飯就過來，你到午錯的時候來領銀子，後兒就進去種樹。」說畢，令人駕起香車，一逕去了。

賈芸喜不自禁，來至綺霰齋打聽寶玉，誰知寶玉一早便往北靜王府裡去了。賈芸便呆呆的坐到晌午，打聽鳳姐回來，便寫個領票來領對牌。至院外，命人通報了，彩明走了出來，單要了領票進去，批了銀數、年月，一併連對牌交與了賈芸。賈芸接了，看那批上銀數批了二百兩，心中喜不自禁，翻身走到銀庫上，交與收牌票的，領了銀子。回家告訴母親，自是母子俱各歡喜。次日一個五鼓，賈芸先找了倪二，將前銀按數還他。那倪二見賈芸有了銀子，他便按數收回，不在話下。這裡賈芸又拿了五十兩，出西門找到花兒匠方椿家裡去買樹，不在話下。

如今且說寶玉，自那日見了賈芸，曾說明日著他進來說話兒。如此說了之後，他原是富貴公子的口角㉑，那裡還把這個放在心上，因而便忘懷了。這日晚上，從北靜王府裡回來，見過賈母、王夫人等，回至園內，換了衣服，正要洗澡。——襲人因被寶釵煩了去打結子㉒；秋紋、碧痕兩個去催水；檀雲又因他母親的生日接了出去；麝月又現在家中養病；雖還有幾個作粗活聽使喚的丫頭，估著叫不著他們，都出去尋伙覓伴的頑去了。不想這一刻的工夫，只剩了寶玉在房內。偏生的寶玉要吃茶，一連叫了兩三聲，方見兩三個老嬤嬤走進來。寶玉見了他們，連忙搖手兒說：「罷，罷，不用你們了。」老婆子們只得退出。

寶玉見沒丫頭們，只得自己下來，拿了碗向茶壺去倒茶。只聽背後說道：「二爺仔細燙了手，讓我來倒。」一面說，一面走上來，早接了碗過去。寶玉倒唬了一跳，問：「你在那裡的？忽然來了，唬我一跳。」那丫頭一面遞茶，一面回說：「我在後院子裡，才從裡間的後門進來，難道二爺就沒聽見腳步響？」

寶玉一面吃茶，一面仔細打量那丫頭：穿著幾件半新不舊的衣裳，倒是一頭黑鬒鬒㉓的頭髮，挽著個鬢，容長臉面，細巧身材，卻十分俏麗乾淨。寶玉看了，便笑問道：「你也是我這屋裡的人麼？」那丫頭道：「是的。」寶玉道：「既是這屋裡的，我怎麼不認得？」那丫頭聽說，便冷笑了一聲道：「認不得的也多，豈只我一個。從來我又不遞茶遞水，拿東拿西，眼見的事一點兒不作，那裡認得呢？」寶玉道：「你為什麼不作那眼見的事？」那丫頭道：「這話我也難說。——只是有一句話回二爺：昨兒有

㉑口角——口氣，表示隨便說說。

㉒打結子——用絲繩或緞帶編結成各種花樣，用以繫掛珠玉等飾物，下有長穗。

㉓黑鬒鬒——形容頭髮烏黑；鬒，音ㄓㄣˇ，黑髮。

個什麼芸兒來找二爺。我想二爺不得空兒，便叫焙茗回他，叫他今日早起來，不想二爺又往北府裡去了。」剛說到這句話，只見秋紋、碧痕嘻嘻哈哈的說笑著進來：兩個人共提著一桶水，一手撩著衣裳，趔趔趄趄、潑潑撒撒的。那丫頭便忙迎去接。那秋紋、碧痕正對著抱怨，「你濕了我的裙子」，那個又說「你踹了我的鞋」。忽見走出一個人來接水，二人看時，不是別人，原來是小紅。二人便都詫異，將水放下，忙進房來東瞧西望，並沒個別人，只有寶玉，便心中大不自在。只得預備下洗澡之物，待寶玉脫了衣裳，二人便帶上門出來，走到那邊房內便找小紅，問他方才在屋裡說什麼。小紅道：「我何曾在屋裡的？只因我的手帕子不見了，往後頭找手帕子去。不想二爺要茶吃，叫姐姐們一個沒有，是我進去了，才倒了茶，姐姐們便來了。」

秋紋聽了，兜臉啐了一口，罵道：「沒臉的下流東西！正經叫你催水去，你說有事故，倒叫我們去，你可等著做這個巧宗兒㉔。一里一里的，這不上來了？難道我們倒跟不上你了？你也拿鏡子照照，配遞茶遞水不配！」碧痕道：「明兒我說給他們，凡要茶要水送東送西的事，咱們都別動，只叫他去便是了。」秋紋道：「這麼說，不如我們散了，單讓他在這屋裡呢。」二人你一句，我一句，正鬧著，只見有個老嬤嬤進來傳鳳姐的話說：「明日有人帶花兒匠來種樹，叫你們嚴禁些，衣服、裙子別混晒混晾的。那土山上一溜都攔著幃幙呢，可別混跑。」秋紋便問：「明兒不知是誰帶進匠人來監工？」那婆子道：「說什麼後廊上的芸哥兒。」秋紋、碧痕聽了都不知道，只管混問別的話。那小紅聽見了，心內卻明白，就

㉔巧宗兒——取巧的事。

知是昨兒外書房所見那人了。

原來這小紅本姓林，小名紅玉，只因「玉」字犯了黛玉、寶玉，便都把這個字隱起來，便都叫他「小紅」。原是榮國府中世代的舊僕，他父母現在收管各處房田事務。這小紅年方十六歲，因分人在大觀園的時節，把他便分在怡紅院中，倒也清幽雅靜。不想後來命人進來居住，偏生這一所兒又被寶玉占了。這小紅雖然是個不諳事的丫頭，卻因他原有三分容貌，心內著實妄想癡心的向上攀高，每每的要在寶玉面前現弄現弄。只是寶玉身邊一干人都是伶牙俐爪的，那裡插的下手去？不想今兒才有些消息，又遭秋紋等一場惡話，心內早灰了一半。正悶悶的，忽然聽見老嬤嬤說起賈芸來，不覺心中一動，便悶悶的回至房中，睡在床上暗暗盤算，翻來掉去，正沒個抓尋。忽聽窗外低低的叫道：「紅兒，你的手帕子我拾在這裡呢。」小紅聽了忙走出來看，不是別人，正是賈芸。小紅不覺的粉面含羞，問道：「二爺在那裡拾著的？」賈芸笑道：「你過來，我告訴你。」一面說，一面就上來拉他。那小紅急回身一跑，卻被門檻絆倒。要知端的，下回分解。

第二十五回　魘魔法姊弟逢五鬼　紅樓夢通靈遇雙眞①

話說小紅心神恍惚，情思纏綿，忽朦朧睡去，遇見賈芸要拉他，卻回身一跑，被門檻絆了一跤，唬醒過來，方知是夢。因此翻來覆去，一夜無眠。至次日天明，方才起來，就有幾個丫頭子來會他去打掃房子地面，提洗臉水。這小紅也不梳洗，向鏡中胡亂挽了一挽頭髮，洗了洗手，腰內束了一條汗巾子，便來打掃房屋。誰知寶玉昨兒見了小紅，也就留了心。若要直點名喚他來使用，一則怕襲人等多心；二則又不知小紅是何等行為，若好還罷了，若不好起來，那時倒不好退送的。因此心下悶悶的，早起來也不梳洗，只坐著出神。一時下了窗子，隔著紗屜子②，向外看的真切，只見好幾個丫頭在那裡掃地，都擦脂抹粉、簪花插柳的，獨不見昨兒那一個。寶玉便靸了鞋晃出了房門，只裝著看花兒，這裡瞧瞧，那

①回目——魘魔法，一種迷信活動，施行「法術」驅使鬼神折磨人，使人昏迷甚至死去；五鬼，星命家所稱的惡煞之一，取象於鬼宿第五星。雙真，指癩頭和尚和跛足道人；真，真人，即仙人。

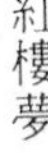

裡望望，一抬頭，只見西南角上遊廊底下欄杆上似有一個人倚在那裡，卻恨面前有一株海棠花遮著，看不真切。只得又轉了一步，仔細一看，可不是昨兒那個丫頭在那裡出神。待要迎上去，又不好去的。正想著，忽見碧痕來催他洗臉，只得進去了。不在話下。

卻說小紅正自出神，忽見襲人招手叫他，只得走上前來。襲人笑道：「我們這裡的噴壺還沒有收拾了來呢，你到林姑娘那裡去，把他們的借來使使。」小紅答應了，便走出來往瀟湘館去。正走上翠烟橋，抬頭一望，只見山坡上高處都是攔著幃幙，方想起今兒有匠役在裡頭種樹。因轉身一望，只見那邊遠遠一簇人在那裡掘土，賈芸正坐在那山子石上。小紅待要過去，又不敢過去，只得悶悶的向瀟湘館取了噴壺回來，無精打彩，自向房內躺著。眾人只說他一時身上不爽快，都不理論。

展眼過了一日，原來次日就是王子騰夫人的壽誕，那裡原打發人來請賈母、王夫人的，王夫人見賈母不自在，也便不去了。倒是薛姨媽同鳳姐兒並賈家幾個姊妹、寶釵、寶玉一齊都去了，至晚方回。

可巧王夫人見賈環下了學，便命他來抄個《金剛咒》唪誦唪誦③。那賈環便在王夫人炕上坐著，命

②紗屜子——舊時的窗戶分兩層，裡面一層是用紗糊的，透明、通氣，稱「紗屜子」。外面一層窗櫺是用紙糊或木板裝的，白天可以卸下來或支起，晚間再安上或放下。

③《金剛咒》、唪誦——《金剛咒》是《金剛經》後面附的咒語；唪誦，大聲念誦經文，佛家說唪誦這幾句咒語可以消災祈福。

人點燈，拿腔作勢的抄寫。一時又叫彩雲倒杯茶來，一時又叫玉釧兒來剪剪蠟花，一時又說金釧兒擋了燈影。眾丫鬟們素日厭惡他，都不答理。只有彩霞還和他合的來，倒了一鍾茶來遞與他。因見王夫人和人說話兒，他便悄悄的向賈環說道：「你安些分罷，何苦討這個厭那個厭的。」賈環道：「我也知道，你別哄我。如今你和寶玉好，把我不答理，我也看出來了。」彩霞咬著嘴唇，向賈環頭上戳了一指頭，說道：「沒良心的！狗咬呂洞賓，不識好人心。」

兩人正說著，只見鳳姐來了，拜見過王夫人。王夫人便一長一短的問他，今兒是那幾位堂客，戲文好歹，酒席如何等語。說了不多幾句話，寶玉也來了，進門見了王夫人，不過規規矩矩說了幾句，便命人除去抹額，脫了袍服，拉了靴子，便一頭滾在王夫人懷裡。王夫人便用手滿身滿臉摩挲撫弄他，寶玉也搬著王夫人的脖子說長道短的。王夫人道：「我的兒，你又吃多了酒，臉上滾熱。你還只是揉搓，一會鬧上酒來。還不在那裡靜靜的躺一會子呢。」說著，便叫人拿個枕頭來。寶玉聽說便下來，在王夫人身後倒下，又叫彩霞來替他拍著。寶玉便和彩霞說笑，只見彩霞淡淡的，不大答理，兩眼睛只向賈環處看。寶玉便拉他的手，笑道：「好姐姐，你也理我理兒呢。」一面說，一面拉他的手。彩霞奪手不肯，便說：「再鬧，我就嚷了。」

二人正鬧著，原來賈環聽的見，素日原恨寶玉，如今又見他和彩霞鬧，心中越發按不下這口毒氣。雖不敢明言，卻每每暗中算計，只是不得下手，今見相離甚近，便要用熱油燙瞎他的眼睛。因而故意裝作失手，把那一盞油汪汪的蠟燈向寶玉臉上只一推。只聽寶玉「噯喲」了一聲，滿屋裡眾人都唬了一跳。連忙將地下的戳燈挪過來，又將裡外間屋的燈拿了三四盞看時，只見寶玉滿臉滿頭都是油。王夫人又急又氣，一面命人來替寶玉擦洗，一面又罵賈環。鳳姐三步兩步的上炕去替寶玉收拾著，一面道：「老三還是這麼慌腳雞似的④，我說你上不得高臺盤。——趙姨娘時常也該教導教導他。」一句話提醒了王夫人，那王夫人不罵賈環，便叫過趙姨娘來，罵道：「養出這樣黑心不知道理下流種子來，也不管管！幾番幾次我都不理論，你們得了意了，越發上來了！」

那趙姨娘素日雖常懷嫉妒之心，不忿鳳姐、寶玉兩個，也不敢露出來；如今賈環又生了事，受這場惡氣，不但吞聲承受，而且還要走去替寶玉收拾。只見寶玉左邊臉上燙了一溜燎泡出來，幸而眼睛竟沒動。王夫人看了，又是心疼，又怕明日賈母問怎麼回答，急的又把趙姨娘數落一頓。然後又安慰了寶玉一回，又命取敗毒消腫藥來敷上。寶玉道：「有些疼，還不妨事。明兒老太太問，就說是我自己燙的罷了。」鳳姐道：「便說是自己燙的，也要罵人為什麼不小心看著，叫你燙了！橫豎有一場氣生的，到明兒憑你怎麼說去罷。」王夫人命人好生送了寶玉回房去，襲人等見了，都慌的了不得。

黛玉見寶玉出了一天門，就覺悶悶的，沒個可說話的人。至晚正打發人來問了兩三遍回來不曾，這遍方才回來，又偏生燙了。黛玉便趕著來瞧，只見寶玉正拿鏡子照呢，左邊臉上滿滿的敷了一臉的藥。黛玉只當燙的十分利害，忙上來問怎麼燙了，要瞧瞧。寶玉見他來了，忙把臉遮著，搖手叫他出去，不肯叫他看。——知道他的癖性喜潔，見不得這些東西。黛玉自己也知道自己也有這件癖性，知道寶玉的心內怕他嫌髒，因笑道：「我瞧瞧燙了那裡了，有什麼遮著藏著的。」一面說，一面就湊上來，強搬著

④荒腳雞似的——做事粗率、毛躁、輕浮。

脖子瞧了一瞧，問他疼的怎麼樣。寶玉道：「也不很疼，養一兩日就好了。」黛玉坐了一回，悶悶的回房去了。一宿無話。次日，寶玉見了賈母，雖然自己承認是自己燙的，不與別人相干，免不得那賈母又把跟從的人罵一頓。

過了一日，就有寶玉寄名的乾娘⑤馬道婆進榮國府來請安。見了寶玉，唬一大跳，問起原由，說是燙的，便點頭嘆息一回，向寶玉臉上用指頭畫了一畫，口內嘟嘟囔囔的又持誦了一回，說道：「管保就好了，這不過是一時飛災。」又向賈母道：「祖宗老菩薩那裡知道，那經典佛法上說的利害：大凡那王公卿相人家的子弟，只一生長下來，暗裡便有許多促狹鬼跟著他，得空便擰他一下，或掐他一下，或吃飯時打下他的飯碗來，或走著推他一跤，所以往往的那些大家子孫多有長不大的。」賈母聽如此說，便趕著問：「這有什麼佛法解釋⑥沒有呢？」馬道婆道：「這個容易，只是替他多作些因果善事也就罷了。再那經上還說：西方有位大光明普照菩薩，專管照耀陰暗邪祟，若有善男子善女人虔心供奉者，可以永佑兒孫康寧安靜，再無驚恐邪祟撞客⑦之災。」賈母道：「倒不知怎麼個供奉這位菩薩？」馬道婆道：「也不值些什麼，不過除香燭供養之外，一天多添幾斤香油，點上個大海燈。這海燈，便是菩薩現身法像⑧，晝夜不敢息的。」賈母道：「一天一夜也得多少油？明白告訴我，我也好作這件功德⑨的。」馬

⑤寄名的乾娘——這裡是指把子弟寄其名下為義子的道姑。「寄名」是為了得到神的保佑，免除災難。

⑥佛法解釋——用佛法消災去病；解釋，消散、解除開釋。

⑦撞客——舊時迷信認為突然神智昏迷、胡言亂語，是鬼、神附體，俗稱「撞客」。

⑧現身法像——佛教說，佛為化度眾生而變幻出無數的「化身」來，「現身法像」就是佛所變幻出的形象。

道婆聽如此說，便笑道：「這也不拘，隨施主菩薩們隨心願捨罷了。像我們廟裡，就有好幾處的王妃誥命供奉的：南安郡王府裡的太妃，他許的多，願心大，一天是四十八斤油，一斤燈草，那海燈也只比缸略小些；錦田侯的誥命次一等，一天不過二十四斤油；再還有幾家也有五斤的、三斤的、一斤的，都不拘數。那小家子窮人家捨不起這些，就是四兩半斤，也少不得替他點。」賈母聽了，點頭思忖。馬道婆又道：「還有一件，若是為父母尊親長上的，多捨些不妨；若是像老祖宗如今為寶玉，若捨多了倒不好，還怕哥兒禁不起，倒折了福。也不當家花花的⑩，要捨，大則七斤，小則五斤，也就是了。」賈母說：「既是這樣說，你便一日五斤合準了，每月打躉來關了去⑪。」馬道婆念了一聲：「阿彌陀佛慈悲大菩薩！」賈母又命人來吩咐：「以後大凡寶玉出門的日子，拿幾串錢交給他的小子們帶著，遇見僧道窮苦人好捨。」

說畢，那馬道婆又坐了一回，便又往各院各房問安，閑逛了一回。一時來至趙姨娘房內，二人見過，趙姨娘命小丫頭倒了茶來與他吃。馬道婆因見炕上堆著些零碎綢緞灣角，趙姨娘正粘鞋呢。馬道婆道：「可是我正沒了鞋面子了。趙奶奶你有零碎緞子，不拘什麼顏色的，弄一雙鞋面給我。」趙姨娘聽說，便嘆口氣說道：「你瞧瞧那裡頭，還有那一塊是成樣的？成了樣的東西，也不能到我手裡來！有的沒的

⑨功德——佛家稱去惡行善為「功德」，而施捨財物、誦經，可以祈福消災，叫「作功德」。

⑩不當家花花的——不當家，不應該、當不起、罪過；「花花的」是詞尾，無義。

⑪打躉來關了去——湊總數領走。躉，音ㄉㄨㄣˇ，整數；關，領取。

都在這裡，你不嫌，就挑兩塊子去。」馬道婆見說，果真便挑了兩塊袖將起來。

趙姨娘問道：「前日我送了五百錢去，在藥王⑫跟前上供，你可收了沒有？」馬道婆道：「早已替你上了供了。」趙姨娘嘆口氣道：「阿彌陀佛！我手裡但凡從容些，也時常的上個供，只是心有餘力量不足。」馬道婆道：「你只管放心，將來熬的環哥兒大了，得個一官半職，那時你要作多大的功德不能？」趙姨娘聽說，鼻子裡笑了一聲，說道：「罷，罷！再別說起。如今就是個樣兒，我們娘兒們跟的上這屋裡那一個兒！也不是有了寶玉，竟是得了活龍。他還是小孩子家，長的得人意兒，大人偏疼他些也還罷了；我只不伏這個主兒。」一面說，一面伸出兩個指頭兒來。馬道婆會意，便問道：「可是璉二奶奶？」趙姨娘唬的忙搖手兒，走到門前，掀簾子向外看看無人，方進來向馬道婆悄悄說道：「了不得，了不得！提起這個主兒，這一分家私要不都叫他搬送到娘家去，我也不是個人。」

馬道婆見他如此說，便探他口氣說道：「我還用你說？難道都看不出來。也虧你們心裡也不理論，只憑他去。倒也妙。」趙姨娘道：「我的娘！不憑他去，難道誰還敢把他怎麼樣呢？」馬道婆聽說，鼻子裡一笑，半晌說道：「不是我說句造孽的話：你們沒有本事！——也難怪別人。明不敢怎樣，暗裡也就算計了，還等到這如今！」趙姨娘聞聽這話裡有道理，心內暗暗的歡喜，便說道：「怎麼暗裡算計？我倒有這個意思，只是沒這樣的能幹人。你若教給我這法子，我大大的謝你。」馬道婆聽說這話打攏了一處，便又故意說道：「阿彌陀佛！你快休問我，我那裡知道這些事？罪過，罪過。」趙姨娘道：「你

⑫藥王——菩薩名，傳說以神農或扁鵲為藥王，一說唐代孫思邈為藥王；傳說祈求藥王可以癒病。

又來了！你是最肯濟困扶危的人，難道就眼睜睜的看人家來擺布死了我們娘兒兩個不成？難道還怕我不謝你？」馬道婆聽說如此，便笑道：「若說我不忍叫你娘兒們受人委曲還猶可，若說『謝我』的這兩個字，可是你錯打算盤了。就便是我希圖你謝，靠你有些什麼東西能打動我？」趙姨娘聽這話口氣鬆動了，便說道：「你這麼個明白人，怎麼糊塗起來了？你若果然法子靈驗，把他兩個絕了，明日這家私不怕不是我環兒的。那時你要什麼不得？」馬道婆聽了，低了頭，半晌說道：「那時候事情妥了，又無憑據，你還理我呢！」趙姨娘道：「這又何難？如今我雖手裡沒什麼，也零碎攢了幾兩梯己，還有幾件衣服簪子，你先拿些去；下剩的，我寫個欠銀子文契給你，你要什麼保人也有，那時我照數給你。」馬道婆道：「果然這樣？」趙姨娘道：「這如何還撒得謊。」說著，便叫過一個心腹婆子來，耳根底下嘁嘁喳喳說了幾句話。那婆子出去了，一時回來，果然寫了個五百兩欠契來。趙姨娘便印了手模，走到櫥櫃裡將梯己拿了出來，與馬道婆看，道：「這個你先拿了去做香燭供奉使費，可好不好？」馬道婆看看白花花的一堆銀子，又有欠契，並不顧青紅皂白，滿口裡應著，伸手先去抓了銀子掖起來，然後收了欠契。又向褲腰裡掏了半晌，掏出十個紙鉸的青面白髮的鬼來，並兩個紙人，遞與趙姨娘，又悄悄的教他道：「把他兩個的年庚八字⑬寫在這兩個紙人身上，一併五個鬼都掖在他們各人的床上就完了。我只在家裡作法，自有效驗。千萬小心，不要害怕！」正才說著，只見王夫人的丫鬟進來找道：「奶奶可在這裡，太太等

⑬年庚八字——年庚，人誕生的年月日時。舊時以天干地支記年月日時，共八個字，故稱「八字」。迷信說法，「八字」有好壞，它注定人的一生命運。

聯經出版事業公司校印

你呢。」二人方散了，不在話下。

卻說黛玉因見寶玉近日燙了臉，總不出門，倒時常在一處說說話兒。這日飯後看了兩篇書，自覺無趣，便同紫鵑、雪雁做了一回針線，更覺煩悶。便倚著房門出了一回神，信步出來，看階下新迸出的稚笋，不覺出了院門。一望園中，四顧無人，惟見花光柳影，鳥語溪聲，黛玉信步便往怡紅院中來，只見幾個丫頭舀水，都在迴廊上圍著看畫眉洗澡呢。聽見房內有笑聲，黛玉便入房中看時，原來是李宮裁、鳳姐、寶釵都在這裡呢，一見他進來都笑道：「這不又來了一個？」黛玉笑道：「今兒齊全，誰下帖子請來的？」鳳姐道：「前兒我打發了丫頭送了兩瓶茶葉去，你往那去了？」黛玉笑道：「哦，可是倒忘了，多謝多謝。」鳳姐兒又道：「你嘗了可還好不好？」沒有說完，寶玉便說道：「論理可倒罷了，只是我說不大甚好，也不知別人嘗著怎麼樣？」寶釵道：「味倒輕，只是顏色不大好些。」鳳姐道：「那是暹羅⑭進貢來的。我嘗著也沒什麼趣兒，還不如我每日吃的呢。」黛玉道：「我吃著卻好，不知你們的脾胃是怎樣？」寶玉道：「你果然愛吃，把我這個也拿了去吃罷。」鳳姐笑道：「你要愛吃，我那裡還有呢。」黛玉道：「果真的，我就打發丫頭取去了。」鳳姐道：「不用取去，我打發人送來就是了。我明兒還有一件事求你，一同打發人送來。」

黛玉聽了，笑道：「你們聽聽。這是吃了他們家一點子茶葉，就來使喚人了。」鳳姐笑道：「倒求

---

⑭暹羅——古國名，在今泰國一帶。

你，你倒說這些閑話，吃茶吃水的。你既吃了我們家的茶⑮，怎麼還不給我們家作媳婦？」眾人聽了，一齊都笑起來。黛玉紅了臉，一聲兒不言語，便回過頭去了。李宮裁笑向寶釵道：「真真我們二嬸子的詼諧是好的。」黛玉道：「什麼詼諧，不過是貧嘴賤舌討人厭惡罷了！」說著，便啐了一口。鳳姐笑道：「你別作夢！你給我們家作了媳婦，少什麼？」指寶玉道：「你瞧瞧，人物兒、門第配不上？根基配不上？家私配不上？那一點還玷辱了誰呢？」

黛玉抬身就走。寶釵便叫：「顰兒急了，還不回來坐著。走了倒沒意思。」說著，便站起來拉住。剛至房門前，只見趙姨娘和周姨娘兩個人進來瞧寶玉。李宮裁、寶釵、寶玉等都讓他兩個坐。獨鳳姐只和黛玉說笑，正眼也不看他們。寶釵方欲說話時，只見王夫人房內的丫頭來說：「舅太太來了，請奶奶、姑娘們出去呢。」李宮裁聽了，連忙同著鳳姐等走了。趙、周兩個忙辭了寶玉出去。寶玉道：「我不能出去，你們好歹別叫舅母進來。」又道：「林妹妹，你先略站一站，我說一句話。」鳳姐聽了，回頭向黛玉笑道：「有人叫你說話呢。」說著便把黛玉往裡一推，和李紈一同去了。

這裡寶玉拉著黛玉的袖子，只是嘻嘻的笑，心裡有話，只是口裡說不出來。此時黛玉只是禁不住把臉紅漲了，掙著要走。寶玉忽然「噯喲」了一聲，說：「好頭疼！」黛玉道：「該！阿彌陀佛！」只見寶玉大叫一聲：「我要死！」將身一縱，離地跳有三四尺高，口內亂嚷亂叫，說起胡話來了。黛玉並丫頭們都唬慌了，忙去報知王夫人、賈母等。此時王子騰的夫人也在這裡，都一齊來看，寶玉益發拿刀弄

⑮吃了我們家的茶——女子受聘，俗謂「吃茶」。茶樹播種後不可移植，移植就不能存活，所以用來比喻女子受聘。

杖、尋死覓活的，鬧得天翻地覆。賈母、王夫人見了，唬的抖衣而顫，「兒」一聲「肉」一聲，放聲慟哭。於是驚動諸人，連賈赦、邢夫人、賈珍、賈政、賈璉、賈蓉、賈芸、賈萍、薛姨媽、薛蟠並周瑞家的一干家中上上下下裡裡外外眾媳婦丫頭等，都來園內看視。登時園內亂麻一般。正沒個主見，只見鳳姐手持一把明晃晃鋼刀砍進園來，見雞殺雞，見狗殺狗，見人就要殺人。眾人越發慌了。周瑞媳婦忙帶著幾個有力量的膽壯的婆娘上去抱住，奪下刀來，抬回房去。平兒、豐兒等哭的淚天淚地。賈政等心中也有些煩難，顧了這裡，丟不下那裡。

別人慌張自不必講，獨有薛蟠更比諸人忙到十分去：又恐薛姨媽被人擠倒，又恐薛寶釵被人瞧見，又恐香菱被人臊皮⑯，——知道賈珍等是在女人身上做功夫的，因此忙的不堪。忽一眼瞥見了林黛玉風流婉轉，已酥倒在那裡。

當下眾人七言八語，有的說請端公送祟⑰，有的說請巫婆跳神⑱的，有的又薦玉皇閣的張真人，種種喧騰不一。也曾百般醫治祈禱，問卜求神，總無效驗。堪堪日落，王子騰夫人告辭去了。

次日，王子騰也來瞧問。接著小史侯家、邢夫人弟兄輩並各親戚眷屬都來瞧看，也有送符水的，也

---

⑯臊皮——猶言「吃豆腐」。

⑰端公送祟——請巫師焚燒紙錢等來「送走鬼祟」的迷信儀式。端公，巫師。

⑱巫婆跳神——巫婆，舊時以裝神弄鬼替人治病或祈禱的女人；巫婆燒香上供，請「神仙附體」，手舞足蹈，代神降旨，叫「跳神」。

聯經出版事業公司　校印

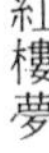

有薦僧道的，總不見效。他叔嫂二人愈發糊塗，不省人事，睡在床上，渾身火炭一般，口內無般不說。到夜晚間，那些婆娘、媳婦、丫頭們都不敢上前。因此把他二人都抬到王夫人的上房內，夜間派了賈芸帶著小廝們挨次輪班看守。賈母、王夫人、邢夫人、薛姨媽等寸步不離，只圍著乾哭。

此時賈赦、賈政又恐哭壞了賈母，日夜熬油費火，鬧的人口不安，也都沒了主意。賈赦還各處去尋僧覓道。賈政見不靈效，著實懊惱，因阻賈赦道：「兒女之數，皆由天命，非人力可強者。他二人之病出於不意，百般醫治不效，想天意該如此，也只好由他們去罷。」賈赦也不理此話，仍是百般忙亂，那裡見些效驗。看看三日光陰，那鳳姐和寶玉躺在床上，亦發連氣都將沒了。合家人口無不驚慌，都說沒了指望，忙著將他二人的後事的衣履都治備下了。賈母、王夫人、賈璉、平兒、襲人這幾個人更比諸人哭的忘餐廢寢，覓死尋活。趙姨娘、賈環等自是稱願。

到了第四日早晨，賈母等正圍著寶玉哭時，只見寶玉睜開眼說道：「從今以後，我可不在你家了！快收拾了，打發我走罷。」賈母聽了這話，如同摘心去肝一般。趙姨娘在旁勸道：「老太太也不必過於悲痛。哥兒已是不中用了，不如把哥兒的衣服穿好，讓他早些回去，也免些苦；只管捨不得他，這口氣不斷，他在那世裡也受罪不安生。」這些話沒說完，被賈母照臉啐了一口唾沫，罵道：「爛了舌頭的混帳老婆，誰叫你來多嘴多舌的！你怎麼知道他在那世裡受罪不安生？怎麼見得不中用了？你願他死了，有什麼好處？你別做夢！他死了，我只和你們要命！素日都不是你們調唆著逼他寫字念書，把膽子唬破了，見了他老子不像個避貓鼠兒？都不是你們這起淫婦調唆的！這會子逼死了，你們遂了心，我饒那一個！」一面罵，一面哭。賈政在旁聽見這些話，心裡越發難過，便喝退趙姨娘，自己上來委婉解勸。一時又有人來回說：「兩口棺槨都做齊了，請老爺出去看。」賈母聽了，如火上澆油一般，便罵：「是誰做了棺槨？」一疊聲只叫把做棺材的拉來打死。

正鬧的天翻地覆，沒個開交，只聞得隱隱的木魚聲響，念了一句：「南無⑲解冤孽菩薩。有那人口不利，家宅顛傾，或逢凶險，或中邪祟者，我們善能醫治。」賈母、王夫人聽見這些話，那裡還耐得住，便命人去快請進來。賈政雖不自在，奈賈母之言如何違拗；想如此深宅，何得聽的這樣真切，心中亦希罕，命人請了進來。眾人舉目看時，原來是一個癩頭和尚與一個跛足道人。見那和尚是怎的模樣：

鼻如懸膽兩眉長，目似明星蓄寶光，破衲芒鞋無住跡，腌臢更有滿頭瘡。⑳

那道人又是怎生模樣：

一足高來一足低，渾身帶水又拖泥。相逢若問家何處，卻在蓬萊弱水㉑西。

賈政問道：「你道友二人在那廟焚修？」那僧笑道：「長官不須多話。因聞得府上人口不利，故特來醫治。」賈政道：「倒有兩個人中邪，不知你們有何符水？」那道人笑道：「你家現有希世奇珍，如

---

⑲南無——佛教用語，讀ㄋㄚ ㄇㄛˊ，虔誠皈依、祈求度我之意。佛教徒常用在佛、菩薩名或經典名前，表示對佛法的尊敬。

⑳「和尚模樣」一詩——寶光，形容眼睛明亮，像寶石一樣放出神光；衲，和尚穿的僧衣；芒鞋，草鞋；無住跡，沒有居處可找尋，形容和尚不是凡人。

㉑蓬萊弱水——蓬萊，傳說渤海中的仙山；弱水，在崑崙山下；這是形容道士住在渺茫難求的神仙世界。

何還問我們有符水？」賈政聽這話有意思，心中便動了，因說道：「小兒落草時雖帶了一塊寶玉下來，上面說能除邪祟，誰知竟不靈驗。」那僧道：「長官你那裡知道那物的妙用。只因他如今被聲色貨利所迷，故不靈驗了。你今且取他出來，待我們持頌持頌，只怕就好了。」

賈政聽說，便向寶玉項上取下那玉來遞與他二人。那和尚接了過來，擎在掌上，長嘆一聲道：「青埂峰一別，展眼已過十三載矣！人世光陰，如此迅速，塵緣滿日，若似彈指！可羨你當時的那段好處：

天不拘兮地不羈，心頭無喜亦無悲；卻因鍛煉通靈後，便向人間覓是非。

可嘆你今日這番經歷：

粉漬脂痕汙寶光，綺櫳晝夜困鴛鴦。沉酣一夢終須醒，冤孽償清好散場！㉒」

念畢，又摩弄一回，說了些瘋話，遞與賈政道：「此物已靈，不可褻瀆，懸於臥室檻上，將他二人安在一室之內，除親身妻母外，不可使陰人㉓沖犯。三十三日之後，包管身安病退，復舊如初。」說著，回頭便走了。賈政趕著還說話，讓二人坐了吃茶，要送謝禮，他二人早已出去了。賈母等還只管著人去趕，那裡有個踪影。少不得依言將他二人就安放在王夫人臥室之內，將玉懸在門上。王夫人親身守著，不許別個人進來。

㉒「粉漬」四句——漬，沾染；脂，胭脂、香粉之類。綺櫳，華麗的房屋；櫳，房屋的窗戶，在此代指房屋；鴛鴦，借指男女。沉酣，濃睡的樣子。

㉓陰人——這裡指女人。

聯經出版事業公司 校印

至晚間，他二人竟漸漸醒來，說腹中飢餓。賈母、王夫人如得了珍寶一般，旋熬了米湯來與他二人吃了，精神漸長，邪祟稍退，一家子才把心放下來。李宮裁並賈府三豔、寶釵、黛玉、平兒、襲人等在外間聽信息，聞得吃了米湯，省了人事，別人未開口，黛玉先就念了一聲「阿彌陀佛」。寶釵便回頭看了他半日，「嗤」的一聲笑。眾人都不會意，惜春道：「寶姐姐，好好的笑什麼？」寶釵笑道：「我笑如來佛㉔比人還忙：又要講經說法，又要普渡眾生；這如今寶玉、鳳姐姐病了，又燒香還願，賜福消災；今才好些，又管林姑娘的姻緣了。你說忙的可笑不可笑？」黛玉不覺的紅了臉，啐了一口道：「你們這起人不是好人，不知怎麼死！再不跟著好人學，只跟著鳳姐貧嘴爛舌的學。」一面說，一面摔簾子出去了。不知端詳，且聽下回分解。

㉔如來佛——佛教對佛有十種稱號，「如來」是其中之一，意指佛的法身無往而不在。

第二十六回　蜂腰橋設言傳心事　瀟湘館春困發幽情

話說寶玉養過了三十三天之後，不但身體強壯，亦且連臉上瘡痕平服，仍回大觀園內去。這也不在話下。

且說近日寶玉病的時節，賈芸帶著家下小厮坐更看守，晝夜在這裡，那小紅同眾丫鬟也在這裡守著寶玉，彼此相見多日，都漸漸混熟了。那小紅見賈芸手裡拿的手帕子，倒像是自己從前掉的，待要問他，又不好問的。不料那和尚、道士來過，用不著一切男人，賈芸仍種樹去了。這件事待要放下，心內又放不下，待要問去，又怕人猜疑，正是猶豫不決、神魂不定之際，忽聽窗外問道：「姐姐在屋裡沒有？」小紅聞聽，在窗眼內望外一看，原來是本院的個小丫頭名叫佳蕙的，因答說：「在家裡，你進來罷。」佳蕙聽了跑進來，就坐在床上：「我好造化！才剛在院子裡洗東西，寶玉叫往林姑娘那裡送茶葉，花大姐姐交給我送去。可巧老太太那裡給林姑娘送錢來，正分給他們的丫頭們呢。見我去了，林姑娘就抓了兩把給我，也不知多少。你替我收著。」便把手帕子打開，把錢倒了出來，小紅替他一五一十的數了收起。

聯經出版事業公司 校印

佳蕙道：「你這一程子心裡到底覺著怎麼樣？依我說，你竟家去住兩日，請一個大夫來瞧瞧，吃兩劑藥就好了。」小紅道：「那裡的話？好好的，家去作什麼！」佳蕙道：「我想起來了，林姑娘生的弱，時常他吃藥，你就和他要些來吃，也是一樣。」小紅道：「胡說！藥也是混吃的？」佳蕙道：「你這也不是個長法兒，又懶吃懶喝的，終久怎麼樣？」小紅道：「怕什麼？還不如早些兒死了倒乾淨！」佳蕙道：「好好的，怎麼說這些話？」小紅道：「你那裡知道我心裡的事！」

佳蕙點頭想了一會，道：「可也怨不得，這個地方難站。就像昨兒老太太因寶玉病了這些日子，說跟著服侍的這些人都辛苦了，如今身上好了，各處還完了願，叫把跟著的人都按著等兒賞他們。我們算年紀小，上不去，我也不抱怨；像你怎麼也不算在裡頭？我心裡就不服。襲人那怕他得十分兒，也不惱他，原該的。說良心話，誰還敢比他呢？別說他素日殷勤小心，便是不殷勤小心，也拚不得。可氣晴雯、綺霰他們這幾個，都算在上等裡去，仗著老子娘的臉面，眾人倒捧著他去。你說可氣不可氣？」小紅道：「也不犯著氣他們。俗語說的好：『千里搭長棚，沒有個不散的筵席』，誰守誰一輩子呢？不過三年五載，各人幹各人的去了。那時誰還管誰呢？」這兩句話不覺感動了佳蕙的心腸，由不得眼睛紅了，又不好意思好端端的哭，只得勉強笑道：「你這話說的卻是。昨日寶玉還說：明兒怎麼樣收拾房子，怎麼樣做衣裳，倒像有幾百年的熬煎。」

小紅聽了，冷笑了兩聲，方要說話，只見一個未留頭的小丫頭子走進來，手裡拿著些花樣子並兩張紙，說道：「這是兩個樣子，叫你描出來呢。」說著，向小紅擲下，回身就跑了。小紅向外問道：「倒是誰的？也等不得說完就跑，誰蒸下饅頭等著你，怕冷了不成！」那小丫頭在窗外只說得一聲：「是綺大姐姐的。」抬起腳來，「咕咚咕咚」又跑了。小紅便賭氣把那樣子擲在一邊，向抽屜內找筆，找了半天，都是禿了的，因說道：「前兒一枝新筆放在那裡了？怎麼一時想不起來了？……」一面說著，一面出神，想了一會兒方笑道：「是了，前兒晚上鶯兒拿了去了。」便向佳蕙道：「你替我取了來。」佳蕙道：「花大姐姐還等著我替他抬箱子呢，你自己取去罷。」小紅道：「他等著你，你還坐著閑打牙①兒？我不叫你取去，他也不等著你了。壞透了的小蹄子！」說著，自己便出房來，出了怡紅院，一逕往寶釵院內來。

剛至沁芳亭畔，只見寶玉的奶娘李嬤嬤從那邊走來。小紅立住，笑問道：「李奶奶，你老人家那去了？怎打這裡來？」李嬤嬤站住，將手一拍，道：「你說說，好好的又看上了那個種樹的什麼『雲哥兒』『雨哥兒』的，這會子逼著我叫了他來。明兒叫上房裡聽見，可又是不好。」小紅笑道：「你老人家當真的就依了他去叫了？」李嬤嬤道：「可怎麼樣呢？」小紅笑道：「那一個要是知道好歹，就回不進來才是。」李嬤嬤道：「他又不癡，為什麼不進來？」小紅道：「既是進來，你老人家該同他一齊來，回來叫他一個人亂蹦②，可是不好呢。」李嬤嬤道：「我有那樣工夫和他走？不過告訴了他，回來打發個小丫頭子或是老婆子，帶進他來就完了。」說著，拄著拐杖一逕去了。小紅聽說，便站著出神，且不去取筆。一時，只見一個小丫頭子跑來，見小紅站在那裡，便問道：「林姐姐，你在這裡作什麼呢？」小紅

①閑打牙——閑談，又作「閑磕牙」。
②亂蹦——亂碰亂撞，亂闖。

抬頭見是小丫頭子墜兒。小紅道：「那去？」墜兒道：「叫我帶進芸二爺來。」說著，一逕跑了。這裡小紅剛走至蜂腰橋門前，只見那邊墜兒引著賈芸來了。那賈芸一面走，一面拿眼把小紅一溜：那小紅只裝著和墜兒說話，也把眼去一溜賈芸：四目恰相對時，小紅不覺臉紅了，一扭身往蘅蕪苑去了。不在話下。

這裡賈芸隨著墜兒逶迤來至怡紅院中，墜兒先進去回明了，然後方領賈芸進去。賈芸看時，只見院內略略有幾點山石，種著芭蕉，那邊有兩隻仙鶴在松樹下剔翎③。一溜迴廊上吊著各色籠子，籠著仙禽異鳥。上面小小五間抱廈，一色雕鏤新鮮花樣隔扇，上面懸著一個匾額，四個大字，題道是「怡紅快綠」。賈芸想道：「怪道叫『怡紅院』，原來匾上是恁樣四個字。」正想著，只聽裡面隔著紗窗子笑說道：「快進來罷。我怎麼就忘了你兩三個月！」賈芸聽得是寶玉的聲音，連忙進入房內。抬頭一看，只見金碧輝煌，文章烱灼，卻看不見寶玉在那裡。一回頭，只見左邊立著一架大穿衣鏡，從鏡後轉出兩個一般大的十五六歲的丫頭來，說：「請二爺裡頭屋裡坐。」賈芸連正眼也不敢看，連忙答應了。又進一道碧紗櫥，只見小小一張填漆床上，懸著大紅銷金撒花帳子。寶玉穿著家常衣服，趿著鞋，倚在床上拿著本書，看見他進來，將書擲下，早堆著笑立起身來。賈芸忙上前請了安。寶玉讓坐，便在下面一張椅子上坐了。寶玉笑道：「只從那個月見了你，我叫你往書房裡來，誰知接接連連許多事情，就把你忘了。」賈芸笑道：「總是我沒福，偏偏又遇著叔叔身上欠安。——叔叔如今可大安了？」寶玉道：「大好了。我倒聽見

---

③剔翎——鳥類用嘴啄刮自己的羽毛。

聯經出版事業公司　校印

說你辛苦了好幾天。」賈芸道：「辛苦也是該當的。叔叔大安了，也是我們一家子的造化。」

說著，只見有個丫鬟端了茶來與他。那賈芸口裡和寶玉說著話，眼睛卻溜瞅那丫鬟：細挑身材，容長臉面，穿著銀紅襖兒，青緞背心，白綾細折裙。——不是別個，卻是襲人。那賈芸自從寶玉病了，他在裡頭混了兩日，他卻把那有名人口認記了一半。他也知道襲人在寶玉房中比別個不同，今見他端了茶來，寶玉又在旁邊坐著，便忙站起來笑道：「姐姐怎麼替我倒起茶來？我來到叔叔這裡，又不是客，讓我自己倒罷。」寶玉道：「你只管坐著罷。丫頭們跟前也是這樣。」賈芸笑道：「雖如此說，叔叔房裡姐姐們，我怎麼敢放肆呢。」一面說，一面坐下吃茶。

那寶玉便和他說些沒要緊的散話：又說道誰家的戲子好，誰家的花園好，又告訴他誰家的丫頭標緻，誰家的酒席豐盛，又是誰家有奇貨，又是誰家有異物。那賈芸口裡只得順著他說，說了一會，見寶玉有些懶懶的了，便起身告辭。寶玉也不甚留，只說：「你明兒閑了，只管來。」仍命小丫頭子墜兒送他出去。

出了怡紅院，賈芸見四顧無人，便把腳慢慢停著些走，口裡一長一短和墜兒說話，先問他：「幾歲了？名字叫什麼？你父母在那一行上？在寶叔房內幾年了？一個月多少錢？共總寶叔房內有幾個女孩子？」那墜兒見問，便一樁樁的都告訴他了。賈芸又道：「才剛那個與你說話的，他可是叫小紅？」墜兒笑道：「他倒叫小紅。你問他作什麼？」賈芸道：「方才他問你什麼手帕子，我倒揀了一塊。」墜兒聽了笑道：「他問了我好幾遍，可有看見他的帕子。我有那麼大工夫管這些事！今兒他又問我，他說我替他找著了，他還謝我呢。才在蘅蕪苑門口說的，二爺也聽見了，不是我撒謊。好二爺，你既

聯經出版事業公司校印

聯經出版事業公司　校印

揀了，給我罷。我看他拿什麼謝我。」

原來上月賈芸進來種樹之時，便揀了一塊羅帕，知是這園內的人失落的，但不知是那一個人的，故不敢造次④。今聽見小紅問墜兒，便知是小紅的，心內不勝喜幸。又見墜兒追索，心中早得了主意，便向袖內將自己的一塊取了出來，向墜兒笑道：「我給是給你，你若得了他的謝禮，不許瞞著我。」墜兒滿口裡答應了，接了手帕子，送出賈芸，回來找小紅，不在話下。

如今且說寶玉打發了賈芸去後，意思懶懶的歪在床上，似有朦朧之態。襲人便走上來，坐在床沿上推他，說道：「怎麼又要睡覺？悶的很，你出去逛逛不是？」寶玉見說，便拉他的手笑道：「我要去，只是捨不得你。」襲人笑道：「快起來罷！」一面說，一面拉了寶玉起來。寶玉道：「可往那去呢？怪膩膩煩煩的。」襲人道：「你出去了就好了。只管這麼葳蕤⑤，越發心裡煩膩。」

寶玉無精打彩的，只得依他。晃出了房門，在迴廊上調弄了一回雀兒；出至院外，順著沁芳溪看了一回金魚。只見那邊山坡上兩隻小鹿箭也似的跑來，寶玉不解其意，正自納悶，只見賈蘭在後面拿著一張小弓追了下來，一見寶玉在前面，便站住了，笑道：「二叔叔在家裡呢，我只當出門去了。」寶玉道：「你又淘氣了。好好的射他作什麼？」賈蘭笑道：「這會子不念書，閑著作什麼？所以演習

④造次——魯莽、輕率。
⑤葳蕤——原指草木葉子下垂，這裡指無精打采、垂頭喪氣。

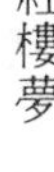

演習騎射。」寶玉道：「把牙栽了，那時才不演呢。」

說著，順著腳一逕來至一個院門前，只見鳳尾森森，龍吟細細⑥，舉目望門上一看，只見匾上寫著「瀟湘館」三字。寶玉信步走入，只見湘簾⑦垂地，悄無人聲。走至窗前，覺得一縷幽香從碧紗窗中暗暗透出。寶玉便將臉貼在紗窗上，往裡看時，耳內忽聽得細細的長嘆了一聲道：「『每日家情思睡昏昏。』⑧」寶玉聽了，不覺心內癢將起來，再看時，只見黛玉在床上伸懶腰。寶玉在窗外笑道：「為什麼『每日家情思睡昏昏』？」一面說，一面掀簾子進來了。

黛玉自覺忘情，不覺紅了臉，拿袖子遮了臉，翻身向裡裝睡著了。寶玉才走上來要搬他的身子，只見黛玉的奶娘並兩個婆子卻跟了進來說：「妹妹睡覺呢，等醒了再請來。」剛說著，黛玉便翻身坐了起來，笑道：「誰睡覺呢。」那兩三個婆子見黛玉起來，便笑道：「我們只當姑娘睡著了。」說著，便叫紫鵑說：「姑娘醒了，進來伺候。」一面說，一面都去了。

黛玉坐在床上，一面抬手整理鬢髮，一面笑向寶玉道：「人家睡覺，你進來作什麼？」寶玉見他

---

⑥鳳尾森森，龍吟細細——鳳尾森森，喻竹林茂盛。龍吟，常用來形容簫笛之類管樂器的聲音，這裡喻風吹竹林發出的聲響。

⑦湘簾——斑竹簾子。湘，指湖南出產的湘妃竹。

⑧每日家情思睡昏昏——《西廂記》雜劇第二本〈崔鶯鶯夜聽琴〉第一折鶯鶯的唱詞，描寫崔鶯鶯思念張生的煩悶心緒。家，一作「價」，語尾助詞，無義。

星眼微餳，香腮帶赤，不覺神魂早蕩，一歪身坐在椅子上，笑道：「你才說什麼？」黛玉道：「我沒說什麼。」寶玉笑道：「給你個榧子⑨吃！我都聽見了。」

二人正說話，只見紫鵑進來。寶玉笑道：「紫鵑，把你們的好茶倒碗我吃。」紫鵑道：「那裡是好的呢？要好的，只是等襲人來。」黛玉道：「別理他，你先給我舀水去罷。」紫鵑笑道：「他是客，自然先倒了茶來再舀水去。」說著，倒茶去了。寶玉笑道：「好丫頭，『若共你多情小姐同鴛帳，怎捨得叫你疊被鋪床？』⑩」黛玉登時撂下臉來，說道：「二哥哥，你說什麼？」寶玉笑道：「我何嘗說什麼？」黛玉便哭道：「如今新興的，外頭聽了村話來，也說給我聽；看了混帳書，也來拿我取笑兒。我成了爺們解悶的。」一面哭著，一面下床來往外就走。寶玉不知要怎樣，心下慌了，忙趕上來：「好妹妹，我一時該死，你別告訴去。我再要敢，嘴上就長個疔，爛了舌頭。」

正說著，只見襲人走來說道：「快回去穿衣服，老爺叫你呢。」寶玉聽了，不覺打了個雷的一般，也顧不得別的，疾忙回來穿衣服。出園來，只見焙茗在二門前等著，寶玉便問道：「你可知道叫我是為什麼？」焙茗道：「爺快出來罷，橫豎是見去的，到那裡就知道了。」一面說，一面催著寶玉。轉過大廳，寶玉心裡還自狐疑，只聽牆角邊一陣呵呵大笑，回頭只見薛蟠拍著手跳了出來，笑道：

---

⑨榧子——拇指和中指緊捏，猛然相捻發出聲響，俗稱「榧子」。向對方「打榧子」含有輕佻、玩笑的意思。

⑩「若共你」二句——《西廂記》雜劇第一本〈張君瑞鬧道場〉第二折張生的唱詞，原劇「多情小姐」指鶯鶯，「疊被鋪床」者指紅娘，這裡寶玉自比張生，把黛玉比作鶯鶯，把紫鵑比作紅娘。

聯經出版事業公司　校印

「要不說姨夫叫你，你那裡出來的這麼快！」焙茗也笑道：「爺別怪我。」忙跪下了。寶玉怔了半天，方解過來了，是薛蟠哄他出來。薛蟠連忙打恭作揖陪不是，又求：「不要難為了小子，都是我逼他去的。」寶玉也無法了，只好笑問道：「你哄我也罷了，怎麼說我父親呢？我告訴姨娘去，評評這個理，可使得麼？」薛蟠忙道：「好兄弟，我原為求你快些出來，就忘了忌諱這句話。改日你也哄我，說我的父親就完了。」寶玉道：「噯，噯，越發該死了！」又向焙茗道：「反叛肏的，還跪著作什麼！」焙茗連忙叩頭起來。薛蟠道：「要不是，我也不敢驚動，只因明兒五月初三日是我的生日，誰知古董行的程日興，他不知那裡尋了來的這麼粗這麼長粉脆的鮮藕，這麼大的大西瓜，這麼長一尾新鮮的鱘魚，這麼大的一個暹羅國進貢的靈柏香熏的暹豬。你說，他這四樣禮可難得不難得？那魚、豬不過貴而難得，這藕和瓜虧他怎麼種出來的。我連忙孝敬了母親，趕著給你們老太太、姨父、姨母送了些去。如今留了些，我要自己吃，恐怕折福，左思右想，除我之外，惟有你還配吃，所以特請你來。可巧唱曲兒的小么兒又才來了，我同你樂一天如何？」

一面說，一面來至他書房裡。只見詹光、程日興、胡斯來、單聘仁等並唱曲兒的都在這裡，見他進來，請安的，問好的，都彼此見過了。吃了茶，薛蟠即命人擺酒來。說猶未了，眾小廝七手八腳擺了半天，方才停當歸坐。寶玉果見瓜藕新異，因笑道：「我的壽禮還未送來，倒先擾了。」薛蟠道：「可是呢，明日你送我什麼？」寶玉道：「我沒有什麼可送的。若論銀錢吃的穿的東西，究竟還不是我的，惟有我寫一張字，畫一張圖，才算是我的。」

薛蟠笑道：「你提畫兒，我才想起來：昨兒我看人家一張春宮，畫的著實好，上面還有許多的字，

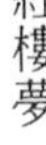

也沒細看，只看落的款，是『庚黃』畫的。真真的好的了不得！」寶玉聽說，心下猜疑道：「古今字畫也都見過些，那裡有個『庚黃』？……」想了半天，不覺笑將起來，命人取過筆來，在手心裡寫了兩個字，又問薛蟠道：「你看真了是『庚黃』？」薛蟠道：「怎麼看不真！」寶玉將手一撒，與他看道：「別是這兩字罷？其實與『庚黃』相去不遠。」眾人都看時，原來是「唐寅」兩個字，都笑道：「想必是這兩字，大爺一時眼花了也未可知。」薛蟠只覺沒意思，笑道：「誰知他『糖銀』『果銀』的。」

正說著，小廝來回：「馮大爺來了。」寶玉便知是神武將軍馮唐之子馮紫英來了。薛蟠等一齊都叫「快請」。說猶未了，只見馮紫英一路說笑，已進來了。眾人忙起席讓坐。馮紫英笑道：「好呀！也不出門了，在家裡高樂罷。」寶玉、薛蟠都笑道：「一向少會，老世伯身上康健？」紫英答道：「家父倒也托庇康健。近來家母偶著了些風寒，不好了兩天。」薛蟠見他面上有些青傷，便笑道：「這臉上又和誰揮拳的？掛了幌子了。」馮紫英笑道：「從那一遭把仇都尉的兒子打傷了，我就記了再不慪氣，如何又揮拳？這個臉上，是前日打圍⑪，在鐵網山教兔鶻⑫捎了一翅膀。」寶玉道：「幾時的話？」紫英道：「三月二十八日去的，前兒也就回來了。」寶玉道：「怪道前兒初三四兒我在沈世兄家赴席不見你呢！我要問，不知怎麼就忘了。——單你去了，還是老世伯也去了？」紫英道：「可不是家父去，我沒

---

⑪打圍——打獵；圍，指圍獵禽獸。

⑫兔鶻——即鶻（音ㄍㄨˇ），一種善於襲擊鳥、兔的獵鷹。

法兒，去罷了。難道我閑瘋了，咱們幾個人吃酒聽唱的不樂，尋那個苦惱去？這一次，大不幸之中又大幸。」

薛蟠眾人見他吃完了茶，都說道：「且入席，有話慢慢的說。」馮紫英聽說，便立起身來說道：「論理，我該陪飲幾杯才是，只是今兒有一件大大要緊的事，回去還要見家父面回，實不敢領。」薛蟠、寶玉眾人那裡肯依，死拉著不放。馮紫英笑道：「這又奇了。你我這些年，那回兒有這個道理的？果然不能遵命。若必定叫我領，拿大杯來，我領兩杯就是了。」眾人聽說，只得罷了，薛蟠執壺，寶玉把盞，斟了兩大海⑬。那馮紫英站著，一氣而盡。寶玉道：「你到底把這個『不幸之幸』說完了再走。」馮紫英笑道：「今兒說的也不盡興。我為這個，還要特治一東，請你們去細談一談；二則還有奉懇之處。」說著撒手就走。薛蟠道：「越發說的人熱刺刺的丟不下。多早晚才請我們，告訴了，也免的人猶疑。」馮紫英道：「多則十日，少則八天。」一面說，一面出門上馬去了。眾人回來，依席又飲了一回方散。

寶玉回至園中，襲人正記掛著他去見賈政，不知是禍是福；只見寶玉醉醺醺的回來，問其原故，寶玉一一向他說了。襲人道：「人家牽腸掛肚的等著，你且高樂去！也到底打發人來給個信兒。」寶玉道：「我何嘗不要送信兒，只因馮世兄來了，就混忘了。」

正說著，只見寶釵走進來，笑道：「偏了我們新鮮東西了。」寶玉笑道：「姐姐家的東西，自然先偏了我們了。」寶釵搖頭笑道：「昨兒哥哥倒特特的請我吃，我不吃，叫他留著請人送人罷。我知道我

⑬大海——這裡指特大的酒杯；海，容量大的器皿，如大碗叫「海碗」。

的命小福薄，不配吃那個。」說著，丫鬟倒了茶來，吃茶說閑話兒，不在話下。

卻說那黛玉聽見賈政叫了寶玉去了，一日不回來，心中也替他憂慮。至晚飯後，聞聽寶玉來了，心裡要找他問問是怎麼樣了。一步步行來，見寶釵進寶玉的院內去了，自己也便隨後走了來。剛到了沁芳橋，只見各色水禽都在池中浴水，也認不出名色來，但見一個個文彩炫耀，好看異常，因而站住看了一會。再往怡紅院來，只見院門關著，黛玉便以手扣門。

誰知晴雯和碧痕正拌了嘴，沒好氣，忽見寶釵來了，那晴雯正把氣移在寶釵身上，正在院內抱怨說：「有事沒事跑了來坐著，叫我們三更半夜的不得睡覺！」忽聽又有人叫門，晴雯越發動了氣，也並不問是誰，便說道：「都睡下了，明兒再來罷！」黛玉素知丫頭們的情性，他們彼此頑耍慣了，恐怕院內的丫頭沒聽真是他的聲音，只當是別的丫頭們來了，所以不開門，因而又高聲說道：「是我，還不開麼？」晴雯偏生還沒聽出來，便使性子說道：「憑你是誰，二爺吩咐的，一概不許放人進來呢！」黛玉聽了，不覺氣怔在門外，待要高聲問他，逗起氣來，自己又回思一番：「雖說是舅母家如同自己家一樣，到底是客邊⑭。如今父母雙亡，無依無靠，現在他家依栖。如今認真淘氣⑮，也覺沒趣。」一面想，一面又

⑭客邊——以客人的身分寄居在別人家裡。
⑮淘氣——這裡是嘔氣的意思。

滾下淚珠來。真是回去不是，站著不是。正沒主意，只聽裡面一陣笑語之聲，細聽一聽，竟是寶玉、寶釵二人。黛玉心中益發動了氣，左思右想，忽然想起了早起的事來：「必竟是寶玉惱我要告他的原故。——但只我何嘗告你了？你也打聽打聽，就惱我到這步田地。你今兒不叫我進來，難道明兒就不見面了！」越想越傷感起來，也不顧蒼苔露冷，花徑風寒，獨立牆角邊花陰之下，悲悲戚戚嗚咽起來。

原來這黛玉秉絕代姿容，具希世俊美，不期這一哭，那附近柳枝花朵上的宿鳥栖鴉一聞此聲，俱「忒楞楞」⑯飛起遠避，不忍再聽。真是：

花魂默默無情緒，鳥夢癡癡何處驚。

因有一首詩道：

顰兒才貌世應希，獨抱幽芳出綉閨；嗚咽一聲猶未了，落花滿地鳥驚飛。

那黛玉正自啼哭，忽聽「吱嘍」一聲，院門開處，不知是那一個出來。要知端的，且聽下回分解。

⑯忒楞楞——象聲詞，形容鳥飛的聲音。

第二十七回　滴翠亭楊妃戲彩蝶　埋香塚飛燕①泣殘紅

話說黛玉正自悲泣，忽聽院門響處，只見寶釵出來了，寶玉、襲人一群人送了出來。待要上去問著寶玉，又恐當著眾人問，羞了寶玉不便，因而閃過一旁，讓寶釵去了，寶玉等進去關了門，方轉過來，猶望著門灑了幾點淚。自覺無味，方轉身回來，無精打彩的卸了殘妝。

紫鵑、雪雁素日知道黛玉的情性：無事悶坐，不是愁眉，便是長嘆，且好端端的不知為了什麼，常常的便自淚不乾的。先時還有人解勸，怕他思父母，想家鄉，受了委屈，只得用話寬慰解勸。誰知後來一年一月的竟常常的如此，把這個樣兒看慣，也都不理論了。所以也沒人理，由他去悶坐，只管睡覺去了。那黛玉倚著床欄杆，兩手抱著膝，眼睛含著淚，好似木雕泥塑的一般，直坐到二更多天方才睡了。一宿無話。

①楊妃、飛燕——楊妃，楊玉環；飛燕，趙飛燕：都是古代著名的美人。楊妃體胖，指寶釵；飛燕體瘦，指黛玉。

至次日乃是四月二十六日，原來這日未時交芒種②節。尚古風俗：凡交芒種節的這日，都要設擺各色禮物，祭餞花神③，——言芒種一過，便是夏日了，眾花皆卸，花神退位，須要餞行。然閨中更興這件風俗，所以大觀園中之人都早起來了。那些女孩子們，或用花瓣、柳枝編成轎馬的，或用綾錦、紗羅疊成干旄旌幢④的，都用彩線繫了。每一顆樹上，每一枝花上，都繫了這些物事。滿園裡繡帶飄飄，花枝招展，更兼這些人打扮得桃羞杏讓，燕妒鶯慚，一時也道不盡。

且說寶釵、迎春、探春、惜春、李紈、鳳姐等並大姐兒、香菱與眾丫鬟們在園內玩耍，獨不見黛玉。迎春因說道：「林妹妹怎麼不見？好個懶丫頭！這會子還睡覺不成？」寶釵道：「你們等著，我去鬧了他來。」說著，便丟下了眾人，一直往瀟湘館來。正走著，只見文官等十二個女孩子也來了，上來問了好，說了一回閑話。寶釵回身指道：「他們都在那裡呢，你們找他們去罷。我叫林姑娘去，就來。」說著，便逶迤往瀟湘館來。忽然抬頭見寶玉進去了，寶釵便站住，低頭想了想：「寶玉和黛玉是從小兒一處長大，他兄妹間多有不避嫌疑之處，嘲笑喜怒無常；況且黛玉素習猜忌，好弄小性兒的。此刻自己也跟了進去，一則寶玉不便，二則黛玉嫌疑。罷了，倒是回來的妙。」想畢，抽身回來。

---

②芒種——夏季節氣名，在陰曆五月初，陽曆六月六日或七日。

③祭餞花神——餞，以酒食送行；花神，據《淮南子・天文訓》說，「女夷」就是花神。

④干旄旌幢——干，盾牌；旄、旌、幢都是古代的旗子：旄，旗杆頂端綴有旄牛尾的旗；旌，與旄相似，另有五彩折羽裝飾；幢，形狀像傘的儀仗。

聯經出版事業公司 校印

剛要尋別的姊妹去，忽見前面一雙玉色蝴蝶，大如團扇，一上一下迎風翩躚，十分有趣。寶釵意欲撲了來玩耍，遂向袖中取出扇子來，向草地下來撲。只見那一雙蝴蝶忽起忽落，來來往往，穿花度柳，將欲過河去了。倒引的寶釵躡手躡腳的，一直跟到池中滴翠亭上，香汗淋漓，嬌喘細細。寶釵也無心撲了，剛欲回來，只聽滴翠亭裡邊喊喊喳喳有人說話。原來這亭子四面俱是遊廊曲橋，蓋造在池中水上，四面雕鏤槅子，糊著紙。

寶釵在亭外聽見說話，便煞住腳往裡細聽，只聽說道：「你瞧瞧這手帕子，果然是你丟的那塊，你就拿著；要不是，就還芸二爺去。」又有一人說話：「可不是我那塊！拿來給我罷。」又聽道：「你拿什麼謝我呢？難道白尋了來不成。」又答道：「我既許了謝你，自然不哄你。」又聽說道：「我尋了來給你，自然謝我；但只是揀的人，你就不拿什麼謝他？」又回道：「你別胡說。他是個爺們⑤家，揀了我的東西，自然該還的。我拿什麼謝他呢？」又聽說道：「你不謝他，我怎麼回他呢？況且他再三再四的和我說了，若沒謝的，不許我給你呢。」半晌，又聽答道：「也罷，拿我這個給他，算謝他的罷。——你要告訴別人呢？須說個誓來。」又聽說道：「我要告訴一個人，就長一個疔，日後不得好死！」又聽說道：「噯呀！咱們只顧說話，看有人來悄悄在外頭聽見。不如把這槅子都推開了，便是有人見咱們在這裡，他們只當我們說頑話呢。若走到跟前，咱們也看的見，就別說了。」

寶釵在外面聽見這話，心中吃驚，想道：「怪道從古至今那些奸淫狗盜的人，心機都不錯。這一開

---

⑤爺們——有三種解釋：⑴泛稱男子，⑵指丈夫，⑶指男主人們，這裡是指「男主人們」。

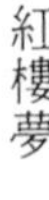
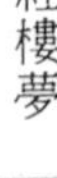

了，見我在這裡，他們豈不臊了?況才說話的語音，大似寶玉房裡的紅兒的言語。他素昔眼空心大，是個頭等刁鑽古怪東西。今兒我聽了他的短兒，一時『人急造反，狗急跳牆』，不但生事，而且我還沒趣。如今便趕著躲了，料也躲不及，少不得要使個『金蟬脫殼』⑥的法子。」猶未想完，只聽「咯咯」一聲，寶釵便故意放重了腳步，笑著叫道：「顰兒，我看你往那裡藏！」一面說，一面故意往前趕。那亭內的小紅、墜兒剛一推窗，只聽寶釵如此說著往前趕，兩個人都唬怔了。寶釵反向他二人笑道：「你們把林姑娘藏在那裡了？」墜兒道：「何曾見林姑娘了？」寶釵道：「我才在河那邊看著林姑娘在這裡蹲著弄水兒的。我要悄悄的唬他一跳，還沒有走到跟前，他倒看見我了，朝東一繞就不見了。——別是藏在這裡頭了？」一面說，一面故意進去尋了一尋，抽身就走，口內說道：「一定是又鑽在山子洞裡去了。遇見蛇，咬一口也罷了。」一面說一面走，心中又好笑：這件事算遮過去了，不知他二人是怎樣。

誰知小紅聽了寶釵的話，便信以為真，讓寶釵去遠，便拉墜兒道：「了不得了！林姑娘蹲在這裡，一定聽了話去了！」墜兒聽說，也半日不言語。小紅又道：「這可怎麼樣呢？」墜兒道：「便是聽了，管誰筋疼⑦！各人幹各人的就完了。」小紅道：「若是寶姑娘聽見，還倒罷了；林姑娘嘴裡又愛刻薄人，心裡又細，他一聽見了，倘或走露了風聲，怎麼樣呢？」二人正說著，只見文官、香菱、司棋、侍書等

⑥金蟬脫殼——蟬由幼蟲變為成蟲時，要脫掉外殼（蟬蛻），一般用來比喻以假象作掩蔽卻暗中溜走。「金蟬脫殼計」是古代「三十六計」第二十一計。

⑦管誰筋疼——不相干，不關痛癢。

上亭子來了。二人只得掩住這話，且和他們頑笑。

只見鳳姐兒站在山坡上招手叫，小紅連忙棄了眾人，跑至鳳姐跟前，堆著笑問：「奶奶使喚作什麼事？」鳳姐打諒了一打諒，見他生的乾淨俏麗，說話知趣，因笑道：「我的丫頭今兒沒跟進我來。我這會子想起一件事來，要使喚個人出去，不知你能幹不能幹，說的齊全不齊全？」小紅笑道：「奶奶有什麼話，只管吩咐我說去。若說的不齊全，誤了奶奶的事，憑奶奶責罰就是了。」鳳姐笑道：「你是那位姑娘房裡的？我使你出去，他回來找你，我好替你說。」小紅道：「我是寶二爺房裡的。」鳳姐聽了笑道：「嗳喲！你原來是寶玉房裡的，怪道呢。也罷了，等他問，我替你說。——你到我們家，告訴你平姐姐：外面屋裡桌子上汝窰盤子架兒底下放著一卷銀子，那是一百六十兩，給繡匠的工價，等張材家的來要，當面稱給他瞧了，再給他拿去。再裡頭床頭間有一個小荷包，拿了來。」

小紅聽說，撤身去了。回來只見鳳姐不在這山坡子上了，因見司棋從山洞裡出來，站著繫裙子，便趕上來問道：「姐姐，不知道二奶奶往那裡去了？」司棋道：「沒理論⑧。」小紅聽了，抽身又往四下裡一看，只見那邊探春、寶釵在池邊看魚。小紅上來陪笑問道：「姑娘們可知道二奶奶那去了？」探春道：「往你大奶奶院裡找去。」小紅聽了，再往稻香村來，頂頭只見晴雯、綺霰、碧痕、紫綃、麝月、侍書、入畫、鶯兒等一群人來了。晴雯一見了小紅，便說道：「你只是瘋⑨罷！院子裡花兒也不澆，雀

---

⑧沒理論——這裡作「不知道」，「沒打聽」解釋。

⑨瘋——原指女孩子行動自由放縱，引申作「亂跑」解釋。

兒也不餵，茶爐子也不爖⑩，就在外頭逛。」小紅道：「昨兒二爺說了，今兒不用澆花，過一日澆一回罷。我餵雀兒的時候，姐姐還睡覺呢。」碧痕道：「茶爐子呢？」小紅道：「今兒不該我爖的班兒，有茶沒茶別問我。」綺霰道：「你聽聽他的嘴！你們別說了！讓他逛去罷。」小紅道：「你們再問問我逛了沒有。二奶奶使喚我說話、取東西去。」說著，將荷包舉給他們看，方沒言語了，大家分路走開。晴雯冷笑道：「怪道呢！原來爬上高枝兒去了，把我們不放在眼裡。不知說了一句話半句話，名兒姓兒知道了不曾呢，就把他興的這樣！這一遭半遭兒的算不得什麼，過了後兒還得聽呵！有本事從今兒出了這園子，長長遠遠的在高枝兒上才算得。」一面說著，去了。

這裡小紅聽說，不便分證，只得忍著氣來找鳳姐兒。到了李氏房中，果見鳳姐兒在這裡和李氏說話兒呢。小紅上來回道：「平姐姐說：奶奶剛出來了，他就把銀子收了起來，才張材家的來討，當面稱了給他拿去了。」說著，將荷包遞了上去，又道：「平姊姊教我回奶奶：才旺兒進來討奶奶的示下，好往那家子去。平姐姐就把那話按著奶奶的主意打發他去了。」鳳姐笑道：「他怎麼按我的主意打發去了？」小紅道：「平姐姐說：我們奶奶問這裡奶奶好。原是我們二爺不在家，雖然遲了兩天，只管請奶奶放心。等五奶奶好些，我們奶奶還會了五奶奶來瞧奶奶呢。五奶奶前兒打發了人來說：舅奶奶帶了信來了，問奶奶好，還要和這裡的姑奶奶尋兩丸延年神驗萬全丹；若有了，奶奶打發人來，只管送在我們奶奶這裡。明兒有人去，就順路給那邊舅奶奶帶去的。」

⑩爖——即爖火，升火；爖，音ㄌㄨㄥˊ。

話未說完，李氏道：「噯喲喲！這些話我就不懂了。什麼『奶奶』、『爺爺』的一大堆。」鳳姐笑道：「怨不得你不懂，這是四五門子的話呢。」說著又向小紅笑道：「好孩子，難為你說的齊全，不像他們扭扭捏捏的蚊子似的。嫂子你不知道，如今除了我隨手使的幾個丫頭、老婆之外，我就怕和他們說話。他們必定把一句話拉長了作兩三截兒，咬文咬字，拿著腔兒，哼哼唧唧，急的我冒火，他們那裡知道！先時我們平兒也是這麼著，我就問著他：難道必定裝蚊子哼哼就是美人了？說了幾遭才好些兒了。」李宮裁笑道：「都像你潑皮破落戶才好。」鳳姐又道：「這一個丫頭就好。方才兩遭，說話雖不多，聽那口聲就簡斷⑪。」說著，又向小紅笑道：「你明兒伏侍我去罷。我認你作女兒，我一調理，你就出息了。」

小紅聽了，「撲哧」一笑。鳳姐道：「你怎麼笑？你說我年輕，比你能大幾歲，就作你的媽了？你還作春夢呢！你打聽打聽，這些人頭比你大的，趕著我叫媽，我還不理。今兒抬舉了你呢！」小紅笑道：「我不是笑這個，我笑奶奶認錯了輩數了。——我媽是奶奶的女兒，這會子又認我作女兒。」鳳姐道：「誰是你媽？」李宮裁笑道：「你原來不認得他？他是林之孝之女。」鳳姐聽了，十分詫異，說道：「哦！原來是他的丫頭。」又笑道：「林之孝兩口子都是錐子扎不出一聲兒來⑫的。我成日家說，他們倒是配就了的一對夫妻：一個天聾，一個地啞。那裡承望養出這麼個伶俐丫頭來！——你十幾歲了？」小紅道：「十七歲了。」又問名字，小紅道：「原叫紅玉的，因為重了寶二爺，如今只叫紅兒了。」

---

⑪簡斷——果斷、決斷。

⑫錐子扎不出一聲來——比喻人的性格柔韌、沉默。

鳳姐聽說，將眉一皺，把頭一回，說道：「討人嫌的很！得了『玉』的益似的，你也『玉』，我也『玉』。」因說道：「既這麼著肯跟，我還和他媽說：『賴大家的如今事多，也不知這府裡誰是誰，你替我好好的挑兩個丫頭我使。』他一般答應著。他饒⑬不挑，倒把這女孩子送了別處去。難道跟我必定不好？」李氏笑道：「你可是又多心了。他進來在先，你說話在後，怎麼怨的他媽？」鳳姐道：「既這麼著，明兒我和寶玉說，叫他再要人，叫這丫頭跟我去。可不知本人願意不願意？」小紅笑道：「願意不願意，我們也不敢說。只是跟著奶奶，我們也學些眉眼高低，出入上下，大小的事也得見識見識。」剛說著，只見王夫人的丫頭來請，鳳姐便辭了李宮裁去了。小紅自回怡紅院去，不在話下。

如今且說黛玉因夜間失寐，次日起來遲了，聞得眾姊妹都在園中作餞花會，恐人笑他癡懶，連忙梳洗了出來。剛到了院中，只見寶玉進門來了，笑道：「好妹妹，你昨兒可告我了不曾？教我懸了一夜心。」黛玉便回頭叫紫鵑道：「把屋子收拾了，撂下一扇紗屜；看那大燕子回來，把簾子放下來，拿獅子⑭倚住；燒了香就把爐罩上。」一面說一面又往外走。寶玉見他這樣，還認作是昨日中晌的事，那知晚間的這段公案，還打躬作揖的。黛玉正眼也不看，各自出了院門，一直找別的姊妹去了。寶玉心中納悶，自己猜疑：「看起這個光景來，不像是為昨日的事；但只昨日我回來的晚了，又沒有見他，再沒有沖撞了

⑬饒——不但。
⑭獅子——這裡是一種壓簾用的帶座的石獅子。

聯經出版事業公司校印

他的去處了。」一面想，一面由不得隨後追了來。

只見寶釵、探春正在那裡看鶴舞，見黛玉來了，三個一同站著說話兒。又見寶玉來了，探春便笑道：「寶哥哥，身上好？我整整的三天沒見你了。」寶玉笑道：「妹妹身上好？我前兒還在大嫂子跟前問你呢。」探春道：「寶哥哥，你往這裡來，我和你說話。」寶玉聽說，便跟了他，離了釵、玉兩個，到了一棵石榴樹下。探春因說道：「這幾天老爺可曾叫你？」寶玉笑道：「沒有叫。」探春說：「昨兒我恍惚聽見說老爺叫你出去的。」寶玉笑道：「那想是別人聽錯了，並沒叫我。」探春又笑道：「這幾個月，我又攢下有十來吊錢了。你還拿了去，明兒出門逛去的時候，或是好字畫，好輕巧頑意兒，替我帶些來。」寶玉道：「我這麼城裡城外、大廟小廟的逛，也沒見個新奇精緻東西，左不過是那些金、玉、銅、磁，沒處擱的骨董，再就是綢緞、吃食、衣服了。」探春道：「誰要這些。怎麼像你上回買的那柳枝兒編的小籃子，整竹子根摳的香盒兒，膠泥垛的風爐兒，這就好了。我喜歡的什麼似的，誰知他們都愛上了，都當寶貝似的搶了去了。」寶玉笑道：「原來要這個。這不值什麼，拿五百錢出去給小子們，管拉一車來。」探春道：「小廝們知道什麼？你揀那樸而不俗、直而不拙者，這些東西，你多多的替我帶了來。我還像上回的鞋作一雙你穿，比那一雙還加工夫，如何呢？」

寶玉笑道：「你提起鞋來，我想起個故事：那一回我穿著，可巧遇見了老爺，老爺就不受用⑮，問是誰作的。我那裡敢提『三妹妹』三個字，我就回說是前兒我生日，是舅母給的。老爺聽了是舅母給的，

⑮不受用——不高興、不舒服。

聯經出版事業公司　校印

才不好說什麼，半日還說：『何苦來！虛耗人力，作踐綾羅，作這樣的東西。』我回來告訴了襲人，襲人說：『這還罷了，趙姨娘氣的抱怨的了不得：正經兄弟，鞋搭拉⑯襪搭拉的沒人看的見，且作這些東西！』」探春聽說，登時沉下臉來，道：「這話糊塗到什麼田地！怎麼我是該作鞋的人麼？環兒難道沒有分例的，沒有人的？一般的衣裳是衣裳，鞋襪是鞋襪，丫頭、老婆一屋子，怎麼抱怨這些話！給誰聽呢！我不過是閑著沒事兒，作一雙半雙，愛給那個哥哥兄弟，隨我的心。誰敢管我不成！這也是白氣。」寶玉聽了，點頭笑道：「你不知道，他心裡自然又有個想頭了。」探春聽說，益發動了氣，將頭一扭，說道：「連你也糊塗了！他那想頭自然是有的，不過是那陰微鄙賤的見識。他只管這麼想，我只管認得老爺、太太兩個人，別人我一概不管。就是姊妹、弟兄跟前，誰和我好，我就和誰好，什麼偏的、庶的，我也不知道。論理，我不該說他，但忒昏憒的不像了！——還有笑話呢：就是上回我給你那錢，替我帶那頑的東西。過了兩天，他見了我，也是說沒錢使，怎麼難，我也不理論。誰知後來丫頭們出去了，他就抱怨起來，說我攢的錢為什麼給你使，倒不給環兒使呢！我聽見這話，又好笑又好氣，我就出來往太太跟前去了。」正說著，只見寶釵那邊笑道：「說完了，來罷。顯見的是哥哥妹妹了，丟下別人，且說梯己去。我們聽一句兒就使不得了？」說著，探春、寶玉二人方笑著來了。

寶玉因不見了黛玉，便知他躲了別處去了。想了一想，索性遲兩日，等他的氣消一消再去也罷了。因低頭看見許多鳳仙、石榴等各色落花，錦重重的落了一地，因嘆道：「這是他心裡生了氣，也不收拾

⑯搭拉——破舊不堪的樣子。

這花兒來了。待我送了去，明兒再問著他。」說著，只見寶釵約著他們往外頭去。寶玉道：「我就來。」說畢，等他二人去遠了，便把那花兜了起來，登山渡水，過樹穿花，一直奔了那日同黛玉葬桃花的去處來。將已到了花塚，猶未轉過山坡，只聽山坡那邊有嗚咽之聲，一行數落著，哭的好不傷心。寶玉心下想道：「這不知是那房裡的丫頭，受了委屈，跑到這個地方來哭？」一面想，一面煞住腳步，聽他哭道是：

花謝花飛花滿天，紅消香斷有誰憐？游絲軟繫飄春榭，落絮輕沾撲繡簾。閨中女兒惜春暮，愁緒滿懷無釋處；手把花鋤出繡閨，忍踏落花來復去。柳絲榆莢自芳菲，不管桃飄與李飛；桃李明年能再發，明年閨中知有誰？三月香巢已壘成，樑間燕子太無情！明年花發雖可啄，卻不道人去樑空巢也傾。一年三百六十日，風刀霜劍嚴相逼；明媚鮮妍能幾時，一朝飄泊難尋覓。花開易見落難尋，階前悶殺葬花人；獨倚花鋤淚暗灑，灑上空枝見血痕。杜鵑[17]無語正黃昏，荷鋤歸去掩重門。青燈照壁人初睡，冷雨敲窗被未溫。怪奴底事[18]倍傷神，半為憐春半惱春：憐春忽至惱忽去，至又無言去不聞。昨宵庭外悲歌發，知是花魂與鳥魂？花魂鳥魂總難留，鳥自無言花自羞。願奴脅下生雙翼，隨花飛到天盡頭。天盡頭，何處有香丘？未若錦囊收豔骨，一抔淨土[19]掩風流。質本潔來還潔去，強於汙淖陷渠溝。爾今死去儂[20]收葬，未卜儂身何日喪？儂今葬花人笑癡，他年

---

[17] 杜鵑——鳥名，又叫「子規」，啼聲悲切，傳說杜鵑能啼出血來。

[18] 底事——什麼事。底，相當於「何」。

[19] 一抔淨土——抔，音ㄆㄡˊ，掬；一抔，一捧，雙手捧物。這裡「一抔淨土」指花冢。

葬儂知是誰？試看春殘花漸落，便是紅顏老死時。一朝春盡紅顏老，花落人亡兩不知！

寶玉聽了不覺癡倒。要知端詳，且聽下回分解。

⑳儂——吳語稱「我」為儂。

第二十八回　蔣玉菡情贈茜香羅　薛寶釵羞籠紅麝串①

話說林黛玉只因昨夜晴雯不開門一事，錯疑在寶玉身上。至次日又可巧遇見餞花之期，正是一腔無明②正未發泄，又勾起傷春愁思，因把些殘花落瓣去掩埋，由不得感花傷己，哭了幾聲，便隨口念了幾句。不想寶玉在山坡上聽見，先不過點頭感嘆；次後聽到「儂今葬花人笑癡，他年葬儂知是誰」，「一朝春盡紅顏老，花落人亡兩不知」等句，不覺慟倒山坡之上，懷裡兜的落花撒了一地。試想林黛玉的花顏月貌，將來亦到無可尋覓之時，寧不心碎腸斷！既黛玉終歸無可尋覓之時，推之於他人，如寶釵、香

①紅麝串——用麝香和其他質料混合製成的香珠。雄麝麝香腺的分泌物乾燥後成為紅棕色到暗棕色的顆粒，所以叫「紅麝串」。

②無明——佛教用語，意譯為「癡」，即「沒有智慧」。佛家認為，人的種種煩惱痛苦，是由「無明」引起的，人的發怒也是因「無明」而起，「無明」便成為怒火的代稱。

菱、襲人等，亦可到無可尋覓之時矣。寶釵等終歸無可尋覓之時，則自己又安在哉？且自身尚不知何在何往，則斯處、斯園、斯花、斯柳，又不知當屬誰姓矣！——因此一而二，二而三，反復推求了去，真不知此時此際如何解釋這段悲傷。正是：花影不離身左右，鳥聲只在耳東西。

那黛玉正自傷感，忽聽山坡上也有悲聲，心下想道：「人人都笑我有些癡病，難道還有一個癡子不成？」想著，抬頭一看，見是寶玉。黛玉看見，便道：「啐！我道是誰，原來是這個狠心短命的……」剛說到「短命」二字，又把口掩住，長嘆了一聲，自己抽身便走了。

這裡寶玉悲慟了一回，忽然抬頭不見了黛玉，便知黛玉看見他躲開了，自己也覺無味，抖抖土起來，下山尋歸舊路，往怡紅院來。可巧看見黛玉在前頭走，連忙趕上去，說道：「你且站住。我知你不理我，我只說一句話，從今後撂開手。」黛玉回頭看見是寶玉，待要不理他，聽他說：「只說一句話，從此撂開手」，這話裡有文章，少不得站住說道：「有一句話，請說來。」寶玉笑道：「兩句話，說了你聽不聽？」黛玉聽說，回頭就走。寶玉在身後面嘆道：「既有今日，何必當初！」黛玉聽見這話，由不得站住，回頭道：「當初怎麼樣？今日怎麼樣？」寶玉嘆道：「當初姑娘來了，那不是我陪著頑笑？憑我心愛的，姑娘要，就拿去；我愛吃的，聽見姑娘也愛吃，連忙乾乾淨淨收著等姑娘吃。一桌子吃飯，一床上睡覺。丫頭們想不到的，我怕姑娘生氣，我替丫頭們想到了。我心裡想著：姊妹們從小兒長大，親也罷，熱也罷，和氣到了兒，才見得比人好。如今誰承望姑娘人大心大，不把我放在眼睛裡，倒把外四路的[3]什麼寶姐姐、鳳姐姐的放在心坎兒上，倒把我三日不理、四日不見的。我又沒個親兄弟、親姊妹。——

③外四路的——指血緣關係疏遠的親戚。

雖然有兩個，你難道不知道是和我隔母的？我也和你似的獨出，只怕同我的心一樣。誰知我是白操了這個心，弄的有冤無處訴！」說著，不覺滴下眼淚來。

黛玉耳內聽了這話，眼內見了這形景，心內不覺灰了大半，也不覺滴下淚來，低頭不語。寶玉見他這般形景，遂又說道：「我也知道我如今不好了，但只憑著怎麼不好，萬不敢在妹妹跟前有錯處。便有一二分錯處，你倒是或教導我，戒我下次，或罵我兩句，打我兩下，我都不灰心。誰知你總不理我，叫我摸不著頭腦，少魂失魄，不知怎麼樣才好。就便死了，也是個屈死鬼，任憑高僧、高道懺悔也不能超生，還得你申明了原故，我才得托生呢！」

黛玉聽了這個話，不覺將昨晚的事都忘在九霄雲外了，便說道：「你既這麼說，昨兒為什麼我去了，你不叫丫頭開門？」寶玉詫異道：「這話從那裡說起？我要是這麼樣，立刻就死了！」黛玉啐道：「大清早起死呀活的，也不忌諱。你說有呢就有，沒有就沒有，起什麼誓呢。」寶玉道：「實在沒有見你去。就是寶姐姐坐了一坐，就出來了。」黛玉想了一想，笑道：「是了，想必是你的丫頭們懶待動，喪聲歪氣④的也是有的。」寶玉道：「想必是這個原故。等我回去問了是誰，教訓教訓他們就好了。」黛玉道：「你的那些姑娘們也該教訓教訓，只是我論理不該說。——今兒得罪了我的事小，倘或明兒『寶姑娘』來，什麼『貝姑娘』來，也得罪了，事情豈不大了？」說著，抿著嘴笑。寶玉聽了，又是咬牙，又是笑。

二人正說話，只見丫頭來請吃飯，遂都往前頭來了。王夫人見了黛玉，因問道：「大姑娘，你吃那

④喪聲歪氣——惡聲惡氣。

聯經出版事業公司　校印

鮑太醫的藥可好些？」黛玉道：「也不過這麼著。老太太還叫我吃王大夫的藥呢。」寶玉道：「太太不知道，林妹妹是內症⑤，先天生的弱，所以禁不住一點風寒，不過吃兩劑煎藥就好了，散了風寒，還是吃丸藥的好。」王夫人道：「前兒大夫說了個丸藥的名字，我也忘了。」寶玉道：「我知道那些丸藥，不過叫他吃什麼人參養榮丸。」王夫人道：「不是。」寶玉又道：「八珍益母丸？左歸？右歸？再不，就是麥味地黃丸⑥。」王夫人道：「都不是，我只記得有個『金剛』兩個字的。」寶玉扎手⑦笑道：「從來沒聽見有個什麼『金剛丸』。若有了『金剛丸』，自然有『菩薩散』了！」說的滿屋裡人都笑了。寶釵抿嘴笑道：「想是天王補心丹⑧。」王夫人笑道：「是這個名兒。如今我也糊塗了。」寶玉道：「太太倒不糊塗，都是叫『金剛』、『菩薩』支使糊塗了。」王夫人道：「扯你娘的臊！又欠你老子捶你了。」寶玉笑道：「我老子再不為這個捶我的。」

---

⑤內症——中醫指虛弱、貧血等內熱的病為「內症」。

⑥八珍益母丸、左歸、右歸、麥味地黃丸——這幾個方劑都出自明代張景岳的《景岳全書》。八珍益母丸由益母草、當歸、熟地黃、人參、白朮等九味藥配成，治婦女氣血虧損等症；左歸即左歸丸，以熟地為主，配以枸杞子、鹿角膠、龜板膠等共八味藥，能滋補腎陰；右歸即右歸丸，也以熟地為主，再加川附子、肉桂、杜仲等共十味藥，功效是溫補腎陽；麥味地黃丸是以熟地黃為主，加入麥冬、五味子，能滋陰補肝腎，治療虛勞咳嗽。

⑦扎手——兩手攤開隨意擺動，是一種比較放肆、不大禮貌的姿勢。

⑧天王補心丹——由酸棗仁、柏子仁、當歸、生地黃、人參等十三味藥配製成的丸藥，用來補養心神。

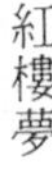

聯經出版事業公司 校印

王夫人又道：「既有這個名兒，明兒就叫人買些來吃。」寶玉笑道：「這些都不中用的。太太給我三百六十兩銀子，我替妹妹配一料丸藥，包管一料不完就好了。」王夫人道：「放屁！什麼藥就這麼貴？」寶玉笑道：「當真的呢，我這個方子比別的不同。那個藥名兒也古怪，一時也說不清。只講那頭胎紫河車，人形帶葉參，三百六十兩不足。龜大何首烏，千年松根茯苓膽⑨諸如此類的藥都不算為奇，只在群藥裡算。那為君的藥⑩，說起來唬人一跳。前兒薛大哥哥求了我一二年，我才給了他這方子。他拿了方子去又尋了二三年，花了有上千的銀子，才配成了。太太不信，只問寶姐姐。」寶釵聽說，笑著搖手兒說：「我不知道，也沒聽見。你別叫姨娘問我。」王夫人笑道：「到底是寶丫頭好孩子，不撒謊。」寶玉站在當地，聽見如此說，一回身把手一拍，說道：「我說的倒是真話呢，倒說我撒謊。」口裡說著，忽一回身，只見黛玉坐在寶釵身後抿著嘴笑，用手指頭在臉上畫著羞他。

鳳姐因在裡間屋裡看著人放桌子，聽如此說，便走來笑道：「寶兄弟不是撒謊，這倒是有的。上日薛大哥親自和我來尋珍珠⑪，我問他作什麼，他說配藥。他還抱怨說，不配也罷了，如今那裡知道這麼

---

⑨頭胎紫河車、人形帶葉參、龜大何首烏、千年松根茯苓膽——紫河車即胎盤，功能為補氣養血，舊時認為以頭胎（初產）者為佳；人形帶葉參即人參，舊時以似人形者為佳，但不能帶葉入藥，此處云帶葉係防止作假，求其貨真質佳；何首烏，能補肝腎、益精血，以大為佳；茯苓，能健脾和胃，多寄生於松樹根部。

⑩為君的藥——中醫所用的藥，根據不同的作用、藥量，分為君、臣、佐、使，能發揮主要作用的藥，叫「君藥」。

⑪珍珠——產自蚌類殼中，可以入藥，有瀉熱、定驚、鎮心、下痰、安魂魄等功能，外用可拔毒生肌，內服時研成細粉吞服或與其他藥物共配成丸。珍珠粉要研得極細，否則傷胃，所以下文說要「隔面子」。

費事。我問他什麼藥，他說是寶兄弟的方子，說了多少藥，我也沒工夫聽。他說：『不然，我也買幾顆珍珠了，只是定要頭上戴過的。』所以來和我尋。他說：『妹妹就沒散的，花兒上也得，掐下來，過後兒我揀好的再給妹妹穿了來。』我沒法兒，把兩枝珠花兒現拆了給他。還要了一塊三尺上用大紅紗去，乳鉢乳了隔面子⑫呢。」鳳姐說一句，那寶玉念一句佛，說：「太陽在屋子裡呢⑬！」鳳姐說完了，寶玉又道：「太太想，這不過是將就呢。正經按那方子，這珍珠寶石定要在古墳裡的，有那古時富貴人家裝裹的頭面⑭，拿了來才好。如今那裡為這個去刨墳掘墓，所以只是活人帶過的，也可以使得。」王夫人道：「阿彌陀佛，不當家花拉的！就是墳裡有這個，人家死了幾百年，這會子翻屍盜骨的，作了藥也不靈！」

寶玉向黛玉說道：「你聽見了沒有，難道二姐姐也跟著我撒謊不成？」臉望著黛玉說話，卻拿眼睛瞟著寶釵。黛玉便拉王夫人道：「舅母聽聽，寶姐姐不替他圓謊，他支吾著我。」王夫人也道：「寶玉很會欺負你妹妹。」寶玉笑道：「太太不知道這原故。寶姐姐先在家裡住著，那薛大哥哥的事，他也不知道，何況如今在裡頭住著呢，自然是越發不知道了。林妹妹才在背後羞我，打諒我撒謊呢。」

正說著，只見賈母房裡的丫頭找寶玉、黛玉去吃飯。黛玉也不叫寶玉，便起身拉了那丫頭就走。那

---

⑫乳鉢乳了隔面子——乳鉢，一種研磨藥粉用的小臼，把藥研細叫乳；隔面子，篩藥粉。

⑬太陽在屋子裡呢——「天日鑒之」的意思，指太陽作證，證明自己沒說謊。

⑭裝裹的頭面——指死人戴的珠寶。裝裹，裝殮；頭面，這裡指頭上戴的首飾。

丫頭說等著寶玉一塊兒走。黛玉道：「他不吃飯了，咱們走。我先走了。」說著便出去了。寶玉道：「我今兒還跟著太太吃罷。」王夫人道：「罷，罷，我今兒吃齋，你正經吃你的去罷。」寶玉道：「我也跟著吃齋。」說著，便叫那丫頭：「去罷。」自己先跑到桌子上坐了。王夫人向寶釵等笑道：「你們只管吃你們的，由他去罷。」寶釵因笑道：「你正經去罷。吃不吃，陪著林妹妹走一趟，他心裡打緊的不自在呢。」寶玉道：「理他呢，過一會兒就好了。」

一時吃過飯，寶玉一則怕賈母記掛，二則也記掛著黛玉，忙忙的要茶漱口。探春、惜春都笑道：「二哥哥，你成日家忙些什麼？吃飯、吃茶也是這麼忙碌碌的。」寶釵笑道：「你叫他快吃了瞧林妹妹去罷，叫他在這裡胡羼些什麼。」

寶玉吃了茶，便出來，一直往西院來。可巧走到鳳姐兒院門前，只見鳳姐蹬著門檻子，拿耳挖子剔牙，看著十來個小廝們挪花盆呢。見寶玉來了，笑道：「你來的好。進來，進來，替我寫幾個字兒。」寶玉只得跟了進來。到了屋裡，鳳姐命人取過筆硯紙來，向寶玉道：「大紅妝緞四十匹，蟒緞四十匹，上用紗各色一百匹，金項圈四個。」寶玉道：「這算什麼？又不是帳，又不是禮物，怎麼個寫法？」鳳姐兒道：「你只管寫上，橫豎我自己明白就罷了。」寶玉聽說，只得寫了。

鳳姐一面收起，一面笑道：「還有句話告訴你，不知你依不依？你屋裡有個丫頭叫小紅，我要叫了來使喚，明兒我再替你挑幾個，可使得？」寶玉道：「我屋裡的人也多的很，姐姐喜歡誰，只管叫了來，何必問我。」鳳姐笑道：「既這麼著，我就叫人帶他去了。」寶玉道：「只管帶去。」說著便要走。鳳姐兒道：「你回來，我還有一句話呢。」寶玉道：「老太太叫我呢，有話等我回來罷。」說著，便來至

聯經出版事業公司　校印

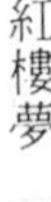

賈母這邊，只見都已吃完飯了。賈母因問他：「跟著你娘吃了什麼好的？」寶玉笑道：「也沒什麼好的，我倒多吃了一碗飯。」因問：「林妹妹在那裡？」賈母道：「裡頭屋裡呢。」

寶玉進來，只見地下一個丫頭吹熨斗，炕上兩個丫頭打粉線，黛玉彎著腰拿著剪子裁什麼呢。寶玉走進來笑道：「哦，這是作什麼呢？才吃了飯，這麼空著頭⑮，一會子又頭疼了。」黛玉並不理，只管裁他的。有一個丫頭說道：「那塊綢子角兒還不好呢，再熨他一熨。」黛玉便把剪子一撂，說道：「理他呢，過一會子就好了。」寶玉聽了，只是納悶。只見寶釵、探春等也來了，和賈母說了一回話。寶釵也進來問：「林妹妹作什麼呢？」因見黛玉裁剪，笑道：「妹妹越發能幹了，連裁剪都會了。」黛玉笑道：「這也不過是撒謊哄人罷了。」寶釵笑道：「我告訴你個笑話兒，才剛為那個藥，我說了個不知道，寶兄弟心裡不受用了。」黛玉道：「理他呢，過會子就好了。」寶玉向寶釵道：「老太太要抹骨牌，正沒人呢，你抹骨牌去罷。」寶釵聽說，便笑道：「我是為抹骨牌才來了？」說著便走了。黛玉道：「你倒是去罷，這裡有老虎，看吃了你！」說著又裁。寶玉見他不理，只得還陪笑說道：「你也出去逛逛再裁不遲。」黛玉總不理。寶玉便問丫頭們：「這是誰叫裁的？」黛玉見問丫頭們，便說道：「憑他誰叫我裁，也不管⑯二爺的事！」寶玉方欲說話，只見有人進來回說：「外頭有人請。」寶玉聽了，忙撤身出來。黛玉向外頭說道：「阿彌陀佛！趕你回來，我死了也罷了。」

---

⑮空著頭——俯身倒懸著頭；空，讀去聲。

⑯不管——不關、不干。

聯經出版事業公司 校印

寶玉來到外面，只見焙茗說道：「馮大爺家請。」寶玉聽了，知道是昨日的話，便說：「要衣裳去。」自己便往書房裡來。焙茗一直到了二門前等人，只見一個老婆子出來了，焙茗上去說道：「寶二爺在書房裡等出門的衣裳，你老人家進去帶個信兒。」那婆子說：「放你娘的屁！倒好，寶二爺如今在園裡住著，跟他的人都在園裡，你又跑了這裡來帶信兒來了！」焙茗聽了，笑道：「罵的是，我也糊塗了。」說著，一逕往東邊二門前來。可巧門上小廝在甬路底下踢球，焙茗將原故說了。小廝跑了進去，半日抱了一個包袱出來，遞與焙茗。回到書房裡，寶玉換了，命人備馬，只帶著焙茗、鋤藥、雙瑞、雙壽四個小廝去了。

一逕到了馮紫英家門口，有人報與了馮紫英，出來迎接進去。只見薛蟠早已在那裡久候，還有許多唱曲兒的小廝並唱小旦的蔣玉菡、錦香院的妓女雲兒。大家都見過了，然後吃茶。寶玉擎茶笑道：「前兒所言『幸與不幸』之事，我晝懸夜想，今日一聞呼喚即至。」馮紫英笑道：「你們令表兄弟倒都心實。前日不過是我的設辭，誠心請你們一飲，恐又推托，故說下這句話。今日一邀即至，誰知都信真了。」說畢，大家一笑，然後擺上酒來，依次坐定。馮紫英先命唱曲兒的小廝過來讓酒，然後命雲兒也來敬。

那薛蟠三杯下肚，不覺忘了情，拉著雲兒的手笑道：「你把那梯己新樣兒的曲子唱個我聽，我吃一罈如何？」雲兒聽說，只得拿起琵琶來，唱道：

兩個冤家，都難丟下，想著你來又記掛著他。兩個人形容俊俏，都難描畫。想昨宵幽期私訂在茶藤架，一個偷情，一個尋拿；拿住了三曹對案⑰，我也無回話。

唱畢，笑道：「你喝一罈子罷了。」薛蟠聽說，笑道：「不值一罈，再唱好的來。」

寶玉笑道：「聽我說來：如此濫飲，易醉而無味。我先喝一大海，發一新令，有不遵者，連罰十大海，逐出席外，與人斟酒。」馮紫英、蔣玉菡等都道：「有理，有理。」寶玉拿起海來一氣飲乾，說道：「如今要說『悲、愁、喜、樂』四字，卻要說出『女兒』來，還要注明這四字原故。說完了，飲門杯。酒面要唱一個新鮮時樣曲子；酒底要席上生風⑱一樣東西，或古詩、舊對、《四書》、《五經》成語。」薛蟠未等說完，先站起來攔道：「我不來，別算我。這竟是捉弄我呢！」雲兒也站起來，推他坐下，笑道：「怕什麼？這還虧你天天吃酒呢，難道你連我也不如？我回來還說呢。說是了，罷；不是了，不過罰上幾杯，那裡就醉死了。你如今一亂令，倒喝十大海，下去斟酒不成？」眾人都拍手道：「妙！」薛蟠聽說，無法，只得坐了。聽寶玉說道：「女兒悲，青春已大守空閨。女兒愁，悔教夫婿覓封侯。女兒喜，對鏡晨妝顏色美。女兒樂，鞦韆架上春衫薄。」

眾人聽了，都道：「說得有理。」薛蟠獨揚著臉搖頭說：「不好，該罰！」眾人問：「如何該罰？」薛蟠道：「他說的我通不懂，怎麼不該罰？」雲兒便擰他一把，笑道：「你悄悄的想你的罷。回來說不

⑰三曹對案——三曹原作「三造」；指訴訟案件中的原告、被告和證人；審案件時，這三方面的人同時到場，進行對證，叫做「三曹對案」。

⑱門杯、酒面、酒底、席上生風——門杯，酒宴時用以敬酒、罰酒等公用的酒杯叫「公杯」，放在各人面前的酒杯叫「門杯」，也叫門前杯；酒面，斟滿一杯酒，不飲，先行酒令，叫「酒面」；酒底，每行完一個酒令時，飲乾一杯酒，叫「酒底」；席上生風，借酒席上的食品或裝飾等現成東西，說一句與此有關的古詩或古文。

出，又該罰了。」於是拿琵琶聽寶玉唱道：

滴不盡相思血淚拋紅豆，開不完春柳春花滿畫樓，睡不穩紗窗風雨黃昏後，忘不了新愁與舊愁，咽不下玉粒金蓴噎滿喉，照不見菱花鏡裡形容瘦。展不開的眉頭，捱不明的更漏。呀！恰便似遮不住的青山隱隱，流不斷的綠水悠悠。⑲

唱完，大家齊聲喝彩，獨薛蟠說無板。寶玉飲了門杯，便拈起一片梨來，說道：「雨打梨花深閉門。」⑳完了令。

下該馮紫英，說道：「女兒悲，兒夫染病在垂危。女兒愁，大風吹倒梳妝樓。女兒喜，頭胎養了雙生子。女兒樂，私向花園掏蟋蟀。」說畢，端起酒來，唱道：

你是個可人，你是個多情，你是個刁鑽古怪鬼靈精，你是個神仙也不靈。我說的話兒你全不信，只叫你去背地裡細打聽，才知道我疼你不疼！

唱完，飲了門杯，說道：「雞聲茅店月。」㉑令完，下該雲兒。

---

⑲「滴不盡」一曲——紅豆，又名相思子，大如豌豆，色鮮紅，這裡代指眼淚；玉粒，喻上好的米飯；蓴，我國江南生長的一種睡蓮科水生植物，夏天開赤褐色小花，嫩葉是一種名菜；金蓴，泛指美味的菜肴；菱花鏡，古代銅鏡，鏡面平亮，常作菱花形狀或雕飾菱花花紋。

⑳雨打梨花深閉門——宋代秦觀〈鷓鴣天〉詞：「甫能炙得燈兒了，雨打梨花深閉門。」

㉑雞聲茅店月——唐代溫庭筠〈商山早行〉詩：「雞聲茅店月，人迹板橋霜。」

雲兒便說道：「女兒悲，將來終身指靠誰？」薛蟠嘆道：「我的兒，有你薛大爺在，你怕什麼！」眾人都道：「別混他，別混他！」雲兒又道：「女兒愁，媽媽㉒打罵何時休！」薛蟠道：「前兒我見了你媽，還吩咐他，不叫他打你呢。」眾人都道：「再多言者罰酒十杯。」薛蟠連忙自己打了一個嘴巴子，說道：「沒耳性㉓，再不許說了。」雲兒又道：「女兒喜，情郎不捨還家裡。女兒樂，住了簫管弄弦索。」說完，便唱道：

荳蔻開花三月三，一個蟲兒往裡鑽。鑽了半日不得進去，爬到花兒上打鞦韆。肉兒小心肝，我不開了你怎麼鑽？

唱畢，飲了門杯，說道：「桃之夭夭。」㉔令完了，下該薛蟠。

薛蟠道：「我可要說了：女兒悲——」說了半日，不見說底下的。馮紫英笑道：「悲什麼？快說來。」薛蟠登時急的眼睛鈴鐺一般，瞪了半日，才說道：「女兒悲——」又咳嗽了兩聲，說道：「女兒悲，嫁了個男人是烏龜。」眾人聽了都大笑起來。薛蟠道：「笑什麼，難道我說的不是？一個女兒嫁了漢子，要當忘八，他怎麼不傷心呢？」眾人笑的彎腰說道：「你說的很是，快說底下的。」薛蟠瞪了一瞪眼，又說道：「女兒愁——」說了這句，又不言語了。眾人道：「怎麼愁？」薛蟠道：「繡房攛出個大馬猴。」

㉒媽媽——這裡指妓女的養母，即「鴇兒」。

㉓沒耳性——沒記性。

㉔桃之夭夭——《詩・周南・桃夭》：「桃之夭夭，灼灼其華（花）。」夭夭，美麗茂盛的樣子。

眾人呵呵笑道：「該罰，該罰！這句更不通，先還可恕。」說著便要篩酒㉕。寶玉笑道：「押韵就好。」薛蟠道：「令官都准了，你們鬧什麼？」眾人聽說，方才罷了。雲兒笑道：「下兩句越發難說了，我替你說罷。」薛蟠道：「胡說！當真我就沒好的了！聽我說罷：女兒喜，洞房花燭朝慵起。」眾人聽了，都詫異道：「這句何其太韵？」薛蟠又道：「女兒樂，一根𣲐𣯴往裡戳。」眾人聽了，都扭著臉說道：「該死，該死！快唱了罷。」薛蟠便唱道：「一個蚊子哼哼哼……」眾人都怔了，說：「這是個什麼曲兒？」薛蟠還唱道：「兩個蒼蠅嗡嗡嗡……」眾人都道：「罷，罷，罷！」薛蟠道：「愛聽不聽！這是新鮮曲兒，叫作哼哼韻。你們要懶待聽，連酒底都免了，我就不唱。」眾人都道：「免了罷，免了罷，倒別耽誤了別人家。」

於是蔣玉菡說道：「女兒悲，丈夫一去不回歸。女兒愁，無錢去打桂花油。女兒喜，燈花並頭結雙蕊㉖。女兒樂，夫唱婦隨真和合。」說畢，唱道：

可喜你天生成百媚嬌，恰便似活神仙離碧霄。度青春，年正小；配鸞鳳，真也著。呀！看天河正高，聽譙樓㉗鼓敲，剔銀燈同入鴛幃悄。

唱畢，飲了門杯，笑道：「這詩詞上我倒有限。幸而昨日見了一副對子，可巧只記得這句，幸而席上還

㉕篩酒——斟酒。

㉖燈花結雙蕊——蠟燭芯點燃後呈穗狀，叫「燭花」；「雙蕊」即兩個燭花，舊時認為它象徵吉祥或夫妻久別相會。

㉗譙樓——即鼓樓，古代擊鼓報時的建築物。

聯經出版事業公司　校印

有這件東西。」說畢，便乾了酒，拿起一朵木樨㉘來，念道：「花氣襲人知晝暖。」

眾人倒都依了，完令。薛蟠又跳了起來，喧嚷道：「了不得，了不得！該罰，該罰！這席上又沒有寶貝，你怎麼念起寶貝來？」蔣玉菡怔了，說道：「何曾有寶貝？」薛蟠道：「你還賴呢！你再念來。」蔣玉菡只得又念了一遍。薛蟠道：「襲人可不是寶貝是什麼！你們不信，只問他。」說畢，指著寶玉。寶玉沒好意思起來，說：「薛大哥，你該罰多少？」薛蟠道：「該罰，該罰！」說著拿起酒來，一飲而盡。馮紫英與蔣玉菡等不知原故，雲兒便告訴了出來。蔣玉菡忙起身陪罪。眾人都道：「不知者不作罪。」

少刻，寶玉出席解手，蔣玉菡便隨了出來。二人站在廊檐下，蔣玉菡又陪不是。寶玉見他嫵媚溫柔，心中十分留戀，便緊緊的搭著他的手，叫他：「閑了往我們那裡去。還有一句話借問，也是你們貴班中，有一個叫琪官的，他在那裡？如今名馳天下，我獨無緣一見。」蔣玉菡笑道：「就是我的小名兒。」寶玉聽說，不覺欣然跌足笑道：「有幸，有幸！果然名不虛傳。今兒初會，卻怎麼樣呢？」想了一想，向袖中取出扇子，將一個玉玦扇墜解下來，遞與琪官，道：「微物不堪，略表今日之誼。」琪官接了，笑道：「無功受祿，何以克當！也罷，我這裡得了一件奇物，今日早起方繫上，還是簇新的，聊可表我一點親熱之意。」說畢撩衣，將繫小衣㉙兒一條大紅汗巾子解了下來，遞與寶玉，道：「這汗巾子是茜香國女國王所貢之物，夏天繫著，肌膚生香，不生汗漬。昨日北靜王給我的，今日才上身。若是別人，我

㉘木樨——即桂花。

㉙小衣——褲子。

斷不肯相贈。二爺請把自己繫的解下來，給我繫著。」寶玉聽說，喜不自禁，連忙接了，將自己一條松花汗巾解了下來，遞與琪官。二人方束好，只聽一聲大叫：「我可拿住了！」只見薛蟠跳了出來，拉著二人道：「放著酒不吃，兩個人逃席出來幹什麼？快拿出來我瞧瞧。」二人都道：「沒有什麼。」薛蟠那裡肯依，還是馮紫英出來，才解開了。於是復又歸坐飲酒，至晚方散。

寶玉回至園中，寬衣吃茶。襲人見扇子上的墜兒沒了，便問他：「往那裡去了？」寶玉道：「馬上丟了。」睡覺時只見腰裡一條血點似的大紅汗巾子，襲人便猜了八九分，因說道：「你有了好的繫褲子，把我那條還我罷。」寶玉聽說，方想起那條汗巾子原是襲人的，不該給人才是，心裡後悔，口裡說不出來，只得笑道：「我賠你一條罷。」襲人聽了，點頭嘆道：「我就知道又幹這些事！也不該拿著我的東西給那起混帳人去。也難為你，心裡沒個算計兒。」再要說幾句，又恐慪上他的酒來，少不得也睡了，一宿無話。

至次日天明，方才醒了，只見寶玉笑道：「夜裡失了盜也不曉得，你瞧瞧褲子上。」襲人低頭一看，只見昨日寶玉繫的那條汗巾子繫在自己腰裡呢，便知是寶玉夜間換了，忙一頓就解下來，說道：「我不希罕這行子㉚，趁早兒拿了去！」寶玉見他如此，只得委婉解勸了一回。襲人無法，只得繫在腰裡，過後寶玉出去，終久解下來擲在個空箱子裡，自己又換了一條繫著。

寶玉並未理論，因問起昨日可有什麼事情，襲人便回說：「二奶奶打發人叫了小紅去了。他原要等

㉚行子——貶稱自己所不喜愛的東西或人。

你來的，我想什麼要緊，我就作了主，打發他去了。」寶玉道：「很是。我已知道了，不必等我罷了。」襲人又道：「昨兒貴妃打發夏太監出來，送了一百二十兩銀子，叫在清虛觀初一到初三打三天平安醮㉛，唱戲獻供，叫珍大爺領著眾位爺們跪香拜佛呢。還有端午兒的節禮也賞了。」說著，命小丫頭子來，將昨日所賜之物取了出來，只見上等宮扇兩柄、紅麝香珠二串、鳳尾羅二端、芙蓉簟㉜一領。寶玉見了，喜不自勝，問：「別人的也都是這個？」襲人道：「老太太的多著一個香如意，一個瑪瑙枕。太太、老爺、姨太太的只多著一個如意。你的同寶姑娘的一樣。林姑娘同二姑娘、三姑娘、四姑娘只單有扇子同數珠兒，別的都沒有。大奶奶、二奶奶他兩個是每人兩匹紗、兩匹羅、兩個香袋、兩個錠子藥㉝。」寶玉聽了，笑道：「這是怎麼個原故？怎麼林姑娘的倒不同我的一樣，倒是寶姐姐的同我一樣？別是傳錯了罷？」襲人道：「昨兒拿出來，都是一份一份的寫著簽子，怎麼就錯了！你的是在老太太屋裡，我去拿了來了。老太太說了：明兒叫你一個五更天進去謝恩呢。」寶玉道：「自然要走一趟。」說著，便叫紫綃來：「拿了這個到林姑娘那裡去，就說是昨兒我得的，愛什麼留下什麼。」紫綃答應了，拿了去，不一時回來說：「林姑娘說了，昨兒也得了，二爺留著罷。」

寶玉聽說，便命人收了。剛洗了臉出來，要往賈母那裡請安去，只見黛玉頂頭來了。寶玉趕上去，

㉛打平安醮——舊時因病或喪事延請僧道誦經，叫「打醮」，為一般祈福消災舉行的「打醮」儀式，叫「打平安醮」。

㉜芙蓉簟——編有芙蓉花圖案的細竹席；簟，音ㄉㄧㄢˋ，竹席。

㉝錠子藥——把藥製成堅硬的小塊叫「錠子藥」，亦稱「藥錠子」，常做成各種花樣。

聯經出版事業公司 校印

笑道：「我的東西叫你揀，你怎麼不揀？」黛玉昨日所惱寶玉的心事早又丟開，又顧今日的事了，因說道：「我沒這麼大福禁受，比不得寶姑娘，什麼『金』什麼『玉』的，我們不過是草木之人！」寶玉聽他提出「金玉」二字來，不覺心動疑猜，便說道：「除了別人說什麼『金』什麼『玉』，我心裡要有這個想頭，天誅地滅，萬世不得人身！」黛玉聽他這話，便知他心裡動了疑，忙又笑道：「好沒意思，白白的說什麼誓？管你什麼『金』什麼『玉』的呢！」寶玉道：「我心裡的事也難對你說，日後自然明白。除了老太太、老爺、太太這三個人，第四個就是妹妹了。要有第五個人，我也說個誓。」黛玉道：「你也不用說誓，我很知道你心裡有『妹妹』，但只是見了『姐姐』，就把『妹妹』忘了。」寶玉道：「那是你多心，我再不的。」黛玉道：「昨兒寶丫頭不替你圓謊，為什麼問著我呢？那要是我，你又不知怎麼樣了。」

正說著，只見寶釵從那邊來了，二人便走開了。寶釵分明看見，只裝看不見，低著頭過去了，到了王夫人那裡，坐了一回，然後到了賈母這邊，只見寶玉在這裡呢。寶釵因往日母親對王夫人等曾提過「金鎖是個和尚給的，等日後有玉的方可結為婚姻」等語，所以總遠著寶玉。昨兒見元春所賜的東西，獨他與寶玉一樣，心裡越發沒意思起來。幸虧寶玉被一個黛玉纏綿住了，心心念念只記掛著黛玉，並不理論這事。此刻忽見寶玉笑問道：「寶姐姐，我瞧瞧你的紅麝串子？」可巧寶釵左腕上籠著一串，見寶玉問他，少不得褪了下來。寶釵生的肌膚豐澤，容易褪不下來。寶玉在旁看著雪白一段酥臂，不覺動了羨慕之心，暗暗想道：「這個膀子要長在林妹妹身上，或者還得摸一摸，偏生長在他身上。」正是恨沒福得摸，忽然想起「金玉」一事來，再看看寶釵形容，只見臉若銀盆，眼似水杏，唇不點而紅，眉不畫而翠，比黛玉另具一種嫵媚風流，不覺就呆了；寶釵褪了串子來遞與他，也忘了接。寶釵見他怔了，自己倒不好意思的，丟下串子，回身才要走，只見黛玉蹬著門檻子，嘴裡咬著手帕子笑呢。寶釵道：「你又禁不得風吹，怎麼又站在那風口裡？」黛玉笑道：「何曾不是在屋裡的。只因聽見天上一聲叫喚，出來瞧了瞧，原來是個呆雁。」寶釵道：「呆雁在那裡呢？我也瞧一瞧。」黛玉道：「我才出來，他就『忒兒』一聲飛了。」口裡說著，將手裡的帕子一甩，向寶玉臉上甩來。寶玉不防，正打在眼上，「嗳喲」了一聲。要知端的，且聽下回分解。

第二十九回　享福人福深還禱福　癡情女情重愈斟情①

話說寶玉正自發怔，不想黛玉將手帕甩了來，正碰在眼睛上，倒唬了一跳，問是誰。黛玉搖著頭兒笑道：「不敢，是我失了手。因為寶姐姐要看呆雁，我比給他看，不想失了手。」寶玉揉著眼睛，待要說什麼，又不好說的。

一時，鳳姐兒來了，因說起初一日在清虛觀打醮的事來，遂約著寶釵、寶玉、黛玉等看戲去。寶釵笑道：「罷，罷，怪熱的。什麼沒看過的戲，我就不去了。」鳳姐兒道：「他們那裡涼快，兩邊又有樓。咱們要去，我頭幾天打發人去，把那些道士都趕出去，把樓打掃乾淨，掛起簾子來，一個閑人不許放進廟去，才是好呢。我已經回了太太了，你們不去我去。這些日子也悶的很了。家裡唱動戲②，我又不得

①斟情——傾注感情。

②唱動戲——唱一次戲；動，指不輕易的，較繁重的行動次數。

舒舒服服的看。」

賈母聽說，笑道：「既這麼著，我同你去？」鳳姐聽說，笑道：「老祖宗也去，敢情③好了！就只是我又不得受用了。」賈母道：「到明兒，我在正面樓上，你在旁邊樓上，你也不用到我這邊來立規矩④，可好不好？」鳳姐兒笑道：「這就是老祖宗疼我了。」賈母因又向寶釵道：「你也去，連你母親也去。長天老日⑤的，在家裡也是睡覺。」寶釵只得答應著。

賈母又打發人去請了薛姨媽，順路告訴王夫人，要帶了他們姊妹去。王夫人因一則身上不好，二則預備著元春有人出來，早已回了不去的；聽賈母如今這樣說，笑道：「還是這麼高興。」因打發人去到園裡告訴：「有要逛的，只管初一跟了老太太逛去。」這個話一傳開了，別人都還可已，只是那些丫頭們天天不得出門檻子，聽了這話，誰不要去！便是各人的主子懶怠去，他也百般攛掇了去：因此李宮裁等都說去。賈母越發心中喜歡，早已吩咐人去打掃安置，都不必細說。

單表到了初一這一日，榮國府門前車輛紛紛，人馬簇簇。那底下凡執事人等，聞得是貴妃作好事⑥，賈母親去拈香，正是初一日乃月之首日，況是端陽節間，因此凡動用的什物，一色都是齊全的，不同往

③敢情——一定，當然。

④立規矩——按規矩肅立伺候。

⑤長天老日——夏天晝長夜短，太陽老掛在天上，所以說「長天老日」，就是「大白天」的意見。

⑥好事——法事、佛事，指誦經、打醮等。

日。少時，賈母等出來。賈母坐一乘八人大轎，李氏、鳳姐兒、薛姨媽每人一乘四人轎，寶釵、黛玉二人共坐一輛翠蓋珠纓八寶車，迎春、探春、惜春三人共坐一輛朱輪華蓋車。然後賈母的丫頭鴛鴦、鸚鵡、琥珀、珍珠，黛玉的丫頭紫鵑、雪雁、春纖，寶釵的丫頭鶯兒、文杏，迎春的丫頭司棋、繡桔，探春的丫頭侍書、翠墨，惜春的丫頭入畫、彩屏，薛姨媽的丫頭同喜、同貴，外帶著香菱、香菱的丫頭臻兒，李氏的丫頭素雲、碧月，鳳姐兒的丫頭平兒、豐兒、小紅，並王夫人兩個丫頭也要跟了鳳姐兒去的是金釧、彩雲，奶子帶著巧姐兒另在一車，還有兩個丫頭，一共又連上各房的老嬤嬤、奶娘並跟出門的家人、媳婦子，烏壓壓的占了一街的車。賈母等已經坐轎去了多遠，這門前尚未坐完。這個說「我不同你在一處」，那個說「你壓了我們奶奶的包袱」，那邊車上又說「蹭了我的花兒」，這邊又說「碰折了我的扇子」，咭咭呱呱，說笑不絕。周瑞家的走來過去的說道：「姑娘們，這是街上，看人笑話。」說了兩遍，方覺好了。前頭的全副執事擺開，早已到了清虛觀了。寶玉騎著馬，在賈母轎前。街上人都站在兩邊。

將至觀前，只聽鐘鳴鼓響，早有張法官⑦執香披衣，帶領眾道士在路旁迎接。賈母的轎剛至山門⑧以內，賈母在轎內因看見有守門大帥並千里眼、順風耳、當方土地、本境城隍各位泥胎聖像，便命住轎。賈珍帶領各子弟上來迎接。鳳姐兒知道鴛鴦等在後面，趕不上來攙賈母，自己下了轎，忙要上來攙。可巧有個十二三歲的小道士兒，拿著剪筒⑨，照管剪各處蠟花，正欲得便宜藏出去，不想一頭撞在鳳姐兒

---

⑦法官——這裡是對有職位的道士的尊稱。

⑧山門——佛寺的外門，也泛稱佛寺的二道門為「山門」。

懷裡。鳳姐便一揚手，照臉一下，把那小孩子打了一個筋斗，罵道：「野牛肏的，胡朝那裡跑！」那小道士也不顧拾燭剪，爬起來往外還要跑。正值寶釵等下車，眾婆娘、媳婦正圍隨的風雨不透，但見一個小道士滾了出來，都喝聲叫：「拿，拿，拿！打，打，打！」

賈母聽了忙問：「是怎麼了？」賈珍忙出來問。鳳姐上去攙住賈母，就回說：「一個小道士兒，剪燈花的，沒躲出去，這會子混鑽呢。」賈母聽說，忙道：「快帶了那孩子來，別唬著他。小門小戶的孩子，都是嬌生慣養的，那裡見的這個勢派？倘或唬著他，倒怪可憐見的，他老子娘豈不疼的慌？」說著，便叫賈珍去好生帶了來，賈珍只得去拉了那孩子來。那孩子還一手拿著蠟剪，跪在地下亂戰。賈母命賈珍拉起來，叫他別怕。問他幾歲了。那孩子通說不出話來。賈母還說「可憐見的」，又向賈珍道：「珍哥兒，帶他去罷。給他些錢買果子吃，別叫人難為了他。」賈珍答應，領他去了。這裡賈母帶著眾人，一層一層的瞻拜觀玩。外面小廝們見賈母等進入二層山門，忽見賈珍領了一個小道士出來，叫人來帶去，給他幾百錢，不要難為了他。家人聽說，忙上來領了下去。

賈珍站在階磯上，因問：「管家在那裡？」底下站的小廝們見問，都一齊喝聲說：「叫管家！」登時林之孝一手整理著帽子跑了來，到賈珍跟前。賈珍道：「雖說這裡地方大，今兒不承望來這麼些人。你使的人，你就帶了往你的那院裡去；使不著的，打發到那院裡去。把小么兒們多挑幾個在這二層門上同兩邊的角門上，伺候著要東西傳話。你可知道不知道，今兒小姐、奶奶們都出來，一個閑人也到不了

⑨剪筒——存納蠟花的用具。

聯經出版事業公司校印

這裡。」林之孝忙答應「曉得」，又說了幾個「是」。賈珍道：「去罷。」又問：「怎麼不見蓉兒？」一聲未了，只見賈蓉從鐘樓裡跑了出來。賈珍道：「你瞧瞧他，我這裡也還沒敢說熱，他倒乘涼去了！」喝命家人啐他。那小廝們都知道賈珍素日的性子，違拗不得，有個小廝便上來向賈蓉臉上啐了一口。賈珍又道：「問著他！」那小廝便問賈蓉道：「爺還不怕熱，哥兒怎麼先乘涼去了？」賈蓉垂著手，一聲不敢說。那賈芸、賈萍、賈芹等聽見了，不但他們慌了，亦且連賈璜、賈㻞、賈瓊等也都忙了，一個一個從牆根下慢慢的溜上來。賈珍又向賈蓉道：「你站著作什麼？還不騎了馬跑到家裡，告訴你娘母子⑩去！老太太同姑娘們都來了，叫他們快來伺候。」賈蓉聽說，忙跑了出來，一疊聲要馬，一面抱怨道：「早都不知作什麼的，這會子尋趁⑪我。」一面又罵小子：「捆著手呢？馬也拉不來。」待要打發小子去，又恐後來對出來，說不得親自走一趟，騎馬去了，不在話下。

且說賈珍方要抽身進去，只見張道士站在旁邊陪笑說道：「論理我不比別人，應該裡頭伺候。只因天氣炎熱，眾位千金都出來了，法官不敢擅入，請爺的示下。恐老太太問，或要隨喜那裡，我只在這裡伺候罷了。」賈珍知道這張道士雖然是當日榮國府國公的替身，曾經先皇御口親呼為「大幻仙人」，如今現掌「道錄司」⑫印，又是當今封為「終了真人」，現今王公藩鎮都稱他為「神仙」，所以不敢輕慢。

---

⑩娘母子——母子們、母女們、婆媳們。

⑪尋趁——本意是「尋找」，這裡是「故意找碴」的意思。

⑫道錄司——明清時代管理道教事務，發給道士「度牒」（取得道士資格的身分證明）的機構；掌道錄司印，指任道錄司長官。

二則他又常往兩個府裡去，凡夫人、小姐都是見的。今見他如此說，便笑道：「咱們自己，你又說起這話來。再多說，我把你這鬍子還撏⑬了呢！還不跟我進來。」那張道士呵呵大笑，跟了賈珍進來。

賈珍到賈母跟前，控身⑭陪笑說：「張爺爺進來請安。」賈母聽了，忙道：「攙他來。」賈珍忙去攙了過來。那張道士先哈哈笑道：「無量壽佛！老祖宗一向福壽安康，眾位奶奶、小姐納福！一向沒到府裡請安，老太太氣色越發好了。」賈母笑道：「老神仙，你好？」張道士笑道：「托老太太萬福萬壽，小道也還康健。別的倒罷，只記掛著哥兒，一向身上好？前日四月二十六日，我這裡做遮天大王的聖誕，人也來的少，東西也很乾淨，我說請哥兒來逛逛，怎麼說不在家？」賈母說道：「果真不在家。」一面回頭叫寶玉。誰知寶玉解手去了，才來，忙上前問：「張爺爺好？」張道士忙抱住問了好，又向賈母笑道：「哥兒越發發福了。」賈母道：「他外頭好，裡頭弱。又搭著他老子逼著他念書，生生的把個孩子逼出病來了。」張道士道：「前日我在好幾處看見哥兒寫的字，作的詩，都好的了不得，怎麼老爺還抱怨說哥兒不大喜歡念書呢？依小道看來，也就罷了。」又嘆道：「我看見哥兒的這個形容身段，言談舉動，怎麼就同當日國公爺一個稿子⑮！」說著兩眼流下淚來。賈母聽說，也由不得滿臉淚痕，說道：「正是呢，我養這些兒子、孫子，也沒一個像他爺爺的，就只這玉兒像他爺爺。」

---

⑬撏——音ㄒㄩㄣˊ，拔毛髮。

⑭控身——半彎腰的姿勢，表示恭敬。

⑮一個稿子——指像貌相像，猶言「同一個模子」。

那張道士又向賈珍道：「當日國公爺的模樣兒，爺們一輩的不用說，自然沒趕上；大約連大老爺、二老爺也記不清楚了。」說畢，呵呵又一大笑，道：「前日在一個人家看見一位小姐，今年十五歲了，生的倒也好個模樣兒。我想著哥兒也該尋親事了。——若論這個小姐模樣兒，聰明智慧，根基家當，倒也配的過。但不知老太太怎麼樣，小道也不敢造次。等請了老太太的示下，才敢向人去說。」賈母道：「上回有和尚說了，這孩子命裡不該早娶，等再大一大兒再定罷。你可如今打聽著，不管他根基，只要模樣配的上就好，來告訴我。便是那家子窮，不過給他幾兩銀子罷了。只是模樣、性格兒難得好的。」說畢，只見鳳姐兒笑道：「張爺爺，我們丫頭的寄名符兒你也不換去。前兒虧你還有那麼大臉，打發人和我要鵝黃緞子去！要不給你，又恐怕你那老臉上過不去。」張道士呵呵大笑道：「你瞧，我眼花了，也沒看見奶奶在這裡，也沒道多謝。符早已有了，前日原要送去的，不指望娘娘來作好事，就混忘了，還在佛前鎮著。待我取來。」說著，跑到大殿上去，一時拿了一個茶盤，搭著大紅蟒緞經袱子⑯，托出符來。大姐兒的奶子接了符。張道士方欲抱過大姐兒來，只見鳳姐笑道：「你就手裡拿出來罷了，又用個盤子托著。」張道士道：「手裡不乾不淨的，怎麼拿，用盤子潔淨些。」鳳姐兒笑道：「你只顧拿出盤子來，倒唬我一跳：我不說你是為送符，倒像是和我們化布施⑰來了。」眾人聽說，哄然一笑，連賈珍也掌不住笑了。賈母回頭道：「猴兒，猴兒！你不怕下割舌地獄？」鳳姐兒笑道：「我們爺兒們

⑯經袱子——過去稱包裹書卷的布、帛為「袱子」；僧道用以包裹經卷的叫「經袱子」。

⑰化布施——佛家語，即化緣。一般人給出家人的叫「布施」，出家人向人們要東西叫「化布施」。

不相干。他怎麼常常的說我該積陰騭，遲了就短命呢？」

張道士也笑道：「我拿出盤子來，一舉兩用，卻不為化布施，倒要將哥兒的這玉請了下來，托出去給那些遠來的道友並徒子徒孫們見識見識。」賈母道：「既這們著，你老人家老天拔地的跑什麼，就帶他去瞧了，叫他進來，豈不省事？」張道士道：「老太太不知道，看著小道是八十多歲的人，托老太太的福倒也健壯；二則外面的人多，氣味難聞，況是個暑熱的天，哥兒受不慣，倘或哥兒受了腌臢氣味，倒值多了。」賈母聽說，便命寶玉摘下通靈玉來，放在盤內。那張道士兢兢業業的用蟒袱子執著，捧了出去。

這裡賈母與眾人各處遊玩了一回，方去上樓。只見賈珍回說：「張爺爺送了玉來了。」剛說著，只見張道士捧了盤子，走到跟前笑道：「眾人托小道的福，見了哥兒的玉，實在可罕。都沒什麼敬賀之物，這是他們各人傳道的法器⑱，都願意為敬賀之禮。哥兒便不希罕，只留著在房裡頑耍賞人罷。」賈母聽說，向盤內看時，只見也有金璜，也有玉玦，或有事事如意，或有歲歲平安，皆是珠穿寶貫，玉琢金鏤，共有三五十件。因說道：「你也胡鬧。他們出家人是那裡來的，何必這樣，這斷不能收。」張道士笑道：「這是他們一點敬心，小道也不能阻擋。老太太若不留下，豈不叫他們看著小道微薄，不像是門下出身⑲了。」賈母聽如此說，方命人接了。寶玉笑道：「老太太，張爺爺既這麼說，又推辭不得，我要這個也無用，不如叫小子們捧了這個，跟著我出去散給窮人罷。」賈母笑道：「這倒說的是。」張道士又忙

---

⑱法器——道士傳道誦經使用的器具。

⑲門下出身——門下，門庭之下；張道士是榮國公的替身，故云。

聯經出版事業公司校印

聯經出版事業公司 校印

攔道：「哥兒雖要行好，但這些東西雖說不甚希奇，到底也是幾件器皿。若給了乞丐，一則與他們無益，二則反倒糟塌了這些東西。要捨給窮人，何不就散錢與他們？」寶玉聽說，便命收下，等晚間拿錢施捨罷了。說畢，張道士方退出去。

這裡賈母與眾人上了樓，在正面樓上歸坐。鳳姐等占了東樓。眾丫頭等在西樓，輪流伺候。賈珍一時來回：「神前拈了戲⑳，頭一本《白蛇記》。」賈母問：「《白蛇記》是什麼故事？」賈珍道：「是漢高祖斬蛇方起首的故事。第二本是《滿床笏》。」賈母笑道：「倒是第二本也還罷了。神佛要這樣，也只得罷了。」又問第三本，賈珍道：「第三本是《南柯夢》㉑。」賈母聽了便不言語。賈珍退了下來，至外邊預備著申表、焚錢糧㉒、開戲，不在話下。

且說寶玉在樓上，坐在賈母旁邊，因叫個小丫頭子捧著方才那一盤子賀物，將自己的玉帶上，用手翻弄尋撥，一件一件的挑與賈母看。賈母因看見有個赤金點翠的麒麟㉓，便伸手拿了起來，笑道：「這

⑳神前拈了戲——打醮演戲是給「神」看的，不能由人指定戲目，而要用抽籤、拈鬮一類的方式，由神選出要看的戲。

㉑《白蛇記》、《滿床笏》、《南柯夢》——《白蛇記》，明代無名氏弋陽腔劇本，演劉邦斬白蛇起義的故事；《滿床笏》，清代傳奇劇，一名《十醋記》，演唐郭子儀「七子八婿，富貴壽考」的故事；《南柯夢》，明代湯顯祖著傳奇劇《南柯記》，演淳于棼夢至大槐安國，拜駙馬，當太守，顯赫一時，而終於失寵見逐的故事。

㉒申表、焚錢糧——申表，向神明前焚燒申奏的表章；焚錢糧，又名「燒包袱」，用紙糊的口袋，內裝金、銀箔紙折疊成的元寶，祭神時與「申表」同時焚燒。

㉓赤金點翠的麒麟——赤金的點綴了翠色或翠玉的麒麟；麒麟，傳說中的一種神獸，舊時作為祥瑞的象徵。

件東西，好像我看見誰家的孩子也帶著這麼一個的。」寶釵笑道：「史大妹妹有一個，比這個小些。」賈母道：「是雲兒有這個。」寶玉道：「他這麼往我們家去住著，我也沒看見。」探春笑道：「寶姐姐有心，不管什麼他都記得。」黛玉冷笑道：「他在別的上還有限，惟有這些人帶的東西上越發留心。」寶釵聽說，便回頭裝沒聽見。

寶玉聽見史湘雲有這件東西，自己便將那麒麟忙拿起來揣在懷裡。一面心裡又想到怕人看見他聽見史湘雲有了，他就留這件，因此手裡揣著，卻拿眼睛瞟人。只見眾人倒都不大理論，惟有黛玉瞅著他點頭兒，似有贊嘆之意。寶玉不覺心裡沒好意思起來，又掏了出來，向黛玉笑道：「這個東西倒好頑，我替你留著，到了家穿上個穗子你帶。」黛玉將頭一扭，說道：「我不希罕。」寶玉笑道：「你果然不希罕，我少不得就拿著。」說著，又揣了起來。

剛要說話，只見賈珍、賈蓉的妻子婆媳兩個來了，彼此見過，賈母方說：「你們又來做什麼？我不過沒事來逛逛。」一句話沒說了，只見人報：「馮將軍家有人來了。」原來馮紫英家聽見賈府在廟裡打醮，連忙預備了豬羊、香燭、茶食之類的東西送禮。鳳姐兒聽了，忙趕過正樓來，拍手笑道：「嗳呀！我就不防這個。只說咱們娘兒們來閑逛逛，人家只當咱們大擺齋壇的來送禮。都是老太太鬧的。這又不得不預備賞封兒。」剛說了，只見馮家的兩個管家娘子上樓來了。馮家兩個未去，接著趙侍郎也有禮來了。於是接二連三，都聽見賈府打醮，女眷都在廟裡，凡一應遠親近友、世家相與㉔都來送禮。賈母才

㉔相與——有親友關係的人。

聯經出版事業公司校印

後悔起來，說：「又不是什麼正經齋事，我們不過閑逛逛，就想不到這禮上，沒的驚動了人。」因此雖看了一天戲，至下午便回來了，次日便懶怠去。鳳姐又說：「打牆也是動土㉕！已經驚動了人，今兒樂得還去逛逛。」那賈母因昨日張道士提起寶玉說親的事來，誰知寶玉一日心中不自在，回家來生氣，嗔著張道士與他說了親，口口聲聲說：「從今以後，再不見張道士了。」別人也並不知為什麼原故；二則黛玉昨日回家又中了暑；因此二事，賈母便執意不去了。鳳姐見不去，自己帶了人去，也不在話下。

且說寶玉因見黛玉又病了，心裡放不下，飯也懶去吃，不時來問，只怕他有個好歹。黛玉因說道：「你只管看你的戲去，在家裡作什麼？」寶玉因昨日張道士提親，心中大不受用，今聽見黛玉如此說，心裡因想道：「別人不知道我的心還可恕，連他也奚落起我來。」因此心中更比往日的煩惱加了百倍。若是別人跟前，斷不能動這肝火，只是黛玉說了這話，倒比往日別人說這話不同，由不得立刻沉下臉來，說道：「我白認得了你。罷了，罷了！」黛玉聽說，便冷笑了兩聲：「我也知道白認得了我，那裡像人家有什麼配的上呢。」寶玉聽了，便向前來，直問到臉上：「你這麼說，是安心咒我天誅地滅？」黛玉一時解不過這個話來。寶玉又道：「昨兒還為這個賭了幾回咒，今兒你到底又准我一句。我便天誅地滅，你又有什麼益處？」黛玉一聞此言，方想起上日的話來。今日原是自己說錯了，又是著急，又是羞愧，

㉕打牆也是動土——舊時蓋房或築牆都須先祭土神，然後「破土」，叫「動土」；這句諺語是說，為小事費了大手續，便不如索興大做起來。

聯經出版事業公司校印

便顫顫兢兢的說道：「我要安心咒你，我也天誅地滅。……何苦來！我知道，昨日張道士說親，你怕阻了你的好姻緣，你心裡生氣，來拿我煞性子。」

原來那寶玉自幼生成有一種下流癡病，況從幼時和黛玉耳鬢廝磨，心情相對；及如今稍明時事，又看了那些邪書僻傳，凡遠親近友之家所見的那些閨英闈秀，皆未有稍及黛玉者，所以早存了一段心事，只不好說出來，故每每或喜或怒，變盡法子暗中試探。那黛玉偏生也是個有些癡病的，也每用假情試探。因你也將真心真意瞞了起來，只用假意，我也將真心真意瞞了起來，只用假意，如此「兩假相逢，終有一真」，其間瑣瑣碎碎，難保不有口角之爭。即如此刻，寶玉的心內想的是：「別人不知我的心，還有可恕；難道你就不想我的心裡眼裡只有你！你不能為我煩惱，反來以這話奚落堵我。可見我心裡一時一刻白有你，你竟心裡沒我。」心裡這意思，只是口裡說不出來。那黛玉心裡想著：「你心裡自然有我，雖有『金玉相對』之說，你豈是重這邪說不重我的？我便時常提這『金玉』，你只管了然自若無聞的，方見得是待我重，而毫無此心了。如何我只一提『金玉』的事，你就著急？可知你心裡時時有『金玉』，見我一提，你又怕我多心，故意著急，安心哄我。」

看來兩個人原本是一個心，但都多生了枝葉，反弄成兩個心了。那寶玉心中又想著：「我不管怎麼樣都好，只要你隨意，我便立刻因你死了也情願。你知也罷，不知也罷，只由我的心，可見你方和我近，不和我遠。」那黛玉心裡又想著：「你只管你，你好我自好，你何必為我而自失。殊不知你失我自失。可見是你不叫我近你，有意叫我遠你了。」如此看來，卻都是求近之心，反弄成疏遠之意。如此之語，皆他二人素習所存私心，也難備述。

如今只述他們外面的形容。那寶玉又聽見他說「好姻緣」三個字，越發逆了己意，心裡乾噎，口裡說不出話來，便賭氣向頸上抓下通靈寶玉，咬牙恨命往地下一摔，道：「什麼撈什骨子，我砸了你完事！」偏生那玉堅硬非常，摔了一下，竟文風沒動。寶玉見沒摔碎，便回身找東西來砸。黛玉見他如此，早已哭起來，說道：「何苦來，你摔砸那啞巴物件。有砸他的，不如來砸我！」二人鬧著，紫鵑、雪雁等忙來解勸。後來見寶玉下死力砸玉，忙上來奪，又奪不下來，見比往日鬧的大了，少不得去叫襲人。襲人忙趕了來，才奪了下來。寶玉冷笑道：「我砸我的東西，與你們什麼相干！」

襲人見他臉都氣黃了，眼眉都變了，從來沒氣的這樣，便拉著他的手，笑道：「你同妹妹拌嘴，不犯著砸他；倘或砸壞了，叫他心裡臉上怎麼過的去？」黛玉一行哭著，一行聽了這話說到自己心坎兒上來，可見寶玉連襲人不如，越發傷心大哭起來。心裡一煩惱，方才吃的香薷飲㉖解暑湯便承受不住，「哇」的一聲都吐了出來。紫鵑忙上來用手帕子接住，登時一口一口的把一塊手帕子吐濕。雪雁忙上來捶。紫鵑道：「雖然生氣，姑娘到底也該保重著些。才吃了藥好些，這會子因和寶二爺拌嘴，又吐出來；倘或犯了病，寶二爺怎麼過的去呢？」寶玉聽了這話說到自己心坎兒上來，可見黛玉不如一紫鵑。又見黛玉臉紅頭脹，一行啼哭，一行氣湊，一行是淚，一行是汗，不勝怯弱。寶玉見了這般，又自己後悔：「方才不該同他較證㉗，這會子他這樣光景，我又替不了他。」心裡想著，也由不的滴下淚來了。

㉖香薷飲——香薷（音ㄖㄨˊ），植物名，葉莖可入藥；香薷飲，是用香薷、厚朴、扁豆製成的一種藥劑，治傷暑感冒。

㉗較證——辯駁是非。

襲人見他兩個哭，由不得守著寶玉也心酸起來；又摸著寶玉的手冰涼，待要勸寶玉不哭罷，一則又恐寶玉有什麼委屈悶在心裡，二則又恐薄了黛玉：不如大家一哭，就丟開手了，因此也流下淚來。紫鵑一面收拾了吐的藥，一面拿扇子替黛玉輕輕的搧著，見三個人都鴉雀無聲，各人哭各人的，也由不得傷心起來，也拿手帕子擦淚。四個人都無言對泣。

一時，襲人勉強笑向寶玉道：「你不看別的，你看看這玉上穿的穗子，也不該同林姑娘拌嘴。」黛玉聽了，也不顧病；趕來奪過去，順手抓起一把剪子來要剪。襲人、紫鵑剛要奪，已經剪了幾段。黛玉哭道：「我也是白效力。他也不希罕，自有別人替他再穿好的去。」襲人忙接了玉道：「何苦來！這是我才多嘴的不是了。」寶玉向黛玉道：「你只管剪，我橫豎不帶他，也沒什麼。」

只顧裡頭鬧，誰知那些老婆子們見黛玉大哭大吐，寶玉又砸玉，不知道要鬧到什麼田地，倘或連累了他們，便一齊往前頭回賈母、王夫人知道，好不干連了他們。那賈母、王夫人見他們忙忙的作一件正經事來告訴，也都不知有了什麼大禍，便一齊進園來瞧他兄妹。急的襲人抱怨紫鵑為什麼驚動了老太太、太太；紫鵑又只當是襲人去告訴的，也抱怨襲人。

那賈母、王夫人進來，見寶玉也無言，黛玉也無話，問起來，又沒為什麼事，便將這禍移到襲人、紫鵑兩個人身上，說：「為什麼你們不小心服侍，這會子鬧起來都不管了？」因此將他二人連罵帶說教訓了一頓。二人都沒話，只得聽著。還是賈母帶出寶玉去了，方才平服。

過了一日，至初三日，乃是薛蟠生日，家裡擺酒唱戲，來請賈府諸人。寶玉因得罪了黛玉，二人總未見面，心中正自後悔，無精打彩的，那裡還有心腸去看戲？因而推病不去。黛玉不過前日中了些暑溽之氣，本無甚大病，聽見他不去，心裡想：「他是好吃酒、看戲的，今日反不去，自然是因為昨兒氣著了。再不然，他見我不去，他也沒心腸去。只是昨兒千不該萬不該剪了那玉上的穗子。管定他再不帶了，還得我穿了，他才帶。」因而心中十分後悔。

那賈母見他兩個都生了氣，只說趁今兒那邊看戲，他兩個見了，也就完了，不想又都不去。老人家急的抱怨說：「我這老冤家是那世裡的孽障，偏生遇見了這麼兩個不省事的小冤家，沒有一天不叫我操心！真是俗語說的，『不是冤家不聚頭』。幾時我閉了這眼，斷了這口氣，憑著這兩個冤家鬧上天去，我眼不見、心不煩，也就罷了。——偏又不嚥這口氣！」自己抱怨著，也哭了。這話傳入寶、林二人耳內，原來他二人竟是從未聽見過「不是冤家不聚頭」的這句俗語，如今忽然得了這句話，好似參禪的一般，都低頭細嚼此話的滋味，都不覺潸然泣下。雖不曾會面，然一個在瀟湘館臨風洒淚，一個在怡紅院對月長吁，卻不是「人居兩地，情發一心」！

襲人因勸寶玉道：「千萬不是，都是你的不是。往日家裡小廝們和他們的姊妹拌嘴，或是兩口子分爭，你聽見了，你還罵小廝們蠢，不能體貼女孩兒們的心。今兒你也這麼著了。明兒初五，大節下，你們兩個再這們仇人似的，老太太越發要生氣，一定弄的大家不安生。依我勸，你正經下個氣㉘，陪個不是，大家還是照常一樣，這麼也好，那麼也好。」那寶玉聽見了不知依與不依，要知端詳，且聽下回分解。

㉘下氣——低聲下氣，向人賠禮道歉。

聯經出版事業公司 校印

第三十回　寶釵借扇機帶雙敲①　齡官劃薔癡及局外

話說黛玉與寶玉角口後，也自後悔，但又無去就他之理，因此日夜悶悶，如有所失。紫鵑度其意，乃勸道：「若論前日之事，竟是姑娘太浮躁了些。別人不知寶玉那脾氣，難道咱們也不知道的。為那玉也不是鬧了一遭兩遭了。」黛玉啐道：「你倒來替人派我的不是。我怎麼浮躁了？」紫鵑笑道：「好好的，為什麼又剪了那穗子？豈不是寶玉只有三分不是，姑娘倒有七分不是。我看他素日在姑娘身上就好，皆因姑娘小性兒，常要歪派②他，才這麼樣。」

黛玉正欲答話，只聽院外叫門。紫鵑聽了一聽，笑道：「這是寶玉的聲音，想必是來賠不是來了。」黛玉聽了，道：「不許開門！」紫鵑道：「姑娘又不是了！這麼熱天，毒日頭地下，晒壞了他，如何使

---

①機帶雙敲——意近「一語雙關」，即機智地用一語同時觸及兩方，既敲了甲，也刺了乙。

②歪派——錯怪、無理指責，故意找碴編派別人的意思。

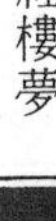

聯經出版事業公司 校印

得呢？」口裡說著，便出去開門，果然是寶玉。一面讓他進來，一面笑道：「我只當是寶二爺再不上我們這門了，誰知這會子又來了。」寶玉笑道：「你們把極小的事倒說大了。好好的，為什麼不來？我便死了，魂也要一日來一百遭。妹妹可大好了？」紫鵑道：「身上病好了，只是心裡氣不大好。」寶玉笑道：「我曉得有什麼氣。」一面說著，一面進來，只見黛玉又在床上哭。

那黛玉本不曾哭，聽見寶玉來，由不得傷了心，止不住滾下淚來。寶玉笑著走近床來，道：「妹妹身上可大好了？」黛玉只顧拭淚，並不答應。寶玉因便挨在床沿上坐了，一面笑道：「我知道妹妹不惱我。但只是我不來，叫旁人看著，倒像是咱們又拌了嘴的似的。若等他們來勸咱們，那時節，豈不咱們倒覺生分了？不如這會子，你要打要罵，憑著你怎麼樣，千萬別不理我！」說著，又把「好妹妹」叫了幾十聲。黛玉心裡原是再不理寶玉的，這會子聽見寶玉說「別叫人知道咱們拌了嘴就生分了似的」這一句話，又可見得比別人原親近，因又掌不住，哭道：「你也不用哄我！從今以後，我也不敢親近二爺，二爺也權當我去了。」寶玉聽了笑道：「你往那去呢？」黛玉道：「我回家去。」寶玉笑道：「我跟了你去。」黛玉道：「我死了？」寶玉道：「你死了，我做和尚！」黛玉一聞此言，登時將臉放下來，問道：「想是你要死了？胡說的是什麼！你家倒有幾個親姐姐親妹妹呢，明兒都死了，你幾個身子去作和尚？明兒我倒把這話告訴別人去評評。」

寶玉自知這話說的造次了，後悔不來，登時臉上紅脹起來，低著頭，不敢則一聲。幸而屋裡沒人。黛玉直瞪瞪的瞅了他半天，氣的一聲兒也說不出來。見寶玉憋的臉上紫脹，便咬著牙，用指頭狠命的在他額顱上戳了一下，「哼」了一聲，咬牙說道：「你這——」剛說了兩個字，便又嘆了一口氣，仍拿起手帕子來擦眼淚。寶玉心裡原有無限的心事，又兼說錯了話，正自後悔；又見黛玉戳他一下，要說又說不出來，自嘆自泣：因此自己也有所感，不覺滾下淚來。要用帕子揩拭，不想又忘了帶來，便用衫袖去擦。黛玉雖然哭著，卻一眼看見了，見他穿著簇新藕合紗衫，竟去拭淚，便一面自己拭著淚，一面回身將枕邊搭的一方綃帕子拿起來，向寶玉懷裡一摔，一語不發，仍掩面自泣。寶玉見他摔了帕子來，忙接住拭了淚，又挨近前些，伸手拉了黛玉一隻手，笑道：「我的五臟都碎了，你還只是哭！走罷，我同你往老太太跟前去。」黛玉將手一摔道：「誰同你拉拉扯扯的。一天大似一天的，還這麼涎皮賴臉的，連個道理也不知道。——」

一句沒說完，只聽喊道：「好了！」寶、林二人不防，都唬了一跳，回頭看時，只見鳳姐兒跳了進來，笑道：「老太太在那裡抱怨天、抱怨地，只叫我來瞧瞧你們好了沒有。我說：『不用瞧，過不了三天，他們自己就好了。』老太太罵我，說我懶。我來了，果然應了我的話了。——也沒見你們兩個人！有些什麼可拌的，三日好了，兩日惱了，越大越成了孩子了！有這會子拉著手哭的，昨兒為什麼又成了烏眼雞③呢！還不跟我走，到老太太跟前，叫老人家也放些心。」說著，拉了黛玉就走。黛玉回頭叫丫頭們，一個也沒有。鳳姐道：「又叫他們作什麼，有我伏侍你呢。」一面說，一面拉了就走。寶玉在後面跟著，出了園門。到了賈母跟前，鳳姐笑道：「我說他們不用人費心，自己就會好的。老祖宗不信，一定叫我去說合。我及至到那裡要說合，誰知兩個人倒在一處對賠不是了。對笑對訴，倒像『黃鷹抓住

③烏眼雞——烏眼雞好鬥，形容人吵架，怒目而視。

了鷂子的腳』，兩個都扣了環④了，那裡還要人去說合。」說的滿屋裡都笑起來。

此時寶釵正在這裡，那黛玉只一言不發，挨著賈母坐下。寶玉沒甚說的，便向寶釵笑道：「大哥哥好日子，偏生我又不好了，沒別的禮送，連個頭也不得磕去。大哥哥不知我病，倒像我懶，推故不去的。倘或明兒惱了，姐姐替我分辨分辨。」寶釵笑道：「這也多事。你便要去也不敢驚動，何況身上不好。弟兄們日日一處，要存這個心、倒生分了。」寶玉又笑道：「姐姐知道體諒我就好了。」又道：「姐姐怎麼不看戲去？」寶釵道：「我怕熱，看了兩齣，熱的很。要走，客又不散；我少不得推身上不好，就來了。」寶玉聽說，自己由不得臉上沒意思，只得又搭訕⑤笑道：「怪不得他們拿姐姐比楊妃，原來也體豐怯熱。」寶釵聽說，不由的大怒，待要怎樣，又不好怎樣。回思了一回，臉紅起來，便冷笑了兩聲，說道：「我倒像楊妃，只是沒一個好哥哥好兄弟可以作得楊國忠的！」二人正說著，可巧小丫頭靛兒因不見了扇子，和寶釵笑道：「必是寶姑娘藏了我的。好姑娘，賞我罷。」寶釵指著他道：「你要仔細！我和你頑過，你再疑我。和你素日嘻皮笑臉的那些姑娘們跟前，你該問他們去！」說的個靛兒跑了。寶玉自知又把話說造次了，當著許多人，比才在黛玉跟前更不好意思，便急回身，又同別人搭訕去了。

黛玉聽見寶玉奚落寶釵，心中著實得意，才要搭言也趁勢兒取個笑，不想靛兒因找扇子，寶釵又發

---

④扣了環——鷹抓雀、兔等物時，爪距相對扣緊，不能輕易撒開，叫「扣環」，打架不鬆手，也叫「扣環」，這裡是反話，比喻親密不肯分手。

⑤搭訕——為了跟關係生疏的人接近或想把尷尬局面敷衍過去，而故意找話說。

了兩句話，他便改口笑道：「寶姐姐，你聽了兩齣什麼戲？」寶釵因見黛玉面上有得意之態，一定是聽了寶玉方才奚落之言，遂了他的心願，忽又見問他這話，便笑道：「我看的是李逵罵了宋江，後來又賠不是。」寶玉便笑道：「姐姐通今博古，色色都知道，怎麼這一齣戲的名字也不知道，就說了這麼一串子。這叫《負荊請罪》⑥。」寶釵笑道：「原來這叫作『負荊請罪』！你們通今博古，才知道《負荊請罪》，我不知道什麼是『負荊請罪』！」一句話還未說完，寶玉、黛玉二人心裡有病，聽了這話，早把臉羞紅了。鳳姐於這些上雖不通達，但只見他三人形景，便知其意，便也笑著問人道：「這們大暑天，誰還吃生薑呢？」眾人不解其意，便說道：「沒有吃生薑。」鳳姐故意用手摸著腮，詫異道：「既沒人吃生薑，怎麼這麼辣辣的？」寶玉、黛玉二人聽見這話，越發不好過了。寶釵再要說話，見寶玉十分羞愧，形景改變，也就不好再說，只得一笑收住。別人總未解得他四個人的言語，因此付之流水。

一時寶釵、鳳姐去了，黛玉笑向寶玉道：「你也試著比我利害的人了。誰都像我心拙口笨⑦的，由著人說呢！」寶玉正因寶釵多了心，自己沒趣，又見黛玉來問著他，越發沒好氣起來。待要說兩句，又恐黛玉多心，說不得忍著氣，無精打彩，一直出來。

⑥負荊請罪——背縛荊條請求對方責罰，比喻主動認罪。這裡指元雜劇中的《李逵負荊》，演李逵誤會宋江掠奪民女，因而責罵宋江，大鬧了一場，後來查明真相，李逵便負荊向宋江請罪。

⑦心拙口笨——既不聰明又不會講話，猶言「老實」。

誰知目今盛暑之時，又當早飯已過、各處主僕人等多半都因日長神倦，寶玉背著手，到一處，一處鴉雀無聞。從賈母這裡出來，往西走過了穿堂，便是鳳姐的院落。到他們院門前，只見院門掩著。知道鳳姐素日的規矩，每到天熱，午間要歇一個時辰的，進去不便，遂進角門，來到王夫人上房內。只見幾個丫頭子手裡拿著針線，卻打盹兒呢。王夫人在裡間涼榻上睡著，金釧兒坐在旁邊搥腿，也乜斜著眼亂恍。

寶玉輕輕的走到跟前，把他耳上帶的墜子一摘，金釧兒睜開眼，見是寶玉。寶玉悄悄的笑道：「就困的這麼著？」金釧抿嘴一笑，擺手令他出去，仍合上眼。寶玉見了他，就有些戀戀不捨的，悄悄的探頭瞧瞧王夫人合著眼，便自己向身邊荷包裡帶的香雪潤津丹掏了出來，便向金釧兒口裡一送。金釧兒並不睜眼，只管噙了。寶玉上來便拉著手，悄悄的笑道：「我明日和太太討你，咱們在一處罷。」金釧兒不答。寶玉又道：「不然，等太太醒了我就討。」金釧兒睜開眼，將寶玉一推，笑道：「你忙什麼！『金簪子掉在井裡頭──有你的只是有你的。』連這句俗語難道也不明白？我倒告訴你個巧宗兒：你往東小院子裡拿環哥兒同彩雲去。」寶玉笑道：「憑他怎麼去罷，我只守著你。」只見王夫人翻身起來，照金釧兒臉上就打了個嘴巴子，指著罵道：「下作⑧小娼婦，好好的爺們，都叫你教壞了。」寶玉見王夫人起來，早一溜烟去了。

這裡金釧兒半邊臉火熱，一聲不敢言語。登時眾丫頭聽見王夫人醒了，都忙進來。王夫人便叫玉釧兒：「把你媽叫來，帶出你姐姐去。」金釧兒聽說，忙跪下哭道：「我再不敢了！太太要打罵，只管發

---

⑧下作──下流、無恥。

落，別叫我出去，就是天恩了。我跟了太太十來年，這會子攆出去，我還見人不見人呢！」王夫人固然是個寬仁慈厚的人，從來不曾打過丫頭們一下，今忽見金釧兒此行無恥之事，此乃平生最恨者，故氣忿不過，打了一下，罵了幾句。雖金釧兒苦求，亦不肯收留，到底喚了金釧兒之母白老媳婦來領了下去，那金釧兒含羞忍辱的出去，不在話下。

且說那寶玉見王夫人醒來，自己沒趣，忙進大觀園來。只見赤日當空，樹陰合地，滿耳蟬聲，靜無人語。剛到了薔薇花架，只聽有人哽噎之聲。寶玉心中疑惑，便站住細聽，果然架下那邊有人。如今五月之際，那薔薇正是花葉茂盛之際，寶玉便悄悄的隔著籬笆洞兒一看，只見一個女孩子蹲在花下，手裡拿著根綰頭的簪子在地下摳土，一面悄悄的流淚。寶玉心中想道：「難道這也是個癡丫頭，又像顰兒來葬花不成？」因又自嘆道：「若真也葬花，可謂『東施效顰』⑨，不但不為新特，且更可厭了。」想畢，便要叫那女子，說：「你不用跟著那林姑娘學了。」話未出口，幸而再看時，這女孩子面生，不是個侍兒，倒像是那十二個學戲的女孩子之內的，卻辨不出他是生、旦、淨、丑那一個角色來。寶玉忙把舌頭一伸，將口掩住，自己想道：「幸而不曾造次。上兩次皆因造次了，顰兒也生氣，寶兒也多心，如今再得罪了他們，越發沒意思了。」

⑨東施效顰——顰，皺眉。相傳春秋時越國美女西施因病捧心皺眉，顯得更美，鄰女東施跟著學，但卻更醜，引起人們的譏笑，以後就用「東施效顰」比喻不自量地模仿別人，效果適得其反。

一面想，一面又恨認不得這個是誰。再留神細看，只見這女孩子眉蹙春山，眼顰秋水，面薄腰纖，裊裊婷婷，大有黛玉之態。寶玉早又不忍棄他而去，只管癡看。只見他雖然用金簪劃地，並不是掘土埋花，竟是向土上畫字。寶玉用眼隨著簪子的起落，一直、一畫、一點、一勾的看了去，數一數，十八筆。自己又在手心裡用指頭按著他方才下筆的規矩寫了，猜是個什麼字。寫成一想，原來就是個薔薇花的「薔」字。寶玉想道：「必定是他也要作詩填詞。這會子見了這花，因有所感，或者偶成了兩句，一時興至恐忘，在地下畫著推敲，也未可知。且看他底下再寫什麼。」一面想，一面又看，只見那女孩子還在那裡畫呢，畫來畫去，還是個「薔」字。再看，還是個「薔」字。裡面的原是早已癡了，畫完一個又畫一個，已經畫了有幾十個「薔」。外面的不覺也看癡了，兩個眼珠兒只管隨著簪子動，心裡卻想：「這女孩子一定有什麼話說不出來的大心事，才這樣個形景。外面既是這個形景，心裡不知怎麼熬煎。看他的模樣兒這般單薄，心裡那裡還擱的住熬煎？可恨我不能替你分些過來。」

伏中陰晴不定，片雲可以致雨，忽一陣涼風過了，唰唰的落下一陣雨來。寶玉看著那女子頭上滴下水來，紗衣裳登時溼了。寶玉想道：「這時下雨，他這個身子，如何禁得驟雨一激？」因此禁不住便說道：「不用寫了。你看下大雨，身上都溼了。」那女孩子聽說，倒唬了一跳，抬頭一看，只見花外一個人叫他「不要寫了，下大雨了」。一則寶玉臉面俊秀；二則花葉繁茂，上下俱被枝葉隱住，剛露著半邊臉，那女孩子只當是個丫頭，再不想是寶玉，因笑道：「多謝姐姐提醒了我。——難道姐姐在外頭有什麼遮雨的？」一句提醒了寶玉，「噯喲」了一聲，才覺得渾身冰涼。低頭一看，自己身上也都溼了。說聲：「不好！」只得一氣跑回怡紅院去了，心裡卻還記掛著那女孩子沒處避雨。

原來明日是端陽節，那文官等十二個女孩子都放了學，進園來各處頑耍。可巧小生寶官、正旦玉官兩個女孩子，正在怡紅院和襲人玩笑，被大雨阻住，大家把溝堵了，水積在院內，把些綠頭鴨、花鸂鶒⑩、彩鴛鴦，捉的捉，趕的趕，縫了翅膀，放在院內頑耍，將院門關了。襲人等都在遊廊上嘻笑。

寶玉見關著門，便以手扣門，裡面諸人只顧笑，那裡聽見？叫了半日，拍的門山響，裡面方聽見了。估諒著寶玉這會子再不回來的，襲人笑道：「誰這會子叫門？沒人開去。」寶玉道：「是我。」麝月道：「是寶姑娘的聲音。」晴雯道：「胡說！寶姑娘這會子做什麼來？」襲人道：「讓我隔著門縫兒瞧瞧，可開就開，要不可開，叫他淋著去。」說著，便順著遊廊到門前，往外一瞧，只見寶玉淋的雨打雞一般。襲人見了，又是著忙又是可笑，忙開了門，笑的彎著腰拍手道：「這麼大雨地裡跑什麼？那裡知道爺回來了。」

寶玉一肚子沒好氣，滿心裡要把開門的踢幾腳，及開了門，並不看真是誰，還只當是那些小丫頭子們，便抬腿踢在肋上。襲人「噯喲」了一聲。寶玉還罵道：「下流東西們！我素日擔待你們得了意，一點兒也不怕，越發拿我取笑兒了！」口裡說著，一低頭見是襲人哭了，方知踢錯了，忙笑道：「噯喲，是你來了！踢在那裡了？」襲人從來不曾受過大話的，今兒忽見寶玉生氣踢他一下，又當著許多人，又是羞，又是氣，又是疼，真一時置身無地。待要怎麼樣，料著寶玉未必是安心踢他，少不得忍著說道：「沒有踢著。還不換衣裳去。」寶玉一面進房來解衣，一面笑道：「我長了這麼大，今日是頭一遭兒生

⑩鸂鶒——音ㄒㄧ　ㄔˋ，水鳥名，形似鴛鴦，多紫色，因此也叫「紫鴛鴦」。

氣打人，不想就偏遇見了你！」襲人一面忍痛換衣裳，一面笑道：「我是個起頭兒的人，不論事大事小、事好事歹，自然也該從我起。但只是別說打了我，明兒順了手，也打起別人來。」寶玉道：「我才也不是安心。」襲人道：「誰說你是安心了！素日開門關門，都是那起小丫頭子們的事。他們是憨皮慣了的，早已恨的人牙癢癢，他們也沒個怕懼兒。你當是他們，踢一下子，唬唬他們也好些。才剛是我淘氣，不叫開門的。」

說著，那雨已住了，寶官、玉官也早去了。襲人只覺肋下疼的心裡發鬧，晚飯也不曾好生吃。至晚間洗澡時脫了衣服，只見肋上青了碗大一塊，自己倒唬了一跳，又不好聲張。一時睡下，夢中作痛，由不得「噯喲」之聲從睡中哼出。寶玉雖說不是安心，因見襲人懶懶的，也睡不安穩。忽夜間聽得「噯喲」，便知踢重了，自己下床悄悄的秉燈來照。剛到床前，只見襲人嗽了兩聲，吐出一口痰來，「噯喲」一聲，睜開眼見了寶玉，倒唬了一跳道：「作什麼？」寶玉道：「你夢裡『噯喲』，必定踢重了。我瞧瞧。」襲人道：「我頭上發暈，嗓子裡又腥又甜，你倒照一照地下罷。」寶玉聽說，果然持燈向地下一照，只見一口鮮血在地。寶玉慌了，只說：「了不得了！」襲人見了，也就心冷了半截。要知端的，且聽下回分解。

聯經出版事業公司　校印

第三十一回　撕扇子作千金一笑　因麒麟伏白首雙星

話說襲人見了自己吐的鮮血在地，也就冷了半截，想著往日常聽人說：「少年吐血，年月不保，縱然命長，終是廢人了。」想起此言，不覺將素日想著後來爭榮誇耀之心盡皆灰了，眼中不覺滴下淚來。寶玉見他哭了，也不覺心酸起來，因問道：「你心裡覺的怎麼樣？」襲人勉強笑道：「好好的，覺怎麼呢。」寶玉的意思即刻便要叫人燙黃酒，要山羊血黎洞丸①來。襲人拉了他的手，笑道：「你這一鬧不打緊，鬧起多少人來，倒抱怨我輕狂。分明人不知道，倒鬧的人知道了，你也不好，我也不好。正經明兒你打發小子問問王太醫去，弄點子藥吃吃就好了。人不知鬼不覺的，可不好？」寶玉聽了有理，也只得罷了；向案上斟了茶來，給襲人漱了口。襲人知寶玉心內是不安穩的，待要不叫他伏侍，他又必不依；

①山羊血黎洞丸——黎洞丸，中醫成藥名，由血竭、三七、兒茶、雄黃、牛黃等十餘味中藥組成，治金瘡出血、跌打損傷、瘀血奔心、頭昏不省及痛腫等症；因為配方用山羊血，故稱「山羊血黎洞丸」。

聯經出版事業公司 校印

二則定要驚動別人，不如由他去罷：因此只在榻上，由寶玉去伏侍。

一交五更，寶玉也顧不得梳洗，忙穿衣出來，將王濟仁叫來，親自確問。王濟仁問其原故，不過是傷損，便說了個丸藥的名字，怎麼服，怎麼敷。寶玉記了，回園依方調治。不在話下。

這日正是端陽佳節，蒲艾簪門，虎符繫臂②。午間，王夫人治了酒席，請薛家母女等賞午③。寶玉見寶釵淡淡的，也不和他說話，自知是昨兒的原故。王夫人見寶玉沒精打彩，也只當是金釧兒昨日之事，他沒好意思的，越發不理他。黛玉見寶玉懶懶的，只當是他因為得罪了寶釵的原故，心中不自在，形容也就懶懶的。鳳姐昨日晚間王夫人就告訴了他寶玉、金釧的事，知道王夫人不自在，自己如何敢說笑，也就隨著王夫人的氣色行事，更覺淡淡的。迎春姊妹見眾人無意思，也都無意思了。因此，大家坐了一坐，就散了。

那黛玉天性喜散不喜聚。他想的也有個道理，他說：「人有聚就有散，聚時歡喜，到散時豈不清冷？既清冷則生傷感，所以不如倒是不聚的好。比如那花開時令人愛慕，謝時則增惆悵，所以倒是不開的好。」故此，人以為喜之時，他反以為悲。那寶玉的情性只願常聚，生怕一時散了添悲；那花只願常開，生怕

②蒲艾簪門，虎符繫臂——蒲、艾，都是香草；簪，插；虎符，這裡指用綾羅製成的小老虎。舊俗每逢端午節，將蒲艾插在門上，把虎符繫在兒童的臂上，認為可以「避邪」。

③賞午——凡端午節吃午飯，飲雄黃酒，吃櫻桃、桑椹等時鮮果品，以及賞石榴花等節日活動，統稱賞午。

聯經出版事業公司　校印

一時謝了沒趣；只到筵散花謝，雖有萬種悲傷，也就無可如何了。因此，今日之筵，大家無興散了，黛玉倒不覺得，倒是寶玉心中悶悶不樂，回至自己房中，長吁短嘆。

偏生晴雯上來換衣服，不防又把扇子失了手，跌在地下，將股子跌折。寶玉因嘆道：「蠢才，蠢才！將來怎麼樣？明日你自己當家立事，難道也是這麼顧前不顧後的？」晴雯冷笑道：「二爺近來氣大的很，行動就給臉子瞧。前兒連襲人都打了，今兒又來尋我們的不是。要踢要打憑爺去。就是跌了扇子，也是平常的事。先時連那麼樣的玻璃缸、瑪瑙碗，不知弄壞了多少，也沒見個大氣兒，這會子一把扇子就這麼著了。何苦來！要嫌我們就打發我們，再挑好的使。好離好散的，倒不好？」寶玉聽了這些話，氣的渾身亂戰，因說道：「你不用忙，將來有散的日子！」

襲人在那邊早已聽見，忙趕過來向寶玉道：「好好的，又怎麼了？可是我說的：『一時我不到，就有事故兒。』」晴雯聽了冷笑道：「姐姐既會說，就該早來，也省了爺生氣。自古以來，就是你一個人伏侍爺的，我們原沒伏侍過。因為你伏侍的好，昨日才挨窩心腳；我們不會伏侍的，到明兒還不知是個什麼罪呢！」襲人聽了這話，又是惱，又是愧；待要說幾句話，又見寶玉已經氣的黃了臉，少不得自己忍了性子，推晴雯道：「好妹妹，你出去逛逛，原是我們的不是。」晴雯聽他說「我們」兩個字，自然是他和寶玉了，不覺又添了酸意，冷笑幾聲，道：「我倒不知道你們是誰，別教我替你們害臊了！便是你們鬼鬼祟祟幹的那事兒，也瞞不過我去，那裡就稱起『我們』來了。——明公正道，連個姑娘④還沒

---

④姑娘——這裡指通房丫頭，參見第六回註㉘。

掙上去呢，也不過和我似的，那裡就稱上『我們』了！」

襲人羞的臉紫脹起來，想一想，原來是自己把話說錯了。寶玉一面說：「你們氣不忿，我明兒偏抬舉他。」襲人忙拉了寶玉的手道：「他一個糊塗人，你和他分證什麼？況且你素日又是有擔待的，比這大的，過去了多少，今兒是怎麼了？」晴雯冷笑道：「我原是糊塗人，那裡配和我說話呢！」襲人聽說，道：「姑娘倒是和我拌嘴呢，是和二爺拌嘴呢？要是心裡惱我，你只和我說，不犯著當著二爺吵；要是惱二爺，不該這們吵的萬人知道。我才也不過為了事，進來勸開了，大家保重。姑娘倒尋上我的晦氣！又不像是惱我，又不像是惱二爺，夾槍帶棒⑤，終究是個什麼主意？——我就不多說，讓你說去。」說著，便往外走。

寶玉向晴雯道：「你也不用生氣，我也猜著你的心事了。我回太太去，你也大了，打發你出去好不好？」晴雯聽見了這話，不覺又傷起心來，含淚說道：「為什麼我出去？要嫌我，變著法兒打發我出去，也不能夠。」寶玉道：「我何曾經過這個吵鬧？一定是你要出去了。不如回太太，打發你去吧。」說著，站起來就要走。襲人忙回身攔住，笑道：「往那裡去？」寶玉道：「回太太去。」襲人笑道：「好沒意思！真個的去回，你也不怕臊了？便是他認真的要去，也等把這氣下去了，等無事中說話兒回了太太也不遲。這會子急急的當作一件正經事去回，豈不叫太太犯疑？」寶玉道：「太太必不犯疑，我只明說是他鬧著要去的。」晴雯哭道：「我多早晚鬧著要去了？饒生了氣，還拿話壓派⑥我。只管去回，我一頭

⑤夾鎗帶棒——說話內容複雜，含著譏誚、牽涉別人的意味。

碰死了，也不出這門兒。」寶玉說：「這也奇了。你又不去，你又鬧些什麼？我經不起這吵，不如去了，倒乾淨。」說著，一定要去回。襲人見攔不住，只得跪下了。碧痕、秋紋、麝月等眾丫鬟見吵鬧，都鴉雀無聞的在外頭聽消息，這會子聽見襲人跪下央求，便一齊進來，都跪下了。寶玉忙把襲人扶起來，嘆了一聲，在床上坐下，叫眾人起去。向襲人道：「叫我怎麼樣才好！這個心使碎了，也沒人知道。」說著，不覺滴下淚來。襲人見寶玉流下淚來，自己也就哭了。

晴雯在旁哭著，方欲說話，只見黛玉進來，便出去了。黛玉笑道：「大節下，怎麼好好的哭起來？難道是為爭粽子吃，爭惱了不成？」寶玉和襲人「嗤」的一笑。黛玉道：「二哥哥不告訴我，我問你就知道了。」一面說，一面拍著襲人的肩，笑道：「好嫂子，你告訴我。必定是你兩個拌了嘴了？告訴妹妹，替你們和勸和勸。」襲人推他道：「姑娘，你鬧什麼？我們一個丫頭，姑娘只是混說。」黛玉笑道：「你說你是丫頭，我只拿你當嫂子待。」寶玉道：「你何苦來替他招罵名兒？饒這麼著，還有人說閑話，還擱的住你來說他。」襲人笑道：「姑娘，你不知道我的心事，除非一口氣不來，死了，倒也罷了。」黛玉笑道：「你死了，別人不知怎麼樣，我先就哭死了。」寶玉笑道：「你死了，我作和尚去。」襲人笑道：「你老實些罷！何苦還說這些話。」黛玉將兩個指頭一伸，抿嘴笑道：「作了兩個和尚了！我從今以後都記著你作和尚的遭數兒。」寶玉聽得，知道是點他前兒的話，自己一笑，也就罷了。

一時黛玉去後，就有人說：「薛大爺請。」寶玉只得去了，原來是吃酒，不能推辭，只得盡席而散。

⑥壓派——壓迫與編派，引申作「恐嚇」解釋。

晚間回來，已帶了幾分酒，踉蹌⑦來至自己院內，只見院中早把乘涼枕榻設下，榻上有個人睡著。寶玉只當是襲人，一面在榻沿上坐下，一面推他，問道：「疼的好些了？」只見那人翻身起來說：「何苦來又招我！」寶玉一看，原來不是襲人，卻是晴雯。寶玉將他一拉，拉在身旁坐下，笑道：「你的性子越發慣嬌了。早起就是跌了扇子，我不過說了那兩句，你就說上那些話。說我也罷了，襲人好意來勸，你又括⑧上他，你自己想想，該不該？」晴雯道：「怪熱的，拉拉扯扯作什麼！叫人來看見，像什麼！我這身子也不配坐在這裡。」寶玉笑道：「你既知道不配，為什麼睡著呢？」晴雯沒的說，「嗤」的又笑了，說：「你不來便使得，你來了就不配了。──起來，讓我洗澡去。襲人、麝月都洗了澡，我叫了他們來。」寶玉笑道：「我才又吃了好些酒，還得洗一洗。你既沒有洗，拿了水來，咱們兩個洗。」晴雯搖手笑道：「罷，罷！我不敢惹爺。還記得碧痕打發你洗澡，足有兩三個時辰，也不知道作什麼呢；我們也不好進去的。後來洗完了，進去瞧瞧，地下的水淹著床腿，連席子上都汪著水。也不知是怎麼洗了。笑了幾天。我也沒那工夫收拾，也不用同我洗去。今兒也涼快，那會子洗了，可也不用再洗。我倒舀一盆水來，你洗洗臉，通通頭。才剛鴛鴦送了好些果子來，都湃⑨在那水晶缸裡呢。叫他們打發你吃。」

寶玉笑道：「既這麼著，你也不許洗去，只洗洗手來，拿果子來吃罷。」晴雯笑道：「我慌張的很，

---

⑦踉蹌──走路歪歪斜斜，走路不穩的樣子。

⑧括──牽連，帶累。

⑨湃──用冰或涼水泡浸果品或飲料等使其變冷。

連扇子還跌折了，那裡還配打發吃果子？倘或再打破了盤子，還更了不得呢！」寶玉笑道：「你愛打就打，這些東西原不過是借人所用，你愛這樣，我愛那樣，各自性情不同。比如那扇子原是扇的，你要撕著玩，也可以使得，只是不可生氣時拿他出氣。就如杯盤，原是盛東西的，你喜聽那一聲響，就故意的碎了，也可以使得，只是別在生氣時拿他出氣。——這就是愛物了。」晴雯聽了，笑道：「既這麼說，你就拿了扇子來我撕。我最喜歡撕的。」寶玉聽了，便笑著遞與他。晴雯果然接過來，「嗤」的一聲，撕了兩半，接著「嗤」「嗤」又聽幾聲。寶玉在旁笑著說：「響的好，再撕響些！」正說著，只見麝月走過來，笑道：「少作些孽罷。」寶玉趕上來，一把將他手裡的扇子也奪了遞與晴雯。晴雯接了，也撕了幾半子，二人都大笑。麝月道：「這是怎麼說？拿我的東西開心兒！」寶玉笑道：「打開扇子匣子你揀去，什麼好東西！」麝月道：「既這麼說，就把匣子搬了出來，讓他盡力的撕，豈不好？」寶玉笑道：「你就搬去。」麝月道：「我可不造這孽。他也沒折了手，叫他自己搬去。」晴雯笑著，倚在床上說道：「我也乏了，明兒再撕罷。」寶玉笑道：「古人云，『千金難買一笑』，幾把扇子，能值幾何！」一面說著，一面叫襲人。襲人才換了衣服走出來，小丫頭佳蕙過來拾去破扇，大家乘涼，不消細說。

　　至次日午間，王夫人、寶釵、黛玉眾姊妹正在賈母房內坐著，就有人回：「史大姑娘來了。」一時果見史湘雲帶領眾多丫鬟、媳婦走進院來。寶釵、黛玉等忙迎至階下相見。青年姊妹間經月不見，一旦相逢，其親密自不必細說。一時進入房中，請安問好，都見過了。賈母因說：「天熱，把外頭的衣服脫脫罷。」湘雲忙起身寬衣。王夫人因笑道：「也沒見穿上這些作什麼？」湘雲笑道：「都是二嬸嬸叫穿

聯經出版事業公司 校印

的，誰願意穿這些！」

寶釵一旁笑道：「姨娘不知道，他穿衣裳，還更愛穿別人的衣裳。可記得舊年三四月裡，他在這裡住著，把寶兄弟的袍子穿上，靴子也穿上，額子也勒上，猛一瞧，倒像是寶兄弟，就是多兩個墜子。他站在那椅子後邊，哄的老太太只是叫：『寶玉，你過來，仔細那上頭掛的燈穗子招下灰來，迷了眼。』他只是笑，也不過去。後來大家撐不住笑了，老太太才笑了，說：『扮上男人，更好看了。』」黛玉道：「這算什麼！惟有前年正月裡接了他來，住了沒兩日就下起雪來，老太太和舅母那日想是才拜了影⑩回來，老太太的一個新新的大紅猩猩毡斗篷放在那裡，誰知眼錯不見他就披了，又大又長，他就拿了個汗巾子攔腰繫上，和丫頭們在後院子撲雪人兒去，一跤栽到溝跟前，弄了一身泥水。」說著，大家想著前情，都笑了。

寶釵笑向那周奶媽道：「周媽，你們姑娘還是那麼淘氣不淘氣了？」周奶娘也笑了。迎春笑道：「淘氣也罷了，我就嫌他愛說話。也沒見睡在那裡還是咭咭呱呱，笑一陣，說一陣，也不知那裡來的那些話。」王夫人道：「只怕如今好了。——前日有人家來相看，眼見有婆婆家了，還是那們著？」賈母因問：「今兒還是住著，還是家去呢？」周奶娘笑道：「老太太沒有看見，衣服都帶了來，可不住兩天？」湘雲問道：「寶哥哥不在家麼？」寶釵笑道：「他再不想著別人，只想寶兄弟，兩個人好憨的。這可見還沒改了淘氣。」賈母道：「如今你們大了，別提小名兒了。」

---

⑩拜了影——影，指供奉的祖先畫像；逢年過節或祭祀時子孫叩拜祖先畫像，稱作「拜影」。

剛只說著，只見寶玉來了，笑道：「雲妹妹來了！怎麼前兒打發人接你去，怎麼不來？」王夫人道：「這裡老太太才說這一個，他又來提名道姓的了。」黛玉道：「你哥哥得了好東西，等著你呢。」湘雲道：「什麼好東西？」寶玉笑道：「你信他呢！幾日不見，越發高了。」湘雲笑道：「襲人姐姐好？」寶玉道：「多謝你記掛。」湘雲道：「我給他帶了好東西來了。」說著，拿出手帕子來，挽著一個疙瘩。寶玉道：「什麼好的？你倒不如把前兒送來的那種絳紋石的戒指兒帶兩個給他。」湘雲笑道：「這是什麼？」說著便打開。眾人看時，果然就是上次送來的那絳紋戒指，一包四個。

黛玉笑道：「你們瞧瞧他這主意。前兒一般的打發人給我們送了來，你就把他的帶來，豈不省事？今兒巴巴的自己帶了來，——我當又是什麼新奇東西，原來還是他。真真你是糊塗人。」湘雲笑道：「你才糊塗呢！我把這理說出來，大家評一評誰糊塗。給你們送東西，就是使來的不用說話，拿進來一看，自然就知是送姑娘們的了；若帶他們的東西，這得我先告訴來人，這是那一個丫頭的，那是那一個丫頭的；那使來的人明白還好，再糊塗些，丫頭的名字他也不記得，混鬧胡說的，反連你們的東西都攪糊塗了。若是打發個女人素日知道的還罷了，偏生前兒又打發小子來，可怎麼說丫頭們的名字呢？橫豎我來給他們帶來，豈不清白。」說著，把四個戒指放下，說道：「襲人姐姐一個，鴛鴦姐姐一個，金釧兒姐姐一個，平兒姐姐一個：這倒是四個人的，難道小子們也記得這們清白？」眾人聽了，都笑道：「果然明白。」寶玉笑道：「還是這麼會說話，不讓人。」黛玉聽了，冷笑道：「他不會說話，他的金麒麟會說話。」一面說著，便起身走了。幸而諸人都不曾聽見，只有寶釵抿嘴一笑。寶玉聽見了，倒自己後悔又說錯了話，忽見寶釵一笑，由不得也笑了。寶釵見寶玉笑了，忙起身走開，找了黛玉去說話。

賈母向湘雲道：「吃了茶，歇一歇，瞧瞧你的嫂子們去。園裡也涼快，同你姐姐們去逛逛。」湘雲答應了，將三個戒指兒包上，歇了一歇，便起身要瞧鳳姐等人去。眾奶娘、丫頭跟著，到了鳳姐那裡，說笑了一回，出來便往大觀園來，見過了李宮裁，少坐片時，便往怡紅院來找襲人。因回頭說道：「你們不必跟著，只管瞧你們的朋友、親戚去，留下翠縷伏侍就是了。」眾人聽了，自去尋姑覓嫂，早剩下湘雲、翠縷兩個人。

翠縷道：「這荷花怎麼還不開？」湘雲道：「時候沒到。」翠縷道：「這也和咱們家池子裡的一樣，也是樓子花⑪？」湘雲道：「他們這個還不如咱們的。」翠縷道：「他們那邊有棵石榴，接連四五枝，真是樓子上起樓子，這也難為他長。」湘雲道：「花草也是同人一樣，氣脈充足，長的就好。」翠縷把臉一扭，說道：「我不信這話！若說同人一樣，我怎麼不見頭上又長出一個頭來的人？」

湘雲聽了，由不得一笑，說道：「我說你不用說話，你偏好說。這叫人怎麼好答言？天地間都賦陰陽二氣所生，或正或邪，或奇或怪，千變萬化，都是陰陽順逆。多少一生出來，人罕見的就奇，究竟理還是一樣。」翠縷道：「這麼說起來，從古至今，開天闢地，都是些陰陽了？」湘雲笑道：「糊塗東西，越說越放屁。什麼『都是些陰陽』！難道還有個陰陽不成！『陰』『陽』兩個字還只是一字，陽盡了就成陰，陰盡了就成陽，不是陰盡了又有個陽生出來，陽盡了又有個陰生出來。」翠縷道：「這糊塗死了我！什麼是個陰陽，沒影沒形的。我只問姑娘，這陰陽是怎麼個樣兒？」湘雲道：「陰陽可有什麼樣兒，

⑪樓子花——在花蕊裡又開出一層花，叫樓子花，又叫重台，俗稱「起樓子」。

聯經出版事業公司 校印

不過是個氣，器物賦了成形。比如天是陽，地就是陰；水是陰，火就是陽；日是陽，月就是陰。」翠縷聽了，笑道：「是了，是了！我今兒可明白了。怪道人都管著日頭叫『太陽』呢，算命的管著月亮叫什麼『太陰星』，就是這個理了。」湘雲笑道：「阿彌陀佛！剛剛的明白了。」

翠縷道：「這些大東西有陰陽也罷了，難道那些蚊子、虼蚤、蠓蟲兒⑫、花兒、草兒、瓦片兒、磚頭兒也有陰陽不成？」湘雲道：「怎麼有沒陰陽的呢？比如那一個樹葉兒，還分陰陽呢：那邊向上朝陽的便是陽，這邊背陰覆下的便是陰。」翠縷聽了，點頭笑道：「原來這樣，我可明白了。——只是咱們這手裡的扇子，怎麼是陽，怎麼是陰呢？」湘雲道：「這邊正面就是陽，那邊反面就為陰。」

翠縷又點頭笑了，還要拿幾件東西問，因想不起個什麼來，猛低頭就看見湘雲宮縧上繫的金麒麟，便提起來笑道：「姑娘，這個難道也有陰陽？」湘雲道：「走獸飛禽，雄為陽，雌為陰；牝為陰，牡⑬為陽。怎麼沒有呢！」翠縷道：「這是公的，還是母的呢？」湘雲道：「這連我也不知道。」翠縷道：「這也罷了，怎麼東西都有陰陽，咱們人倒沒有陰陽呢？」湘雲照臉啐了一口道：「下流東西，好生走罷！越問越問出好的來了！」翠縷笑道：「這有什麼不告訴我的呢？我也知道了，不用難我。」湘雲笑道：「你知道什麼？」翠縷道：「姑娘是陽，我就是陰。」說著，湘雲拿手帕子握著嘴，「呵呵」的笑起來。翠縷道：「說是了，就笑的這樣了？」湘雲道：「很是，很是！」翠縷道：「人規矩主子為陽，

---

⑫蠓蟲兒——蠓科昆蟲，體呈褐色或黑色，翅短而寬，甚小，雌蠓吸食人畜血液。

⑬牝牡——鳥獸雌的叫牝（音 ㄆㄧㄣˋ），雄的叫牡。

奴才為陰。我連這個大道理也不懂得？」湘雲笑道：「你很懂得。」

一面說，一面走，剛到薔薇架下，湘雲道：「你瞧那是誰掉的首飾？金晃晃在那裡。」翠縷聽了，忙趕上拾在手裡攥著，笑道：「可分出陰陽來了。」說著，先拿湘雲的麒麟瞧。湘雲要他揀的瞧，翠縷只管不放手，笑道：「是件寶貝，姑娘瞧不得。這是從那裡來的？好奇怪！我從來在這裡沒見有人有這個。」湘雲道：「拿來我看。」翠縷將手一撒，笑道：「請看。」湘雲舉目一驗，卻是文彩輝煌的一個金麒麟，比自己佩的又大又有文彩。湘雲伸手擎在掌上，只是默默不語，正自出神，忽見寶玉從那邊來了，笑問道：「你兩個在這日頭底下作什麼呢？怎麼不找襲人去？」湘雲連忙將那麒麟藏起，道：「正要去呢！咱們一處走。」說著，大家進入怡紅院來。

襲人正在階下倚檻迎風，忽見湘雲來了，連忙迎下來，攜手笑說一向久別情況。一時進來歸坐，寶玉因笑道：「你該早來，我得了一件好東西，專等你呢。」說著，一面在身上摸掏，掏了半天，「呵呀」了一聲，便問襲人：「那個東西你收起來了麼？」襲人道：「什麼東西？」寶玉道：「前兒得的麒麟。」襲人道：「你天天帶在身上的，怎麼問我？」寶玉聽了，將手一拍，說道：「這可丟了，往那裡找去？」就要起身自己尋去。湘雲聽了，方知是他遺落的，便笑問道：「你幾時又有了麒麟了？」寶玉道：「前兒好容易得的呢，不知多早晚丟了，我也糊塗了。」湘雲笑道：「幸而是頑的東西，還是這麼慌張。」說著，將手一撒，「你瞧瞧，是這個不是？」寶玉一見，由不得歡喜非常，因說道……不知是如何，且聽下回分解。

第三十二回　訴肺腑心迷活寶玉　含恥辱情烈死金釧

話說寶玉見那麒麟，心中甚是歡喜，便伸手來拿，笑道：「虧你揀著了。你是那裡揀的？」湘雲笑道：「幸而是這個，明兒倘或把印也丟了①，難道也就罷了不成？」寶玉笑道：「倒是丟了印平常，若丟了這個，我就該死了。」

襲人斟了茶來與湘雲吃，一面笑道：「大姑娘，聽見前兒你大喜了。」湘雲紅了臉，吃茶不答。襲人道：「這會子又害臊了？你還記得十年前，咱們在西邊暖閣住著，晚上你同我說的話兒？那會子不害臊，這會子怎麼又害臊了？」湘雲笑道：「你還說呢！那會子咱們那麼好，後來我們太太沒了，我家去住了一程子，怎麼就把你派了跟二哥哥，我來了，你就不像先待我了。」襲人笑道：「你還說呢。先『姐姐』長、『姐姐』短，哄著我替你梳頭、洗臉，作這個，弄那個；如今大了，就拿出小姐的款②來。

①把印也丟了——印，指官印；丟官印意味著丟官。

②拿款——擺身份，擺架子。

聯經出版事業公司校印

你既拿小姐的款，我怎敢親近呢？」湘雲道：「阿彌陀佛！冤枉冤哉！我要這樣，就立刻死了。你瞧瞧，這麼大熱天，我來了，必定趕來先瞧瞧你。不信，你問問縷兒，我在家時時刻刻那一回不念你幾聲？」

話未了，忙的襲人和寶玉都勸道：「頑話你又認真了。還是這麼性急。」湘雲道：「你不說你的話噎人③，倒說人性急。」一面說，一面打開手帕子，將戒指遞與襲人。襲人感謝不盡，因笑道：「你前兒送你姐姐們的，我已得了；今兒你親自又送來，可見是沒忘了我。只這個就試出你來了。戒指兒能值多少，可見你的心真。」湘雲道：「是誰給你的？」襲人道：「是寶姑娘給我的。」湘雲笑道：「我只當是林姐姐給你的，原來是寶姐姐給了你。我天天在家裡想著，這些姐姐們，再沒一個比寶姐姐好的。可惜我們不是一個娘養的。──我但凡④有這麼個親姐姐，就是沒了父母，也是沒妨礙的。」說著，眼睛圈兒就紅了。寶玉道：「罷，罷，罷！不用提這個話。」湘雲道：「提這個便怎麼？我知道你的心病：恐怕你的林妹妹聽見，又怪嗔我贊了寶姐姐。可是為這個不是？」襲人在旁「嗤」的一笑，說道：「雲姑娘，你如今大了，越發心直口快了。」寶玉笑道：「我說你們這幾個人難說話，果然不錯。」湘雲道：「好哥哥，你不必說話教我惡心。只會在我們跟前說話，見了你林妹妹，又不知怎麼了。」

---

③噎人──用話刺激、堵塞別人。

④但凡──「只要可能」的意思，指不可能中萬一的希望。

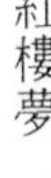

聯經出版事業公司 校印

襲人道：「且別說頑話，正有一件事還要求你呢。」湘雲便問：「什麼事？」襲人道：「有一雙鞋，摳了墊心子⑤。我這兩日身上不好，不得做，你可有工夫替我做做？」湘雲笑道：「這又奇了，你家放著這些巧人不算，還有什麼針線上的，裁剪上的，怎麼教我做起來？你的活計叫誰做，誰好意思不做呢？」襲人笑道：「你又糊塗了。你難道不知道，我們這屋裡的針線，是不要那些針線上的人做的。」湘雲聽了，便知是寶玉的鞋了，因笑道：「既這麼說，我就替你做了罷。——只是一件，你的我才作，別人的我可不能。」襲人笑道：「又來了！我是個什麼，就煩你做鞋了？實告訴你，可不是我的。——你別管是誰的，橫豎我領情就是了。」湘雲道：「論理，你的東西也不知煩我做了多少了，今兒我倒不做了的原故，你必定也知道。」襲人道：「倒也不知道。」湘雲冷笑道：「前兒我聽見把我做的扇套子拿著和人家比，賭氣又鉸了。我早就聽見了，你還瞞我？這會子又叫我做，我成了你們的奴才了？」寶玉忙笑道：「前兒的那事，本不知是你做的。」襲人也笑道：「他本不知是你做的。是我哄他的話，說是新近外頭有個會做活的女孩子，說扎的出奇的花，我叫他拿了一個扇套子試試看好不好。他就信了，拿出去給這個瞧、給那個看的。不知怎麼又惹惱了林姑娘，鉸了兩段。回來他還叫趕著做去，我才說了是你做的，他後悔的什麼似的。」湘雲道：「越發奇了。林姑娘他也犯不上生氣，他既會剪，就叫他做。」襲人道：「他可不作呢。饒這麼著，老太太還怕他勞碌著了。大夫又說好生靜養才好，誰還煩他做？舊年好一年的工夫，做了個香袋兒；今年半年，還沒見拿針線呢。」

⑤摳了墊心子——摳，音ㄎㄡ，挖、鏤；這是說將鞋面用剪刀挖鉸出各種花樣圖案，從背面再襯上別種顏色的料子。

正說著，有人來回說：「興隆街的大爺來了，老爺叫二爺出去會。」寶玉聽了，便知是賈雨村來了，心中好不自在。襲人忙去拿衣服。寶玉一面蹬著靴子，一面抱怨道：「有老爺和他坐著就罷了，回回定要見我。」史湘雲一邊搖著扇子，笑道：「自然你能會賓接客，老爺才叫你出去呢。」寶玉道：「那裡是老爺？都是他自己要請我去見的。」湘雲笑道：「『主雅客來勤』，自然你有些警他的好處，他才只要會你。」寶玉道：「罷，罷！我也不敢稱雅，俗中又俗的一個俗人，並不願同這些人往來。」湘雲笑道：「還是這個性情不改。如今大了，你就不願讀書去考舉人、進士的，也該常常的會會這些為官做宰的人們，談談講講些仕途經濟的學問，也好將來應酬世務，日後也有個朋友。沒見你成年家只在我們隊裡攪些什麼！」寶玉聽了，道：「姑娘請別的姊妹屋裡坐坐，我這裡仔細汙了你知經濟學問的。」襲人道：「雲姑娘快別說這話。上回也是寶姑娘也說過一回，他也不管人臉上過的去過不去，他就『咳』⑥了一聲，拿起腳來走了。這裡寶姑娘的話也沒說完，見他走了，登時羞的臉通紅：說又不是，不說又不是。——幸而是寶姑娘，那要是林姑娘，不知又鬧到怎麼樣、哭的怎麼樣呢！提起這個話來，真真的寶姑娘叫人敬重，自己訕了一會子去了。我倒過不去，只當他惱了，誰知過後還是照舊一樣，真真有涵養、心地寬大。誰知這一個反倒同他生分了。那林姑娘見你賭氣不理他，你得賠多少不是呢。」寶玉道：「林姑娘從來說過這些混帳話不曾？若他也說過這些混帳話，我早和他生分了。」襲人和湘雲都點頭笑道：「這原是混帳話。」

⑥咳——這裡音ㄏㄞ，指嘆息的口氣，一般寫作「嗐」。

原來黛玉知道史湘雲在這裡，寶玉又趕來，一定說麒麟的原故。因此心下忖度著，近日寶玉弄來的外傳野史，多半才子佳人都因小巧玩物上撮合，或有鴛鴦，或有鳳凰，或玉環金珮，或鮫帕鸞絛⑦：皆由小物而遂終身；今忽見寶玉亦有麒麟，便恐借此生隙，同湘雲也做出那些風流佳事來，因而悄悄走來，見機行事，以察二人之意。不想剛走來，正聽見湘雲說「經濟」一事，寶玉又說：「林妹妹不說這樣混帳話，若說這話，我也和他生分了。」黛玉聽了這話，不覺又喜又驚，又悲又嘆。所喜者：果然自己眼力不錯，素日認他是個知己，果然是個知己。所驚者：他在人前一片私心稱揚於我，其親熱厚密，竟不避嫌疑。所嘆者：你既為我之知己，自然我亦可為你之知己矣；既你我為知己，則又何必有「金玉」之論哉？既有「金玉」之論，亦該你我有之，則又何必來一寶釵哉？所悲者：父母早逝，雖有銘心刻骨之言，無人為我主張；況近日每覺神思恍惚，病已漸成，醫者更云：「氣弱血虧，恐致勞怯之症⑧。」你我雖為知己，但恐自不能久待；你縱為我知己，奈我薄命何！——想到此間，不禁滾下淚來。待進去相見，自覺無味，便一面拭淚，一面抽身回去了。

這裡寶玉忙忙的穿了衣裳出來，忽見黛玉在前面慢慢的走著，似有拭淚之狀，便忙趕上來，笑道：

---

⑦鮫帕鸞絛——鮫，鮫綃紗；傳說南海中有鮫人，能織綃，後來就用「鮫綃」泛稱薄紗。鸞，傳說中鳳凰一類的鳥；鸞絛，指上面織有鳳鸞一類圖案的絲帶。

⑧勞怯之症——勞，即癆，一種消耗性疾病；怯，身體虛弱，也指氣血不足。舊時所說的「勞」病包括現代的結核、嚴重貧血等病。

「妹妹往那裡去?怎麼又哭了?又是誰得罪了你?」黛玉回頭見是寶玉，便勉強笑道:「好好的，我何曾哭了。」寶玉笑道:「你瞧瞧，眼睛上的淚珠兒未乾，還撒謊呢!」一面說，一面禁不住抬起手來替他拭淚。黛玉忙向後退了幾步，說道:「你又要死了!作什麼這麼動手動腳的!」寶玉笑道:「說話忘了情，不覺的動了手，也就顧不的死活。」黛玉道:「你死了倒不值什麼，只是丟下了什麼『金』，又是什麼『麒麟』，可怎麼樣呢?」一句話，又把寶玉說急了，趕上來問道:「你還說這話，到底是咒我還是氣我呢?」黛玉見問，方想起前日的事來，遂自悔自己又說造次了，忙笑道:「你別著急，我原說錯了。這有什麼的，筋都暴起來，急的一臉汗。」一面說，一面禁不住近前伸手替他拭面上的汗。

寶玉瞅了半天，方說道「你放心」三個字。黛玉聽了，怔了半天，方說道:「我有什麼不放心的?我不明白這話。你倒說說，怎麼放心不放心?」寶玉嘆了一口氣，問道:「你果不明白這話?難道我素日在你身上的心都用錯了?連你的意思若體貼不著，就難怪你天天為我生氣了。」黛玉道:「果然我不明白放心不放心的話。」寶玉點頭嘆道:「好妹妹，你別哄我。果然不明白這話，不但我素日之意白用了，且連你素日待我之意也都辜負了。你皆因總是不放心的原故，才弄了一身病。但凡寬慰些，這病也不得一日重似一日。」黛玉聽了這話，如轟雷掣電，細細思之，竟比自己肺腑中掏出來的還覺懇切，竟有萬句言語，滿心要說，只是半個字也不能吐，卻怔怔的望著他。此時寶玉心中也有萬句言語，不知從那一句上說起，卻也怔怔的望著黛玉。兩個人怔了半天，黛玉只「咳」了一聲，兩眼不覺滾下淚來，回身便要走。寶玉忙上前拉住，說道:「好妹妹，且略站住，我說一句話再走。」黛玉一面拭淚，一面將手推開，說道:「有什麼可說的?你的話我早知道了!」口裡說著，卻頭也不回，竟去了。

寶玉站著，只管發起呆來。原來方才出來慌忙，不曾帶得扇子，襲人怕他熱，忙拿了扇子趕來送與他；忽抬頭見了黛玉和他站著，一時黛玉走了，他還站著不動，因而趕上來說道：「你也不帶了扇子去，虧我看見，趕了送來。」寶玉出了神，見襲人和他說話，並未看出是何人來，便一把拉住，說道：「好妹妹，我的這心事，從來也不敢說，今兒我大膽說出來，死也甘心！我為你也弄了一身的病在這裡，又不敢告訴人，只好掩著。只等你的病好了，只怕我的病才得好呢。——睡裡夢裡也忘不了你！」襲人聽了這話，嚇得魄消魂散，只叫：「神天菩薩，坑死我了！」便推他道：「這是那裡的話！敢是中了邪？還不快去？」寶玉一時醒過來，方知是襲人送扇子來，羞的滿面紫漲，奪了扇子，便忙忙的抽身跑了。

這裡襲人見他去了，自思方才之言，一定是因黛玉而起，如此看來，將來難免不才之事⑨，令人可驚可畏。想到此間，也不覺怔怔的滴下淚來，心下暗度如何處治方免此醜禍。正裁疑間，忽有寶釵從那邊走來，笑道：「大毒日頭地下，出什麼神呢？」襲人見問，忙笑道：「那邊兩個雀兒打架，倒也好玩，我就看住了。」寶釵道：「寶兄弟這會子穿了衣服，忙忙的那去了？我才看見走過去，倒要叫住問他呢。他如今說話越發沒了經緯⑩，我故此沒叫他了，由他過去罷。」襲人道：「老爺叫他出去。」寶釵聽了，忙道：「嗳喲！這麼黃天⑪暑熱的，叫他做什麼？別是想起什麼來，生了氣，叫出去教訓一場。」襲人

⑨不才之事——沒出息的事，這裡指男女間的醜事。

⑩經緯——織機上的直線叫「經」，橫線叫「緯」，這裡引申為道理、規矩的意思。

⑪黃天——即農曆六月，也稱「長夏」。按五行的說法：夏，色赤；長夏，色黃；所以大暑天又稱「黃天」。

笑道：「這個客也沒意思，這麼熱天，不在家裡涼快，還跑些什麼！」襲人笑道：「倒是你說說罷。」

寶釵因而問道：「雲丫頭在你們家做什麼呢？」襲人笑道：「才說了一會子閑話。你瞧，我前兒粘的那雙鞋，明兒叫他做去。」寶釵聽見這話，便兩邊回頭，看無人來往，便笑道：「你這麼個明白人，怎麼一時半刻的就不會體諒人情？我近來看著雲丫頭神情，再風裡言、風裡語⑫的聽起來，那雲丫頭在家裡竟一點兒作不得主。他們家嫌費用大，竟不用那些針線上的人，差不多的東西多是他們娘兒們動手：為什麼這幾次他來了，他和我說話兒，見沒人在眼前，他就說家裡累的很？我再問他兩句家常過日子的話，他就連眼圈兒都紅了，口裡含含糊糊，待說不說的。想其形景來，自然從小兒沒爹娘的苦。我看著他，也不覺的傷起心來。」

襲人見說這話，將手一拍，說：「是了，是了。怪道上月我煩他打十根蝴蝶結子，過了那些日子才打發人送來，還說：『打的粗，且在別處能著使罷；要勻淨的，等明兒來住著，再好生打罷。』如今聽寶姑娘這話，想來我們煩他，他不好推辭，不知他在家裡怎麼三更半夜的做呢。——可是我也糊塗了，早知是這樣，我也不煩他了。」寶釵道：「上次他就告訴我，在家裡做活做到三更天，若是替別人做一點半點，他家的那些奶奶、太太們還不受用呢。」襲人道：「偏生我們那個牛心左性的小爺，憑著小的大的活計，一概不要家裡這些活計上的人作。我又弄不開這些。」寶釵笑道：「你理他呢！只管叫人做

⑫風裡言，風裡語——傳聞，非正式管道透露的消息。

去，只說是你做的就是了。」襲人道：「那裡哄的過他？他才是認得出來呢。說不得我只好慢慢的累去罷了。」寶釵笑道：「你不必忙，我替你作些如何？」襲人笑道：「當真的這樣，就是我的福了。晚上我親自送過來——」

一句話未了，忽見一個老婆子忙忙走來，說道：「這是那裡說起！金釧兒姑娘好好的投井死了！」襲人唬了一跳，忙問：「那個金釧兒？」那老婆子道：「那裡還有兩個金釧兒呢？就是太太屋裡的。前兒不知為什麼攆他出去，在家裡哭天哭地的，也都不理會他，誰知找他不見了，剛才打水的人在那東南角上井裡打水，見一個屍首，趕著叫人打撈起來，誰知是他。他們家裡還只管亂著要救活，那裡中用了？」寶釵道：「這也奇了。」襲人聽說，點頭讚嘆，想素日同氣之情，不覺流下淚來。寶釵聽見這話，忙向王夫人處來道安慰。這裡襲人回去不提。

卻說寶釵來至王夫人處，只見鴉雀無聞，獨有王夫人在裡間房內坐著垂淚。寶釵便不好提這事，只得一旁坐了。王夫人便問：「你從那裡來？」寶釵道：「從園裡來。」王夫人道：「你從園裡來，可見你寶兄弟？」寶釵道：「才倒看見了。他穿了衣服出去了，不知那裡去。」王夫人點頭哭道：「你可知道一樁奇事？——金釧兒忽然投井死了！」寶釵見說，道：「怎麼好好的投井？這也奇了。」王夫人道：「原是前兒他把我一件東西弄壞了，我一時生氣，打了他幾下，攆了他下去。我只說氣他兩天，還叫他上來，誰知他這麼氣性大，就投井死了。豈不是我的罪過！」寶釵嘆道：「姨娘是慈善人，固然這麼想。據我看來，他並不是賭氣投井。多半他下去住著，或是在井跟前憨頑，失了腳掉下去的。他在上頭拘束

聯經出版事業公司 校印

慣了，這一出去，自然要到各處去頑頑逛逛，豈有這樣大氣的理？縱然有這樣大氣，也不過是個糊塗人，也不為可惜。」王夫人點頭嘆道：「這話雖然如此說，到底我心不安。」

寶釵嘆道：「姨娘也不必念念於茲，十分過不去，不過多賞他幾兩銀子發送他，也就盡主僕之情了。」王夫人道：「剛才我賞了他娘五十兩銀子，原要還把你妹妹們的新衣服拿兩套給他妝裹。誰知鳳丫頭說可巧都沒什麼新做的衣服，只有你林妹妹作生日的兩套。我想你林妹妹那個孩子素日是個有心的，況且他也三災八難的，既說了給他過生日，這會子又給人妝裹去，豈不忌諱？因為這麼樣，我現叫裁縫趕製兩套給他。要是別的丫頭，賞他幾兩銀子也就完了，只是金釧兒雖然是個丫頭，素日在我跟前，比我的女兒也差不多。」口裡說著，不覺淚下。寶釵忙道：「姨娘這會子又何用叫裁縫趕去？我前兒倒做了兩套，拿來給他，豈不省事？況且他活著的時候也穿過我的舊衣服，身量又相對。」王夫人道：「雖然這樣，難道你不忌諱？」寶釵笑道：「姨娘放心，我從來不計較這些。」一面說，一面起身就走。王夫人忙叫了兩個人來跟寶姑娘去。

一時寶釵取了衣服回來，只見寶玉在王夫人旁邊坐著垂淚。王夫人正才說他，因寶釵來了，卻掩了口不說了。寶釵見此光景，察言觀色，早知覺了八分，於是將衣服交割明白。王夫人將他母親叫來拿了去。再看下回便知。

第三十三回　手足耽耽小動唇舌　不肖種種大承笞撻①

卻說王夫人喚他母親上來，拿幾件簪環當面賞與，又吩咐請幾眾僧人念經超渡。他母親磕頭，謝了出去。原來寶玉會過雨村回來聽見了，便知金釧兒含羞賭氣自盡，心中早又五內摧傷，進來被王夫人數落教訓，也無可回說。見寶釵進來，方得便出來，茫然不知何往，背著手，低頭一面感嘆，一面慢慢的走著，信步來至廳上。剛轉過屏門，不想對面來了一人，正往裡走，可巧兒撞了個滿懷。只聽那人喝了一聲：「站住！」寶玉唬了一跳，抬頭一看，不是別人，卻是他父親，不覺的倒抽了一口氣，只得垂手一旁站了。

賈政道：「好端端的，你垂頭喪氣嗐些什麼？方才雨村來了，要見你，叫你那半天，你才出來；既出來了，全無一點慷慨揮洒②談吐，仍是葳葳蕤蕤。我看你臉上一團私欲愁悶氣色，這會子又咳聲嘆氣。

①回目——手足，兄弟，指賈環；耽耽，惡意的注視著。不肖，指寶玉；笞撻，用板子、棍子責打；撻，打。

②慷慨揮洒——慷慨，形容人精神昂揚；揮洒，比喻人態度大方、自然。

聯經出版事業公司校印

你那些還不足，還不自在？無故這樣，卻是為何？」寶玉素日雖是口角伶俐，只是此時一心總為金釧兒感傷，恨不得此時也身亡命殞，跟了金釧兒去。如今見了他父親說這些話，究竟不曾聽見，只是怔呵呵的站著。

賈政見他惶悚，應對不似往日，原本無氣的，這一來，倒生了三分氣。方欲說話，忽有回事人來回：「忠順親王府裡有人來，要見老爺。」賈政聽了，心下疑惑，暗暗思忖道：「素日並不和忠順府來往，為什麼今日打發人來？」一面想，一面令：「快請。」急走出來看時，卻是忠順府長史官③，忙接進廳上坐了獻茶。未及敘談，那長史官先就說道：「下官此來，並非擅造潭府④，皆因奉王命而來，有一件事相求。看王爺面上，敢煩老大人作主。不但王爺知情，且連下官輩亦感謝不盡。」賈政聽了這話，抓不住頭腦，忙陪笑起身問道：「大人既奉王命而來，不知有何見諭？望大人宣明，學生好遵諭承辦。」那長史官便冷笑道：「也不必承辦，只用大人一句話就完了。我們府裡有一個做小旦的琪官，一向好好在府裡，如今竟三五日不見回去，各處去找，又摸不著他的道路，因此各處訪察。這一城內，十停人倒有八停人都說，他近日和銜玉的那位令郎相與甚厚。下官輩等聽了，尊府不比別家，可以擅入索取，因此啟明王爺。王爺亦云：『若是別的戲子呢，一百個也罷了；只是這琪官，隨機應答，謹慎老誠，甚合我老人家的心，竟斷斷少不得此人。』故此求老大人轉諭令郎，請將琪官放回：一則可慰王爺諄諄奉

③長史官——總管王府內事務的官吏，南朝始設，以後各代王府都沿設此職。

④潭府——深宅大院，常用作對他人住宅的尊稱。潭，深邃的樣子。

愬，二則下官輩也可免操勞求覓之苦。」說畢，忙打一躬。

賈政聽了這話，又驚又氣，即命喚寶玉來。寶玉也不知是何原故，忙趕來時，賈政便問：「該死的奴才！你在家不讀書也罷了，怎麼又做出這些無法無天的事來！那琪官現是忠順王爺駕前承奉的人，你是何等草芥，無故引逗他出來，如今禍及於我！」寶玉聽了，唬了一跳，忙回道：「實在不知此事。究竟連『琪官』兩個字不知為何物，豈更又加『引逗』二字！」說著便哭了。賈政未及開言，只見那長史官冷笑道：「公子也不必掩飾。或隱藏在家，或知其下落，早說了出來，我們也少受些辛苦，豈不念公子之德？」寶玉連說不知，「恐是訛傳，也未見得。」那長史官冷笑道：「現有據證，何必還賴？必定當著老大人說了出來，公子豈不吃虧？——既云不知此人，那紅汗巾子怎麼到了公子腰裡？」寶玉聽了這話，不覺轟去魂魄，目瞪口呆，心下自思：「這話他如何得知？他既連這樣機密事都知道了，大約別的瞞他不過，不如打發他去了，免的再說出別的事來。」因說道：「大人既知他的底細，如何連他置買房舍這樣大事倒不曉得了？聽得說：他如今在東郊離城二十里有個什麼紫檀堡，他在那裡置了幾畝田地，幾間房舍。想是在那裡也未可知。」那長史官聽了，笑道：「這樣說，一定是在那裡。我且去找一回，若有了便罷；若沒有，還要來請教。」說著，便忙忙的走了。

賈政此時氣的目瞪口歪，一面送那長史官，一面回頭命寶玉：「不許動！回來有話問你！」一直送那官員去了。才回身，忽見賈環帶著幾個小廝一陣亂跑。賈政喝令小廝：「快打，快打！」賈環見了他父親，唬的骨軟筋酥，忙低頭站住。賈政便問：「你跑什麼？帶著你的那些人都不管你，不知往那裡逛去，由你野馬一般！」喝令叫跟上學的人來。賈環見他父親盛怒，便乘機說道：「方才原不曾跑，只因從那井邊一過，那井裡淹死了一個丫頭，我看見人頭這樣大，身子這樣粗，泡的實在可怕，所以才趕著跑了過來。」賈政聽了驚疑，問道：「好端端的，誰去跳井？我家從無這樣事情，自祖宗以來，皆是寬柔以待下人。——大約我近年於家務疏懶，自然執事人操克奪之權⑤，致使生出這暴殄輕生⑥的禍患。若外人知道，祖宗顏面何在！」喝令快叫賈璉、賴大、來興。

小廝們答應了一聲，方欲叫去，賈環忙上前拉住賈政的袍襟，貼膝跪下，道：「父親不用生氣。此事除太太房裡的人，別人一點也不知道。我聽見我母親說……」說到這裡，便回頭四顧一看。賈政知意，將眼一看眾小廝，小廝們明白，都往兩邊後面退去。賈環便悄悄說道：「我母親告訴我說，寶玉哥哥前日在太太屋裡，拉著太太的丫頭金釧兒強奸不遂，打了一頓。那金釧兒便賭氣投井死了。——」話未說完，把個賈政氣的面如金紙，大喝：「快拿寶玉來！」一面說，一面便往裡邊書房裡去，喝令：「今日再有人勸我，我把這冠帶家私⑦一應交與他與寶玉過去！我免不得做個罪人，把這幾根煩惱鬢毛剃去，尋個乾淨去處⑧自了，也免得上辱先人、下生逆子之罪。」眾門客、僕從見賈政這個形景，便知又是為寶玉了，一個個都是啖指咬舌，連忙退出。那賈政喘吁吁直挺挺坐在椅子上，滿面淚痕，一疊聲：「拿

⑤克奪之權——生殺予奪之權。

⑥暴殄輕生——暴殄，恣意糟蹋；殄，滅絕；輕生，不愛惜生命。

⑦冠帶家私——冠帶，帽子和束帶，是官服的代稱，這裡代指官爵；家私，財產，代指家業。

⑧煩惱鬢毛、乾淨去處——鬢毛，即頭髮，佛家稱為「煩惱絲」；乾淨，佛家以為人世汙濁不淨，只有佛門才是淨土。剃去煩惱鬢毛與尋個乾淨去處，都是出家當和尚的意思。

寶玉！拿大棍！拿索子捆上！把各門都關上！有人傳信往裡頭去，立刻打死！」眾小廝們只得齊聲答應，有幾個來找寶玉。

那寶玉聽見賈政吩咐他「不許動」，早知多凶少吉，那裡承望賈環又添了許多的話？正在廳上乾轉，怎得個人來，往裡頭去捎信，偏生沒個人，連焙茗也不知在那裡。正盼望時，只見一個老姆姆出來。寶玉如得了珍寶，便趕上來拉他，說道：「快進去告訴：老爺要打我呢！快去，快去！要緊，要緊！」寶玉一則急了，說話不明白；二則老婆子偏生又聾，竟不曾聽見是什麼話，把「要緊」二字只聽作「跳井」二字，便笑道：「跳井讓他跳去，二爺怕什麼？」寶玉見是個聾子，便著急道：「你出去叫我的小廝來罷。」那婆子道：「有什麼不了的事？老早的完了。太太又賞了衣服，又賞了銀子，怎麼不了事的！」

寶玉急的跺腳，正沒抓尋處，只見賈政的小廝走來，逼著他出去了。賈政一見，眼都紅紫了，也不暇問他在外流蕩優伶⑨，表贈私物，在家荒疏學業，淫辱母婢等語，只喝令：「堵起嘴來，著實打死！」小廝們不敢違拗，只得將寶玉按在凳上，舉起大板，打了十來下。賈政猶嫌打輕了，一腳踢開掌板的，自己奪過來，咬著牙，狠命蓋了三四十下。眾門客見打的不祥了，忙上前奪勸。賈政那裡肯聽，說道：「你們問問他幹的勾當，可饒不可饒！素日皆是你們這些人把他釀壞了，到這步田地，還來解勸！明日釀到他弒君殺父，你們才不勸不成！」

---

⑨流蕩優伶——流蕩，結交，玩弄；優伶，舊時對演藝人員的統稱。舊時認為優伶都是不正派的下賤人，和他們交往，是一種敗德的行為。

聯經出版事業公司校印

眾人聽這話不好聽，知道氣急了，忙又退出，只得覓人進去給信。王夫人不敢先回賈母，只得忙穿衣出來，也不顧有人沒人，忙忙趕往書房中來，慌的眾門客、小廝等避之不及。王夫人一進房來，賈政更如火上澆油一般，那板子越發下去的又狠又快。按寶玉的兩個小廝忙鬆了手走開，寶玉早已動彈不得了。

賈政還欲打時，早被王夫人抱住板子。賈政道：「罷了，罷了！今日必定要氣死我才罷！」王夫人哭道：「寶玉雖然該打，老爺也要自重。況且炎天暑日的，老太太身上也不大好，打死寶玉事小，倘或老太太一時不自在了，豈不事大！」賈政冷笑道：「倒休提這話！我養了這不肖的孽障，已不孝；教訓他一番，又有眾人護持；不如趁今日一發勒死了，以絕將來之患！」說著，便要繩索來勒死。王夫人連忙抱住哭道：「老爺雖然應當管教兒子，也要看夫妻分上。我如今已將五十歲的人，只有這個孽障，必定苦苦的以他為法，我也不敢深勸。今日越發要他死，豈不是有意絕我？既要勒死他，快拿繩子來先勒死我，再勒死他！我們娘兒們不敢含怨，到底在陰司裡得個依靠。」說畢，爬在寶玉身上大哭起來。

賈政聽了此話，不覺長嘆一聲，向椅上坐了，淚如雨下。王夫人抱著寶玉，只見他面白氣弱，底下穿著一條綠紗小衣皆是血漬，禁不住解下汗巾看，由臀至脛，或青或紫，或整或破，竟無一點好處，不覺失聲大哭起來，「苦命的兒吓！」因哭出「苦命兒」來，忽又想起賈珠來，便叫著賈珠，哭道：「若有你活著，便死一百個，我也不管了。」此時裡面的人聞得王夫人出來，那李宮裁、王熙鳳與迎春姊妹早已出來了。王夫人哭著賈珠的名字，別人還可，惟有李宮裁禁不住也放聲哭了。賈政聽了，那淚珠更似滾瓜一般滾了下來。

正沒開交處，忽聽丫鬟來說：「老太太來了。——」一句話未了，只聽窗外顫巍巍的聲氣說道：「先打死我，再打死他，豈不乾淨了！」賈政見他母親來了，又急又痛，連忙迎接出來。只見賈母扶著丫頭，喘吁吁的走來。賈政上前躬身陪笑道：「大暑熱天，母親有何生氣親自走來？有話只該叫了兒子進去吩咐。」賈母聽說，便止住步，喘息一回，厲聲說道：「你原來是和我說話！我倒有話吩咐，只是可憐我一生沒養個好兒子，卻教我和誰說去！」賈政聽這話不像，忙跪下含淚說道：「為兒的教訓兒子，也為的是光宗耀祖，母親這話，我做兒的如何禁得起？」賈母聽說，便啐了一口，說道：「我說一句話，你就禁不起！你那樣下死手的板子，難道寶玉就禁得起了？你說教訓兒子是光宗耀祖，當初你父親怎麼教訓你來！」說著，不覺就滾下淚來。賈政又陪笑道：「母親也不必傷感，皆是作兒的一時性起，從此以後，再不打他了。」賈母便冷笑道：「你也不必和我使性子賭氣的。你的兒子，我也不該管你打不打。我猜著你也厭煩我們娘兒們。不如我們趁早兒離了你，大家乾淨！」說著，便令人去看轎馬，「我和你太太、寶玉立刻回南京去！」家下人只得乾答應著。賈母又叫王夫人道：「你也不必哭了。如今寶玉年紀小，你疼他；他將來長大成人，為官作宰的，也未必想著你是他母親了。你如今倒不要疼他，只怕將來還少生一口氣呢！」賈政聽說，忙叩頭哭道：「母親如此說，兒子無立足之地了！」賈母冷笑道：「你分明使我無立足之地，你反說起你來！只是我們回去了，你心裡乾淨，看有誰來不許你打！」一面說，一面只令快打點行李車轎回去。賈政苦苦叩求認罪。

賈母一面說話，一面又記掛寶玉，忙進來看時，只見今日這頓打，不比往日，又是心疼，又是生氣，也抱著哭個不了。王夫人與鳳姐等解勸了一會，方漸漸的止住。

早有丫鬟、媳婦等上來，要攙寶玉，鳳姐便罵道：「糊塗東西，也不睜開眼瞧瞧！打的這麼個樣兒，還要攙著走！還不快進去把那藤屜子春凳[10]抬出來呢！」眾人聽說，連忙進去，果然抬出春凳來，將寶玉抬放凳上，隨著賈母、王夫人等進去，送至賈母房中。

彼時賈政見賈母氣未全消，不敢自便，也跟了進去。看看寶玉，果然打重了。再看看王夫人，「兒」一聲，「肉」一聲，「你替珠兒早死了，留著珠兒，免你父親生氣，我也不白操這半世的心了。這會子你倘或有個好歹，丟下我，叫我靠那一個？」數落一場，又哭「不爭氣的兒」。賈政聽了，也就灰心，自悔不該下毒手打到如此地步。先勸賈母，賈母含淚說道：「你不出去，還在這裡做什麼！難道於心不足，還要眼看著他死了才去不成！」賈政聽說，方退了出來。

此時薛姨媽同寶釵、香菱、襲人、史湘雲也都在這裡。襲人滿心委屈，只不好十分使出來，見眾人圍著，灌水的灌水，打扇的打扇，自己插不下手去，便越性走出來，到二門前，令小廝們找了焙茗來細問：「方才好端端的，為什麼打起來？你也不早來透個信兒！」焙茗急的說：「偏生我沒在跟前，打到半中間，我才聽見了。忙打聽原故，卻是為琪官、金釧姐姐的事。」襲人道：「老爺怎麼得知道的？」焙茗道：「那琪官的事，多半是薛大爺素日吃醋，沒法兒出氣，不知在外頭唆挑了誰來，在老爺跟前下的火[11]。那金釧兒的事是三爺說的，——我也是聽見老爺的人說的。」

襲人聽了這兩件事都對景[12]，心中也就信了八九分，然後回來，只見眾人都替寶玉療治。調停完備，

---

[10] 藤屜子春凳——春凳，一種面較寬的可坐可臥的長凳；藤屜子，凳面用藤皮編成。

[11] 下的火——使壞、進讒言的意思。

賈母令：「好生抬到他房內去。」眾人答應，七手八腳，忙把寶玉送入怡紅院內自己床上臥好。又亂了半日，眾人漸漸散去，襲人方進前來經心伏侍，問他端的。且聽下回分解。

---

⑫對景——由於情況符合，引起聯想或共鳴。

第三十四回　情中情因情感妹妹　錯裏錯以錯勸哥哥

話說襲人見賈母、王夫人等去後，便走來寶玉身邊坐下，含淚問他：「怎麼就打到這步田地？」寶玉嘆氣說道：「不過為那些事，問他做什麼！只是下半截疼的很，你瞧瞧，打壞了那裡？」襲人聽說，便輕輕的伸手進去，將中衣褪下。寶玉略動一動，便咬著牙叫「噯喲」，襲人連忙停住手：如此三四次，才褪了下來。襲人看時，只見腿上半段青紫，都有四指寬的僵痕高了起來。襲人咬著牙說道：「我的娘！怎麼下這般的狠手！——你但凡聽我一句話，也不得到這步地位。幸而沒動筋骨，倘或打出個殘疾來，可叫人怎麼樣呢！」

正說著，只聽丫鬟們說：「寶姑娘來了。」襲人聽見，知道穿不及中衣，便拿了一床袷紗被① 替寶玉蓋了。只見寶釵手裡托著一丸藥走進來，向襲人說道：「晚上把這藥用酒研開，替他敷上，把那淤血

①袷紗被——表裡兩層的紗被；袷，同「夾」。

的熱毒散開，可以就好了。」話畢，遞與襲人，又問道：「這會子可好些？」寶玉一面道謝說：「好了。」又讓坐。

寶釵見他睜開眼說話，不像先時，心中也寬慰了好些，便點頭嘆道：「早聽人一句話，也不至今日。別說老太太、太太心疼，就是我們看著，心裡也疼——」剛說了半句，又忙咽住，自悔說的話急了，不覺的就紅了臉，低下頭來。寶玉聽得這話如此親切稠密，大有深意；忽見他又咽住不往下說，紅了臉，低下頭，只管弄衣帶，那一種嬌羞怯怯，非可形容得出者，不覺心中大暢，將疼痛早丟在九霄雲外，心中自思：「我不過捱了幾下打，他們一個個就有這些憐惜悲感之態露出，令人可玩可觀，可憐可敬。假若我一時竟遭殃橫死，他們還不知是何等悲感呢！既是他們這樣，我便一時死了，得他們如此，一生事業縱然盡付東流，亦無足嘆惜，冥冥之中若不怡然自得，亦可謂糊塗鬼祟矣。」想著，只聽寶釵問襲人道：「怎麼好好的動了氣，就打起來了？」襲人便把焙茗的話說了出來。寶玉原來還不知道賈環的話，見襲人說出，方才知道。因又拉上薛蟠，惟恐寶釵沉心②，忙又止住襲人道：「薛大哥哥從來不這樣的，你們不可混猜度。」

寶釵聽說，便知道是怕他多心，用話相攔襲人，因心中暗暗想道：「打的這個形象，疼還顧不過來，還是這樣細心，怕得罪了人，可見在我們身上也算是用心了。你既這樣用心，何不在外頭大事上做工夫，老爺也歡喜了，也不能吃這樣虧。但你固然怕我沉心，所以攔襲人的話，難道我就不知我的哥哥素日恣

②沉心——言者無意而聽者有心，因而不愉快，也叫「吃心」或「嗔心」。

心縱欲、毫無防範的那種心性?當日為一個秦鐘，還鬧的天翻地覆，自然如今比先又更利害了。」想畢，因笑道：「你們也不必怨這個，怨那個。據我想，到底寶兄弟素日不正，肯和那些人來往，老爺才生氣。就是我哥哥說話不防頭，一時說出寶兄弟來，也不是有心調唆：一則也是本來的實話，二則他原不理論這些防嫌小事。襲姑娘從小兒只見寶兄弟這麼樣細心的人，你何嘗見過天不怕地不怕、心裡有什麼口裡就說什麼的人?」

襲人因說出薛蟠來，見寶玉攔他的話，早已明白自己說造次了，恐寶釵沒意思；聽寶釵如此說，更覺羞愧無言。寶玉又聽寶釵這番話，一半是堂皇正大，一半是去己疑心，更覺比先暢快了。方欲說話時，只見寶釵起身說道：「明兒再來看你，你好生養著罷。方才我拿了藥來交給襲人，晚上敷上，管就好了。」說著，便走出門去。襲人趕著送出院外，說：「姑娘倒費心了。改日寶二爺好了，親自來謝。」寶釵回頭笑道：「有什麼謝處?你只勸他好生靜養，別胡思亂想的就好了。不必驚動老太太、太太眾人，倘或吹到老爺耳朵裡，雖然彼時不怎麼樣，將來對景，總是要吃虧的。」說著，一面去了。

襲人抽身回來，心內著實感激寶釵。進來見寶玉沉思默默、似睡非睡的模樣，因而退出房外，自去櫛沐③。寶玉默默的躺在床上，無奈臀上作痛，如針挑刀挖一般，更又熱如火炙，略展轉時，禁不住「噯喲」之聲。那時天色將晚，因見襲人去了，卻有兩三個丫鬟伺候，此時並無呼喚之事，因說道：「你們且去梳洗，等我叫時再來。」眾人聽了，也都退出。

③櫛沐——梳頭洗髮。櫛，音ㄓˋ，梳子，也作「梳髮」解釋；沐，洗髮。

聯經出版事業公司 校印

這裡寶玉昏昏默默，只見蔣玉菡走了進來，訴說忠順府拿他之事；又見金釧兒進來，哭說為他投井之情。寶玉半夢半醒，都不在意。忽又覺有人推他，恍恍忽忽聽得有人悲戚之聲。寶玉從夢中驚醒，睜眼一看，不是別人，卻是黛玉。——寶玉猶恐是夢，忙又將身子欠起來，向臉上細細一認，只見兩個眼睛腫的桃兒一般，滿面淚光，不是黛玉，卻是那個？寶玉還欲看時，怎奈下半截疼痛難忍，支持不住，便「噯喲」一聲，仍就倒下，嘆了一聲，說道：「你又做什麼跑來？雖說太陽落下去，那地上的餘熱未散，走兩趟又要受了暑。我雖然捱了打，並不覺疼痛。我這個樣兒，只裝出來哄他們，好在外頭布散與老爺聽，其實是假的。你不可認真。」

此時黛玉雖不是嚎啕大哭，然越是這等無聲之泣，氣噎喉堵，更覺得利害。聽了寶玉這番話，心中雖然有萬句言詞，只是不能說得；半日，方抽抽噎噎的說道：「你從此可都改了罷！」寶玉聽說，便長嘆一聲，道：「你放心。別說這樣話。就便為這些人死了，也是情願的！」

一句話未了，只見院外人說：「二奶奶來了。」黛玉便知是鳳姐來了，連忙立起身說道：「我從後院子去罷，回來再來。」寶玉一把拉住道：「這可奇了，好好的怎麼怕起他來？」黛玉急的跺腳，悄悄的說道：「你瞧瞧我的眼睛！又該他取笑開心呢。」寶玉聽說，趕忙的放手。黛玉三步兩步轉過床後，出後院而去。鳳姐從前頭已進來了，問寶玉：「可好些了？想什麼吃，叫人往我那裡取去。」接著，薛姨媽又來了。一時賈母又打發了人來。

至掌燈時分，寶玉只喝了兩口湯，便昏昏沉沉的睡去。接著，周瑞媳婦、吳新登媳婦、鄭好時媳婦，這幾個有年紀常往來的，聽見寶玉捱了打，也都進來。襲人忙迎出來，悄悄的笑道：「嬸嬸們來遲了一步，二爺才睡著了。」說著，一面帶他們到那邊房裡坐了，倒茶與他們吃。那幾個媳婦子都悄悄的坐了一回，向襲人說：「等二爺醒了，你替我們說罷。」

襲人答應了，送他們出去。剛要回來，只見王夫人使個婆子來，口稱：「太太叫一個跟二爺的人呢。」襲人見說，想了一想，便回身悄悄告訴晴雯、麝月、檀雲、秋紋等說：「太太叫人，你們好生在房裡，我去了就來。」說畢，同那婆子一逕出了園子，來至上房。王夫人正坐在涼榻上搖著芭蕉扇子，見他來了，說：「不管叫個誰來也罷了。你又丟下他來了，誰伏侍他呢？」襲人見說，連忙陪笑回道：「二爺才睡安穩了，那四五個丫頭如今也好了，會伏侍二爺了，太太請放心。恐怕太太有什麼話吩咐，打發他們來，一時聽不明白，倒耽誤了。」王夫人道：「也沒甚話，白問問他這會子疼的怎麼樣。」襲人道：「寶姑娘送去的藥，我給二爺敷上了，比先好些了。先疼的躺不穩，這會子都睡沉了，可見好些了。」王夫人又問：「吃了什麼沒有？」襲人道：「老太太給的一碗湯，喝了兩口，只嚷乾渴，要吃酸梅湯。我想著酸梅是個收斂的東西，才剛捱了打，又不許叫喊，自然急的那熱毒熱血未免存在心裡，倘或吃下這個去，激在心裡，再弄出大病來，可怎麼樣呢？因此我勸了半天，才沒吃，只拿那糖醃的玫瑰滷子和了吃，吃了半碗，又嫌吃絮④了，不香甜。」王夫人道：「嗳喲，你不該早來和我說！前兒有人送了兩瓶子香露來，原要給他點子的，我怕他胡糟塌了，就沒給。既是他嫌那些玫瑰膏子絮煩，把這個拿兩瓶子去。一碗水裡，只用挑一茶匙兒，就香的了不得呢。」說著，就喚彩雲來：「把前兒的那幾瓶香露拿

④吃絮了——吃膩了，吃厭煩了。絮，即「絮煩」，因頻繁而生厭。

了來。」襲人道：「只拿兩瓶來罷，多了也白糟塌。等不夠再要，再來取，也是一樣。」彩雲聽說，去了半日，果然拿了兩瓶來，付與襲人。襲人看時，只見兩個玻璃小瓶，卻有三寸大小，上面螺絲銀蓋，鵝黃箋上寫著：「木樨清露」，那一個寫著「玫瑰清露」。襲人笑道：「好金貴東西！這麼個小瓶兒，能有多少？」王夫人道：「那是進上的，你沒看見鵝黃箋子？你好生替他收著，別糟塌了。」

襲人答應著。方要走時，王夫人又叫：「站著，我想起一句話來問你。」襲人忙又回來。王夫人見房內無人，便問道：「我恍惚聽見寶玉今兒捱打，是環兒在老爺跟前說了什麼話。你可聽見這個了？你要聽見，告訴我聽聽，我也不吵出來教人知道是你說的。」襲人道：「我倒沒聽見這話，為二爺霸占著戲子，人家來和老爺要，為這個打的。」王夫人搖頭說道：「也為這個，還有別的原故。」襲人道：「別的原故，實在不知道了。我今兒在太太跟前大膽說句不知好歹的話。論理……」說了半截，忙又咽住。王夫人道：「你只管說。」襲人道：「太太別生氣，我就說了。」王夫人道：「我有什麼生氣的，你只管說來。」襲人道：「論理，我們二爺也須得老爺教訓兩頓。若老爺再不管，將來不知做出什麼事來呢。」王夫人一聞此言，便合掌念聲「阿彌陀佛」，由不得趕著襲人叫了一聲：「我的兒！虧了你也明白，這話和我的心一樣。我何曾不知道管兒子？先時你珠大爺在，我是怎麼樣管他，難道我如今倒不知管兒子了？只是有個原故：如今我想，我已經快五十歲的人，通共剩了他一個，他又長的單弱，況且老太太寶貝似的，若管緊了他，倘或再有個好歹，或是老太太氣壞了，那時上下不安，豈不倒壞了，所以就縱壞了他。我常常掰著口兒勸一陣，說一陣，氣的罵一陣，哭一陣，彼時他好，過後兒還是不相干，端的吃了虧才罷了！若打壞了，將來我靠誰呢！」說著，由不得滾下淚來。

襲人見王夫人這般悲感，自己也不覺傷了心，陪著落淚。又道：「二爺是太太養的，豈不心疼。便是我們做下人的，伏侍一場，大家落個平安，也算是造化了。要這樣起來，連平安都不能了。那一日、那一時我不勸二爺？只是再勸不醒。偏生那些人又肯親近他，也怨不得他這樣，總是我們勸的倒不好了。今兒太太提起這話來，我還記掛著一件事，每要來回太太，討太太個主意。只是我怕太太疑心，不但我的話白說了，且連葬身之地都沒了。」

王夫人聽了這話內有因，忙問道：「我的兒！你有話只管說。近來我因聽見眾人背前背後都誇你，我只說你不過是在寶玉身上留心，或是諸人跟前和氣，——這些小意思好，所以將你和老姨娘一體行事。誰知你方才和我說的話，全是大道理，正和我的想頭一樣。你有什麼只管說什麼，只別教別人知道就是了。」襲人道：「我也沒什麼別的說。我只想著討太太一個示下，怎麼變個法兒，以後竟還教二爺搬出園外來住就好了。」

王夫人聽了，吃一大驚，忙拉了襲人的手問道：「寶玉難道和誰作怪了不成？」襲人連忙回道：「太太別多心，並沒有這話。這不過是我的小見識。如今二爺也大了，裡頭姑娘們也大了，況且林姑娘、寶姑娘又是兩姨姑表姊妹，雖說是姊妹們，到底是男女之分，日夜一處，起坐不方便，由不得叫人懸心，便是外人看著也不像。一家子的事，俗語說的『沒事常思有事』，世上多少無頭腦⑤的事，多半因為無心中做出，有心人看見，當作有心事，反說壞了。只是預先不防著，斷然不好。二爺素日性格，太太是

⑤無頭腦的事——沒線索或沒頭緒的糊塗事。

聯經出版事業公司校印

知道的。他又偏好在我們隊裡鬧，倘或不防，前後錯了一點半點，不論真假，人多口雜，——那起小人的嘴有什麼避諱，心順了，說的比菩薩還好；心不順，就貶的連畜牲不如。二爺將來倘或有人說好，不過大家直過⑥沒事；若要叫人說出一個不好字來，我們不用說，粉身碎骨，罪有萬重，都是平常小事，但後來二爺一生的聲名品行豈不完了？二則太太也難見老爺。俗語又說『君子防不然』⑦，不如這會子防避的為是。太太事情多，一時固然想不到。我們想不到則可，既想到了，若不回明太太，罪越重了。近來我為這事日夜懸心，又不好說與人，惟有燈知道罷了。」

王夫人聽了這話，如雷轟電掣的一般，正觸了金釧兒之事，心內越發感愛襲人不盡，忙笑道：「我的兒！你竟有這個心胸，想的這樣周全！我何曾又不想到這裡，只是這幾次有事就忘了。你今兒這一番話提醒了我。難為你成全我娘兒兩個聲名體面，真真我竟不知道你這樣好。罷了，你且去罷，我自有道理。只是還有一句話：你今既說了這樣的話，我就把他交給你了，好歹留心，保全了他，就是保全了我。我自然不辜負你。」

襲人連連答應著去了。回來正值寶玉睡醒，襲人回明香露之事。寶玉喜不自禁，即令調來嘗試，果然香妙非常。因心下記掛著黛玉，滿心裡要打發人去，只是怕襲人，便設一法，先使襲人往寶釵那裡去借書。

襲人去了，寶玉便命晴雯來，吩咐道：「你到林姑娘那裡，看看他做什麼呢？他要問我，只說我好

---

⑥直過——不出差錯，過得去，但談不上功勞。

⑦君子防不然——又作「君子防患於未然」，是說君子防備禍患於未發生之時。

了。」晴雯道：「白眉赤眼⑧，做什麼去呢？到底說句話兒，也像一件事。」寶玉道：「沒有什麼可說的。」晴雯道：「若不然，或是送件東西，或是取件東西；不然，我去了，怎麼搭訕呢？」寶玉想了一想，便伸手拿了兩條帕子撂與晴雯，笑道：「也罷，就說我叫你送這個給他去了。」晴雯道：「這又奇了。他要這半新不舊的兩條手帕子？他又要惱了，說你打趣他。」寶玉笑道：「你放心，他自然知道。」

晴雯聽了，只得拿了帕子往瀟湘館來。只見春纖正在欄杆上晾手帕子，見他進來，忙擺手兒，說：「睡下了。」晴雯走進來，滿屋魆黑，並未點燈。黛玉已睡在床上，問：「是誰？」晴雯忙答道：「晴雯。」黛玉道：「做什麼？」晴雯道：「二爺送手帕子來給姑娘。」黛玉聽了，心中發悶：「做什麼送手帕子來給我？」因問：「這帕子是誰送他的？必是上好的，叫他留著送別人罷，我這會子不用這個。」晴雯笑道：「不是新的，就是家常舊的。」黛玉聽見，越發悶住。著實細心搜求，思忖一時，方大悟過來，連忙說：「放下，去罷。」晴雯聽了，只得放下，抽身回去；一路盤算，不解何意。

這裡黛玉體貼出手帕子的意思來，不覺神魂馳蕩：寶玉這番苦心，能領會我這番苦意，又令我可喜；我這番苦意，不知將來如何，又令我可悲；忽然好好的送兩塊舊帕子來，若不是領我深意，單看了這帕子，又令我可笑；再想令人私相傳遞與我，又可懼；我自己每每好哭，想來也無味，又令我可愧。如此左思右想，一時五內沸然炙起。黛玉由不得餘意綿纏，令掌燈，也想不起嫌疑避諱等事，便向案上研墨蘸筆，便向那兩塊舊帕上走筆寫道：

⑧白眉赤眼——平白無故，指行動沒有題目或藉口。

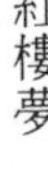

眼空蓄淚淚空垂，暗洒閑拋卻為誰？尺幅鮫綃勞解贈，叫人焉得不傷悲！

其二

拋珠滾玉只偷潸⑨，鎮日無心鎮日閑；枕上袖邊難拂拭，任他點點與斑斑。

其三

彩線難收面上珠，湘江舊迹⑩已模糊；窗前亦有千竿竹，不識香痕漬也無？

那黛玉還要往下寫時，覺得渾身火熱，面上作燒，走至鏡臺，揭起錦袱一照，只見腮上通紅，自羨壓倒桃花，——卻不知病由此萌。一時方上床睡去，猶拿著那帕子思索，不在話下。

卻說襲人來見寶釵，誰知寶釵不在園內，往他母親那裡去了，襲人便空手回來。等至二更，寶釵方回來。原來寶釵素知薛蟠情性，心中已有一半疑是薛蟠調唆了人來告寶玉的，誰知又聽襲人說出來，越發信了。究竟襲人是聽焙茗說的，那焙茗也是私心窺度，並未據實，竟認准是他說的。那薛蟠都因素日有這個名聲，其實這一次卻不是他幹的，被人生生的一口咬死是他，有口難分。這日正從外頭吃了酒回來，見過母親，只見寶釵在這裡，說了幾句閑話，因問：「聽見寶兄弟吃了虧，是為什麼？」薛姨媽正為這個不自在，見他問時，便咬著牙道：「不知好歹的東西，都是你鬧的，你還有臉來問！」薛蟠見說，便

⑨「拋珠」句——珠，珍珠；玉，玉石；這裡都指眼淚。潸，淚水輕輕流淌。

⑩湘江舊迹——代指「淚痕」。用湘妃哭舜，淚染斑竹的典故，見《博物志》。

怔了，忙問道：「我何嘗鬧什麼？」薛姨媽道：「你還裝憨呢！人人都知道是你說的，還賴呢？」薛蟠道：「人人說我殺了人，也就信了罷？」薛姨媽道：「連你妹妹都知道是你說的，難道他也賴你不成？」

寶釵忙勸道：「媽和哥哥且別叫喊，消消停停的，就有個青紅皂白了。」因向薛蟠道：「是你說的也罷，不是你說的也罷，事情也過去了，不必較證，倒把小事兒弄大了。我只勸你，從此以後，在外頭少去胡鬧，少管別人的事。天天一處大家胡逛，你是個不防頭的人，過後兒沒事就罷了，倘或有事，不是你幹的，人人都也疑惑是你幹的。——不用說別人，我就先疑惑。」

薛蟠本是個心直口快的人，一生見不得這樣藏頭露尾的事，又見寶釵勸他不要逛去，他母親又說他犯舌⑪，寶玉之打是他治的：早已急的亂跳，賭身發誓的分辯。又罵眾人：「誰這樣贓派我？我把那囚攮的牙敲了才罷！分明是為打了寶玉，沒的獻勤兒，拿我來作幌子。難道寶玉是天王？他父親打他一頓，一家子定要鬧幾天。那一回為他不好，姨爹打了他兩下子，過後老太太不知怎麼知道了，說是珍大哥哥治的，好好的叫了去罵了一頓。今兒越發拉上我了！——既拉上，我也不怕，越性進去把寶玉打死了，我替他償了命，大家乾淨。」一面嚷，一面抓起一根門閂來就跑。慌的薛姨媽一把抓住，罵道：「作死的孽障，你打誰去？你先打我來！」薛蟠急的眼似銅鈴一般，嚷道：「何苦來！又不叫我去，又好好的賴我。將來寶玉活一日，我擔一日的口舌，不如大家死了清淨！」

寶釵忙也上前勸道：「你忍耐些兒罷。媽急的這個樣兒，你不說來勸媽，你還反鬧的這樣。別說是媽，便是旁人來勸你，也為你好，——倒把你的性子勸上來了！」薛蟠道：「這會子又說這話。都是你

⑪犯舌——惹動口舌糾紛。

說的！」寶釵道：「你只怨我說，再不怨你顧前不顧後的形景。」薛蟠道：「你只會怨我顧前不顧後，你怎麼不怨寶玉外頭招風惹草的那個樣子！別說多的，只拿前兒琪官的事比給你們聽：那琪官，我們見過十來次的，我並未和他說一句親熱話；怎麼前兒他見了，連姓名還不知道，就把汗巾子給他了？難道這也是我說的不成？」薛姨媽和寶釵急的說道：「還提這個！可不是為這個打他呢！可見是你說的了。」薛蟠道：「真真的氣死人了！賴我說的我不惱，我只氣一個寶玉鬧的這樣天翻地覆的！」寶釵道：「誰鬧了？你先持刀動杖的鬧起來，倒說別人鬧。」

薛蟠見寶釵說的話句句有理，難以駁正，比母親的話反難回答，因此便要設法拿話堵回他去，就無人敢攔自己的話了；也因正在氣頭上，未曾想話之輕重，便說道：「好妹妹，你不用和我鬧，我早知道你的心了。從先媽和我說，你這金要揀有玉的才可正配，你留了心，見寶玉有那勞什骨子，你自然如今行動護著他。」話未說了，把個寶釵氣怔了，拉著薛姨媽哭道：「媽媽，你聽哥哥說的是什麼話！」薛蟠見妹妹哭了，便知自己冒撞了，便賭氣走到自己房裡安歇不提。

這裡薛姨媽氣的亂戰，一面又勸寶釵道：「你素日知那孽障說話沒道理，明兒我叫他給你陪不是。」寶釵滿心委屈氣忿，待要怎樣，又怕他母親不安，少不得含淚別了母親，各自回來，到房裡整哭了一夜。次日早起來，也無心梳洗，胡亂整理整理，便出來瞧母親。可巧遇見黛玉獨立在花陰之下，問他：「那裡去？」寶釵因說：「家去。」口裡說著，便只管走。黛玉見他無精打彩的去了，又見眼上有哭泣之狀，大非往日可比，便在後面笑道：「姐姐也自保重些兒。就是哭出兩缸眼淚來，也醫不好棒瘡！」不知寶釵如何答對，且聽下回分解。

聯經出版事業公司 校印

第三十五回　白玉釧親嘗蓮葉羹　黃金鶯巧結梅花絡

話說寶釵分明聽見黛玉刻薄他，因記掛著母親、哥哥，並不回頭，一逕去了。

這裡黛玉還自立於花陰之下，遠遠的卻向怡紅院內望著，只見李宮裁、迎春、探春、惜春並各項人等都向怡紅院內去過之後，一起一起的散盡了；只不見鳳姐兒來。心裡自己盤算道：「如何他不來瞧寶玉？便是有事纏住了，他必定也是要來打個花胡哨①，討老太太和太太的好兒才是。今兒這早晚不來，必有原故。」一面猜疑，一面抬頭再看時，只見花花簇簇一群人又向怡紅院內來了。定睛看時，只見賈母搭著鳳姐兒的手，後頭邢夫人、王夫人，跟著周姨娘並丫鬟、媳婦等人，都進院去了。黛玉看了不覺點頭，想起有父母的人的好處來，早又淚珠滿面。少頃，只見寶釵、薛姨媽等也進入去了。忽見紫鵑從背後走來，說道：「姑娘吃藥去罷，開水又冷了。」黛玉道：「你到底要怎麼樣？只是催！我吃不吃，

---

①打個花胡哨——虛情假意地敷衍一下。

聯經出版事業公司校印

管你什麼相干！」紫鵑笑道：「咳嗽的才好了些，又不吃藥了？如今雖然是五月裡，天氣熱，到底也該還小心些。大清早起，在這個潮地方站了半日，也該回去歇息歇息了。」一句話提醒了黛玉，方覺得有點腿酸，呆了半日，方慢慢的扶著紫鵑，回瀟湘館來。

一進院門，只見滿地下竹影參差，苔痕濃淡，不覺又想起《西廂記》中所云「幽僻處，可有人行？點蒼苔，白露泠泠」②二句來，因暗暗的嘆道：「雙文，雙文③，誠為命薄人矣。然你雖命薄，尚有孀母弱弟；今日我黛玉之命薄，一併連孀母弱弟俱無。古人云『佳人命薄』，然我又非佳人，何命薄勝於雙文哉！」一面想，一面只管走，不防廊上的鸚哥見黛玉來了，「嘎」的一聲，撲了下來，倒嚇了一跳。因說道：「作死的，又扇了我一頭灰。」那鸚哥仍飛上架去，便叫：「雪雁，快掀簾子，姑娘來了。」黛玉便止住步，以手扣架，道：「添了食水不曾？」那鸚哥便長嘆一聲，竟大似黛玉素日吁嗟音韻，接著念道：「儂今葬花人笑癡，他年葬儂知是誰？試看春盡花漸落，便是紅顏老死時。一朝春盡紅顏老，花落人亡兩不知！」黛玉、紫鵑聽了，都笑起來。紫鵑笑道：「這都是素日姑娘念的，難為他怎麼記了！」黛玉便令將架摘下來，另掛在月洞窗外的鉤上，於是進了屋子，在月洞窗內坐了。吃畢藥，只見窗外竹影映入紗來，滿屋內陰陰翠潤，几簟生涼。黛玉無可釋悶，便隔著紗窗調逗鸚哥作戲，又將素日所喜的詩詞也教與他念。這且不在話下。

②泠泠——形容露水清涼；泠，音ㄌㄧㄥˊ，清涼、清冷的樣子。

③雙文——即《西廂記》裡的崔鶯鶯，因鶯鶯的名字是用兩個「鶯」字疊成。

聯經出版事業公司校印

且說寶釵來至家中，只見母親正自梳頭呢。一見他來了，便說道：「你大清早起跑來作什麼？」寶釵道：「我瞧瞧媽身上好不好？昨兒我去了，不知他可又過來鬧了沒有？」一面說，一面在他母親身旁坐了，由不得哭將起來。薛姨媽見他一哭，自己撐不住，也就哭了一場。一面又勸他：「我的兒，你別委屈了。你等我處分他！你要有個好歹，我指望那一個來？」薛蟠在外邊聽見，連忙跑了過來，對著寶釵，左一個揖，右一個揖，只說：「好妹妹，恕我這一次罷！原是我昨兒吃了酒，回來的晚了，路上撞客著了，來家未醒，不知胡說了什麼，連自己也不知道，怨不得你生氣。」寶釵原是掩面哭的，聽如此說，由不得又好笑了，遂抬頭向地下啐了一口，說道：「你不用做這些像生兒④！我知道你的心裡多嫌我們娘兒兩個，是要變著法兒叫我們離了你，你就心淨了。」薛蟠聽說，連忙笑道：「妹妹這話從那裡說起來的？這樣我連立足之地都沒了。妹妹從來不是這樣多心說歪話的人。」薛姨媽忙又接著道：「你只會聽見你妹妹的『歪話』，難道昨兒晚上你說的那話就應該的不成？當真是你發昏了！」薛蟠道：「媽也不必生氣，妹妹也不用煩惱，從今以後我再不同他們一處吃酒閑逛如何？」寶釵笑道：「這才明白過來了！」薛姨媽道：「你要有這個橫勁⑤，那龍也下蛋了。」薛蟠道：「我若再和他們一處逛，妹妹聽見了，只管啐我，再叫我畜生、不是人，如何？何苦來，為我一個人，娘兒兩個天天操心！媽為我生氣還有可恕，若只管叫妹妹為我操心，我更不是人了。如今父親沒了，我不能多孝順媽、多疼妹妹，反教

④像生兒——又作「相聲兒」，原指模擬仿效客觀事物的聲音、狀態等，這裡指做戲似地裝模作樣，引人發笑。

⑤橫勁——指堅持克服自己惰性的決心。

娘生氣、妹妹煩惱，真連個畜生也不如了。」口裡說著，眼睛裡禁不起也滾下淚來。薛姨媽本不哭了，聽他一說，又勾起傷心來。寶釵勉強笑道：「你鬧夠了，這會子又招著媽哭起來了。」薛蟠聽說，忙收了淚，笑道：「我何曾招媽哭來！罷，罷，罷！丟下這個別提了。叫香菱來倒茶妹妹吃。」寶釵道：「我也不吃茶，等媽洗了手，我們就過去了。」薛蟠道：「妹妹的項圈我瞧瞧，只怕該炸一炸⑥去了。」寶釵道：「黃澄澄的，又炸他作什麼？」薛蟠又道：「妹妹如今也該添補些衣裳了。要什麼顏色花樣，告訴我。」寶釵道：「連那些衣服我還沒穿遍了，又做什麼？」一時薛姨媽換了衣裳，拉著寶釵進去，薛蟠方出去了。

這裡薛姨媽和寶釵進園來瞧寶玉，到了怡紅院中，只見抱廈裡外迴廊上許多丫鬟、老婆站著，便知賈母等都在這裡。母女兩個進來，大家見過了，只見寶玉躺在榻上。薛姨媽問他：「可好些？」寶玉忙欲欠身，口裡答應著：「好些。」又說：「只管驚動姨娘、姐姐，我禁不起。」薛姨媽忙扶他睡下，又問他：「想什麼，只管告訴我。」寶玉笑道：「我想起來，自然和姨娘要去的。」王夫人又問：「你想什麼吃？回來好給你送來的。」寶玉笑道：「也倒不想什麼吃，——倒是那一回做的那小荷葉兒、小蓮蓬兒的湯還好些。」鳳姐一旁笑道：「聽聽，口味不算高貴，只是太磨牙了。巴巴的想這個吃了。」賈母便一疊聲的叫人做去。鳳姐兒笑道：「老祖宗別急，等我想一想這模子誰收著呢？……」因回頭吩咐個婆子去問管廚房的要去。那婆子去了半天，來回說：「管廚房的說，四副湯模子都交上來了。」鳳

⑥炸一炸——金銀器物舊了，經淬火加工使它重現光澤，叫作「炸」（音ㄓㄚˋ）。

姐兒聽說，想了一想，道：「我不記得交給誰了，多半在茶房裡。」一面又遣人去問管茶房的，也不曾收。次後還是管金銀器皿的送了來。

薛姨媽先接過來瞧時，原來是個小匣子，裡面裝著四副銀模子，都有一尺多長，一寸見方，上面鑿著有豆子大小，也有菊花的，也有梅花的，也有蓮蓬的，也有菱角的：共有三四十樣，打的十分精巧。因笑向賈母、王夫人道：「你們府上也都想絕了！吃碗湯，還有這些樣子。若不說出來，我見了這個，也不認得這是作什麼用的。」鳳姐兒也不等人說話，便笑道：「姑媽那裡曉得，這是舊年備膳，他們想的法兒。不知弄些什麼面印出來，借點新荷葉的清香，全仗著好湯，究竟沒意思。誰家常吃他了？那一回呈樣，作了一回，他今日怎麼想起來了？」說著，接了過來，遞與個婦人：「吩咐廚房裡立刻拿幾只雞，另外添了東西，做出十來碗來。」王夫人道：「要這些做什麼？」鳳姐兒笑道：「有個原故：這一宗東西家常不大作，今兒寶兄弟提起來了，單做給他吃，老太太、姑媽、太太都不吃，似乎不大好；不如借勢兒弄些大家吃，托賴連我也上個俊兒⑦。」賈母聽了，笑道：「猴兒，把你乖的！拿著官中的錢你做人。」說的大家笑了。鳳姐也忙笑道：「這不相干。這個小東道我還孝敬的起。」便回頭吩咐婦人：「說給廚房裡，只管好生添補著做了，在我的帳上來領銀子。」婦人答應著去了。

寶釵一旁笑道：「我來了這麼幾年，留神看起來，二嫂子憑他怎麼巧，再巧不過老太太去。」賈母聽說，便答道：「我如今老了，那裡還巧什麼？當日我像鳳哥兒這麼大年紀，比他還來得⑧呢！他如今

---

⑦上個俊兒——嘗個新、沾點光的意思。

雖說不如我們，也就算好了，——比你姨娘強遠了！你姨娘可憐見的，不大說話，和木頭似的，在公婆跟前就不大顯好。鳳兒嘴乖，怎麼怨得人疼他。」寶玉笑道：「若這麼說，不大說話的就不疼了？」賈母道：「不大說話的又有不大說話的可疼之處；嘴乖的也有一宗可嫌的，倒不如不說話的好。」寶玉笑道：「這就是了。我說大嫂子倒不大說話呢，老太太也是和鳳姐姐的一樣看待。若是單是會說話的可疼，這些姊妹裡頭也只是鳳姐姐和林妹妹可疼了。」賈母道：「提起姊妹，不是我當著姨太太的面奉承：千真萬真，從我們家四個女孩兒算起，全不如寶丫頭。」薛姨媽聽說，忙笑道：「這話是老太太說偏了。」王夫人忙又笑道：「老太太時常背地裡和我說寶丫頭好，這倒不是假話。」寶玉勾著賈母原為讚黛玉的，不想反讚起寶釵來，倒也意出望外，便看著寶釵一笑。寶釵早扭過頭去和襲人說話去了。

忽有人來請吃飯，賈母方立起身來，命寶玉好生養著，又把丫頭們囑咐了一回，方扶著鳳姐兒，讓著薛姨媽，大家出房去了。因問湯好了不曾，又問薛姨媽等：「想什麼吃，只管告訴我，我有本事叫鳳丫頭弄了來咱們吃。」薛姨媽笑道：「老太太也會慪他的。時常他弄了東西孝敬，究竟又吃不了多少。」鳳姐兒笑道：「姑媽倒別這樣說。我們老祖宗只是嫌人肉酸，若不嫌人肉酸，早已把我還吃了呢！」一句話沒說了，引的賈母眾人都哈哈的笑起來。寶玉在房裡也撐不住笑了。襲人笑道：「真真的二奶奶的這張嘴怕死人！」寶玉伸手拉著襲人笑道：「你站了這半日，可乏了？」一面說，一面拉他身旁坐了。襲人笑道：「可是又忘了。趁寶姑娘在院子裡，你和他說，煩他鶯兒來打上幾根絡子。」寶玉笑

⑧來得——能幹，有學問，會，行。

道：「虧你提起來。」說著，便仰頭向窗外道：「寶姐姐，吃過飯叫鶯兒來，煩他打幾根絡子，可得閑兒？」寶釵聽見，回頭道：「怎麼不得閑兒，一會叫他來就是了。」賈母等尚未聽真，都止步問寶釵。寶釵說明了，大家方明白。賈母又說道：「好孩子，叫他來替你兄弟作幾根。你要無人使喚，我那裡閑著的丫頭多呢，你喜歡誰，只管叫了來使喚。」薛姨媽、寶釵等都笑道：「只管叫他來作就是了。有什麼使喚的去處？他天天也是閑著淘氣。」

大家說著，往前邁步正走，忽見湘雲、平兒、香菱等在山石邊掐鳳仙花呢，見了他們走來，都迎上來了。

少頃至園外，王夫人恐賈母乏了，便欲讓至上房內坐；賈母也覺腿酸，便點頭依允。王夫人便令丫頭忙先去鋪設坐位。那時趙姨娘推病，只有周姨娘與眾婆娘、丫頭們忙著打簾子，立靠背，鋪褥子。賈母扶著鳳姐兒進來，與薛姨媽分賓主坐了。寶釵、湘雲坐在下面。王夫人親捧了茶奉與賈母，李宮裁奉與薛姨媽。賈母向王夫人道：「讓他們小妯娌伏侍，你在那裡坐了，好說話兒。」王夫人方向一張小杌子上坐下，便吩咐鳳姐兒道：「老太太的飯在這裡放，添了東西來。」鳳姐兒答應出去，便令人去賈母那邊告訴。那邊的婆娘忙往外傳了，丫頭們都趕過來。王夫人便令：「請姑娘們去。」請了半天，只有探春、惜春兩個來了；迎春身上不耐煩，不吃飯；黛玉自不消說，平素十頓飯只好吃五頓，眾人也不著意了。

少頃飯至，眾人調放了桌子。鳳姐兒用手巾裹著一把牙箸，站在地下，笑道：「老祖宗和姑媽不用讓，還聽我說就是了。」賈母笑向薛姨媽道：「我們就是這樣。」薛姨媽笑著應了。於是鳳姐放了四雙：上面兩雙是賈母、薛姨媽，兩邊是寶釵、湘雲的。王夫人、李宮裁等都站在地下，看著放菜。鳳姐先忙著要乾淨傢伙來，替寶玉揀菜。

少頃，荷葉湯來，賈母看過了。王夫人回頭見玉釧兒在那邊，便令玉釧與寶玉送去。鳳姐道：「他一個人拿不去。」可巧鶯兒和喜兒都來了。寶釵知道他們已吃了飯，便向鶯兒道：「寶兄弟正叫你去打絡子，你們兩個一同去罷。」鶯兒答應，同著玉釧兒出來。

鶯兒道：「這麼遠，怪熱的，怎麼端了去？」玉釧笑道：「你放心，我自有道理。」說著，便令一個婆子來，將湯飯等物放在一個捧盒裡，令他端了跟著，他兩個卻空著手走。一直到了怡紅院門內，玉釧兒方接了過來，同鶯兒進入寶玉房中。襲人、麝月、秋紋三個人正和寶玉頑笑呢，見他兩個來了，都忙起來，笑道：「你兩個怎麼來的這麼碰巧，一齊來了。」一面說，一面接了下來。玉釧便向一張杌子上坐了，鶯兒不敢坐下。襲人便忙端了個腳踏來，鶯兒還不敢坐。

寶玉見鶯兒來了，卻倒十分歡喜；忽見了玉釧兒，便想到他姐姐金釧兒身上，又是傷心，又是慚愧，便把鶯兒丟下，且和玉釧兒說話。襲人見把鶯兒不理，恐鶯兒沒好意思的，又見鶯兒不肯坐，便拉了鶯兒出來，到那邊房裡去吃茶說話兒去了。

這裡麝月等預備了碗箸來伺候吃飯。寶玉只是不吃，問玉釧兒道：「你母親身子好？」玉釧兒滿臉怒色，正眼也不看寶玉，半日，方說了一個「好」字。寶玉便覺沒趣，半日，只得又陪笑問道：「誰叫你給我送來的？」玉釧兒道：「不過是奶奶、太太們！」寶玉見他還是這樣哭喪，便知他是為金釧兒的原故；待要虛心下氣磨轉他，又見人多，不好下氣的，因而變盡方法，將人都支出去，然後又陪笑問長問短。那玉釧兒先雖不悅，只管見寶玉一些性子沒有，憑他怎麼喪謗⑨，他還是溫存和氣，自己倒不好

⑨喪謗——態度不柔和，這裡指惡聲惡氣地對人說話。

意思的了，臉上方有三分喜色。寶玉便笑求他：「好姐姐，你把那湯拿了來，我嘗嘗。」玉釧兒道：「我從不會餵人東西，等他們來了再吃。」寶玉笑道：「我不是要你餵我。我因為走不動，你遞給我吃了，你好趕早兒回去交代了，你好吃飯的。我只管耽誤時候，你豈不餓壞了？你要懶待動，我少不了忍了疼下去取來。」說著，便要下床來，掙扎起來，禁不住「噯喲」之聲。玉釧兒見他這般，忍不住起身說道：「躺下罷！那世裡造了來的業，這會子現世現報。教我那一個眼睛看的上！」一面說，一面「哧」的一聲又笑了，端過湯來。寶玉笑道：「好姐姐，你要生氣，只管在這裡生罷，見了老太太、太太，可放和氣些。若還這樣，你就又捱罵了。」玉釧兒道：「吃罷！吃罷！不用和我甜嘴蜜舌的，我可不信這樣話！」說著，催寶玉喝了兩口湯。寶玉故意說：「不好吃，不吃了。」玉釧兒道：「阿彌陀佛！這還不好吃，什麼好吃！」寶玉道：「一點味兒也沒有，你不信，嘗一嘗就知道了。」玉釧兒真就賭氣嘗了一嘗。寶玉笑道：「這可好吃了。」玉釧兒聽說，方解過意來：原是寶玉哄他吃一口。便說道：「你既說不好吃，這會子說好吃也不給你吃了。」寶玉只管央求陪笑要吃，玉釧兒又不給他，一面又叫人打發吃飯。

丫頭方進來時，忽有人來回話：「傅二爺家的兩個嬤嬤來請安，來見二爺。」寶玉聽說，便知是通判傅試家的嬤嬤來了。那傅試原是賈政的門生，歷年來都賴賈家的名勢得意，賈政也著實看待，故與別個門生不同，他那裡常遣人來走動。寶玉素習最厭愚男蠢女的，今日卻如何又令兩個婆子進來？其中原來有個原故：只因那寶玉聞得傅試有個妹子，名喚傅秋芳，也是個瓊閨秀玉，常聞人傳說才貌俱全，雖自未親睹，然遐思遙愛之心十分誠敬，不命他們進來，恐薄了傅秋芳，因此連忙命讓進來。

那傅試原是暴發的，因傅秋芳有幾分姿色，聰明過人，那傅試安心仗著妹妹，要與豪門貴族結姻，不肯輕意許人，所以耽誤到如今。目今傅秋芳年已二十三歲，尚未許人。爭奈那些豪門貴族又嫌他窮酸，根基淺薄，不肯求配。那傅試與賈家親密，也自有一段心事。

今日遣來的兩個婆子，偏生是極無知識的，聞得寶玉要見，進來，只剛問了好，說了沒兩句話。那玉釧見生人來，也不和寶玉廝鬧了，手裡端著湯，只顧聽話。寶玉又只顧和婆子說話，一面吃飯，一面伸手去要湯。兩個人的眼睛都看著人，不想伸猛了手，便將碗碰翻，將湯潑了寶玉手上。玉釧兒倒不曾燙著，唬了一跳，忙笑道：「這是怎麼了？」慌的丫頭們忙上來接碗。寶玉自己燙了手，倒不覺的，卻只管問玉釧兒：「燙了那裡了？疼不疼？」玉釧兒和眾人都笑了。玉釧兒道：「你自己燙了，只管問我。」寶玉聽說，方覺自己燙了。眾人上來，連忙收拾。寶玉也不吃飯了，洗手吃茶，又和那兩個婆子說了兩句話。然後兩個婆子告辭出去，晴雯等送至橋邊方回。

那兩個婆子見沒人了，一行走，一行談論。這一個笑道：「怪道有人說他家寶玉是外像好，裡頭糊塗，中看不中吃的，果然有些呆氣。他自己燙了手，倒問人疼不疼，這可不是個呆子？」那一個又笑道：「我前一回來，聽見他家裡許多人抱怨，千真萬真的有些呆氣。大雨淋的水雞似的，他反告訴別人：『下雨了，快避雨去罷。』你說可笑不可笑？時常沒人在跟前，就自哭自笑的；看見燕子，就和燕子說話；河裡看見了魚，就和魚說話；見了星星、月亮，不是長吁短嘆，就是咕咕噥噥的。且是連一點剛性也沒有，連那些毛丫頭的氣都受的。愛惜東西，連個線頭兒都是好的；糟塌起來，那怕值千值萬的都不管了。」兩個人一面說，一面走出園來，辭別諸人回去，不在話下。

如今且說襲人見人去了，便攜了鶯兒過來，問寶玉：「打什麼絡子？」寶玉笑向鶯兒道：「才只顧說話，就忘了你。煩你來，不為別的，卻為替我打幾根絡子。」鶯兒道：「裝什麼的絡子？」寶玉見問，便笑道：「不管裝什麼的，你都每樣打幾個罷。」鶯兒拍手笑道：「這還了得！要這樣，十年也打不完了。」寶玉笑道：「好姐姐，你閑著也沒事，都替我打了罷。」襲人笑道：「那裡一時都打得完？如今先揀要緊的打兩個罷。」鶯兒道：「什麼要緊，不過是扇子、香墜兒、汗巾子。」寶玉道：「汗巾子就好。」鶯兒道：「汗巾子是什麼顏色的？」寶玉道：「大紅的。」鶯兒道：「大紅的須是黑絡子才好看的；或是石青的，才壓得住顏色。」寶玉道：「松花色配什麼？」鶯兒道：「松花配桃紅。」寶玉笑道：「這才嬌豔。再要雅淡之中帶些嬌豔。」鶯兒道：「葱綠柳黃是我最愛的。」寶玉道：「也罷了。也打一條桃紅，再打一條葱綠。」鶯兒道：「什麼花樣呢？」寶玉道：「共有幾樣花樣？」鶯兒道：「一炷香、朝天凳、象眼塊、方勝、連環、梅花、柳葉⑩。」寶玉道：「前兒你替三姑娘打的那花樣是什麼？」鶯兒道：「那是『攢心梅花』。」寶玉道：「就是那樣好。」一面說，一面襲人剛拿了線來。窗外婆子說：「姑娘們的飯都有了。」寶玉道：「你們吃飯去，快吃了來罷。」襲人笑道：「有客在這裡，我們怎好去的？」鶯兒一面理線，一面笑道：「這話又打那裡說起？正經快吃了來罷。」襲人等聽說，方去了，只留下兩個小丫頭聽呼喚。

⑩一炷香……柳葉——這裡是各種編織圖案的名稱：一炷香是直線形，朝天凳是梯形，象眼塊是菱形，方勝是一角相疊的兩個菱形，連環是兩個套連的圓環；梅花、柳葉是梅花形、柳葉形的圖樣。

聯經出版事業公司　校印

寶玉一面看鶯兒打絡子，一面說閒話。因問他：「十幾歲了？」鶯兒手裡打著，一面答話說：「十六歲了。」寶玉道：「你本姓什麼？」鶯兒道：「姓黃。」寶玉笑道：「這個名姓倒對了，果然是個『黃鶯兒』。」鶯兒笑道：「我的名字本來是兩個字，叫金鶯。姑娘嫌拗口，就單叫鶯兒，如今就叫開了。」寶玉道：「寶姐姐也算疼你了。明兒寶姐姐出閣，少不得是你跟去了。」鶯兒抿嘴一笑。寶玉笑道：「我常常和襲人說，明兒不知那一個有福的消受你們主子、奴才兩個呢。」鶯兒笑道：「你還不知道我們姑娘有幾樣世人都沒有的好處呢，模樣兒還在次。」寶玉見鶯兒嬌憨婉轉，語笑如癡，早不勝其情了，那堪更提起寶釵來？便問他道：「好處在那裡？好姐姐，細細告訴我聽。」鶯兒笑道：「我告訴你，你可不許又告訴他去。」寶玉笑道：「這個自然的。」

正說著，只聽外頭說道：「怎麼這樣靜悄悄的！」二人回頭看時，不是別人，正是寶釵來了。寶玉忙讓坐。寶釵坐了，因問鶯兒：「打什麼呢？」一面問，一面向他手裡去瞧。才打了半截。寶釵笑道：「這有什麼趣兒！倒不如打個絡子把玉絡上呢。」一句話提醒了寶玉，便拍手笑道：「倒是姐姐說得是，我就忘了。只是配個什麼顏色才好？」寶釵道：「若用雜色斷然使不得，大紅又犯了色，黃的又不起眼，黑的又過暗。等我想個法兒：把那金線拿來，配著黑珠兒線，一根一根的拈上，打成絡子，這才好看。」

寶玉聽說，喜之不盡，一疊聲便叫襲人來取金線。正值襲人端了兩碗菜走進來，告訴寶玉道：「今兒奇怪，才剛太太打發人給我送了兩碗菜來。」寶玉笑道：「必定是今兒菜多，送來給你們大家吃的。」襲人道：「不是，指名給我送來的，還不叫我過去磕頭。這可是奇了。」寶釵笑道：「給你的，你就吃了，這有什麼可猜疑的。」襲人笑道：「從來沒有的事，倒叫我不好意思的。」寶釵抿嘴一笑，說道：

「這就不好意思了？明兒比這個更叫你不好意思的還有呢！」

襲人聽了話內有因，素知寶釵不是輕嘴薄舌奚落人的，自己方想起上日王夫人的意思來，便不再提。將菜與寶玉看了，說：「洗了手來拿線。」說畢，便一直的出去了。吃過飯，洗了手，進來拿金線與鶯兒打絡子。此時寶釵早被薛蟠遣人來請出去了。

這裡寶玉正看著打絡子，忽見邢夫人那邊遣了兩個丫鬟送了兩樣果子來與他吃，問他：「可走得了？若走得動，叫哥兒明兒過來散散心，太太著實記掛著呢。」寶玉忙道：「若走得了，必請太太的安去。疼的比先好些，請太太放心罷。」一面叫他兩個坐下，一面又叫秋紋來：「把才拿來的那果子拿一半送與林姑娘去。」秋紋答應了，剛欲去時，只聽黛玉在院內說話，寶玉忙叫「快請。」要知端的，且聽下回分解。

第三十六回　繡鴛鴦夢兆絳芸軒　識分定①情悟梨香院

話說賈母自王夫人處回來，見寶玉一日好似一日，心中自是歡喜。因怕將來賈政又叫他，遂命人將賈政的親隨小廝頭兒喚來，吩咐他：「以後倘有會人待客諸樣的事，你老爺要叫寶玉，你不用上來傳話，就回他說我說了：一則打重了，得著實將養幾個月才走得；二則他的星宿不利②，祭了星，不見外人，過了八月才許出二門。」那小廝頭兒聽了，領命而去。賈母又命李嬤嬤、襲人等來，將此話說與寶玉，使他放心。

那寶玉本就懶與士大夫諸男人接談，又最厭峨冠禮服賀弔往還等事，今日得了這句話，越發得了意，

①分定——命中注定的緣分。
②星宿不利——星宿，我國古代對星座的稱呼。舊時認為人的命運是和星宿相通的，凡遇不吉利的事情，認為是因為相應的星宿不吉利，就需祭星消災。

聯經出版事業公司 校印

不但將親戚朋友一概杜絕了，而且連家庭中晨昏定省亦發都隨他的便了，日日只在園中遊臥，不過每日一清早到賈母、王夫人處走走就回來了，卻每每甘心為諸丫鬟充役，竟也得十分閑消日月，或如寶釵輩有時見機導勸，反生起氣來，只說「好好的一個清淨潔白女兒，也學的釣名沽譽，入了國賊祿鬼之流。這總是前人無故生事，立意造言，原為引導後世的鬚眉濁物。不想我生不幸，亦且瓊閨綉閣中亦染此風，真真有負天地鍾靈毓秀③之德！」因此禍延古人，除四書外，竟將別的書焚了。眾人見他如此瘋癲，也都不向他說這些正經話了。獨有黛玉自幼不曾勸他去立身揚名等語，所以深敬黛玉。

閑言少述。如今且說鳳姐自見金釧死後，忽見幾家僕人常來孝敬他些東西，又不時的來請安奉承，自己倒生了疑惑，不知何意。這日又見人來孝敬他東西，因晚間無人時，笑問平兒道：「這幾家人不大管我的事，為什麼忽然這麼和我貼近？」平兒冷笑道：「奶奶連這個都想不起來了？我猜他們的女兒都必是太太房裡的丫頭，如今太太房裡有四個大的，一個月一兩銀子的分例，下剩的都是一個月幾百錢。如今金釧兒死了，必定他們要弄這一兩銀子的巧宗兒呢。」鳳姐聽了，笑道：「是了，是了，倒是你提醒了。我看這些人也太不知足，錢也賺夠了，苦事情又侵不著，弄個丫頭搪塞著身子也就罷了，又還想這個。也罷了，他們幾家的錢容易也不能花到我跟前，這是他們自尋的，送什麼來，我就收什麼，橫豎我有主意。」鳳姐兒安下這個心，所以自管遷延著，等那些人把東西送足了，然後乘空方回王夫人。

③鍾靈毓秀——舊時認為傑出有為的人才，是天地間靈秀之氣聚集培育出來的。鍾，聚；毓，養育。

這日午間，薛姨媽母女兩個與黛玉等正在王夫人房裡，大家吃東西呢。鳳姐兒得便回王夫人道：「自從玉釧兒姐姐死了，太太跟前少著一個人。太太或看準了那個丫頭好，就吩咐，下月好發放月錢。」王夫人聽了，想了一想，道：「依我說，什麼是例，必定四個五個的？夠使就罷了。竟可以免了罷。」鳳姐笑道：「論理，太太說的也是。這原是舊例，別人屋裡還有兩個呢，太太倒不按例了。況且省下一兩銀子也有限。」王夫人聽了，又想一想，道：「也罷，這個分例只管關了來，不用補人，就把這一兩銀子給他妹妹玉釧兒罷。他姐姐伏侍了我一場，沒個好結果，剩下他妹妹跟著我，吃個雙分子也不為過逾了。」鳳姐答應著，回頭找玉釧兒，笑道：「大喜，大喜！」玉釧兒過來磕了頭。

王夫人問道：「正要問你：如今趙姨娘、周姨娘的月例多少？」鳳姐道：「那是定例，每人二兩。趙姨娘有環兄弟的二兩，共是四兩；另外四串錢。」王夫人道：「可都按數給他們？」鳳姐見問的奇怪，忙道：「怎麼不按數給！」王夫人道：「前兒我恍惚聽見有人抱怨，說短了一吊錢，是什麼原故？」鳳姐忙笑道：「姨娘們的丫頭，月例原是人各一吊。從舊年他們外頭商議的，姨娘們每位的丫頭分例減半，人各五百錢，每位兩個丫頭，所以短了一吊錢。這也抱怨不著我，我倒樂得給他們呢！他們外頭又扣著，難道我添上不成？這個事我不過是接手兒，怎麼來，怎麼去，由不得我作主。我倒說了兩三回，仍舊添上這兩分的。他們說只有這個項數，叫我也難再說了。如今我手裡，每月連日子都不錯給他們呢。先時在外頭關，那個月不打饑荒？何曾順順溜溜的得過一遭兒！」

王夫人聽說，也就罷了，半日又問：「老太太屋裡幾個一兩的？」鳳姐道：「八個。如今只有七個，——那一個是襲人。」王夫人道：「這就是了。你寶兄弟也並沒有一兩的丫頭，襲人還算是老太太房裡的人。」

鳳姐笑道：「襲人原是老太太的人，不過給了寶兄弟使。他這一兩銀子還在老太太的丫頭分例上領。如今說因為襲人是寶玉的人，裁了這一兩銀子，斷然使不得。若說再添一個人給老太太，這個還可以裁他的。若不裁他的，須得環兄弟屋裡也添上一個才公道均勻了。就是晴雯、麝月等七個大丫頭，每月人各月錢一吊，佳蕙等八個小丫頭，每月人各月錢五百，還是老太太的話，別人如何惱得氣得呢。」薛姨媽笑道：「只聽鳳丫頭的嘴，倒像倒了核桃車子④的，只聽他的帳也清楚，理也公道。」鳳姐笑道：「姑媽，難道我說錯了不成？」薛姨媽笑道：「說的何嘗錯，只是你慢些說，豈不省力。」

鳳姐才要笑，忙又忍住了，聽王夫人示下。王夫人想了半日，向鳳姐道：「明兒挑一個好丫頭送去老太太使，補襲人，把襲人的一分裁了。把我每月的月例二十兩銀子裡，拿出二兩銀子一吊錢來給襲人。以後凡事有趙姨娘、周姨娘的，也有襲人的，只是襲人的這一分都從我的分例上勻出來，不必動官中的就是了。」鳳姐一一的答應了，笑推薛姨媽道：「姑媽聽見了？我素日說的話如何？今兒果然應了我的話。」薛姨媽道：「早就該如此。模樣兒自然不用說的，他的那一種行事大方，說話見人和氣裡頭帶著剛硬要強，這個實在難得。」王夫人含淚說道：「你們那裡知道襲人那孩子的好處？比我的寶玉強十倍！寶玉果然是有造化的，能夠得他長長遠遠的伏侍他一輩子，也就罷了。」鳳姐道：「既這麼樣，就開了臉，明放他在屋裡豈不好？」王夫人道：「那就不好了：一則都年輕；二則老爺也不許；三則那寶玉見襲人是個丫頭，縱有放縱的事，倒能聽他的勸，如今作了跟前人⑤，那襲人該勸的也不敢十分勸了。如

---

④倒了核桃車子——比喻、諷刺人說話一氣連貫，不容別人插嘴。

今且渾著，等再過二三年再說。」

說畢，鳳姐見無話，便轉身出來。剛至廊檐上，只見有幾個執事的媳婦子正等他回事呢，見他出來，都笑道：「奶奶今兒回什麼事，這半天？可別要熱著了。」鳳姐把袖子挽了幾挽，跐著那角門的門檻子⑥，笑道：「這裡過門風倒涼快，吹一吹再走。」又告訴眾人道：「你們說我回了這半日的話！太太把二百年頭裡的事都想起來問我，難道我不說罷？」又冷笑道：「我從今以後倒要幹幾樣剋毒事了。抱怨給太太聽，我也不怕。糊塗油蒙了心⑦、爛了舌頭、不得好死的下作東西，別作娘的春夢！明兒一裹腦子扣的日子還有呢。如今裁了丫頭的錢，就抱怨了咱們！也不想一想是奴幾⑧，也配使兩三個丫頭！」一面罵，一面方走了，自去挑人回賈母話去，不在話下。

卻說王夫人等這裡吃畢西瓜，又說了一回閑話，各自方散去。寶釵與黛玉等回至園中，寶釵因約黛玉往藕香榭去，黛玉回說立刻要洗澡，便各自散了。寶釵獨自行來，順路進了怡紅院，意欲尋寶玉談講，

⑤跟前人——這裡指被收作妾的丫鬟，義同前面的「房裡人」。

⑥跐門檻——跐，音ㄘˇ，腳尖著地，腳根抬起，叫做跐腳。踏在門檻上叫「跐門檻」，在舊社會中，婦女這麼做是輕浮的舉動。

⑦糊塗油蒙了心——比喻人不明事理、頭腦不通。

⑧奴幾——奴才輩。幾，指排列、輩分。

以解午倦。不想一入院來，鴉雀無聞，一併連兩隻仙鶴在芭蕉下都睡著了。寶釵便順著遊廊來至房中，只見外間床上橫三豎四，都是丫頭們睡覺。轉過十錦槅子，來至寶玉的房內。寶玉在床上睡著了，襲人坐在身旁，手裡做針線，旁邊放著一柄白犀麈。

寶釵走近前來，悄悄的笑道：「你也過於小心了。這個屋裡那裡還有蒼蠅、蚊子，還拿蠅帚子趕什麼？」襲人不防，猛抬頭見是寶釵，忙放下針線，起身悄悄笑道：「姑娘來了，我倒也不防，唬了一跳。——姑娘不知道，雖然沒有蒼蠅、蚊子，誰知有一種小蟲子，從這紗眼裡鑽進來，人也看不見，只睡著了，咬一口，就像螞蟻夾的。」寶釵道：「怨不得。這屋子後頭又近水，又都是香花兒，這屋子裡頭又香。這種蟲子都是花心裡長的，聞香就撲。」說著，一面又瞧他手裡的針線，原來是個白綾紅裡的兜肚，上面扎著鴛鴦戲蓮的花樣，紅蓮綠葉，五色鴛鴦。寶釵道：「噯喲，好鮮亮活計！這是誰的，也值得費這麼大工夫？」襲人向床上努嘴兒。寶釵笑道：「這麼大了，還帶這個？」襲人笑道：「他原是不帶，所以特特的做的好了，叫他看見由不得不帶。如今天氣熱，睡覺都不留神，哄他帶上了，便是夜裡縱蓋不嚴些兒，也就不怕了。你說這一個就用了工夫，還沒看見他身上現帶的那一個呢！」寶釵笑道：「也虧你奈煩。」襲人道：「今兒做的工夫大了，脖子低的怪酸的。」又笑道：「好姑娘，你略坐一坐，我出去走走就來。」說著，便走了。寶釵只顧看著活計，便不留心，一蹲身，剛剛的也坐在襲人方才坐的所在，因又見那活計實在可愛，不由的拿起針來，替他代刺。

不想黛玉因遇見湘雲約他來與襲人道喜，二人來至院中，見靜悄悄的，湘雲便轉身先到廂房裡去找襲人。黛玉卻來至窗外，隔著紗窗往裡一看，只見寶玉穿著銀紅紗衫子，隨便睡著在床上，寶釵坐在身旁做針線，旁邊放著蠅帚子。黛玉見了這個景兒，連忙把身子一藏，手握著嘴不敢笑出來，招手兒叫湘雲。湘雲一見他這般景況，只當有什麼新聞，忙也來一看，也要笑時，忽然想起寶釵素日待他厚道，便忙掩住口。知道黛玉不讓人，怕他言語之中取笑，便忙拉過他來道：「走罷。我想起襲人來，他說午間要到池子裡去洗衣裳，想必去了，咱們那裡找他去。」黛玉心下明白，冷笑了兩聲，只得隨他走了。

這裡寶釵只剛做了兩三個花瓣，忽見寶玉在夢中喊罵說：「和尚道士的話如何信得？什麼是『金玉姻緣』？我偏說是『木石姻緣』！」寶釵聽了這話，不覺怔了。忽見襲人走過來，笑道：「還沒有醒呢？」寶釵搖頭。襲人又笑道：「我才碰見林姑娘、史大姑娘，他們可曾進來？」寶釵道：「沒見他們進來。」因向襲人笑道：「他們沒告訴你什麼話？」襲人笑道：「左不過是他們那些頑話，有什麼正經說的。」寶釵笑道：「他們說的可不是頑話，我正要告訴你呢，你又忙忙的出去了。」

一句話未完，只見鳳姐打發人來叫襲人。寶釵笑道：「就是為那話了。」襲人只得喚起兩個丫鬟來，一同寶釵出怡紅院，自往鳳姐這裡來。果然是告訴他這話，又叫他與王夫人叩頭，且不必去見賈母，——倒把襲人說的甚覺不好意思。見過王夫人急忙回來，寶玉已醒了，問起原故，襲人且含糊答應，至夜間人靜，襲人方告訴。寶玉喜不自禁，又向他笑道：「我可看你回家去不去了！那一回往家裡走了一趟，回來就說你哥哥要贖你，又說在這裡沒著落，終久算什麼，說了那麼些無情無義的生分話唬我。從今以後，我可看誰來敢叫你去？」襲人聽了，便冷笑道：「你倒別這麼說。從此以後我是太太的人了，我要走，連你也不必告訴，只回了太太就走。」寶玉笑道：「就便算我不好，你回了太太竟去了，叫別人聽見說我不好，你去了，你也沒意思。」襲人笑道：「有什麼沒意思？難道作了強盜賊，我也跟著罷。再不然，還有一個死呢。人活百歲，橫豎要死，這一口氣不在，聽不見、看不見就罷了。」寶玉聽見這話，便忙握他的嘴，說道：「罷，罷，罷，不用說這些話了。」

襲人深知寶玉性情古怪，聽見奉承吉利話，又厭虛而不實；聽了這些盡情實話，又生悲感。便悔自己說冒撞了，連忙笑著用話截開，只揀那寶玉素喜談者問之。先問他春風秋月，再談及粉淡脂瑩，然後談到女兒如何好。又談到女兒死，襲人忙掩住口。寶玉談至濃快時，見他不說了，便笑道：「人誰不死，只要死的好。那些個鬚眉濁物，只知道文死諫，武死戰⑨，這二死是大丈夫死名死節。竟何如不死的好！必定有昏君他方諫，他只顧邀名，猛拚一死，將來棄君於何地？必定有刀兵他方戰，猛拚一死，他只顧圖汗馬之名，將來棄國於何地？所以這皆非正死。」襲人道：「忠臣良將，出於不得已他才死。」寶玉道：「那武將不過仗血氣之勇，疏謀少略，他自己無能，送了性命，這難道也是不得已？那文官更不可比武官了：他念兩句書記在心裡，若朝廷少有疵瑕，他就胡談亂勸，只顧他邀忠烈之名，濁氣一湧，即時拚死，這難道也是不得已？要知道，那朝廷是受命於天，他不聖不仁，那天地斷不把這萬幾重任與他了。可知那些死的都是沽名，並不知大義。比如我此時若果有造化，該死於此時的，趁你們在，我就死了，再能夠你們哭我的眼淚流成大河，把我的尸首漂起來，送到那鴉雀不到的幽僻之處，隨風化了，自此再不要托生為人，就是我死的得時了。」襲人忽見說出這些瘋話來，忙說困了，不理他。那寶玉方合眼睡著，至次日也就丟開了。

---

⑨文死諫，武死戰——文官不惜以死規勸皇帝，武官不惜為皇帝而戰死。

一日，寶玉因各處遊的煩膩，便想起《牡丹亭》曲來，自己看了兩遍，猶不愜懷，因聞得梨香院的十二個女孩子中有小旦齡官最是唱的好，因著意出角門來找時，只見寶官、玉官都在院內，見寶玉來了，都笑嘻嘻的讓坐。寶玉因問：「齡官在那裡？」眾人都告訴他說：「在他房裡呢。」寶玉忙至他房內，只見齡官獨自倒在枕上，見他進來，文風不動。寶玉素習與別的女孩子頑慣了的，只當齡官也同別人一樣，因進前來身旁坐下，又陪笑央他起來唱「裊晴絲」一套⑩。不想齡官見他坐下，忙抬身起來躲避，正色說道：「嗓子啞了。前兒娘娘傳進我們去，我還沒有唱呢。」寶玉見他坐正了，再一細看，原來就是那日薔薇花下劃「薔」字那一個。又見如此景況，從來未經過這番被人棄厭，自己便訕訕的，紅了臉，只得出來了。寶官等不解何故，因問其所以，寶玉便說了，遂出來。寶官便說道：「只略等一等，薔二爺來了叫他唱，是必唱的。」寶玉聽了，心下納悶，因問：「薔哥兒那去了？」寶官道：「才出去了，一定還是齡官要什麼，他去變弄去了。」

寶玉聽了，以為奇特，少站片時，果見賈薔從外頭來了，手裡又提著個雀兒籠子，上面扎著個小戲台，並一個雀兒，興興頭頭的往裡走著找齡官。見了寶玉，只得站住，寶玉問他：「是個什麼雀兒，會銜旗串戲台？」賈薔笑道：「是個玉頂金豆。」寶玉道：「多少錢買的？」賈薔道：「一兩八錢銀子。」

---

⑩「裊晴絲」一套——「裊晴絲」是《牡丹亭・驚夢》中第一支曲〈步步嬌〉的首三字。「裊晴絲」一套，代指〈驚夢〉這一齣的曲子。

一面說，一面讓寶玉坐，自己往齡官房裡來。

寶玉此刻把聽曲子的心都沒了，且要看他和齡官是怎樣。只見賈薔進去，笑道：「你起來，瞧這個頑意兒。」齡官起身問是什麼，賈薔道：「買了雀兒你頑，省得天天悶悶的無個開心。我先頑個你看。」說著，便拿些穀子哄的那個雀兒在戲台上亂串，銜鬼臉旗幟。眾女孩子都笑道「有趣」，獨齡官冷笑了兩聲，賭氣仍睡去了。賈薔還只管陪笑，問他：「好不好？」齡官道：「你們家把好好的人弄了來，關在這牢坑裡學這個勞什子還不算，你這會子又弄個雀兒來，也偏生幹這個。你分明是弄了他來打趣形容我們，還問我『好不好』！」賈薔聽了，不覺慌起來，連忙賭身立誓，又道：「今兒我那裡的香脂油蒙了心！費一二兩銀子買他來，原說解悶，就沒有想到這上頭。罷，罷，放了生，免免你的災病。」說著，果然將雀兒放了，一頓把籠子拆了。齡官還說：「那雀兒雖不如人，他也有個老雀兒在窩裡，你拿了他來弄這個勞什子，也忍得？今兒我咳嗽出兩口血來，太太叫大夫來瞧，不說替我細問問，你且弄這個來取笑。偏生我這沒人管沒人理的，又偏病。」說著，又哭起來。賈薔忙道：「昨兒晚上我問了大夫，他說不相干。他說吃兩劑藥，後兒再瞧。誰知今兒又吐了。這會子請他去。」說著，便要請去。齡官又叫：「站住，這會子大毒日頭地下，你賭氣去請了來，我也不瞧。」賈薔聽如此說，只得又站住。

寶玉見了這般景況，不覺癡了，這才領會了劃「薔」深意。自己站不住，也抽身走了。賈薔一心都在齡官身上，也不顧送，倒是別的女孩子送了出來。那寶玉一心裁奪盤算，癡癡的回至怡紅院中，正值黛玉和襲人坐著說話兒呢。寶玉一進來，就和襲人長嘆，說道：「我昨晚上的話竟錯了，怪道老爺說我是『管窺蠡測』。昨夜說你們的眼淚單葬我，這就錯了。我竟不能全得了。從此後，只是各人各得眼淚

罷了。」襲人昨夜不過是些頑話，已經忘了，不想寶玉今又提起來，便笑道：「你可真真有些瘋了。」寶玉默默不對，自此深悟人生情緣，各有分定，只是每每暗傷：「不知將來葬我洒淚者為誰？」此皆寶玉心中所懷，也不可十分妄擬。

且說黛玉當下見了寶玉如此形象，便知是又從那裡著了魔來，也不便多問，因向他說道：「我才在舅母跟前聽的明兒是薛姨媽的生日，叫我順便來問你出去不出去。你打發人前頭說一聲去。」寶玉道：「上回連大老爺的生日我也沒去，這會子我又去，倘或碰見了人呢？——我一概都不去。這麼怪熱的，又穿衣裳！我不去，姨媽也未必惱。」襲人忙道：「這是什麼話？他比不得大老爺。這裡又住的近，又是親戚，你不去豈不叫他思量？你怕熱，只清早起到那裡磕個頭，吃鍾茶再來，豈不好看？」寶玉未說話，黛玉便先笑道：「你看著人家趕蚊子分上，也該去走走。」寶玉不解，忙問：「怎麼趕蚊子？」襲人便將昨日睡覺無人作伴，寶姑娘坐了一坐的話說了出來。寶玉聽了，忙說：「不該，我怎麼睡著了？褻瀆⑪了他！」一面又說：「明日必去。」

正說著，忽見湘雲穿的齊齊整整的走來，辭說家裡打發人來接他。寶玉、黛玉聽說，忙站起來讓坐。湘雲也不坐，寶、林兩個只得送他至前面。那湘雲只是眼淚汪汪的，見有他家人在跟前，又不敢十分委屈。少時寶釵趕來，愈覺纏綿難捨。還是寶釵心內明白，他家人若回去告訴了他嬸娘，待他家去又恐受氣，因此倒催他走了。眾人送至二門前，寶玉還要往外送，倒是湘雲攔住了。一時，回身又叫寶玉到跟

⑪褻瀆——輕慢，冒犯，不敬。

前，悄悄的囑道：「便是老太太想不起我來，你時常提著打發人接我去。」寶玉連連答應了。眼看著他上車了，大家方才進來。要知端的，且聽下回分解。

第三十七回　秋爽齋偶結海棠社　蘅蕪苑夜擬菊花題

這年賈政又點了學差①，擇於八月二十日起身。是日拜過宗祠及賈母起身，寶玉諸子弟等送至洒淚亭。

卻說賈政出門去後，外面諸事不能多記。單表寶玉每日在園中任意縱性的逛蕩，真把光陰虛度，歲月空添。這日正無聊之際，只見翠墨進來，手裡拿著一副花箋送與他。寶玉因道：「可是我忘了，才說要瞧瞧三妹妹去的。可好些了？你偏走來。」翠墨道：「姑娘好了，今兒也不吃藥了，不過是涼著一點兒。」寶玉聽說，便展開花箋看時，上面寫道：

娣②探謹奉

二兄文几：前夕新霽，月色如洗，因惜清景難逢，詎忍就臥。時漏已三轉③，猶徘徊於桐檻之下，

---

①學差——即「學政」，全稱是「提督學政」，朝廷派往各省掌管科舉文教等事的官員。

②娣——女弟，義同「妹」。

③漏已三轉——漏，漏壺，古代計時工具。漏已三轉，因水漏出而刻度露出很多，也就是說夜已深了。

聯經出版事業公司校印

未防風露所欺，致獲採薪之患④。昨蒙親勞撫囑，復又數遣侍兒問切，兼以鮮荔並真卿⑤墨迹見賜，何痌瘝⑥惠愛之深哉！今因伏几憑床處默之時，因思及歷來古人中處名攻利敵之場，猶置一些山滴水⑦之區，遠招近揖，投轄攀轅⑧，務結二三同志，盤桓於其中，或豎詞壇，或開吟社：雖一時之偶興，遂成千古之佳談。娣雖不才，竊同叨栖處於泉石之間，而兼慕薛、林之技。風庭月榭，惜未宴集詩人；帘杏溪桃，或可醉飛吟盞⑨。孰謂蓮社⑩之雄才，獨許鬚眉；直以東山⑪之雅會，讓余脂粉。若蒙棹雪而來，娣則掃花以待⑫，此謹奉。

寶玉看了，不覺喜的拍手笑道：「倒是三妹妹高雅，我如今就去商議。」一面說，一面就走，翠墨跟在

---

④採薪之患——即「採薪之憂」，原意是有病不能打柴，後用作自稱有病的婉辭。薪，柴草。

⑤真卿墨迹——唐代大書法家顏真卿（又稱顏魯公）的手迹。

⑥痌瘝——痌，痛；瘝，病；在這裡探春用以表示寶玉對自己生病的關切。

⑦些山滴水——供玩賞的小巧盆景、山水之類，這裡指園林泉石。

⑧遠招近揖、投轄攀轅——遠招近揖，把遠近的親友召集在一起，揖，同「輯」，集會。投轄攀轅，極言留客的殷切。轄，車軸的鍵，沒有它車子就不能走；《漢書．陳遵傳》記陳遵嗜酒好客，宴飲時常將客人的車轄投入井中，使客人不得離去。轅，車廂前端拉動車體的木頭；攀轅，牽挽住車轅子不讓走。

⑨醉飛吟盞——指在喝酒的同時作詩。

⑩蓮社——東晉名僧慧遠住在廬山虎溪東林寺時所結成的一個文社，因寺內有白蓮，故稱蓮社。

⑪東山——在浙江會稽。東晉時謝安曾隱居東山，常邀集友人在此遨遊山水，吟詩作文。

聯經出版事業公司校印

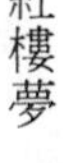

後面。剛到了沁芳亭，只見園中後門上值日的婆子手裡拿著一個字帖走來，見了寶玉，便迎上去，口內說道：「芸哥兒請安，在後門只等著，叫我送來的。」寶玉打開看時，寫道是：

不肖男芸恭請

父親大人萬福金安。男思自蒙

天恩，認於　膝下，日夜思一孝順，竟無可孝順之處。前因買辦花草，上托　大人金福，竟認得許多花兒匠，並認得許多名園。因忽見有白海棠一種，不可多得，故變盡方法，只弄得兩盆。大人若視男是親男一般，便留下賞玩。因天氣暑熱，恐園中姑娘們不便，故不敢面見：奉書恭

啟，並叩

台安。

男芸跪書。

寶玉看了，笑道：「獨他來了，還有什麼人？」婆子道：「還有兩盆花兒。」寶玉道：「你出去說，我知道了，難為他想著。你便把花兒送到我屋裡去就是了。」一面說，一面同翠墨往秋爽齋來。只見寶釵、黛玉、迎春已都在那裡了。

⑫棹雪而來、掃花以待——棹雪而來，即乘興而來。《世說新語・任誕》記述王子猷冒雪夜乘小船訪戴安道，剛到門口就回轉，人家問他為什麼，他說：「吾本乘興而行，興盡而返，何必見戴。」棹，船槳，這裡作動詞用，相當於「划」。掃花以待，借用杜甫〈客至〉詩「花徑不曾緣客掃，蓬門今始為君開」詩意，表示主人待客的誠意。

眾人見他進來，都笑說：「又來了一個。」探春笑道：「我不算俗，偶然起個念頭，寫了幾個帖兒試一試，誰知一招皆到。」寶玉笑道：「可惜遲了，早該起個社的。」黛玉道：「你們只管起社，可別算上我，我是不敢的。」迎春笑道：「你不敢，誰還敢呢。」寶玉道：「這是一件正經大事，大家鼓舞起來，不要你謙我讓的。各有主意，自管說出來，大家平章⑬。寶姐姐也出個主意，林妹妹也說個話兒。」寶釵道：「你忙什麼，人還不全呢。」一語未了，李紈也來了，進門笑道：「雅的緊！要起詩社，我自薦我掌壇。前兒春天，我原有這個意思的。我想了一想，我又不會作詩，瞎亂些什麼，因而也忘了，就沒有說得。既是三妹妹高興，我就幫你作興⑭起來。」

黛玉道：「既然定要起詩社，咱們都是詩翁了，先把這些『姐妹叔嫂』的字樣改了，才不俗。」李紈道：「極是！何不大家起個別號，彼此稱呼倒雅。我是定了『稻香老農』，再無人占的。」探春笑道：「我就是『秋爽居士』罷。」寶玉道：「『居士』、『主人』到底不恰，且又累贅。這裡梧桐、芭蕉盡有，或指梧桐、芭蕉起個，倒好。」探春笑道：「有了，我最喜芭蕉，就稱『蕉下客』罷。」眾人都道：「別致有趣。」黛玉笑道：「你們快牽了他去，燉了脯子吃酒。」眾人不解。黛玉笑道：「古人曾云『蕉葉覆鹿』⑮。他自稱『蕉下客』，可不是一隻鹿了？快做了鹿脯來！」眾人聽了，都笑起來。探春因笑

⑬平章——品評，議論。

⑭作興——始創，創建。

⑮蕉葉覆鹿——《列子・周穆王》記述鄭國有個樵夫打死了一隻鹿，恐怕別人看見，急忙把鹿覆蓋在蕉葉下，後來卻忘了所藏的地方，便以為是一場夢；這裡是取笑探春自比為鹿。

聯經出版事業公司　校印

道：「你別忙中使巧話來罵人，我已替你想了個極當的美號了。」又向眾人道：「當日娥皇、女英洒淚在竹上成斑，故今斑竹又名湘妃竹。如今他住的是瀟湘館，他又愛哭，將來他想林姐夫，那些竹子也是要變成斑竹的。以後都叫他作『瀟湘妃子』就完了。」大家聽說，都拍手叫妙。黛玉低了頭，方不言語。李紈笑道：「我替薛大妹妹也早已想了個好的，也只三個字。」惜春、迎春都問：「是什麼？」李紈道：「我是封他『蘅蕪君』，不知你們如何？」探春笑道：「這個封號極好。」寶玉道：「我呢？你們也替我想一個。」寶釵笑道：「你的號早有了：『無事忙』三字恰當的很。」李紈道：「你還是你的舊號『絳洞花主』就好。」寶玉笑道：「小時候幹的營生，還提他作什麼。」探春道：「你的號多的很，又起什麼？我們愛叫你什麼，你就答應著就是了。」寶釵道：「還得我送你個號罷。有最俗的一個號，卻於你最當：天下難得的是富貴，又難得的是閑散，這兩樣再不能兼有，不想你兼有了，就叫你『富貴閑人』也罷了。」寶玉笑道：「當不起，當不起！倒是隨你們混叫去罷。」黛玉道：「混叫如何使得！你既住怡紅院，索性叫『怡紅公子』不好？」眾人道：「也好。」李紈道：「二姑娘、四姑娘起個什麼號？」迎春道：「我們又不大會詩，白起個號作什麼？」探春道：「雖如此，也起個才是。」寶釵道：「他住的是紫菱洲，就叫他『菱洲』；四丫頭在藕香榭，就叫他『藕榭』就完了。」

李紈道：「就是這樣好。但序齒我大，你們都要依我的主意，管情說了大家合意。我們七個人起社，我和二姑娘、四姑娘都不會作詩，須得讓出我們三個人去。我們三個各分一件事。」探春笑道：「已有了號，還只管這樣稱呼，不如不有了。以後錯了，也要立個罰約才好。」李紈道：「立定了社，再定罰約。我那裡地方大，竟在我那裡作社，我雖不能作詩，這些詩人竟不厭俗，容我作個東道主人[16]，我自然也清雅起來了；還要推我作社長。我一個社長自然不夠，必要再請兩位副社長，就請菱洲、藕榭二位學究來，一位出題限韻⑰，一位謄錄監場。亦不可拘定了我們三個人不作，若遇見容易些的題目韻腳，我們也隨便作一首。你們四個卻是要限定的。——若如此便起；若不依我，我也不敢附驥⑱了。」

迎春、惜春本性懶於詩詞，又有薛、林在前，聽了這話，便深合己意，二人皆說：「極是。」探春等也知此意，見他二人悅服，也不好相強，只得依了。因笑道：「這話也罷了。只是自想好笑：好好的我起了個主意，反叫你們三個管起我來了。」寶玉道：「既這樣，咱們就往稻香村去。」李紈道：「都是你忙。今日不過商議了，等我再請。」寶釵道：「也要議定幾日一會才好。」探春道：「若只管會的多，又沒趣了。一月之中，只可兩三次才好。」寶釵點頭道：「一月只要兩次就夠了。擬定日期，風雨無阻。除這兩日外，倘有高興的，他情願加一社的，或情願到他那裡去，或附就了來，亦可使得，豈不活潑有趣？」眾人都道：「這個主意更好。」

探春道：「只是原係我起的意，我須得先作個東道主人，方不負我這興。」李紈道：「既這樣說，明日你就先開一社如何？」探春道：「明日不如今日，此刻就很好。你就出題，菱洲限韻，藕榭監場。」

⑯東道主人——指花錢請客的主人。

⑰限韵——舊時作詩，限定只能在某一韵部中用韵，或在某一韵部中只能用某幾個字作韵腳，叫限韵。

⑱附驥——古有「蒼蠅附驥尾而致千里」的說法，見《史記．伯夷列傳》司馬貞索隱。比喻依附他人而成名。後常以「附驥」作為自謙之辭。驥，好馬，比喻有才德的人。

迎春道：「依我說，也不必隨一人出題限韵，竟是拈鬮公道。」李紈道：「方才我來時，看見他們抬進兩盆白海棠來，倒是好花。你們何不就咏起他來？」迎春道：「都還未賞，先倒作詩。」寶釵道：「不過是白海棠，又何必定要見了才作。古人的詩賦，也不過都是寄興寫情耳。若都是等見了作，如今也沒這些詩了。」迎春道：「既如此，待我限韵。」說著，走到書架前，抽出一本詩來，隨手一揭，這首竟是一首七言律，遞與眾人看了，都該作七言律。迎春掩了詩，又向一個小丫頭道：「你隨口說一個字來。」那丫頭正倚門立著，便說了個「門」字。迎春笑道：「就是『門』字韵，『十三元』⑲了。頭一個韵定要這『門』字。」說著，又要了韵牌匣子過來，抽出「十三元」一屜，又命那小丫頭隨手拿四塊。那丫頭便拿了「盆」「魂」「痕」「昏」四塊來。寶玉道：「這『盆』『門』兩個字不大好作呢！」

侍書一樣預備下四份紙筆，便都悄然各自思索起來。獨黛玉或撫梧桐，或看秋色，或又和丫鬟們嘲笑。迎春又令丫鬟炷了一支「夢甜香」。原來這「夢甜香」只有三寸來長，有燈草粗細，以其易燼，故以此燼為限，如香燼未成便要罰。

一時探春便先有了，自提筆寫出，又改抹了一回，遞與迎春。因問寶釵：「蘅蕪君，你可有了？」

---

⑲門字韵、十三元——近體詩所用的詩韵，共分一〇六韵部，各部都以該韵部的第一個字作為此韵部的名稱。「十三元」即上平聲中以「元」字起首的第十三韵部的簡稱。「門字韵」就是用「十三元」韵部中的「門」字作韵。在現代國語中「門」與「元」並不協韵，是由於古今或不同地區讀音變化的緣故。把每個字做成小牌，按韵部分屜，放在一個箱匣內，叫韵牌匣子。

寶釵道：「有卻有了，只是不好。」寶玉背著手，在迴廊上踱來踱去，因向黛玉說道：「你聽，他們都有了。」黛玉道：「你別管我。」寶玉又見寶釵已謄寫出來，因說道：「了不得！香只剩了一寸了，我才有了四句。」又向黛玉道：「香就完了，只管蹲在那潮地下作什麼？」黛玉也不理。寶玉道：「可顧不得你了，好歹也寫出來罷。」說著也走在案前寫了。

李紈道：「我們要看詩了。若看完了還不交卷，是必罰的。」寶玉道：「稻香老農雖不善作，卻善看，又最公道，你就評閱優劣，我們都服的。」眾人都道：「自然。」於是先看探春的稿上寫道是：

詠白海棠限門盆魂痕昏

斜陽寒草帶重門，苔翠盈鋪雨後盆。玉是精神難比潔，雪為肌骨易銷魂。芳心一點嬌無力，倩影三更月有痕。莫謂縞仙能羽化，多情伴我詠黃昏。⑳

珍重芳姿晝掩門，自攜手甕灌苔盆。胭脂洗出秋階影，冰雪招來露砌魂。淡極始知花更豔，愁多焉得玉無痕。欲償白帝憑清潔，不語婷婷日又昏。㉑

次看寶釵的是：

---

⑳「斜陽」一詩——寒草，經霜的衰草；帶，連接；重門，一層層院門。芳心，指女子的情意，這裡喻花蕊；倩影，俏麗的身影。月有痕，指白海棠在月光下映出的投影；痕，這裡指影子。縞仙，白衣仙女；縞，白絹；羽化，道家稱得道成仙飛升為「羽化」。

㉑「珍重」一詩——珍重，加意愛惜；手甕，手提的水罐；階影，影指海棠花的身影；露砌，放置海棠的地方，代指海棠；白帝，傳說中西方主管秋事的神，秋在五行中屬金，色屬白；婷婷，指白海棠。

李紈笑道：「到底是蘅蕪君。」說著，又看寶玉的，道是：

秋容淺淡映重門，七節攢成雪滿盆。出浴太真冰作影，捧心西子玉為魂。曉風不散愁千點，宿雨還添淚一痕。獨倚畫欄如有意，清砧怨笛送黃昏。㉒

大家看了，寶玉說探春的好，李紈才要推寶釵這詩有身分，因又催黛玉。黛玉道：「你們都有了？」說著，提筆一揮而就，擲與眾人。李紈等看他寫道是：

半卷湘簾半掩門，碾冰為土玉為盆。

看了這句，寶玉先喝起彩來，只說：「從何處想來！」又看下面道：

偷來梨蕊三分白，借得梅花一縷魂。

眾人看了，也都不禁叫好，說：「果然比別人又是一樣心腸。」又看下面道是：

月窟仙人縫縞袂，秋閨怨女拭啼痕。嬌羞默默同誰訴，倦倚西風夜已昏。㉓

眾人看了，都道是：「這首為上。」李紈道：「若論風流別致，自是這首；若論含蓄渾厚，終讓蘅稿。」探春道：「這評的有理，瀟湘妃子當居第二。」李紈道：「怡紅公子是壓尾，你服不服？」寶玉道：「我

㉒「秋容」一詩——秋容，指白海棠素淡的姿容；七節，形容海棠枝節繁多；攢，叢聚。太真，楊貴妃的號，唐玄宗曾賜她沐浴華清池，又曾以海棠睡未足喻貴妃醉態；「捧心西子」指西施「捧心而顰」益顯嬌美；二句均借古代美人喻白海棠。清砧，清冷的搗衣聲；怨笛，哀怨幽咽的笛聲。

㉓「半捲湘簾」一詩——碾冰句，用冰之清玉之潔來烘托白海棠；月窟，月宮；月窟仙人，指嫦娥；縞袂，白絹衣。

的那首原不好，這評的最公。」又笑道：「只是蘅、瀟二首還要斟酌。」李紈道：「原是依我評論，不與你們相干，再有多說者必罰。」寶玉聽說，只得罷了。

李紈道：「從此後，我定於每月初二、十六這兩日開社，出題、限韵，都要依我。這其間你們有高興的，你們只管另擇日子補開，那怕一個月每天都開社，我也不管。只是到了初二、十六這兩日，是必往我那裡去。」寶玉道：「到底要起個社名才是。」探春道：「俗了又不好，特新了，刁鑽古怪也不好。可巧才是海棠詩開端，就叫個『海棠社』罷。雖然俗些，因真有此事，也就不礙了。」說畢，大家又商議了一回，略用些酒果，方各自散去。也有回家的，也有往賈母、王夫人處去的。當下無話。

且說襲人因見寶玉看了字帖兒便慌慌張張的同翠墨去了，也不知是何事。後來又見後門上婆子送了兩盆海棠花來，襲人問是那裡來的，婆子便將寶玉前一番原故說了。襲人聽說，便命他們擺好，讓他們在下房裡坐下，自己走到自己房內，秤了六錢銀子封好，又拿了三百錢走來，都遞與那兩個婆子道：「這銀子賞那抬花來的小子們，這錢你們打酒吃罷。」那婆子們站起來，眉開眼笑，千恩萬謝的不肯受，見襲人執意不收，方領了。襲人又道：「後門上外頭可有該班的小子們？」婆子忙應道：「天天有四個，原預備裡面差使的。姑娘有什麼差使？我們吩咐去。」襲人笑道：「有什麼差使？今兒寶二爺要打發人到小侯爺家與史大姑娘送東西去，可巧你們來了，順便出去叫後門小子們僱輛車來。回來你們就往這裡拿錢，不用叫他們又往前頭混碰去。」婆子答應著去了。

襲人回至房中，拿碟子盛東西與史湘雲送去，卻見槅子㉔上碟槽空著。因回頭見晴雯、秋紋、麝月等都在一處做針黹，襲人問道：「這一個纏絲白瑪瑙碟子那去了？」眾人見問，都你看我，我看你，都想不起來。半日，晴雯笑道：「給三姑娘送荔枝去的，還沒送來呢。」襲人道：「家常送東西的傢伙也多，巴巴的拿這個去。」晴雯道：「我何嘗不也這樣說。他說這個碟子配上鮮荔枝才好看。我送去，三姑娘見了也說好看，叫連碟子放著，就沒帶來。你再瞧，那槅子盡上頭的一對聯珠瓶㉕還沒收來呢。」

秋紋笑道：「提起瓶來，我又想起笑話。我們寶二爺說聲孝心一動，也孝敬到二十分。因那日見園裡桂花，折了兩枝，原是自己要插瓶的，忽然想起來，說：『這是自己園裡才開的新鮮花，不敢自己先頑。』巴巴的把那一對瓶拿下來，親自灌水插好了，叫個人拿著，親自送一瓶進老太太，又進一瓶與太太。誰知他孝心一動，連跟的人都得了福了。可巧那日是我拿去的。老太太見了這樣，喜的無可無不可。見人就說：『到底是寶玉孝順我，連一枝花兒也想的到。別人還只抱怨我疼他。』你們知道，老太太素日不大同我說話的，有些不入他老人家的眼的；那日竟叫人拿幾百錢給我，說我：『可憐見的，生的單柔。』這可是再想不到的福氣。──幾百錢是小事，難得這個臉面。及至到了太太那裡，太太正和二奶奶、趙姨奶奶、周姨奶奶好些人翻箱子，找太太當日年輕的顏色衣裳，不知要給那一個。一見了，連衣裳也不找了，且看花兒。又有二奶奶在旁邊湊趣兒，誇寶玉又是怎麼孝敬，又是怎麼知好歹，有的沒的，說了兩車話。當著眾人，太太自為又增了光，堵了眾人的嘴。太太越發喜歡了，現成的衣裳就賞了我兩

㉔槅子──類似書架的木器，裡面分成多層小格，可以陳設器皿、玩具，又稱「十錦（或集錦）槅子」、「多寶槅子」。

㉕聯珠瓶──兩瓶連成一體，取珠聯璧合之意。

件。——衣裳也是小事，年年橫豎也得，卻不像這個彩頭㉖。」

晴雯笑道：「呸！沒見世面的小蹄子！那是把好的給了人，挑剩下的才給你，你還充有臉呢！」秋紋道：「憑他給誰剩的，到底是太太的恩典。」晴雯道：「要是我，我就不要。若是給別人剩下的給我，也罷了；一樣這屋裡的人，難道誰又比誰高貴些？把好的給他，剩下的才給我，我寧可不要，沖撞了太太，我也不受這口軟氣。」

秋紋忙問：「給這屋裡誰的？我因為前兒病了幾天，家去了，不知是給誰的。好姐姐，你告訴我知道知道。」晴雯道：「我告訴了你，難道你這會退還太太去不成？」秋紋笑道：「胡說！我白聽了喜歡喜歡。那怕給這屋裡的狗剩下的，我只領太太的恩典，也不犯管別的事。」眾人聽了都笑道：「罵的巧，可不是給了那西洋花點子哈巴兒了。」襲人笑道：「你們這起爛了嘴的！得了空，就拿我取笑打牙兒㉗。一個個不知怎麼死呢。」秋紋笑道：「原來姐姐得了，我實在不知道。我陪個不是罷。」

襲人笑道：「少輕狂罷。你們誰取了碟子來是正經。」麝月道：「那瓶得空兒也該收來了。老太太屋裡還罷了，太太屋裡人多手雜。別人還可以，趙姨奶奶一夥的人見是這屋裡的東西，又該使黑心弄壞了才罷。太太也不大管這些，不如早些收來是正經。」晴雯聽說，便擲下針黹，道：「這話倒是，等我取去。」秋紋道：「還是我取去罷，你取你的碟子去。」晴雯笑道：「我偏取一遭兒去！是巧宗兒，你

㉖彩頭——比賽優勝的獎品；利益好處、好運也稱「彩頭」。

㉗打牙兒——鬥嘴，這裡是「當作笑柄」的意思。

們都得了，難道不許我得一遭兒？」麝月笑道：「通共秋丫頭得了一遭兒衣裳，那裡今兒又巧，你也遇見找衣裳不成？」晴雯冷笑道：「雖然碰不見衣裳，或者太太看見我勤謹，一個月也把太太的公費裡分出二兩銀子來給我，也定不得！」說著，又笑道：「你們別和我裝神弄鬼的，什麼事我也不知道！」一面說，一面往外跑了。秋紋也同他出來，自去探春那裡取了碟子來。

襲人打點齊備東西，叫過本處的一個老宋媽媽來，向他說道：「你先好生梳洗了，換了出門的衣裳來，如今打發你與史姑娘送東西去。」那宋媽媽道：「姑娘只管交給我，你話說與我，我收拾了就好一順去的。」襲人聽說，便端過兩個小掐絲盒子來，先揭開一個，裡面裝的是紅菱和雞頭㉘兩樣鮮果；又那一個，是一碟子桂花糖蒸新栗粉糕。又說道：「這都是今年咱們這裡園裡新結的果子，寶二爺送來與姑娘嘗嘗。再前日姑娘說這瑪瑙碟子好，姑娘就留下頑罷。這絹包裡頭是姑娘上日叫我作的活計，姑娘別嫌粗糙，能著用罷。替我們請安，替二爺問好，就是了。」宋媽媽道：「寶二爺不知還有什麼說的，姑娘再問問去，回來又別說忘了。」襲人因問秋紋：「方才可見在三姑娘那裡？」秋紋道：「他們都在那裡商議起什麼詩社呢，又都作詩。想來沒話，你只去罷。」宋媽媽聽了，便拿了東西出去，另外穿戴了。襲人又囑咐他：「從後門出去，有小子和車等著呢。」宋媽媽去後，不在話下。

寶玉回來，先忙著看了一回海棠，至房內告訴襲人起詩社的事。襲人也把打發宋媽媽與湘雲送東西去的話告訴了寶玉。寶玉聽了，拍手道：「偏忘了他！我自覺心裡有件事，只是想不起來，虧你提起來，

㉘雞頭——指雞頭米，芡實的俗稱。芡是一種水生植物，其果仁可食。

正要請他去。這詩社裡若少了他，還有什麼意思！」襲人勸道：「什麼要緊，不過玩意兒。他比不得你們自在，家裡又作不得主兒。告訴他，他要來，又由不得他；不來，他又牽腸掛肚的；沒的叫他不受用。」寶玉道：「不妨事，我回老太太，打發人接他去。」正說著，宋媽媽已經回來，回復道生受㉙，與襲人道乏，又說：「問二爺作什麼呢，我說：『和姑娘們起什麼詩社作詩呢。』史姑娘說，他們作詩，也不告訴他去，急的了不得。」寶玉聽了，轉身便往賈母處來，立逼著叫人接去。賈母因說：「今兒天晚了，明日一早再去。」寶玉只得罷了，回來悶悶的。

次日一早，便又往賈母處來催逼人接去。直到午後，湘雲才來，寶玉方放了心，見面時就把始末原由告訴他，又要與他詩看。李紈等因說道：「且別給他詩看，先說與他韵。他後來，先罰他和了詩：若好，便請入社；若不好，還要罰他一個東道再說。」湘雲道：「你們忘了請我，我還要罰你們呢。就拿韵來，我雖不能，只得勉強出醜。容我入社，掃地焚香，我也情願。」眾人見他這般有趣，越發喜歡，都埋怨昨日怎麼忘了他，遂忙告訴他韵。

湘雲一心興頭，等不得推敲刪改，一面只管和人說著話，心內早已和成，即用隨便的紙筆錄出，先笑說道：「我卻依韵和了兩首，好歹我卻不知，不過應命而已。」說著，遞與眾人。眾人道：「我們四首也算想絕了，再一首也不能了，你倒弄了兩首！那裡有許多話說？必要重了我們。」一面說，一面看時，只見那兩首詩寫道：

㉙生受——這裡是道謝語，難為、有勞的意思。

其一

神仙昨日降都門，種得藍田玉一盆。自是霜娥偏愛冷，非關倩女亦離魂。秋陰捧出何方雪，雨漬添來隔宿痕。卻喜詩人吟不倦，豈令寂寞度朝昏。㉚

其二

蘅芷階通蘿薜門，也宜牆角也宜盆。花因喜潔難尋偶，人為悲秋易斷魂。玉燭滴乾風裡淚，晶簾隔破月中痕。幽情欲向嫦娥訴，無奈虛廊夜色昏。㉛

眾人看一句，驚訝一句，看到了，贊到了，都說：「這個不枉作了海棠詩！真該要起『海棠社』了。」湘雲道：「明日先罰我個東道，就讓我先邀一社，可使得？」眾人道：「這更妙了。」因又將昨日的詩與他評論了一回。

㉚「神仙」一詩——都門，京都；藍田，陝西省藍田縣，山中自古產白玉，稱藍田玉，這裡比喻白海棠；種玉，晉代干寶《搜神記》載，雒陽人楊伯雍，仙人送他一斗石子，叫他種在山上有石處，說：「玉當生其中」，「汝後當得好婦」。楊依言種石，後於該處挖出白璧五雙，以之聘得富家徐氏女。霜娥，即青女，神話中司霜雪的女神；倩女離魂，見唐代陳玄祐《離魂記》，寫張倩娘與表兄王宙相愛，因婚事生變，靈魂隨王宙出走，五年後回家探望父母，魂、體又合而為一，元人鄭德輝據此衍為《迷青瑣倩女離魂》雜劇。秋陰，即秋雲；陰，密雲。

㉛「蘅芷」一詩——蘅，杜蘅；芷，白芷；都是香草。蘿，松蘿；薜，薜荔；都是蔓生植物。玉燭，白色蠟燭；晶簾，水晶簾。幽情，深藏在內心的感情；虛廊，寂靜的長廊。

至晚，寶釵將湘雲邀往蘅蕪苑安歇去。湘雲燈下計議如何設東擬題。寶釵聽他說了半日，皆不妥當，因向他說道：「既開社，便要作東。雖然是頑意兒，也要瞻前顧後，又要自己便宜，又要不得罪了人，然後方大家有趣。你家裡你又作不得主，一個月通共那幾串錢，你還不夠盤纏呢。這會子又幹這沒要緊的事，你嬸子聽見了，越發抱怨你了。況且你就都拿出來，做這個東道也是不夠。難道為這個家去要不成？還是和這裡要呢？」一席話提醒了湘雲，倒躊躕起來。寶釵道：「這個我已經有個主意。我們當鋪裡有個伙計，他家田上出的很好的肥螃蟹，前兒送了幾斤來。現在這裡的人，從老太太起，連上園裡的人，有多一半都是愛吃螃蟹的。前日姨娘還說要請老太太在園裡賞桂花吃螃蟹，因為有事，還沒有請呢。你如今且把詩社別提起，只管普通一請。等他們散了，咱們有多少詩作不得的？我和我哥哥說，要幾簍極肥極大的螃蟹來，再往鋪子裡取上幾罈好酒，再備上四五桌果碟，豈不又省事又大家熱鬧了？」湘雲聽了，心中自是感服，極贊他想的周到。寶釵又笑道：「我是一片真心為你的話，你千萬別多心，想著我小看了你，咱們兩個就白好了。你若不多心，我就好叫他們辦去的。」湘雲忙笑道：「好姐姐，你這樣說，倒多心待我了。憑我怎麼糊塗，連個好歹也不知，還成個人了？我若不把姐姐當作親姐姐一樣看，上回那些家常話煩難事，也不肯盡情告訴你了。」寶釵聽說，便叫一個婆子來：「出去和大爺說，依前日的大螃蟹要幾簍來，明日飯後請老太太、姨娘賞桂花。你說：大爺好歹別忘了，我今兒已請下人了。」那婆子出去說明，回來無話。

這裡寶釵又向湘雲道：「詩題也不要過於新巧了。你看古人詩中那些刁鑽古怪的題目和那極險的韵了，若題過於新巧，韵過於險，再不得有好詩，終是小家氣。詩固然怕說熟話，更不可過於求生，只㉜

要頭一件立意清新，自然措詞就不俗了。——究竟這也算不得什麼，還是紡績針黹是你我的本等。一時閑了，倒是於你我深有益的書看幾章是正經。」湘雲只答應著，因笑道：「我如今心裡想著，昨日作了海棠詩，我如今要作個菊花詩如何？」寶釵道：「菊花倒也合景，只是前人太多了。」湘雲道：「我也是如此想著，恐怕落套㉝。」寶釵想了一想，說道：「有了，如今以菊花為賓，以人為主，竟擬出幾個題目來，都是兩個字：一個虛字，一個實字，實字便用『菊』字，虛字就用通用門的㉞。如此，又是咏菊，又是賦事，前人也沒作過，也不能落套。賦景咏物兩關著，又新鮮，又大方。」湘雲笑道：「這卻很好。只是不知用何等虛字才好？你先想一個我聽聽。」

寶釵想了一想，笑道：「『菊夢』就好。」湘雲笑道：「果然好。我也有一個，『菊影』可使得？」寶釵道：「也罷了。只是也有人作過，若題目多，這個也夾的上。我又有了一個。」湘雲道：「快說出來。」寶釵道：「『問菊』如何？」湘雲拍案叫妙，因接說道：「我也有了，『訪菊』如何？」寶釵也贊有趣，因說道：「越性擬出十個來，寫上再來。」說著，二人研墨蘸筆，湘雲便寫，寶釵便念，一時湊了十個。湘雲看了一遍，又笑道：「十個還不成幅，越性湊成十二個便全了，也如人家的字畫冊頁一樣。」寶釵聽說，又想了兩個，一共湊成十二。又說道：「既這樣，越性編出他個次序先後來。」湘雲

㉜險韵——作詩時用最難押韵的韵部或生僻字來押韵，都叫「險韵」；有些人好用險韵，借此炫耀自己作詩的本領。

㉝落套——落入俗套。

㉞通用門——指不受限制的一般詞彙。

道：「如此更妙，竟弄成個菊譜了。」寶釵道：「起首是『憶菊』；憶之不得，故訪，第二是『訪菊』；訪之既得，便種，第三是『種菊』；種既盛開，故相對而賞，第四是『對菊』；相對而興有餘，故折來供瓶為玩，第五是『供菊』；既供而不吟，亦覺菊無彩色，第六便是『咏菊』；既入詞章，不可不供筆墨，第七便是『畫菊』；既為菊如是碌碌，究竟不知菊有何妙處，不禁有所問，第八便是『問菊』；菊如解語，使人狂喜不禁，第九便是『簪菊』；如此人事雖盡，猶有菊之可咏者，『菊影』、『菊夢』二首續在第十、第十一；末卷便以『殘菊』總收前題之盛。——這便是三秋的妙景妙事都有了。」

湘雲依說將題錄出，又看了一回，又問：「該限何韵？」寶釵道：「我平生最不喜限韵的，分明有好詩，何苦為韵所縛。咱們別學那小家派，只出題不拘韵。原為大家偶得了好句取樂，並不為此而難人。」湘雲道：「這話很是。這樣大家的詩還進一層。但只咱們五個人，這十二個題目，難道每人作十二首不成？」寶釵道：「那也太難人了。將這題目謄好，都要七言律，明日貼在牆上。他們看了，誰作那一個就作那一個。有力量者，十二首都作也可；不能的，一首不成也可。高才捷足㉟者為尊。若十二首已全，便不許他後趕著又作，罰他就完了。」湘雲道：「這倒也罷了。」二人商議妥貼，方才息燈安寢。要知端的，且聽下回分解。

㉟捷足——本指動作迅速敏捷，這裡指作詩快速。

第三十八回　林瀟湘魁奪菊花詩　薛蘅蕪諷和螃蟹咏

話說寶釵、湘雲二人計議已妥，一宿無話。湘雲次日便請賈母等賞桂花。賈母等都說道：「倒是他有興頭，須要擾他這雅興。」至午，果然賈母帶了王夫人、鳳姐，兼請薛姨媽等進園來。賈母因問：「那一處好？」王夫人道：「憑老太太愛在那一處，就在那一處。」鳳姐道：「藕香榭已經擺下了。那山坡下兩顆桂花開的又好，河裡的水又碧清，坐在河當中亭子上豈不敞亮？看著水，眼也清亮。」賈母聽了，說：「這話很是。」說著，就引了眾人往藕香榭來。原來這藕香榭蓋在池中，四面有窗，左右有曲廊可通，亦是跨水接岸，後面又有曲折竹橋暗接。眾人上了竹橋，鳳姐忙上來攙著賈母，口裡說：「老祖宗只管邁大步走，不相干的，這竹子橋規矩①是咯吱咯喳的。」

一時進入榭中，只見欄杆外另放著兩張竹案，一個上面設著杯箸酒具，一個上頭設著茶筅、茶盂各

①規矩——這裡是「照例」的意思。

色茶具。那邊有兩三個丫頭煽風爐煮茶，這一邊另外幾個丫頭也煽風爐燙酒呢。賈母喜的忙問：「這茶想的很好，且是地方、東西都乾淨。」湘雲笑道：「這是寶姐姐幫著我預備的。」賈母道：「我說這個孩子細致，凡事想的妥當。」一面說，一面又看見柱上掛的黑漆嵌蚌②的對子，命人念。湘雲念道：

芙蓉影破歸蘭槳，菱藕香深寫竹橋。

賈母聽了，又抬頭看匾，因回頭向薛姨媽道：「我先小時，家裡也有這麼一個亭子，叫做什麼『枕霞閣』。我那時也只像他們這麼大年紀，同姊妹們天天頑去。那日誰知我失了腳掉下去，幾乎沒淹死，好容易救了上來，到底被那木釘把頭碰破了。如今這鬢角上那指頭頂大一塊窩兒就是那殘破了。眾人都怕經了水，又怕冒了風，都說活不得了，誰知竟好了。」鳳姐不等人說，先笑道：「那時要活不得，如今這大福可叫誰享呢？可知老祖宗從小兒的福壽就不小，神差鬼使，碰出那個窩兒來，好盛福壽的。壽星老兒頭上原是一個窩兒，因為萬福萬壽盛滿了，所以倒凸高出些來了。」未及說完，賈母與眾人都笑軟了。賈母笑道：「這猴兒慣的了不得了，只管拿我取笑起來，恨的我撕你那油嘴。」鳳姐笑道：「回來吃螃蟹，恐積了冷在心裡，討老祖宗笑一笑、開開心，一高興多吃兩個就無妨了。」賈母笑道：「明兒叫你日夜跟著我，我倒常笑笑覺的開心，不許回家去。」王夫人笑道：「老太太因為喜歡他，才慣的他這樣。還這樣說，他明兒越發無禮了。」賈母笑道：「我喜歡他這樣，況且他又不是那不知高低的孩子。家常沒人，娘兒們原該這樣，橫豎禮體不錯就罷，沒的倒叫他們神鬼似的作什麼。」

②嵌蚌——將蚌殼內面有光彩的部份加以雕琢，拼成圖案，嵌入木器或漆器，作為裝飾，又稱「螺鈿」。

說著，一齊進入亭子，獻過茶，鳳姐忙著搭桌子，要杯箸：上面一桌，賈母、薛姨媽、寶釵、黛玉、寶玉；東邊一桌，湘雲、王夫人、迎、探、惜；西邊靠門一桌，李紈和鳳姐的，虛設坐位，二人皆不敢坐，只在賈母、王夫人兩桌上伺候。鳳姐吩咐：「螃蟹不可多拿來，仍舊放在蒸籠裡，拿十個來，吃了再拿。」一面又要水洗了手，站在賈母跟前剝蟹肉。頭次讓薛姨媽，薛姨媽道：「我自己掰著吃香甜，不用人讓。」鳳姐便奉與賈母。二次的便與寶玉，又說：「把酒燙的滾熱的拿來。」又命小丫頭們去取菊花葉兒、桂花蕊薰的綠豆面子③來，預備洗手。

湘雲陪著吃了一個，就下座來讓人，又出至外頭，令人盛兩盤子與趙姨娘、周姨娘送去。又見鳳姐走來道：「你不慣張羅，你吃你的去。我先替你張羅，等散了，我再吃。」湘雲不肯，又令人在那邊廊上擺了兩桌，讓鴛鴦、琥珀、彩霞、彩雲、平兒去坐。鴛鴦因向鳳姐笑道：「二奶奶在這裡伺候，我們可吃去了。」鳳姐兒道：「你們只管去，都交給我就是了。」說著，湘雲仍入了席。

鳳姐和李紈也胡亂應個景兒。鳳姐仍是下來張羅，一時出至廊上，鴛鴦等正吃的高興，見他來了，鴛鴦等站起來道：「奶奶又出來作什麼？讓我們也受用一會子！」鳳姐笑道：「鴛鴦小蹄子越發壞了！我替你當差，倒不領情，還抱怨我。還不快斟一鍾酒來我喝呢！」鴛鴦笑著忙斟了一杯酒，送至鳳姐唇邊，鳳姐一揚脖子吃了。琥珀、彩霞二人也斟上一杯，送至鳳姐唇邊，那鳳姐也吃了。平兒早剔了一殼黃子送來，鳳姐道：「多倒些薑醋。」一面也吃了，笑道：「你們坐著吃罷，我可去了。」鴛鴦笑道：

③綠豆面子——即綠豆粉，摻上皂角灰可洗滌油污。

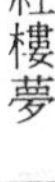

聯經出版事業公司　校印

「好沒臉！吃我們的東西！」鳳姐兒笑道：「你和我少作怪。你知道你璉二爺愛上了你，要和老太太討了你作小老婆呢。」鴛鴦道：「啐，這也是作奶奶說出來的話！我不拿腥手抹你一臉算不得！」說著，趕來就要抹。鳳姐兒央道：「好姐姐，饒我這一遭兒罷！」琥珀笑道：「鴛丫頭要去了，平丫頭還饒他？你們看看他，沒有吃了兩個螃蟹，倒喝了一碟子醋，他也算不會攬酸了。」平兒手裡正掰了個滿黃的螃蟹，聽如此奚落他，便拿著螃蟹照著琥珀臉上抹來，口內笑罵：「我把你這嚼舌根的小蹄子……」琥珀也笑著往旁邊一躲。平兒使空了，往前一撞，正恰恰的抹在鳳姐兒腮上。鳳姐兒正和鴛鴦嘲笑，不防唬了一跳，「噯喲」了一聲，衆人撐不住都哈哈的大笑起來。鳳姐也禁不住笑罵道：「死娼婦！吃離了眼④了，混抹你娘的。」平兒忙趕過來替他擦了，親自去端水。鴛鴦道：「阿彌陀佛！這是個報應！」賈母那邊聽見，一疊聲問：「見了什麼這樣樂，告訴我們也笑笑。」鴛鴦等忙高聲笑回道：「二奶奶來搶螃蟹吃，平兒惱了，抹了他主子一臉的螃蟹黃子：主子、奴才打架呢！」賈母和王夫人等聽了，也笑起來。賈母笑道：「你們看他可憐見的，把那小腿子、臍子給他點子吃也就完了。」鴛鴦等笑著答應了，高聲又說道：「這滿桌子的腿子，二奶奶只管吃就是了。」鳳姐洗了臉走來，又伏侍賈母等吃了一回。

黛玉獨不敢多吃，只吃了一點兒夾子肉⑤，就下來了。賈母一時不吃了，大家方散，都洗了手。也有看花的，也有弄水看魚的，遊玩了一回。王夫人因回賈母說：「這裡風大，才又吃了螃蟹，老太太還

④離了眼——眼睛看不清楚。
⑤夾子肉——蟹類螯鉗裡的肉。

是回房去歇歇罷了。若高興，明日再來逛逛。」賈母聽了，笑道：「正是呢。我怕你們高興，我走了，又怕掃了你們的興。既這麼說，咱們就都去罷。」回頭又囑咐湘雲：「別讓你寶哥哥、林姐姐多吃了。」湘雲答應著。又囑咐湘雲、寶釵二人說：「你兩個也別多吃。那東西雖好吃，不是什麼好的，吃多了肚子疼。」

二人忙應著，送出園外，仍舊回來，令將殘席收拾了另擺。寶玉道：「也不用擺，咱們且作詩，把那大團圓桌就放在當中，酒菜都放著。也不必拘定坐位，有愛吃的去吃，大家散坐，豈不便宜？」寶釵道：「這話極是。」湘雲道：「雖如此說，還有別人。」因又命另擺一桌，揀了熱螃蟹來，請襲人、紫鵑、司棋、侍書、入畫、鶯兒、翠墨等一處共坐。山坡桂樹底下鋪下兩條花毡，命答應的婆子並小丫頭等也都坐了，只管隨意吃喝，等使喚再來。

湘雲便取了詩題，用針綰在墻上。眾人看了，都說：「新奇固新奇，只怕作不出來。」湘雲又把不限韵的原故說了一番。寶玉道：「這才是正理，我也最不喜限韵。」黛玉因不大吃酒，又不吃螃蟹，自令人掇了一個綉墩，倚欄杆坐看，拿著釣竿釣魚。寶釵手裡拿著一枝桂花玩了一回，俯在窗檻上，⿺爪甲⑥了桂蕊擲向水面，引的游魚浮上來唼喋⑦。湘雲出一回神，又讓一回襲人等，又招呼山坡下的眾人只管放量吃。探春和李紈、惜春立在垂柳陰中看鷗鷺。迎春又獨在花陰下，拿著花針穿茉莉花。寶玉又看了

⑥⿺爪甲——音ㄑㄧㄚ，「掐」的俗寫。

⑦唼喋——音ㄕㄚˋ ㄓㄚˊ，魚或水鳥聚食聲。這裡指魚嘴開合，咂水吞食。

聯經出版事業公司　校印

一回黛玉釣魚，一回又俯在寶釵旁邊說笑兩句，一回又看襲人等吃螃蟹，自己也陪他飲兩口酒。襲人又剝一殼肉給他吃。

黛玉放下釣竿，走至座間，拿起那烏銀梅花自斟壺來，揀了一個小小的海棠凍石蕉葉杯。丫鬟看見，知他要飲酒，忙著走上來斟。黛玉道：「你們只管吃去，讓我自斟，這才有趣兒。」說著，便斟了半盞，看時，卻是黃酒，因說道：「我吃了一點子螃蟹，覺得心口微微的疼，須得熱熱的喝口燒酒。」寶玉忙道：「有燒酒。」便令將那合歡花浸的酒燙一壺來。黛玉也只吃了一口便放下了。寶釵也走過來，另拿了一只杯來，也飲了一口，便蘸筆至墻上把頭一個〈憶菊〉勾了，底下又贅了一個「蘅」字。寶玉忙道：「好姐姐，第二個我已經有了四句了，你讓我作罷。」寶釵笑道：「我好容易有了一首，你就忙的這樣。」黛玉也不說話，接過筆來把第八個〈問菊〉勾了，接著把第十一個〈菊夢〉也勾了，也贅一個「瀟」字。寶玉也拿起筆來，將第二個〈訪菊〉也勾了，也贅上一個「怡」字。探春走來看看道：「竟沒有人作〈簪菊〉？讓我作這〈簪菊〉。」又指著寶玉笑道：「才宣過：總不許帶出閨閣字樣來，你可要留神。」說著，只見湘雲走來，將第四、第五〈對菊〉〈供菊〉一連兩個都勾了，也贅上一個「湘」字。

探春道：「你也該起個號。」湘雲笑道：「我們家裡如今雖有幾處軒館，我又不住著，借了來也沒趣。」寶釵笑道：「方才老太太說，你們家也有一個水亭，叫『枕霞閣』，難道不是你的？如今雖沒了，你到底是舊主人。」眾人都道：「有理。」寶玉不待湘雲動手，便代將「湘」字抹了，改了一個「霞」字。又有頓飯工夫，十二題已全，各自謄出來，都交與迎春，另拿了一張雪浪箋⑧過來，一並謄錄出來，

⑧雪浪箋——一種白色詩箋，紙中有波浪形暗紋；此外，還有一種厚的生宣紙，也叫雪浪紙。

某人作的，底下贅明某人的號。李紈等從頭看起：

憶菊　　蘅蕪君

悵望西風抱悶思，蓼紅葦白斷腸時。空籬舊圃秋無迹，瘦月清霜夢有知。念念心隨歸雁遠，寥寥坐聽晚砧癡。誰憐為我黃花病，慰語重陽會有期。⑨

訪菊　　怡紅公子

閑趁霜晴試一遊，酒杯藥盞莫淹留。霜前月下誰家種，檻外籬邊何處秋。蠟屐遠來情得得，冷吟不盡興悠悠。黃花若解憐詩客，休負今朝掛杖頭。⑩

種菊　　怡紅公子

攜鋤秋圃自移來，籬畔庭前故故栽。昨夜不期經雨活，今朝猶喜帶霜開。冷吟秋色詩千首，醉酹寒香酒一杯。泉溉泥封勤護惜，好知井徑絕塵埃。⑪

---

⑨「憶菊」詩——蓼，紅蓼，水邊植物，夏秋之際開粉紅小花；葦，蘆葦，夏秋之際揚白絮。空籬，菊籬之中空蕩無物；舊圃，去年的花圃；秋無迹，即菊無迹，沒有菊花。瘦月清霜，形容秋夜寂冷的景色；知，見。黃花，菊花；重陽；陰曆九月初九，古人以「九」為陽數，故重九也稱重陽，舊俗在重陽節賞菊飲酒。

⑩「訪菊」一詩——酒杯藥盞，舊俗認為重陽節飲菊花酒可以消災免禍；淹留，久留、滯留。秋，秋色，這裡指菊花。屐，有齒的木底鞋，古時多著以登山，屐上打蠟，可防濕耐用；得得，猶「特特」，特地，指情致很高。冷吟，即秋吟，冷秋吟詩。解，懂得、理解；掛杖頭，指詩人杖頭掛錢，沽酒訪菊。

⑪「種菊」一詩——故故，故意、特意。酹，洒酒以祭；寒香，指菊花。好知，須知；井徑，田間小路；塵埃，指世俗社會。

對菊　　枕霞舊友

別圃移來貴比金，一叢淺淡一叢深。蕭疏籬畔科頭坐，清冷香中抱膝吟。數去更無君傲世，看來惟有我知音。秋光荏苒休辜負，相對原宜惜寸陰。⑫

供菊　　枕霞舊友

彈琴酌酒喜堪儔，几案婷婷點綴幽。隔座香分三徑露，拋書人對一枝秋。霜清紙帳來新夢，圃冷斜陽憶舊遊。傲世也因同氣味，春風桃李未淹留。⑬

咏菊　　瀟湘妃子

無賴詩魔昏曉侵，繞籬欹石自沉音。毫端蘊秀臨霜寫，口齒噙香對月吟。滿紙自憐題素怨，片言誰解訴秋心。一從陶令平章後，千古高風說到今。⑭

⑫「對菊」一詩——別圃，即遠圃；別，遠。蕭疏，指秋天蕭條疏落的景象；科頭，不戴帽子，表示疏狂不羈。清冷香，指菊花；抱膝吟，形容態度閑雅。

⑬「供菊」一詩——供菊，折菊插於瓶中，放置室內供玩賞。分，散發；三徑露，與下句「一枝秋」同樣都指菊；三徑，指栽菊的庭院。霜清，秋天；紙帳，古人在戶外乘涼的帳子，這裡指一般帳子。淹留，這裡指逗留觀賞。

⑭「咏菊」一詩——無賴，糾纏不捨；詩魔，指詩人不可抑止的創作衝動；昏曉，猶言早早晚晚；侵，侵擾。欹石，即倚石；沉音，即沉吟，沉思低誦。毫端，筆尖；蘊秀，飽含雋逸的才思和辭藻。噙香，口含菊的清香。題素怨，抒發秋怨；秋心，「愁」的代字。一從，自從；陶令，即陶淵明，他曾做過彭澤縣令；平章，品評。

畫菊　　蘅蕪君

詩餘戲筆不知狂，豈是丹青費較量。聚葉潑成千點墨，攢花染出幾痕霜。淡濃神會風前影，跳脫秋生腕底香。莫認東籬閑採掇，粘屏聊以慰重陽。⑮

問菊　　瀟湘妃子

欲訊秋情眾莫知，喃喃負手叩東籬。孤標傲世偕誰隱，一樣花開為底遲？圃露庭霜何寂寞，鴻歸蛩病可相思？休言舉世無談者，解語何妨片語時。⑯

簪菊　　蕉下客

瓶供籬栽日日忙，折來休認鏡中妝。長安公子因花癖，彭澤先生是酒狂。短鬢冷沾三徑露，葛巾香染九秋霜。高情不入時人眼，拍手憑他笑路旁。⑰

菊影　　枕霞舊友

---

⑮「畫菊」一詩——詩餘，吟詩之後；戲筆，隨興揮筆作畫。丹青，繪畫用的紅色、青色顏料，代指繪畫；較量，斟酌構思。聚葉，密集的葉子；潑墨，國畫技法之一，筆力奔放，宛如水墨潑在紙上。攢花，指畫上花瓣一層層攢聚而成的花朵；霜，指畫面上的菊花瓣。神會，充分掌握描繪對象的精神，再形之於畫；跳脫，靈活生動。「莫認」句，全句意謂不要認為這是東籬邊栽的真菊花就隨手去採；慰重陽，重陽佳節借觀畫代賞菊，聊作慰藉。

⑯「問菊」一詩——訊，打聽；負手，倒背雙手若有所思的樣子；叩，問；東籬，指菊。孤標，孤高的人格；標，樹梢的最上部，引申為出眾之意；底，何。蛩病，比喻蟋蟀淒切的叫聲。解語，會說話、解人意。

秋光疊疊復重重，潛度偷移三徑中。窗隔疏燈描遠近，籬篩破月鎖玲瓏。寒芳留照魂應駐，霜印傳神夢也空。珍重暗香休踏碎，憑誰醉眼認朦朧。⑱

菊夢　瀟湘妃子

籬畔秋酣一覺清，和雲伴月不分明。登仙非慕莊生蝶，憶舊還尋陶令盟。睡去依依隨雁斷，驚回故故惱蛩鳴。醒時幽怨同誰訴，衰草寒烟無限情。⑲

殘菊　蕉下客

露凝霜重漸傾欹，宴賞才過小雪時。蒂有餘香金淡泊，枝無全葉翠離披。半床落月蛩聲病，萬里寒雲雁陣遲。明歲秋風知再會，暫時分手莫相思。⑳

⑰「簪菊」一首——簪菊，採菊插在頭上，古時重陽節民間有簪菊的風俗。休認鏡中妝，不要認為是婦女平常對鏡的妝飾，因簪菊是重陽節的風俗。長安公子，或指晚唐詩人杜牧，因其祖父杜佑在唐德宗、憲宗兩朝為相，故稱他為長安公子；彭澤先生，即陶淵明，他愛菊，也愛喝酒。三徑露、九秋霜，都指菊花；九秋，秋季三個月九十天，故稱秋天為三秋或九秋；葛巾，葛布作的便帽。高情，即簪菊的高尚情趣；時人，世俗庸人。

⑱「菊影」一詩——秋光，秋季的風光，代指菊影；潛度偷移，菊影隨著日光悄悄移動。寒芳，指菊花；魂應駐，菊花的精神應當留在菊影裡。霜印、暗香，都指菊影；憑誰，不論是誰。

⑲「菊夢」一詩——和雲伴月，菊花在夢中伴隨雲月飄然高舉。登仙，指菊花夢中宛如登臨仙境；莊生蝶，莊生，即莊周，《莊子·齊物論》記載，莊周有一次作夢，化為蝴蝶。雁斷，飛雁遠逝；驚回；睡醒夢回；故故，屢屢。

眾人看一首，贊一首，彼此稱揚不已。李紈笑道：「等我從公評來。通篇看來，各有各人的警句。今日公評：〈咏菊〉第一，〈問菊〉第二，〈菊夢〉第三，——題目新，詩也新，立意更新，惱不得要推瀟湘妃子為魁了；然後〈簪菊〉、〈對菊〉、〈供菊〉、〈畫菊〉、〈憶菊〉次之。」寶玉聽說，喜的拍手叫：「極是！極公道！」黛玉道：「我那首也不好，到底傷於纖巧些。」李紈道：「巧的卻好，不露堆砌生硬。」黛玉道：「據我看來，頭一句好的是『圃冷斜陽憶舊遊』，這句背面傅粉。『拋書人對一枝秋』已經妙絕，將供菊說完，沒處再說，故翻回來想到未折未供之先，意思深透。」李紈笑道：「固如此說，你的『口齒噙香』句也敵的過了。」探春又道：「到底要算蘅蕪君沉著：『秋無迹』，『夢有知』，把個『憶』字竟烘染出來了。」寶釵笑道：「你的『短鬢冷沾』，『葛巾香染』，也就把簪菊形容的一個縫兒也沒了。」湘雲道：「『偕誰隱』，『為底遲』，真個把個菊花問的無言可對。」李紈笑道：「你的『科頭坐』，『抱膝吟』，竟一時也不能別開，菊花有知，也必膩煩了。」說的大家都笑了。寶玉笑道：「我又落第。難道『誰家種』，『何處秋』，『蠟屐遠來』，『冷吟不盡』，都不是訪？『昨夜雨』，『今朝霜』，都不是種不成？但恨敵不上『口齒噙香對月吟』、『清冷香中抱膝吟』、『短鬢』、『葛巾』、『金淡泊』、『翠離披』、『秋無迹』、『夢有知』這幾句罷了。」又道：「明兒閑

⑳「殘菊」一詩——露凝霜重，指由秋至冬的氣候次第變化；露凝，秋露因冷而凝；霜重，指初冬的霜威；傾欹，指菊衰殘傾斜。宴賞，指重陽設宴賞菊；小雪，二十四節氣之一，在陰曆十月。蒂有餘香，指菊花蒂上殘留的花瓣；淡泊，指花的顏色消褪。翠，指綠葉；離披，散亂的樣子。

了，我一個人作出十二首來。」李紈道：「你的也好，只是不及這幾句新巧就是了。」

大家又評了一回，復又要了熱蟹來，就在大圓桌子上吃了一回。寶玉笑道：「今日持螯賞桂，亦不可無詩。我已吟成，誰還敢作呢？」說著，便忙洗了手提筆寫出。眾人看道：

持螯更喜桂陰涼，潑醋擂薑興欲狂。饕餮王孫應有酒，橫行公子卻無腸。臍間積冷饞忘忌，指上沾腥洗尚香。原為世人美口腹，坡仙曾笑一生忙。㉑

黛玉笑道：「這樣的詩，要一百首也有。」寶玉笑道：「你這會子才力已盡，不說不能作了，還貶人家！」黛玉聽了，並不答言，也不思索，提起筆來一揮，已有了一首。眾人看道：

鐵甲長戈死未忘，堆盤色相喜先嘗。螯封嫩玉雙雙滿，殼凸紅脂塊塊香。多肉更憐卿八足，助情誰勸我千觴。對斯佳品酬佳節，桂拂清風菊帶霜。㉒

寶玉看了，正喝彩，黛玉便一把撕了，令人燒去，因笑道：「我的不及你的，我燒了他。你那個很好，

㉑「持螯」一詩——螯，螃蟹夾子。饕餮，本為傳說中一種貪食的惡獸，後來常用來比喻人貪吃、貪婪無厭。橫行公子，指蟹，宋代傅肱《蟹譜》稱蟹為「橫行介士」，晉代葛洪《抱朴子》稱蟹為「無腸公子」。臍，這裡指腹部；蟹性冷，吃多了，會積冷腹內。坡仙，蘇東坡的別稱，他的〈初到黃州〉詩說：「自笑平生為口忙，老來事業轉荒唐。」這裡是寶玉自嘲為飽口腹而忙於吃蟹的狂態。

㉒「鐵甲」一詩——鐵甲，喻蟹殼；長戈，喻蟹螯和蟹腳。色相，佛家語，指一切可感觸有形質之物的形狀，這裡指熟蟹的形狀。嫩玉，喻蟹螯內的白色嫩肉。紅脂，母蟹蒸熟後，腹內的脂狀物呈橙紅色，俗稱蟹黃。

比方才的菊花詩還好，你留著他給人看。」

寶釵接著笑道：「我也勉強了一首，未必好，寫出來取笑兒罷。」說著，也寫了出來。大家看時，寫道是：

桂靄桐陰坐舉觴，長安涎口盼重陽。眼前道路無經緯，皮裡春秋空黑黃。
酒未敵腥還用菊，性防積冷定須薑。於今落釜成何益，月浦空餘禾黍香。㉓

看到這裡，眾人不禁叫絕。寶玉道：「寫得痛快！我的詩也該燒了。」又看底下道：眾人看畢，都說：「這方是食螃蟹絕唱！這些小題目，原要寓大意，才算是大才，——只是諷刺世人太毒了些。」說著，只見平兒復進園來。不知作什麼，且聽下回分解。

㉓「桂靄」一詩——桂靄，桂花香氣；靄，雲氣。長安涎口，代指京都那些好吃饞嘴的人，杜甫〈飲中八仙歌〉云：「汝陽三斗始朝天，道逢麴車口流涎。」經緯，這裡指縱橫、法度。皮裡，肚子裡；皮裡春秋，《晉書・褚裒傳》載，桓彝品評褚裒的為人「有皮裡春秋」，意即表面上不露好惡而內心深藏褒貶。釜，鍋子；浦，水邊。

第三十九回　村姥姥是信口開合①　情哥哥偏尋根究底

話說眾人見平兒來了，都說：「你們奶奶作什麼呢，怎麼不來了？」平兒笑道：「他那裡得空兒來？因為說沒有好生吃得，又不得來，所以叫我來問還有沒有，叫我要幾個，拿了家去吃罷。」湘雲道：「有，多著呢！」忙令人拿了十個極大的。平兒道：「多拿幾個團臍②的。」眾人又拉平兒坐，平兒不肯。李紈拉著他笑道：「偏要你坐。」拉著他身旁坐下，端了一杯酒，送到他嘴邊。平兒忙喝了一口，就要走。李紈道：「偏不許你去！顯見得你只有鳳丫頭，就不聽我的話了。」說著，又命嬤嬤們：「先送了盒子去，就說我留下平兒了。」那婆子一時拿了盒子回來，說：「二奶奶說，叫奶奶和姑娘們別笑話要嘴吃。這個盒子裡是方才舅太太那裡送來的菱粉糕和雞油捲兒，給奶奶、姑娘們吃的。」又向平兒道：「說：

①信口開合——即「信口開河」，毫無根據的隨便亂說。
②團臍——雌蟹。雌蟹的腹甲呈圓形，雄蟹腹甲呈三角形。

聯經出版事業公司　校印

『使你來，你就貪住頑，不去了。勸你少喝一杯兒罷。』平兒笑道：「多喝了，又把我怎麼樣？」一面說，一面只管喝，又吃螃蟹。李紈攬著他笑道：「可惜這麼個好體面模樣兒，命卻平常，只落得屋裡使喚。不知道的人，誰不拿你當作奶奶、太太看。」

平兒一面和寶釵、湘雲等吃喝，一面回頭笑道：「奶奶，別只摸的我怪癢的。」李氏道：「噯喲！這硬的是什麼？」平兒道：「鑰匙。」李氏道：「什麼鑰匙？要緊梯己東西怕人偷了去，卻帶在身上！我成日家和人說笑：有個唐僧取經，就有個白馬來馱他③；劉智遠打天下，就有個瓜精來送盔甲④；有個鳳丫頭，就有個你。你就是你奶奶的一把總鑰匙，還要這鑰匙作什麼？」平兒笑道：「奶奶吃了酒，又拿了我來打趣著取笑兒了。」寶釵笑道：「這倒是真話。我們沒事評論起人來，你們這幾個，都是百個裡頭挑不出一個來。妙在各人有各人的好處。」李紈道：「大小都有個天理。比如老太太屋裡，要沒有個鴛鴦，如何使得？從太太起，那一個敢駁老太太的回？現在他敢駁回。——偏老太太只聽他一個人的話。老太太那些穿戴的，別人不記得，他都記得。要不是他經管著，不知叫人誆騙了多少去呢？那孩子心也公道，雖然這樣，倒常替人說好話兒，還倒不依勢欺人的。」惜春笑道：「老太太昨兒還說呢，

---

③有個唐僧取經，就有個白馬來馱他——唐代僧人玄奘，曾去天竺（即印度）取經。龍王三太子化成白馬，馱著唐僧去西天取經的故事，見明代吳承恩《西遊記》第十五回。

④劉智遠打天下，就有個瓜精來送盔甲——劉智遠，五代時後漢王朝的建立者。「瓜精送盔甲」見明初無名氏的南戲《白兔記》第十二齣〈看瓜〉。

他比我們還強呢！」平兒道：「那原是個好的，我們那裡比的上他？」寶玉道：「太太屋裡的彩霞，是個老實人。」探春道：「可不是，外頭老實，心裡有數兒。太太是那麼佛爺似的，事情上不留心，他都知道。凡百一應事，都是他提著太太行。連老爺在家出外去的一應大小事，他都知道，太太忘了，他背地裡告訴太太。」李紈道：「那也罷了。」指著寶玉道：「這一個小爺屋裡，要不是襲人，你們度量到個什麼田地！鳳丫頭就是楚霸王，也得這兩隻膀子好舉千斤鼎⑤。他不是這丫頭，就得這麼周到了！」平兒笑道：「先時陪了四個丫頭，死的死，去的去，只剩下我一個孤鬼⑥了。」李紈道：「你倒是有造化的。鳳丫頭也是有造化的。想當初你珠大爺在日，何曾也沒兩個人？你們看，我還是那容不下人的？天天只見他兩個不自在。所以你珠大爺一沒了，趁年輕我都打發了。若有一個守得住，我倒有個膀臂。」說著滴下淚來。眾人都道：「又何必傷心，不如散了倒好。」說著，便都洗了手，大家約著往賈母、王夫人處問安。

眾婆子、丫頭打掃亭子，收拾杯盤。襲人和平兒同往前去，讓平兒到房裡坐坐，再喝一杯茶。平兒說：「不喝茶了，再來罷。」說著，便要出去。襲人又叫住，問道：「這個月的月錢，連老太太和太太屋裡還沒放呢，是為什麼？」平兒見問，忙轉身至襲人跟前，見方近無人，才悄悄說道：「你快別問，

---

⑤楚霸王，舉千斤鼎——楚霸王，即項羽，名籍，戰國末楚國貴族之後，秦亡後，自立為西楚霸王。《史記．項羽本紀》說他「力能扛鼎」。

⑥孤鬼——孤零零的人。

橫豎再遲幾天就放了。」襲人笑道：「這是為什麼，唬得你這樣？」平兒悄悄告訴他道：「這個月的月錢，我們奶奶早已支了，放給人使呢。等別處的利錢收了來，湊齊了才放呢。因為是你，我才告訴你，你可不許告訴一個人去！」襲人道：「難道他還短錢使，還沒個足厭？何苦還操這心！」平兒笑道：「何曾不是呢！這幾年拿著這一項銀子，翻出有幾百來了。他的公費月例又使不著，十兩八兩零碎攢了，放出去，只他這梯己利錢，一年不到，上千的銀子呢！」襲人笑道：「拿著我們的錢，你們主子奴才賺利錢，哄的我們呆呆的等著。」平兒道：「你又說沒良心的話。你難道還少錢使？」襲人道：「我雖不少，只是我也沒地方使去，就只預備我們那一個。」平兒道：「你倘若有要緊的事用錢使時，我那裡還有幾兩銀子，你先拿來使，明兒我扣下你的就是了。」襲人道：「此時也用不著，怕一時要用起來不夠了，我打發人去取就是了。」

平兒答應著，一逕出了園門，來至家內，只見鳳姐兒不在房裡。忽見上回來打抽豐⑦的那劉姥姥和板兒又來了，坐在那邊屋裡，還有張材家的、周瑞家的陪著。又有兩三個丫頭在地下倒口袋裡的棗子、倭瓜並些野菜。眾人見他進來，都忙站起來了。劉姥姥因上次來過，知道平兒的身分，忙跳下地來，問：「姑娘好？」又說：「家裡都問好。早要來請姑奶奶的安、看姑娘來的，因為莊家忙。好容易今年多打了兩石糧食，瓜果菜蔬也豐盛。這是頭一起摘下來的，並沒敢賣呢，留的尖兒⑧，孝敬姑奶奶、姑娘們

⑦打抽豐——也叫「打秋風」，向有錢人討點財物，意思是從豐富之中抽取，含有「分肥」的意思。
⑧尖兒——上好的，也稱「尖子」。

嘗嘗。姑娘們天天山珍海味的，也吃膩了，吃個野意兒，也算是我們的窮心。」平兒忙道：「多謝費心。」又讓坐，自己也坐了。又讓：「張嬸子、周大娘坐。」又令小丫頭子倒茶去。周瑞、張材兩家的因笑道：「姑娘今兒臉上有些春色，眼圈兒都紅了。」平兒笑道：「可不是！我原是不吃的，大奶奶和姑娘們只是拉著死灌，不得已喝了兩鍾，臉就紅了。」張材家的笑道：「我倒想著要吃呢，又沒人讓我。明兒再有人請姑娘，可帶了我去罷。」說著，大家都笑了。周瑞家的道：「早起我就看見那螃蟹了，一斤只好秤兩個、三個。這麼三大簍，想是有七八十斤呢。」周瑞家的又道：「若是上上下下，只怕還不夠！」平兒道：「那裡夠？不過都是有名兒的吃兩個子。那些散眾的，也有摸得著的，也有摸不著的。」劉姥姥道：「這樣螃蟹，今年就值五分一斤。十斤五錢，五五二兩五，三五一十五，再搭上酒菜，一共倒有二十多兩銀子。阿彌陀佛！這一頓的錢，夠我們莊家人過一年了！」

平兒因問：「想是見過奶奶了？」劉姥姥道：「見過了，叫我們等著呢。」說著，又往窗外看天氣，說道：「天好早晚了，我們也去罷，別出不去城，才是饑荒呢！」周瑞家的道：「這話倒是，我替你瞧瞧去。」說著，一逕去了，半日方來，笑道：「可是你老的福來了，竟投了這兩個人的緣了。」平兒等問：「怎麼樣？」周瑞家的笑道：「二奶奶在老太太的跟前呢。我原是悄悄的告訴二奶奶，『劉姥姥要家去呢，怕晚了趕不出城去。』二奶奶說：『大遠的，難為他扛了那些沉東西來，晚了就住一夜，明兒再去。』這可不是投上二奶奶的緣了？——這也罷了，偏生老太太又聽見了，問：『劉姥姥是誰？』二

⑨積古——有豐富的社會經驗，知道很多古老的事情。

奶奶便回明白了。老太太說：『我正想個積古⑨的老人家說話兒，請了來我見一見。』這可不是想不到天上緣分了？」說著，催劉姥姥下來前去。劉姥姥道：「我這生像兒，怎好見的？好嫂子，你就說我去了罷。」平兒忙道：「你快去罷，不相干的。我們老太太最是惜老憐貧的，比不得那個狂三詐四的那些人。想是你怯上，我和周大娘送你去。」說著，同周瑞家的引了劉姥姥往賈母這邊來。

二門口該班的小廝們見了平兒出來，都站起來了，又有兩個跑上來，趕著平兒叫「姑娘」。平兒問：「又說什麼？」那小廝笑道：「這會子也好早晚了，我媽病了，等著我去請大夫。好姑娘，我討半日假，可使的？」平兒道：「你們倒好，都商議定了，一天一個告假，又不回奶奶，只和我胡纏。前兒住兒去了，二爺偏生叫他，叫不著，我應⑩起來了，還說我作了情。你今兒又來了！」周瑞家的道：「當真的他媽病了，姑娘也替他應著，放了他罷。」平兒道：「明兒一早來。——聽著，我還要使你呢，再睡的日頭晒著屁股再來！你這一去，帶個信兒給旺兒，就說奶奶的話，問著他那剩的利錢。明兒若不交了來，奶奶也不要了，就越性送他使罷。」那小廝歡天喜地答應去了。

平兒等來至賈母房中，彼時大觀園中姊妹們都在賈母前承奉。劉姥姥進去，只見滿屋裡珠圍翠繞、花枝招展，並不知都係何人。只見一張榻上歪著一位老婆婆，身後坐著一個紗羅裹的美人一般的一個丫

⑩應——承當。

⑪福——古代女子與人相見時的一種禮節，也叫「萬福」；行禮時上身略彎，兩手抱拳在胸前右上方上下移動。句中前一福字作動詞，後一福字作名詞。

聯經出版事業公司 校印

鬟，在那裡捶腿。鳳姐兒站著正說笑。劉姥姥便知是賈母了，忙上來，陪著笑，福⑪了幾福，口裡說：「請老壽星安。」賈母亦欠身問好，又命周瑞家的端過椅子來坐著。那板兒仍是怯人，不知問候。

賈母道：「老親家，你今年多大年紀了？」劉姥姥忙立身答道：「我今年七十五了。」賈母向眾人道：「這麼大年紀了，還這麼健朗。比我大好幾歲呢！我要到這麼大年紀，還不知怎麼動不得呢！」劉姥姥笑道：「我們生來是受苦的人，老太太生來是享福的。若我們也這樣，那些莊稼活也沒人作了。」賈母道：「眼睛、牙齒都還好？」劉姥姥道：「都還好，就是今年左邊的槽牙活動了。」賈母道：「我老了，都不中用了，眼也花，耳也聾，記性也沒了。你們這些老親戚，我都不記得了。親戚們來了，我怕人笑我，我都不會，不過嚼的動的吃兩口，睡一覺，悶了時，和這些孫子、孫女兒頑笑一回就完了。」劉姥姥笑道：「這正是老太太的福了。我們想這麼著也不能。」賈母道：「什麼『福』，不過是個老廢物罷了。」說的大家都笑了。

賈母又笑道：「我才聽見鳳哥兒說，你帶了好些瓜菜來，叫他快收拾去了，我正想個地裡現擷的瓜兒菜兒吃。外頭買的，不像你們田地裡的好吃。」劉姥姥笑道：「這是野意兒，不過吃個新鮮。依我們，想魚肉吃，只是吃不起。」賈母又道：「今兒既認著了親，別空空兒的就去。不嫌我這裡，就住一兩天再去。我們也有個園子，園子裡頭也有果子，你明日也嘗嘗，帶些家去，你也算看親戚一趟。」

鳳姐兒見賈母喜歡，也忙留道：「我們這裡雖不比你們的場院大，空屋子還有兩間。你住兩天罷，把你們那裡的新聞故事兒，說些與我們老太太聽聽。」賈母笑道：「鳳丫頭，別拿他取笑兒。他是鄉屯裡的人，老實，那裡擱的住你打趣他。」說著，又命人先抓果子與板兒吃。板兒見人多了，又不敢吃。

賈母又命拿些錢給他，叫小么兒們帶他外頭頑去。劉姥姥吃了茶，便把些鄉村中所見所聞的事情說與賈母，賈母益發得了趣味。正說著，鳳姐兒便令人來請劉姥姥吃晚飯。賈母又將自己的菜揀了幾樣，令人送過去與劉姥姥吃。

鳳姐知道合了賈母的心，吃了飯便又打發過來。鴛鴦忙令老婆子帶了劉姥姥去洗了澡，自己挑了兩件隨常的衣服，令給劉姥姥換上。那劉姥姥那裡見過這般行事？忙換了衣裳出來，坐在賈母榻前，又搜尋些話出來說。彼時寶玉姊妹們也都在這裡坐著，他們何曾聽見過這些話，自覺比那瞽目先生說的書還好聽。

那劉姥姥雖是個村野人，卻生來的有些見識，況且年紀老了，世情上經歷過的，見頭一個賈母高興，第二見這些哥兒、姐兒們都愛聽，便沒了說的也編出些話來講。因說道：「我們村莊上種地種菜，每年每日，春夏秋冬，風裡雨裡，那有個坐著的空兒？天天都是在那地頭子上作歇馬涼亭⑫，什麼奇奇怪怪的事不見呢！就像去年冬天，接連下了幾天雪，地下壓了三四尺深。我那日起的早，還沒出房門，只聽外頭柴草響。我想著必定是有人偷柴草來了。我爬著窗戶眼兒一瞧，卻不是我們村莊上的人——」賈母道：「必定是過路的客人們冷了，見現成的柴，抽些烤火去，也是有的。」劉姥姥笑道：「也並不是客人，所以說來奇怪。老壽星當個什麼人？原來是一個十七八歲的極標緻的一個小姑娘，梳著溜油光的頭，穿著大紅襖兒，白綾裙子——」剛說到這裡，忽聽外面人吵嚷起來，又說：「不相干的，別唬著老太太。」

⑫歇馬涼亭——本指舊時驛路上供行人歇馬休息的亭子，這裡是說老百姓把地頭樹蔭當作涼亭來休息。

⑬走了水——「失了火」的意思。舊日迷信，忌諱說「失火」，所以用「走水」來代替，取水能滅火的意思。

賈母等聽了，忙問：「怎麼了？」丫鬟回說：「南院馬棚裡走了水[13]，不相干，已經救下去了。」賈母最膽小的，聽了這個話，忙起來扶了人出至廊上來瞧，只見東南上火光猶亮。賈母唬的口內念佛，忙命人去火神跟前燒香。王夫人等也忙都過來請安，又回說：「已經救下去了，老太太請進房去罷。」賈母足的[14]看著火光息了，方領眾人進來。

寶玉且忙著問劉姥姥：「那女孩兒大雪地作什麼抽柴草？倘或凍出病來呢？」賈母道：「都是才說抽柴草，惹出火來了，你還問呢！別說這個了，再說別的罷。」寶玉聽說，心內雖不樂，也只得罷了。劉姥姥便又想了一篇，說道：「我們莊子東邊莊上，有個老奶奶子，今年九十多歲了。他天天吃齋念佛，誰知就感動了觀音菩薩，夜裡來托夢說：『你這樣虔心，原來你該絕後的，如今奏了玉皇，給你個孫子。』原來這老奶奶只有一個兒子，這兒子也只一個兒子，好容易養到十七八歲上，死了，哭的什麼似的。後果然又養了一個，今年才十三四歲，生的雪團兒一般，聰明伶俐非常。可見這些神佛是有的。」這一夕話，實合了賈母、王夫人的心事，連王夫人也都聽住了。

寶玉心中只記掛著抽柴的故事，因悶悶的心中籌畫。探春因問他：「昨日擾了史大妹妹，咱們回去商議著邀一社，又還了席，也請老太太賞菊花，何如？」寶玉笑道：「老太太說了，還要擺酒還史妹妹的席，叫咱們作陪呢。等著吃了老太太的，咱們再請不遲。」探春道：「越往前去越冷了，老太太未必高興。」寶玉道：「老太太又喜歡下雨下雪的。不如咱們等下頭場雪，請老太太賞雪豈不好？咱們雪下

---

[14]足的——一直的，到底的。

吟詩，也更有趣了。」黛玉忙笑道：「咱們雪下吟詩？依我說，還不如弄一捆柴火，雪下抽柴，還更有趣兒呢！」說著，寶釵等都笑了。寶玉瞅了他一眼，也不答話。

一時散了，背地裡寶玉足的拉了劉姥姥，細問那女孩兒是誰。劉姥姥只得編了告訴他道：「那原是我們莊北沿地埂子上有一個小祠堂裡供的，不是神佛，當先有個什麼老爺——」說著，又想名姓。寶玉道：「不拘什麼名姓，你不必想了，只說原故就是了。」劉姥姥道：「這老爺沒有兒子，只有一位小姐，名叫茗玉。小姐知書識字，老爺、太太愛如珍寶。可惜這茗玉小姐生到十七歲，一病死了。」寶玉聽了，跌足嘆惜，又問：「後來怎麼樣？」劉姥姥道：「因為老爺、太太思念不盡，便蓋了這祠堂，塑了這茗玉小姐的像，派了人燒香撥火。如今日久年深的，人也沒了，廟也爛了，那個像就成了精。」寶玉忙道：「不是成精，規矩這樣人是雖死不死的。」劉姥姥道：「阿彌陀佛！原來如此。不是哥兒說，我們都當他成精。他時常變了人出來各村莊店道上閑逛。我才說這抽柴火的，就是他了。我們村莊上的人還商議著要打了這塑像、平了廟呢。」寶玉忙道：「快別如此。若平了廟，罪過不小。」劉姥姥道：「幸虧哥兒告訴我，我明兒回去，告訴他們就是了。」寶玉道：「我們老太太、太太都是善人，合家大小也都好善喜捨，最愛修廟塑神的。我明兒做一個疏頭⑮，替你化些布施，你就做香頭⑯，攢了錢，把這廟修蓋，再裝潢了泥像，每月給你香火錢燒香，豈不好？」劉姥姥道：「若這樣，我托那小姐的福，也有幾個錢

⑮疏頭——舊時稱分條陳述事情的文字及僧道拜懺所焚化的祝文等為「疏」或「疏頭」，這裡指修廟的募捐啟事。

⑯香頭——寺廟中管香火的頭目。

使了。」

寶玉又問他地名莊名，來往遠近，坐落何方。劉姥姥便順口胡謅了出來。寶玉信以為真，回至房中，盤算了一夜。次日一早，便出來給了茗烟幾百錢，按著劉姥姥說的方向地名，著茗烟去先踏看明白，回來再做主意。

那茗烟去後，寶玉左等也不來，右等也不來，急的熱鍋上的螞蟻一般。好容易等到日落，方見茗烟興興頭頭的回來。寶玉忙問：「可有廟了？」茗烟笑道：「爺聽的不明白，叫我好找，那地名坐落不似爺說的一樣，所以找了一日，找到東北角田埂子上，才有一個破廟。」寶玉聽說，喜的眉開眼笑，忙說道：「劉姥姥有年紀的人，一時錯記了，也是有的。你且說你見的。」茗烟道：「那廟門卻倒是朝南開，也是稀破的。我找的正沒好氣，一見這個，我說：『可好了！』連忙進去。一看泥胎，唬的我跑出來了，活似真的一般！」寶玉喜的笑道：「他能變化人了，自然有些生氣。」茗烟拍手道：「那裡有什麼女孩兒？竟是一位青臉紅髮的瘟神爺！」寶玉聽了，啐了一口，罵道：「真是一個無用的殺才！這點子事也幹不來。」茗烟道：「二爺又不知看了什麼書，或者聽了誰的混話，信真了，把這件沒頭腦的事派我去碰頭，怎麼說我沒用呢？」寶玉見他急了，忙撫慰他道：「你別急。改日閑了，你再找去。若是他哄我們呢，自然沒了；若真是有的，你豈不也積了陰騭？我必重重的賞你。」正說著，只見二門上的小廝來說：「老太太房裡的姑娘們站在二門口找二爺呢。」

第四十回　史太君兩宴大觀園　金鴛鴦三宣牙牌令①

話說寶玉聽了，忙進來看時，只見琥珀站在屏風跟前，說：「快去吧，立等你說話呢！」寶玉來至上房，只見賈母正和王夫人、眾姊妹商議給史湘雲還席。寶玉因說道：「我有個主意：既沒有外客，吃的東西也別定了樣數，誰素日愛吃的揀樣兒做幾樣，也不要按桌席，每人跟前擺一張高几，各人愛吃的東西一兩樣，再一個什錦攢心盒子②、自斟壺，豈不別致？」賈母聽了，說：「很是。」忙命傳與廚房：「明日就揀我們愛吃的東西作了，按著人數，再裝了盒子來。早飯也擺在園裡吃。」商議之間，早又掌燈，一夕無話。

次日清早起來，可喜這日天氣清朗。李紈侵晨先起，看著老婆子、丫頭們掃那些落葉，並擦抹桌椅，

①牙牌令——用牙牌作為酒令；牙牌，又稱骨牌，參見第七回註⑲。

②什錦攢心盒子——一種盛果、菜的盤盒，中間分許多格子，都向中心聚攏。

聯經出版事業公司校印

預備茶酒器皿。只見豐兒帶了劉姥姥、板兒進來，說：「大奶奶倒忙的緊。」李紈笑道：「我說你昨兒去不成，只忙著要去。」劉姥姥笑道：「老太太留下我，叫我也熱鬧一天去。」豐兒拿了幾把大小鑰匙，說道：「我們奶奶說了：外頭的高几恐不夠使，不如開了樓，把那收著的拿下來使一天罷。奶奶原該親自來的，因和太太說話呢，請大奶奶開了，帶著人搬罷。」李氏便令素雲接了鑰匙，又令婆子出去把二門上的小廝叫幾個來。李氏站在大觀樓下往上看，令人上去開了綴錦閣，一張一張往下抬。小廝、老婆子、丫頭一齊動手，抬了二十多張下來。李紈道：「好生著，別慌慌張張鬼趕來似的，仔細碰了牙子③。」又回頭向劉姥姥笑道：「姥姥，你也上去瞧瞧。」劉姥姥聽說，巴不得一聲兒，便拉了板兒登梯上去。進裡面，只見烏壓壓的堆著些圍屏、桌椅、大小花燈之類，雖不大認得，只見五彩炫耀，各有奇妙。念了幾聲佛，便下來了。然後鎖上門，一齊才下來。李紈道：「恐怕老太太高興，越性把舡上划子、篙、槳、遮陽幔子都搬了下來預備著。」眾人答應，復又開了，色色的搬了下來。令小廝傳駕娘④們到舡塢裡撐出兩隻船來。

正亂著安排，只見賈母已帶了一群人進來了。李紈忙迎上去，笑道：「老太太高興，倒進來了。我只當還沒梳頭呢，才擷了菊花要送去。」一面說，一面碧月早捧過一個大荷葉式的翡翠盤子來，裡面盛著各色的折枝菊花。賈母便揀了一朵大紅的簪於鬢上。因回頭看見了劉姥姥，忙笑道：「過來帶花兒。」

③牙子——這裡指鑲在几面或凳面邊沿的雕花裝飾。

④駕娘——負責划船的女僕。

一語未完，鳳姐便拉過劉姥姥來，笑道：「讓我打扮你。」說著，將一盤子花橫三豎四的插了一頭。賈母和眾人笑的了不得。劉姥姥笑道：「我這頭也不知修了什麼福，今兒這樣體面起來。」眾人笑道：「你還不拔下來摔到他臉上呢，把你打扮的成了個老妖精了！」劉姥姥笑道：「我雖老了，年輕時也風流，愛個花兒、粉兒的，今兒老風流才好。」

說笑之間，已來至沁芳亭子上。丫鬟們抱了一個大錦褥子來，鋪在欄杆榻板上。賈母倚柱坐下，命劉姥姥也坐在旁邊，因問他：「這園子好不好？」劉姥姥念佛說道：「我們鄉下人到了年下，都上城來買畫兒貼。時常閑了，大家都說：『怎麼得也到畫兒上去逛逛。』想著那個畫兒也不過是假的，那裡有這個真地方呢？誰知我今兒進這園裡一瞧，竟比那畫兒還強十倍！怎麼得有人也照著這個園子畫一張，我帶了家去，給他們見見，死了也得好處。」賈母聽說，便指著惜春笑道：「你瞧我這個小孫女兒，他就會畫。等明兒叫他畫一張如何？」劉姥姥聽了，喜的忙跑過來，拉著惜春說道：「我的姑娘，你這麼大年紀兒，又這麼個好模樣，還有這個能幹，別是神仙托生的罷？」

賈母少歇一回，自然領著劉姥姥都見識見識。先到了瀟湘館。一進門，只見兩邊翠竹夾路，土地下蒼苔布滿，中間羊腸一條石子漫的路。劉姥姥讓出路來與賈母眾人走，自己卻赾走⑤土地。琥珀拉著他說道：「姥姥，你上來走，仔細蒼苔滑了。」劉姥姥道：「不相干的，我們走熟了的，姑娘們只管走罷。可惜你們的那繡鞋，別沾髒了。」他只顧上頭和人說話，不防底下果跴滑了，「咕咚」一跤跌倒。眾人

⑤赾走——小心地行走；赾，音ㄑㄧㄢˇ。

拍手都哈哈的笑起來。賈母笑罵道：「小蹄子們，還不攙起來，只站著笑！」說話時，劉姥姥已爬了起來，自己也笑了，說道：「才說嘴，就打了嘴。」賈母問他：「可扭了腰了不曾？叫丫頭們捶一捶。」劉姥姥道：「那裡說的我這麼嬌嫩了？那一天不跌兩下子？都要捶起來，還了得呢！」

紫鵑早打起湘簾，賈母等進來坐下。黛玉親自用小茶盤捧了一蓋碗茶來，奉與賈母。王夫人道：「我們不吃茶，姑娘不用倒了。」黛玉聽說，便命丫頭把自己窗下常坐的一張椅子挪到下首，請王夫人坐了。劉姥姥因見窗下案上設著筆硯，又見書架上磊著滿滿的書，劉姥姥道：「這必定是那位哥兒的書房了？」賈母笑指黛玉道：「這是我這外孫女兒的屋子。」劉姥姥留神打量了黛玉一番，方笑道：「這那像個小姐的繡房？竟比那上等的書房還好！」

賈母因問：「寶玉怎麼不見？」眾丫頭們答說：「在池子裡舡上呢。」賈母道：「誰又預備下舡了？」李紈忙回說：「才開樓拿几，我恐怕老太太高興，就預備下了。」賈母聽了，方欲說話時，有人回說：「姨太太來了。」賈母等剛站起來，只見薛姨媽早進來了，一面歸坐，笑道：「今兒老太太高興，這早晚就來了。」賈母笑道：「我才說來遲了的要罰他，不想姨太太就來遲了。」

說笑一會，賈母因見窗上紗的顏色舊了，便和王夫人說道：「這個紗新糊上好看，過了後來就不翠了。這個院子裡頭又沒有個桃杏樹，這竹子已是綠的，再拿這綠紗糊上，反不配。我記得咱們先有四五樣顏色糊窗的紗呢，明兒給他把這窗上的換了。」鳳姐兒忙道：「昨兒我開庫房，看見大板箱裡還有好些匹銀紅蟬翼紗，也有各樣折枝花樣的，也有流雲卍福花樣的，也有百蝶穿花花樣的，顏色又鮮，紗又輕軟，我竟沒見過這樣的。拿了兩匹出來，作兩床綿紗被，想來一定是好的。」賈母聽了，笑道：「呸！

人人都說你沒有不經過、不見過，連這個紗還不認得呢，明兒還說嘴！」薛姨媽等都笑說：「憑他怎麼經過、見過，如何敢比老太太呢！老太太何不教導了他，我們也聽聽。」鳳姐兒也笑說：「好祖宗！教給我罷。」賈母笑向薛姨媽眾人道：「那個紗，比你們的年紀還大呢！怪不得他認作蟬翼紗，原也有些像，不知道的，都認作蟬翼紗。正經名字叫作『軟烟羅』。」鳳姐兒道：「這個名兒也好聽。只是我這麼大了，紗羅也見過幾百樣，從沒聽見過這個名色。」賈母笑道：「你能夠活了多大，見過幾樣沒處放的東西？就說嘴來了。那個軟烟羅只有四樣顏色：一樣雨過天晴，一樣秋香色，一樣松綠的，一樣就是銀紅的。若是做了帳子，糊了窗屜，遠遠的看著，就似烟霧一樣，所以叫作『軟烟羅』。那銀紅的又叫作『霞影紗』。如今上用的府紗也沒有這樣軟厚輕密的了。」薛姨媽笑道：「別說鳳丫頭沒見，連我也沒聽見過。」鳳姐兒一面說，早命人取了一匹來了。賈母說：「可不是這個！先時原不過是糊窗屜，後來我們拿這個作被、作帳子試試，也竟好。明兒就找出幾匹來，拿銀紅的替他糊窗子。」鳳姐答應著。眾人都看了，稱贊不已。劉姥姥也覷著眼看個不了，念佛說道：「我們想他作衣裳也不能，拿著糊窗子，豈不可惜？」賈母道：「倒是做衣裳不好看。」鳳姐忙把自己身上穿的一件大紅綿紗襖子襟兒拉了出來，向賈母、薛姨媽道：「看我的這襖兒。」賈母、薛姨媽都說：「這也是上好的了，這是如今的上用內造⑥的，——竟比不上這個。」鳳姐兒道：「這個薄片子，還說是上用內造呢，竟連官用的也比不上了。」賈母道：「再找一找，只怕還有青的。若有時，都拿出來，送這劉親家兩匹，做一個帳子我掛，下剩的

⑥上用內造——上用，皇帝或皇宮內使用的；內造，宮廷內織造的。

添上裡子，做些夾背心子給丫頭們穿，白收著霉壞了。」鳳姐忙答應了，仍令人送去。

賈母起身笑道：「這屋裡窄，再往別處逛去。」劉姥姥念佛道：「人人都說：『大家子住大房。』昨兒見了老太太正房，配上大箱、大櫃、大桌子、大床，果然威武。那櫃子比我們那一間房子還大，還高。怪道後院子裡有個梯子。我想並不上房晒東西，預備個梯子作什麼？後來我想起來，定是為開頂櫃收放東西，離了那梯子，怎麼得上去呢？如今又見了這小屋子，更比大的越發齊整了。滿屋裡的東西都只好看，都不知叫什麼。我越看越捨不得離了這裡！」鳳姐道：「還有好的呢，我都帶你去瞧瞧。」說著，一逕離了瀟湘館。

遠遠望見池中一群人在那裡撐舡。賈母道：「他們既預備下船，咱們就坐。」一面說著，便向紫菱洲蓼溆一帶走來。未至池前，只見幾個婆子手裡都捧著一色捏絲戧金⑦五彩大盒子走來。鳳姐忙問王夫人：「早飯在那裡擺？」王夫人道：「問老太太在那裡，就在那裡罷了。」賈母聽說，便回頭說：「你三妹妹那裡就好。你就帶了人擺去，我們從這裡坐了舡去。」鳳姐聽說，便回身同了探春、李紈、鴛鴦、琥珀帶著端飯的人等，抄著近路到了秋爽齋，就在曉翠堂上調開桌案。鴛鴦笑道：「天天咱們說外頭老爺們吃酒吃飯，都有一個篾片⑧相公，拿他取笑兒。咱們今兒也得了一個女篾片了。」李紈是個厚道人，聽了不解。鳳姐兒卻知是說的是劉姥姥了，也笑說道：「咱們今兒就拿他取個笑兒。」二人便如此這般

---

⑦捏絲戧金——把捏成各種圖案花紋的金絲嵌在器物上。戧金，在器物上鑲嵌金飾，戧，音ㄑㄧㄤˋ。

⑧篾片——舊時依附於富貴人家，為主子幫閑湊趣的人叫「篾片」，也叫「清客」。

聯經出版事業公司　校印

的商議。李紈笑勸道：「你們一點好事也不做，又不是個小孩兒，還這麼淘氣。仔細老太太說！」鴛鴦笑道：「很不與你相干，有我呢。」

正說著，只見賈母等來了，各自隨便坐下。先著丫鬟端過兩盤茶來，大家吃畢。鳳姐手裡拿著西洋布手巾，裹著一把烏木三鑲銀箸⑨，敁敪⑩人位，按席擺下。賈母因說：「把那一張小楠木桌子抬過來，讓劉親家近我這邊坐著。」眾人聽說，忙抬了過來。鳳姐一面遞眼色與鴛鴦，鴛鴦便拉了劉姥姥出去，悄悄的囑咐了劉姥姥一席話，又說：「這是我們家的規矩，若錯了，我們就笑話呢。」調停已畢，然後歸坐。

薛姨媽是吃過飯來的，不吃，只坐在一邊吃茶。賈母帶著寶玉、湘雲、黛玉、寶釵一桌，王夫人帶著迎春姊妹三個人一桌，劉姥姥傍著賈母一桌。賈母素日吃飯，皆有小丫鬟在旁邊拿著漱盂、麈尾、巾帕之物，如今鴛鴦是不當這差的了，今日鴛鴦偏接過麈尾來拂著。丫鬟們知道他要撮弄劉姥姥，便躲開讓他。鴛鴦一面侍立，一面悄向劉姥姥說道：「別忘了。」劉姥姥道：「姑娘放心。」

那劉姥姥入了坐，拿起箸來，沉甸甸的不伏手⑪。——原是鳳姐和鴛鴦商議定了，單拿一雙老年四楞象牙鑲金的筷子與劉姥姥。劉姥姥見了，說道：「這叉爬子比俺那裡鐵鍁⑫還沉，那裡拿的過他。」

---

⑨三鑲——在筷子頂端、中腰和下端包上銀箔。

⑩敁敪——也寫作「掂掇」，估量、盤算、斟酌的意思。

⑪不伏手——不合手，不聽使喚。

⑫叉爬子、鐵鍁——叉爬子，一種木製像叉子形狀的農具；鐵鍁，即鐵鍬，鏟土的工具。

說的眾人都笑起來。

只見一個媳婦端了一個盒子站在當地，一個丫鬟上來揭去盒蓋，裡面盛著兩碗菜。李紈端了一碗放在賈母桌上。鳳姐兒偏揀了一碗鴿子蛋放在劉姥姥桌上。賈母這邊說聲「請」，劉姥姥便站起身來，高聲說道：「老劉，老劉，食量大似牛：吃個老母豬不抬頭。」自己卻鼓著腮不語。眾人先是發怔，後來一聽，上上下下都哈哈的大笑起來。湘雲撐不住，一口飯都噴了出來；黛玉笑岔了氣，伏著桌子噯喲；寶玉早滾到賈母懷裡，賈母笑的摟著寶玉叫「心肝」；王夫人笑的用手指著鳳姐兒，只說不出話來；薛姨媽也撐不住，口裡茶噴了探春一裙子；探春手裡的飯碗都合在迎春身上；惜春離了座位，拉著他奶母，叫揉一揉腸子。地下的無一個不彎腰屈背，也有躲出去蹲著笑去的，也有忍著笑上來替他姊妹換衣裳的。獨有鳳姐、鴛鴦二人撐著，還只管讓劉姥姥。

劉姥姥拿起箸來，只覺不聽使，又說道：「這裡的雞兒也俊，下的這蛋也小巧，怪俊的。我且肏攮一個。」眾人方住了笑，聽見這話，又笑起來。賈母笑的眼淚出來，琥珀在後捶著。賈母笑道：「這定是鳳丫頭促狹鬼兒鬧了！快別信他的話了。」那劉姥姥正誇雞蛋小巧，要肏攮一個，鳳姐兒笑道：「一兩銀子一個呢，你快嘗嘗罷，那冷了就不好吃了。」劉姥姥便伸箸子要夾，那裡夾的起來？滿碗裡鬧了一陣好的，好容易撮起一個來，才伸著脖子要吃，偏又滑下來，滾在地下，忙放下箸子，要親自去撿，早有地下的人撿了出去了。劉姥姥嘆道：「一兩銀子，也沒聽見響聲兒就沒了。」

眾人已沒心吃飯，都看著他笑。賈母又說：「這會子又把那個筷子拿了出來，又不請客擺大筵席！都是鳳丫頭支使的，還不換了呢。」地下的人原不曾預備這牙箸，本是鳳姐和鴛鴦拿了來的，聽如此說，

聯經出版事業公司　校印

忙收了過去，也照樣換上一雙烏木鑲銀的。劉姥姥道：「去了金的，又是銀的，到底不及俺們那個伏手。」鳳姐兒道：「菜裡若有毒，這銀子下去了就試的出來。」劉姥姥道：「這個菜裡若有毒，俺們那菜都成了砒霜了。那怕毒死了，也要吃盡了。」賈母見他如此有趣，吃的又香甜，把自己的也都端過來與他吃。又命一個老嬤嬤來，將各樣的菜給板兒夾在碗上。

一時吃畢，賈母等都往探春臥室中去說閑話。這裡收拾過殘桌，又放了一桌。劉姥姥看著李紈與鳳姐兒對坐著吃飯，嘆道：「別的罷了，我只愛你們家這行事。怪道說『禮出大家』。」鳳姐兒忙笑道：「你可別多心，才剛不過大家取笑兒。」一言未了，鴛鴦也進來笑道：「姥姥別惱，我給你老人家賠個不是。」劉姥姥笑道：「姑娘說那裡話？咱們哄著老太太開個心兒，可有什麼惱的！你先囑咐我，我就明白了，不過大家取個笑兒。我要心裡惱，也就不說了。」鴛鴦便罵人：「為什麼不倒茶給姥姥吃。」劉姥姥忙道：「剛才那個嫂子倒了茶來，我吃過了。姑娘也該用飯了。」鳳姐兒便拉鴛鴦：「你坐下和我們吃了罷，省的回來又鬧。」鴛鴦便坐下了。婆子們添上碗箸來，三人吃畢。

劉姥姥笑道：「我看你們這些人都只吃這一點兒就完了，虧你們也不餓。怪只道風兒都吹的倒。」鴛鴦便問：「今兒剩的菜不少，都那去了？」婆子們道：「都還沒散呢，在這裡等著，一齊散與他們吃。」鴛鴦道：「他們吃不了這些，挑兩碗給二奶奶屋裡平丫頭送去。」鳳姐兒道：「他早吃了飯了，不用給他。」鴛鴦道：「他不吃了，喂你們的貓。」婆子聽了，忙揀了兩樣，拿盒子送去。鴛鴦道：「素雲那去了？」李紈道：「他們都在這裡一處吃，又找他作什麼。」鴛鴦道：「這就罷了。」鳳姐兒道：「襲人不在這裡，你倒是叫人送兩樣給他去。」鴛鴦聽說，便命人也送兩樣去後，鴛鴦又問婆子們：「回來吃酒的攢盒可裝上了？」婆子道：「想必還得一會子。」鴛鴦道：「催著些兒。」婆子應喏了。

鳳姐兒等來至探春房中，只見他娘兒們正說笑。探春素喜闊朗，這三間屋子並不曾隔斷，當地放著一張花梨大理石大案，案上磊著各種名人法帖⑬，並數十方寶硯，各色筆筒，筆海內插的筆如樹林一般；那一邊設著斗大的一個汝窰花囊⑭，插著滿滿的一囊水晶球兒的白菊。西墻上當中掛著一大幅米襄陽⑮「烟雨圖」，左右掛著一副對聯，乃是顏魯公墨迹，其詞云：

烟霞閑骨格　泉石野生涯⑯

案上設著大鼎。左邊紫檀架上放著一個大觀窰的大盤，盤內盛著數十個嬌黃玲瓏大佛手⑰。右邊洋漆架上懸著一個白玉比目磬，旁邊掛著小錘。那板兒略熟了些，便要摘那錘子要擊，丫鬟們忙攔住他。他又要佛手吃，探春揀了一個與他，說：「頑罷，吃不得的。」東邊便設著臥榻，拔步床⑱上懸著葱綠雙綉

---

⑬法帖——供人臨摹的前人書法範本。

⑭汝窰花囊——汝窰，北宋時建於汝州（今河南臨汝）的瓷器窰。花囊，插花的用具，肚子和口徑均較花瓶大，囊口封閉，上有圓孔多個，便於插枝軟而朵大的花。

⑮米襄陽——宋代書畫家，善畫烟雨山水，本名米芾，因是襄陽人，故稱「米襄陽」，又稱「米南宮」。

⑯「烟霞」一聯——烟霞，代指山水、山林；骨格，這裡是性情、志趣、格調的意思。

⑰佛手——即佛手柑，形狀像半握著的拳，秋天成熟，皮色鮮黃，有芳香。

⑱拔步床——又稱「八步床」，是一種結構高大的木床，床兩邊有兩座小櫃，床屜下有抽斗。

花卉草蟲的紗帳。板兒又跑過來看，說：「這是蟈蟈，這是螞蚱。」劉姥姥忙打了他一巴掌，罵道：「下作黃子⑲，沒乾沒淨的亂鬧。倒叫你進來瞧瞧，就上臉⑳了。」打的板兒哭起來，眾人忙勸解方罷。

賈母因隔著紗窗往後院內看了一回，說道：「後廊簷下的梧桐也好了，就只細些。」正說話，忽一陣風過，隱隱聽得鼓樂之聲。賈母問：「是誰家娶親呢？這裡臨街倒近。」王夫人等笑回道：「街上的那裡聽的見？這是咱們的那十幾個女孩子們演習吹打呢。」賈母便笑道：「既是他們演，何不叫他們進來演習。他們也逛一逛，咱們可又樂了。」鳳姐聽說，忙命人出去叫來，又一面吩咐擺下條桌，鋪上紅毡子。賈母道：「就鋪排在藕香榭的水亭子上，借著水音更好聽。回來咱們就在綴錦閣底下吃酒，又寬闊，又聽的近。」眾人都說那裡好。賈母向薛姨媽笑道：「咱們走罷。他們姊妹們都不大喜歡人來坐著，怕髒了屋子。咱們別沒眼色，正經坐一回子船，喝酒去。」說著，大家起身便走。探春笑道：「這是那裡的話？求著老太太、姨太太來坐坐還不能呢！」賈母笑道：「我的這三丫頭卻好，只有兩個玉兒可惡。——回來吃醉了，咱們偏往他們屋裡鬧去。」

說著，眾人都笑了，一齊出來。走不多遠，已到了荇葉渚。那姑蘇選來的幾個駕娘，早把兩隻棠木舫撐來，眾人扶了賈母、王夫人、薛姨媽、劉姥姥、鴛鴦、玉釧兒上了這一隻，落後李紈也跟上去。鳳姐兒也上去，立在舡頭上，也要撐舡。賈母在艙內道：「這不是頑的，雖不是河裡，也有好深的。你快

---

⑲下作黃子——下流東西。黃子，即「行子」，如同說「傢伙」、「東西」。

⑳上臉——因受寵而撒嬌逞能的意思。

給我進來！」鳳姐兒笑道：「怕什麼！老祖宗只管放心。」說著，便一篙點開。到了池當中，舡小人多，鳳姐只覺亂晃，忙把篙子遞與駕娘，方蹲下了。然後迎春姊妹等並寶玉上了那隻，隨後跟來。其餘老嬤嬤、散眾丫鬟俱沿河隨行。寶玉道：「這些破荷葉可恨，怎麼還不叫人來拔去？」寶釵笑道：「今年這幾日，何曾饒了這園子閑了，天天逛，那裡還有叫人來收拾的工夫？」黛玉道：「我最不喜歡李義山的詩，只喜他這一句：『留得殘荷聽雨聲。』㉑偏你們又不留著殘荷了。」寶玉道：「果然好句！以後咱們就別叫人拔去了。」說著已到了花漵的蘿港之下，覺得陰森透骨，兩灘上衰草殘菱，更助秋情。

賈母因見岸上的清廈曠朗，便問：「這是你薛姑娘的屋子不是？」眾人道：「是。」賈母忙命攏岸，順著雲步石梯上去，一同進了蘅蕪苑，只覺異香撲鼻。那些奇草仙藤愈冷愈蒼翠，都結了實，似珊瑚豆子一般，累垂可愛。及進了房屋，雪洞一般，一色玩器全無，案上只有一個土定瓶㉒，瓶中供著數枝菊花，並兩部書，茶奩、茶杯而已。床上只吊著青紗帳幔，衾褥也十分樸素。賈母嘆道：「這孩子太老實了。你沒有陳設，何妨和你姨娘要些？我也不理論，也沒想到。你們的東西，自然在家裡沒帶了來。」說著，命鴛鴦去取些骨董來，又嗔著鳳姐兒：「不送些玩器來與你妹妹，這樣小器！」王夫人、鳳姐兒等都笑回說：「他自己不要的。我們原送了來，他都退回去了。」薛姨媽也笑說：「他在家裡也不大弄

㉑留得殘荷聽雨聲——唐代李商隱〈宿駱氏亭寄懷崔雍崔袞〉：「秋風不散霜風晚，留得枯荷聽雨聲。」

㉒土定瓶——定窰（北宋時建於定州，即今河北曲陽）燒製的一種質地較粗的瓶子，定窰另外出產細緻、珍貴、價格昂貴的瓷器，叫「粉定」。

這些東西的。」賈母搖頭道：「使不得。雖然他省事，倘或來一個親戚，看著不像；二則年輕的姑娘們，房裡這樣素淨，也忌諱。我們這老婆子，越發該住馬圈㉓去了。你們聽那些書上、戲上說的小姐們的繡房，精緻的還了得呢！他們姊妹們雖不敢比那些小姐們，也不要很離了格兒。有現成的東西，為什麼不擺？若很愛素淨，少幾樣倒使得。我最會收拾屋子的，如今老了，沒有這些閑心了。他們姊妹們也還學著收拾的好，只怕俗氣，有好東西也擺壞了。我看他們還不俗。如今讓我替你收拾，包管又大方又素淨。我的梯己兩件，收到如今，沒給寶玉看見過，──若經了他的眼，也沒了。」說著，叫過鴛鴦來，吩咐道：「你把那石頭盆景兒和那架紗桌屏，還有個墨烟凍石鼎㉔，這三樣擺在這案上就夠了。再把那水墨字畫白綾帳子拿來，把這帳子也換了。」

鴛鴦答應著，笑道：「這些東西都擱在東樓上的不知那個箱子裡，還得慢慢找去，明兒再拿去也罷了。」賈母道：「明日後日都使得，只別忘了。」說著，坐了一回，方出來，一逕來至綴錦閣下。文官等上來請過安，因問：「演習何曲？」賈母道：「只揀你們熟的演習幾套罷。」文官等下來，往藕香榭去不提。

這裡鳳姐兒已帶著人擺設整齊，上面左右兩張榻，榻上都鋪著錦裀蓉簟㉕，每一榻前有兩張雕漆几，

㉓馬圈──馬棚、馬廄；圈，養家畜的地方。

㉔墨烟凍石鼎──黑色凍石雕製的鼎。凍石，一名蠟石，屬於滑石一類的礦物，有許多顏色，墨黑色是最名貴的。

㉕錦裀蓉簟──錦茵，華美的絲綢褥子；茵，褥子、墊子、毯子等的通稱。蓉簟，有荷花圖案的竹席。

聯經出版事業公司　校印

也有海棠式的，也有梅花式的，也有荷葉式的，也有葵花式的，也有方的，也有圓的，其式不一。一個上面放著爐瓶㉖，一分攢盒；一個上面空設著，預備放人所喜食物。上面二榻四几，是賈母、薛姨媽；下面一椅兩几，是王夫人的；餘者都是一椅一几。東邊是劉姥姥，劉姥姥之下便是王夫人。西邊便是湘雲，第二便是寶釵，第三便是黛玉，第四迎春、探春、惜春挨次下去，寶玉在末。李紈、鳳姐二人之几設於三層檻內，二層紗櫥之外。攢盒式樣，亦隨几之式樣。每人一把烏銀洋鏨自斟壺，一個十錦琺瑯杯。

大家坐定，賈母先笑道：「咱們先吃兩杯，今日也行一令，才有意思。」薛姨媽等笑道：「老太太自然有好酒令，我們如何會呢！安心要我們醉了，我們都多吃兩杯就有了。」賈母笑道：「姨太太今兒也過謙起來，想是厭我老了。」薛姨媽笑道：「不是謙，只怕行不上來，倒是笑話了。」王夫人忙笑道：「便說不上來，就便多吃一杯酒，醉了睡覺去，還有誰笑話咱們不成？」薛姨媽點頭笑道：「依令。老太太到底吃一杯令酒才是。」賈母笑道：「這個自然。」說著便吃了一杯。

鳳姐兒忙走至當地，笑道：「既行令，還叫鴛鴦姐姐來行更好。」眾人都知賈母所行之令必得鴛鴦提著，故聽了這話，都說：「很是。」鳳姐兒便拉了鴛鴦過來。王夫人笑道：「既在令內，沒有站著的理。」回頭命小丫頭子：「端一張椅子，放在你二位奶奶的席上。」鴛鴦也半推半就，謝了坐，便坐下，也吃了一鍾酒，笑道：「酒令大如軍令，不論尊卑，惟我是主。違了我的話，是要受罰的。」王夫人等都笑道：「一定如此，快些說來。」鴛鴦未開口，劉姥姥便下了席，擺手道：「別這樣捉弄人家！我家

㉖爐瓶——焚香用具。即第五十三回所說的「爐瓶三事」，指一個香爐、一個香盒和一個放香鏟等用的瓶子。

去了。」眾人都笑道：「這卻使不得。」鴛鴦喝令小丫頭子們：「拉上席去！」小丫頭子們也笑著，果然拉入席中。劉姥姥只叫：「饒了我罷！」鴛鴦道：「再多言的罰一壺。」劉姥姥方住了聲。

鴛鴦道：「如今我說骨牌副兒㉗，從老太太起，順領說下去，至劉姥姥止。比如我說一副兒，將這三張牌拆開，先說頭一張，次說第二張，再說第三張，說完了，合成這一副兒的名字。無論詩詞歌賦，成語俗話，比上一句，都要叶韵。錯了的罰一杯。」眾人笑道：「這個令好，就說出來。」

鴛鴦道：「有了一副了。左邊是張『天』。」賈母道：「頭上有青天。」眾人道：「好。」鴛鴦道：「當中是個『五與六』。」賈母道：「六橋梅花香徹骨。」鴛鴦道：「剩得一張『六與么』。」賈母道：「一輪紅日出雲霄。」鴛鴦道：「湊成便是個『蓬頭鬼』。」賈母道：「這鬼抱住鍾馗腿。」說完，大家笑說：「極妙。」賈母飲了一杯。

鴛鴦又道：「有了一副。左邊是個『大長五』。」薛姨媽道：「梅花朵朵風前舞。」鴛鴦道：「右邊還是個『大五長』。」薛姨媽道：「十月梅花嶺上香。」鴛鴦道：「當中『二五』是雜七。」薛姨媽道：「織女牛郎會七夕。」鴛鴦道：「湊成『二郎遊五岳』。」薛姨媽道：「世人不及神仙樂。」說完，大家稱賞，飲了酒。

鴛鴦又道：「有了一副。左邊『長么』兩點明。」湘雲道：「雙懸日月照乾坤。」鴛鴦道：「右邊『長么』兩點明。」湘雲道：「閑花落地聽無聲。」鴛鴦道：「中間還得『么四』來。」湘雲道：「日邊紅杏倚雲栽。」鴛鴦道：「湊成『櫻桃九熟』。」湘雲道：「御園卻被鳥銜出。」說完，飲了一杯。

㉗骨牌副兒——用兩張以上骨牌的色點配成一套，叫做「一副兒」。這裡是三張牌為一副兒。

鴛鴦道：「有了一副。左邊是『長三』。」寶釵道：「雙雙燕子語梁間。」鴛鴦道：「右邊是『三長』。」寶釵道：「水荇牽風翠帶長。」鴛鴦道：「當中『三六』九點在。」寶釵道：「三山半落青天外。」鴛鴦道：「湊成『鐵鎖練孤舟』。」寶釵道：「處處風波處處愁。」說完，飲畢。

鴛鴦又道：「左邊一個『天』。」黛玉道：「良辰美景奈何天。」寶釵聽了，回頭看著他。黛玉只顧怕罰，也不理論。鴛鴦道：「中間『錦屏』顏色俏。」黛玉道：「紗窗也沒有紅娘報。」鴛鴦道：「剩了『二六』八點齊。」黛玉道：「雙瞻玉座引朝儀。」鴛鴦道：「湊成『籃子』好採花。」黛玉道：「仙杖香挑芍藥花。」說完，飲了一口。

鴛鴦道：「左邊『四五』成花九。」迎春道：「桃花帶雨濃。」眾人道：「該罰！錯了韵，而且又不像。」迎春笑著，飲了一口。

原是鳳姐兒和鴛鴦都要聽劉姥姥的笑話，故意都令說錯，都罰了。至王夫人，鴛鴦代說了個，下便該劉姥姥。劉姥姥道：「我們莊家人閑了，也常會幾個人弄這個，但不如說的這麼好聽。少不得我也試一試。」眾人都笑道：「容易說的。你只管說，不相干。」鴛鴦笑道：「左邊『四四』是個人。」劉姥姥聽了，想了半日，說道：「是個莊家人罷。」眾人哄堂笑了。賈母笑道：「說的好，就是這樣說。」劉姥姥也笑道：「我們莊家人，不過是現成的本色，眾位別笑。」鴛鴦道：「中間『三四』綠配紅。」劉姥姥道：「大火燒了毛毛蟲。」眾人笑道：「這是有的，還說你的本色。」鴛鴦道：「右邊『么四』真好看。」劉姥姥道：「一個蘿蔔一頭蒜。」眾人又笑了。鴛鴦笑道：「湊成便是一枝花。」劉姥姥兩隻手比著，說道：「花兒落了結個大倭瓜。」眾人大笑起來。只聽外面亂嚷——

中國古典小說新刊

紅樓夢(上)

1991年7月初版
定價：新臺幣200元
2024年8月初版第三十八刷

著　　者　清・曹雪芹
　　　　　高　　鶚

出 版 者　聯經出版事業股份有限公司
地　　址　新北市汐止區大同路一段369號1樓
叢書主編電話　(02)86925588轉5305
台北聯經書房　台北市新生南路三段94號
電　　話　(02)23620308
郵政劃撥帳戶第0100559-3號
郵撥電話　(02)23620308
印 刷 者　世和印製企業有限公司
總 經 銷　聯合發行股份有限公司
發 行 所　新北市新店區寶橋路235巷6弄6號2F
電　　話　(02)29178022

副總編輯　陳逸華
總 編 輯　涂豐恩
總 經 理　陳芝宇
社　　長　羅國俊
發 行 人　林載爵

行政院新聞局出版事業登記證局版臺業字第0130號

本書如有缺頁，破損，倒裝請寄回台北聯經書房更換。　ISBN　978-957-08-0626-7 (上冊；平裝)
聯經網址 http://www.linkingbooks.com.tw
電子信箱 e-mail:linking@udngroup.com

國家圖書館出版品預行編目資料

紅樓夢(上) / 清・曹雪芹、高鶚著．
初版．新北市．聯經．1991年
560面；14.8×21公分．(中國古典小說新刊)
ISBN　978-957-08-0626-7 (上冊，平裝)
[2024年8月初版第三十八刷]

857.49　　80002048